Knaur.

Im Knaur Taschenbuch Verlag erschien bereits Silke Schützes Roman Schwimmende Väter

Über die Autorin:
Silke Schütze, Jahrgang 1961, lebt in Hamburg und hält Schreiben für die zweitschönste Sache der Welt. Seit Jahren versucht sie, einen Kräutergarten anzulegen, der den Winter überlebt, und träumt mit ihrer Familie von einem Haus in Südfrankreich. Während ihres Studiums beschäftigte sie sich mit mittelalterlicher Lyrik und britischen Utopisten. Keine Utopie ist für sie, dass die Kombination von Mann und Frau ein Erfolgsmodell sein kann. Sie liebt das Kino und hat schon mehr als tausend Filmkritiken für verschiedene Publikationen verfasst.

Links und rechts vom Glück ist die komplett überarbeitete, neue Fassung einer Geschichte, die 2004 im Wunderlich Verlag unter dem Titel *Zeit der Erwartungen* erschien.

Wenn Ihnen dieser Roman gefallen hat, empfehlen wir Ihnen gerne weitere Erfolgstitel aus unserem Programm.
Schreiben Sie einfach eine E-Mail mit dem Stichwort »Links und rechts« an: guteunterhaltung@droemer-knaur.de

Silke Schütze

Links und rechts vom Glück

Roman

Knaur Taschenbuch Verlag

Dieser Roman basiert auf dem ursprünglich 2004
im Wunderlich Verlag erschienenen Roman der Autorin,
Zeit der Erwartungen.
Silke Schütze hat die ursprüngliche Geschichte für das vorliegende Buch
komplett überarbeitet, teils gekürzt und teils erweitert.

Silke Schütze bedankt sich – für Inspiration und sachdienliche
Hinweise – bei Tischlerin Ulrike Uhl vom »Wohnzimmer« –
Kunst & Handwerk (www.im-wohnzimmer.de).

Komplett überarbeitete Ausgabe September 2007

Ein Unternehmen der Droemerschen Verlagsanstalt
Th. Knaur Nachf. GmbH & Co. KG, München

Redaktion: Angela Troni
Umschlaggestaltung: ZERO Agentur, München
Umschlagabbildung: Bild 1: getty images RF,
Bild 2: FinePic, München
Satz: Adobe InDesign im Verlag
Druck und Bindung: Clausen & Bosse, Leck
Printed in Germany
ISBN 978-3-426-63345-8

2 4 5 3 1

Für meine Freundinnen
Ellen, Inge, Christine, Gisela, Gabi und Sonja

Prolog

März 2005

»Wenn man verliebt ist, kann man eine Biene in die Hand nehmen und die Finger zumachen. Die Biene sticht nicht. Aber man muss verliebt sein.«

Die Sieger, 1994

Eine Frau sollte niemals vor dem Frühstück über Männer nachdenken. Dabei ist völlig unerheblich, ob es sich um einen One-Night-Stand oder den eigenen Ehemann handelt. Nach einer Liebesnacht beispielsweise sind Frauen sehr verletzlich. Für Männer dagegen ist der Morgen danach einfach der Morgen *danach*.

Der gute Rat ihrer Mutter Hermine, niemals vor dem ersten Kaffee das Verhalten ihres Liebhabers zu ergründen, hatte Sonja Fleming schon in ihren Singlezeiten vor so mancher unerfreulichen Szene bewahrt, und auch als Ehefrau behielt er für sie weiterhin Gültigkeit. *Überhaupt ist das Leben mit Männern leichter, wenn man aufhört, sie verstehen zu wollen*, dachte Sonja. Ganz besonders am frühen Morgen. Ihre Freundin Billie dagegen schlug sich immer noch die Nächte um die Ohren und plagte sich bereits vor dem Frühstückstee mit all jenen Fragen herum, von denen ganze Redaktionen von Frauenzeitschriften ihre Daseinsberechtigung ableiten.

»Warum ruft er nicht an?«

»Warum trennt er sich nicht von seiner Frau?«

»Warum will er keine feste Beziehung?«

»Nimm ein Brötchen«, hatte Hermine damals gesagt, als Sonja ihr eines Morgens als Achtzehnjährige mit roter Nase, verquollenen Augen und diesen Fragen gegenübergesessen hatte. »Kein Mann der Welt ist es wert, sich das Frühstück verderben zu lassen.«

Zwanzig Jahre später dachte Sonja wieder an diese Worte. *Kein Mann ist es wert. Keiner? Und wenn es mehr als einer ist? Kann man da eine Rechnung aufmachen: ein Mann – ein Brötchen? Zwei Männer – ein Brötchen und ein Croissant? Bei meiner augenblicklichen Gefühlslage sollte ich mich wohl nach einem Job in einer Bäckerei umsehen …*

1. Kapitel

Berlin, April 2004

»Glauben Sie an Liebe auf den ersten Blick?«
»Das spart eine Menge Zeit.«
Nachts unterwegs, 1940

Sonja lehnte sich mit sanftem Druck gegen die Drehtür des Charlottenburger Hofs. Das Hotel war eine Empfehlung von Billie, und das umgebaute alte Berliner Stadtpalais gefiel ihr auf Anhieb. Verrückt, aber als die Drehtür sie in die großzügige Empfangshalle beförderte, hatte sie das Gefühl, mit einem Schwung in eine andere Frau verwandelt zu werden. In eine Frau voller Unternehmungslust, Unbeschwertheit und Neugier. Hamburg, die Familie, die Arbeit – das alles schien auf einmal viel weiter weg als zweieinhalb Zugstunden.

Sie hatte lange gebraucht, um Billies Weihnachtsgeschenk einzulösen, einen Gutschein für ein Wochenende in einer europäischen Großstadt, An- und Abfahrt sowie zwei Übernachtungen inklusive.

Billie hatte ihr die Gutscheinkarte mit den Worten in die Hand geschoben: »Morgens jobben in der Rahmengalerie, mittags die Kleine und die Wohnung, du musst mal raus aus dem Trott und wieder etwas für dich tun.«

Ach ja, und was? Soll ich mich in einem Zen-Kloster in Japan einmieten und für eine horrende Summe Fußböden schrubben? Das kann ich auch prima in Hamburg in meiner eigenen Wohnung.

Doch eine Woche zuvor, als der nasskalte Januar ausklang und ein eisiger Februarwind durch die Straßen pfiff, hatte sich Sonja plötzlich entschlossen, den Gutschein einzulösen.

»Wo soll es denn hingehen?«, fragte Billie gespannt, als Sonja sie anrief. »Paris, Budapest, London?«

»Ich möchte nach Berlin.«

Ihre Freundin war verblüfft. »Willst du etwa eine Nostalgiereise ohne mich machen und unsere Jugend hochleben lassen?« Sie klang ein wenig verschnupft.

»Nein, nein. Ich möchte nur endlich mal nach Potsdam fahren, mir Sanssouci ansehen. Das haben wir doch damals nie getan. Und ich möchte in Ruhe ein paar Museen besichtigen.«

Allerdings behielt sie für sich, dass Berlin wie ein immer wiederkehrender Traum in den letzten Tagen und Wochen vor ihrem inneren Auge aufgetaucht war. Berlin, die Stadt, in der sie ihre Ausbildung zur Tischlerin gemacht hatte. *Berlin … damals …* Sonja sagte Billie auch nicht, dass ganz tief in ihr drin die seltsame Hoffnung lebte, in den Straßen von Berlin einer jungen Frau voller Elan und Lebenslust wiederzubegegnen. *Der Frau, die ich mal war. Bevor ich zur ständig leicht genervten Mutti geworden bin, die argwöhnisch darüber wacht, ob ihr Ehemann auch pünktlich aus dem Büro kommt.*

Billie hatte sich schnell wieder gefasst. »Also Berlin! Das nächste Mal komme ich aber mit! Und für dieses Mal empfehle ich dir ein besonders nettes Hotel!«

Leises Stimmengewirr erfüllte die Hotellobby, als Sonja jetzt die warme Halle betrat. Unter der Krempe ihrer schwarzen Samtkappe waren Wange und Nase leicht gerötet. Ihre Schulter schmerzte vom Druck der Ledertasche. An der Rezeption, die sich gleich rechts neben der Drehtür befand, checkte sie ein und stand wenig später in einem gemütlichen Hotelzimmer. Nachlässig warf sie ihre Tasche auf das Bett. Dann fuhr sie sofort wieder hinunter und lief los, als ob sie Angst hätte, die Stadt würde innerhalb der nächsten vierundzwanzig Stunden geschlossen. Sie fuhr mit der U-Bahn zum Alexanderplatz, bummelte Unter den Linden entlang, trieb sich ein paar Stunden auf der Museumsinsel herum und trank einen Milchkaffee in einem der viel zu lauten, überfüllten Cafés am Potsdamer Platz. Abends aß sie in einem indischen Imbiss unweit des Hotels ein paar Pakoras und schlief in dem großen, bequemen Hotelbett über einem Fotobildband mit alten Berliner Caféhäusern ein. Obwohl sie in den letzten Jahren niemals ohne Albert und Lina gereist war, fühlte sie sich erstaunlich wohl.

Am nächsten Morgen frühstückte sie ausgiebig und in Ruhe im lichten Atrium des Hotels, während sie mit Interesse den *Berliner Tagesspiegel* las. Sie spürte eine unbestimmte Erregung in sich aufsteigen. *Wann habe ich zuletzt einen ganzen Tag für mich allein gehabt?* Sie beschloss, sofort nach Potsdam zu fahren und sich Schloss Sanssouci anzusehen. Mit schlechtem Gewissen dachte sie daran, wie befreiend es war, einmal ohne Lina an der Hand, stets bereit zum Erklären, Reden und Trösten, irgendwohin zu fahren.

Nach der Besichtigung des Schlosses spazierte sie trotz des schneidend kalten Windes noch eine Weile durch den Park und trat bei Einbruch der Dunkelheit die lange Fahrt in einer gespenstisch leeren S-Bahn zum Bahnhof Zoo an. Mit einem Mal vermisste sie Linas Geplauder und die kleine warme Hand in ihrer. Es war ein schöner Tag gewesen, ja. Aber jetzt fühlte sie sich allein und verloren. Müde, verfroren und dankbar für die anheimelnde Atmosphäre betrat sie am frühen Abend die Hotelhalle.

Während der Concierge nach Nachrichten für sie sah, blickte sie sich um. In den tiefen Sofas der Halle saßen einige Gäste beim Aperitif. Geschickt platzierte Lampen auf Konsolen und niedrigen Tischen schufen Lichtinseln. Dicke Teppiche dämpften die Schritte, im hinteren Bereich flackerte ein Kaminfeuer. Rechts von der Schwingtür zur Bar stand ein Stutzflügel, auf dem ein Pianist Jazz-Standards spielte.

»Ihre Nachricht, Frau Fleming.« Der Concierge reichte ihr einen roten Umschlag.

Sonja nahm ihn entgegen und steuerte den Fahrstuhl an. Sie freute sich auf ein heißes Bad. In ihrem Zimmer ging sie noch im Mantel ins Badezimmer, um heißes Wasser in die Wanne laufen zu lassen. Erst dann widmete sie sich der Nachricht. Sie kam von Billie, ein Fax aus dem Büro mit der Mitteilung, dass ihre Freundin an diesem Abend mit Albert kochen und sich um Lina kümmern wollte.

»Freddy's Pizzaservice ist schon informiert, deinem Göttergatten wird mit Rotwein der Trennungsschmerz versüßt, für das Fräulein Tochter sind der Clown und die Ponys bestellt, und nachts lassen wir uns in der Spielwarenabteilung einschließen!«

Die munteren Zeilen verstärkten Sonjas Heimweh. *Billie ist jetzt dort, wo ich sein sollte.* Die glückliche Aufregung des Morgens war verpufft. Vielleicht half ja das heiße Bad, ihre Laune zu verbessern? Bevor sie sich auszog, öffnete sie, einer spontanen Eingebung folgend, einen Piccolo aus der Minibar und goss sich ein Glas Sekt ein, das sie mit ins Badezimmer nahm. Mit einem Aufatmen ließ sie sich in das heiße Wasser gleiten. Während sie den Sekt in kleinen Schlucken trank, wanderten ihre Gedanken zu dem Tag zurück, der hinter ihr lag.

In Sanssouci hatte sie eine der alle zwanzig Minuten stattfindenden Führungen mitgemacht. Bei dem Gedanken an die vollbusige Frau in der zu engen Jacke, die mit sächsischem Kommandoton ihre Schäfchen zusammenhielt und Sonjas langes Verweilen mit missbilligend zusammengezogenen Augenbrauen beobachtete, musste sie lächeln. Solange Sonja zurückdenken konnte, hatten Möbel sie fasziniert. Wenn ihre Schwester Anne mit ihren Puppen Modenschauen veranstaltete, baute Sonja für sie Hochbetten, Sofas, Stühle und Tische.

Na, also: Es geht doch nichts über ein heißes Bad und einen Schluck Sekt im richtigen Moment. Schon viel besser gelaunt verteilte sie den Hotelbadeschaum im Wasser und erinnerte sich an das Arbeits- und Schlafzimmer auf Schloss Sanssouci, das sie mit seiner bemalten Decke und den ionischen Säulen mehr beeindruckt hatte als der pompöse Marmorsaal. Der Rokokoschreibtisch! Wie gerne sie seine Oberfläche berührt hätte. In einer unbewussten Bewegung, als prüfe sie die Struktur eines feinen Stoffes, rieb sie die Finger ihrer rechten Hand gegen den Daumen. Im Kopf bevölkerte sie die Räume des Schlosses mit blass geschminkten Frauen unter hoch aufgetürmten Puderperücken und in Reifröcken, ließ sie Männer in engen Kniebundhosen auf den Stühlen mit den geschwungenen Beinen Platz nehmen.

In ihrer Berufsschulklasse hatte Sonja stets für Heiterkeit gesorgt, wenn sie von ihren Ausflügen in schleswig-holsteinische Wasserschlösser oder von ihrer Vorliebe für Heimatmuseen mit original wiederaufgebauten Bauernstuben berichtete. In der Abschlusszeitung ihres Jahrgangs gab es ein Foto von ihr vor ihrem Gesellenstück, einem großen Esstisch. Darunter stand: »Dank hartnäckiger Feldforschung und unter Lebensgefahr gelang es der Holzkundlerin, das scheue Gebrauchsmöbel in seinem natürlichen Lebensraum aufzuspüren.«

Nachdem sie das Billie einmal erzählt hatte, gehörten die Kommentare ihrer Freundin über die unterschiedlichsten Dinge (Espressotassen, Toilettenbürsten, Nagelfeilen) oder Personen (Atomphysiker, Frittenverkäufer, Pediküren) und deren natürlich meist gar nicht natürliche Lebensräume (beispielsweise, wenn sie Sonjas Nachtcreme neben der Butter im Kühlschrank entdeckte) zu ihrem Standardrepertoire vertraulichen Unsinns, den nur sie beide verstanden.

»Aber es ist wirklich etwas Besonderes, Möbel in den Räumen zu sehen, für die sie mal gemeint waren!«, hatte sich Sonja damals empört gegen die Heiterkeitsausbrüche ihrer Klassenkameraden verteidigt, und auf ihren Wangen waren zwei kreisrunde knallrote Flecken erschienen, wie immer, wenn sie sich aufregte.

Seufzend nahm sie noch einen Schluck Sekt, lehnte sich zurück und hing weiter ihren Gedanken nach. Sie hatte in Sanssouci zum ersten Mal seit Jahren wieder den Drang verspürt, etwas Eigenes zu bauen. In ihrem Hinterkopf begann sich eine Idee zu formen, noch undeutlich und kaum mehr als ein Impuls. In der Geborgenheit des warmen Badewassers ließ sie ihrer Fantasie freien Lauf. *Wenn ich nun eine eigene Werkstatt einrichtete?* Die Hobelbank, die ihr Vater ihr zur Gesellenprüfung geschenkt hatte, stand noch im Keller, daneben ihr Werkzeugschrank, das Werkzeug in Kisten verpackt. Fast meinte sie, über dem Seifenduft des Badewassers den Geruch von Holz, Wachs und Lack wahrzunehmen.

Erst als ihre Haut sich an den Fingern langsam wellte, stieg sie aus der Wanne. Warm eingehüllt in den dicken weißen Frotteemantel mit Hotelemblem, kuschelte sie sich in den Sessel und trank ein weiteres Glas Sekt. Vor dem Fenster hob sich die Skyline Berlins glitzernd vom Abendhimmel ab. Sonja überlegte, ob sie Albert anrufen sollte. Aber aus irgendeinem Grund wollte sie das Gefühl dieses Abends noch ein bisschen für sich allein behalten. Außerdem verbrachte Albert den Abend mit Billie. Vielleicht würde er den Anruf als weibliche Inkonsequenz empfinden. »Da siehst du's, du kannst einfach nicht ohne uns leben! Stimmt's, Liebling? Uns geht es gut. Entspann dich doch einfach!« Er hatte ja recht. Was würde Billie ihr in dieser Situation raten? Sie sah ihre Freundin vor sich, wie sie ihr kopfschüttelnd und mit glimmender Zigarette im Anschlag Vorhaltungen machen würde. *Sonja, du hast jetzt drei Möglichkeiten. Erstens: Selbstmord durch Minibar. Zweitens: der Spielfilmkanal im Fernseher. Da gibt es garantiert irgendwo einen alten Streifen, den du zwar schon auswendig kannst, aber wie ferngesteuert wieder gucken würdest. In*

Berlin! An deinem Wochenende! Wie müde ist das denn? Mit beiden Möglichkeiten kannst du deinen Berlintrip erfolgreich als Flop verbuchen. Möglichkeit drei? Du ziehst dich an, suchst deinen Lippenstift und tust das, was erwachsene Frauen in schönen Hotels tun: einen Drink an der Bar nehmen.

Ein Glas Sekt später kramte sie in ihrem Schminktäschchen nach dem Lippenstift.

Als sie aus dem Fahrstuhl stieg, lag die Lobby wie ausgestorben vor ihr. Der Flügel stand verwaist und zugeklappt da. Nur ein älteres Paar saß in harmonischem Schweigen vor dem Kaminfeuer. Sonja öffnete die Schwingtür zur Bar und musste unwillkürlich an das berühmte Bild *Nighthawks* von Edward Hopper denken. Die Längsseite des schlauchförmigen Raums nahm eine lange, dunkle Theke ein, gesäumt von einer Reihe bequemer, mit grünem Leder bezogener Barhocker. Gegenüber zog sich eine Lederbank die Wand entlang, davor standen in gleichmäßigen Abständen Tische und tiefe Sessel mit ebenfalls grünen Lederbezügen. An der Theke machte sich der Barkeeper zu schaffen, ein Endfünfziger mit grau melierten Schläfen und einem freundlich-zerfurchten Gesicht. Sein weißes Oberhemd wurde von einer schwarzen Fliege gekrönt, seine Weste aus grauer Seide schimmerte. Nur wenige Gäste verteilten sich im Raum. Sonja trat an die Bar, kletterte auf einen der Hocker und beobachtete den Barkeeper, der ihr seltsamerweise vertraut vorkam. Sie lehnte sich vor.

»Heinz Kupinski? Kupp?«

Der Angesprochene blickte auf. Er war nur für den Bruchteil einer Sekunde irritiert. Dann trat ein wissendes Erkennen in seine Augen. Er streckte die Hand über den Tresen. »Sonja? Das ist ja eine Überraschung. Ich fürchte, beim Nachnamen müssen Sie mir helfen. Es war irgendetwas Skandinavisches.«

»Hansen! Aber mittlerweile habe ich geheiratet, ich heiße jetzt Fleming. Sagen Sie ruhig weiter Sonja, Herr Kupinski.«

»Und Sie Kupp, Sonja.«

Sie lächelten einander an.

»Wie lange ist das jetzt her, meine Liebe?«

Sonja hob abwehrend die Hände. »Ach, mir kommt es vor wie hundert Jahre! Ich hatte gerade meine Ausbildung zur Tischlerin abgeschlossen, lebte noch nicht in Hamburg und wollte das wahre Leben kennenlernen, bevor ich mir eine Arbeitsstelle suchte.«

»Das wahre Leben! Ausgerechnet in einem Kurs zum Cocktailmixen.«

»Das war die Idee meiner Freundin Billie. Weil sie in einer Zeitschrift gelesen hatte, dass man dort die interessantesten Männer trifft.«

»An interessante Männer kann ich mich in diesem Kurs irgendwie gar nicht erinnern.«

Sonja lachte. »Der interessanteste waren Sie, Kupp.«

Der Barkeeper nahm das Kompliment mit einem kurzen Nicken und selbstironisch hochgezogenen Augenbrauen zur Kenntnis.

Sonja hatte damals geradezu für Kupinski geschwärmt. Er beherrschte die World-Cocktails vom Adonis bis zum Za-Za, war stets tadellos gekleidet und ein Meister der stimmungsvollen Inszenierung, der nicht nur über Takt und Diskretion, sondern auch über eine umfangreiche Sammlung von musikalischen Barklassikern auf Kassette verfügte, für die sich später das Label »Lounge-Musik« etablierte. Auch jetzt hörte Sonja die sanfte Stimme von Astrud Gilberto, identifizierte den samtigen Sound des Saxophons von Stan Getz.

»Immer noch mit Musik im Gepäck?« Kupinski nickte. »Aber mittlerweile alles auf CD.«

Er lächelte Sonja so herzlich an, dass ihr warm ums Herz wurde. *Schade, dass man mit einem Menschen wie Kupp nicht befreundet sein kann.* »Barkeeper haben kein Privatleben!«, hatte er ihnen damals verkündet und damit die Dating-

Versuche aller weiblichen Kursteilnehmer bravourös ausgebremst.

»An Billie kann ich mich gut erinnern«, sagte er jetzt. »Ich habe einmal einen Artikel über sie gelesen, damals wurde sie von der jungen Szene gefeiert. Ist sie beim Mixen geblieben?«

»Nein, das war eine einmalige Geschichte. Sie kannte den Journalisten recht gut. Den Shaker hat sie später ebenso an den Nagel gehängt wie ... den Schreiberling.« Sonja kicherte. »Sie lebt mittlerweile auch in Hamburg und arbeitet in einer großen Werbeagentur.«

»Und Sie?«

»Ich habe eine achtjährige Tochter und arbeite nur noch halbtags. Als Aushilfe in einer Rahmengalerie. Dort rahmen wir Fotos, Urkunden, was immer die Kunden uns so bringen.«

Wieder nickte er. »Was treibt Sie nach Berlin zurück, Sonja?«

Ja, was eigentlich?

Zu ihrer eigenen Überraschung hörte sie sich antworten: »Ich habe mir dieses Wochenende als Auszeit genommen, um nachzudenken. Und habe mich jetzt entschlossen ...« Ihre Stimme klang auf einmal ein wenig unsicher, aber sie fuhr nach einem Räuspern fort: »Ich habe mich entschlossen, wieder in meinen Beruf einzusteigen. Vielleicht eine eigene Werkstatt aufzumachen!« *Wow! Habe das wirklich ich gesagt?*

»Das freut mich.« Unter Kupinskis warmem Blick verflog das letzte Restchen Fremdheit. »Einen GT?«

Sonja fühlte, wie sie sich entspannte. Sie plauderten weiter wie zwei alte Freunde, und die Zeit verflog. Kurz vor Mitternacht füllte sich die Bar, und Kupinski hatte alle Hände voll zu tun.

»Wenn alle Stricke reißen, hole ich Sie hinter den Tresen«, raunte er Sonja zu, während er an das andere Ende der Theke eilte, wo eine alte Dame auf einem Hocker thronte.

Sonja beobachtete, wie der Barkeeper mit der Dame sprach,

einen Moment überlegte und zum Telefon griff. Wenig später erschien ein Page, der auf einem Tablett eine kleine Flasche balancierte. Mit ungerührtem Gesicht goss Kupinski Wasser in ein Cocktailglas, fügte Eiswürfel hinzu und ließ mehrere Tropfen aus der Flasche in das Glas fallen. Er servierte der Dame das Getränk mit einem Minzeblatt garniert und einer höflichen Verbeugung.

Sonja beugte sich interessiert vor. »Was haben Sie denn da gerade gemixt, Kupp?«

Kupinski senkte verschwörerisch die Stimme. »Die Dame wollte etwas ganz Spezielles. Ihren täglichen Schluck …« Er pausierte dramatisch. »Klosterfrau Melissengeist!«

Sonja starrte ihn erst ungläubig an, aber dann musste sie schallend loslachen. Sie wusste jetzt schon, wie Billie dieses Erlebnis kommentiere würde: »Exzentrikerinnen in ihrem natürlichen Lebensraum, der Berliner Hotelbar.« *Was für ein schöner Abend. Was für eine großartige Idee, nach Berlin zu fahren!*

Ein Mann betrat den Raum. Sonja bemerkte, wie Kupinski ihn mit erfahrenem Blick taxierte. Dunkle, kurze Haare, glatt rasiert, teure, sportliche Kleidung. Nachdem der Ankömmling sich eine Weile umgesehen hatte, kam er an die Bar. Er fragte mit dem Hauch eines amerikanischen Akzents: »Ist hier noch frei?« Seine Stimme war angenehm tief.

»Ja, bitte schön.« Sonja nickte und sah, wie Kupp ihr zuzwinkerte. Sie erinnerte sich, wie er in dem Cocktailkurs von seiner Skepsis amerikanischen Barbesuchern gegenüber berichtet hatte. »Bei amerikanischen Gästen steht zu befürchten, dass sie die Bar mit der Bestellung eines entkoffeinierten Espresso oder eines alkoholfreien Biers entweihen!« Ob ihn derlei Vorurteile heute noch bewegten, war seiner höflichen Miene nicht zu entnehmen.

»Danke.« Der Amerikaner nahm neben ihr Platz.

Ihre Augen trafen sich in den verspiegelten Wänden. Sonja

wollte den Blick abwenden, aber sie konnte nicht. Ein leichtes Kribbeln stieg von ihrem Magen nach oben in die Brust. Der Amerikaner rührte sich nicht. Sie sahen einander unverwandt im Spiegel an.

Als es ihr endlich gelang, die Augen niederzuschlagen, klopfte ihr das Herz bis zum Hals. Sie versuchte, ruhig zu atmen, und betrachtete ausgiebig die Flaschen auf dem Regal hinter der Theke.

Der Mann neben ihr wandte sich an den Barkeeper. »Zwei Stinger, bitte«, sagte er.

Sonja sah, wie Kupinskis Gesicht der Ausdruck professioneller Aufmerksamkeit für den Bruchteil einer Sekunde entglitt. *Bravo, unbekannter Fremder! Du bist also keiner von der Fraktion »koffeinfrei und niedrigprozentig«!*

»Kommt sofort.«

Der Amerikaner wandte sich an Sonja. »Darf ich Sie zu diesem Getränk einladen?«

Was sollte sie antworten? Wie ein Aufreißer sah der Mann eigentlich nicht aus. Sondern wirklich sehr sympathisch. *Und bei* dem *Getränk kann ich eigentlich gar nicht nein sagen.* Außerdem: Kupp war ja dabei. *Aber ich muss dem Ami schnellstens klarmachen, dass ich nicht der Typ Frau bin, der sich in einer Bar zu einem Getränk einladen lässt.*

Der Fremde sagte: »Wollen Sie einen Telefonjoker für die Beantwortung der Frage setzen oder lieber das Publikum entscheiden lassen?« Sie sah ihn verständnislos an. Er lächelte immer noch. Dann beugte er sich vor und sagte: »Haben Sie keine Angst, ich habe wirklich nichts weiter im Sinn, als Sie zu einem Drink einzuladen. Einfach, weil mir Ihre Gesellschaft netter erscheint, als allein an der Bar zu sitzen.«

Das war so entwaffnend, dass sie spontan sein Lächeln erwiderte. Er hatte also ihre Gedanken gelesen. *Aber, sehe ich etwa aus wie ein langweiliger Blaustrumpf? Manchmal kann männliche Offenheit erschreckend uncharmant sein.* Um ihre Verlegenheit zu überspielen, sagte sie: »Der Stinger ist einer meiner Lieblingscocktails. Danke, sehr gern!«

Während Kupp arbeitete, studierte der Amerikaner die Cocktailkarte, und Sonja beobachtete ihn verstohlen. Er war jünger, als sie im ersten Moment gedacht hatte, obwohl sie in seinen dunklen Haaren vereinzelte graue Strähnen entdeckte. Er hatte gerade Schultern und war muskulös, ohne plump zu wirken. Sein Gesicht war wie seine Hände leicht gebräunt und hob sich dunkel gegen seinen hellen Hemdkragen ab. Unerwartet sah er auf. *Und sie hatte ihn einfach so angestarrt. Wie peinlich!* Schnell inspizierte Sonja die Schale mit Salznüssen, als sei sie das achte Weltwunder. Dabei spürte sie seinen belustigten Blick. Plötzlich war sie froh, dass sie nach dem Bad nicht in ihre Jeans und den hellbraunen Wollrolli geschlüpft war, sondern in ein schwarzes langärmeliges T-Shirt und die weich fallende schwarze Seidenhose. Ein Geschenk von Billie zu ihrem letzten Geburtstag. Da ihre Haare vom Baden noch feucht gewesen waren, als sie sich anzog, hatte sie sie nicht wie sonst mit einem Haargummi zu einem Pferdeschwanz zusammengefasst, sondern mit zwei dicken Haarnadeln am Hinterkopf festgesteckt. Sie hatte Lippenstift aufgetragen, den sie tatsächlich gefunden hatte, nachdem sie das Schminktäschchen von innen nach außen gekrempelt hatte. Kupp stellte zwei Gläser vor sie hin.

Der Amerikaner deutete eine Verbeugung an, als er sagte: »Darf ich mich vorstellen? Richard Andersen.« Er sprach seinen Namen englisch aus.

Das klingt wie in einem Hollywood-Film. In Deutschland läuft das anders: »Und, wie heißt du so?« Oder: »Ich bin übrigens der Sven.« Aber das hier …

»Sonja Fleming.«

Sie hoben die Gläser. Richard Andersens Augen waren grün, mit einem dunklen Rand um die Iris. Sonjas Herz fing wieder unversehens an zu rasen, und erneut konnte sie die Augen nicht von seinen abwenden. *Meine Güte, was ist das denn?*

Sie hatte das Gefühl, als ob sich das Licht eines großen Scheinwerfers auf sie und Richard Andersen richtete. Kupinski schien außerhalb des imaginären Lichtkegels zu stehen. *Guck weg. Stell dein Grinsen ab. Erzähl einen Witz. Verschluck dich. Fall vom Stuhl. Tu irgendetwas. Aber hör auf, ihm in die Augen zu sehen!* Sonjas Gedanken überschlugen sich, während sie die Augen nicht von Richards lösen konnte. In ihrer Brust wurde es eng. Richard hielt ihren Blick fest, viel länger, als Fremde einander ansehen dürfen, ohne zu viel von sich preiszugeben. Sie spürte, wie ihr Hals trocken wurde, und befeuchtete nervös die Lippen mit der Zunge. *Was tue ich hier eigentlich?* Früher hatte sie gerne geflirtet, aber seit ihrer Heirat hatte kein anderer Mann mehr ein solches Kribbeln in ihr ausgelöst.

Am Anfang ihrer Beziehung hatten Albert und sie einmal über die Möglichkeit gesprochen, sich irgendwann in eine andere Frau oder einen anderen Mann zu verlieben.

Albert schien das ganz nüchtern zu sehen. »Wenn du eines Tages mit einem anderen Mann schlafen willst, dann tu es. Aber behalte es bitte für dich. Nur wenn es unsere Beziehung infrage stellt, möchte ich es erfahren. Was ich nicht weiß …«

Sonja hatte leidenschaftlich auf seine Worte reagiert. »Ich will niemals mehr mit einem anderen Mann ins Bett gehen. Und du sollst mit keiner anderen Frau schlafen.«

Danach hatten sie das Thema nicht mehr angeschnitten.

Damals habe ich gesagt: Ich will niemals mehr … Niemals mehr?

Sie würde den Drink austrinken und auf ihr Zimmer gehen. Eine Einladung zu einem Cocktail, ein belangloses Gespräch. Das war völlig harmlos und hatte mit einem Flirt überhaupt nichts zu tun.

Sonja, du lügst. Du möchtest mit diesem Fremden hier in der Dunkelheit der Bar sitzen und dir vorstellen, wie es wäre, seine Hand zu berühren.

»Wieso ist der Stinger Ihr Lieblingsdrink, Sonja?«, holte sie Richard Andersens Stimme aus ihren verwirrten Gedanken.

Sie fing sich wieder. »Das ist der Drink, den Bette Midler in dem Film *Freundinnen* immer trinkt. Meine Freundin und ich können sämtliche Dialoge auswendig. Früher hat Billie beispielsweise immer Bette Midler mit dem Satz ›Ich hasse mein Haar‹ zitiert. Jedes Jahr im Mai sehen wir uns den Film gemeinsam auf DVD an – früher hatten wir natürlich ein Video.«

Richard lächelte. »Und zu dieser Tradition gibt es Stingers?«

»Genau. Wenn dann am Ende Barbara Hershey stirbt, müssen wir jedes Mal furchtbar heulen und schwören uns, wie Bette Midler und Barbara Hershey immer füreinander da zu sein. Ich fürchte, ich habe eine fatale Neigung zum Hollywood-Kino.«

»Wer von den beiden sind Sie? Bette Midler oder Barbara Hershey?«

»Mit Sicherheit Bette Midler. Billie ist viel schöner als ich. Außerdem habe ich auch noch die große Klappe von Bette abbekommen.«

Er lächelte sie wieder an. »Die steht Ihnen aber ganz hervorragend.«

»Wie bitte?«

»Ihre angeblich große Klappe.«

Sonja fühlte, wie sie rot wurde. »Vielen Dank.« *Selbst, wenn ich nicht flirte: Er flirtet. Und wie!*

Richard fragte sie, was sie nach Berlin geführt habe.

Sonja erzählte ihm von Billies Geschenk und wiederholte, diesmal schon viel selbstverständlicher, dass sie einen beruflichen Wiedereinstieg plane.

»Sie sind Tischlerin?«

Wieso wirkte er so erstaunt? Spontan hielt sie ihm ihre Hand unter die Nase. »Sehen Sie diese Narbe? Da habe ich mir mit einem Stecheisen die Gelenkkapsel zerschmettert.«

Richard zuckte bei der Erzählung zusammen und nahm ihre Hand, die trotz der breiten Handfläche und der kräftigen Finger mit den kurz geschnittenen Nägeln neben seiner sehr klein wirkte. Er sah sich die weiße Narbe genau an, und für einen irrwitzigen Moment glaubte Sonja, er würde sie küssen.

»Ich wollte Sie nicht beleidigen. Natürlich glaube ich, dass Sie Tischlerin sind. Nur hatte ich mir eine Tischlerin immer irgendwie ... ja ... handfester vorgestellt.«

»Wieso, ich bin doch handfest!«, wollte Sonja erwidern, besann sich aber im letzten Moment eines anderen. Richard hielt immer noch ihre Hand, und sie entzog sie ihm langsam. Dabei sah sie ihr Spiegelbild. Einige Haarsträhnen hatten sich gelöst und kringelten sich auf ihren Schultern. Das schwarze T-Shirt machte sie schmaler, ihre Augen glänzten. Mit der Sonja im ausgeleierten Sweatshirt, die in mit Holzstaub bedeckter Arbeitshose Passepartouts zuschnitt, hatte die Frau im Spiegel wirklich nichts gemein.

»Wollen wir noch einen Stinger trinken?«

Sonja nickte.

Zwei Stunden später wusste Sonja, dass Richard keine Salznüsse aß, wie sie zum ersten Mal im Charlottenburger Hof wohnte und Plattenproduzent aus Los Angeles war.

»Das klingt viel glamouröser, als es ist. Ich bin kein Multimillionär, und in meinem Büro sind die Wände auch nicht mit Platinschallplatten gepflastert. Und ich trinke nicht mit Popgrößen Champagner. Watermelon Records, meine Firma, produziert vor allem Jazz, Jazz-Rock und ein bisschen New Folk.«

Er erzählte, dass er nach Deutschland gereist sei, um einen kanadischen Komponisten zu treffen, der zwischen Prag und Berlin pendelte.

»Ich war ganz aufgedreht, als ich sein Studio in Berlin-Mitte verlassen habe. Die Welt ist jetzt so viel näher zusammengerückt. Selbst wir Amerikaner kennen plötzlich Länder mit Namen wie Litauen, Estland oder Bosnien. Ich bin lange durch die Straßen gelaufen und habe erst bemerkt, wie spät es war, als ich vor Kälte keine Faust mehr machen konnte.« Er lächelte. »Ich vergesse immer meine Handschuhe.«

Dann legte er seine Hand auf Sonjas. *O Schreck! Aber es fühlt sich gut an. Gleich werde ich meine Hand wegziehen. Gleich, nicht sofort. Aber gleich. Hm.*

»Sie haben ein so schönes Lachen.«

Sprich weiter. Oder nein, sag bitte nichts mehr. Was soll ich denn jetzt nur tun? Wir wollten doch nur einen Drink …

»Finden Sie?«

»Ja, deshalb bin ich überhaupt in die Bar gegangen. Dieses schöne Lachen voller Wärme.«

Oh! Ob Kupinski etwas mitbekommen hat? Schließlich hatte sie ihm vorhin von ihrer Ehe und ihrer Familie erzählt. Aber der Barkeeper bediente gerade eine Gruppe junger Engländer und wandte ihr den Rücken zu.

Als Richard endlich seine Hand von ihrer hob, spürte sie die kühle Luft, die ihren Handrücken traf wie eine Enttäuschung. Schnell zog sie die Hand von der Theke und legte sie in ihren Schoß.

»Wieso sprechen Sie so gut Deutsch?«

»Weil ich Deutscher bin. Meine Eltern sind Anfang der siebziger Jahre in die Vereinigten Staaten gegangen, als ich noch sehr klein war. Wir haben zu Hause viel Deutsch gesprochen. Meine Familie kommt aus Schleswig-Holstein. Ich bin allerdings in Hamburg geboren.«

Es gibt keine Zufälle.

»Dort lebe ich.«

Sie lächelten einander an.

»Woher kommt Ihre Familie denn genau?«

»Keine Ahnung. Mein Vater hat irgendwann einmal Rendsburg erwähnt. Aber eigentlich hat die Vergangenheit ihn nie besonders interessiert, und ich habe nie viel gefragt.«

»Haben Sie denn Ihre Großeltern nicht kennengelernt?«

»Die Eltern meiner Mutter waren schon tot, als wir in die USA gezogen sind.«

»Und die Familie Ihres Vaters?«

»Als Baby hat mich der Vater meines Vaters wohl ein paar Mal auf dem Arm gehalten, aber ich kenne nur die Fotos und habe selbst keine Erinnerung mehr daran. Mein Vater ist gegen den Willen meines Großvaters nach Amerika gegangen.«

»Die beiden haben sich nie versöhnt?«

Richard schüttelte den Kopf: »Meine Großeltern sind lange tot. Ich weiß so gut wie nichts von ihnen. Aber nun habe ich ja noch einen weiteren Grund, Hamburg einmal zu besuchen …« Er lächelte sie an.

Sonja spürte, wie ihr Herz wieder zu rasen begann. Hastig sprach sie in ihre Aufregung hinein: »Kann man diese Ahnensuche nicht auch per Internet vornehmen?«

»Bestimmt, aber ich würde gerne einmal nach Hamburg reisen, um die Luft meines Geburtsorts zu schnuppern.«

»Sie sind ein Romantiker.«

»Ich fürchte, ja.«

Er legte erneut seine Hand auf ihre. Sonja blickte wieder schnell zu Kupinski hinüber. Aber der hatte die Geste nicht bemerkt, sondern unterhielt sich am Ende der Bar mit einem Gast. *Hilfe, ich benehme mich schon, als würde ich es auf einen Seitensprung anlegen!* Glücklicherweise hatte Richard von ihren Überlegungen keine Ahnung. *Oder doch? Vielleicht war das alles Teil seines ausgeklügelten Plans, europäische Frauen aufzureißen?*

»Habe ich jetzt Ihr Bild vom harten amerikanischen Cowboy zerstört?« Seine Stimme klang schon wieder amüsiert.

Sonja musste grinsen. »Aber nein, ich habe doch Ihr Pferd in der Hotellobby gesehen.«

Es war nach Mitternacht, als Kupinski nach einem letzten Wunsch fragte.

Sonja blickte erschreckt auf die Uhr. »So spät schon! Ich sollte jetzt wirklich schlafen gehen.«

Sie sah Kupinski an. »Bringen Sie mir die Rechnung, bitte?«

Aber Richard gab dem Barkeeper ein Zeichen, ohne auf Sonjas Widerspruch zu achten. Insgeheim war sie geschmeichelt. *Wie lange ist es her, dass mich ein Mann eingeladen hat?* Beschämt zensierte sie ihre Gedanken. *Warum sollte dich ein anderer Mann als dein eigener einladen?* Während Kupinski die Rechnung fertig machte, zückte Richard seine Brieftasche und entnahm ihr eine Visitenkarte.

»Falls Sie mal in Los Angeles sind …«

Sonja musste lachen. »Sehr komisch! Hollywood! Ich war seit Wochen nicht mehr am Sunset Boulevard!« Sie schüttelte den Kopf. »Ich und L. A., das ist doch ein Witz!« *Was ist das da in seinem Blick? Melancholie? Fühlt er sich zurückgewiesen?* Schnell streckte sie die Hand aus: »Na, geben Sie schon her!«

Sie steckte das elfenbeinfarbene Kärtchen mit der blauen Prägeschrift in ihre Ledertasche. Er sah sie erwartungsvoll an. *Was will er denn jetzt? Trinkgeld? Ach, Quatsch, er will MEINE Karte.*

Entschuldigend hob sie die Achseln. »Ich habe gar keine …«, sie verbesserte sich, »… im Moment keine Karte dabei.« Es war merkwürdig, all dies unter Kupinskis Augen zu bereden, der mit der Rechnung vor ihnen stand. Ob er wohl dachte, dass sie die Nacht miteinander verbrachten? *Gute Barkeeper sehen und hören alles, aber sie sagen nichts.* Das hatte er ihnen im Cocktailkurs mehrfach gepredigt. Tatsächlich lag nichts als Unverbindlichkeit in Kupinskis Lächeln, als er Sonjas Hand schüttelte.

»Grüßen Sie Billie!«

Etwas ratlos standen Richard und Sonja kurz darauf in der verwaisten Lobby. Selbst der Nachtportier war nirgendwo zu sehen. Richard umfasste ihren Ellenbogen.

»Sind Sie sehr müde?«

»Ich war den ganzen Tag auf den Beinen.«

»Wollen wir noch irgendwo anders hingehen?«

»Noch mehr Alkohol vertrage ich nicht.«

Er lehnte sich vorsichtig an sie.

Nein. Das geht doch nicht. Oder? Was soll ich tun? Meine Knie sind ganz weich … Hilfe!

Sie blieb einfach stehen, und als er merkte, dass sie seinem Druck keinen Widerstand entgegensetzte, legte er die Arme leicht um sie.

Seine Wange berührte ihr Haar.

»Haben Sie Lust, noch ein paar Schritte zu gehen und ein bisschen frische Luft zu schnappen?«

»Jetzt?«

»Ja, jetzt. Sagen Sie bitte nicht nein.«

Plötzlich war er wie ein kleiner Junge. Er wirbelte sie herum und zog sie zum Fahrstuhl.

»In welchem Stock ist Ihr Zimmer? Wir holen nur unsere Mäntel.« Er grinste sie an: »Und meine Handschuhe!«

In ihrem Hotelzimmer stand Sonja vor dem Spiegel. *Soll ich nicht lieber einfach ins Bett gehen?* Er würde verstehen. So ein Abgang hätte Stil. Oder? Oder wäre er feige? Sie konnte sich nicht entsinnen, wann ihr schon mal ein Mann auf Anhieb so gut gefallen hatte wie Richard. Würde sie sich nicht ewig vorwerfen, diesen Spaziergang ausgeschlagen zu haben? *Ein Spaziergang ist schließlich kein One-Night-Stand.*

…

Noch nicht.

Sonja trat mit dem Mantel über dem Arm wieder auf den Korridor und ging zum Fahrstuhl. Ob sich wohl das schöne Gefühl des Abends verflüchtigte, wenn sie sich jetzt wieder begegneten? Als Richard im fünften Stock zustieg und sie anlächelte, wusste sie, dass ihre Befürchtungen grundlos waren. Irgendetwas an ihm zwang sie, ebenfalls zu lächeln. Ein Lächeln, das ihr Vater als Honigkuchenpferdlächeln bezeichnet hätte. So breit, dass sich ihr Gesicht zu schmal dafür anfühlte. Richard hielt ihr triumphierend ein paar schwarze Lederhandschuhe vor die Nase.

»Dann kann's ja losgehen.«

Zu ihrem Amüsement steckte er vor dem Hotel jedoch die Handschuhe in die Manteltasche und nahm ihre Hand. Sonjas Magen krampfte sich zusammen. Schweigend schlenderten sie durch die nächtlichen Straßen.

Wenn uns jetzt jemand sieht? Wer sollte das aber sein?

Die Luft war kalt und frisch.

»Leider sind keine Sterne zu erkennen.«

»Nur Schneesterne.«

Es begann zu schneien. Sie hielt die Hand hoch und zeigte ihm eine Schneeflocke auf der Spitze ihres Zeigefingers. Da beugte er sich vor und küsste die Schneeflocke fort.

Sie gingen über den Breitscheidplatz, die Budapester Straße entlang, am Elefantentor des Zoologischen Gartens vorbei, bis sie den goldenen Engel der Siegessäule über den Baumwipfeln des Tiergartens sehen konnten. Immer dichter wirbelten die Schneeflocken, und die Kälte drang langsam durch die Schuhsohlen.

»Ich könnte immer so weiterschlendern.«

»So lange, bis wir beide eine Lungenentzündung bekommen?«

»Ich dachte, Sie sind Romantiker.«

»Ja, aber kein Eskimo.«

Im Licht der Straßenlampen funkelten die vom Himmel fallenden Flocken, und ein weicher Teppich aus Schnee dämpfte ihre Schritte, als sie zurück zum Hotel liefen.

Vor der Drehtür lösten sie fast verlegen ihre Hände. Richard trat zurück und ließ ihr den Vortritt. Plötzlich war ein bedrücktes Schweigen zwischen ihnen, das Richard brach, als sie auf den Fahrstuhl warteten.

»Sonja.«

Seine Augen waren auf einmal sehr nah.

»Sonja, es war so ein schöner Abend. Ich …« Er nahm wieder ihre Hand: »… Ich komme mir vor wie ein Schuljunge.«

Sie sah auf ihre verschlungenen Hände, verspürte ein seltsames Flackern zwischen Glück und Bedauern und verstärkte den Druck ihrer Finger. *Und wenn ich jetzt mit dir auf dein Zimmer gehe?* Sie atmete tief durch. Es gab nur eine Antwort.

»Richard, ich bin verheiratet. Glücklich.«

Langsam strich er mit dem Zeigefinger über ihren Handrücken und betrachtete ihre Hände. Dann sagte er: »Ich auch.«

Die Fahrstuhltür öffnete sich vor ihnen, und sie stiegen Hand in Hand ein.

Es war einer diese magischen Augenblicke, die unerklärlich sind. In denen die Zeit stehen bleibt, die Welt mit einem Schlag verstummt, in denen der Herzschlag in den Ohren dröhnt und es keinen Ausweg mehr gibt. Plötzlich lagen sie einander in den Armen.

Darf ich … sollte ich nicht … ach.

Sein Atem streifte ihre Wange. Sie roch Rasierwasser, den Duft von sauberer Wäsche und warmer Haut und schloss die Augen. Seine Lippen erforschten die ihren, sie öffnete leicht den Mund …

Als der Fahrstuhl im fünften Stock anhielt und sich die Tür mit einem lauten Glockenton öffnete, lösten sie sich schweigend und widerwillig voneinander. Sonja blinzelte in der grellen Beleuchtung. Sie holte tief Luft.

Du musst jetzt gehen …

Sanft schob sie ihn aus der Tür. Ihr Atem ging schnell, ihre Augen brannten. Sie blieb im Fahrstuhl stehen und sah ihn unverwandt an. Er erwiderte ihren Blick schweigend. Ihre rechte Hand hob sich langsam zu ihren Lippen. Die Hand, von deren Finger er die Schneeflocke geküsst hatte. Die Fahrstuhltür schloss sich. *Goodbye, Richard …*

Den Rest der Nacht verbrachte Sonja in einem Schwebezustand zwischen Schlafen und Wachen.

Unruhig wälzte sie sich von einer Seite auf die andere. In ihrem Kopf überschlugen sich die Bilder: Richards Gesicht an ihrem, Richards Lippen auf ihrem Mund. Andere Bilder entstanden. Bilder von Albert. Ihr Magen zog sich zusammen, ihr Mund wurde trocken. Von dem Moment an, als sie mit Richard die Bar verließ, hatte Albert für sie einfach nicht mehr existiert. Er lag jetzt ahnungslos zu Hause in ihrem gemeinsamen Bett, wahrscheinlich durfte Lina bei ihm schlafen. *Mein Liebling, wie konnte ich dich nur vergessen? Wie konnte ich euch beide nur vergessen?* Eine Woge der Zärtlichkeit für ihren Mann und ihr Kind durchflutete sie, gefolgt von schlechtem Gewissen, abgelöst von neuen Bildern von Richard, seinen Augen, seinen Händen, seinen Lippen …

Wie kann ich einen anderen Mann derartig begehren?

»Richard«, flüsterte sie in die Dunkelheit. Während sich auf der Straße die Autos durch den tauenden Schnee fraßen und den weißen Schleier in grauen Matsch verwandelten, fiel sie in einen unruhigen Schlaf.

Am nächsten Morgen blieb sie nicht lange liegen. Wenn sie sich beeilte, erwischte sie den frühen Zug nach Hamburg. Dann wäre sie vor der Mittagszeit zu Hause und konnte Lina bei Schulschluss überraschen. Draußen erinnerte nichts mehr an die sanfte Stille der letzten Nacht. Der Schnee war geschmolzen, und stattdessen überzog ein scharfer Wind die Stadt mit Hagel und Regen. Während der Concierge ihre Rechnung fertig machte (»Haben Sie die Minibar benutzt?« – »Ja, zwei Piccolos«), sah sie aus dem Fenster, ohne wirklich etwas zu sehen.

»Soll ich Ihnen ein Taxi rufen?«

Sonja schrak auf. »Nein danke, ich habe nur meine Reisetasche, ich nehme die S-Bahn zum Bahnhof.«

Der Concierge sah sie aufmerksam an.

»Ich möchte eine Nachricht für Herrn Andersen hinterlassen.«

Er schob ihr einen Block und einen Briefumschlag zu. Einen Moment haderte Sonja mit sich. *Was soll ich ihm schreiben? Soll ich mich überhaupt bei ihm melden?*

Schließlich kritzelte sie ihre Telefonnummern und ihre E-Mail-Adresse auf das Hotelpapier. Dann klebte sie den Umschlag zu.

Sie schlug den Kragen ihres Mantels hoch, zog ihre Handschuhe an und schulterte die Reisetasche. Ein schneller Gang durch die Morgenkälte und der böige Wind waren genau, was sie brauchte, um einen klaren Kopf zu bekommen.

Draußen regnete es in Strömen. In Hamburg fiel der Regen immer schnurgerade aus den Wolken herab. Nirgendwo regnete es lakonischer als in der Hansestadt. Berliner Regen war anders. Prickelnder, durchsetzt von kleinen Pausen, als ob der Wind zwischendurch Atem holte. Und er roch anders. Einzigartig.

Berlin … damals … Sie erinnerte sich an die unverwechselbare Mischung aus Linoleum und Kohleofen, nasser Katze und Schimmel, die nur Berliner Hinterhäuser atmen. An den Duft des Herbstes in kastaniengesäumten Alleen. Sie hörte wieder die hämmernden Beats der Diskomusik, die sie nach einer langen, durchtanzten Nacht hinaus auf die morgendlich verwaisten Straßen begleitet hatten …

2. Kapitel

West-Berlin, September 1987

»Du wirst ungefähr ein Jahrhundert warten müssen, bevor die Evolution jenen Mann produziert hat, den du dir vorstellst. Deshalb geh in der Zwischenzeit raus und tanze mit dem, was da ist.«

Das große Finale, 1980

Es war kurz vor Mitternacht im »Dschungel«, einer spärlich beleuchteten Szenedisko in der Nürnberger Straße, einen Steinwurf vom Kurfürstendamm entfernt. Whitney Houstons »I wanna dance with somebody« wummerte aus den Lautsprechern. Die Tanzfläche im hinteren Bereich war überfüllt, die Lautstärke ohrenbetäubend.

Sonja saß an der Bar und nippte gedankenschwer an einem Glas Rotwein. Vor zwei Wochen hatte sie hier mit Ulf bis in die Morgenstunden getanzt. Ulf war der rothaarige Referendar an ihrer Berufsschule, und sie war immer noch verliebt in ihn. Er besaß einen trockenen Humor, schiefergraue Augen, und zu Sonjas Begeisterung war er nicht nur auf dem Kopf rothaarig. Leider kam Ulf erst reichlich spät auf die Idee, sie davon in Kenntnis zu setzen, dass er eine feste Freundin hatte. Genauer gesagt fiel ihm Olga aus Oldenburg erst nach mehreren Nächten in Sonjas Hochbett ein. Olga nahm Ulfs Interesse an seiner Schülerin so übel, dass sie einen Eimer rote Farbe über seinen weißen VW Käfer kippte. Worauf Ulf sich hastig von Sonja zurückzog. *Der Feigling!* Vor drei Tagen hatte er ihr schließlich auf dem Schulkorridor in der dunklen Ecke zwischen Lehrertoilette und Besenkammer eröffnet, dass er mit Olga eine gemeinsame Wohnung suche.

»Es tut mir leid, Sonja. Wir können uns nicht mehr sehen.«

Zu den Klängen einer ausgeleierten Kassette, auf die sie in weiser Voraussicht »Bridge over troubled water« in einer Endlosschleife aufgenommen hatte, heulte Sonja das ganze Wochenende durch. Dann wischte sie sich die Tränen ab und stürzte sich mit verletztem Stolz in das Berliner Nachtleben. *Soll Ulf doch sehen, wo er bleibt. Andere Mütter haben auch schöne Söhne.*

Ein durchtrainierter Managertyp im Zweireiher mit graumelierten Schläfen lehnte sich neben ihr an die Bar. Ohne Umschweife schrie er laut gegen die Musik an.

»Guten Abend. Geben Sie mir doch mal einen Tipp. Als Frau. Seit einer Stunde versuche ich, mit der Barschönheit am Zapfhahn ins Gespräch zu kommen. Vergeblich. Ist sie nun einfach ein Eisberg oder ein Vulkan, den man nur zum Ausbruch bringen muss?«

Sonja traute ihren Ohren nicht. *Eisberg oder Vulkan! Hat der Typ noch alle Tassen im Schrank?*

Sie sah sich die Frau hinter der Theke an. Schmal, schlank, die dunklen Locken mit einem bunten Tuch aus dem Gesicht gebunden, was ihr den Anstrich eines Mannequins aus den fünfziger Jahren gab. Durch ein tailliertes schwarzes T-Shirt mit U-Boot-Ausschnitt und dunkle Leggins unterstrich sie ihn noch.

»Schöne Frau!«, rief der Manager und winkte der Kellnerin mit großer Geste zu. Sie ignorierte ihn und begann mit unbewegter Miene Bier zu zapfen.

Sonja prustete los. »Eisberg! Vulkan! Schöne Frau! Sie sollten dringend mal einen Konversationskurs belegen.«

Der Anzugträger löste seinen Blick von der Zapferin und wandte seine Aufmerksamkeit Sonja zu. »Wissen Sie, dass Sie ein hinreißendes Lachen haben?« Er lehnte sich in ihre Richtung und sprach jetzt direkt in ihr Ohr. »Damit könnten Sie mühelos eine Zirkusarena füllen.«

Sonja gewann schlagartig ihre Fassung wieder. »Gut beobachtet. Im rumänischen Staatszirkus bin ich tatsächlich als die ›Lachende Lady‹ eine ganz große Nummer.« Sie drehte sich abrupt um. *So ein Blödmann!*

Doch der Kerl ließ sich nicht abschütteln. Whitney Houston verklang, und in die eintretende Stille hinein sagte er: »Es tut mir leid. Ich habe niemals Glück in Bars. Ich weiß einfach nicht, wie ich eine Frau ansprechen soll. Entschuldigen Sie bitte.«

Es klang ehrlich zerknirscht. Sonja ließ sich erweichen und drehte sich wieder um. Treuherzig sah ihr Thekennachbar sie mit großen braunen Augen an und streckte ihr eine gepflegte Hand entgegen. Dann senkte er zackig den Kopf, und Sonja stieg aus seinen kurz getrimmten Haaren der Duft von Haargel in die Nase.

»Doktor Heribert Mannheimer.«

Er hatte einen festen Händedruck, und beim Händeschütteln rutschten aus seinem Jackettärmel goldene Manschettenknöpfe. *Lausige Anmachmethoden, aber zweifellos modische Klasse. Und Geld. Goldene Manschettenknöpfe!*

Mit Verachtung kamen Sonja Ulfs verwaschene T-Shirts und schmutzige Turnschuhe in den Sinn.

Mannheimer war Anwalt und erwies sich als amüsanter Plauderer, der darüber Bescheid wusste, welche Filme im Kino liefen, und alle Titel der aktuellen *Spiegel*-Bestsellerliste gelesen hatte. Behauptete er jedenfalls. Als Student war er auf der Kieler Förde gesegelt und kannte sich in der Gegend um Sonjas Heimatdorf Kiekeby ein wenig aus.

»Noch einen Rotwein?«, fragte die Frau hinter dem Tresen, als sich Mannheimer für einen Moment entschuldigte.

Sonja nickte.

Die Dunkelhaarige stellte ein gefülltes Glas vor sie. »Warst du nicht letzte Woche mit einem Rothaarigen da?«

Sonja grinste gequält. »Ja, war ich.«

»Und wo ist der heute Abend?«

»Bei seiner Freundin.«

»Hoppla. Da bin ich ja mitten ins Fettnäpfchen getappt. Entschuldige. Aber du hast dir ja schon hochkarätigen Ersatz gesucht.«

»Ja, in der Anwaltskammer.«

Die Serviererin zögerte einen Moment, dann beugte sie sich schnell vor. »Es geht mich ja nichts an, aber du solltest besser die Finger von diesem *Sugar Daddy* lassen.« Sie schnaubte verächtlich durch die Nase.

Sonja verschlug es fast die Sprache. Mühsam quetschte sie heraus: »Was?«

»Ich kenne diese Sorte von Männern. Die kommen hier rein, laden Mädchen zum Drink ein ... und ...«

»Wollen nur das eine?« Sonja kicherte. »Vielen Dank für deine Fürsorge, aber das Billigste an ihm war wirklich seine Anmache. Er scheint ganz okay zu sein.«

Die andere rollte mit den Augen. »Und als die sieben Geißlein die Türe öffneten, sprang der böse Wolf in die Stube und fraß sie alle. Wetten?«

Bevor Sonja antworten konnte, kehrte Mannheimer zurück.

Irgendwann zog er sie auf die Tanzfläche. Sie tanzten, und er flüsterte ihr unablässig ins Ohr. Wie niedlich er sie finde, so frisch und natürlich, und die entzückenden roten Wangen, und wie gut sie sich anfühle, und diese Ausstrahlung, warm und sinnlich und süß. Richtig beschwipst machte Sonja sein Wortstrom.

Stellen wir uns doch mal vor, jetzt würde der gute Ulf auftauchen und mich sehen! Das ist es überhaupt! Ich werde mich mit Heribert verabreden – nun, mit ihm und mit seinem MERCEDES-CABRIO, von dem er erzählt hat. Mit roten Ledersitzen! Er könnte mich in der Berufsschule abholen. Sie sah sich schon an einem vor Eifersucht zitternden Ulf die Stufen der Schule zu dem Wagen hinunterschreiten, an dessen geöffneter Tür lässig Heribert lehnte. Dann würden sie in ein Café am Grunewaldsee fahren. Oder ins Kino.

»Weißt du, wenn die Kinder erst mal groß sind, dann trenne ich mich von meiner Frau.«

Was?

Als diese Worte in Sonjas Bewusstsein drangen, machte sie sich entgeistert von ihm los.

»Heribert, Sie wollen mir doch nicht die alte Kamelle ›Meine Frau versteht mich nicht, aber wir bleiben wegen der Kinder zusammen‹ anbieten?«

»Das Leben ist oft viel weniger originell, als wir es uns wünschen, kleine Sonja. Vergiss einfach, was ich gerade gesagt habe, und lass uns den Abend genießen.« Er versuchte wieder, sie an sich zu ziehen. »Lass uns irgendwohin gehen, wo wir allein sind. Ich könnte dir meine neuen Büroräume am Grunewaldsee zeigen.«

Sonja schüttelte den Kopf und pustete sich die Haare aus der Stirn. »Kleine Sonja? Büroräume am Grunewaldsee? Sie sind verheiratet. Und überhaupt, seit wann duzen wir uns eigentlich? Und was ist mit Ihrer Frau?«

»Meine Frau hat damit nichts zu tun.«

»Wer denn dann?«

Mannheimer seufzte. »Kindchen, wenn du erst mal in mein Alter kommst, wirst du sehen, dass Liebe viel weniger mit anderen Menschen zu tun hat als mit einem selbst.«

Sonja verschränkte die Arme vor der Brust. »Falls ich in Ihrem biblischen Alter ähnlich philosophische Erkenntnisse haben werde, hoffen Sie bitte nicht auf meinen Anruf.«

»Was ist denn plötzlich mit dir los?«

»Heribert, haben Sie *Manche mögen's heiß* gesehen?«

»Ja, wieso?«

»Wissen Sie noch, was Marilyn Monroe zu Tony Curtis über ihre verderbliche Neigung zu Saxophonspielern sagt?«

»Ich spiele gar kein Instrument«, antwortete Heribert irritiert.

»Was für Marilyn Monroe die Saxophonspieler sind, das sind für mich verheiratete Männer. Wie sagt Marilyn so schön: Übrig bleibt eine ausgedrückte Zahnpastatube.« *Diesen Satz wollte ich immer schon einmal anbringen,* dachte Sonja, hingerissen von ihrer eigenen Schlagfertigkeit.

In diesem Moment hörte die Musik auf. Langsam knöpfte Heribert Mannheimer sein Jackett zu und rückte die Businesskrawatte zurecht. Er legte sein Gesicht in arrogante Falten und beschied ihr hoheitsvoll: »Sie haben gerade ein Gänseblümchen mit Füßen getreten!«

Dann bedachte er Sonja mit einem tief gekränkten Blick und bahnte sich einen Weg zum Ausgang.

Sonja ging zurück an die Bar und lehnte sich erschöpft gegen den Tresen.

»Möchtest du noch was?«

Sie blickte in strahlende nussbraune Augen. *Die Kellnerin! Der Eisberg-Vulkan.* Müde rieb sie sich die Stirn.

»Nein danke, ich glaube, ich habe genug für heute Abend.«

»Ich kann dir auch einen Kaffee machen.«

Wenig später standen zwei dampfende Tassen auf dem Tresen.

»Geht aufs Haus. Es wird jetzt ein bisschen ruhiger. Stört's dich, wenn ich dir Gesellschaft leiste?«

Sonja trank schweigend einen Schluck von dem tröstlich heißen Getränk.

»Kopf hoch. Wie heißt du eigentlich?«

»Sonja.«

»Ich bin Billie.«

Sie prosteten einander mit den Kaffeetassen zu.

»Was für ein Abend«, sagte Sonja. »Ich hab ein richtig schlechtes Gewissen.« Sie zitierte: »*Meine Frau hat damit nichts zu tun. Sie haben gerade ein Gänseblümchen mit Füßen getreten!*«

Billie riss die Augen auf. »Sie haben ein Gänseblümchen mit

Füßen getreten?« Das klang so absurd, dass sie beide in schallendes Lachen ausbrachen.

»Vielleicht wollte der Kerl mir wirklich nur seine Büroräume zeigen.« Sonja wischte sich einige Lachtränen aus den Augenwinkeln und runzelte besorgt die Stirn.

Billie grinste. »Und die Erde ist eine Scheibe. Mach dir keine Sorgen. Dein Anwalt reißt sich bestimmt längst im *Salambo* oder sonst wo eine Begleitung für die Nacht auf, reguliert schnell sein Triebleben und fährt dann heim zu Mutti, um ins gemachte Bett zu schlüpfen. Männer sind erstaunlich eindimensional. Sie träumen immer das alte Spiel vom Jäger und Sammler, der wie in der Steinzeit das Weibchen am Haarschopf in seine Höhle schleift.«

Sonja lachte. »Studierst du Biologie?«

Billie schüttelte die Locken: »Nee, das Leben.«

An jenem Abend blieb Sonja so lange an der Theke sitzen, bis Billie Schluss machen konnte. Danach zogen sie zu zweit weiter. Sonja sollte in den nächsten Jahren immer wieder staunend feststellen, dass Billie auf unerklärliche Weise beste Kontakte zur Westberliner Unterhaltungsbranche hatte. Sie wusste, wo Popgrößen ihre Aftershow-Partys feierten, und hatte auch fast immer eine Einladung für solche Veranstaltungen oder kannte jemanden, der sich überaus glücklich schätzte, ihr eine zu besorgen. An jenem ersten Abend schleppte sie Sonja zu dem Konzert eines Jazz-Rock-Duos in einer Kneipe direkt neben der Mauer mit dem prophetischen Namen Land's End. Sie saßen in der verräucherten Pinte, erzählten einander aus ihrem Leben und tranken viel zu viele Guinness, die sie nicht bezahlen mussten, weil Billie den Barkeeper kannte.

Dann traten sie hinaus in die frische Morgenluft, kletterten auf eine Aussichtsplattform, sahen schweigend in das Niemandsland des Todesstreifens und schnupperten den Duft der frisch gebackenen Brötchen aus Ostberlin, der sich um keine Mauer scherte.

Nachdem sie gemeinsam Sonjas Liebeskummer über den rothaarigen Ulf ausgestanden hatten, wurden Billie und Sonja unzertrennlich. Sie umsorgten einander bei Erkältungen mit Tee und wendeten sich den nächsten Liebeskummer-Kandidaten zu. Billie war dabei deutlich experimentierfreudiger, und eines denkwürdigen Morgens musste Sonja ihre Freundin sogar zum Gynäkologen begleiten, wo sie sich die »Pille danach« verschreiben ließ. Empfängnisverhütung war ein ständiger Zankapfel zwischen ihnen.

»So wild kann mich gar kein Mann machen, dass ich vergesse zu verhüten«, argumentierte Sonja und beeindruckte Billie durch einen gänzlich unverkrampften Umgang mit Kondomen. »Kein Wunder, ich bin Arzttochter!«

»Tierarzttochter!«

Billie schaffte es nicht immer, sich Sonjas Credo »Wer mit mir schlafen will, muss ein Gummi benutzen« anzuschließen. »Du hast es ja auch leichter, du verträgst die Pille nicht und hast damit einen super Grund!«

Sonja schüttelte den Kopf. »Das kannst du doch auch einfach behaupten. Außerdem könnte ich jederzeit eine Spirale einsetzen lassen.«

»Warum tust du es nicht?

Sonja machte ein ernstes Gesicht: »Weil ich denke, dass Empfängnisverhütung zwei Menschen angeht. Mich – *und* den Mann. Ich habe keine Lust, ständig irgendwelche Chemikalien zu futtern oder irgendwas in meinen Körper zu implantieren, wenn es ganz einfach ist, ein Gummi zu benutzen.«

Billie seufzte. *Sonja ist immer so vernünftig.* »Aber es macht weniger Spaß«, leitete sie ihre schwache Gegenwehr ein. Sonja wurde wütend. »Sagt wer? Das alles kann man gerne miteinander besprechen, wenn man zusammenbleiben will. Aber für einen One-Night-Stand das Risiko auf mich zu nehmen, schwanger zu werden? Pah!« Sie zeigte Billie einen Vogel.

Ihre Freundin schluckte. *Sonja wird nie verstehen, wie es ist,*

Angst zu haben, zurückgestoßen zu werden. Sie wird nie verstehen, dass ich einem Mann nicht sagen kann: entweder – oder. Was, wenn er dann »oder« antwortet und eine andere mir vorzieht?

Aber auch Sonja sagte Billie nicht die ganze Wahrheit. *Billie wird niemals verstehen, dass ich Angst habe, mich für den falschen Mann zu entscheiden. Das Kondom ist der letzte Schutzwall zwischen mir und den Männern. Wer mir so nahe kommen darf, dass ich ohne Verhütung mit ihm schlafe, soll auch der Mann meines Lebens sein.*

Billie vertrat die Theorie, dass man viele Frösche küssen müsse. Sonja hingegen wollte den Prinzen sofort.

3. Kapitel

Westberlin in den Achtzigern

»Was macht das Leben bloß so kompliziert?«
»Menschen?«
Die große Liebe meines Lebens, 1957

Als Sonja und Billie einander kennenlernten, war Westberlin eine verschlafene Schönheit ohne Schick und Charme. Im Straßenbild dominierten Männer mit Schnurrbärten und nackenlangen Fußballerfrisuren und Frauen in Kaninchenfelljacken mit rot gefärbten Dauerwellen. Obwohl die Halbstadt so tat, als sei sie Metropole, war sie tatsächlich ein Hort kleinstädtischer Heimeligkeit, in der sich ganze Kolonien von Exil-Schwaben in Kreuzberg einnisteten und eine Kneipe in Moabit am Samstagabend die größte Ansammlung von Saarländern außerhalb des Saarlandes aufwies.

Es schien, als schuf die Insellage ein besonderes familiäres Klima. Man war unter sich, die Stadt machte stets den Eindruck, als schlurfe sie in Hausschuhen und im Jogginganzug zum Fleischer.

Westberlin hatte für Sonja und Billie, genau wie für viele andere junge Menschen, vor allem den unschätzbaren Vorteil, weit weg von zu Hause zu sein. Wild, jung, gefährlich, Frontstadt, Mauer, Hausbesetzungen!

Es gab Kneipen, Diskotheken, Bars im Überfluss, keine Polizeistunde, und als Abenteuerland direkt vor der Tür lockte Ostberlin, wo man nur mit Visum und jeweils bloß für einen Tag hineingelassen wurde.

Gemeinsam besuchten Billie und Sonja den Osten der Stadt, um sich langatmige sowjetische Filme anzusehen, deren Titel in Westberliner Studentenkneipen mit großer Wertschätzung zitiert wurden.

Sie fuhren mit einer auf den Gleisen entlangrumpelnden Untergrundbahn zum Grenzübergang Friedrichstraße und schoben sich hinter anderen Touristen den langen unterirdischen Korridor des Bahnhofs entlang. Wenn sie sich in eine der Schlangen vor den Kontrollstellen einreihten, ergriff sie eine prickelnde Ahnung von *Casablanca* und *Der Spion, der aus der Kälte kam*.

»Was hat dich eigentlich zum Filmfan gemacht? Ich dachte immer, Leute vom Land stehen auf Outdoor-Abenteuer, Grillen bei jeder Tages-, Nacht- und Jahreszeit, dicke Karohemden und die freiwillige Feuerwehr?«, fragte Billie.

Sonja zählte auf: »Grillen, Karohemden, freiwillige Feuerwehr, genau. Drei gute Gründe, sich jedes Wochenende nach Flensburg ins Kino zu verdrücken.« Sie nahm den Arm ihrer Freundin: »Kennst du diese Sehnsucht nach Orten, an denen du noch nie warst? Als ob du Heimweh nach ihnen hättest?«

Billie nickte. »Klar! Ich weiß genau, wie es sich anfühlt, in einer warmen Nacht auf einer Veranda im Mississippi-Delta zu sitzen.«

»Oder an einem regnerischen Nachmittag durch Paris zu bummeln.«

»Es lebe das Kino!«

Einmal gingen sie nach einer Filmvorführung in Ostberlin ins Café Moskau, gegenüber vom Kino International, um ihr restliches DDR-Geld auszugeben. Da der Kellner sich erst nach wiederholten Bitten und viel zu spät zum Kassieren bequemte, gelangten sie keuchend und außer Atem erst wenige Minuten nach Mitternacht beim Grenzübergang an. Die Grenzpolizisten, kaum älter als sie, zeigten kein Verständnis für ihre Erklärungen. Sie stellten die Mädchen in einem dunklen Arbeitszimmer an eine Wand. Billie war wütend, Sonja verängstigt.

»Erschießen die uns jetzt?«

»So ein Quatsch, Sonja, die wollen uns nur Angst einjagen.«

Genau so war es auch. Die DDR-Grenzer leuchteten sie ein paar endlos erscheinende Minuten pathetisch mit einer Schreibtischlampe an, einer leierte aus einem Vorschriftenbuch einen Text über die »Verweildauer in der Hauptstadt der DDR« herunter. Dann durften sie gehen.

Erleichtert sprangen sie in eine in den Westen fahrende U-Bahn und fielen atemlos auf die mit grünem Kunstleder bezogene Bank.

»Noch einmal davongekommen! Was da alles hätte passieren können!«, presste Sonja heraus.

Billie schüttelte den Kopf. »Die Jungs haben sich einfach gelangweilt. Die müssen schließlich die ganze Nacht Dienst schieben. Denen sind ein paar Westmädchen gerade recht gekommen. In ihrem komischen DDR-Deutsch nennen sie das bestimmt Wema.«

»Wema?«

»Westmädchen-Attacke!«

Sie lachten, bis ihnen die Tränen kamen. Sie waren jung, stark und unverletzlich. Nächte wie diese gab es nur in Westberlin und nur für Frauen wie sie.

So wurden sie beste Freundinnen. Obwohl oder vielleicht gerade weil sie so unterschiedlich waren. Dabei waren ihre Erlebnisse mit Männern häufig ähnlich katastrophal und verwirrend, und beide lernten: Guter Sex ist gefährlich, weil man ihn schnell mit Liebe verwechselt. Schlechter Sex ist an der Tagesordnung. Der Rückschluss jedoch, dass schlechter Sex immerhin ein Garant für eine gute Beziehung ist, stellte sich leider ebenfalls als falsch heraus.

»Wieso jagen eigentlich alle Frauen hinter Männern her? Manchmal komme ich mir vor wie ein Lemming, der kurz vor dem Sprung in den Abgrund plötzlich aufschreckt und sich fragt: Wohin rennen die alle? Und wieso renne ich eigentlich mit?«, jammerte Sonja.

Woraufhin Billie zusammenfasste: »Die Kerle, mit denen man gut reden kann, sind nicht sexy. Die sexy sind, haben tatsächlich nur Sex im Kopf. Die gut aussehen, lesen und sexy sind, sind entweder schwul oder in festen Händen. Diejenigen, die übrig bleiben, wollen mich nicht. Und wenn sie mich doch mal wollen, dann will ich sie nicht.«

Dieses Gespräch spielte sich an einem Sommerabend beim entspannten Bummel durch das nächtliche Kreuzberg mit seinen auch um Mitternacht noch einladend geöffneten Kneipen und Gartenrestaurants ab. Billie hatte sich bei Sonja eingehängt.

Die nickte. »Wie viel einfacher wäre es, wenn ich dich heiraten könnte.«

»Trotzdem müssen wir uns schwören, dass wir nicht eifersüchtig sind, wenn ein Mann auftaucht. Ohne Männer geht es ja doch nicht. Beim Sex sind sie einfach unerlässlich.«

Diesen Schwur nahmen beide ernst: Sie verbrachten Tage, Wochen gemeinsam, trafen sich zum Schwimmen, Kochen, immer wieder zum Kino (Sonjas Lieblingsbeschäftigung) oder in der Sauna (Billies bevorzugte Freizeitbeschäftigung) – und sahen einander genauso lange nicht, wenn eine von ihnen einen neuen Mann entdeckt hatte.

Ein Prinzip, das funktionierte, weil sie in einander die beste Freundin gefunden hatten. Ein Gefühl, das sie beide fast mehr berauschte als jeder neue Flirt.

»Ich habe Mädchen immer misstraut«, gestand Sonja Billie eines Tages. »Selbst meiner Schwester Anne. Und wie oft hat meine Mutter, wenn ich heulend aus der Schule kam, weil meine sogenannte beste Freundin hinter meinem Rücken über mich gelästert hatte, den Satz zitiert: ›Mädchen, lerne Menschen kennen, denn sie sind veränderlich. Die dich heute Freundin nennen, reden morgen über dich.‹« Aber hier und jetzt, in Berlin, das erste Mal als Erwachsene in einer fremden Stadt, erlebten sie eine Freundschaft, die anders war, als Kindergarten, Nachbarschaft und Schule bisher diktiert hatten. Schließlich hatte das Schicksal sie zusammengeführt.

»Mitten im Dschungel!«, sagte Billie. »Wie wahrscheinlich ist es, in einer Millionenstadt die beste Freundin zu finden?«

Sonja grinste: »Genauso wahrscheinlich – oder unwahrscheinlich – wie den Mann fürs Leben.« Die Freundinnen lächelten einander an.

Billie sagte: »Unsere Freundschaft wird ein Leben lang halten!«

Sonja drückte ihren Arm. »Keine Konkurrenz, kein Neid, keine Eifersüchteleien.«

Billie sah ihre Freundin nachdenklich an. »Jedenfalls nicht um Männer, oder?«

Sonja schüttelte grinsend den Kopf. »Bei deinem Hang zu unzuverlässigen Künstlernaturen werden wir uns kaum ins Gehege kommen.«

»Künstlernaturen müssen nicht unbedingt unzuverlässig sein«, wehrte sich Billie.

»Aber den Mann fürs Leben findest du unter denen bestimmt nicht.«

»Abwarten!«

Billie war in der Enge einer Neubausiedlung in einem kleinen Ort bei Köln aufgewachsen. Während sie sich eine Zigarette drehte, sagte sie: »Ich wusste schon mit vierzehn, dass ich irgendwann nach Berlin ziehen würde. Meine Mutter jammerte natürlich: So weit weg. Aber ich dachte nur: Hoffentlich ist es weit genug.«

Auch Sonjas Mutter Hermine hatte versucht, ihre Tochter für eine Ausbildungsstelle in Hamburg oder Flensburg zu begeistern. Doch Sonja hatte sich stur gestellt: »Hamburg ist viel zu nah. Da könnte ich gleich in Kiekeby bleiben. Hannover ist langweilig und München zu bayerisch! Was bleibt da noch?«

»Weißt du, ich habe schon das Abitur nur meinen Eltern zuliebe gemacht«, erzählt sie Billie bei einem Ausflug zu einem Currywurststand. »Die haben immer gehofft, dass ich Lehrerin wie meine Mutter oder Tierarzt wie mein Vater würde. Jedenfalls weiß ich eins genau. Weder das eine noch das andere kommt für mich infrage. Ich will Tischlerin werden und Möbel bauen.«

»Beneidenswert«, kaute Billie zwischen zwei Bissen Wurst hervor. »Ich hab immer noch keine Ahnung, was nach der Uni bei mir kommen soll.« Sie tunkte ihre Pommes frites in die Soße auf Sonjas Teller. »War das nicht schwierig, als Mädchen einen Ausbildungsplatz zu finden?«

Ihre Freundin nickte. »Allerdings. Ich habe jede Menge Absagen bekommen, weil es keine Toiletten für weibliche Auszubildende gab. Aber dann hat sich Herr Plamper gemeldet.«

Sonjas Vater Ernst war damals mit seiner Tochter nach Berlin gefahren und hatte sich mit dem Ehepaar Heinz und Uta Plamper getroffen, das eine Tischlerei in einem Industriehinterhof in der Moabiter Turmstraße betrieb. Plampers waren beide über fünfzig, nette, offene Berliner, die noch zwei weitere Lehrlinge ausbildeten. Frau Plamper erledigte die Buchhaltung und Bestellannahme in einem kleinen, der Werkstatt vorgelagerten Büro, neben dem es auch eine Damentoilette gab.

»Wissen Sie, ick finde det jut, wenn die Meechen wat Ordentlichet lernen«, berlinerte der Firmeninhaber und zeigte stolz ein Foto von seiner ältesten Tochter, einer Bautischlerin, auf einem Dachfirst. Sogar eine Bleibe konnte das freundliche Ehepaar Sonja anbieten. Nur wenige Seitenstraßen vom Geschäft entfernt, in der schmalen kopfsteingepflasterten Emdener Straße, suchte gerade ein Neffe von Plampers einen Nachmieter für seine kleine Wohnung.

Sonja war begeistert. Ernst dagegen machte die Miete von fünfundsechzig Mark misstrauisch. Gemeinsam mit Heinz Plamper schlenderten sie über die Turmstraße die wenigen hundert Meter zu der besagten Wohnung. Sonja konnte sich nicht sattsehen an den vielen Geschäften, dem nicht abreißenden Strom von Passanten auf den breiten Gehwegen, den vielen Autos, den hohen, alten Häusern.

Eine Stunde später wussten sie, warum die Wohnung so günstig war. Sie lag im ersten Stock des Hinterhauses eines recht heruntergekommenen Gründerzeitgebäudes, in dessen Hof kaum Sonnenlicht drang, weil die Häuserflügel sehr eng nebeneinander gebaut waren. Die Besichtigung war kurz, denn die Wohnung bestand lediglich aus einem Zimmer und einer kleinen Küche. Das Zimmer wurde von einem großen grün gekachelten Ofen dominiert. In der schlauchförmigen Küche befand sich der einzige Wasseranschluss der Wohnung über einem altmodischen Emailleausguss. Die Toilette lag ein halbes Stockwerk tiefer, der Toilettenschlüssel hing an einer roten Kordel an einem Nagel neben der Eingangstür.

»Ich komme mir vor, als ob mich eine Zeitmaschine in die dreißiger Jahre versetzt hat. Ofenheizung! Wo kann man denn hier Kohlen lagern?«, fragte Ernst Hansen.

Her Plamper deutete nach unten. »Es gibt einen Keller. Kann ich Ihnen nachher zeigen. Der Ofen ist eins a. Macht die Bude muckelig warm.«

Ernst Hansen war skeptisch. Aber Sonja, die mit großen Augen Heinz Plampers Vortrag über das Heizen mit Briketts und Eierkohlen zuhörte, war begeistert. *Allein über die Turmstraße bummeln, Döner Kebab essen, Zeitung in einem Café lesen. Keine Gefahr, Bekannte von Mami und Papi zu treffen. Der Kurfürstendamm mit seinen Kinos ist nur zwei U-Bahn-Stationen entfernt, und meilenweit gibt es keine Jungbauern, die mich zur Samstagsdisko auf der Tenne einladen wollen.*

»Papi, guck doch mal den schönen Stuck an. Ich könnte mir ein Hochbett bauen, dann habe ich sogar Platz für einen Schreibtisch. Im Ofenfach lassen sich im Winter Bratäpfel machen! Duschen kann ich im Schwimmbad, und einen Boiler kann ich mir auch anschließen, oder?«

Als Vater und Tochter an jenem Abend über die Transitstrecke nach Hause fuhren, hatte Ernst Hansen den Mietvertrag für die Wohnung in der Emdener Straße unterschrieben. Sonja saß auf dem Beifahrersitz und sah stumm vor Aufregung in die Nacht hinaus. *Ich ziehe nach Berlin!*

Während Sonja von ihren Eltern mit einer monatlichen Überweisung unterstützt wurde, schlug sich Billie alleine durch. Neben ihrem Studium (Englisch und Kommunikationswissenschaften) jobbte sie als Zeitungsausträgerin, bekam BAföG, kellnerte in Kneipen und Bars und hauste in einem winzigen Zimmer eines Studentenwohnheims am Halensee.

»Für meine Eltern bin ich eine Exotin, die sie misstrauisch aus der Ferne beäugen«, erzählte Billie und zuckte auf die für sie charakteristische Weise mit den Schultern. »Wenigstens stellen sie an Weihnachten keine Fragen und stecken mir ein bisschen Geld zu.«

Sonja dachte an die schönen Weihnachtsfeste in Kiekeby und an ihre Eltern. Manchmal fühlte sie fast so etwas wie ein schlechtes Gewissen ihrer Freundin gegenüber. *Ich habe immer alles ausprobieren dürfen. Saxophonunterricht, Turniertanz, um kurze Zeit später festzustellen, dass ich nur Volleyball spielen wollte …* Aber Billie? Die musste sich alles selbst holen – und das tat sie auch in Berlin. Sobald sie ein wenig Geld übrighatte, erfüllte sie sich einen lang gehegten Wunsch und kaufte sich eine Geige. Ihr Zimmernachbar, ein japanischer Musikstudent, gab ihr Unterricht. Wie sie Sonja später kichernd zu verstehen gab, hatte er anfangs dafür ab und an erotische Nachhilfe bekommen.

Eines Abends räumte Sonja in Billies Zimmer eine Jacke, die sie sich von ihr ausgeliehen hatte, in den Schrank. Dabei fiel ihr ein Pferdeposter an der Innenseite der Schranktür auf.

»Nanu, war deine Vormieterin minderjährig?«

Billie lief knallrot an und schloss den Schrank schnell.

»Nein, das habe ich da hingehängt.«

Dann gestand sie Sonja, dass sie manchmal zu einem Reitstall am Hundekehlensee fuhr und sich dort in die Stallgasse schlich.

»Wozu?«

»Der Geruch von Pferden macht mich einfach glücklich.«

»Dann wird es dir in Kiekeby bestimmt gefallen!«

Tatsächlich fühlte sich Billie auf dem Hof von Sonjas Eltern wohl, sie verbrachte viele Stunden im Stall und streichelte die weichen Pferdenasen. Aber aus unerklärlichen Gründen wollte sie sich niemals auf ein Pferd setzen.

»Nein, mir reicht das schon aus.« So wehrte sie das Angebot ab, Reitstunden zu nehmen.

»Du hast doch keine Angst, oder?« Sonja konnte ihre Freundin nicht verstehen.

»Nein, es ist keine Angst. Es ist nur ...« Billie versteckte ihr Gesicht in der Mähne einer alten Stute, auf der Sonja bereits reiten gelernt hatte. »Ich möchte einfach nicht drüber reden.« Sie trat einen Schritt zurück und klopfte dem Tier mit der flachen Hand auf den Hals. »Ich kann das nicht so ausdrücken, dass du es verstehst. Ich möchte einfach nicht reiten.«

Dabei machte sie ein so verschlossenes Gesicht, dass Sonja sich nicht traute weiterzufragen. Stattdessen nickte sie Billie zu.

»Okay.«

»Wirklich?«

Sonja nickte. »Eine beste Freundin darf zwar alles wissen, muss es aber nicht.«

Billie lächelte ihr dankbar zu. »Das ist der Unterschied zu anderen Freunden.«

4. Kapitel

Hamburg 1989–1994

»Wünsche, Ehrgeiz, Glaube –
ohne sie wäre das Leben so einfach.«
Die Körperfresser kommen, 1956

Bei Plampers in Berlin lernte Sonja die verschiedenen Holzarten zu unterscheiden: die helle Farbe von Esche, langfasrig und geschmeidig, das cremefarbene oder schwach rötlichharte Holz der Buche, das zähe Lärchenholz und das weiche der Zirbelkiefer. Sie sagte sich die Namen der Holzarten und deren Herkunftsländer wie Reime aus einem Gedicht auf. Iroko und Sapelli aus Westafrika, Keruing aus Malaysia oder Teak aus Burma und Indien. Sie unterschied Runddübel und Flachdübel, lernte Harzgallen, Trockenrisse und drehwüchsiges Holz zu erkennen, sägte, hobelte und stemmte. Bald fand sie sich mit Brett-, Platten-, Rahmen- und Stollenbauweisen sowie Beizen, Lacken, Wachsen und Holzölen zurecht. Sie liebte das Treiben in der Werkstatt, den Geruch von Holz und Lacken, das Sirren der Bohrmaschinen, Stichsägen und Fräsen, die sie mit gehörigem Respekt betrachtete, nachdem ein anderer Auszubildender zwei Finger seiner rechten Hand in der Kreissäge verloren hatte.

Zu ihrer eigenen Überraschung vermisste sie ihre Familie und Kiekeby kaum. Nur wenn sie von der Telefonzelle an der Straßenecke zu Hause anrief und Hermine von der Geburt eines Fohlens oder vom Marmeladeeinmachen berichtete, spürte sie manchmal das sanfte Ziehen von Heimweh in der Magengegend.

Im zweiten Lehrjahr fertigte Sonja ihren ersten Bilderrahmen, ließ ein Foto vergrößern, das Billie und sie in ihrem Stammcafé am Mariannenplatz zeigte, rahmte es mit einem hellblauen Passepartout und hängte es ein Jahr später in den Flur ihrer frisch bezogenen Schöneberger Wohngemeinschaft. Billie schrieb in ihrem Proseminar »Dramatisierter Alltag« einen Einakter mit dem Titel »Gänseblümchen – mit Füßen getreten (Der Abend des Doktor Mannheimer)«. Sonja las mit Billie Shakespeares Historiendramen *(langatmig!)*, Billie fragte Sonja in Wirtschaftskunde *(trocken!)* ab. Sie verreisten gemeinsam. Sie besprachen alles und jedes miteinander und versuchten in nächtelangen weinseligen Diskussionen am Küchentisch, aus Männern schlau zu werden.

Kurz vor Sonjas Abschlussprüfung verliebte sich Billie ernsthaft. In Bodo, einen hoffnungsvollen Comiczeichner, der in einer Garage am Mehringdamm eine Art Wohnatelier mit Camping-WC unterhielt. Als Sonja Bodo zum ersten Mal begegnete, schrillten bei ihr sofort die Alarmglocken. Aber auch nachdem die beiden Mädchen zusammengezogen waren, hielten sie sich an ihr Übereinkommen, einander nicht in ihre Liebesangelegenheiten hineinzureden.

»Er ist einfach so …«, Billie fand keine Worte für ihren Freund, während Sonja schweigend am Küchentisch saß, obwohl ihr jede Menge Wörter eingefallen wären, um den guten Bodo zu beschreiben. *Egozentrisch, beispielsweise. Oder respektlos. Blöd wäre auch eine Möglichkeit! Wie kann Billie nur für einen Typen schwärmen, der sie auch nach drei Monaten noch Bettina nennt, wie seine Exfreundin heißt?*

Aber er war genau Billies Typ. Groß, sehr schlank mit athletischem Körper und einem schmalen Windhundschädel. Bodo war von krankhaftem Ehrgeiz besessen. Als Sonja ihm erzählte, dass sie eine Ausbildung zur Tischlerin machte, verglomm das Feuer seines Lächelns schlagartig. Zu dieser Zeit hatte Billie ihre Tresenjobs bereits aufgegeben und arbeitete neben dem Studium in der Presseabteilung eines Filmverleihs. Bodo setzte alles daran, dass Billie ihn auf möglichst viele Partys mit Zeitschriftenredakteuren und Filmemachern mitnahm, durchforstete dreist ihre Adressenkartei und vertelefonierte riesige Summen auf ihre Rechnung.

Als sein erster Comicband in einem ambitionierten Kleinverlag erschien, richtete Billie für ihn eine Party aus, von der Bodo schließlich mit der mädchenhaften und sehr blonden, langhaarigen Bildredakteurin eines Stadtmagazins verschwand. Als er zwei Tage später wieder anrief, legte sie wortlos auf. Sie riss das Bild, das Bodo ihr gemalt hatte, von der Wand und zerpflückte es systematisch in winzige Schnipsel. Am Abend fand Sonja sie mit versteinertem Gesicht in einem riesigen Haufen von Papierschnipseln vor.

Sie setzte sich neben die Freundin und legte ihr den Arm um die Schultern. »Hoffentlich tut dir das nicht irgendwann leid. Vielleicht wäre das Bild später etwas wert gewesen.«

Billie schob verletzt die Unterlippe vor.

»Sonja, was mache ich eigentlich falsch? Ich bin tolerant und verständnisvoll. Ich bin nicht potthässlich. Eine Karriere in der Medienbranche liegt vor mir. Ich lasse die Kerle Sport gucken, kaufe ihnen ihre Lieblingsjoghurts und erinnere sie an den Geburtstag ihrer Mutter. Aber kaum haben sie mich erobert, lassen sie nach und werden zu Sofakartoffeln. Sie vergessen sogar ihre Tischmanieren und lassen mich schon nach wenigen Tagen an ihren intimsten Körperfunktionen teilhaben!« Sie verschränkte ihre Arme vor dem Oberkörper. »Oder sie lassen sich Partys ausrichten und verdünnisieren sich dann mit der Loreley!«

Sonja legte den Kopf schief. »Was das Sofakartoffelwerden angeht, kann ich dich trösten. Das passiert nicht nur dir. Und die Körperfunktionen? Wir hatten mal eine englische Austauschschülerin, die hat immer gesagt: ›Men are full of noises.‹« Sie grinste Billie auffordernd an. Aber die zuckte nur mit den Schultern. Sonja seufzte. »Weißt du, was mich viel mehr verwundert?« Sie pausierte etwas unsicher. Dann sagte sie: »Dass es dir wirklich so viel ausmacht. Ich dachte immer, dass nur mir das so geht, weil ich eine brave Landpomeranze bin. Die mit dem Plan – Job, Ehe, Kinder. Aber du?«

Billie schniefte. »Ich? Meinst du, ich habe Lust, als Single zu sterben? Natürlich möchte ich gern jemanden finden, der bei mir bleibt. Den ich lieben kann. Und der mich vielleicht sogar heiratet.«

Schweigend saßen sie nebeneinander. Endlich fragte Sonja: »Soll ich Musik auflegen?«

Billie schüttelte vehement den Kopf. »Nein, bitte keine Endlosbeschallung und auch sonst bitte keins deiner im Selbstversuch getesteten Mittel gegen Liebeskummer. Ich bin nicht wie du und breche bei Männerverlust abwechselnd heulend bei Simon & Garfunkel zusammen oder in hektische Aktivität aus. Gib dich also bitte nicht der Hoffnung hin, dass ich gleich bei romantischer Dudelmucke das Parkett späne.«

Sie rappelte sich auf, schritt durch den Papierhaufen wie durch seichtes Wasser und holte eine offene Flasche Rotwein von ihrem Schreibtisch, die sie ohne Umstände an die Lippen setzte und danach an Sonja weiterreichte.

Die nahm ebenfalls einen Schluck und holte dann tief Luft. »Männer! Sind doch irgendwie alle gleich!«

Billie starrte nachdenklich vor sich hin: »Ja, wenn sie einem wehtun. Aber wenn man einen liebt, ist er einzigartig.«

Sonja stellte die Flasche weg und nahm ihre Freundin in die Arme, die so lange weinte, bis keine Tränen mehr kamen.

Sonja machte ihre Abschlussprüfung im Sommer 1989. Eigentlich hatte sie in Berlin bleiben wollen, aber wenige Wochen vor der letzten Prüfung erlitt ihr Vater einen leichten Herzinfarkt. Obwohl er darauf bestand, dass seine Tochter ihre Prüfung nicht unterbrach, und er bald wieder auf den Beinen war, entschied Sonja, sich bei einer Hamburger Möbeltischlerei zu bewerben, die sich auf das Restaurieren alter Möbel spezialisiert hatte.

»Ich möchte einfach wieder näher bei meiner Familie sein«, erklärte sie Billie in einer langen durchdiskutierten Nacht, in der sie das Für und Wider eines Umzugs nach Hamburg erwogen hatten.

»Das verstehe ich doch«, sagte Billie mit Tränen in den Augen. »Du wirst mir nur einfach furchtbar fehlen.«

Sonja nahm ihre Freundin in die Arme. »Du mir doch auch! Aber vielleicht regen wir uns unnötig auf, und sie nehmen mich gar nicht.«

Doch das war nicht der Fall. Aus Hamburg kam eine positive Antwort. Sonja fuhr nach bestandener Prüfung zu einem weiteren Vorstellungsgespräch in die Hansestadt und kehrte mit einem Vertrag und einer Makleradresse nach Berlin zurück.

An ihrem letzten gemeinsamen Abend fuhren Sonja und Billie mit einer Flasche Sekt zu der Aussichtsplattform neben dem Land's End.

»Ich komme nach, sobald ich das Examen geschafft habe«, sagte Billie.

Sonja riss die Augen auf. »Wirklich? Das wäre fantastisch!«

»Klar, in Hamburg sitzen jede Menge Verlage, Plattenfirmen und Fernsehsender. Die warten alle nur auf Billie Grimm.«

»Du bist meine beste Freundin.«

»Ich weiß. Und du meine.« Billie legte den Arm um Sonjas Schultern und lehnte den Kopf an ihre Wange.

»Wir werden immer wieder hierherkommen und auf unsere Freundschaft anstoßen.«

Sonja schüttelte den Kopf. »Nein, das müssen wir nicht. Du und ich, wir brauchen keinen Ort, um uns daran zu erinnern, dass wir beste Freundinnen sind. Wir haben uns.«

Hinter der Mauer patrouillierten zwei Vopos im milchigen Licht einer Straßenlaterne. Schweigend blickten sie in das

Niemandsland, und es erschien ihnen so fremd und ungewiss wie ihre eigene Zukunft.

Zwei Jahre später saßen die Freundinnen in der Tower Bar des Hotels Hafen Hamburg.

Sonja sah begeistert aus dem Fenster, wo der Sonnenuntergang den Hafen in goldenes Licht tauchte. »Wie hoch sind wir hier?«

Billie zuckte mit den Achseln. Doch der Barkeeper, der ihnen zwei Stinger hinschob, antwortete: »Wir sind hier in zweiundsechzig Meter Höhe.«

Die Freundinnen feierten Billies Umzug nach Hamburg. Und natürlich war es die Neu-Hamburgerin, die ihre Freundin bereits wenige Stunden nach ihrer Ankunft in der Stadt in die derzeit angesagteste Bar führte. »Die gibt es doch schon seit zwei Jahren«, sagte Billie kopfschüttelnd.

Sonja lächelte. »Es wurde eben Zeit, dass du kommst und mich aus meiner Werkstatt holst.«

Billie hob ihr Glas. »Auf uns.« Sie stießen an und sahen wieder aus dem Fenster auf den Hafen.

»Warst du noch einmal auf unserem Aussichtsturm an der Mauer?«, fragte Sonja.

Billie verneinte. »Den gibt es bestimmt nicht mehr. Wie die Mauer. Glücklicherweise.«

Neben ihrem Magisterzeugnis befand sich in Billies Tasche ein Vertrag als PR-Assistentin einer an der Alster ansässigen Plattenfirma. Obwohl sie nie darüber gesprochen hatten, kam es ihnen jetzt nicht mehr in den Sinn zusammenzuziehen. Sonja wohnte in einer Zweizimmerwohnung am Eppendorfer Marktplatz, Billie bezog eine Wohnung am Klosterstern, nur eine knappe Viertelstunde Fußweg von Sonjas Bleibe entfernt. Die Küchentischgespräche wurden wieder aufgenommen, im Sommer jedoch vorzugsweise auf Billies Balkon. Billie schwärmte immer noch für Martinis und stellte stets eine Schale mit schwarzen Oliven oder Kartoffelchips auf die Brüstung, unter der unermüdlich Autos über den Kreisverkehr des Klostersterns brummten.

»Jedes Mal, wenn ich hier sitze, stelle ich mir vor, in Madrid oder Rom zu sein – und schon fällt mir der Verkehrslärm nicht mehr auf die Nerven«, sagte sie dann oft.

Auf die Nerven fiel ihr aber bald der Chef der Plattenfirma. Während Sonja sich bei der Restaurierungswerkstatt Hinrichs in Othmarschen auf ihre Meisterprüfung vorbereitete, Furnierblasen von Kommoden aus dem Wiener Barock herunterleimte, fehlende Furniere ergänzte, Nussbaumkörnerbeize und Möbelwachs mischte, geriet Billie nach einer kopflosen Affäre mit ihrem Kollegen Manfred auf die Abschussliste ihres Bosses. Der hatte nämlich selbst ein Auge auf Manfred geworfen, und so überstand sie nicht einmal die Probezeit. Glücklicherweise hatte sie in der Zwischenzeit Michael Philipps kennengelernt, der sie zu seiner PR-Agentur Cinderella holte.

»Ein Traumchef. Das Beste an ihm: Ich finde ihn als Kerl ungefähr so interessant wie eine Packung Scheuerpulver! Das gibt wenigstens keine privaten Verwicklungen«, verriet sie Sonja aufgeregt.

Der Scheuerpulver-Chef erwies sich als wahrer Glücksgriff. Bei Cinderella blühte Billie regelrecht auf. Sie hatte ihr Metier gefunden. Privat avancierte sie schnell zu einer beliebten Gastgeberin, über deren Partys und Dinners sogar die Lokalpresse berichtete.

Auf einem dieser Events stellte sie Sonja und Albert einander vor. Da sie nur über einen sehr kleinen Flur verfügte, hatte sie kurzerhand den Treppenabsatz vor ihrer Wohnung zur Garderobe umfunktioniert. Hier empfing ein von der Studentenvermittlung entsandter junger Mann im Smoking die Gäste, nahm ihnen die Mäntel ab und versorgte sie mit einem Glas Champagner.

Sonja war an jenem Abend spät dran, eine Baustelle auf der Elbchaussee hatte einen Stau verursacht. Billies Flur und das Wohnzimmer waren gerammelt voll, die Gastgeberin nirgendwo zu entdecken. Sonja nippte an ihrem Glas und setzte sich auf den nächstbesten freien Stuhl. Das Zimmer vibrierte vom Stimmengewirr, aus einer Stereoanlage erklang Musik, es wurde geraucht, gelacht, diskutiert. Sie fühlte sich ein wenig verloren. *Wo ist Billie?* Sonja gestand sich ein, dass sie den Moment immer sehr genoss, wenn ihre Freundin sie ihren Bekannten vorstellte. »Tischlerin?« In Billies Freundeskreis war sie die Exotin, von manchen belächelt, von vielen beneidet, die eine romantische Vorstellung von ihrem Beruf hatten. *»Ach, herrlich. Tischlerin! So etwas Bodenständiges.«* Besuchte Billie sie dagegen in der Werkstatt, lief das Schema umgekehrt ab: Dem Meister im Blaumann ebenso wie den anderen holzverstaubten Gesellen flößte Billies kühle Eleganz Respekt und sprachlose Bewunderung ein.

Als ihr Glas leer war, kämpfte sie sich durch eine Gruppe modisch gekleideter Werber, die über die neuesten Kampagnen hetzten, in die Küche. Hier traf sie die Gastgeberin neben einem großen, schlanken Mann mit dunkelblonden Locken und freundlichen blauen Augen an.

»Da bist du ja, Süße«, rief Billie. Sie zog Sonja in den Raum und zeigte auf die Wohnzimmertür. »Bist du den Schmocks entkommen? Glaub mir, die sind ganz nett. Nur wenn sie gehäuft auftreten, wirken sie auf Außenstehende verstörend!«

Der Mann neben Sonja lächelte sie an. »Sie repräsentieren demnach keinen Designer?« Als sie den Kopf schüttelte, begann er zu raten. »Plattenindustrie? Nahrungsmittelindustrie? Nein, halt. Sind Sie Kunstkritikerin?«

Bevor Sonja antworten konnte, mischte Billie sich wieder ein: »Sie ist Tischlerin und vor allem meine beste Freundin. Sonja, das ist Albert Fleming, seines Zeichens aufsteigender Stern am Lektorenhimmel. Wir haben für seinen Verlag kürzlich eine Präsentation organisiert. Sonja – Albert!«

Albert entdeckte das leere Glas in Sonjas Hand. »Darf ich?«

Er nahm eine offene Sektflasche vom Tisch und goss so schwungvoll ein, dass die perlende Flüssigkeit überlief. Ohne eine Spur von Verlegenheit griff er nach einem Lappen.

»Kennen Sie die Szene in *Pretty Woman*, in der Julia Roberts im Nobelrestaurant die Schnecke vom Teller flutscht? Wie sagte der nette Oberkellner da? ›So was passiert jedem.‹«

Billie griff sich mit theatralischer Geste an die Stirn. Sonja musste lächeln. Etwas an diesem Albert kam ihr vertraut vor. So als hätten sie schon vor Jahren gemeinsam über Filme gelacht. Obwohl auch er offensichtlich seine Bürouniform trug, wirkte er nicht so gestelzt wie die anderen Bekannten von Billie.

»Albert, bitte! Erstens kennt sich kaum jemand so gut im Kino aus wie Sonja und zweitens: Um sie zu beeindrucken, musst du mindestens Rokoko von Biedermeier unterscheiden oder Schichtholzeier nach ihren Maserungsqualitäten ordnen können.«

Sonja schüttelte lächelnd den Kopf. »Ja, genau!« Sie klopfte liebevoll auf Billies Stirn. »Maserungsqualitäten. So ein Blödsinn!«

Albert wrang den Lappen aus und griff mit feuchten Händen erneut nach der Flasche. Sie rutschte ihm durch die Finger. Doch bevor sie auf den Boden fallen konnte, fing Sonja sie in der Luft auf und stellte sie auf den Tisch. Dann wischte sie sich die Hände kurzerhand am Hosenboden ihrer Jeans ab.

»Wissen Sie auch, wie der Dialog im Film weitergeht? Julia Roberts sagt ...«

Albert fiel ihr ins Wort. »Sie sagt ...« Auffordernd sah er Sonja an. Sie nickte, und so sagten sie lauthals im Chor: »Schleimige kleine Scheißerchen.«

Sie grinsten sich an, während Billie aufjaulend ihren Kopf in den Händen barg.

»Wozu habe ich euch eigentlich eine teure Ausbildung finanziert, Kinder?« Sie straffte sich und kontrollierte in der Scheibe des Hängeschranks ihre Frisur. »Also, ich sehe, ihr seid versorgt. Wie wäre es, wenn ihr euch weiter gegenseitig mit Fachfragen aus der bunten Welt des Kinos bombardiert? Ich dagegen, meine Lieben, muss jetzt wieder die Gastgeberin spielen.«

Sie zupfte das Bolerojäckchen über ihrem schwarzen Minikleid zurecht und warf die Arme in einer großen Show-Geste in die Luft: »Amüsiert euch gut! Mich ruft die neueste Kampagne für Schmelzkäse.«

5. Kapitel

Hamburg, Ostersamstag 2004

»Sex ist nicht das Einzige im Leben.«
»Na ja, aber ich finde, es steht auf der Liste ganz weit oben.«
Der Strand von Trouville, 1998

Zwei Monate waren seit der Begegnung mit Richard in Berlin vergangen. Monate, in denen sich Sonja immer wieder Vorwürfe machte. Bei ihrer Heimkehr nach Hamburg hatte sie von den Berliner Museen, von Schloss Sanssouci und von Kupp erzählt. Die Erinnerung an den nächtlichen Schneespaziergang und den Kuss im Fahrstuhl behielt sie wohlweislich für sich und erzählte nicht einmal Billie davon. Die war begeistert, von Kupinski zu hören, und plante, bei nächster Gelegenheit in Berlin ebenfalls wieder im Charlottenburger Hof abzusteigen.

»Komisch, dass ich ihn dort nie getroffen habe. Wahrscheinlich halte ich mich seltener in Hotelbars auf als du«, neckte sie ihre Freundin.

Sonja gab erstaunlich bissig zurück: »Aschenputtel hat eben auch manchmal Ausgang.«

Billie zog erstaunt die Augenbrauen hoch, unterließ aber einen Kommentar. Sonja konnte sich ihr Verhalten selbst nicht erklären. Die Begegnung mit Richard führte dazu, dass sie zeitweise ihre Unbefangenheit Albert gegenüber verlor. Einerseits reagierte sie manchmal fast unfreundlich, wenn er mit einer Umarmung oder einem Kuss in ihre Gedanken platzte. Andererseits war sie seit der Begegnung mit Richard wie erotisiert. An ihn zu denken erregte sie und beschämte sie gleichzeitig. Mehr als einmal tauchte sein Bild in ihrem Kopf auf, während sie mit Albert schlief.

Darf ich das? Ist das kein Verrat an meinem Mann? Betrüge ich Albert nicht, wenn ihn küsse und umarme und an einen anderen denke? Oder ist das harmloses Kopfkino? Eine lebenskluge Technik, um das Sexleben einer langen Beziehung frisch zu halten? In den ersten Tagen, ja sogar Wochen nach dem Kuss im Fahrstuhl hatte sie immer wieder an Richard gedacht. Langsam verblassten die Bilder von ihm. Aber immer noch löste allein der Gedanke an ihn ein Ziehen in ihrem Körper oder auch dieses unverhoffte Lächeln aus, das sich wie von allein auf ihr Gesicht stahl. Ein Lächeln, das nichts weiter gewesen war als ein Widerschein seines Lächelns und das sie wieder an den nächtlichen Spaziergang im Schnee denken ließ. *Richard …*

Neben Richard trieb sie auch die Idee um, sich selbstständig zu machen. Was im angenehmen Dunkel der Hotelbar des Charlottenburger Hofs so selbstverständlich geklungen hatte, büßte im Schein des Hamburger Alltags ein wenig an Überzeugungskraft ein. Aber Sonja spürte, dass die Idee, die sie im duftenden Badeschaum des Berliner Hotels geboren hatte, sich nicht wieder zurückdrängen ließ. *Eine eigene Werkstatt …* Ihr Traum würde so wahr werden, wie sie ihren Wunsch, Berlin wiederzusehen, wahr gemacht hatte. Sie musste nur den richtigen Moment abpassen.

Als sie am Morgen des Ostersamstags die Augen aufschlug, fühlte sie sich unternehmungslustig und energiegeladen. Sie streckte sich wohlig und genoss das unerklärliche Gefühl von Vorfreude. Neben ihr lag Albert, sein rechter Arm hatte sich unter der Decke hervorgestohlen und ruhte auf ihrer Hüfte. Wieso fühlte sie sich so glücklich? Alles war wie immer, und zwar im wörtlichen Sinne, denn Albert reckte sich, gähnte herzhaft und pulverisierte die innige Stimmung – und Sonjas sorgfältige Planung – mit dem Satz: »Schatz, ich habe ganz vergessen, dir gestern zu sagen, dass ich heute Morgen noch mal kurz ins Büro muss.«

Ins Büro? Am Ostersamstag? Kurz?

Wo er doch noch das Ostergeschenk für Hermine abholen sollte und Lina versprochen hatte, mit ihr vor der Autobahnfahrt nach Kiekeby eine Stunde im Park zu toben.

Soll ich dir jetzt den Kalender vor die Nase halten und dich an unsere Verabredungen erinnern? Mit dir ausdiskutieren, warum dir dringende Verpflichtungen immer im letzten Moment einfallen? Nein! Kein Nachdenken über Männer vor dem ersten Kaffee!

»Gehst du laufen? Weck mich doch, wenn du zurückkommst, dann schaffe ich alles noch. Im Büro muss ich nur schnell zwei Manuskripte abholen, die ich vergessen habe.«

Er erwartete offensichtlich keine Antwort, sondern rollte sich noch einmal in seine Decke und schlummerte leise schnarchend weiter.

Hast du ein Glück, dass es mich immer rührt, dich im Schlaf zu sehen. Leicht besänftigt vom Anblick des friedlich Träumenden unterdrückte Sonja ihren Ärger und stand leise auf. Während sie in ihre Laufsachen schlüpfte, spürte sie wieder dieses sanfte Glücksgefühl. Als sie die Wohnung verließ, hatte sie ein Lächeln im Gesicht.

Die große Straße lag still und friedlich im Frühnebel da. Die Sonne stand fahl neben dem Fernsehturm, im wattigen Grau dahinter verschwamm die Silhouette des Kirchturms von St. Michaelis, des Hamburger »Michel«. Die Äste der alten Bäume verschwanden im feuchten Dunst, weißer Raureif lag auf den Blättern. Um den Anfangspunkt ihrer Laufstrecke durch den städtischen Park Planten und Blomen zu erreichen, musste sie erst den kleinen Schanzenpark am Fuß des alten Wasserturms durchqueren und eine vierspurige Bahnüberführung am Fuße des Fernsehturms kreuzen. Obwohl kaum Autos fuhren, hielt sie an der Ampel an und wartete, bis diese auf Grün umsprang. *Korrektes Verkehrsverhalten zählt eben zu diesen Sachen, die Eltern irgendwann in Fleisch und Blut übergeht.*

Wenigstens hatte weder sie noch Albert jemals einen dieser mit Sicherheit sinnvollen, aber unglaublich affig aussehenden Fahrradhelme getragen, mit denen andere Eltern ihren Sprösslingen ein gutes Beispiel gaben. Selbstverständlich trug Lina einen Helm. Obwohl für die Achtjährige die Sicherheit dabei eine untergeordnete Rolle spielte. Ihre Eltern mochten Fahrradhelme peinlich finden, für Lina war ihre metallicgrüne Kopfbedeckung einfach lässig, wie Sonja immer wieder erstaunt feststellte. *Mit Fahrradhelmen verbinde ich unweigerlich ökologisch bewegte Biologielehrer in verknitterten karierten Baumwollhemden. Was letztlich nichts weiter ist als ein Vorbote des Alters, meine Liebe,* schalt sie sich in Gedanken. *Denn das ist ein Eindruck aus einer Zeit, als Kinder noch nicht Kids hießen. Aus einer Zeit, in der schlechte Zähne noch ein tragisches Außenseiterschicksal bedeuteten, während Zahnschiefstand oder besser dessen aufwendige und teure Korrektur heutzutage zum guten Ton gehört. Die Zeiten ändern sich eben.* Lächelnd erinnerte sie sich daran, wie Lina mit besorgtem Gesicht und weit aufgerissenem Mund ihre makellosen Zähne vor dem Spiegel im Badezimmer inspiziert hatte.

»Mami, was mache ich nur, wenn ich keine Zahnspange brauche? Gibt einem der Zahnarzt trotzdem eine, wenn man sie sich sehr wünscht?«

Sonja spürte, wie sich der Schweiß in ihren Nackenhaaren unter der roten Schirmmütze sammelte. Nach zehn Minuten hatte sie ihren Rhythmus gefunden und genoss die Strecke. Das warme Glücksgefühl breitete sich bis in die Magengegend aus.

Sie dachte an die vor ihr liegenden Tage. Später würden sie nach Kiekeby fahren. Seit Sonja denken konnte, brannten sie auf dem Hof ihrer Eltern in Schleswig-Holstein am Tag vor

Ostern ein großes Osterfeuer. Früher hatten ihr Vater Ernst und sein nächster Nachbar, der alte Bauer Klaasen, das gemeinsam organisiert. Seit Ernsts Tod übernahm Klaasen diese Aufgabe allein. Es würde sicher schön werden, wie jedes Jahr.

Sonja seufzte. *Ich werde dich wieder sehr vermissen, Papi. Du hättest dir Zeit genommen, um mit mir über meine Pläne zu sprechen.* Warum sie Albert von ihren Träumen nicht erzählte, konnte sie sich nicht erklären. Er hätte bestimmt Interesse gezeigt und sie aus vollem Herzen unterstützt. Wie er das bei allen Dingen tat, die Sonja plante, vom Renovieren der Küche bis zu ihrem unerfüllten Wunsch nach einem zweiten Kind. Zum ersten Mal hatten sie über weitere Kinder gesprochen, als Lina zwei Jahre alt war. Alberts Reaktion war vorbildlich wie aus einem Eheratgeber.

»Ich bin zwar sehr glücklich mit dir und Lina, aber wenn dein Herz an einem zweiten Kind hängt …« *Was ist mit deinem Herz, Albert?*, hatte sie damals gedacht. *Warum habe ich diese Frage damals nicht gestellt?*, fragte sie sich heute. *Weil ich Angst vor der Antwort habe. Wenn Albert im Innersten kein weiteres Kind möchte? Derartige Entscheidungen muss man zu zweit treffen.* Das Leben hatte ihnen die Entscheidung bis heute abgenommen, denn Sonja wurde einfach nicht schwanger. Ein Umstand, der ihr jeden Monat einen Stich versetzte, Albert aber nicht weiter beschäftigte. *Genauso wie ihn meine Arbeit nicht weiter beschäftigt.*

Sie stellte sich vor, wie Albert ihre Fantasie, Möbel zu restaurieren und selbst zu entwerfen, mit liebevollem Enthusiasmus kommentierte.

»Ich bin zwar sehr glücklich mit deinem Job in der Innenstadt, aber wenn du unbedingt willst …« Ärgerlich runzelte sie die Stirn. Wieso fing sie schon wieder an, vor dem Frühstück über Albert zu grübeln? Sie holte tief Luft und setzte zu einem kleinen Sprint an.

Mittags stand Sonja mit ihrem blauen Audi in der zweiten Reihe und trommelte mit den Fingern auf das Lenkrad. Sie beugte sich nach vorne und versuchte durch die Windschutzscheibe zum dritten Stock hinaufzuspähen, in dem ihre Wohnung lag. Als ob sie von unten sehen könnte, ob Albert schon seine Schuhe angezogen hatte! Der Jugendstilbau erinnerte mit seinem rosa Anstrich und den weißen Portälchen über den Fenstern sowie den reich verzierten weißen Reliefs an eine Sahnetorte. Ein Eindruck, den alle Bewohner in der Weihnachtszeit wie auf eine geheime Verabredung hin verstärkten, indem sie die Balkongitter mit farbigen Lichterketten verzierten. Jetzt aber sahen die Balkons alle winterlich leer und unwirtlich aus. Typische Frühjahrstristesse. Sie blickte auf ihre Uhr. Die Milchkaffeetaktik war aufgegangen: Sie war erfrischt vom Laufen gekommen und hatte mit Albert beim Frühstück einen Kompromiss ausgehandelt. Er war mit dem Fahrrad ins Büro gefahren und hatte Lina mitgenommen, damit sie sich ein wenig austoben konnte. Sonja hatte Hermines vorbestelltes Ostergeschenk, einen mit Narzissen und Tulpen bepflanzten Korb, bei der Gärtnerei in Winterhude abgeholt. *So weit, so gut.* Aber bereits vor einer halben Stunde hatten sie auf der Autobahn sein wollen.

Sie warf einen Blick in den Rückspiegel. Lina hatte sich kleine Stöpsel in die Ohren gestopft und ihren Walkman eingeschaltet.

Albert bummelte. Wieso fiel ihm immer, kurz bevor sie losfahren wollten, etwas ein, das er dringend erledigen musste? Schuheputzen beispielsweise. Einen Kollegen anrufen. Ein bestimmtes Buch suchen, das er mitnehmen wollte. *Ich kann froh sein, dass er mich bei Linas Geburt sofort ins Krankenhaus gefahren hat und nicht noch schnell die Winterreifen aufziehen wollte. Wieso warten in Karikaturen eigentlich immer die Männer auf ihre Frauen? Der Alltag zeigt doch, dass in Wirklichkeit Milliarden von Frauen täglich kostbare Lebenszeit vergeuden, weil ihre Freunde, Ehemänner, Geliebten zu spät kommen. Vermutlich liegt es in den Genen. Die Uhr zu lesen ist Männern nur in Kombination mit Fußballübertragungen oder Stadionterminen möglich.* Bei Albert war jede Form von Umerziehungsversuch grandios gescheitert. Er folgte einfach seiner inneren Uhr, kam zu spät, zu früh oder vergaß Termine gleich ganz.

Und immer wieder nahm er mit einem strahlenden Lächeln jedem Vorwurf den Wind aus den Segeln.

»Es tut mir ja so leid! Das passiert nie wieder.«

Wahrscheinlich glaubt er selbst daran. Bis zum nächsten Mal.

Die Beifahrertür wurde aufgerissen, und Albert ließ sich schwer auf den Sitz neben Sonja fallen, wobei er versuchte, seine langen Beine so unterzubringen, dass seine Knie nicht mit dem Handschuhfach kollidierten. Er beugte sich zu ihr hinüber und küsste sie auf die Wange. Sonjas Zornesfalte schien ihm nicht aufzufallen.

»Tut mir leid, Schatz.« Er blickte nach hinten und stellte zufrieden fest, dass Lina in ihre Märchenkassette vertieft war. Trotzdem senkte er die Stimme. »Ich habe für euch beide zu Ostern eine besondere Kleinigkeit besorgt und hatte sie so gut versteckt, dass mir selbst nicht mehr eingefallen war, wo.« Seine blauen Augen strahlten. Er zwinkerte Sonja zu. »Vergessliche Osterhasen sind eine Schande für die ganze Zunft!«

Sonja beobachtete, wie er eine verknitterte Papiertüte unter dem Sitz verstaute. Natürlich war es völlig egal, wann sie in Kiekeby ankamen, solange sie das Osterfeuer nicht verpassten. *Aber warum bespreche ich mit dir überhaupt Termine, wenn von vornherein feststeht, dass du gar nicht dran denkst, sie einzuhalten?*

Albert legte den Sicherheitsgurt an, lehnte sich bequem zurück und lächelte ihr breit zu. Kopfschüttelnd schaltete Sonja in den ersten Gang. *Die Frau, die Alberts entwaffnendem Charme widersteht, muss erst noch geboren werden!*

Nachdem sie den Nord-Ostsee-Kanal überquert hatten, fuhr Sonja von der Autobahn ab und folgte der kurvigen Landstraße. Die Landschaft war winterlich mit ihren hart gefrorenen Feldern und schwarzen Bäumen, deren nackte Äste sich knochig vor dem Horizont abzeichneten. Ein paar Pferde standen auf der Weide, ihr Atem bildete weiße Wolken vor ihren Nüstern. Hinter einer Kiesgrube machte die Straße eine scharfe Kurve, und dann kam auch schon das grüne Schild mit der Aufschrift »Kiekeby«. Sonja nahm den Fuß vom Gas, schaltete in den zweiten Gang und bog in den kurzen, steinigen, von Rhododendronbüschen gesäumten Weg zum Hof ein. Als sie durch das Tor in der niedrigen Steinmauer fuhren, überfiel sie wie immer ein Gefühl von Nach-Hause-Kommen und Geborgenheit. Sie parkte zwischen Hermines verbeultem VW-Bus und Billies schwarzem BMW-Cabrio. Wie immer war ihre Freundin schneller als sie. *Kein Wunder, Billie hat keinen Mann, auf den sie warten muss.*

Dann stand schon Hermine am Auto, die Arme wärmend um den langen Oberkörper geschlungen, in verwaschenen Jeans, Rollkragenpullover und der alten, dicken Fellweste, an die sich Sonja schon Trost suchend gekuschelt hatte, als sie noch ein Kind war. Hermines grau gesprenkelte Ponyfransen fielen ihr in die hohe Stirn, auf dem schmalen Gesicht leuchtete ihr warmes Lächeln.

»Herzlich willkommen! Schnell ins Haus mit euch. Wie war die Fahrt? Der Kuchen steht schon auf dem Tisch.«

Sie waren angekommen.

6. Kapitel

Kiekeby, Osterfeuer 2004

»Wenn wir noch länger zusammenbleiben wollen, dann müssen wir uns auch alles anhören, was wir einander zu sagen haben. Auch wenn es uns nicht gefällt. Und im Laufe der Zeit werden es immer mehr Dinge sein, die uns nicht gefallen.«

Identifikation einer Frau, 1982

Fünf Stunden und eine wahre Tortenschlacht später trat Hermine auf die hintere Koppel, wo sich Nachbarn und Freunde versammelt hatten. Seit Einbruch der Dunkelheit strich Lina um ihre Großmutter herum und löcherte sie mit der heute einzig wichtigen Frage.

»Wann geht es endlich los?«

Hermines Antwort war immer dieselbe. »Wenn der alte Klaasen mit seinem Fidibus kommt.«

Klaasen, den jeder »den alten Klaasen« nannte, sammelte über das ganze Jahr Holzabfälle, Schnittholz und Knickschnitt in der kleinen Scheune hinter Hermines Pferdestall.

So hatte sie es jedenfalls beim Kaffeetrinken erklärt. Bei der Erinnerung an Billies fragendes »Knickschnitt? Was ist denn das?« musste sie lächeln. Diese Städter! Wie wenig sie von der Natur wussten. Geduldig hatte sie Sonjas Freundin erklärt: »Knick nennt man die Sträucher und Büsche, die auf einem Feld stehen gelassen werden. Das hast du doch bestimmt schon mal gesehen, oder? Die müssen natürlich ab und an beschnitten werden. Und das, was man dann abschneidet, ist der Knickschnitt.«

Einige Tage vor Ostern lud Klaasen alles Holz auf einen

Anhänger und transportierte es auf die Koppel, wo er einen kunstvollen Scheiterhaufen baute. Auf neumodische Hilfsmittel wie Benzin gab Klaasen keinen Deut, stattdessen unterfütterte er den Haufen stets mit sorgfältig zusammengeknülltem Zeitungspapier. Es war für ihn einer der größten Momente des Jahres, wenn er auf die von Fackeln erleuchtete Koppel trat, wo seine Frau Berta auf einem Campingtisch Tee, Glühwein und für die Kinder warmen Kakao anbot.

O-beinig und gebückt trippelte er dann mit dem von ihm gefertigten Fidibus, einem alten Besenstile, um dessen Ende er Zeitungen gewickelt hatte, zum Holzhaufen, um unter dem Applaus der Gäste das Osterfeuer zu entzünden. »Immer von unten«, wie es sich für ein richtiges Feuer gehörte. Die Flammen züngelten an den großen Holzplanken hinauf, und bald prasselte ein Funken sprühendes Feuer, das Klaasen, unterstützt vor allem von der männlichen Dorfjugend, in den nächsten Stunden in Gang halten würde.

Hermine genoss die Feier in vollen Zügen. Nachbarn und Gäste standen in kleinen Gruppen um das Feuer herum. Der älteste Sohn von Klaasen, selbst schon in den Fünfzigern, briet an einem Grill ein Spanferkel. In einer Ecke umlagerten junge Leute mit Wollmützen und Sneakers einen Ghettoblaster. Protestgeschrei ertönte, als sich Klaasen in die Gruppe drängelte und die Musik ausschaltete.

Hermine zwinkerte Sonja zu. Sie wussten beide, was nun kommen würde. Klaasen würde eine verschraddelte Kassette mit dem berühmten Sirtaki aus *Alexis Sorbas* einlegen. Die hatte ihm Ernst vor Jahren geschenkt, nachdem er herausgefunden hatte, dass Klaasen ein einziges Mal in seinem Leben das Flensburger Kino besucht hatte. »Das ist mal Tanzen«, hatte Klaasen gesagt. »Sirtaki. Das ist ein Männertanz. Nicht so ein Gehopse und Geschwenke wie bei uns.«

Früher hat Ernst mit Klaasen den Anfang beim Sirtaki gemacht. Ich darf jetzt nicht traurig werden, dachte Hermine.

Obwohl einige lautstarke Proteste zu hören waren, machten die Jugendlichen dem Alten mit einer Mischung aus Nachsicht und Respekt Platz. Klaasen stand so kerzengerade, wie es ihm möglich war, im Lichtschein, als die ersten Klänge ertönten. Die unzähligen Falten in seinem alten Gesicht brachen sich in einem Lächeln. Er legte eine schwielige Hand auf die Schulter des neben ihm stehenden Jungen. Hermine erkannte Klaasens fünfzehnjährigen Enkel Tobias. Dem Jungen war der innerliche Kampf anzumerken. Unsicher sah er auf seine Kumpel, die durchaus schadenfroh zurückstarrten. Doch ein Blick in das erwartungsvolle Gesicht seines Großvaters gab den Ausschlag. Tobias richtete sich ebenfalls auf, streckte die Hand aus und legte sie auf die Schulter eines langhaarigen Mädchens aus der Clique. Dann begannen sie zu tanzen. Die Kette wurde stetig länger, Nachbarn und Freunde, sogar die Jugendlichen in den weiten Klamotten tanzten um das Feuer.

Billie, die in ihrer roten Lederhose und dem grünen Blazer zwischen den dunklen Anoraks und Parkas der Landfrauen wie ein Papagei in einem Amselschwarm wirkte, ergriff lachend die Hand von Schweinebauer Karl und zog Hermine mit sich. Sonjas Mutter spürte Billies festen Griff. Sie sah die vielen frohen Gesichter, die sich in dieser sternenklaren Nacht auf ihrem Grund und Boden versammelt hatten, und spürte große Dankbarkeit. *Ernst, Liebling, kannst du uns sehen? Ostern hat dir so viel mehr bedeutet als jedes andere Fest. Es war für dich ein Neubeginn, die Erwartung eines neuen Frühlings, eines neuen Sommers. Ernst, du fehlst mir immer noch so sehr.*

Die Musik verklang. Billie strahlte Hermine atemlos an: »Der Sieg der Leidenschaft über die Coolness.«

Während Hermine noch über diese rätselhafte Äußerung nachdachte, sah sie, wie Billie die Augen schloss und sich dann schwankend am Zaun festhielt. Sie stützte Sonjas Freundin schnell am Ellenbogen.

»Geht es wieder?«, fragte sie besorgt.

»Ja, danke. Mir ist wohl nur vom Tanzen ein wenig schwindlig. Wer rechnet auch mit griechischem Temperament, wenn man nach Schleswig-Holstein zum Osterfeuer fährt?«

»Du solltest die Norddeutschen nicht unterschätzen. Eckernförde hat sich mit einem Dauer-Sirtaki sogar ins *Guinnessbuch der Rekorde* getanzt.«

Hermine verstummte erschrocken, als sie sah, dass Billie erneut die Augen schloss. Als die junge Frau sie wieder öffnete, hatte sie sich zwar gefangen, aber ihr Gesicht zeigte eine kalkige Blässe, und die Schatten unter ihren Augen wirkten wie blaue Male.

Hermine betrachtete sie nachdenklich. Seit dem Tag, an dem Sonja Billie zum ersten Mal mit nach Kiekeby gebracht hatte, mochte sie die beste Freundin ihrer Tochter besonders gern. Über ihr Berufsleben wusste sie allerdings wenig. Billie arbeitete in einer PR-Agentur, brachte häufig ausgefallene Werbegeschenke mit, die vor allem Lina begeisterten, und arbeitete manchmal Tag und Nacht mit Leuten, die Hermine nur aus den Zeitschriften beim Dorffriseur kannte. Obwohl Billie ihrem Beruf offensichtlich mit großer Begeisterung nachging, hatte sie eine kühle, fast nachlässige Art, davon zu erzählen. Lieber fragte sie Hermine über Pferdehaltung und Obstanbau Löcher in den Bauch. Im letzten Jahr hatte sie eine Woche ihres Jahresurlaubs beim Heuen auf den Feldern und Unkrautzupfen in der Hofeinfahrt verbracht. *Von dem bisschen Sirtaki-Tanzen kann Billie nicht schwindlig geworden sein. Aber was ist dann mit ihr los?*

»Willst du ins Haus gehen und dich hinlegen?«, fragte sie.

Billie schüttelte den Kopf, und tatsächlich gewann ihr Gesicht langsam Farbe. »Es geht wirklich schon wieder. Lass mich einfach nur hier ein wenig ausruhen.«

Hermine sah sich um. Lina stand vor dem Feuer und starrte wie gebannt in die Flammen. Sonja und Albert lehnten unweit am Koppeltor.

»Ich gehe hinüber zu Sonja und Albert. Kommst du mit?«

»Ich komme gleich nach. In Ordnung?«

Hermine warf ihr einen aufmunternden Blick zu, bevor sie sich zum Gehen wandte. Sie nahm sich vor, Billie im Auge zu behalten, und schlenderte zu den anderen. Albert und Sonja machten ihr Platz, damit sie auch von der Wärme des Feuers profitieren konnte. Hermine lächelte und zeigte auf Lina, deren Gesicht im warmen Licht leuchtete.

»Na, da ist aber jemand verzaubert!«

Albert nickte. Sonja verzog das Gesicht ein wenig. »Aber sie ist schon so groß. Wie schnell die Zeit vergangen ist.«

Albert legte seinen Arm um die Schulter seiner Frau und sagte zu Hermine: »Sonja will ihr Baby nicht loslassen.«

Sonja schüttelte seine Hand ab. »So ein Unsinn!«

»Nun explodiere doch nicht gleich.«

Sie schwiegen und schauten ins Feuer.

Dünnes Eis, dachte Hermine und sah ebenfalls ins Feuer. So standen sie schweigend miteinander da.

Nach einer Weile kam, immer noch leicht angegriffen, Billie zu ihnen. Fröstelnd zog sie die Schultern hoch und entschuldigte sich, um ihre gefütterte Jacke aus dem Auto zu holen.

»Es ist auch wirklich eine besonders kalte Nacht«, versuchte Hermine ein Gespräch in Gang zu bringen.

Albert bejahte und rubbelte Sonjas Rücken. Die, beide Hände tief in die Jackentaschen vergraben, rührte sich nicht. Hermine hörte, wie Albert sagte: »Nun sei doch nicht so traurig. Dann klappt es eben beim nächsten Mal.«

Sonjas Antwort war leise und heftig. »Das sagst du immer. Dir ist es ja sowieso egal.«

»Wie kannst du nur so etwas behaupten?«

»Weil es stimmt. Du findest, dass wir die perfekte Kleinfamilie sind. Du willst nicht noch ein Kind.«

Ach so, das alte Thema. Arme Sonja, sie wünscht sich schon so lange, wieder schwanger zu werden.

Albert schien ebenfalls angespannt, denn er zog seine Hand zurück und sagte nicht minder heftig: »Das stimmt nicht. Wenn du jetzt schwanger wärst, würde ich mich damit arrangieren.«

Auf Sonjas Stirn bildete sich ihre steile Zornesfalte. »Hörst du dir eigentlich selbst zu? Wenn *ich* jetzt schwanger wäre, würdest *du* dich damit arrangieren! Klingt das für dich nach einem heftigen Kinderwunsch?«

»Ich hole mir einen Glühwein«, sagte Hermine. »Möchtet ihr auch einen?«

»Ja, ich!« Sonja warf den Kopf in den Nacken und stapfte wütend voran zum Glühweinstand.

Albert rieb nachdenklich seine linke Ohrmuschel. »Ein gemütliches Wochenende habe ich mir eigentlich anders vorgestellt«, sagte er zu Hermine, während er sich bei ihr einhakte.

»Hier, ich habe für uns drei schon bestellt«, sagte Sonja und reichte erst Hermine, dann Albert einen Becher. Ihr Mann nahm das Getränk entgegen, verschüttete versehentlich ein wenig und hob die Schultern in einer lustigen Verrenkung.

»Pass doch auf, du Clown!« Sonjas Stimme klang schon wieder amüsiert.

Hermine hörte beruhigt, wie sie gemeinsam lachten. Als sie zurück zum Feuer gingen, legte Albert seinen Arm um Sonjas Schultern. Das Gewitter hatte sich augenscheinlich verzogen.

Sie sah ins Feuer und hing zufrieden ihren Gedanken nach. Plötzlich tauchte Linas aufgeregtes Gesicht vor ihr auf. Sie trug eine grellbunte Skimütze mit einem auffälligen Werbeaufdruck, offenbar ein Präsent von Billie.

»Omi, Omi«, japste Lina. »Du musst schnell kommen. Susis Junge sind da.«

Hermine schloss das Kind in die Arme. Susi war eine weißfellige Kaninchendame, die vor einigen Wochen Besuch von Klaasens Rammler Rudi bekommen hatte. Hermine lachte in sich hinein. Sie nahm Linas Hand. »Na, es ist schließlich Ostern. Da brauchen wir doch Osterhasennachwuchs, oder?«

Als sie über die Koppel hinüber zum Stall gingen, verglomm hinter ihnen langsam das Osterfeuer. Die Gäste packten ihre Sachen ein, schlaftrunkene Kinder wurden in Autos gesetzt, nur die Jugendlichen blieben. Die Nacht war sternenklar. Bevor Hermine abends den Rollladen in ihrem Schlafzimmer herunterließ, sah sie, wie Klaasen die glimmende Glut sorgfältig löschte. Er sah hinauf in die tintige Schwärze. Hermine folgte seinem Blick. Der Morgenstern stand bereits am Himmel.

7. Kapitel

Kiekeby, Ostermorgen 2004

»Sie leben ja zusammen.«
»Und was beweist das? Nichts! Wenn alle Menschen, die zusammenleben, sich lieben würden, würde die Erde strahlen wie die Sonne.«
Die Kinder des Olymp, 1945

Der Ostersonntag brach mit strahlendem Sonnenschein an. Sonja räkelte sich genüsslich im Bett in der Giebelstube und schnupperte. Köstliche Gerüche durchzogen das Haus. Ein sicheres Indiz dafür, dass Hermine wach war und in der Küche den großen Lammbraten vorbereitete. Schnell schlüpfte Sonja aus den Federn. Um Albert und Lina, die mit ihr das große Bett teilten, nicht zu wecken, schlich sie zum Fenster und schaute in den Garten. Da stand Hermine in Gummistiefeln, der unvermeidlichen Fellweste und einer warmen Mütze im Rhododendrenbeet auf dem Hof und versteckte Ostereier. Sonja musste lächeln, als sie sah, wie ihre Mutter den blauen Himmel betrachtete, und hörte förmlich ihre Worte. *Gutes Wetter am frühen Morgen ist kein gutes Zeichen in Norddeutschland. Oft trübt sich der Himmel nach einem sonnigen Morgen schon vor der Mittagszeit ein und bringt für den Rest des Tages Regen.* Sonja sah zu, wie Hermine sorgfältig ein Osternest aus Moos zwischen die knorrigen Wurzeln des großen Apfelbaums drückte, der hinter der Rabatte seine Äste über den Hof streckte. Noch lag der Garten ganz still, aber später würden Sonjas jüngere Schwester Anne mit den siebenjährigen Zwillingen Marius und Ben und der vierjährigen Fiona kommen. Sonja hoffte, dass auch Annes Mann Martin könne, der als

Tierarzt an Feiertagen oft Notdienst in der Rendsburger Tierklinik hatte. Martin war der Prototyp des wortkargen, herzensguten Schleswig-Holsteiners. Er glich Annes aufbrausendes Temperament und ihren mitunter sehr bissigen Humor wieder aus.

Sie zog einen dicken Pullover über ihren karierten Pyjama, fuhr mit nackten Füßen in ihre Winterstiefel und lief zu ihrer Mutter nach draußen.

»Fröhliche Ostern, lieber Osterhase!«

Hermine schüttelte amüsiert den Kopf und umarmte ihre Tochter. »Du bist wohl verrückt! So holst du dir noch eine Erkältung!«

Eine Stimme ließ sie beide aufhorchen. Billie kam mit ihrem Handy um die Hausecke. Sonjas Freundin war wie immer dezent geschminkt, die schwarzen kurzen Locken kringelten sich perfekt frisiert über ihren kleinen Ohren. In ihrem schwarzen Kostüm und den schmal geschnittenen Stiefeletten hätte sie eher an das Seineufer der zwanziger Jahre gepasst als auf einen norddeutschen Bauernhof.

Sonja und ihre Mutter sahen einander an. Es war äußerst ungewöhnlich, dass die Langschläferin Billie schon so früh auf war.

»Mutter, mach dir keine Sorgen. Aber natürlich esse ich genug!«

Sie verdrehte die Augen so komisch, dass Hermine und Sonja lachen mussten.

Billie beendete das Gespräch. »Guten Morgen! Entschuldigt, dass ich die Morgenstille störe. Aber meine Frau Mama macht sich eben immer Sorgen um ihr Küken.«

»Hat sie denn Anlass dazu?« Sonja blickte ihre Freundin prüfend an.

Billie zuckte mit den Achseln. Sie sah auf Hermines Tasche mit der bunten Schokoladenfracht und wechselte das Thema. »Osterhasenpflichten?«

Hermine nickte. »Wollt ihr mir helfen?«

Gemeinsam gingen sie hinter das Haus in den Garten und versteckten die restlichen Eier unter Büschen und auf den Beeten.

Als Billie in den Obstgarten lief, um einige Eier am großen Apfelbaum zu verstecken, folgten ihr vier besorgte Augen.

Hermine, die Sonjas Blick auffing, fragte: »Ist Billie eigentlich in Ordnung?«

Sonja stieß erleichtert die Luft aus. »Ist dir auch aufgefallen, dass sie irgendwie stiller ist als sonst? Ich dachte schon, ich bilde mir das ein. Und sie war gestern so blass.« Sie hakte sich bei ihrer Mutter ein. »Vielleicht müssen wir sie einfach mal wieder bei guter Landluft aufpäppeln? Diese Agenturladys leben ja nur von Kaffee und Börsendaten.«

Sie lachten.

Hermine legte die leere Stofftasche sorgfältig zusammen. »So, und jetzt machen wir Frühstück!«

Um halb zehn fuhr der gepflegte lindgrüne Passat von Alberts Eltern auf den Hof. Mit ihren kurzen grauen Haaren und den khakifarbenen Steppwesten wirkten sie fast wie Geschwister. Albert half ihnen beim Ausladen der Ostergeschenke und Pflanzen für Hermines Kräutergarten. Josefine und Dieter, beide pensionierte Lehrer, verbrachten die Hälfte des Jahres mit ausgedehnten Studienreisen, von denen sie stets exotische Geschenke mitbrachten. Kurz nach ihnen traf Anne mit ihren Kindern ein.

Sonja betrachtete ihre Schwester, die wie immer ausgebeulte Jeans und ein zu großes Sweatshirt trug. In dieser keineswegs festlichen Aufmachung stand sie nun auf dem Hof und wies wild gestikulierend ihre widerwilligen siebenjährigen Söhne Marius und Ben an, Alberts Eltern zu helfen. Sonja warf sich ihre dicke blaue Wolljacke über und ging vor die Tür, um ihre Schwiegereltern zu begrüßen. Die Jungen schleppten eine Art

Totempfahl an der überraschten Hermine vorbei ins Haus, während Dieter, besorgt um das wertvolle Stück, ihnen folgte wie eine aufgeregte Entenmutter ihren Küken. Josefine trug derweil umfängliche Tortenpakete in die Küche. Danach verschwanden Marius und Ben, die zu ihrem eigenen Kummer »bloß« zweieiige Zwillinge waren, schnellstens mit Lina zwecks Sondierung des Ostereiergeländes um die Scheunenecke. Anne hob ihre vierjährige Tochter Fiona aus dem Kindersitz ihres unordentlichen, schmuddeligen Kombis.

»Martin kommt nach«, erklärte sie mit einer Grimasse ihrer großen Schwester. »Sein Pieper ging genau in dem Moment los, als wir gerade alle drei angeschnallt im Wagen hatten.«

Die Kinder kamen aufgeregt um die Ecke gerannt.

»Wann geht es endlich los?«

Die Ostereiersuche begann.

Während die Kinder unter Geschrei und Gelächter Beete und Gartenecken absuchten, spazierten die Erwachsenen in kleinen Grüppchen umher. Anne machte Fotos. Billie und Albert dagegen wiesen die Kinder immer wieder durch Augenzwinkern oder plötzliches Stehenbleiben auf Verstecke hin, die sie übersehen hatten.

Sonja begleitete Hermine, die mit Dieter und Josefine die Frühjahrsbepflanzung des Gemüsegartens besprach, als Lina angelaufen kam und ihre Großmutter an der Fellweste zupfte.

»Was ist denn, mein Herz?«

Das Kind hielt ihr eine Fotografie unter die Nase. »Omi, wer ist das?«

Hermine zog ihre Gartenhandschuhe aus und nahm dem Kind das Foto aus der Hand. »Die Frau neben Opa Ernst ist Hannelore Kleinert, seine ehemalige Sprechstundenhilfe.«

»Und das Kind?«

Hermine hielt sich das Foto näher vor die Augen. Dann schüttelte sie den Kopf. »Das Kind kenne ich nicht. Vielleicht ein Verwandter von Hanni? Ich glaube, ihre Schwester hatte Kinder.«

Sonja blickte ihrer Mutter über die Schulter. »Die gute alte Hanni. Wo ist das denn aufgenommen?«

Anne schlenderte ebenfalls zu der kleinen Gruppe, würdigte das Bild aber nur eines flüchtigen Blicks. »Ich konnte die nicht leiden. Kann mich nur erinnern, dass ich froh war, als sie weg war. Warum ist sie eigentlich weg?«

Hermine nahm das Foto wieder an sich. »Wo hast du das Bild eigentlich her, Lina?«

In ihrer Stimme lag eine kaum spürbare, ungewohnte Schärfe. Sonja sah sie überrascht an und fühlte sich für ihre Tochter stellvertretend gerügt. *Wieso möchte ich eigentlich immer, wenn ich in Kiekeby bin, dass Lina das perfekte Kind ist?*

Sie trat zu ihrer Tochter und sagte: »Na, Linchen, jetzt verrat uns schon, woher du das Bild hast.«

Lina merkte, dass ihre Großmutter und auch ihre Mutter verärgert waren, verstand aber nicht, warum. Sie senkte den Blick und sagte kaum hörbar: »Aus einer Truhe in dem Zimmer hinter der Sattelkammer.«

Hermine lachte unfroh. »Was wolltest du denn da?«

Lina schob trotzig die Unterlippe vor. »Papi hat Mami und mir doch ein besonderes Ostergeschenk versprochen. Das wollte ich suchen.«

Nach dieser Offenbarung schlug sich Albert mit der flachen Hand gegen die Stirn. »Ich Depp! Das Ostergeschenk! Ich hab völlig vergessen, es zu verstecken.«

Sonja zwinkerte ihm zu: »Kinderohren hören immer alles, was sie nicht hören sollen. Selbst, wenn die Kopfhörer vom Walkman drinstecken!«

Unter großem Gelächter entfernte sich Albert hastig Richtung Haus, gefolgt von den jubelnden Kindern. Josefine schnupperte: »Sag mal, Hermine, sollte man sich nicht um den Braten kümmern?«

Sonjas Mutter wirkte irritiert. »Was? Ach so.«

Josefine war schon auf dem Weg in die Küche. »Ich schalte den Backofen einfach aus. Die Nachhitze ist immer noch heiß genug.« Sie zog ihren Mann mit sich: »Und du kannst schon mal die Weinflaschen aufmachen.«

Sonja folgte ihren Schwiegereltern ins Haus. Doch sie ging nicht in die Küche, sondern blieb am Wohnzimmerfenster stehen und beobachtete ihre Mutter.

Was ist nur mit Hermine los? Sie ist richtig blass geworden, als sie das Foto angesehen hat. Aber warum?

Hermine stand allein im Garten und starrte auf das Foto wie auf ein Bilderrätsel, das sich ihr nicht erschließen wollte. Dann löste sie langsam den Blick von dem Bild, hob den Kopf wie ein Tier, das Geräusche hört und Witterung aufnimmt. Sie ließ das Foto in die Tasche ihrer Fellweste gleiten. Sonja bemerkte in den Zügen ihrer Mutter eine Verletzlichkeit, die ihr neu war und sie erschreckte.

Josefine rief aus der Küche: »Wo bleibt Hermine?«

Sonja klopfte an die Scheibe. Hermine zuckte zusammen, ihr Gesicht hatte wieder seinen gewohnten Ausdruck, sie winkte und setzte sich langsam in Bewegung. »Na, dann wollen wir mal«, mit diesen Worten trat sie, wieder ganz die Alte, ins Wohnzimmer. Sie lächelte Sonja beruhigend zu.

Du siehst Gespenster. Warum soll sich Mama wegen eines alten Fotos aufregen?

Entschlossen verscheuchte sie ihre Gedanken und folgte ihrer Mutter in die Küche.

Alberts Geschenk war ein voller Erfolg. Anne konnte sich die Bemerkung nicht verkneifen, dass sie eine Videokamera zu Ostern für reichlich übertrieben hielt.

»Gebraucht, liebe Schwägerin! Gebraucht und von einem Kollegen günstig erworben«, versuchte Albert sie zu beschwichtigen.

Anne rollte mit den Augen und murmelte etwas von Geldverschwendung und Überflussgesellschaft, bevor sie sich an den Esstisch setzte.

Albert grinste Sonja zu, die unberührt von der schlechten Laune ihrer Schwester die Kinder beim Puzzlespiel vor dem Kamin filmte.

»Hast du auch die Entfernung richtig eingestellt?«

Sonja nickte.

Albert machte seiner Frau ein Zeichen. Sie hörte auf zu filmen und ließ die Kamera sinken. Albert nahm sie ihr aus den Händen.

»Ich glaube, ich sollte noch mal die Einstellung prüfen.«

Gereizt zog Sonja die Augenbrauen hoch. *Wieso hält sich Albert eigentlich für den Meister aller elektronischen Geräte, wo er doch angeblich zwei linke Hände hat? Jedenfalls wenn es ums Hemdenbügeln oder das Einräumen von Tiefkühltruhen geht?*

Sie zog an der Kamera. »Komm, gib sie mir zurück. Die Kinder spielen gerade so schön. Wir verpassen das sonst.«

Albert hielt die Kamera mit eisernem Griff fest. »Nein, ich muss hier erst noch was einstellen.«

Sonja fand die Situation einigermaßen lächerlich. Da standen sie wie zwei Schulkinder und zerrten an der Kamera.

Albert gab schließlich nach. »Bitte! Aber eins kann ich dir jetzt schon sagen. Erstens werden die Aufnahmen unter Garantie nicht gut, und zweitens bist du kindisch, wenn du dir nicht helfen lassen willst. In der heutigen Berufswelt geht man so baden.«

Immer diese verquasten Bemerkungen. Warum sagte Albert nicht einfach, was er dachte?

»Sag doch einfach, was du wirklich meinst.«

»Und das wäre?«

»Dass du glaubst, ich muss bis an mein bitteres Ende Fotos von dicken Babys in rosafarbene Passepartouts quetschen.«

Sie imitierte Albert. »Gib mir die Kamera. Was willst du mir damit wirklich sagen? Dass ich zu dumm bin, eine Videokamera zu bedienen? Und zu blöd, in der Berufswelt da draußen zu bestehen?«

»So ein Blödsinn. Häng das doch nicht so hoch. Was hat das eine mit dem anderen zu tun? Mir geht es nur um gute Aufnahmen!«

Sie standen einander wie zwei Kampfhähne gegenüber. Albert steckte die Hände wie ein trotziger Junge wütend in die Hosentaschen und blickte zu Boden. Sonja hatte die Kamera aus seiner Reichweite gedreht und wandte ihm die Schulter zu. Als er wieder aufsah, trafen sich ihre Blicke. Plötzlich mussten sie beide lachen.

Albert legte seinen Arm um Sonjas Schultern und drückte sie kurz an sich. Dann streckte er die Hand aus. »Okay. Gib mir die Kamera!« Er strahlte sie mit seinem typischen Albert-Lächeln an.

Seufzend legte sie ihm die Kamera in die Hände. *Männer!*

Nach dem Kaffeetrinken bettelten die Kinder darum, die Ponys aus dem Stall holen zu dürfen. Als sie in der Diele ihre Gummistiefel und Anoraks anzogen, bog Martins Mercedes in die Hofeinfahrt.

Anne stieß einen Stoßseufzer aus. »Na, endlich!« Sie lief in die Diele. Sonja und Albert, die gemeinsam die Küche aufräumten, sahen ihr nach, als sie sich eine Mütze über den Kopf zog.

Albert flüsterte Sonja zu: »Wieso habe ich bei Annes Klamotten immer die Vermutung, dass sie eine ahnungslose peruanische Panflötengruppe in der Fußgängerzone überfallen und ihrer Kleidung beraubt hat?«

Sonja boxte ihn kurz auf den Arm. »Weil du ein schlechter Mensch bist. Deswegen!«

Anne riss die Tür auf und rief ihrem Mann zu: »Du kannst

gleich draußen bleiben. Und zieh dir Reitstiefel an. Die Kinder wollen reiten.«

Martin, grobschlächtig und kurz geschoren, stand einen Moment wie vom Donner gerührt neben der Autotür. Er schob sich seine Prinz-Heinrich-Mütze in den Nacken. Sein rotwangiges, gutmütiges Gesicht wirkte ärgerlich und müde. Sonja hatte Mitleid mit ihrem Schwager. *Warum ist Anne eigentlich immer so zickig zu ihm?*

Sie ging zu ihrer Schwester und legte ihr eine Hand auf die Schulter. »Lass ihn doch erst mal hereinkommen und einen Kaffee trinken.«

»Jetzt bloß nicht weich werden«, sagte Anne und duckte sich unter Sonjas Berührung weg. »Wenn der erst mal auf dem Sofa sitzt, fallen ihm gleich die Augen zu. Er hat sich gestern bei einer Kalbsgeburt die ganze Nacht um die Ohren geschlagen.« Sie knöpfte ihre schlammfarbene Winterjacke zu und fuhr fort: »Während ich mit Fiona alle halbe Stunde ins Badezimmer rennen musste, weil sie Durchfall hatte.«

Sie drängte sich an ihrer Schwester vorbei ins Freie und ging über den Hof zu Martin, der sich unbeholfen in die hohen Reitstiefel zwängte, die er aus dem Kofferraum geholt hatte. Sonja schloss kopfschüttelnd die Tür und trat ans Küchenfenster, wo sie beobachtete, wie Anne ihren Mann antrieb, sich zu beeilen.

Albert, der neben sie getreten war, verdrehte die Augen.

»Anne ist aber auch wirklich manchmal eine richtige Xanthippe. Der arme Martin ist bestimmt völlig überarbeitet.«

»Anne ist auch müde. Sie war die ganze Nacht mit Fiona wach.«

»So ist das eben, wenn man Kinder hat.«

Sonja merkte, dass ihre Wut noch nicht ganz verraucht war. »Für wen ist das so, wenn man Kinder hat?«

Albert stieß einen genervten Seufzer aus. »Bitte erspare mir das alte Lied von unterdrückten Müttern und selbstherrlichen

Männern. Anne weiß seit ein paar Jahren, dass sie mit einem Tierarzt zusammen ist und was das bedeutet. Und du hast nach Linas Geburt aufgehört zu arbeiten, weil du es selbst wolltest. Heutzutage braucht sich doch keine Frau mehr totzumachen, wenn es um die Familie geht.«

Sonja runzelte die Stirn. »Was sind das denn für Sprüche? Du meinst: Was machen Hausfrauen am Nachmittag? Wer ist denn immer völlig geschwächt, wenn er mal einen Nachmittag mit seinem Kind und nicht in der Sicherheit des Büros verbringen muss?« Sie funkelte Albert an.

»Außerdem weißt du ganz genau, dass mich alle Welt für eine Rabenmutter gehalten hätte, wenn ich nach Linas Geburt sofort wieder gearbeitet hätte.«

»Komm mir jetzt nicht mit der Rolle des sozialen Opfers. Kind, Pause, Jobben. Das hast du dir in dieser Reihenfolge selbst ausgesucht. Kein Mensch hat dich dazu gezwungen. Warum hast du nicht gleich nach der Geburt wieder gearbeitet? Nicht, weil irgendjemand dich für eine schlechte Mutter gehalten hätte. Sondern, weil du das so wolltest.«

Sonja brauste auf. »Weißt du, Albert, da gibt es etwas, was du vielleicht einfach nicht verstehen kannst. Nämlich wie das ist, ein Kind in sich wachsen zu fühlen. Ein Wesen in sich zu spüren, das man auf diese Welt bringt.« Alberts Hand lag neben ihrer auf dem Fensterbrett. Sonja berührte sie, aber er zog sie hastig fort und steckte sie in die Hosentasche. Sie sah ihn an. »Ich will einmal versuchen, es zu erklären. Da ist auf einmal dieses winzige Wesen, und du fühlst, dass du es nicht ertragen kannst, es auch nur eine einzige Stunde allein zu lassen.«

Albert zog die Augenbrauen hoch. Sonja sagte: »Ja, ich weiß, das klingt wie romantischer Unsinn. Aber es gibt Frauen, die dagegen ankämpfen können, und es gibt welche, die das nicht können. Ich gehöre zur zweiten Kategorie. Anne vielleicht auch.«

»Ausgerechnet Anne! Die hat das Gemüt eines Brauereipferdes.«

Und da heißt es immer, Männer seien sachlich!

»Darüber kannst du dir kein Urteil erlauben, Albert! Was weißt du schon von Muttergefühlen?«

»Es geht doch gar nicht um Gefühle. Sondern um Logik. Wenn Anne und Martin sich ihre Zeit besser einteilen würden, hätten sie weniger Stress.«

»Vielleicht. Aber ich möchte wetten, dass Martin nach zwölf Stunden Nachtdienst seine Kittel nicht selbst bügelt, während er das von Anne, die vielleicht ebenso lange bei einem kranken Kind gewacht hat, ganz einfach erwartet!«

»Was hat das alles mit uns zu tun? Ich bin wirklich der Letzte, der dich zwingen würde, meine Hemden zu bügeln, wenn du stattdessen lieber Karriere machen willst. Aber …« Er verstummte.

Sonja vollendete seinen Satz: »Aber das hältst du nicht für möglich?« Ihre Augen füllten sich mit Tränen. »Vielen Dank für deine Unterstützung!« Sie nahm ihre Jacke und stürmte aus der Küche, über die Diele und aus dem Haus.

Ich könnte jedes Mal explodieren, wenn Albert sich so neunmalklug aufspielt. Sie zog den Reißverschluss ihrer Jacke hoch und ging mit schnellen Schritten über den Hof. Ein Spaziergang in der kühlen Nachmittagsluft würde ihr guttun. Während sie den Weg zur Weide einschlug, kehrten ihre Gedanken zu Albert zurück. *Worüber streiten wir hier eigentlich? Geht es wirklich um das Thema – oder um etwas ganz anderes?*

Die Erde war noch hart gefroren, und immer noch wütend kickte sie einen Stein vor sich her. *Geht es um Richard? Nein, ich war auch vor Richard schon unzufrieden mit meinem Leben. Nur warum?* Der Stein flog unter ihren Tritten weit über den Weg. Zack! Er verschwand unter einem kahlen Strauch. Missmutig blieb sie stehen. *Ich habe doch alles. Die glückliche Ehe mit Albert, das gesunde, liebenswerte Kind, die großzügige*

Wohnung, den Job. Aber gleichzeitig finde ich meinen Alltag grau, schal, anstrengend. Sie holte tief Luft und füllte ihre Lungen mit der frostigen Luft. Mit einem Mal kam sie sich sehr klein, undankbar und erbärmlich vor. *Ich habe, ich habe, ich habe … aber was ist mit meinem Sein? Wer bin ich? Was bin ich? Linas Mutter, Alberts Frau, Richards Geliebte, die klassische frustrierte Frau mit unerfüllten Träumen?*

Die kalte Luft kühlte ihre heiße Stirn, und sie ging zur Koppel hinüber, wo Martin Ben auf dem schwarzen Ponywallach Henry longierte. Anne hielt Fiona an der Hand und hob mit dem anderen Arm gerade Lina auf die alte Haflingerstute Miss Honey. »Sonja, kannst du bitte übernehmen?«

Sonja nickte und nahm die Stute am Zaumzeug. Während sie das Tier langsam im Kreis führte, ermahnte sie Lina: »Rücken gerade, Hände runter.« Der Geruch der Tiere, der Wind und der Himmel, der sich bereits leicht Richtung Abend verdunkelte, nahm sie mit auf eine Zeitreise. Sie sah nach oben. *Papi, siehst du uns? Wie viele Nachmittage haben wir als Kinder auf der Koppel mit dir verbracht. Du hast uns herumgeführt und das Reiten genau so gezeigt, wie ich es jetzt bei Lina tue. Ich vermisse dich. Immer scheint in meinem Leben etwas zu fehlen.*

Als es dunkel wurde, gingen sie wieder ins Haus. Hermine hatte den Kamin angefacht, und während sich die Kinder müde und aufgedreht bei einem Kartenspiel in die Haare kamen, suchte Sonja mit Josefine und Dieter den perfekten Stellplatz für Hermines Geschenk. Auch Albert gesellte sich zu ihnen. Zwischen ihm und Sonja herrschte höflicher Waffenstillstand, und sie vermieden jegliche Berührung, sprachen aber ohne Aggression miteinander. Dieter erkor schließlich den Wintergarten.

Hermine schlang den Arm um Sonjas Hüfte. »Na, findest du auch, dass der Totempfahl hierherpasst?«

Bevor Sonja antworten konnte, war ihr Dieter ins Wort

gefallen. »Das ist doch kein Totempfahl, sondern ein chinesischer Hausgott, der …« Er suchte nach Worten.

»… der ein wenig länglich geraten ist«, scherzte Josefine.

Dieter sah sie verwundert an. »Aber nein, Josie. Dieser Geist soll doch Gegenwart und Vergangenheit miteinander versöhnen.«

Billie verließ Kiekeby als Erste. Ein Geschäftsessen an der Elbe. Anne entschied mit ihrer Familie, ihrem Beispiel zu folgen. »Bei mir gibt es zwar kein Geschäftsessen, aber jede Menge Schmutzwäsche, die noch gewaschen werden muss!« Während Sonja Fiona anzog und ihre Schwester zunehmend lauter nach dem zweiten Gummistiefel von Ben fahndete, der urplötzlich verschwunden war, stand Albert noch eine ganze Weile mit Lina bei Billie am Auto. Schlecht gelaunt beobachtete Sonja die beiden. Ob sich Albert bei ihr über sie ausheulte?

»Sonja! Sagst du Billie noch tschüss?« Das war Albert.

Entschieden verscheuchte Sonja ihre Gedanken.

»Ich komme!«

Es war fast halb zehn, als sie wieder in Hamburg eintrafen. Albert legte Lina, die bereits kurz nach Kiekeby eingeschlafen war, ins Bett. Sonja stand im Erker des Wohnzimmers am Fenster, als Albert hinter ihr das Zimmer betrat. Er trug zwei Rotweingläser und eine Flasche in den Händen.

»Sie schläft tief und fest«, berichtete er, während er den Wein entkorkte. Dann hielt er Sonja ein Glas hin. »Frieden?«

»Waren wir im Krieg?«

Ihr Mann drohte ihr scherzhaft: »Fängst du schon wieder an?«

Sonja nahm das Glas und lächelte. »Frieden.«

Albert ließ sich in den tiefen Ohrensessel fallen, den er schon als Student seinem Großvater abgeschwatzt hatte. Mit einem neuen blassblauen Bezug versehen, passte das Stück hervorragend zu den von Sonja aufgearbeiteten Antiquitäten, die sie im Laufe der gemeinsamen Jahre zusammengetragen hatten. Sonja setzte sich zu ihm auf die Lehne. Sie stießen an.

Albert räusperte sich. »Es tut mir leid, was ich gesagt habe«, begann er endlich.

Sie seufzte. »Ich war auch nicht sehr nett, das weiß ich. Aber bei dem Gedanken, morgen wieder in diese öde Galerie gehen zu müssen, bekomme ich Magenschmerzen.«

»Dann lass es doch.«

Sonja blickte überrascht auf. »Hör mal, Albert, ich beklage mich doch nicht, damit du hier einen Handwerkskasten aufklappst und eine einfache Lösung wie einen Schraubenzieher hervorzauberst.«

»Aber deine Jammerei ändert doch nichts. Und: Du musst nicht arbeiten. Wir kommen auch mit meinem Gehalt alleine ganz gut klar.«

Sonja schüttelte den Kopf. »Darum geht es mir gar nicht. Ich *will* arbeiten. Nur nicht in der Galerie.«

»Was willst du denn sonst machen?«

»Na, hör mal, ich bin Tischlerin!«

»Willst du dir etwa eine Tischlerei suchen und Schränke bauen?«

Albert zwirbelte eine seiner Locken um den Zeigefinger. »Was ist mit Lina? Meinst du, dass du beides – Kind und Beruf – dann noch so gut miteinander vereinbaren kannst?«

»Warum denn nicht?« Sie zwang sich, ruhig zu bleiben. »Ja, ich denke, ich könnte tatsächlich beides schaffen.«

Sonja war über sich selbst erstaunt. Woher nahm sie nur diese Sicherheit, mit der sie sprach? *Weil du es dir seit einer ganzen Weile genau überlegst! Du hast sogar schon mit dem Hausmeister über die Kellerräume gesprochen.* Sie unterdrückte ihre aufkeimende Nervosität und fuhr fort: »Wie fändest du es, wenn ich mich selbstständig machte?«

Albert sah sie verwundert an. »Dazu haben wir kein Geld.«

»Und wenn ich erst mal ganz klein anfinge? Mit Reparaturen und kleinen Restaurierungsaufträgen. Dazwischen kann ich dann eigene kleine Möbel bauen.«

»Wie willst du denn an Aufträge kommen?«

»Ich hätte schon zwei. Unser Zahnarzt, Doktor Darendorf, hat mich gefragt, ob ich einen Jugendstil-Sekretär überarbeiten könnte, der voller Furnierblasen ist, und die Bodega sucht jemanden, der die Holzschnitzereien über der Bar aufmöbelt.«

»Offensichtlich hast du dir längst Gedanken gemacht.« Albert sah aus wie ein Kind, das sich ausgeschlossen fühlt.

Sonja lächelte ihn an und hielt ihm ihr Glas zum Auffüllen hin. »Hör zu, meine Hobelbank steht doch noch unten im Keller. Der Hausmeister hat mir angeboten, einen weiteren Raum im hinteren Teil des Kellers anzumieten. Dann würde die Werkstatt unter dem Restaurant im Nebenhaus liegen. Die öffnen erst um fünf Uhr nachmittags, so dass Lärm sie nicht stören würde.«

»Muss man da nicht jede Menge Auflagen vom Gewerbeamt und solchen Behörden beachten?«

»Albert, ich bin Tischlermeisterin und weiß genau, was ich tue.« Sonja beugte sich vor und küsste ihn auf die Stirn. »Du hast also nichts dagegen?«

»Nein, ich kann mir das zwar alles noch nicht vorstellen, aber versuchen solltest du es. Solange Linas Leben von deinen Karriereplänen nicht beeinträchtigt wird.«

Denkst du bei deinen Karriereplänen auch an Lina? Aber sie wollte die harmonische Stimmung nicht stören und verschluckte ihren Kommentar.

Albert leerte sein Glas in einem Zug, streckte sich und gähnte herzhaft. Für ihn war das Gespräch offensichtlich beendet. »Es ist spät. Ich muss ins Bett.« Er stand auf. »Kommst du?«

»Gleich. Ich möchte noch einen Moment hier sitzen.« Er verließ den Raum. Sie stand auf und trat ans Fenster.

Die Straße lag still im Dunkeln. Im Licht einer Laterne sah

sie einen Mann einen Hund ausführen. *Ich werde mein Leben ändern.* Woher diese plötzliche Eile und Entschlusskraft kamen, war ihr nicht klar. *Aber wenn ich es nicht jetzt in Angriff nehme, werde ich bis ans Ende meiner Tage Fotos rahmen. Gleich morgen werde ich in der Galerie kündigen.*

Sie war viel zu aufgeregt, um jetzt schlafen zu gehen. Leise schlich sie in den Flur, wo ihre Handtasche an einem Garderobenhaken hing, und holte ihr dickes, in Leder gebundenes Notizbuch und einen Stift heraus. Sie setzte sich wieder in den Sessel und begann, eine Liste der Dinge zu erstellen, die sie tun musste. Als Erstes musste sie ihre Werkzeuge kontrollieren. Im Kopf ging sie den Inhalt ihres seit Jahren weggeschlossenen Werkzeugschranks durch: Holzbohrer, Stemmeisen, Klüpfel, Schraubendreher. *Habe ich eigentlich genug Zwingen?* Sie notierte »Schraubzwingen« und versah das Wort mit einem Fragezeichen. *Soll ich mit einem selbst gebauten Möbelstück beginnen? Oder lieber mit einer Reparatur anfangen?*

Vor einiger Zeit war ihr bei einem Spaziergang durch Eimsbüttel in einem voll gestopften Trödelladen ein alter Stuhl aufgefallen. Nichts Besonderes, aber aus schönem Eichenholz und mit einer geschwungenen Rückenlehne, die sich aus sieben gedrechselten Säulchen zusammensetzte. Für ein paar Euro könnte sie den Stuhl kaufen und reparieren. Eine Kleinigkeit, für die sie sicher nur wenige Tage brauchte. Der Stuhl hatte eine Runddübelverbindung, wie man sie häufig bei rustikalen Sitzmöbeln findet. Sie zückte den Stift und notierte »Stuhlbein, Schleifpapier, Leim«. So blieb sie lange auf in dieser Nacht, plante, notierte und kalkulierte, und als sie irgendwann aus dem Fenster sah, tanzten im Schein der Straßenlampen dicke Flocken. Es schneite.

8. Kapitel

Kiekeby, Nacht zum Ostermontag 2004

»Die Liebe muss herumstreunen
und Menschen verletzen.«
Zwei Singles in L. A., 1997

Erst als alle abgefahren waren, ging Hermine hinüber in den Stall. In der Tasche ihrer Fellweste fühlte sie das Foto von Ernst, Hanni und dem Kind, von dem sie behauptet hatte, es nicht zu kennen. Der Schmerz lag wie ein Stein auf ihrem Herzen. *Wie stark er nach all den Jahren noch ist.* Im Schein des Stalllichts betrachtete sie das Bild noch einmal. *So war das also. Ernst hat mich angelogen. All die Jahre über.* Sie biss die Zähne zusammen, als sie spürte, wie sich in ihrer Kehle ein trockenes Schluchzen bildete. Entschlossen durchquerte sie die Sattelkammer und trat in den angrenzenden Raum. Da war die Truhe, in die sie damals, nach Ernsts Tod, einfach den Inhalt seiner Schreibtischschubladen geschüttet hatte, weil sie den Gedanken nicht ertrug, die Dinge, die er täglich berührt hatte, zu sortieren.

Sie hob die Truhe an und trug sie schwer atmend durch den Stall und über den Hof ins Haus. In der Küche entfernte sie mit einem Lappen Spinnweben, Vogeldreck und Staub. Dann stellte sie sie auf die breite Fensterbank in ihrem Schlafzimmer. Sie öffnete die Truhe, legte das Foto schnell auf die Briefumschläge und Papiere und klappte den Deckel wieder zu. *Ich werde mich damit auseinandersetzen, wenn der richtige Zeitpunkt dafür kommt. Nicht jetzt. Noch nicht.*

9. Kapitel

Hamburg, Mai 2004

»Vielleicht ist die Frage indiskret.«
»Nein. Fragen sind nie indiskret.
Die Antworten sind es. Manchmal.«
Für eine Handvoll Dollar, 1965

Die Bewerberin hieß Melanie Meier. Sie war sehr groß und schlank, ihre braunen Haare reichten ihr fast bis an die Hüften. Sie trug eine rote Cordhose, ein grellgelbes Samtjackett und einen violetten Rollkragenpullover. Ihr freundliches Pferdegesicht bekam durch runde, in die hohe Stirn gewölbte Augenbrauen einen leicht erstaunten Ausdruck. Billie war gespannt, ob ihr Instinkt sie richtig geleitet hatte, als sie Melanies Schreiben aus dem hohen Stapel Bewerbungen um die Stelle der Art-Direktorin gefischt hatte.

Sie standen in Billies quadratischem Büro über dem Hafen, von dem man einen weiten Blick auf die Elbe hatte. Vor dem Fenster schob sich gerade majestätisch die Englandfähre vorbei. Melanie Meier hatte auf dem langen Konferenztisch die Entwürfe ausgebreitet, großformatige Bilder, denen man ihre Bearbeitung am Computer nicht ansah. Billie nahm eins in die Hand. Ein junges, sympathisches Paar, sie im weiß-blauen Bikini, er in blauen Bermudas, lief über einen weißen Sandstrand, der zwar nach Südsee aussah, sich jedoch bei näherem Hinsehen als Elbstrand entpuppte. Im Hintergrund waren die verfremdeten Silhouetten des Hamburger Fernsehturms und des Hotels Radisson SAS auszumachen. Ein Delphin sprang einen Tröpfchen sprühenden Bogen über blaue Wellen. Ziel des Paares war offenbar ein buntes Strandrestaurant. »Jamaika?

Hamburg! Miss Blau – Die andere Küche des Nordens«, lautete der Slogan am rechten Bildrand.

»Haben Sie bereits mit dem Kunden Kontakt aufgenommen?«

»Natürlich völlig unverbindlich. Nur um das Logo zu bekommen. Dabei habe ich herausgehört, dass sie, warten Sie, ich fand die Formulierung so witzig ... Was wollten sie noch mal?« Sie dachte kurz nach und zitierte dann: »Eine Mischung aus modernem Lifestyle und bürgerlicher Gastlichkeit.« Melanie Meier zwirbelte eine Haarsträhne um ihren Zeigefinger. »Komische Mischung.«

Billie legte das Bild wieder zurück. »Haben Sie aber gut umgesetzt.«

Melanie Meier zuckte die Achseln, konnte jedoch ein Lächeln nicht unterdrücken.

Billie war erleichtert. Sie hatte sich nicht getäuscht, die Bewerberin war gut. Fachlich mindestens so gut wie die dynamischen Junggrafiker und Grafikerinnen, die sich auf den Art-Direktor-Posten bei Cinderella beworben hatten. Interessante Frauen und Männer waren dabei gewesen, zugegeben. Aber Talent war nur ein Aspekt guter Zusammenarbeit. Alle Bewerber – und auch deren Entwürfe – waren technisch versiert und im Trend gewesen. Aber Melanie Meier besaß etwas, das ihnen fehlte: Lebenserfahrung und Ruhe. Sie strömte eine Gelassenheit aus, für die Billie jetzt schon dankbar war. Melanie gehörte zu dem Typ, der in verfahrenen Situationen hektische Kunden beruhigen konnte und im letzten Moment mit der rettenden Alternativlösung alle Wogen glättete.

»Haben Sie Kinder?«

Melanie blickte überrascht auf. »Ja, zwei.«

»Wie alt?«

»Greta ist siebzehn und im Moment für ein Austauschjahr in den USA. Tim macht Zivildienst.«

Sonja blätterte in Melanies Lebenslauf. »Sie sind nicht verheiratet?«

»Nein. Aber seit Jahren liiert. Allerdings nicht mehr mit dem Vater der Kinder.«

»Sie sind noch bei Kreier & Felsen?«

»Ja, davor war ich mehrere Jahre in London.«

»Warum wollen Sie sich verändern?«

Melanie kramte in ihrem großen Lederbeutel. Endlich fand sie, was sie suchte, und hielt eine Packung Zigaretten fragend hoch. »Stört es Sie?« Billie schüttelte den Kopf. Melanie steckte sich eine an, bevor sie antwortete. Dabei lehnte sie sich auf das Fensterbrett. Sie sah ihr Gegenüber offen an. »Weil ich denen mit zweiundvierzig zu alt werde.«

Billie setzte sich auf eine Schreibtischecke. Sie war zufrieden. Melanie Meier war eine gute Wahl. Sie hatte bestimmt Interesse, ihre Arbeit ohne aufwendige Nachtsessions durchzuziehen. Billie hasste es, wenn sie alle paar Monate das halten musste, was sie »Meine Rede ans Volk« nannte. Viele der jungen Mitarbeiter verwechselten nämlich die hellen, schönen Räume der Agentur mit ihrem Zuhause. Sie waren abends kaum aus der Tür zu bekommen, hockten gemeinsam in der Teeküche und tranken Sekt. In dem Bewusstsein, dass man ja noch die ganze Nacht zusammen sein würde, blieb tagsüber vieles liegen. Trotzdem stieß die Tatsache, dass Billie Nachtschichten nur in Ausnahmefällen zuließ, genauso auf Unverständnis wie ihr striktes Verbot, Drogen in der Firma zu konsumieren.

»Leute, wer seine Arbeit nicht in der vorgesehenen Zeit schafft, hat ein organisatorisches Problem. Wer sich die Nacht um die Ohren schlägt, kann am nächsten Tag nicht kreativ sein.«

So mancher Mitarbeiter ergänzte dann im Stillen: »Und wen ich beim Koksen erwische, der fliegt.«

Billie wusste sehr wohl, dass viele ihrer jüngeren Mitarbeiter sie für spießig und altmodisch hielten, aber sie hatte selbst viel zu viele nikotin- und alkoholgeschwängerte Nächte in

Agenturbüros zugebracht. In den meisten Fällen ereilte viele scheinbar geniale Ideen der Vampirtod: Im Morgenlicht zerfielen sie zu Staub.

Es gab noch mehr Gründe, die für Melanie Meier sprachen. Sie war alt genug, um zu wissen, dass sie eine gute Art-Direktorin sein konnte, aber sie hatte mit Sicherheit kein Interesse an Billies Stuhl als Geschäftsführerin von Cinderella. Davon träumte jedoch fast jeder neue Mitarbeiter. Mit Melanie würde es keine Grabenkämpfe geben, wie sie unter jungen Frauen zu Beginn des Berufslebens so häufig waren. Sie würden sicher gut zusammenarbeiten.

Billie streckte der Bewerberin die Hand entgegen. »Willkommen an Bord, Melanie.«

Ein breites Lächeln überzog das Pferdegesicht. Melanie Meier hebelte Billies Hand, als wäre ihr Arm eine Wasserpumpe. Dann begann sie ohne Hast ihre Entwürfe einzusammeln.

Billie brachte sie zur Tür. Im Vorzimmer blickte ihre Sekretärin Marla von ihrem Computer hoch. Billie nickte ihr zu und schob Melanie in ihre Richtung.

»Marla, kümmern Sie sich bitte um Melanie. Melanie, Marla wird Ihnen schon mal Ihre neue Wirkungsstätte zeigen. Der Vertrag geht Ihnen dann umgehend zu.«

Sie schüttelte Melanies Hand erneut und zeigte auf ein kleines Sofa, das im Gang vor ihrem Büro stand. »Wenn Sie sich kurz setzen, kümmert sich Marla gleich um Sie.« Während sich die neue Art-Direktorin auf das Sofa fallen ließ, wandte sich Billie an ihre Sekretärin. »War was?«

Marla drückte Billie ein Blatt in die Hand. »Die Anrufe, die während Ihrer Besprechung reingekommen sind.« Sie sah auf die Uhr. »Sie müssen dann auch bald los. Soll ich Ihnen ein Taxi rufen?«

»Ach du liebe Güte, ich habe ja das Essen im Canal völlig vergessen. Danke, Marla. Fragen Sie doch mal bei Michael nach, ob wir gemeinsam fahren.«

»Er hat vorhin angerufen, um zu sagen, dass er es nicht schafft. Charlotte hat sich eine Murmel in die Nase gesteckt, und sie sind auf dem Weg zum Kinderarzt. Aber er will abends vorbeikommen und die Blau-Verträge mit Ihnen durchgehen.«

Billie verdrehte in gespieltem Ärger die Augen. »Das ist mal wieder typisch, finden Sie nicht?«

Vor drei Jahren hatte Michael Philipps Billie in die Geschäftsleitung geholt. Sie waren ein gutes Team, das sich perfekt ergänzte. Der bedächtige Michael, der mit viel Fachkenntnis Verträge aushandelte, und die pragmatische Billie, die mit Charme und Know-how neue Aufträge ins Haus holte. Die beiden kannten einander sehr gut und vertrauten einander blind, pflegten aber privat kaum Kontakt miteinander. Trotzdem gehörte Michael zu den wenigen Menschen, die wussten, dass Billie in ihrer Freizeit Geige spielte, und er machte nie Witze über ihre heimliche Pferdeliebe. Er war seit vier Jahren verheiratet und begeisterter Vater des dreijährigen Julian und der anderthalbjährigen Charlotte. Bei Keuchhusten, Masern oder Laternenumzügen im Kindergarten erwies sich Billie stets als gutmütige Kollegin, die für ihn im Büro einsprang.

»Ich würde dasselbe für dich tun«, pflegte Michael dankbar zu sagen.

Billie antwortete dann stets ironisch: »Darauf zähle ich.«

Sie nickte Melanie zu und sagte, bevor sie ihre Bürotür schloss, über die Schulter zu Marla: »Ich erledige hier noch ein bisschen Papierkram. Es wäre nett, wenn Sie mir in einer halben Stunde ein Taxi bestellen könnten.«

»Geht in Ordnung.« Das Telefon klingelte. Marla meldete sich und sagte dann mit einem Augenzwinkern zu Billie: »Einen Moment bitte, ich sehe nach, ob sie jetzt wieder im Büro ist.« Sie drückte das Gespräch weg.

»Da ist schon wieder Hubertus Müller.«

Billie hielt in der Tür inne. »Wieso schon wieder?«

»Er hat heute Morgen schon zweimal angerufen, weil ich ihm vor Tagen gesagt hatte, Sie würden ihn zurückrufen.«

Billie lachte. Es war wirklich oft von Vorteil, dass die diskrete Marla Einblick in ihr Privatleben hatte.

Hubertus stand auf ihrer Notliste. Wie sie wusste, führten auch andere Singlefrauen skrupellos solche Listen. Auf der Notliste fanden sich Männer, die für eine ernsthafte Affäre oder gar eine Beziehung niemals in Betracht kamen, aber als Begleitung auf großen Geschäftspartys oder als Lückenbüßer an einem einsamen Kinoabend durchaus eine passable Figur abgaben. Natürlich konnte es vorkommen, dass man mit einem von der Notliste im Bett landete, wie Billie vor einem halben Jahr mit Hubertus Müller, dem Anlageberater eines Geschäftspartners. Seit jenem Herbstabend, an dem er Billie im Anschluss an eine Weinprobe nach Hause gebracht hatte, zeigte sich Hubertus unverdrossen anhänglich und schien ihre eindeutigen Signale nicht verstehen zu wollen.

»Sagen Sie ihm, ich sei in einer Besprechung und käme danach nicht mehr ins Büro. Er kann mir eine E-Mail schreiben oder mich morgen früh erreichen, wenn es dringend ist.«

Sie schloss die Tür hinter sich und setzte sich wieder an ihren Schreibtisch. *Warum fühle ich mich nur so mies? Weil Hubertus es wirklich ernst zu meinen scheint und ich ihn benutzt habe. Weil ich einfach endlich mal wieder Lust auf Sex hatte, bei dem auch ein zweiter Mensch beteiligt ist. Dabei finde ich Hubertus eigentlich so sexy wie … einen Trockenrasierer?* Sie grinste in sich hinein. Sonja würde dazu sicher sagen: »Was hast du nur gegen Trockenrasierer. In ihrem natürlichen Lebensraum weisen sie durchaus Qualitäten auf.« Plötzlich hatte sie Lust, ihre Freundin anzurufen. Sie drückte ihre Nummer. Erst nach fünfmaligem Klingeln meldet sich Sonja mit einer Stimme, der deutlich anzumerken war, dass sie in Eile war.

»Fleming?«

»Ich bin's!« Billie spielte mit ihrem Kugelschreiber. »Wobei störe ich dich?«

Sonja erwiderte: »Ich wollte gerade los, im Museum für Kunst und Gewerbe auf Inspirationstour gehen. Ich habe einen Jugendstil-Tisch zum Restaurieren bekommen und wollte mich ein bisschen einstimmen auf diese Zeit.«

»Kommt Lina nicht gleich?«

»Die geht heute nach der Schule zu einer Freundin. Suchst du vielleicht eine Begleitung für das Mittagessen? Ich könnte allerdings erst in zwei Stunden – und dann auch nur kurz. Wie wär's mit einem Fischbrötchen am Hafen?«

»Das wäre zweifellos witziger als das, was ich vorhabe. Nämlich mit selbstverliebten Marketingstrategen über Werbeetats zu verhandeln.«

Sonja lachte. »Wissen deine Geschäftspartner eigentlich, wie du über sie denkst?«

»Allerdings. Und ich kann mir lebhaft vorstellen, wie die über mich reden. Sonja, wir arbeiten in der Werbung. Da gilt die Regel: Lieber einen guten Freund verlieren, als einen guten Witz verschlucken.«

»Hey! Diese Leute sind doch nicht deine Freunde, oder? Was ist mit mir? Ist das etwa bereits der Anfang eines guten Witzes, den du nicht verschlucken willst?«

Jetzt musste Billie lachen. »Na, du weißt doch: Wer solche Freunde hat, braucht keine Feinde. Aber im Ernst: Es sind auch ganz nette darunter – natürlich kein Vergleich zu dir.« Sie wechselte das Thema: »Wie wär's heute Abend mit einem Saunabesuch?«

Sonja erwiderte, schon wieder mit unüberhörbarer Hektik in der Stimme: »Ja, warum nicht? Lass uns später noch mal telefonieren. Ich muss jetzt nämlich los. Sei nicht böse. Bis dann!«

Sie verabschiedeten sich. Obwohl sie eigentlich schon spät dran war, machte Billie keinerlei Anstalten, ihr Büro zu verlassen. Im Gegenteil: Sie stützte das Kinn in die Hand und blickte nachdenklich aus dem Fenster. *Was ist mit Sonja los? Früher hat sie häufiger bei mir im Büro angerufen. Und sie hatte immer Zeit für mich.*

Seitdem Sonja ihre Arbeit in der Innenstadt gekündigt, ihre Werkbank im Keller aufgestellt, Winkel und Wasserwaage, Hand- und Stichsäge, Schwingschleifer und Handhobel aufgehängt hatte, sahen sie einander viel seltener. Sonja war abends, wenn Lina im Bett war, oft in der Werkstatt und wiegelte Billies Fragen nach einem Treffen auf einen Wein ab. »Wenn ich jetzt nicht durchstarte, dann wird das am Ende nichts.« Gleichzeitig steigerte sie ihr tägliches Laufpensum und joggte jetzt jeden Morgen. Mit blitzenden Augen und neuem Elan sah Sonja, wie Billie neidlos feststellte, so schön aus wie seit langem nicht.

Letzte Woche, als sie abends zu ihrer besten Freundin gefahren war, hatte Albert ihr an der Wohnungstür gleich den Weg in den Keller gewiesen. Sie war mit einer offenen Flasche Rotwein die enge Kellertreppe in die Werkstatt hinabgestiegen.

Sie hatte gerade die halb geöffnete Tür aufstoßen wollen, hielt aber mitten in der Bewegung inne, als sie Sonja in Gedanken versunken an die Werkbank gelehnt stehen sah. Das Bild ihrer so offensichtlich irgendwelchen Träumen hingegebenen Freundin erinnerte sie an ihre gemeinsame Jugend in Berlin. Etwas Verletzliches, Zartes ging von Sonja aus. Sie hob die rechte Hand, als wolle sie den Wind prüfen oder eine Schneeflocke mit dem Zeigefinger auffangen. Billie hatte plötzlich das Gefühl, sie unberechtigt in einem intimen Moment zu beobachten, und machte sich bemerkbar, indem sie vorsichtig an die Tür klopfte. Sonja fuhr herum, auf den Wangen die für sie charakteristischen roten Kreise. Ihr abwesender Blick wurde wachsam.

»Du hast mir vielleicht einen Schrecken eingejagt. Ich habe dich gar nicht gehört. Komm rein. Oh, du hast Wein mitgebracht.«

Sie machte sich an einem alten Schrank zu schaffen und präsentierte zwei saubere Weingläser. »Immer vorbereitet. Pass auf deine Klamotten auf.« Sie zog Billie einen Schemel heran, wedelte rasch mit einem Lappen über die Sitzfläche und schwang sich selbst auf die Werkbank.

Nach ihrer Kündigung in der Rahmengalerie hatte sie sich die Haare kürzer schneiden lassen. In ihrer staubigen blauen Arbeitshose, dem grauen alten Sweatshirt und mit den frechen Zöpfchen, die ihr steif vom Kopf abstanden, sah sie aus wie Pippi Langstrumpfs ältere Schwester. *Beneidenswert strahlend, gesund und voller Elan. Sie könnte glatt als Werbefigur für irgendein Vitaminpräparat durchgehen. Kein Wunder, dass ich mich in ihrer Gegenwart sofort ausgelaugt und ausgehöhlt fühle.*

»Willst du sehen, was ich gerade mache? Ich habe mir heute schon einen Muskelkater angeschmirgelt! Nach der Liege kommt ein Schrank dran, den ich restaurieren soll.«

Billie hob ihr Glas. »Vielleicht solltest du dir als Erstes ein Bett bauen, damit du ganz hier unten einziehen kannst.«

Jetzt wippte sie nachdenklich in ihrem Bürostuhl und dachte über die Szene in Sonjas Arbeitszimmer nach: ihre Freundin, in sich gekehrt, wie sie mit offenen Augen träumte. Und gleichzeitig aus allen Nähten vor Energie platzte. Sie richtete sich elektrisiert auf. *Das ist es! Sie ist verliebt! Diese Mischung aus gedankenverlorener Abwesenheit und übersprudelnder Aktivität war bei Sonja immer ein Zeichen für Liebeskummer gewesen. Typisch für sie, die sich wohl nie zwischen zwei Extremen entscheiden kann.* Wie oft hatte Sonja erst in wüstem Aktionismus die Küche der Berliner Wohngemeinschaft geputzt, um dann in ihrem dunklen Zimmer stundenlang sentimentale Musik zu hören. Ihre Vorliebe für schnulzige Evergreens wie »Bridge over troubled water« hatte damals ihre Freundschaft gehörig strapaziert. Schon damals hatte sich Sonja nie entscheiden können: den sympathischen Schreiner, der ihr ein eigenhändig gebautes Traumhaus in Aussicht stellte, oder den vergeistigten Theologiestudenten, der ihr sanfte Liebeslieder auf der Gitarre vorzupfte. Mal schwärmte Sonja fürs Handfeste, mal fürs Intellektuelle.

Billie erinnerte sich an einen Abend, an dem ihre Freundin in tragikomischer Verzweiflung die Männer ihres Lebens hatte Revue passieren lassen. »Da gibt es keinerlei Struktur. Ich glaube, ich war wahllos!«, hatte sie gejammert und dann vorgeschlagen: »Vielleicht sollte ich es einmal alphabetisch versuchen?« Damit hatte sie in Hamburg dann die Punktlandung gemeistert: Denn sie lernte Albert kennen. *Ist jetzt nach dem siegreichen A tatsächlich der Träger eines weiteren Buchstabens in Sonjas Leben getreten?*

Hals über Kopf, nur drei Monate nach ihrer ersten Begegnung, hatten Albert und Sonja damals in der kleinen Kirche von Kiekeby geheiratet. Es war einer dieser warmen Junitage, in denen die Luft seidig und fruchtig ist und das Ende des Sommers in unendlich weiter Ferne liegt. Die beiden hatten neben ihren Familien nur wenige Freunde eingeladen: Billie, ein paar Nachbarn, und im letzten Moment war noch Alberts Bruder Jan, der damals in der Carmargue lebte, mit einem lädierten Peugeot vor dem Kirchenportal vorgefahren.

Das Hochzeitsessen im Garten stand Billie wie eine Hochglanzfotografie vor Augen: weiße Tischdecken und Sonjas weißes Kleid, dazu Blumenschmuck und Blumenkinder. Reden und Tränen, die alten Rituale, so mächtig und zwingend. Irgendwann holte Jan seine Gitarre aus dem Wagen, und Hermine legte Billie die Geige ihres Vaters in die Hände.

»Bei meiner Hochzeit hat mein Vater gespielt. Du bist die Einzige, die spielen kann, tust du mir den Gefallen?«

Verlegen hatten Jan und Billie die Instrumente gestimmt und einen etwas holprigen Walzer angestimmt. Sonja zog unter dem Tisch die Schuhe aus und tanzte barfuß mit Albert. Die Melodie erhob sich über die alten Obstbäume, während sich die Braut in den Armen ihres Mannes drehte.

In wenigen Wochen hatte das Glückskind Albert eine Wohnung in Eimsbüttel gefunden, die auch noch bezahlbar war. Vier Zimmer, eine große Wohnküche, viele Fenster mit alten Bäumen davor. Nach drei Jahren wurde Sonja schwanger, und Lina machte aus dem Vorzeigepaar eine Bilderbuchfamilie, der Billie sich fraglos zugehörig fühlte.

Stimmt das Bild nicht mehr? Hat Sonja jemanden kennengelernt? Mit leiser Beschämung stellte Billie fest, dass die Vorstellung sie amüsierte. *Hat nicht Sonja so manches Mal meine Abenteuer kopfschüttelnd kommentiert? Als ob es ihr persönlicher Verdienst wäre, dass sie mit Albert einen Glücksgriff getan hat.* Am Anfang, als sich Sonja und Albert ineinander verliebten, hatte Billie sogar manchmal den Stich des Bedauerns gefühlt. *Hätte ich Albert nicht Sonja vorgestellt …*

Ist es wirklich unmöglich, dass Sonja ihren Mann betrügt? Billie beschloss, die Vertragsbesprechung auf morgen zu verschieben und mit ihrer Freundin am Abend in die Sauna zu gehen.

Zufrieden mit diesem Entschluss, verbannte sie die Gedanken an Sonja aus ihrem Kopf und steckte die Mappe mit den Unterlagen für das Geschäftsessen im Canal in ihre Tasche. Um diesen Etat bewarben sich auch noch einige andere Agenturen. Der Entscheidungsträger war Markus Lilienthal, ein smarter Mittvierziger. Billie straffte ihren Körper und kontrollierte routiniert ihr Make-up in ihrem Taschenspiegel. Dann warf sie den Kopf zurück und marschierte aus dem Büro. Markus Lilienthal würde ihr und nur ihr den Etat geben!

Am Abend lag sie neben Sonja auf der weißen Liege im Ruheraum der Sauna. Der Garten auf der Terrasse erstreckte sich kahl vor dem großen Panoramafenster. Zwei ältere Frauen spazierten nackt in der kalten Abendluft hin und her. Weiße Dampfschwaden stiegen von ihrer Haut auf.

Billie blätterte in einem großformatigen Reisemagazin. Sie

bemühte sich, beiläufig zu klingen. »Bist du Albert eigentlich treu?«

Sonja hob den Kopf vom Handtuch. Sie stützte sich auf ihre Ellenbogen. »Wie bitte?«

Bin ich jetzt zu weit gegangen? Unsinn, schließlich ist sie meine beste Freundin. Es gibt keine Geheimnisse zwischen uns.

»Was ist das denn für eine Frage?« Sonja wirkte ärgerlich.

»Ach, ich habe vorhin in einer Zeitschrift nur so einen dummen Psychotest gelesen. Wieso reagierst du so gereizt? Ist doch keine ungewöhnliche Frage, oder? Immerhin seid ihr inzwischen eine ganze Weile verheiratet. Und da dachte ich …«

Sonja strich sich eine nasse Haarsträhne aus dem Gesicht. »Da dachtest du, dass mir Albert langweilig wird, vor allem im Vergleich zu deinem wilden Leben?« Sie klang jetzt ziemlich wütend. »Findest du die Frage nicht reichlich … privat?«

»Entschuldigung.«

Sie wandte sich mit klopfendem Herzen wieder ihrer Zeitschrift zu und versuchte ihren Atem unter Kontrolle zu bekommen. *Treffer, versenkt! Wer so hochgeht, hat allen Grund dazu!*

Sonja zupfte am Nagelhäutchen ihres linken Daumens. Sie sagte: »Ist Treue nicht vor allem eine Frage der Diskretion?«

Billie ließ die Zeitschrift sinken. »Heißt das, du würdest Albert betrügen, es mir aber nicht verraten?«

»Das heißt, dass ich meine Freundschaft zu dir und auch deine Freundschaft zu Albert niemals damit belasten würde, dir irgendwelche … na, sagen wir mal, Abenteuer anzuvertrauen. In welche Situation würde ich dich denn bringen? Könntest du ihm noch unbefangen entgegentreten?«

»Keine Ahnung.« Billie merkte, wie die Wut in ihr brodelte. »Aber das heißt doch, dass du mir nicht vertraust, oder? Ich erzähle dir haarklein alle meine Liebesgeschichten, hole mir wohlmeinende Ratschläge von dir, und du erwiderst dieses Vertrauen überhaupt nicht.«

Sie spürte, wie ihr das Blut zu Kopf stieg. *Da ist es wieder einmal, dieses verdammte Minderwertigkeitsgefühl, das ich manchmal ihr gegenüber habe. Sonja, die aus einer warmherzigen, glücklichen Familie stammt. Die auf einem Gutshof wie aus einer Vorabendserie aufgewachsen ist. Sonja mit den netten Eltern, dem Traummann und dem süßen Kind. Die alles immer bekommt, was sie will. Egal, wie oft sie etwas anderes will. Statt Familienidylle jetzt vielleicht eine eigene Werkstatt und einen Liebhaber, den sie vor mir verheimlicht.*

Während Billie in die Illustrierte starrte, ohne wirklich etwas zu sehen, angelte Sonja unter der Liege die Bodylotion hervor.

Sie sah ihre Freundin bittend an und gab ihr einen kleinen Schubs, so dass sie das Heft sinken ließ. Sonja hielt ihr die Lotion hin. »Lass uns das Thema abschließen. Erstens betrüge ich Albert nicht, zweitens creme mir bitte den Rücken ein, und drittens erzähl mir alles über deinen hinreißenden Markus Lilienberg.«

Billie lag es auf der Zunge, Sonjas Bitte als offensichtliches Ablenkungsmanöver zu entlarven. *Aber ich habe Angst vor einem Krach.* So öffnete sie stattdessen die Plastikflasche, tröpfelte etwas Creme auf Sonjas Rücken und sagte, während sie ihre Freundin eincremte: »Lilienthal. Und ob er hinreißend ist, werde ich erst nächste Woche wissen. Wenn sich nämlich entscheidet, ob wir den Etat bekommen.«

Wenig später lagen sie in der Saunakabine, umfangen vom Duft ätherischer Öle und von einlullendem Dämmerlicht. Sie waren allein.

Billie sagte in die Wärme hinein. »Du hast dich wirklich verändert in den letzten Wochen.«

Sonja drehte sich auf den Bauch. »Wie meinst du das?«

»Du erinnerst mich auf einmal an die alte Sonja. Du hast wieder so viel Power wie damals in Berlin. Du fängst was Neues an, krempelst dein Leben um.«

»Übertreib nicht. Schließlich wollte ich mein Leben nicht als Verkäuferin an der Binnenalster verbringen. Und was heißt hier *wieder* so viel Power? War ich zwischendurch etwa früh vergreist?«

Billie richtete sich auf. Ihr war ein wenig schwindlig. Sie tastete sich vorsichtig auf eine niedrigere Stufe. »So ein Blödsinn. Aber in den letzten zwei, drei Jahren warst du deutlich ruhiger – und runder. Zuletzt hatte ich sogar das Gefühl, dass du ein wenig deprimiert warst.«

»Ich habe auf dich deprimiert gewirkt?«

Billie wiegte den Kopf. »Na, nicht dauernd, aber du warst schon ein bisschen gedrückt. Jetzt joggst du jeden Morgen, und du hast so ein Strahlen. Als ob …« *Soll ich es wagen? Ja, Augen zu und durch!* »Na, als ob du verliebt wärst.«

Sonja zog scharf die Luft ein. »Jetzt hör aber auf, Billie. Mit mir und Albert ist alles in Ordnung.«

»Das habe ich ja auch gar nicht bezweifelt. Damit hast du jetzt angefangen.«

»Womit habe ich angefangen? Du unterstellst mir den ganzen Abend, ich sei verliebt oder hätte eine Affäre. Wieso interessiert dich das überhaupt so brennend?« Sonja setzte sich auf.

Billie hob abwehrend die Hände. »Sorry, ich wollte keinen Streit anfangen. Ich habe nur …«

»Was hast du nur? Du mischst dich in Dinge ein, die dich – mit Verlaub – nichts angehen. Meine Ehe ist meine, hörst du, *meine* Angelegenheit. Ich bin zwar weder Katholikin noch eine Wildgans – die sind doch wohl beide auf Monogamie programmiert –, aber noch ist alles ganz in Ordnung zwischen Albert und mir. Könnte es sein, dass du da irgendwas projizierst?«

Billie starrte sie an. »Was soll das denn heißen?«

»Das soll heißen, dass du mir nicht in meine Beziehung mit Albert funken sollst, nur weil du … nun ja … immer solo bist.«

Beiden war in diesem Moment klar, dass sie zu weit gegangen waren.

Sonja warf den Kopf in den Nacken. Sie stieg die Saunabänke hinunter und drapierte ihr Handtuch um ihren Körper, als müsse sie sich plötzlich vor Billie verhüllen.

»Und wie gesagt, du wärst die Letzte, der ich von einer Affäre erzählen würde. Ich gehe jetzt raus, mir reicht's.« Sie ließ offen, ob sie die Diskussion oder die Hitze in der Kabine meinte.

Die Saunatür klappte.

Billie lag mit klopfendem Herzen im Dämmerdunkel. *Das ist ja mal völlig danebengegangen.* Ihr war richtig schlecht. Sie spürte, wie ihr der Schweiß den Rücken hinunterlief. Nach einer Weile beruhigte sich ihr Herzschlag wieder. *Warum regt sich Sonja so auf? Habe ich ins Schwarze getroffen? Oder hat Sonja recht und ich bin wirklich nur neidisch? Immerhin liegt meine letzte ernst zu nehmende Beziehung schon mehr als zwei Jahre zurück.* Plötzlich war sie froh, dass sie Sonja nie von ihrer Nacht mit Hubertus erzählt hatte.

Als sie zehn Minuten später die Saunakabine verließ, war der Vorraum leer. Billie duschte sich ab. *Wenn Sonja jetzt kindisch wird und denkt, dass ich sie suche, kann sie von mir aus ewig warten.* Wieder wurde ihr schwindlig. Schnell ließ sie sich auf eine Bank sinken.

Kalte Angst kroch in ihr hoch. *Wenn diese Schwindelanfälle nun etwas Ernstes bedeuten?* Sie musste unbedingt zum Arzt gehen. Gleich morgen früh würde sie einen Termin ausmachen. Während sie darauf wartete, dass der Schwindel und die Angst abebbten, legte sich plötzlich eine Hand von hinten auf ihre Schulter.

»Billie?«

Sonja!

Sie drehte sich um und starrte direkt in die Dackelaugen von … *Hubertus Müller! O nein!*

Er hatte sich ein buntes Handtuch mit dem Aufdruck »Sauna« zweimal um den leptosomen Körper gewickelt, so dass auf der Vorderseite nur die ersten drei Buchstaben zwischen seinen Knien lesbar waren.

Billie seufzte tief auf. *Dabei hat der Tag mit der Einstellung von Melanie Meier so gut angefangen.* Sie musterte Hubertus mit unverhohlenem Ärger. *Wieso sind mir seine langen Zehen damals nicht aufgefallen? Seine Füße sehen ja wie Affenpfoten aus.* Sie zog ihren Bademantel enger um sich.

»Billie, du bist ganz blass. Und du zitterst. Soll ich dir ein Glas Wasser holen? Ach nein, komm, ich lade dich auf einen Orangensaft oder einen Espresso an der Bar ein.« Besorgt blickte er an sich herunter.

Fürsorglich umfasste er ihren Ellenbogen, als er sie sanft hochzog. Billie wurde wieder schwindlig, und mit einem Mal war sie dankbar, dass Hubertus sie festhielt. *Da sitze ich mutterseelenallein in der Sauna, habe mich mit meiner besten Freundin gestritten, bin vielleicht sterbenskrank, und außer Hubertus Müller gibt es keinen Menschen, den das kümmert!* Tiefes Selbstmitleid erfüllte sie. Tapfer unterdrückte sie die Tränen, die ihr in die Augen traten.

Drei Stunden später schloss Billie die Tür zu ihrer Wohnung auf. Erleichterung erfüllte sie, als sie den vertrauten Geruch nach Waschpulver, ihrem Parfüm und den Orchideen auf ihrer Küchenfensterbank wahrnahm. Sie legte die Schlüssel in die rote Glasschüssel aus Muranoglas, die auf dem Sideboard im Flur stand, schlüpfte aus den Pumps und hängte ihren Mantel an die Garderobe. Mit Schwung warf sie die Saunatasche auf die Waschmaschine im Badezimmer, die würde sie später ausräumen. Das Parkett knarrte unter ihren Füßen, als sie über den Flur in ihr Wohnzimmer ging. *Bestimmt hat Sonja schon angerufen und schlägt eine Versöhnung vor.* Mit einem kleinen Funken Häme dachte sie daran, dass sie ihr Handy nach der Sauna beim spontanen Pastaessen mit Hubertus nicht eingeschaltet hatte. *Soll Sonja sich ruhig Sorgen machen.*

Aber die Anzeige ihres Anrufbeantworters zeigte keinen Anruf, und die Mailbox ihres Handys meldete »Sie haben keine neue Nachrichten«. Billie seufzte. *Sonja kann manchmal so halsstarrig sein.* Auf dem Weg zu dem großen weißen Sofa, das den hinteren Teil des Raumes dominierte, entnahm sie ihrem Barschrank eine Flasche Sherry und ein Glas.

Sie freute sich jeden Tag darüber, dass sie ihren Traum verwirklicht und für jedes Zimmer eine andere Farbe gewählt hatte. Das Badezimmer war in zartem Türkis gehalten, was ihm an dunklen Tagen etwas angenehm Aquariumhaftes verlieh. Die Küche erstrahlte in Gelb, die Wände im Schlafzimmer hatte sie mit einem kühlen Blau versehen, während im geräumigen Wohn- und Esszimmer ein verwaschenes Rostrot für eine warme Atmosphäre sorgte.

»Billies Farbsymphonie«, hatte Sonja damals erst gewitzelt, aber dann alte Klamotten angezogen und ihr beim Malern geholfen. Mit ihrem beneidenswerten handwerklichen Geschick hatte sie Billie aus Ziegelsteinen ein Sofa gemauert, das sie weiß anstrich. Mit der bunt bezogenen Matratze und den großen saphirgrünen Kissen war es Billies Lieblingsplatz. Während sie in warme Socken schlüpfte, streifte ihr Blick das Foto von ihr und ihrer besten Freundin, das Sonja im zweiten Lehrjahr in Berlin gerahmt hatte. Wie immer freute sie sich über die ausgelassene Fröhlichkeit der Gesichter und die selbstverständliche Zärtlichkeit, mit der sie einander im Arm hielten. *Meine beste Freundin.*

Eingewickelt in das gelbe Plaid, das sie sich bei ihrem letzten Londonaufenthalt geleistet hatte, und mit einem Sherry im Magen fühlte sie sich stark genug, Sonja anzurufen. Nach mehrmaligem Klingeln meldete sich Albert.

»Fleming.«

»Hallo, Albert, hier ist Billie. Habe ich dich geweckt?«

»Klinge ich so? Das liegt wohl an dem Manuskript, mit dem ich mich gerade herumschlage. Total langweilig.« Er lachte.

»Kann ich bitte Sonja sprechen?«

»Die ist schon ins Bett gegangen. Sie war sehr müde.«

Streiten macht müde … Also hat Sonja der Krach auch zugesetzt.

»Hat sie was gesagt?«

Albert stutzte. »Was soll sie denn gesagt haben?«

»Nichts Bestimmtes. Mir ist heute in der Sauna nur aufgefallen, dass sie ein bisschen abgespannt aussah.«

Albert schluckte die Notlüge. »Ehrlich? Das habe ich noch gar nicht bemerkt. Aber Frauen sehen ja bekanntlich mehr. Vielleicht übernimmt sich Sonja mit ihrem Job, Lina und dem Haushalt doch ein wenig?« Er klang schuldbewusst. »Ach, Billie, ich bin manchmal so ein bequemer Stinkstiefel. Ich lasse sie mit der ganzen Organisation allein. Gehe morgens aus dem Haus und komme oft so spät nach Hause, dass Lina schon schläft. Kein besonders guter Ehemann und Vater, was?«

Billies schlechtes Gewissen schnürte ihr fast die Kehle zu. *Wie habe ich nur glauben können, dass zwischen Albert und Sonja etwas anderes als liebende Zärtlichkeit ist? Ich muss mich gleich morgen früh bei ihr entschuldigen. Obwohl … vielleicht sollte sie sich erst mal bei mir entschuldigen. Die Nummer mit »Weil du noch nicht den Richtigen gefunden hast« war wirklich fies.*

Albert schien ihr Schweigen nicht zu bemerken. Er war noch ganz mit seinen familiären Unterlassungssünden beschäftigt. »Außerdem vergesse ich ständig alles. Wirft mir Sonja jedenfalls immer vor. Wie beispielsweise, ach du liebe Güte, da hab ich doch schon wieder was vergessen. Sag mal, kennst du einen, warte mal, wo ist der Zettel …?«

Billie hörte, wie Albert mit Papieren raschelte.

»Ich finde den blöden Zettel nicht. Aber vielleicht kann ich mich erinnern. Wie hieß der denn noch mal? Robert? Rainer?

Nee, jetzt hab ich's. Sagt dir der Name Richard Andersen was?«

»Nein, sollte er?«

»Ich dachte nur, das sei vielleicht einer von Sonjas neuen Kunden und du hättest von ihm gehört.«

»Nein, den Namen hat Sonja mir gegenüber nie erwähnt.«

»Er hat angerufen, als ihr in der Sauna wart. Er schien sehr in Eile und bat um Rückruf, aber ich habe ihn noch nicht einmal nach seiner Telefonnummer gefragt, ich Dussel. Hoffentlich war es nichts Wichtiges.«

»Ist doch keine große Sache, Albert. Dann sagst du es ihr eben morgen.«

Richard Anderson? Ob das vielleicht … Billie, fang nicht schon wieder an!

Albert redete immer noch: »Ja, ja. Ich merke nur gerade, dass es wohl wirklich typisch für mich ist, dass ich Sonjas Sachen nicht so ernst nehme.«

»Albert, du bist zu gut, um wahr zu sein. Jetzt lass endlich dein Schuldgefühl bleiben, lies dein Manuskript weiter und vergiss nicht, Sonja von mir zu grüßen.« Billie legte auf und lehnte sich zurück.

Je länger sie darüber nachdachte, desto sicherer war sie, dass Sonja ihr etwas verheimlichte. Das war neu in ihrer Freundschaft, und es tat ihr weh. Nachdenklich zupfte sie an den Fransen des Plaids. *Richard Andersen? Wie schade, dass der Streit in der Sauna verhinderte, Sonja einfach zu fragen. Denn so viel steht fest – sie würde wieder in die Luft gehen.* Nachdenklich trank sie einen Schluck Sherry. *Wo Rauch ist, da ist auch Feuer, heißt es. Sonjas Ausflippen war schon eine ausgewachsene Rauchbombe! Aber warum verheimlicht sie das Feuer vor mir? Weil sie verheiratet ist und ich nicht? Gibt es bei Freundschaften auch so etwas wie eine Waffengleichheit? Würde sich Sonja mir öffnen, wenn ich auch Ehefrau wäre? Oder schlägt da wieder der alte Billie-Minderwertigkeitskomplex zu?*

Sie nahm sich vor, ihre Freundin gleich am nächsten Tag anzurufen und sich mit ihr auszusprechen. Unzufrieden zündete sie sich eine Zigarette an. *Was würde Sonja in dieser Situation tun? Sie hätte garantiert ein Filmzitat parat. Beispielsweise aus* Vom Winde verweht, *den sie in der letzten Weihnachtszeit gemeinsam mit zwei Flaschen Sekt und einem Päckchen Taschentüchern im Fernsehen gesehen hatten. Sonja konnte ihn natürlich fast auswendig. Wie sagt Scarlett O'Hara so richtig am Ende des Films: »Morgen ist ein neuer Tag.«*

Billie griff nach der Fernbedienung und schaltete den Fernseher ein. Marlene Dietrich blickte sie kühl und abschätzend vom Bildschirm an. *Zeugin der Anklage*, das alte Billy-Wilder-Gerichtsdrama, fing gerade an. *Schade, dass Sonja nicht hier ist. Manchmal frage ich mich, warum sie keine Videothek oder ein Programmkino aufgemacht hat statt einer Tischlerwerkstatt.* Billie kuschelte sich in das Plaid und begann ihren Feierabend zu genießen. *Morgen ist ein neuer Tag.*

10. Kapitel

Timmendorfer Strand, 6. Juni 2004

»Es ist so ruhig.«
»Das ist das tiefe Luftholen vor dem Sprung.«
Der Herr der Ringe – Die zwei Türme, 2002

Nachdem der Winter die Stadt bis Mai in seinen Klauen gehalten hatte, wehte Anfang Juni endlich eine Vorahnung von Frühsommer durch Hamburg. An einem Sonntagmorgen kam Sonja verschwitzt und mit roten Wangen vom Joggen nach Hause. Es war noch diesig, aber das Thermometer zeigte bereits zehn Grad. Die Kastanien im Park hatten über Nacht ihre kerzenförmigen Blüten entfaltet, der Flieder blühte, und die prallen Jasminknopsen schienen jeden Moment aufplatzen zu wollen. Sonja fühlte sich so gut wie schon lange nicht mehr.

Ihre gute Laune verdankte sie aber auch dem Umstand, dass sie den gestrigen Tag mit der befriedigenden Aufgabe verbracht hatte, ihre Werkstatt aufzuräumen und Rechnungen zu schreiben. Am Nachmittag war sie außerdem endlich einmal wieder im Kino gewesen. *Lost in Translation*, ein wunderbarer kleiner Film über das Schweigen der Menschen untereinander. Über die Stille, die sich zwischen einem Mann und einer Frau ausbreiten kann, die füreinander einmal die lebendige Entsprechung des Wortes Liebe waren. Sie dachte an die Unterhaltung zwischen dem Schauspieler Bob und der jungen Charlotte, die sich in einem Hotel in Tokio kennenlernen. Bob, gespielt von dem wunderbar trockenen Bill Murray, erklärt dem jungen Mädchen, dass das Leben sehr viel komplizierter wird, wenn man Kinder bekommt. »Es ist der furchterregendste Tag in deinem Leben, wenn das erste Kind geboren wird.« Charlotte wirft ein, dass einem das keiner vorher sagt. Bob meint nur: »Dein Leben, wie du es kennst, ist vorbei. Es kommt nie wieder. Aber dann lernen sie zu laufen, und sie lernen zu sprechen … und dann möchte man immer bei ihnen sein. Und sie werden die wunderbarsten Menschen, denen du in deinem ganzen Leben jemals begegnen wirst.« Natürlich hatte Sonja dabei Tränen in den Augen gehabt. Aber darum ging es ja bei guten Kinofilmen – sich selbst wiederzufinden in den Figuren auf der Leinwand, in ihrem Leid und in ihrem Glück.

Am Abend hatte sie erstaunt festgestellt, dass sie zum ersten Mal seit Wochen Richard über Stunden vergessen hatte. Sie fühlte sich geradezu befreit. Glücklicherweise verblassten die Erinnerungen an Berlin allmählich, und ihre anfangs schon körperliche Sehnsucht nach Richard war mit jedem Tag irrealer geworden. *Habe ich ihn wirklich geküsst?*

Ob er wohl noch an sie dachte? Tagelang hatte Sonja mit zitternden Fingern ihr Postfach nach einer E-Mail von Richard überprüft, hatte mit klopfendem Herzen nach ihrem Handy gegriffen, wenn das Display einen anonymen Anruf anzeigte. Doch Richard meldete sich nicht bei ihr. Auf seiner Visitenkarte stand nur eine Sammel-E-Mail-Adresse seiner Firma, und sie wollte auf keinen Fall, dass ihre Nachricht in falsche Hände geriet. Außerdem wusste sie nicht, was sie schreiben sollte. *Ich denke immer noch an unseren Kuss?* Da würde seine Sekretärin nicht schlecht staunen oder seine Frau, die ja unter Umständen in derselben Firma arbeitete. *Die Ähnlichkeit zwischen Kuss und kiss ist wohl überdeutlich.* Andererseits könnte ein formelles Schreiben einen falschen Eindruck erwecken. *Ich denke gern an unseren netten Abend?* Das klang so abgebrüht, als würde sie alle naselang mit Unbekannten in Hotelfluren herumknutschen. Ihn anzurufen, dazu fehlte ihr der Mut. Einmal hatte sie schon zum Hörer gegriffen, doch genau in dem Moment hatte das Telefon geklingelt, und Hermine war am anderen Ende der Leitung gewesen! *Ausgerechnet.* Die glückliche Ehe ihrer Eltern stand Sonja wie ein Menetekel vor Augen, und sie legte ihr Vorhaben, Richard anzurufen, auf Eis. Wegen der Zeitverschiebung hätte sie ihn ohnehin nur abends erreichen können, und da war Albert zu Hause.

Sie streifte sich die Laufschuhe von den Füßen und schloss die Wohnungstür auf. Nachdem sie ihre Weste auf einen Bügel gehängt hatte, ging sie den Korridor entlang und warf einen kurzen Blick durch die angelehnte Schlafzimmertür. Albert lag immer noch in derselben Position, wie sie ihn verlassen hatte, und schnarchte leise. Sonja lächelte. Ihr Mann wickelte sich immer so fest in seine Decke ein, dass er aussah wie eine dicke Raupe. »Ich bin gespannt, ob du dich jemals in einen Schmetterling verwandelst«, hatte sie ihn früher oft geneckt. Sie bemerkte eine Bewegung neben Alberts Schulter. Lina hatte sich in das Elternbett geschlichen und lag jetzt mit rosigen Wangen eng an ihren Vater gekuschelt.

Auf dem Weg ins Badezimmer zog Sonja ihre verschwitzte Laufkleidung aus und steckte sie in die Trommel der Waschmaschine. Dann betrachtete sie sich flüchtig im Spiegel. Seit Linas Geburt schimmerten an Bauch und Hüfte seidige Schwangerschaftsstreifen. Albert hatte sie einmal »die Patina meiner Liebsten« genannt. »Das erhöht deinen Wert.«

Sie öffnete das Fenster und genoss die kalte Luft auf der feuchten Haut. »Wie ein Tag in Norddeutschland wird, weiß man erst nach elf Uhr«, imitierte sie Hermine. Sie streckte sich, hob sich auf die Zehenspitzen und lächelte in den Spiegel.

Nach dem Duschen trocknete sie sich gründlich ab. *Keine Ahnung, warum mir ausgiebige Körperpflege nach dem Laufen immer ein tröstliches Gefühl gibt. Atavistische Geninformationen? Vielleicht fühlen sich Affen so, wenn sie sich auf irgendeinem Felsen gegenseitig flöhen? Wer weiß.* Sie zog ihren Pyjama wieder an, warf den Bademantel über und ging in die Küche.

Als Erstes öffnete sie auch hier das Oberlicht und vertrieb den letzten Duft nach dem Lammfilet mit Knoblauch, das sie am Vorabend gegessen hatten. Sie brühte Espresso auf, schäumte Milch, röstete einige Scheiben Toast und richtete ein Frühstückstablett her, auf das sie im letzten Moment noch eine kleine Vase mit Tulpen stellte. Dann ging sie über den Flur und klopfte laut an die Schlafzimmertür.

»Wer ist da?«, hörte sie Lina kichernd fragen.

»Zimmerservice!«, erwiderte Sonja mit verstellter Stimme.

Als sie den Raum betrat, saßen Albert und Lina erwartungsvoll in ihre Kissen gelehnt. Sonja stellt das Tablett auf dem Bett ab und zog die Leinenvorhänge zur Seite, um mehr Licht hineinzulassen. Verschlungener weißer Stuck zierte die Decke, die Wände waren hellblau, in goldenen Rahmen hingen Bilder von ihrer Hochzeit und von Linas Taufe über dem Bett, der alte Nussbaumschrank glänzte warm im Morgenlicht.

»Na, ihr Schlafmützen!«

»Wunderbar! Frühstück im Bett«, lächelte Albert und rückte zur Seite.

Während sie den Toast verputzten, schlug Sonja einen Ausflug vor. »Was haltet ihr von einer Fahrt an die Ostsee?«

Der ganze Sonntag lag unverplant vor ihnen, und so richtete Sonja einen Picknickkorb her und packte Decken, Mützen, Gummistiefel, Strandspielzeug und Windjacken ein.

»Geht schon mal vor«, sagte Albert, als Sonja und Lina gestiefelt und gespornt in der Wohnungstür standen.

Sonja verdrehte die Augen. »Albert, bitte! Was willst du denn noch machen?«

Noch eben die Wohnung tapezieren oder das Bad fliesen?

»Ich will nur schnell nach dem Fotoapparat suchen.«

Schnell! Von wegen!

Eine halbe Stunde später fuhren sie los in Richtung Ostsee. Sie waren ganz allein auf der Autobahn, es war noch nicht einmal zehn Uhr.

»Sieht ganz schön unfreundlich aus«, meinte Albert und schaltete die Nebelschlussleuchte ein. In der Tat schien sich der Nebel sogar noch zu verdichten. Aber auf den Feldern waren schon frische grüne Gräser zu sehen, und kurz vor Lübeck rissen plötzlich die Wolken auf, und ein samtblauer Himmel wurde sichtbar. Als sie am Timmendorfer Strand ankamen, breitete sich der Sand hell und funkelnd vor ihnen aus, und das Meer, glitzernd und sanft gewellt, verschmolz in einem grünlichen Blau mit dem Himmel am Horizont. Lina stieß einen Jubelschrei aus, griff nach ihrem roten Spieleimer und begann selbstvergessen nach Muscheln zu suchen.

Albert breitete die mitgebrachte Decke über einer Isomatte aus und zog Sonja neben sich. So saßen sie gut eingemummt gegen den Küstenwind in der Frühsommersonne und genossen den Geruch des Meeres und den leichten Salzgeschmack auf den Lippen. Albert legte den Arm um seine Frau, und sie beobachteten einträchtig Lina, die mit einer ungefähr gleichaltrigen Strandbekanntschaft eine Burg baute.

»Ich finde es schön, dass Lina ganz ähnliche Kindheitserinnerungen haben wird wie wir«, sagte Albert.

»Hoffentlich findet sie später nicht, dass wir rückwärts gewandte Provinzler sind«, erwiderte Sonja.

»Wir hätten ja auch nach Timbuktu ziehen können.«

»Oder nach Rheinland-Pfalz?«

»Nein, so weit weg natürlich nicht.«

Sie grinsten einander an. Albert blickte über das Wasser. »Mir gefällt es eben hier. Und dir doch auch.«

»Ja, schon, nur manchmal finde ich uns ein bisschen wenig abenteuerlustig. Hamburg, Kiekeby, die Ostsee …«

Er nahm eine Hand voll Sand und ließ die Körner durch die Finger rieseln. »Hier gehören wir eben hin. In den Ferien Südfrankreich – das muss Lina als exotisches Reiseziel reichen. Alltag ist nun mal hier. Ich fühle mich unter Hamburger Fischköppen und wortkargen Schleswig-Holsteinern wohler als zwischen Berlinern oder Stuttgartern. Außerdem«, er schüttelte den Sand von der Hand und zog Sonja enger an sich, »mit bayerischem Akzent hättest du mich doch nie genommen.«

Beide dachten an den Abend, an dem sie sich in Billies Küche kennengelernt hatten. Sonja hatte sich höflich erkundigt, ob er Hamburger sei. Albert, von dessen Begabung für Dialekte sie damals noch keine Kenntnis hatte, schüttelte den Kopf und begann plötzlich sehr überzeugend breites Bayerisch zu sprechen. Noch heute wurde Sonja rot, wenn sie daran dachte, wie entsetzt sie ihn damals angestarrt hatte. So, als müsste im nächsten Moment ein Gamsbart auf seinem Kopf wachsen. Daraufhin hatte er sofort zugegeben, einen Witz gemacht zu haben, und ihr die Wahrheit erzählt. Nämlich, dass er wie sie aus Schleswig-Holstein stamme. Albert war in Feldenbeek auf der anderen Seite des Nord-Ostsee-Kanals aufgewachsen. Nach diesem Bekenntnis war es, als hätten sie sich schon immer gekannt. Sogar ihre Kindheitserlebnisse ähnelten einander: An Silvester waren beide als Kinder »Rummelpott« gelaufen, wie man die norddeutsche Aktion nennt, mit der verkleidete Kinder am Silvesternachmittag Süßigkeiten bei Nachbarn erbetteln. Im Sommer hatten beide bei der Heuernte geholfen und, wie jetzt ihre Tochter, Sandburgen am Ostseestrand gebaut.

»Papi? Hilfst du mir?«

Albert löste sich von Sonja. »Bin gleich zurück. Das ist ein Notfall.«

Lina versuchte mit beiden Händen einen schiefen Sandturm vor dem Umkippen zu bewahren. Sonja beobachtete, wie sich Albert zu ihr in den Sand hockte und mit ihr den Turm neu baute.

Diese zärtliche Zugewandtheit … die Art, den Kopf auf die linke Seite zu legen, wenn er besonders intensiv zuhört … wie gut ich das kenne. So war Albert schon immer … Ihre Gedanken wanderten zurück in Billies Küche. *Damals …* Nach dem dritten Glas Sekt hatte Albert Sonjas Hand ergriffen und sie nicht wieder losgelassen. Er brachte sie nach Hause, und vor ihrer Haustür küsste er sie zum ersten Mal. Vorsichtig, fast höflich und sehr, sehr liebevoll. Kein wildes Geknutsche, auf das unweigerlich die Frage »Kommst du noch auf einen Kaffee mit rauf?« folgte. Sondern irgendwie *respektvoll* und dennoch erregend. Am nächsten Tag rief er sie an und auch am übernächsten und am überübernächsten. *Du bist einfach in mein Leben gefallen – wie das letzte fehlende Stück in einem Puzzle.* Sie trafen sich zu Spaziergängen an der Elbe, gingen ins Kino, und als sie zum ersten Mal die Nacht miteinander verbrachten, gab es keinerlei Peinlichkeit oder Missverständnisse. Am nächsten Morgen spürte sie seinen Atem an ihrer Schulter, und während er ihren Rücken streichelte, fragte er: »Sonjanina, Liebste! Willst du mich heiraten?«

Sonja lag auf der Seite in seinem blau-weiß bezogenen Bett und blickte auf die Bücher, die sich auf dem Fußboden stapelten, und den schönen alten Spiegel, der an der Wand hing. Sie dachte an die Spaziergänge, an seine Anrufe, an die Wärme und Sicherheit, die sie in den letzten Wochen gespürt hatte, und sagte schlicht ja.

Sonja schloss die Augen und ließ sich auf die Decke zurückfallen. *Bin ich eingeschlafen?* Sie hatte nicht gehört, dass Albert zurückgekehrt war, spürte aber seinen Atem an ihrem Ohr.

»Na, du schlafende Schönheit? Geht es dir gut?«

Sonja blinzelte in die Sonne. »Sehr gut.« Sie streckte sich. »Wenn die Touristen wüssten, wie schön die Ostsee im Frühsommer ist, würden sie nicht alle in der Hochsaison kommen«, sagte sie und streichelte Alberts Hand.

»Die kommen ja vor allem, um sich hier zu grillen«, erwiderte er und lehnte sich über sie. Seine Lippen waren weich und warm, und er roch so gut, frisch rasiert und ein bisschen nach Strand. Sie küssten sich. Tief in ihrem Innern löste der Kuss das Echo eines anderen Kusses aus, aber es gelang ihr, das

Gefühl zu unterdrücken. *Das hier ist Albert, mein Albert.* Seine Hand glitt zielstrebig unter ihre Windjacke. *Schade, dass wir einander nicht hemmungslos wie Jungverliebte küssen können.* »Wo wir gerade vom Grillen reden«, flüsterte Albert ihr ins Ohr und ließ seine Lippen ihren Hals hinunterwandern. »Ich sterbe vor Hunger.«

Sonja setzte sich langsam auf und zog Albert hoch, der wieder seinen Arm um sie legte. »Dann lass uns essen gehen.«

Dennoch blieben sie sitzen, ein bisschen schwindlig von der Sonne, dem Wind und ihrer Umarmung.

»Was macht Billie eigentlich heute?«, fragte Albert.

Sonja zuckte mit den Achseln. »Keine Ahnung.«

»Bilde ich mir das ein, oder seht ihr euch nicht mehr so häufig?«

»Nein, das stimmt schon.« Sonja zupfte an einem Nagelhäutchen.

Albert betrachtete seine Frau stirnrunzelnd. »Gibt es dafür einen Grund?«

Ja, weil Richard zwischen uns steht. Ich kann ihr nicht von ihm erzählen. Davon, welche Versuchung er für mich war. Davon, dass ich manchmal erotische Fantasien über ihn habe. Wie soll das denn gehen? Das ist ja zwischen den zwei Hauptbeteiligten beim Sex schon schwierig. Aber so beim Milchkaffee munter davon plaudern, dass man sich einen anderen Mann vorstellt, während man den eigenen küsst? So etwas darf man nur über allgemein akzeptierte Träume-Schäume-Vorlagen wie einen Hollywood-Star sagen. Dann meint man es nicht wirklich. Aber reale Menschen dürfen darin nicht vorkommen.

Sie schüttelte innerlich den Kopf. *Zu viel Offenheit ist zerstörerisch. So wie ein Haus ohne Wände kein Haus ist. Und ohne Türen kein Zuhause. Und etwas nicht zu sagen heißt noch lange nicht, es zu verheimlichen. Außerdem war ich hässlich zu Billie. Das mit dem Projizieren war gemein.* Albert wartete immer noch auf ihre Antwort.

Sie hielt ihre Hand in den Seewind und sagte leichthin: »Ich arbeite jetzt ganz anders und habe nicht mehr so viel Zeit für Billie.«

»Das klingt, als wäre Billie ein Pony.«

Sonja legte ihr Gesicht in ärgerliche Falten. »So ein Blödsinn, Albert! Ich bin nur jetzt anders eingespannt, habe keine festen Arbeitszeiten mehr. Dazu kommt Lina, der Haushalt, du weißt das doch alles.«

Albert legte seine Hand auf ihr Knie. »Schon gut. Aber ihr habt euch nicht gestritten, oder?«

Sonja schwieg und buddelte scheinbar gedankenverloren eine verwachsene Strandhaferwurzel aus. Seit ihrem Krach in der Sauna hatte sie Billie kaum noch gesehen. Der unumgängliche Mai-Termin, bei dem sie in Sonjas Wohnzimmer gemeinsam den Gary-Marshall-Film *Freundinnen* mit Bette Midler und Barbara Hershey gesehen hatten, war steif und unbehaglich verlaufen. Zwar hatten sie wie immer gemeinsam die Dialoge mitgesprochen und sich amüsiert, als Bette Midler als aufstrebende New Yorker Sängerin im Hasenkostüm singende Glückwunschtelegramme austragen musste. Die Szene, in der sie einen staunenden Passanten mit den Worten »Und sag nicht Bunny zu mir, sonst fällste tot um!« bedachte, hatte sie beide wieder zum Lachen gebracht und der Tod von Barbara Hershey beide zu Tränen gerührt. Aber während sie sonst einander in die Arme fielen und hemmungslos schluchzend gemeinsam mit Bette das Abschlusslied »The glory of love« (»You've got to give a little, take a little/And let your poor heart break a little«) sangen, hatte diesmal jede für sich fast schweigend ein paar Tränen in ihr Tempotaschentuch gedrückt. Danach hatte sich Billie sofort verabschiedet.

Sie telefonierten zwar weiterhin, aber ihr Umgang war irgendwie *höflich,* und immer, wenn Billie anrief, um sich mit ihr zu verabreden, schützte Sonja Zeitmangel oder einen dringenden Termin vor. *Mein Geheimnis mit Richard bedroht nicht nur meine Beziehung zu Albert, sondern auch meine Freundschaft zu Billie.*

Albert sprang plötzlich auf. »Lina! Komm sofort hierher!«

Ihre Tochter kam mit hängendem Kopf auf sie zu, wobei aus ihren Gummistiefeln bei jedem Schritt Wasser schwappte.

»Also, zurück zum Auto, Füße abtrocknen und Schuhe und Strümpfe wechseln«, kommandierte Sonja, während Albert die Sachen zusammenpackte.

Als Lina wieder trockene Füße hatte, wanderten sie auf der Küstenstraße nach Scharbeutz. Dort ergatterte Albert für sie einen windgeschützten, sonnigen Platz in einem Strandcafé. Sie bestellten Bratkartoffeln, dazu Spiegeleier und für Lina Fischstäbchen und Pommes frites.

So saßen sie da und guckten auf die See, und als es Lina langweilig wurde, spielten sie vor dem Café Fangen. Die Schatten wurden langsam länger, und mit von der Sonne glühenden Wangen gingen sie zurück zum Auto. Sie beschlossen, diesmal die Landstraße zu nehmen. Einige Erdbeerfelder waren schon geöffnet, und sie hielten an und pflückten Linas Strandeimerchen voll.

Es wurde bereits dunkel, als sie zu Hause ankamen. Lina, müde von der frischen Luft, war ausnahmsweise bereit, einmal ohne Kampf und pfiffige Ausreden ins Bett zu gehen. Einen Moment blickte Sonja noch auf ihre Tochter hinab, die mit ihrem Plüschfrosch Rudi im Arm in den Kissen lag. In ihrem pinkfarbenen Schlafanzug zwischen dem rosa-weißen Bettzeug sah sie aus wie eine Dekoration aus einer Konditorei. Ihre Löckchen kringelten sich über der Stirn. *Du mein größter Schatz, wenn das Leben für dich doch nur so einfach und klar bleiben könnte.* Sonja beugte sich herunter und küsste die Wange des schläfrigen Kindes, dann ging sie zu Albert.

Er saß im Wohnzimmer vor dem Fernseher, den er jedoch ausschaltete, als Sonja eintrat. Auf dem kleinen Beistelltisch schimmerte Rotwein in einer Karaffe, zwei Kerzen in silbernen Kerzenständern verbreiteten ein warmes Licht. Albert füllte zwei Gläser.

»Auf den wunderschönen Tag.«

Sie stießen an, und danach zog er sie auf das Sofa und küsste sie erneut.

»Ein wunderschöner Tag, der noch nicht zu Ende ist.«

Er nahm sie in die Arme, seine Lippen berührten ihre Schläfen, ihre Ohren, ihren Hals. Sonjas Gesicht brannte von der Sonne, von dem Wein und der Wärme, die seine Berührungen auslösten.

Seit Wochen haben wir uns so nicht mehr geküsst.

Irgendwann stand Albert auf, nahm ihre Hand, zog sie vom Sofa hoch und ins Schlafzimmer.

Fürsorglich legte er die Decke über ihren nackten Körper.

Er schmiegte sich an sie. Sie schloss die Augen.

Viel später drang das Klingeln ihres Handys langsam, aber beharrlich in Sonjas Bewusstsein. Sie lag im Bett, Alberts Arm lastete auf ihrem Bauch, sein Atem kitzelte sie im Ohr. Vorsichtig hob sie seinen Arm und lief, nackt wie sie war, den langen Flur entlang zur Garderobe. Sie hatte den Lederrucksack vorhin über einen Haken gehängt und vergessen, das Handy auszuschalten. Im selben Moment, als sie den Knopf mit dem grünen Hörer drückte und sich das Telefon ans Ohr hielt, wusste sie, wer der Anrufer war.

Diese kleine transatlantische Verzögerung, dieses Hallen in der Leitung. *Richard!*

»Sonja?«

»Ja, Richard.«

Sie lauschte dem Summen im Telefon. Ihr Körper war noch warm von Alberts Umarmung, und sie zitterte nicht nur vor Kälte.

»Sonja? Bist du noch da?«

»Ja, Richard.«

»Sonja, ich komme wieder nach Deutschland. Nach Berlin. Nächsten Monat. Können wir uns sehen?«

Sie hörte, wie Albert ins Badezimmer ging. Ihre Gedanken rasten.

»Ja. Wann genau? Schick mir eine E-Mail. Ich finde gerade nichts zum Schreiben.«

»Okay, ich schicke dir eine E-Mail. Die Adresse habe ich ja.« Er zögerte. »Sonja?«

»Ja?«

»Ich habe dich nicht vergessen.«

Ich dich auch nicht. Ich dachte es nur.

Er legte auf. Sie stand nackt im Flur, regungslos.

»Sonja!«

Alberts Stimme riss sie aus ihrer Starre. Er hatte ihr aus dem Badezimmer ihren Morgenmantel mitgebracht und legte ihn ihr jetzt um die kalten Schultern.

»War es etwas Wichtiges?«

Sonja schlang die Arme um ihn, und die erste von vielen Lügen ging ihr erschreckend leicht über die Lippen.

»Nein, nur eine Freundin von Anne. Sie wollte die Telefonnummer von diesem Juwelier in Ottensen haben, der nach eigenen Entwürfen arbeitet.«

Albert hatte bei der Erwähnung von Annes Namen bereits das Interesse verloren und unterdrückte ein Gähnen.

»Um diese Uhrzeit? Ziemlich unverfroren. Kommst du zurück ins Bett?«

Sie gingen wieder ins Schlafzimmer, und während sich Albert an ihren Rücken kuschelte, starrte Sonja mit brennenden Augen und hellwach in die Dunkelheit.

Die Erinnerungen kamen wieder. Richards Lächeln, die grünen Augen, seine breiten Hände, seine Lippen. Sie zuckte zusammen.

»Frierst du?«

»Ein bisschen.«

Albert drehte sich um und stopfte die Decke enger um sie. »Gute Nacht, Liebling.« Schlaftrunken platzierte er einen Kuss auf ihren Nacken.

Sonja glaubte schon, er sei eingeschlafen, als sie seine Stimme erneut hörte.

»Warum muss Lina eigentlich immer Pommes und Fischstäbchen essen?«

Sie lächelte. »Weil sie ein Kind ist.«

»Aha«, grunzte Albert skeptisch. Dann schlief er ein.

Und warum muss ich dich belügen? Wieso habe ich Richard nicht einfach gesagt, dass ich ihn nicht wiedersehen will? Letztes Mal, das war eine zufällige Begegnung. Ein flüchtiger Kuss. Der alte Klaasen würde sagen: »Eine Schwalbe macht noch keinen Sommer.« Aber ein erneutes Wiedersehen? Wenn wir uns jetzt wiedersehen, dann ist das Betrug mit Vorsatz. Kein Hals-über-Kopf-mitten-in-das-Abenteuer-Stolpern. Richard und ich werden uns nicht zum Scrabble-Spielen treffen oder gepflegt in der Hotellobby einen Kaffee trinken und uns danach verabschieden. Wir werden miteinander schlafen. Sonja wälzte sich unruhig auf die andere Seite. *Werden wir? Natürlich. Was denn sonst, nach DEM Kuss? Außerdem hätte er mich dann einfach angemailt: ›Bin mal wieder in Berlin. Du auch?‹ Aber er hat angerufen, wollte meine Stimme hören und mich treffen.* Sonjas Puls begann zu rasen. In den letzten Wochen hatte sie alles getan, um Richard zu vergessen. Jeden Tag hatte sie sich an ihren Pflichten und Aufgaben festgehalten. Und jetzt brachte schon ein einziger Anruf von Richard sie dazu, dass all das nichts mehr wert war. *Ich will, ich werde Richard wiedersehen. Nicht, weil ich Albert nicht mehr liebe, sondern weil ich nicht anders kann. Wie banal und wahr: Albert hat damit nichts zu tun. Sondern ich selbst. Auf einmal klingt der alte Mannheimer-Satz gar nicht mehr so abgedroschen. Meine Frau hat damit nichts zu tun.*

Mit pochenden Schläfen lag sie in der Dunkelheit, hin und her gerissen zwischen Freude, Erregung, Angst und schlechtem Gewissen. *Was wird in Richards E-Mail stehen? Wann kommt er nach Berlin? Ich muss mir etwas einfallen lassen, um, was für ein schreckliches Wort,* unverdächtig *nach Berlin fahren zu können.*

Sie blickte im Licht des herandämmernden Morgens auf den arglos schlafenden Albert. *Wieso gibt es kein Wort für das Gefühl zwischen Schuldbewusstsein und Abenteuerlust, das mich gerade erfüllt. Was werde ich später bereuen? Dass ich Richard wiedergesehen habe? Oder wenn ich ihn nicht wiedersehe?*

11. Kapitel

Berlin, Juli 2004

»Beide, das Paradies und die Hölle,
können sehr irdisch sein.«
1492 – Die Eroberung des Paradieses, 1992

Weißt du, dass ich mit den Bäumen im Park über dich geredet habe?«, fragte Sonja und fuhr mit dem Zeigefinger über Richards Oberlippe.

»Mit den Bäumen?«

Sie lagen nackt auf dem breiten Doppelbett in Richards Hotelzimmer. Es war früher Morgen, bläulich stand die Dämmerung vor den Fenstern. Autoscheinwerfer warfen Lichtstreifen an die Zimmerdecke.

»Na, ich bin in den Park hinter unserem Haus gelaufen. Dort habe ich dann mit den Bäumen geredet.«

»Was hat ›Die mit den Bäumen spricht‹ denn gesagt?«

»›Ich vermisse Richard.‹ Und immer wieder deinen Namen: ›Richard, Richard, Richard.‹« Sie lachte. »In Großstädten sind Leute, die vor sich hinbrabbeln, glücklicherweise an der Tagesordnung.«

Ich wollte deinen Namen aussprechen. Manchmal habe ich das auch einfach so an der Werkbank oder beim Kartoffelschälen in der Küche getan.

Er legte sein Bein auf ihres und küsste ihre Brustwarze. »Mit Bäumen sprechen … Ich bin also nicht der einzige Romantiker hier.«

»Das gefällt dir ja so besonders an mir.«

»Auch.«

»Komm her.«

Als Sonja im Charlottenburger Hof angekommen war, hatte ihr der Portier beim Einchecken eine Karte von Richard ausgehändigt.

»Ich warte in der Bar auf dich.«

Hastig machte sie sich frisch. Dabei war sie so nervös, dass sie beinahe ihren Parfümflakon vom Waschbecken gestoßen hätte. Als sie in die Lobby kam, raste ihr Puls.

Er wartete auf dem Barhocker, auf dem sie bei ihrer ersten Begegnung gesessen hatte.

»Richard!«

Er glitt vom Stuhl und begrüßte sie mit zwei Küssen auf die Wangen. Dann half er ihr galant auf den Stuhl. Vor ihnen standen bereits zwei Stinger. Sonja sah sich nach Kupinski um. »Dein Freund hat heute frei«, sagte Richard und erhob sein Glas. Sie stießen mit den Stingers an, er nahm ihre Hand, sah ihr in die Augen, und dann war alles gut.

Sex mit Richard war einfacher und unbelasteter, als sie sich vorgestellt hatte, und sehr, sehr aufregend. *Ich dachte, dass ich weiß, was Sex ist. Eben so, wie ich ihn mit Albert erlebe. Schön, mehr zärtlich als leidenschaftlich. Weniger verschwitzt und atemlos. Bei Richard traue ich mich, anders zu sein. Fordernd, mit Ansage. Ich habe meine Stimme gefunden. Ich spreche im Bett. Bitte ihn, sich so oder anders hinzulegen. Mich hier oder dort zu berühren. Ich frage ihn, ob er es so oder fester mag. Das würde ich bei Albert nie tun. Richard stellt mir Fragen, und er gibt mir Antworten. Ja, es gefällt mir so … Außerdem schließe ich nicht gleich die Augen, sondern ich sehe ihn an.*

»Du bist immer so weit weg«, sagte er, als sie beide zu Atem gekommen waren. »Zeig mir in den nächsten Tagen so viel wie möglich von dir und Deutschland.«

»Du kennst doch Deutschland.«

»Aus einer sehr verschobenen Perspektive. Ich bin zwar hier geboren, und ich spreche die Sprache, aber mein Zuhause ist für mich Amerika. Ich möchte viel erfahren, viel lernen und nichts von unserer Zeit vergessen.«

»›Man kann Erinnerungen nicht pressen wie Blütenblätter‹, sagt meine Mutter immer.«

»Aber man kann Geschmäcke, Aromen und Düfte kennenlernen und speichern. Kennst du das, wenn dich der Geruch von frisch gebackenem Brot zurück in die Küche deiner Mutter trägt?«

»Meine Mutter schwört auf den Dorfbäcker.« Sie zwickte ihn in den Oberarm. »Nun mach nicht so ein Gesicht, ich weiß ja, was du meinst. Wenn du willst, besorge ich mir eines von diesen sexy Uniformkostümen und mime die Fremdenführerin für dich.«

Sie aßen Bratkartoffeln und Wiener Schnitzel in Charlottenburg, Broiler am Alexanderplatz und grünen Spargel in einem Kreuzberger Restaurant mit dem Namen Abendmahl, wo ihnen zwischen kitschigen Devotionalien Nouvelle Cuisine serviert wurde.

Am dritten, ihrem vorletzten Tag schlenderten sie Hand in Hand durch den Tiergarten. Der weitläufige Park mit seinen verwitterten Mamorstatuen erinnerte Richard an den Central Park in New York. Er verbeugte sich mit großer Geste vor einem überlebensgroßen Goethe-Denkmal. »Von dem haben sogar wir in der Highschool gehört, und mein Vater sang immer einen alten Schlager: ›Goethe war gut, Mann, der konnte reimen!‹«

Es war Mittagszeit, ein heißer Julitag, und der Park war angenehm kühl. Sie verließen Goethe, stießen wenig später auf eine Statue von Lessing und folgten einem Wasserlauf, der zu einer kleinen Insel führte, auf der die in Stein gehauene Königin Luise residierte.

»Komm, wir setzen uns.« Richard zog sie zu einer Bank.

Eine Kastanie mit dicken grünen Blättern spendete Schatten,

daneben neigte ein Fliederbusch seine doldenschweren Zweige zu Boden. Der Verkehrslärm war kaum mehr zu hören. Sie saßen schweigend nebeneinander und hingen ihren Gedanken nach.

Unvermittelt fragte Sonja: »Hast du eigentlich ein schlechtes Gewissen?«

»Wegen meiner Frau?« Richard hielt inne. »Und du, wegen Albert?«

Sonja seufzte. »Ja und nein. Weißt du, was mich wirklich bedrückt?«

Er sah sie aufmerksam an. »Na?«

Sie holte tief Luft. »Ich weiß gar nicht, wie ich es sagen soll. Also, am meisten drückt mich mein schlechtes Gewissen wegen Lina, meiner Tochter.« Nachdenklich nahm sie seine Hand. »Albert, deine Frau, du und ich – wir sind alle erwachsen. Wir haben auf die eine oder andere Art und Weise schon Anfänge und Enden von Liebesgeschichten erlebt. Für uns sind Trennungen schrecklich, aber wir ahnen zumindest, dass wir eine Chance haben weiterzuleben.«

Richard fügte hinzu: »Viel schlimmer noch. Wir werden gezwungen weiterzuleben.«

»Wie meinst du das?«

»Ist das nicht der Moment, in dem wir wirklich erwachsen werden? Die Erkenntnis, dass die Welt sich einfach weiterdreht. Auch wenn wir uns von jemandem trennen oder sich jemand von uns abwendet? Wenn wir den Menschen verlieren, den wir für unsere große Liebe gehalten haben? Das ist vergleichbar mit dem Tod eines geliebten Menschen. Wir erwarten doch, dass die Welt anhält. Aber sie schert sich einen Dreck darum.«

Sonja nickte. »Kennst du das Gedicht von W. H. Auden, das in dem Film *Vier Hochzeiten und ein Todesfall* zitiert wird?«

Richard nickte. »Ja, auf Englisch. Wieso?«

»Ich kann's nur auf Deutsch. Erinnerst du dich an die letzte Strophe?« Sie beugte sich vor und zitierte: »›Die Sterne sind jetzt unerwünscht, löscht jeden aus davon,/verhüllt den Mond und reißt nieder die Sonn,/fegt die Wälder zusammen und gießt aus den Ozean, weil nun nichts mehr je wieder gut werden kann.‹« Sie rieb sich die Nase. »Genau so ein Gefühl habe ich gehabt, als mein Vater gestorben ist. Am Tag vor der Beerdigung haben wir bei meiner Mutter in Kiekeby übernachtet. Nachts bin ich aufgestanden, weil ich Durst hatte. Da hörte ich meine Mutter im Schlafzimmer weinen. Es war ein Weinen, wie ich es von ihr noch nie gehört hatte. Ich stand eine ganze Weile vor ihrer Tür mit dem Glas Wasser in der Hand und habe mich nicht getraut, zu ihr zu gehen.«

»Warum nicht?«

Sonja sah ihm direkt in die Augen. »Was hätte ich denn sagen sollen? Wird ja alles wieder gut, Mami? Ich wusste doch, dass nichts, gar nichts je wieder gut wird.«

Richard wiederholte leise: »Weil nun nichts je wieder gut werden kann.«

Auch Sonja nickte. »Deswegen habe ich Lina gegenüber ein schlechtes Gewissen. Mit meiner Liebe zu dir gefährde ich ihre heile Welt. Wenn ich mir vorstelle, mich zwischen dir und Lina entscheiden zu müssen …«

Richard nahm erneut ihre Hand. »Das musst du doch gar nicht. Jedenfalls jetzt nicht. Und du stirbst auch für Lina nicht, wenn du dich von Albert trennst.«

»Findest du das hysterisch?«

Richard schüttelte den Kopf. »Nein, aber durchaus ein wenig übertrieben.« Er runzelte die Stirn. »Allerdings … Die Vorstellung, dass meine Töchter von den europäischen Eskapaden ihres Vaters Wind bekommen, finde ich ehrlich gesagt auch nicht besonders angenehm.«

Sonja hob den Kopf. »Europäische Eskapaden?«

Richard zog unbehaglich die Schultern hoch. »Das wäre unsere Beziehung für sie. So wie auch deine Familie sicher nicht erkennen würde, was wir einander bedeuten, sondern mich als bösen Eindringling brandmarken würde, der eine Ehe zerstört.«

»Eher mich als gewissenlose Mutter, die Heim und Hof vergisst.«

Richard lachte. »Du siehst, wie man es auch dreht und wendet, so richtig gut kommen wir beide bei der Sache nicht weg.«

»Ja, leider.« Sonja putzte sich die Nase. »Wenn ich das gewusst hätte …«

»Hättest du nie mit mir geflirtet?«

Sonja steckte ihr Taschentuch in die Hosentasche. »Tja, wenn das so einfach wäre. Ein Flirt ist ja wie eine Erkältung. Er fliegt einen an.«

»Kommt drei Tage, bleibt drei Tage?«

»Im schlechtesten Fall genau das.« Sie puffte ihn liebevoll in die Seite. »Aber genau das kann ich ja wohl kaum meiner achtjährigen Tochter erklären? Oder? Die glaubt doch noch an Märchenprinzen, Happy End und diesen *Wenn-sie-nicht-gestorben-sind*-Kram …«

Richard zog sie an sich: »Dann bin ich auch erst acht Jahre alt.«

Sonja lächelte ihn liebevoll an. »Das ist ja das Wunderbare.« Sie küsste ihn auf die Wange.

Später, als sie Richtung Potsdamer Platz spazierten, fragte Sonja noch einmal nach: »Abgesehen von deinen Töchtern – hast du ein schlechtes Gewissen?«

»Im Kino würde man sagen: Sie stellen eine Menge Fragen, kleine Lady!« Richard runzelte die Stirn. Er blieb stehen und sagte: »Ja und nein. Bei One-Night-Stands in der Vergangenheit hatte ich häufiger ein schlechtes Gewissen. Nicht nur, weil ich meine Frau betrogen habe, sondern weil diese Affären die ganze Aufregung nicht wert waren.« Er zögerte, bevor er weitersprach. »Mir dir ist es anders. Irgendwie.«

Sonja grinste. »Wir haben ja mittlerweile auch fast einen

One-Week-Stand.« Ihr wurde plötzlich schwindelig, und sie spürte, wie ihr der Schweiß ausbrach.

Bitte sag mir jetzt nicht, dass du mich liebst. Weil ich dann nicht mehr weiß, wie es weitergehen soll. Bis jetzt habe ich das erst ein einziges Mal in meinem Leben wirklich gemeint – bei Albert. Meine Gefühle für dich fühlen sich an wie Liebe, aber sind sie das?

Doch Richard schwieg. Durch das grüne Schattendach der Kastanien zauberte das Sonnenlicht helle Kringel auf den Rasen vor ihren Füßen. Der Wind trug den Geruch von frischer Erde, von Rosen und Flieder mit sich. Endlich sagte Richard: »Verstehst du mich?«

Sie nickte. »Ja, mir geht es genauso. Glücklicherweise bin ich eine Weltmeisterin in Sachen Verdrängung. Ich versuche, nicht an Albert zu denken.«

»Das gelingt dir?«

»Immer besser.«

Jedenfalls, wenn ich mit dir im Bett bin. Und wenn ich neben dir aufwache. Aber ich vermisse ihn, und manchmal ertappe ich mich bei dem Irrsinn, dass ich ihn anrufen möchte, um ihm zu erzählen, wo ich mit dir essen war, was ich gelesen und gegessen habe – weil ich seit Jahren alles mit Albert teile.

»Hallo, einen Dollar für deine Gedanken.« Richard legte den Arm um ihre Schultern und zog sie an sich.

Sonja sah über seiner Schulter goldenen Staub wie zu einer Melodie im Sonnenlicht tanzen.

Er räusperte sich. »Manchmal frage ich mich, wie es wäre, wenn ich nach Deutschland zurückkäme. Zu dir. Und ganz neu anfinge.«

»Und deine Frau?«

Beiden war klar, dass sie sich auf dünnem Eis bewegten. Bisher hatten sie vermieden, über die Zukunft zu sprechen.

Richard kickte einen Stein vor sich her. »Caroline?«

»So heißt sie?«, sagte Sonja leise. »Also, was wäre mit ihr?«

Sie hielten einander an den Händen und verließen den schattigen Park. Sonja konnte bereits den grünen Glaswürfel auf dem Mercedes-Gebäude am Potsdamer Platz sehen.

Er legte den Arm um ihre Hüfte und steckte seine Nase in ihr Haar. »Wenn du so nahe bei mir bist und ich dich fühle und rieche, kann ich an nichts anderes denken als daran, dass ich dich will. Am liebsten für immer.«

Für immer?

Sie fühlte, wie ihre Kehle trocken wurde. »Dürfen wir so etwas überhaupt besprechen?«

»Wir dürfen über alles reden.« Er hob ihr Kinn an und küsste sie.

»Für immer?«

»Sagen wir, für die nächsten hundert Jahre.«

Den Nachmittag verbrachte Richard bei einem Anwalt in Charlottenburg, um diverse Copyright-Verträge zu besprechen. Sonja besuchte unterdessen die Neue Nationalgalerie. Doch obwohl sie den gläsernen Mies-van-der-Rohe-Bau seit ihrer Ausbildungszeit liebte, konnte sie sich heute nicht auf Picasso, Dix und Kokoschka konzentrieren. Um vier Uhr lief sie zurück zum Potsdamer Platz. Sie schlenderte durch die glasüberdachten Einkaufsarkaden. Ein schwarzes Kleid in einem Schaufenster erregte ihre Aufmerksamkeit.

Sie betrat den Laden.

»Ich interessiere mich für das Kleid im Fenster.«

Die Verkäuferin, eine gepflegte ältere Dame, warf einen taxierenden Blick auf Sonjas Jeans, das verschwitzte T-Shirt und die strapazierte Umhängetasche, holte aber das Kleid mit einem freundlichen Lächeln vom Ständer.

In der Abgeschiedenheit einer Kabine zog Sonja sich um. Sie war darauf gefasst, dass das Kleid zu eng sein würde, aber es glitt problemlos über ihre Schultern. Der schwarze Stoff unterstrich die Blässe ihrer Haut, das Dekolletee gab den Blick auf ihren Brustansatz frei. Sonja fühlte sich ungewohnt nackt und gleichzeitig berauscht, als habe sie ein Glas Sekt getrunken.

Sie starrte ein für sie fremdes Spiegelbild an.

Vor dem Vorhang hüstelte die Verkäuferin. »Soll ich mich um den Reißverschluss kümmern?«

Sonja zog den Vorhang beiseite. »Das wäre nett.«

Als die Verkäuferin den langen Reißverschluss im Rücken geschlossen hatte, bewunderten beide das Ergebnis.

Die Verkäuferin war begeistert. »Es steht Ihnen ausgezeichnet. Wenn Sie jetzt noch … Darf ich?«

Sie zog die Spangen, mit denen Sonja ihre Haare aus der Stirn zurückhielt, heraus, scheitelte das Haar auf einer Seite und strich die Spitzen hinter die Ohren. Dann zupfte sie das Kleid über den Hüften glatt und zog den Stoff zurecht, der bis zu den Knöcheln fiel.

Sonja verfolgte ihr Tun amüsiert und ein bisschen atemlos.

Bin das wirklich ich? Das Kleid betonte ihre weibliche Figur, ohne sie füllig wirken zu lassen. Es umschloss sie wie eine zweite Haut, ohne sie einzuengen. Durch die an den Kopf frisierten Haare wurde der Blick auf ihren Hals gelenkt, der sich weiß und schlank aus dem Ausschnitt erhob. *Genau für diese Art von Kleid versucht Billie mich schon seit Jahren zu begeistern.*

Die Verkäuferin störte sie nicht weiter in ihrer Betrachtung und legte im Hintergrund Dessous zusammen. Als sie nach einer Weile zu Sonja trat, lag in ihrer Stimme nichts Anbiederndes. »Sie können sich entscheiden, wie Sie wollen. Aber dieses Kleid ist wie für Sie gemacht. Wenn Sie es nicht kaufen, wird es Sie jahrelang verfolgen.«

Sonja löste den Blick von ihrem Spiegelbild. Sie merkte, wie ihr das Blut zu Kopf stieg. »Ich komme mir ein bisschen vor wie ein kleines Mädchen, das sich als Prinzessin verkleidet.«

Sie nahm das Kleid.

Beim Bezahlen durchfuhr sie ein kurzer Schreck, als sie die Summe hörte, die ihr Leichtsinn sie kosten sollte.

Die Verkäuferin packte das Kleid vorsichtig ein. »Wo geht es denn hin damit, wenn ich fragen darf?«

Sonja lächelte geheimnisvoll. Ihr war gerade eine Idee gekommen.

Stunden später schlang sie sich ein großes Badetuch um den Körper und betrat so ihr Hotelzimmer, wo Richard nackt auf dem Bett lag. Sie fühlte sich in ihrer Haut so wohl wie schon lange nicht mehr.

Richard lächelte sie an. »Du siehst großartig aus.«

»Danke! Ich fühl mich auch großartig.« Sie begann sich abzutrocknen.

»Komm doch noch einmal zu mir.« Er streckte die Hand aus. Als sie sich neben ihn legte, sagte er: »Ich bin geradezu eifersüchtig bei der Vorstellung, auf dich verzichten zu müssen.«

»Pst.« Sonja legte ihren Zeigefinger auf seine Lippen. »Noch haben wir eine Nacht.«

»Wie hast du eigentlich deine Fahrt nach Berlin begründet?«

»Mit der Wahrheit. Dass ich in Berlin zwei neue Aufträge besprechen muss, was ich auch getan habe. Einen Tag nach deinem Anruf hat sich jemand aus Berlin bei mir gemeldet, der über einen Kunden aus Hamburg von mir gehört hatte. Es geht um einen Schrank, den ich bauen soll, und um die Restaurierung eines alten Karussellpferds. Nächste Woche Freitag kommen die Stücke per Spedition nach Hamburg.«

Richard zog sie noch enger an sich. »Fünf Tage für zwei neue Aufträge?«

»Hm.«

Ich habe mich geschämt, als Albert meine Lüge so schnell geschluckt hat. Museen besichtigen, habe ich gesagt, Kollegen aus meiner Lehrzeit treffen. Selbst die Tatsache, dass ich den völlig überraschten alten Meister Plamper zu einem quälend langweiligen Kaffee getroffen habe (»Und sonst so? Bei Ihnen alles in Ordnung?« – »Ja, klar. Und bei dir?«), macht die Lüge nicht einfacher. Albert hat mir sogar vorgeschlagen, die Geschäftsreise um das Wochenende zu verlängern. »Berlin tut dir gut, ich hör's an deiner Stimme.«

Richard streichelte sanft über ihren Oberschenkel, seine Lippen fanden ihren Mund, und sie verdrängte ihr Unwohlsein. *Ach. Sex als Seelentröster? Ich komme mir vor wie in einem Film, in dem die Heldin eine gespaltene Persönlichkeit besitzt. Wer ist die Fremde, die sich in Sekundenschnelle von Alberts Ehefrau in Richards Geliebte verwandelt? Die Frau, die ihren Geliebten nächtelang durch die Restaurants und Nachtclubs von Berlin schleift, als hätte irgendjemand die ewigen Ferien ausgerufen. Es ist, als ob ich ein anderes Programm eingeschaltet hätte.*

Sie erwiderte seine Küsse und flüsterte ihm ins Ohr: »Liegt es an der legendären Berliner Luft, dass ich immer ausgeschlafen bin, egal, wie spät wir ins Bett gehen?«

»Das ist ein purer Hormonschub. Mediziner behaupten, dass diese Euphorie nach drei Monaten zu Ende ist.«

Warum müssen Männer eigentlich immer so sachlich sein? Was hat der Hormonschub mit meiner Leidenschaft zu tun? Sonja pikte ihn leicht mit dem Zeigefinger in die Seite: »Das ist unser Vorteil: Bis wir die drei Monate voll haben, liegen nach unserer interkontinentalen Zeitrechnung noch ein paar Jahre vor uns.«

Irgendwann löste sich Richard aus ihrer Umarmung. »Ich gehe jetzt duschen und mich anziehen. Dunkles Jackett oder Lederjacke?«

»Dunkles Jackett. Definitiv.«

Als sie gerade aufbrechen wollten, klingelte ihr Handy. Sonja sah auf das Display. »Es ist Albert.« Erleichtert verfolgte sie, wie Richard in Jeans und Hemd schlüpfte, ihr zuwinkte und das Zimmer verließ.

Regelrechte Routine haben wir schon. Als Caroline heute

morgen anrief, bin ich duschen gegangen. Leise natürlich. Mit einem Geliebten entkommt man dem Alltag? Blödsinn: Eine Affäre hat ihren ganz eigenen Alltag.

»Hallo, wie geht's euch beiden?«, fragte sie jetzt in das Handy und freute sich, Linas Kinderstimme zu hören. »Mami, bringst du mir was mit?«

Sonja lächelte. »Natürlich, mein Schatz. Ich habe schon etwas in meinem Koffer.« Sie hatte im KaDeWe ein Bastelset mit hübschen Perlen zum Selbstauffädeln gekauft. »Warst du heute schwimmen?«

»Ja.«

»War es schön?«

»Ja.«

Sonja wartete. Aber Lina, die sonst immer viel vom Schwimmverein zu erzählen hatte, blieb still.

»Nanu, Entchen, bist du müde?«

»Ja.«

Lina gab Albert den Hörer. Sonja spürte den scharfen Stich ihres schlechten Gewissens zwischen den Schulterblättern. Albert erzählte, dass Lina kein Abendbrot hatte essen wollen.

»Vielleicht ist sie einfach nach dem Schwimmen nur müde«, beruhigte Sonja ihn – und sich.

Lina will nicht essen? Höchst ungewöhnlich. »Kinder sind keine Automaten«, sagte sie tröstend.

Alberts Stimme klang angespannt: »Ich weiß, Sonja. Aber sie ist auch so blass. Hoffentlich hat sie sich nichts eingefangen, in der Schule grassiert gerade die Grippe.«

Sonja seufzte. *Schwimmen, Grippe, Abendbrot – zu Hause hat sich nichts verändert.*

»Und bei dir?«

Sie gab sich einen Ruck und legte einen munteren Ton in ihre Antwort: »Alles bestens, ich gehe nachher mit Andreas Schimmel essen, einem Lehrer aus der Berufsschule.« Nervös bewegte sie die Schultern.

»Dann wünsche ich dir viel Spaß! Bis morgen, wir vermissen dich. Kuss!«

Sie verabschiedeten sich. *Ich hasse diese Lügen. Trotzdem werden Lügen, solange ich mich mit Richard treffe, dazugehören wie Schatten.*

Als sie das Gespräch beendet hatte, blieben ihr nur noch wenige Minuten. Schnell lief sie ins Bad und schminkte sich. Sie steckte die Haare hoch, trug Lippenstift auf und schlüpfte in ihre schwarzen Seidenstrümpfe. Dann befreite sie das Kleid aus seiner knisternden Hülle. *Ob es mir wirklich steht? Und ob es Richard gefällt?* Seit Jahren war sie nicht mehr so aufgeregt wegen eines Kleides gewesen. Wenn sie mit Albert ausging, trug sie meist ihren dunklen Hosenanzug und eine Bluse. *Aber jetzt und hier ...*

»Aschenputtel, beruhige dich«, sagte sie laut und fummelte nervös am Reißverschluss. »Die Tür ist offen«, rief sie, als sie Richard klopfen hörte.

»Tata!« Sie stellte sich in die Mitte des Zimmers und streckte die Arme wie ein Akrobat nach einem gelungenen Kunststück aus.

Richard applaudierte. »Du siehst fantastisch aus!« Sein Blick zerstreute ihre letzten Zweifel.

Dich wundert nicht, dass ich mir so ein Kleid gekauft habe. Wenn Albert mich so sähe, hätte er wahrscheinlich die Vermutung, dass irgendein körperfressender Vamp seine praktische Arbeitsklamotten-Frau verschlungen hat. Aber für dich, Richard, für dich kann ich neu sein. Ich finde mich selbst schön, weil du mich schön findest.

»Du siehst aber auch toll aus.« Anerkennend klopfte sie auf seinen dunklen Jackettrücken.

»Na dann, Cinderella! Der Ball wartet!«

Sonja steckte noch schnell ihr Handy in das Abendtäschchen, und dann fuhren sie mit dem Aufzug nach unten.

Vor dem Hotel winkte ihnen ein Page ein Taxi heran.

»Wohin fahren wir?«, wollte Richard wissen, als sie einstiegen.

Sonja grinste übermütig. »Ins Paradies.«

»Gute Adresse!«

Nach zwanzig Minuten hielt der Wagen in einer kleinen Seitenstraße.

Sonja nahm Richards Hand. »Mach die Augen zu – und lass dich überraschen.«

Er gehorchte. *Diesen Moment werde ich nie in meinem Leben vergessen. Wie er sich an meiner Hand mit geschlossenen Augen durch die Straßen von Berlin führen lässt. So abenteuerlustig war ich noch nie in meinem Leben.* Und zum zweiten Mal an diesen Tag fragte sich Sonja: *Bin das wirklich ich?*

Auf der anderen Straßenseite klopfte sie gegen ein großes Ladenfenster.

»Darf ich jetzt gucken?«

»Nein, warte noch einen Moment.«

Sie lächelte den Mann an, der die Tür öffnete, führte Richard vorsichtig in das Geschäft, in dem leise italienische Popmusik zu hören war, und drückte ihn auf einen Stuhl. »Jetzt«, flüsterte Sonja. »Mach die Augen auf.«

Sie sah, wie er die Augen zusammenkniff, denn er musste sich erst an das Dämmerlicht gewöhnen. Wie gut, dass ihr Andreas Schimmel eingefallen war, und wie wahnsinnig nett von ihm, dass er sich so spontan bereit erklärt hatte, seinen rustikalen Weinladen eigens für sie am Abend zu öffnen. Stolz und froh über die gelungene Überraschung beobachtete sie, wie Richard sich umsah. Die hohen Wände waren mit elfenbeinfarbenen Kacheln aus der vorletzten Jahrhundertwende bedeckt. Regale mit Weinflaschen säumten die Wände, und Kisten mit Weinflaschen standen in Stapeln im ganzen Raum verteilt, der von zwei großen Kandelabern erhellt wurde. Auf dem einfachen Holztisch, an dem er saß, spendete eine dicke weiße Kerze zusätzliches Licht. Über einem aus zwei Fässern und einem Brett improvisierten Tresen hing das Geschäftsschild »Kerner«. *Eine Szenerie wie aus einer amerikanischen Liebeskomödie, in der ein romantisches Dinner in Little Italy stattfindet. Wie schade, dass ich Billie davon nicht erzählen kann.*

Sonja nahm seine Hand: »Richard, ich möchte dir Andreas Schimmel vorstellen.« Sie zeigte erst auf den älteren Mann mit der schwarzen Hornbrille, dann auf ihren Begleiter, der sich jetzt erhoben hatte. »Andreas Schimmel – Richard Andersen. In seinem ersten Leben war Andreas Berufsschullehrer. Meiner.«

Der Besitzer des Weinladens verbeugte sich. Die Männer schüttelten einander die Hände. Schimmel erklärte: »Irgendwann habe ich mich einfach entschlossen, aus meinem Hobby, dem Wein, einen Beruf zu machen, was wesentlich angenehmer ist als das im wahrsten Sinne des Wortes trockene Schulleben.«

Er entkorkte eine Flasche, goss etwas Wein in ein Glas, schwenkte die schimmernde Flüssigkeit, probierte, nickte und füllte zwei Gläser, die er Sonja und Richard reichte. Sie stießen an.

Richard sagte: »Ich hatte keine Ahnung, dass man in Deutschland mitten in der Nacht Wein kaufen kann.«

Schimmel erwiderte: »Was mich angeht, habe ich normalerweise um diese Zeit geschlossen. Aber was tut man nicht alles für liebe Gäste?«

Er verschwand in den hinteren Bereich des Ladens und kam mit einem Brotkorb und einem Käseteller wieder.

»Sonja, ich bin dann im Büro. Auf dem Tresen sind ein paar Flaschen vorbereitet. Wenn Ihr etwas braucht, sagt einfach Bescheid. Da hinten sind noch andere CDs.«

Er verschwand. Sonja strahlte Richard an. »Schön, oder?« Er nickte: »Eine grandiose Überraschung. Eine wunderschöne Idee für unseren letzten Abend.«

Sonja prostete ihm zu und sagte: »Als ich das Kleid heute Nachmittag gefunden habe, sind mir Andreas und sein hübscher

Laden eingefallen. Außerdem: Du wolltest doch Deutschland erleben. Da darf deutscher Wein natürlich nicht fehlen. Wie dieser Riesling hier. In einem Weinführer habe ich einmal den Satz gelesen: Der Riesling ist eine sehr edle Traube, doch leider zurzeit nicht sehr *en vogue!*«

»*En vogue* oder nicht, er schmeckt!« Richard hob sein Glas.

Irgendwann verstummte die Musik, und Richard fand bei den CDs eine von Frank Sinatra. Sie sangen die Lieder mit und halfen einander lachend bei Textunsicherheiten aus. Als »Fly me to the moon« erklang, stand Richard auf und verbeugte sich vor ihr.

Tanzen hier? Warum nicht? Noch ein Moment zum Nichtvergessen. Du fühlst dich so gut an. Mein Kopf an deiner Schulter. Wieso denke ich jetzt an den missglückten Tanzkurs, den ich mit Albert vor drei Jahren absolviert habe? Wir sind uns dauernd ins Gehege gekommen. Der Herr führt, die Dame folgt. Wie oft hat unser Tanzlehrer das vorgebetet. Und immer habe ich geführt, und Albert hat sich verzählt. Aber, Richard! Er führt mich sicher zwischen all den Weinkisten und Kerzenständern. Und er sieht so glücklich aus.

»War die Reise nach Berlin für dich erfolgreich?«, fragte sie, als Sinatra mit »I'll never smile again« ein langsameres Tempo anschlug.

»Durchaus, ich habe einen Vertrag mit einem Prager Jazz-Ensemble abgeschlossen. Wenn du willst, schicke ich dir die CD, der Solist, Antonin Koucera, spielt Akkordeon, eine wüste Mischung aus Salsa und Blues. Könnte dir gefallen.«

»Salsa und Blues. Wer hört denn so was?«

»Das weiß ich auch noch nicht. Trotzdem glaube ich daran. Ich freue mich schon auf die Arbeit, diese Gruppe bei uns bekannt zu machen.«

»Aber nach Deutschland kommst du nicht mehr so schnell, oder?«

»Nein.«

Sie verstummten. Sonja spürte, wie Richard sie an sich zog, und gab sich ganz der Musik hin.

I'll never smile again/Until I'll smile with you …

Die CD war zu Ende. Richard führte sie wieder zurück an den Tisch. Sie saßen im Kerzenschein wie auf einer kleinen Insel. Sonja lehnte den Kopf an seine Schulter. *Und wenn es nun mehr als eine Affäre ist? Wenn … ja, wenn WAS?* Es war still geworden. Ab und zu fuhr ein Auto auf der Straße draußen vorbei. Dann sprachen beide gleichzeitig.

»Ich könnte hier stundenlang mit dir sitzen.«

»Gut, dass mein Flugzeug erst morgen Mittag geht, da können wir noch in Ruhe zusammen frühstücken.«

»Im Bett?«

»Im Bett.«

»Du wirst mir fehlen, Sonja.«

Eine Affäre hat ihren eigenen Alltag. In einer Affäre gibt es kein Versprechen auf morgen. Kein »Wenn die Kinder groß sind«. Kein »nach Omas Geburtstag«. In einer Affäre gibt es nur die Gegenwart. Berauschend, momentan. Und unerbittlich.

Er vergrub das Gesicht in ihren Händen. Als er wieder aufsah, lag Entschlossenheit in seinem Blick. »Dass wir uns getroffen haben, muss doch etwas bedeuten. Du, Berlin, Deutschland. Du zeigst mir eine Welt, die ich schon immer kennenlernen wollte. Meine neue alte Welt.«

Sie drückte seine Hand. Er spielte mit ihren Fingern und fuhr fort: »Sollen wir von nun an immer Sehnsucht nacheinander haben? Darauf warten, dass ich einen Grund finde, nach Deutschland zu kommen? Das ist mir zu wenig. Ich will jeden Tag mit dir aufwachen. Du gibst mir das Gefühl, dass ich noch einmal anfangen darf.«

»Und Caroline?«

Richard winkte ab. »Caroline wird damit fertig. Sie wird mit allem fertig. Sie ist viel stärker als ich. Ich hasse die Vorstellung, sie verletzen zu müssen. Aber noch viel mehr hasse ich die Vorstellung, jeden Tag an dich zu denken und zu wissen, dass du Tausende von Kilometern von mir entfernt bist. Wenn du mich wirklich willst, Sonja, wenn wir uns wirklich wollen, können wir es schaffen.«

Er fasste sie bei den Schultern und sah ihr in die Augen. Eine Kerze im Kandelaber verglomm und schickte einen hellen Rauchkringel in die Luft.

Sonjas Handy klingelte.

Widerstrebend entzog sie sich ihm und griff in ihre Handtasche. *Albert, jetzt? Da muss etwas geschehen sein.* Besorgt hielt sie das Telefon ans Ohr. »Hallo?«

Alberts Stimme klang fremd und verängstigt. »Sonja! Lina ist im Krankenhaus.«

Sie hatte ein Gefühl, als hätte ihr jemand in den Magen geboxt. Ihr blieb die Luft weg. Schließlich presste sie heraus: »Was ist denn geschehen?«

Albert sprach schnell und undeutlich. »Sie hatte plötzlich solche Leibschmerzen, da habe ich sie ins Krankenhaus gefahren. Die haben sie gleich in den OP gebracht. Wahrscheinlich ein Blinddarmdurchbruch.«

Sonja dachte nicht lange nach. Sie rief: »Ich komme sofort!«

»Aber sie lassen sowieso keinen zu ihr.« Sie hörte die Angst in seiner Stimme. »Sonja, was soll ich denn nur tun?« Plötzlich wurde sie ganz ruhig. »Du bleibst im Krankenhaus bei Lina. Ich komme, so schnell ich kann.«

»Sonja? Ich habe doch nichts falsch gemacht, oder?«

»So ein Unsinn, Albert.« *Aber ich. Ich habe vergessen, wer ich bin. Nämlich deine Frau und Linas Mutter. Ich hätte da sein müssen.* Hastig schob sie diese Gedanken weg.

»Sonja?«

»Ja, Albert.«

»Sonja, ich liebe dich.«

»Ich dich auch.« Erst als sie auflegte, brach sie in Tränen aus.

»Was ist los?« Richard sah sie erschrocken an.

Sie erzählte ihm, was geschehen war. »Ich muss sofort los.« Nervös sprang sie auf. Doch Richard drückte sie zurück auf ihren Stuhl.

»Beruhige dich erst einmal. Warte hier.«

Beruhigen? Wenn mein Kind vielleicht stirbt?

Sie sah, wie Richard in Andreas Schimmels Büro eilte und bald mit einem Tablett zurückkehrte, auf dem ein gefülltes Schnapsglas stand. »Der Kaffee kommt gleich.« Er drückte Sonja das Glas in die kalten Hände. »Das trinkst du jetzt. Dann organisieren wir deine Rückreise.«

Sonja hörte nur mit halbem Ohr zu. »Blinddarmdurchbruch! Das kann tödlich sein, oder? Meine arme Kleine, und ich bin nicht da.«

Ihr Gesicht war rot und fleckig, die Tränen ließen die Wimperntusche in schwarzen Bächlein die Wangen hinunterlaufen.

Richards Stimme klang beruhigend und sanft, als er sagte: »Kinder werden nun mal krank. Alle Menschen werden krank.«

Ich kann gar nichts denken. Gerade am Telefon mit Albert wusste ich doch noch genau, was zu tun ist. Aber jetzt … Wenn Lina nun …

Sie fühlte, wie Richard ihr das Handy aus der Hand nahm, und hörte, wie er nach Rücksprache mit Schimmel einige kurze Gespräche führte. Dabei machte er sich Notizen auf einer Papierserviette. Schimmel brachte ein Tablett, auf dem eine Kaffeekanne und drei Tassen standen. Richard goss Sonja Kaffee ein und zwang sie, eine ganze Tasse der heißen, bitteren Flüssigkeit zu trinken. Dann blickte er auf die Uhr, es war halb zwei.

»Der erste Zug nach Hamburg geht um kurz nach sechs.«

Sonja sah ihn mit Panik in den Augen an. »Das geht nicht! Das ist viel zu spät. Ich muss sofort los!«

Sie stand hektisch auf. »Ich kann mir doch einen Mietwagen nehmen.«

Richard drückte sie sanft wieder zurück auf den Stuhl.

»Unmöglich, Sonja. Du hast zu viel getrunken. Ich übrigens auch. Außerdem hat um diese Zeit keine Autovermietung offen.« Er sah nachdenklich vor sich hin. Dann erhellten sich seine Züge. »Ich weiß, was wir machen.« Er stand auf und nahm ihre Hand. »Komm.«

Sonja stand auf. »Was hast du vor?«

»Wir nehmen ein Taxi.«

»Ein Taxi?« Sonja musterte ihn verständnislos. Sie begann wieder zu weinen.

Richard nahm sie in die Arme. »Komm jetzt.«

Als sie auf die Straße traten, fragte Sonja: »Und wenn sie stirbt?«

Richard schwieg. Vorsichtig strich er ihr eine Strähne aus der verschwitzten Stirn. »Sie wird nicht sterben.«

Wenn du nur recht behältst.

Sie fuhren ins Hotel, wo Richard ihr half zu packen, nachdem sie bloß konfus durchs Zimmer gestolpert war. Gemeinsam mit dem verschlafenen Nachtportier bestellte er ein Taxi, dessen Chauffeur bereit war, sie noch in dieser Stunde nach Hamburg zu bringen.

»Du willst mitkommen?« Sonja starrte ihn fassungslos an. »Das geht doch nicht. Deine Rückreise …«

»Ich lass dich jetzt nicht allein«, wischte er Sonjas Einwände und Fragen vom Tisch.

So saßen sie wenig später in einem leicht verraucht riechenden Wagen und fuhren durch die Dunkelheit auf die Autobahn Richtung Hamburg. Der Fahrer war ein schweigsamer Berliner, der nach einer kurzen Verhandlung mit Richard losfuhr und selbst während der kurzen Pause auf einem Rasthof kein Wort sagte.

Erst hatte Richard Sonjas Hand gehalten, aber diese Berührung fühlte sich anders an als am Tag vorher, und so verschränkte sie die Arme vor der Brust und steckte die Hände unter die Achselhöhlen. Müde, mit vom Weinen verquollenen Augen starrte sie aus dem Fenster, ohne die vorbeifliegende Landschaft wahrzunehmen. Mit der rechten Hand hielt sie ihr Handy wie einen Rettungsanker umklammert. Albert hatte ihr versprochen, sofort anzurufen, wenn Lina aus der Narkose erwachte.

Im Morgengrauen fuhren sie über die Elbbrücken nach Hamburg hinein. Als Richard diesmal ihre Hand nahm, entzog sie sie ihm nicht. Sie lehnte sich nach vorne und instruierte den Fahrer, wie er nach Eppendorf fahren musste, wo das Krankenhaus war.

Sie hielten vor der Klinik, und Sonja riss ungeduldig die Tür auf. »Warte!« Richard bedeutete dem Fahrer, er werde Sonjas Gepäck selbst aus dem Kofferraum nehmen. Der Augenblick des Abschieds war gekommen. Sonja liefen Tränen die Wangen hinunter.

»Richard, vielen, vielen Dank … ich … ich …« Sie verstummte hilflos.

Er nahm sie sanft in die Arme. »Sonja, weine nicht. Sie wird bestimmt gesund.«

»Ich weiß. Richard …«

»Ja, mein Liebling.«

»Du rufst mich an oder schickst mir eine E-Mail, okay?«

»Okay.«

»Richard?«

»Wegen gestern Abend. Deine Frage …«

Er schob sie sanft in Richtung Tor. Sie sah ihn kaum hinter dem Schleier von Tränen.

Noch einmal nahm er ihre Hand. *Ach, Richard.* Dann riss sie sich los und rannte die Einfahrt hoch. Als sie sich vor der Eingangstür umdrehte, war das Taxi mit Richard verschwunden.

12. Kapitel

Hamburg, Juli 2004

»Sind Sie allein?«
»Ist das nicht jeder?«
Chinatown, 1974

Die Sohlen von Sonjas Sandalen klatschten auf dem Linoleumboden. Sie öffnete eine Glastür und sah Albert am Ende des Korridors auf einem Plastikstuhl hocken. Sein Kopf lehnte an der schmutzig gelben Tapete, seine langen Beine in der verknitterten Anzughose waren weit vom Körper gestreckt. Er schlief. Sonja setzte ihr Gepäck ab und betrachtete ihren Mann. Eine Welle von Zärtlichkeit und schlechtem Gewissen überflutete sie. *Wie bleich sein Gesicht ist, rechts und links vom Mund haben sich tiefe Falten in die unrasierten Wangen gegraben.* Seine Locken hingen wirr in die Stirn.

Leise setzte sie sich neben ihn und griff nach seiner Hand, die auf dem Oberschenkel ruhte.

»Albert.«

Er zuckte, öffnete langsam die Augen und entspannte sich sichtbar, als er Sonja sah. »Du bist da.«

Sie umarmten einander schweigend und lange.

»Wo ist Lina?«

Albert führte sie zu einer grau-grün gestrichenen Tür in der Mitte des Korridors. Durch ein Fenster konnte Sonja in das Innere des Zimmers sehen.

Lina lag in einem großen, weiß bezogenen Bett. Sie sah erschreckend winzig aus, ihr Gesicht war eingefallen, unter ihren geschlossenen Augen schimmerten bläuliche Schatten, und ein

Plastikschlauch führte von einer Flasche an dem Gestell neben ihr in ihren verbundenen Arm.

Sonja stiegen Tränen in die Augen. »Wieso hängt sie am Tropf?«

»In den ersten vierundzwanzig Stunden nach der Operation soll sie nichts zu trinken und zu essen bekommen. Deswegen wird sie über einen Venentropf ernährt.«

»Darf ich zu ihr?«

Albert schüttelte den Kopf. »Wir sollen warten, bis der Arzt mit uns gesprochen hat.«

»Ich möchte aber jetzt zu ihr.«

Albert legte ihr eine Hand auf die Schulter. »Sonja, du siehst doch, dass sie schläft und es ihr nicht schlecht geht. Der Doktor kommt sofort nach der Visite zu uns.« Er versuchte sie abzulenken. »Wollen wir einen Kaffee trinken?« Der Abglanz eines Lächelns glitt über seine Züge. »Ich habe bereits beste Beziehungen zur Schwesternküche. Warte einen Moment.« Er ließ sie allein.

Wenig später stand er mit einem Tablett vor ihr. »Zweimal Kaffee – und zwei Sandwiches haben die Schwestern auch noch beigesteuert.«

Sonja fühlte sich flau. »Ich glaube, ich kann jetzt nichts essen.«

Albert drückte ihr einen Becher Kaffee in die Hand.

»Dann trink wenigstens etwas.«

Nach einer weiteren Stunde, in deren Verlauf Sonja alle paar Momente aufsprang und durch das Fenster ihre schlafende Tochter betrachtete, erschien endlich der Arzt, der mit braun gebranntem Gesicht und einem Dreitagebart wie ein verhinderter Skilehrer aussah.

»Herr und Frau Fleming?« Er schüttelte ihnen die Hände und stellte sich vor. Dann blätterte er durch einige Papiere, die er auf einem Clipboard festgeklemmt hatte, und las halblaut:

»Lina Fleming, acht Jahre. Wir hatten Verdacht auf Perforation, also Blinddarmbruch, was sich aber nicht bestätigt hat.«

Er rieb sich mit der Hand über die Stirn. »Wir haben wirklich Glück gehabt, denn die Entzündung hätte zu einem Durchbruch führen können. Dann wären infektiöse Bakterien in den Bauchraum gelangt und hätten eventuell eine Entzündung des Bauchfells verursacht. Um es kurz zu machen: Wir haben Ihrer Tochter den Blinddarm entfernt. Dabei haben wir einen zirka sechs Zentimeter langen horizontalen Schnitt auf der rechten Bauchseite unterhalb des Nabels vorgenommen. Diesen Schnitt haben wir genäht. Bei einem unkomplizierten Operationsverlauf wie dem Ihrer Tochter können wir in rund achtundvierzig Stunden über einen langsamen Nahrungsaufbau nachdenken.«

Sonja atmete tief aus.

Albert, der, ohne es zu merken, ihre Hand umklammert hielt, stieß hervor: »Hätten wir etwas tun können, um die Entzündung zu vermeiden?«

»Nein, Herr Fleming. Die Entzündung des Blinddarms kommt in allen Altersgruppen vor, am häufigsten bei Kindern und Jugendlichen zwischen vier und fünfundzwanzig Jahren. Es kann jeden treffen. Der Blinddarm hat einen Eingang, aber keinen Ausgang, und manchmal wird der Innenraum verstopft. So etwas kommt schon mal vor – und es ist ja alles glimpflich abgelaufen.« Er unterdrückte ein Gähnen und lächelte Sonja und Albert aufmunternd zu. »In einer halben Stunde dürfte die Kleine wieder aufwachen. Lassen Sie sich bitte im Schwesternzimmer sterile Handschuhe und einen Mundschutz geben, dann können Sie zu ihr.«

Sie wird leben! Lina wird leben! Mehr konnte Sonja nicht denken.

Im Taxi nach Hamburg hatte Sonja, wie so viele Menschen in höchster Not vor ihr, verzweifelt versucht, Gott einen Handel abzutrotzen. *Wenn Lina überlebt, werde ich Richard nicht wiedersehen.*

Wenn Lina gestorben wäre … Sonja wagte nicht, den Gedanken zu Ende zu denken. *Was ist meine heimliche Sehnsucht gegen das Leben meines Kindes? Wie konnte ich nur meine Familie aufs Spiel setzen?*

Als sie ihre Reisetasche auspackte, hielt sie das Abendkleid eine Weile in der Hand.

»*Wenn du mich willst, Sonja, wenn wir uns wirklich wollen …*«

Richards Gesicht im Halbdunkel bei Kerner. Sein Lachen, unser Tanz, seine Wange an meiner. Wie unendlich lange scheint das her. Sie hängte das Kleid in die hinterste Ecke ihres Kleiderschranks. *Es muss vorbei sein …*

Noch während Lina im Krankenhaus lag, lud Hermine sie nach Kiekeby ein. »Kommt mit der Kleinen zu mir, ich päpple sie wieder auf.«

Sonja wäre bei der tröstlichen Vorstellung, unter Hermines mütterlichen Fittichen ihre wirren Gedanken zu ordnen, beinahe in Tränen ausgebrochen. Auch Albert, der sich nach Linas Genesung immer mehr in seine Arbeit vertiefte und jeden Abend erst spät nach Hause kam, hielt es für eine gute Idee, Lina ein bisschen Landluft schnuppern zu lassen.

»Sie darf sowieso noch nicht wieder zur Schule, und du könntest es auch mal ganz gut vertragen, dich von Hermine verwöhnen zu lassen. Ganz dünn bist du geworden.« Er versuchte, seinen Arm um Sonja zu legen, die sich unter dem Vorwand wegduckte, etwas vom Boden aufzuheben. *Ich kann das nicht. Noch nicht. Ich sehne mich nach Richard. Ich habe mich für Albert entschieden, aber ich brauche Zeit für diesen Abschied.* Sonja spürte, dass sie Albert verletzte, doch sie konnte ihr Verhalten nicht ändern. Seit ihrer Rückkehr aus Berlin steckte sie ihre gesamte Zeit in die Betreuung von Lina und in die Arbeit, um Richard aus ihren Gedanken zu verdrängen.

Sie lächelte Albert bemüht an und sagte: »Ich muss in zwei

Wochen noch einmal für einige Tage nach Berlin. Der Kunde, für den ich das hölzerne Karussellpferd restauriert habe, möchte mir den Rest des Karussells zeigen. Ich soll ihm einen Kostenvoranschlag machen.« *Und wenn Lina erneut krank wird?* Mutlos fügte sie hinzu: »Vielleicht sage ich auch einfach ab.«

Albert schüttelte den Kopf. »Den Teufel wirst du tun. Du fährst jetzt mit Lina nach Kiekeby, und dort erholt ihr euch in aller Ruhe. Auf so einen großen Auftrag hast du doch schon lange gewartet. Wenn du nach Berlin fährst, nehme ich mir eben die paar Tage frei, okay? Außerdem ist Hermine auch noch da!«

Er lächelte ihr ermutigend zu, aber sie erwiderte sein Lächeln nicht.

Ich vermisse Richard. Trotzdem ignoriere ich seine Mails. Hör auf, mir zu schreiben, Richard. Hör auf, mich zu fragen. Hör auf, mir auf die Mailbox zu sprechen. Hilf mir doch, dich zu vergessen. Als sie an einem strahlenden Augustmorgen mit Lina nach Norden fuhr, fühlte sie sich wie auf der Flucht.

13. Kapitel

Hamburg, August 2004

»Wissen Sie, wenn Sie Ihre Brille nicht tragen,
sehen Sie gar nicht so übel aus.«
»Wissen Sie, wenn ich meine Brille nicht trage,
Sie auch nicht.«
Enigma, 2001

Schon die ganze Woche über hatte sich Billie auf ihren freien Tag gefreut. Statt wie die meisten in der Agentur die Urlaubstage zu horten, um dann eine möglichst lange Reise in ein weit entferntes Land zu machen, nahm sich Billie alle paar Wochen einen, manchmal sogar zwei Tage frei. So verhinderte sie geschickt, dass sich ihre Batterien komplett entluden. Nach einem ausgiebigen Frühstück mit Kaffee, Zigarette und Zeitung freute sie sich auf einen Bummel durch das bunte Schanzenviertel. Wie wunderbar, einmal ungeschminkt in Jeans und T-Shirt losziehen zu können!

Zu ihrer Begeisterung fand sie problemlos einen Parkplatz und verbrachte die erste Stunde in einem der vielen Musikläden, die alte CDs und sogar Schallplatten verkauften. Das Herumstöbern und Hineinhören in die skurrilsten Alben entspannte sie mindestens so sehr wie eine teure Ayurveda-Massage. Später kaufte sie im italienischen *supermercato* frisches *pesto*, verzehrte mit Appetit beim portugiesischen Bäcker einen gegrillten Käsetoast, stöberte in den bunten Tüchern im Ägypten-Shop und nahm beim libanesischen Imbiss eine Palette klebriger Mandelkuchen mit.

Ein bärtiger Stadtstreicher streunte über den Platz und versuchte die Obdachlosenzeitung *Hinz und Kunzt* zu verkaufen, zwei russische Akkordeonspieler umkreisten die Tische, die vor einigen Kneipen standen und gut besetzt waren. Kinder spielten auf dem Gehweg Murmeln, türkische Frauen in langen Mänteln und Kopftüchern hielten ein Schwätzchen.

An diesem sonnigen Tag lag über dem kopfsteingepflasterten Viertel ein Hauch von Urlaubsstimmung. Auf den Fußwegen drängten sich Althippies, Greise, Punks, Werber in schicken Anzügen und Fernsehredakteurinnen in Miniröcken neben Frauen und Männern in Gesundheitsschuhen, speckigen Halstüchern und ausgeleierten Baumwollshirts. Ein paar gut gelaunte Punks veranstalteten auf den Stufen des alten Floratheaters, der Roten Flora, ein Bierpicknick. Billie liebte diesen Stadtteil, dieses Hamburger Soho, voller Widersprüche und mit ebenso vielen hübschen wie hässlichen Ecken.

»Hier kann ich in Trödelläden auf Spurensuche gehen und den neusten Food-Trend verfolgen«, formulierte sie gern im Werberdeutsch.

Sonja lachte dann immer. »Verfolg du ruhig die neusten Food-Trends, ich hol mir in der Zeit erst mal ein portugiesisches Törtchen.«

Schade, dass Sonja nicht hier ist. Aber ich werde ihr etwas mitbringen. Im Blumenladen in der Susannenstraße kaufte sie einen Arm voll frischen Flieder.

So bepackt schlenderte sie wieder zurück zu ihrem Auto und fuhr nach Hause. Jetzt brauchte sie erst einmal einen Cappuccino und eine Zigarette. Während sie in einem kleinen Topf Milch erhitzte, streifte sie sich die Turnschuhe von den Füßen. Das rote Lämpchen an ihrem Anrufbeantworter blinkte. Sie knabberte an dem klebrigen Kuchen, füllte eine Tasse mit heißem Espresso und löffelte den Milchschaum auf die Flüssigkeit. Vorsichtig setzte sie die Tasse auf den Küchentisch. Sie steckte sich eine Zigarette an und hörte den Anrufbeantworter ab.

Eine sachliche Frauenstimme ertönte: »Guten Tag, Frau

Grimm, hier Praxis Doktor Schilling. Wir haben jetzt die Ergebnisse Ihres Bluttests. Bitte setzen Sie sich mit uns in Verbindung.«

Ein Schreck durchfuhr Billie. Nach ihrem Schwindelanfall in der Sauna, der sich unangenehmerweise noch einige Male wiederholt hatte, war sie vor zwei Tagen endlich zu ihrem Internisten gegangen. Doktor Schilling betreute sie seit Jahren. Nervös hatte sie den Arzt mit der Schilderung ihrer immer häufiger auftretenden Schwächeanfälle konfrontiert. Der hörte sich ihre Geschichte in Ruhe an, horchte sie ab, machte eine Ultraschalluntersuchung und maß ihren Blutdruck.

»Auf den ersten Blick machen Sie mir den Eindruck einer gesunden jungen Frau«, lautete seine beruhigende Diagnose.

»Warum ist mir dann dauernd schwindlig?«

»Nun, das werden wir herausfinden. Wir fangen erst mal mit einem großen Blutbild an. Danach sehen wir weiter.«

Hat Schilling etwas gefunden? In Billies Kopf machte sich eine schwarze Leere breit. Sie fühlte, wie sich ihr die Kehle zuzog. Hastig wählte sie die Nummer des Internisten.

»Praxis Doktor Schilling.«

»Hier ist Billie Grimm. Sie hatten mich angerufen.« Ihre Stimme brach. Schnell hüstelte sie.

»Ach, ja?«

»Es ging um die Ergebnisse meines Bluttests.«

Nach kurzem Schweigen ertönte die Stimme der Sprechstundenhilfe wieder. »Einen Moment, Frau Grimm, ich verbinde Sie mit dem Doktor.«

Bilde ich mir das nur ein, oder klingt ihre Stimme auf einmal freundlicher? Billies Herz pochte gegen ihre Rippen.

»Schilling, guten Tag, Frau Grimm.«

»Guten Tag. Sie haben die Ergebnisse der Blutuntersuchung?«

»Ja, Frau Grimm. Sie brauchen sich akut keine allzu großen Sorgen zu machen. Ich möchte Sie aber bitten, in den nächsten Tagen einmal bei mir vorbeizukommen.«

»Natürlich, gerne. Können Sie mir nicht jetzt schon sagen, worum es geht?«

Der Arzt klang unbehaglich. »Ich habe bisher erst eine Vermutung. Machen Sie bitte mit der Sprechstundenhilfe einen Termin aus?«

Eine Vermutung? Was heißt hier Vermutung? Ist der Typ Wahrsager, und seine Glaskugel zeigt heute Wolken? Ärzte dürfen keine Vermutungen haben. Ärzte müssen WISSEN!

Sie bekam einen Termin für den nächsten Donnerstag. Mit einem Seufzer legte sie den Hörer auf. Einen Moment starrte sie vor sich hin. Merkwürdig, wie sehr man das Leben liebte, wenn es gefährdet schien. *Ich wünschte, Sonja wäre hier. Oder Hermine.* Plötzlich bemerkte sie, dass ihr Tränen über die Wangen liefen, und ließ sich auf einen Stuhl fallen. Die Geräusche, die sie beim Weinen machte, klangen in der stillen Wohnung viel zu laut.

Nach einer Weile hatte sie sich wieder in der Gewalt.

Sie brauchen sich akut keine allzu großen Sorgen zu machen.

Sie beschloss, die Worte des Arztes ernst zu nehmen. Über dem Küchenausguss wusch sie sich das Gesicht mit kaltem Wasser. Aufatmend trocknete sie sich ab und spulte den Anrufbeantworter weiter.

»Schade, dass du nicht da bist. Du genießt wahrscheinlich deinen freien Tag. Kannst du mir aus dem Schanzenviertel Blumen mitbringen? Es ist traurig, in eine Wohnung zu kommen, in der keine frischen Blumen stehen.«

Es war Sonja, und Billie fühlte, wie ihr erneut ein Schluchzen in die Kehle stieg.

Vor einer Woche hatte Alberts Urlaub begonnen, und er war Sonja und Lina aufs Land gefolgt. Während seiner Abwesenheit kümmerte sich Billie wie immer um die Wohnung. Wenn sie beim Blumengießen die Familienfotos betrachtete, die in allen Räumen hingen, dachte sie an das spitznasige, blasse Kind, als das Lina aus dem Krankenhaus gekommen war. Aber auch

Sonja war schmal geworden und wirkte auf Billie nervös und erschöpft. Heute wollte sie nach Hamburg zurückfahren, um in ein paar Tagen Entwürfe und Kalkulationen für einen großen Auftrag fertigzustellen.

Sonjas Stimme tröstete Billie. Sie griff erneut nach ihren Zigaretten. *Gut, dass ich so viel Flieder gekauft habe. Ich wünschte, es hätte den Streit in der Sauna nie gegeben.* Ihre Freundschaft war seitdem wie angehalten. Zögernd hatten beide Frauen einige ihrer gemeinsamen Rituale – ab und an ein Essen, ein gemeinsamer Spaziergang – wieder aufgenommen, aber eine unsichtbare Wand blieb zwischen ihnen. Billie wusste, dass sie selbst Schuld an der Distanz trug. *Ich bringe es einfach nicht über mich, Sonja von meinen Schwächeanfällen und den Angstattacken zu erzählen. Wie soll sie mir schon helfen? Vielleicht ist ja alles nur psychosomatisch, und ich bin nichts weiter als eine der Midlife-Crisis entgegentaumelnde Hysterikerin?* Zum ersten Mal erschien ihre beste Freundin ihr nicht als die richtige Gesprächspartnerin. *Ich fühle mich schon beim Gedanken an Sonjas Energie so schlaff wie eine leere Leberwurstpelle.* Sie schnitt den Flieder an und teilte ihn in zwei gleich große Büschel.

Flieder … nie würde sie den Tag vergessen, an dem sie zum ersten Mal Sonjas Elternhaus in Kiekeby besuchte hatte. Es war so warm gewesen wie heute, die Hitze des norddeutschen Landsommers, dessen Wind immer ein wenig Kühle bringt. Sie, Sonja und Hermine waren durch die grünen Felder gegangen und hatten einen Knick voller Fliederbüsche entdeckt. Sechs alte, miteinander verästelte und zu einer Pflanze verwachsene Fliederbäumchen schäumten vor lila und weißen Blüten. Bienen summten geschäftig, vom Waldrand am Ende des Feldes klang ein Kuckucksruf herüber.

Ich habe Sonja in diesem Moment so sehr beneidet. Um alles. Um diese fraglose Zugehörigkeit zu einem Landstrich, um die Wärme und Vertrautheit zwischen ihr und ihrer Mutter.

Welcher Unterschied zu Billies eigener Familie. Das Credo ihres Vaters war: »Wozu viele Worte machen?« Über die Geschichte ihrer Eltern wusste sie nur, dass ihre Mutter als Säugling vom elterlichen Gut in Ostpreußen in den Westen Deutschlands gekommen war.

Billie setzte sich nachdenklich an den Küchentisch und steckte sich eine Zigarette an. *Wieso weiß ich eigentlich so wenig von meiner Familie?*

Ihre Großmutter war auf der Flucht gestorben, mit Nachbarn hatte ihre Mutter als kleines Mädchen den Rhein erreicht, wo sie in Waisenhäusern aufwuchs. Billies Vater kam aus Berlin und war als Jugendlicher von seiner Familie kurz vor dem Mauerbau zu Verwandten in den Westteil der Stadt gebracht worden. Auch er wurde in einem Heim groß, seine Eltern sah er nie wieder. Als er auf der Suche nach Arbeit im Straßenbau in den sechziger Jahren im Ruhrgebiet herumvagabundierte, lernte er seine Frau in einem Gasthof kennen, wo sie den Schankraum putzte. Zwei Kinder ohne Heimat, die aneinander einen Halt gefunden hatten, der sie heute nur noch einengte.

»Wie war das, als du dich in Papa verliebt hast?«, hatte Billie als Kind gefragt.

Ihre Mutter hatte nur geantwortet: »Dann haben wir eben geheiratet.«

Billies älterer Bruder war als Kind an einer Lungenentzündung gestorben. Noch heute brach ihre Mutter in Tränen aus, wenn die Rede auf ihn kam, und ihr Vater stand dann stundenlang am Fenster und starrte auf das Betonviereck hinter dem Haus.

Mit zwölf Jahren hatte Billie in der untersten Schublade des Schlafzimmerschranks ihrer Eltern einen Pappkarton mit Dokumenten und alten Fotos gefunden. Ein großer Bauernhof war auf den Bildern zu sehen gewesen, Menschen in altmodischen Kleidern auf einem Heuwagen, und auf einem lachte ein Mann mit schwarzen Locken von einem großen dunklen

Pferd in die Kamera. Noch heute sah sie dieses Bild vor sich, selbst jetzt, als sie in ihrer Hamburger Küche saß, hatte sie das Foto mit dem schönen Pferd und dem schönen Mann so klar vor Augen, als ob sie es gerade gesehen hätte. Sie erinnerte sich auch an den großen Schreck, der auf das Betrachten des Fotos gefolgt war.

»Was machst du da?«, erklang plötzlich die zornige Stimme ihrer Mutter hinter ihr.

Erschrocken versuchte Billie, die Fotos zurück in den Karton zu legen. Dabei fiel das Bild mit dem Reiter auf den Boden.

Mit einem Aufschrei stürzte sich ihre Mutter auf das Bild. »Kann ich denn nicht eine einzige Kleinigkeit für mich haben?«

Billie hatte verzagt gefragt: »Wer ist das denn?«

Ihre Mutter sank auf das Bett und starrte sie mit wilden Augen an. »Das hat man mir im Waisenhaus gegeben, es war bei den wenigen Sachen aus dem Flüchtlingstreck dabei. Ich glaube, dass es meinen Vater zeigt. Aber ich weiß es nicht. Ich habe ihn ja nicht gekannt. Ich habe einfach keine Erinnerung.« Sie begann zu weinen.

Noch heute fühlte Billie die Starre der Angst, die sie damals befallen hatte, und sie fröstelte.

Damals war sie aus dem Zimmer geflohen und durch die Siedlung gelaufen, bis es dunkel wurde. Sie hatte niemals mit ihrer Mutter über den Vorfall gesprochen, und als sie das nächste Mal im Schlafzimmerschrank stöberte, war der Karton verschwunden.

Danach hatte sie nachts oft an den Mann auf dem Pferd gedacht und sich gewünscht, mit ihm über Wiesen und Felder zu galoppieren. In ihren Träumen setzte sie der Reiter vor sich auf den Sattel, sie spürte seine Arme um ihren Körper, wenn das Tier sich in Bewegung setzte. Keine Beziehung zu einem Mann gab ihr später jemals dieses warme Gefühl der Zugehörigkeit, das sie in ihren Träumen spürte. Manchmal, besonders wenn sie in Kiekeby war, ahnte sie etwas von dieser Traumwärme, und eine tiefe Sehnsucht erfüllte sie. Vielleicht liebte sie Sonja deswegen so sehr: Weil sie ein Stück von Kiekeby in sich trug. *Auf das ich heimlich immer wieder neidisch bin.*

Sie trank ihren Kaffee aus, stellte die Hälfte des Flieders in eine gelbe Keramikvase und wickelte die restlichen Zweige wieder in das Papier. Im Badezimmer puderte sie sich schnell das Gesicht und fuhr mit einem Kamm durch ihre Haare, schlüpfte aus den Jeans und zog ein kurzes rotes Leinenkleid an. Dann nahm sie den Flieder, packte Handtasche und Autoschlüssel und fuhr zu Sonja.

Auf ihr Klingeln öffnete niemand, ihre Freundin war also noch auf der Autobahn. Billie rannte die Treppen bis in den dritten Stock hinauf und schloss die Tür auf. Im Flurspiegel erhaschte sie ihr Spiegelbild: gerötete Wangen, schon wieder verwuschelte Locken und klare Augen.

»Sie brauchen sich akut keine allzu großen Sorgen zu machen, Frau Grimm!«, teilte sie ihrem Spiegelbild mit und ging in die Küche. Dort arrangierte sie den Flieder und brachte ihn ins Wohnzimmer.

Das Telefon in der Küche klingelte. Billie lief über den langen Flur. Vielleicht war es Sonja, die im Stau stand. Als sie abhob und sich mit »Bei Fleming« meldete, hörte sie ihre eigene Stimme in der Leitung widerhallen. Es gab eine kurze Verzögerung, dann sagte eine Männerstimme mit leichtem amerikanischem Akzent: »Hallo?«

»Hier ist der Anschluss Fleming, Grimm am Apparat.«

Der Mann schwieg. Die Leitung sirrte.

»Hallo, womit kann ich Ihnen helfen?«, fragte Billie.

Nach einer Pause sagte der Mann. »Entschuldigen Sie bitte, ich glaube, ich habe die falsche Nummer gewählt.«

Kopfschüttelnd legte Billie auf. Sie sah, dass Sonjas Grünpflanzen auf der Fensterbank die Blätter hängen ließen, obwohl sie sie erst gestern gegossen hatte. In einer Imitation von Bette

Midler, die sich in *Freundinnen* um die von Barbara Hershey in der gemeinsamen Wohnung zurückgelassenen Pflanzen kümmert, flötete sie: »Lasst euch doch nicht so hängen, Mädels. Mir fehlt sie auch!« In der Küche entdeckte sie die große Gießkanne aus Zink und füllte sie. Als sie die volle Kanne mit der unpraktisch langen Tülle über den Korridor schleppte, klingelte es an der Tür. *Hat Sonja etwa keinen Schlüssel dabei?* Sie öffnete die Tür mit einer Hand, aber die schwere Kanne in ihrer Linken geriet aus dem Gleichgewicht und – schwupp – goss einen großen Strahl kalten Wassers über zwei dunkle Herrenschuhe.

»Jesusmaria!«

Erschrocken starrte sie den Besitzer der Schuhe an, der sich aufschreiend mit einem Satz nach hinten vor der Kanne in Sicherheit gebracht hatte.

»Oh, tut mir leid.«

Der Begossene lächelte skeptisch. Er hatte dichte, dunkle Locken, die ihm bis auf die Schulter fielen, eine große, schmale Nase in einem gut geschnittenen Gesicht, volle Lippen, ein markantes Kinngrübchen und fast schwarze Augen.

»Das ist wohl die sprichwörtliche deutsche Gastfreundschaft?« Er schüttelte seine tropfenden Schuhe ab. Seine Stimme war tief, und er sprach mit deutlich slawischem Akzent.

»Was möchten Sie denn?«, fragte Billie und stellte endlich die Kanne ab.

»Ich möchte zu Frau Fleming.«

»Und wer sind Sie?«

»Entschuldigung. Ich bin Antonin Koucera aus Prag.«

Billie wurde ungeduldig. »Was wollen Sie von Frau Fleming?«

Wenn er so überrascht guckt, sieht er aber sehr sympathisch aus.

»Ach, Sie sind gar nicht Frau Fleming.«

Billie hob die Augenbrauen. *Das klingt ja wie aus dem Prager Marionettentheater.* Sie imitierte seinen Tonfall: »Nein, ich bin gar nicht Frau Fleming.« Dann sagte sie wieder ernst: »Also, worum geht es?«

Antonin Koucera begann die Unterhaltung sichtlich Spaß zu machen. »Das ist eine lange Geschichte. Aber wollen Sie mich etwa stehen lassen, hier draußen in ...«, er wies mit großer Geste auf seine durchweichten Schuhe und suchte nach dem richtigen Wort, »in diesem Gewässer?«

Das wird ja immer schöner. Nur weil ich ihn versehentlich etwas nass gemacht habe, kann der doch nicht so einfach in Sonjas Wohnung spazieren.

»Hören Sie, ich bin gerne bereit, für Ihre Schuhe aufzukommen, aber ich habe nicht den ganzen Tag Zeit. Ich schlage Ihnen vor, dass Sie mir jetzt sagen, was Sie von Frau Fleming wollen, dann kümmern Sie sich um neue Schuhe, und ich gebe Ihnen meine Karte, damit Sie mir die Rechnung schicken können.«

Wieder lächelte der Unbekannte. Er legte den Kopf schief und sagte: »Das sind aber meine Lieblingsschuhe. Sonst habe ich nur noch Turnschuhe mit. Sie wollen mich doch nicht barfuß auf die Straße schicken?«

Seine Augen zogen sie in seinen Bann. Billie versuchte, sich zu erinnern, wann sie zuletzt einem derart anziehenden Mann begegnet war. Er war schlank und sah in seinem blütenweißen Hemd und der gut sitzenden Jeans sehr gepflegt aus.

Jetzt zog er eine große lederne Reisetasche und einen Instrumentenkoffer, der offensichtlich ein Akkordeon beinhaltete, vom Treppenabsatz hoch, wuchtete beides auf die Türschwelle und sagte mit einem Lächeln, das Billies Knie weich werden ließ: »Meine Schuhe brauchen eine Trockenzeit. Ich brauche für heute Nacht ein Quartier, und ich bin der Freund eines Freundes von Frau Fleming.«

Billie seufzte.

14. Kapitel

Hamburg-Eimsbüttel, etwas später

»Ihr Spiegel hat einen Sprung.«
»Ja, ich weiß. Es passt zu mir,
weil er mich so zeigt, wie ich mich fühle.«
Das Apartment, 1960

Als Sonja eine Stunde später ihre Wohnung betrat, stolperte sie über ein Paar Herrenschuhe, die mit Zeitungspapier ausgestopft waren. Aus der Küche drangen Gelächter, der Duft von Kaffee und Zigaretten und der Klang eines Akkordeons. *Was ist denn hier los? Wohnungsbesetzung? Und wer raucht hier? Billie?*

Sie rief laut: »Billie?« In einer Mischung aus Neugier, Ärger und Sorge folgte sie den Geräuschen. »Billie?« Aber sie erhielt keine Antwort.

Stattdessen hörte sie eine Männerstimme mit starkem Akzent sagen: »Damals in Paris, da gab es an der Endstation der Metro ein ganz dunkles, wie ausgestorbenes Viertel, und keiner konnte glauben, dass da auch nur ein Mäuslein lebte. Aber dann war da eine Tür in einem Hinterhof, da musste man klopfen in einem geheimen Rhythmus – tacktack-tackatacktacka –, und dann wurde die Tür geöffnet, und – olé – da gab es eine heimliche Kneipe mit Musik, und der Wein floss über die Tische ... und da habe ich gespielt ...« Die Melodie glitt in einen Tango über.

Sonja hörte Billie lachen. »Und das soll ich Ihnen alles glauben?«

Als sie die Küche betrat, sagte der Mann gerade: »Ist nicht alles eine Glaubensfrage? Das meiste erleben wir doch nur, um es später an einem Kneipen- oder Küchentisch zu erzählen.« Dann sah er Sonja und sprang auf. »Guten Abend!«

Sie musterte den Fremden, der eilig sein Akkordeon abnahm. Aus welcher Operette war denn dieser Csardas-Fürst mit seinen dunklen Locken entsprungen? Rat suchend sah sie Billie an, die ihren Stuhl zurückschob, aufstand und ihr um den Hals fiel.

»Da bist du endlich. Gut siehst du aus. Ich hoffe, es ist dir recht, ich habe Tonda, also Antonin, einfach hereinlassen müssen, nachdem ich ihn versehentlich begossen hatte.«

Verwirrt erwiderte Sonja Billies Umarmung, ohne den Mann aus den Augen zu lassen. Sie fühlte sich überrumpelt und unbehaglich. »Moment, Moment! Wer ist denn … Antonin, und warum hast du ihn begossen?«

Der Fremde streckte unbefangen eine Hand aus und zauberte dabei ein derart strahlendes Lachen auf sein Gesicht, dass Sonja sie wie ferngesteuert ergriff und viel herzlicher schüttelte, als sie vorgehabt hatte.

»Guten Abend!« Dann sagte er in seinem drolligen Akzent: »Frau Sonja, ich bin Antonin Koucera aus Prag, ich soll Ihnen liebe Grüße bestellen von Richard Andersen. Und ich möchte bei Ihnen wohnen. Erst einmal für eine Nacht. Warum allerdings mich ihre reizende Freundin mit der Gießkanne angegriffen hat, das weiß ich nicht!«

Prag? Richard? Übernachtung? Gießkanne? Und wie – er will bei uns wohnen? Bevor Sonja einen klaren Gedanken fassen oder gar genauer nachfragen konnte, läutete das Telefon. »Einen Moment!« Sie nahm ab und machte Billie und dem Tschechen Zeichen, sich wieder zu setzen. »Fleming?«

»Sonja!«

Es war Richard.

Ihre Beine begannen zu zittern, ihr Herz klopfte wie verrückt. Schnell ging sie mit dem Telefon auf den Flur hinaus.

»Sonja! Warum meldest du dich nicht bei mir? Warum erreiche ich immer nur deine Mailbox?«

»Ich war auf dem Land. Bei meiner Mutter. Ich habe das Handy ausgeschaltet.«

»Wie geht es Lina?«

»Wieder sehr gut. Sie ist noch auf dem Land.«

»Warum beantwortest du meine E-Mails nicht?«

Sie schwieg.

»Sonja?«

Mit Mühe fand sie ihre Stimme wieder, die in ihren eigenen Ohren ganz fremd klang. »Richard. Ich … ich kann einfach nicht. Bitte ruf mich nicht mehr an.«

»Leg bitte nicht wieder auf, Sonja. Ich muss noch etwas anderes mit dir besprechen. Es geht um einen Bekannten von mir, der sich bei dir melden wird.«

Sonja hörte den Klang des Akkordeons aus der Küche und Antonins warmen Tenor. Abgelenkt durch das neue Thema, fand sie ihren Humor wieder. »Wenn es sich um Antonin aus Prag handelt, dann ist er schon da.«

»Wieso das denn? Er wollte doch erst … o nein, diese blöde Zeitverschiebung. Ich dachte, er käme erst morgen an.«

Während sich Sonjas Pulsschlag etwas beruhigte, erklärte er ihr, dass Antonin das tschechische Ensemble leitete, das er entdeckt hatte und in die Staaten holen wollte.

Sonja presste den Hörer ans Ohr. *Es ist so schön, Richards Stimme zu hören.* »Was will Antonin denn in Hamburg?«

»Du weißt vielleicht, dass in Hamburg zurzeit das Hanseport-Jazz-Festival läuft?«

»Ja, ich habe auf der Fahrt in die Stadt die Plakate gesehen.«

»Antonin spielt dort ein Soloprogramm. Natürlich hat das Festival alles organisiert, Hotel, Anreise und so weiter, aber er macht Probleme. Er lehnt Hotels schlicht und einfach ab.«

Sonja glaubte, sich verhört zu haben. »Wie bitte?«

»Er hasst anonyme Hotels. Bekommt angeblich Atemnot oder Ausschlag oder beides, was weiß ich. Dabei war eigentlich alles schon in trockenen Tüchern. Anfang der Woche hat mich dann der Veranstalter angerufen und um Hilfe gebeten. Natürlich hätte der auch eine Unterkunft für Antonin gefunden, aber der Kerl hatte Sonderwünsche. Es ging ihm nicht nur um ein Privatquartier. Er wollte bei Freunden wohnen.«

»Bei Freunden?«

»Na, du kennst doch den Spruch: Dein Freund ist auch mein Freund. Vielleicht noch ein Überbleibsel aus diktatorischen Sozialismuszeiten. Vielleicht befürchtet er immer noch, in Hotels überwacht und bespitzelt zu werden.«

»Das klingt allerdings reichlich überspannt.«

»Für mich ist diese Sache sehr wichtig. Über das Hanseport-Festival berichtet die internationale Presse.«

»Wie soll ich das meinem Mann erklären?«

Richards Stimme bekam einen gepressten Ton. »Du sagst einfach, dass wir uns in Berlin kennengelernt haben. Das ist schließlich keine Lüge.«

Es entstand ein Schweigen. Aus der Küche erklang eine fröhliche Melodie. In der Leitung hallte ihr Schweigen. *Was denkt sich Richard eigentlich? Quartiert mir nichts, dir nichts irgend so einen Musikus bei mir ein. Andererseits: Ist ein Long-Distance-Exgeliebter nicht auch eine Art Freund? Freunde helfen einander, und mit diesem Hotelphobiker hat der arme Richard definitiv ein Problem.*

Sonja rang mit sich. Schließlich sagte sie: »Na gut, er kann bleiben.«

Richard war die Erleichterung selbst durch das Telefon anzumerken.

»Ich bin dir sehr dankbar. Du wirst sehen, er ist zwar ein schwieriger Zeitgenosse, jedoch ungeheuer nett.«

»Das muss er aber auch sein.«

Wieder dieses Schweigen. Das hallige Schweigen in der Leitung.

Schließlich sagte Richard: »Und was ist mit uns, Sonja?«

Was soll mit uns sein? Was für ein Uns meinst du, Richard? Das Telefon-Uns, das über spontane Logisbesuche verhandelt? Das Uns, das in Berlin nicht aus dem Bett gekommen ist? Oder das Uns, das das Schicksal in jener Nacht im Kerner vor einer Entscheidung bewahrt hat?

»Sonja?«, drang Richards Stimme wieder an ihr Ohr. »Sag mir doch, was ist mit uns?«

Hilflos antwortete sie: »Ich weiß es nicht, Richard. Ich habe eine Familie.«

»Die habe ich auch.«

»Ja, aber du scheinst mit einer Affäre weniger Probleme zu haben als ich.«

»Wir haben eine Affäre?«

Ich weiß es nicht. Ich habe, bis ich dich kennenlernte, ja nicht einmal gewusst, wie es sich anfühlt, eine Affäre zu haben. Hätte ich dich vor Albert getroffen, hätte ich gesagt, dass ich verliebt in dich bin. Dass wir abwarten müssen, was sich daraus entwickelt. Dass der Sex großartig ist und die Gespräche gut sind. Dass ich Vertrautheit und Nähe bei dir spüre. Aber die Tatsache, dass ich dir begegnet bin, als ich bereits mit Albert verheiratet war, macht alles, was uns verbindet, zur Affäre. Zu etwas Kleinem, Hässlichem. Etwas, das nur schön ist, solange es zwischen uns bleibt. Sie sagte: »Entschuldige, ich wollte nicht zynisch klingen.«

»Das tust du aber.«

»Das tut mir leid. Ich kann nun mal nicht so leben wie du.«

»Wie lebe ich denn?«

»Mit einer Ehefrau und einer wenn auch ziemlich weit entfernten Geliebten.«

»Wenn du willst, trenne ich mich von Caroline.«

Sonja schloss die Augen. »Richard, ich muss jetzt aufhören.« Sie kämpfte mit den Tränen. Aus der Küche drang der melancholische Klang des Akkordeons. Der Hörer lag zentnerschwer in ihrer Hand.

Sie legte auf. Im Badezimmer ließ sie eiskaltes Wasser auf einen Waschlappen laufen, wusch sich die Tränen von den brennenden Wangen und presste das Gesicht in ein sauberes, kühles Handtuch.

Richard, Albert und ich – wie soll ich in dieses Chaos je wieder die Ordnung bringen, die einmal mein Leben war?

Als sie sich wieder gefangen hatte, ging sie in die Küche und begrüßte Antonin offiziell als »Gast des Hauses«. Wiederum zeigte er keinerlei Verlegenheit, und als sie ihm in den Abstellraum führte, den sie und Albert etwas beschönigend als »Gästezimmer« bezeichneten, ließ er mit großer Selbstverständlichkeit seine Tasche auf das Ausziehsofa fallen, räumte ein paar Spielzeugkisten zur Seite und behauptete, sich wohlzufühlen. Tatsächlich war etwas an seiner Art, wie er lachte und sich in der Wohnung bewegte, als kenne er sie schon lange, das Sonja entspannte und an Berliner Wohngemeinschaftstage erinnerte. Sie tranken Kaffee, und als sie Hunger bekamen, durchforstete Tonda Kühlschrank und Speisekammer und schlug vor, ein Gratin aus Zwiebeln, Karotten, Kartoffeln und einem letzten Käserest zu machen. Während sie gemeinsam das Gemüse putzten, erzählte Antonin Anekdoten aus seinem Musikerleben. Sonja und Billie mussten über seinen Kampf mit der deutschen Sprache und seinen verdrehten Humor immer wieder lachen. Irgendwann stand Billie neben Sonja, legte den Arm um die Hüfte ihrer Freundin und drückte sie an sich.

»Alles gut?«

Sonja erwiderte die Umarmung und wischte sich eine Lachträne aus dem Augenwinkel. »Alles gut.«

Vielleicht würden sie irgendwann einmal über alles sprechen, vielleicht aber auch nicht. Das war jetzt nicht wichtig. *Wir sind Freundinnen, und das zählt.*

Das improvisierte Essen war köstlich, und der trockene italienische Landwein, den Antonin nach einer kurzen Prüfung der Bestände ausgewählt hatte, passte hervorragend dazu.

Als Billie Antonin aufforderte, noch einmal Akkordeon zu spielen, ließ er sich nicht lange bitten.

15. Kapitel

Kiekeby, August 2004

»Der erste Mann, der eine überzeugende Erklärung dafür liefert, wie er seine Frau und eine andere gleichzeitig lieben kann, wird diesen Preis gewinnen, den sie immer in Schweden vergeben.«

Die Frauen, 1939

Hermine Hansen rieb sich mit dem Handrücken den Schweiß von der Stirn. Sie kniff die Augen gegen das Sonnenlicht zusammen und blickte über die Koppel, wo das geschnittene Heu lag. Wenn das Wetter hielt, könnte es morgen eingebracht werden. Der alte Klaasen würde ihr dabei helfen.

Hermine musste lächeln, als sie an ihren Nachbarn dachte.

Wann war Klaasen eigentlich jung gewesen? Ich kenne ihn nur fast zahnlos, säbelbeinig und mit flusigem Grauhaar. Es ist wohl wirklich so, wie man immer sagt: Die längste Zeit im Leben ist man alt.

Ohne Klaasen hätte sie nicht überlebt. Damals, als Ernst plötzlich starb und sich die Trauer wie eine dunkle Wolke über ihr Leben gesenkt hatte. Tagelang hatte sie es kaum geschafft, sich überhaupt anzuziehen. Als die Beerdigung vorbei war, Anne und Sonja wieder zu ihren Familien und die Nachbarn in ihre eigenen Leben zurückgekehrt waren, war sie allein geblieben. Unfähig, sich zu bewegen. Zu essen, zu arbeiten. Aber nach zwei Tagen war Klaasen unaufgefordert auf dem Hof erschienen und hatte sie herausgeklingelt.

»Wir wollen doch den Hof nicht verlottern lassen, was, Frau Hansen?«, hatte er gemurmelt, ihr eine Harke in die Hand gedrückt und sie aus ihrer bedrückten Lethargie gerissen.

An jenem Tag hatte Hermine den Kies im Hof geharkt, sie hatten zusammen das Unkraut gejätet und am Ende des Nachmittags zufrieden und erschöpft ihr Werk betrachtet. Danach schlief sie zum ersten Mal seit Ernsts Todestag tief und traumlos die ganze Nacht durch.

Nach jenem Tag hatte sich Hermine entschieden weiterzuleben. *Ich kann mich noch genau an den nächsten Morgen erinnern …* Sie hatte die Pferde gefüttert und abwesend dem beruhigenden Mahlen der Kiefer gelauscht. Dabei war sie mit sich ins Gericht gegangen: *Reiß dich zusammen, Hermine. Er ist tot. Er kommt nicht wieder. Warum nur ist es so schwer, etwas zu begreifen, was man sein ganzes Leben weiß? Einer von uns beiden würde als Erster gehen. Nach über dreißig gemeinsamen Jahren musst du jetzt dein Leben ohne Ernst planen, ohne seine Ratschläge, ohne sein Interesse. Im nächsten Jahr gehst du in Rente. Ein neuer Lebensabschnitt liegt vor dir. LEBENS-Abschnitt. Nicht nur die letzte Station vor dem Tod!*

Sie hatte den Tierarzt Ernst Hansen kurz nach dem Abitur bei einem Kreisturnier getroffen. Auf dem Turnier lahmte ihre Schimmelstute Schneewittchen plötzlich, und als Hermine sie vor der Dressurprüfung ratlos im Viereck herumführte, stand mit einem Mal Ernst vor ihr und kümmerte sich um das Pferd. Mit seiner sanften und humorvollen Art eroberte er Hermines Herz, obwohl er fast sechzehn Jahre älter war als sie. Sie verlobten sich nur ein halbes Jahr später. Hermine studierte in Kiel, und sie sahen sich fast jedes Wochenende, denn Ernst war in die Praxis seines Vaters in Schleswig eingestiegen, um sie später zu übernehmen. Sobald Hermine ihr Studium beendet hatte, heirateten sie. Nach der Hochzeit hatten sie bei einem Wochenendausflug den Hof in Kiekeby gesehen und sich in das Anwesen verliebt. Der alte Bauer, der dort ganz allein lebte, war regelrecht erleichtert, als sie es ihm abkauften.

Das waren die schönsten Jahre meines Leben, dachte Hermine. *Ernst eröffnete seine Praxis, ich arbeitete als Lehrerin an der Grundschule von Kiekeby, die es damals noch gab. Sonja und Anne kamen zur Welt. Das Pflegen des vernachlässigten Gemüsegartens machte viel Spaß, das Pflanzen der Fliederbüsche, das Anlegen von Staudenbeeten und der Bau des windgeschützten Platzes mit der Steinbank, auf der wir später so oft abends Wein getrunken haben. Im Sommer spielten die Mädchen auf dem Rasen, und Ernst baute ihnen hinter der Rosenhecke einen Sandkasten. Die alten Obstbäume trugen jährlich eine reiche Ernte, es gab Erdbeeren, eine Himbeerhecke, Johannisbeerbäumchen und Stachelbeersträucher. Wir haben uns so sehr auf das gemeinsame Alter gefreut. »Wir werden im Sommer auf der Feierabendbank vor dem Haus sitzen und im Winter am Kamin. Wir werden endlich wieder in Ruhe Opern hören und schöne Ausritte machen können«, so hatte sich Ernst unsere Zukunft ausgemalt.*

An diese Worte hatte sie voller Bitterkeit an jenem Morgen im Stall gedacht. *Ernst, was wird nun aus deinen, aus unseren Plänen? Ich bin zu jung, um auf der Feierabendbank zu sitzen. Allein. Ich will nach der Pensionierung nicht auf die Besuche meiner Töchter und Enkel warten oder jeden Tag einsam die Landstraße entlangspazieren.*

»Ich bin noch nicht tot«, hatte sie Ernsts Wallach in die aufmerksam gespitzten Ohren geflüstert. Dann war da plötzlich eine Idee in ihrem Kopf gewesen.

Warum das Land, das den Hof umgibt und das an einige Bauern aus der Umgebung verpachtet ist, nicht selbst nutzen? An diesem Morgen im Stall, in der friedlichen Stille, die ab und zu von einem Schnauben der Pferde unterbrochen wurde, wusste sie auf einmal, was sie tun würde.

Sie hatte sich immer schon einen Reitplatz gewünscht und mit Ernst noch kurz vor seinem Tod über ihren Wunsch gesprochen, mehr Pferde zu besitzen.

Er hatte darüber gelächelt. »Aber, Liebling, du hast doch schon mit zwei Pferden genug zu tun. Und nach der Arbeit in der Praxis bin ich froh, am Feierabend keine Tiere mehr sehen zu müssen.«

Während sie die weiche Schnauze des Pferdes liebkoste, das sie zutraulich anpustete, hatte Hermine an diesem Morgen die Entscheidung getroffen, einen Kinderponyhof zu eröffnen. *Von Kindern verstehe ich schließlich ebenso viel wie von Pferden.*

Nun, zwei Jahre später, legte sie die Ellenbogen auf den Koppelzaun und blickte hinüber zum Reitplatz, wo Natalie, die junge Reitlehrerin, ihren Sommerkurs gab. Sechs Shetlandponys bewegten sich in der Bahn. Auf der kleinen Tigerschecke Sandy erkannte Hermine Lina, die mit hochrotem Kopf versuchte, das Tier zum Galoppieren zu bewegen.

Hermine war zufrieden. Sie war bis unter das Dach ausgebucht, in diesem Jahr hatte sie sogar Gäste ablehnen und auf die Herbstferien vertrösten müssen. Ihr Konzept war ebenso einfach wie erfolgreich: Jedes Kind erhielt für die Aufenthaltszeit die Verantwortung für ein bestimmtes Pony. Daneben hatten die Kinder im Stall und auf dem Hof zu helfen und Aufgaben im Garten zu übernehmen. Während der Schulzeit bot Hermine für die Kinder aus der Umgebung Reitstunden an und vermietete ganzjährig einige Boxen an Pferdebesitzer aus Kiekeby.

Amüsiert beobachtete sie, wie Sandy Lina abwarf. Natalie fing das Pony ein und führte es zu seiner Reiterin zurück. Hermine konnte nicht verstehen, was sie dem Kind sagte, aber sie sah mit Befriedigung, dass ihre Enkelin nickte und sofort wieder aufstieg. Lina hatte ihr große Sorgen gemacht, als Sonja sie nach ihrer Blinddarmoperation nach Kiekeby gebracht hatte. Viel zu dünn war sie geworden, und ihre Augen hatten in dem schmalen Gesicht viel zu groß gewirkt.

Hermine seufzte. Das Kind hatte sich schnell erholt, aber Sonja gefiel ihr ganz und gar nicht. Sie wirkte nervös und fahrig. Sicherlich, Linas Krankheit war ein Schock für sie, aber

Kinder werden nun einmal krank. *Ist es wirklich nur die Sorge um Lina, die Sonja quält? Oder steckt mehr dahinter? Ob sie Probleme mit Albert hat?* Ihr Schwiegersohn, der vor einigen Tagen aus Hamburg gekommen war, erschien ihr unverändert. Ein wenig stiller als sonst vielleicht, aber schließlich verbrachte er in Kiekeby seinen Urlaub und wollte sich ausruhen.

Hermine verließ die Koppel und schlug den Feldweg zum Hof ein. Dort saß Albert am Tisch unter der großen Esche und las. Auf dem Tisch standen mehrere Gläser und eine Wasserkaraffe.

»Du siehst aus, als ob du eine kleine Stärkung gebrauchen könntest«, begrüßte er seine Schwiegermutter und goss ihr ein Glas ein.

»Die Sonne brennt ordentlich. Wie läuft es bei dir?«

»Ach, ich weiß nicht. Eigentlich ist das Manuskript, das ich lesen muss, ganz interessant. Aber ich kann mich irgendwie nicht konzentrieren. Vielleicht ist es zu heiß.«

Für einen Augenblick saßen sie beide in einträchtigem Schweigen da und sahen den Kindern zu, die ihre Ponys absattelten und auf die Weidekoppel führten.

Unvermittelt begann Albert: »Weißt du eigentlich, dass du großartig aussiehst?«

Hermine grinste. »Oh, vielen Dank. Körperliche Schönheit war schon immer mein hervorstechendstes Merkmal.«

Albert lachte schallend. »Ich hoffe, Ernst hat deinen Humor zu würdigen gewusst.«

»Ja, das hat er«, erwiderte Hermine. »Daran müsstest du dich doch noch erinnern.«

Albert nickte. »Das tue ich auch. Den Humor hat er jedenfalls an Sonja vererbt, obwohl sie äußerlich eher dir ähnelt.«

Hermine war erstaunt. Sie war immer erstaunt, wenn andere Menschen Ähnlichkeiten zwischen ihr und ihren Töchtern erwähnten. Sie selbst konnte sich weder in Anne noch in Sonja wiedererkennen.

Albert sprach weiter: »Ich habe einfach damals auf meine Mutter gehört. Sie hat Jan und mir immer geraten: ›Willst du die Tochter heiraten, sieh dir die Mutter an.‹«

»Einen Hang zu Briefkastenweisheiten traue ich Josefine eigentlich nicht zu.«

»Aber sie hat recht gehabt. Du bist großartig, und Sonja ist das Beste, was mir in meinem Leben passiert ist.«

Hermine sah ihren Schwiegersohn an. *Eigentlich sind dir in deinem Leben bisher vor allem gute Dinge geschehen. Eltern, die dich und einander liebten. Die Möglichkeit, dich weiterzubilden und eigene Interessen zu entwickeln. Eine gute Ausbildung. Ein guter Job. Sonja und Lina.*

Albert fragte unvermittelt: »Glaubst du, dass Sonja glücklich ist?«

Also doch! Solche Fragen stellt man nur, wenn das Glück gefährdet ist. Glückliche Menschen fragen nicht nach dem Glück.

»Ach, Albert, warum sollte sie nicht glücklich sein? Lina ist wieder gesund, sie hat Spaß an ihrer Arbeit und einen netten Ehemann an ihrer Seite, der seinen Urlaub opfert, um sein Kind bei der buckligen Oma zu besuchen.« Als Albert die Stirn runzelte, setzte sie hinzu: »Was ist schon Glück?«

»Weich mir nicht aus.«

Sie lachte leise auf. »Ich spiele mich jetzt einfach mal als alte, erfahrene Frau auf, mein lieber Schwiegersohn.« Albert nickte amüsiert und zustimmend. Hermine hob den Zeigefinger. »Ehen sind keine Kurzstrecken, sondern ein Marathon. Da gibt es schon mal Zeiten, in denen es nicht so rund läuft. Eigentlich müsstest du das langsam wissen.«

»Ich verstehe, was du meinst. Aber hast du nicht auch bemerkt, dass Sonja irgendwie verändert ist in letzter Zeit?«, insistierte Albert.

»Sicher. Glaubst du nicht, dass sie sich einfach nur Sorgen um Lina gemacht hat? Das ist doch das Drama jeder berufstätigen Mutter auch heute noch: Sie hat immer das Gefühl, zu wenig für ihr Kind da zu sein. Wenn dann etwas passiert, fühlt sie sich sofort schuldig.«

Albert ließ sich nicht abspeisen. »Es ist mehr als das. Ich war auch erschrocken und hatte Angst. Doch Lina geht es jetzt wieder gut, und Sonja ist immer noch völlig durch den Wind.«

»Hast du mit ihr schon darüber gesprochen?«

»Nein. Sie ist ziemlich abweisend, um nicht zu sagen kühl zu mir. Anfangs dachte ich, dass ich irgendeinen Fehler gemacht hätte. Du weißt schon, irgendetwas, das Frauen ärgert. Einen bestimmten Tag vergessen, eine Besorgung nicht erledigt, so in der Art.«

Hermine nickte. »Ja, ja, ich weiß, was du meinst. Ernst hatte alles im Kopf, was mit der Qualifizierung von deutschen Springreitern zu tun hatte, aber sich Geburtstage oder Jubiläen zu merken war ein großes Problem.« Sie lehnte sich zurück und zitierte: »Wie heißt es so schön? ›Die Frau hat eine Welt – die Liebe. Der Mann hat eine Liebe – die Welt.‹ Eigentlich hatte ich gehofft, dass eure Generation so etwas besser im Griff hat. Schließlich gibt es doch Computer und elektronische Kalender, die euch mit einem Piepsen an den Hochzeitstag erinnern.«

Albert ging auf ihren Scherz nicht ein. »Den weiß ich sogar auswendig. Darum geht es leider auch nicht. Vielmehr habe ich das Gefühl, dass Sonja etwas vor mir verheimlicht. Anfang des Jahres war sie so strahlend und vergnügt, und wir hatten so viel Spaß miteinander, aber seit Linas Krankheit hat sie sich verändert. Sie ist völlig in sich gekehrt, ganz fremd. Als ich sie vor zwei Tagen, als sie nach Hamburg zurückgefahren ist, gefragt habe, ob alles in Ordnung sei, hat sie nur genickt und mit gereiztem Unterton gesagt, alles sei bestens, sie habe nur den Kopf so voll. Was soll ich denn damit anfangen?« Er schwieg eine Weile. Dann blickte er Hermine ins Gesicht und fragte: »Glaubst du, dass dieser merkwürdige Tscheche etwas damit zu tun hat?«

Sonja hatte Hermine von Antonin am Telefon erzählt, und sie hatten gemeinsam über seinen überfallartigen Logierbesuch und seine Hotelphobie gelacht.

»Das kann ich mir eigentlich nicht vorstellen. Jemanden in seinem Haus, seiner Wohnung aufzunehmen ist für sie nicht ungewöhnlich. Ernst war sehr aktiv in unserer Kirchengemeinde, deshalb haben wir immer wieder Gäste bei uns gehabt, Leute, die mit ihrem Kirchenchor bei uns auftraten, irgendwelche Pilger, sogar Asylsuchende. Sonja hat als Kind auch oft heimatlose Tiere mit nach Hause geschleppt, einmal den dicken Kater von Klaasens, der dann ein paar Tage bei uns auf Mäusejagd ging, bevor Klaasen ihn wieder mitgenommen hat.« Hermine kicherte bei der Erinnerung. »Einmal wohnte sogar ein Zirkuskind bei uns, das für ein paar Tage in Sonjas Klasse ging. Ich glaube, dieser Antonin fällt eher in die Kategorie zugelaufener Kater statt Hausfreund.«

Albert nickte. »Außerdem scheint sich Billie in ihn verliebt zu haben. Aber dieser Amerikaner, dieser Andersen, wo kommt der so plötzlich her?«

Hermine runzelte die Stirn. *Das habe ich mich auch schon gefragt. Der passt so gar nicht in Sonjas überschaubaren Freundes- und Bekanntenkreis.*

Dennoch sagte sie leichthin: »Albert, Sonja ist immer für Überraschungen gut. Was meinst du, wie verdutzt wir waren, als sie in Berlin ausgerechnet Billie zu ihrer besten Freundin erkoren hat. Heute ist das kaum noch vorstellbar, aber damals war Billie alles, was Sonja nicht war. Großstadterfahren, ein Nachtgewächs, topmodisch. Als sie uns zum ersten Mal mit unserer Tochter besuchte, trug sie einen roten Seidenoverall und grüne Stilettos! Für uns war sie eine Neuauflage des Zirkuskindes, das Sonja bei uns einquartiert hatte.« *Ich erzähle dir besser nicht, lieber Schwiegersohn, dass deine Frau damals geplant hatte, das Zirkuskind gegen sich und damit die Kiekebyer Heimeligkeit gegen ein ungebundenes Leben als Zirkuskind einzutauschen. Ein Vorhaben, das jedoch an dem Zirkuskind gescheitert ist, das sich auf keinen Fall von seiner Familie trennen wollte.*

Laut sagte sie: »Weißt du, Albert, obwohl Sonja ihre Kleinziele – das Bühnenbild bei der Schulaufführung, das eigene Zimmer ohne Anne, den Klavierunterricht – stets konsequent und zielstrebig verfolgt hat, hadert sie im Nachhinein oft mit ihren Entscheidungen und ist nicht immer glücklich mit dem, was sie sich zuvor so sehr gewünscht hat.« Sie ahmte Sonjas Tonfall nach: »Wieso habe ich Klavier spielen wollen? Gitarre wäre doch vielleicht besser gewesen!« Albert lachte. Hermine war froh, dass es ihr gelang, das Ganze ins Komische zu ziehen. Sie fuhr fort: »Darunter hat die Familie immer schon gelitten. Ernst ist Sonja damals ordentlich auf die Nerven gegangen, als sie sich im Nachhinein plötzlich unsicher war, ob ihre Ausbildung in Berlin wirklich richtig gewesen war. Dabei hatte sie damals so sehr darum gekämpft. Aber weißt du, womit sie ihrem Vater dann in den Ohren lag?« Wieder ahmte sie ihre Tochter nach: »Warum bin ich nicht nach Florenz gegangen?«

Albert fiel ein: »Das kommt mir vertraut vor. Vergangenes Jahr hat sie plötzlich gemeint, dass wir statt mitten in die Stadt auch an die Elbe hätten ziehen können.«

Hermine grinste. »Na, siehst du. Du und ich lieben Sonja, deswegen dürfen wir auch so sprechen. Ich habe das Gefühl, das ist gerade wieder ein typischer Moment, frei nach dem Motto ›Sonja hadert mit ihrem Leben‹. Sie hat immerhin ihren Job in der Rahmengalerie und damit das Fulltime-Muttersein an den Haken gehängt. Und sie hat eine eigene Werkstatt aufgemacht. Die Rahmengalerie hat sich über die Jahre als Irrtum entpuppt. Bestimmt hat sie sich schon lange nach etwas Neuem gesehnt. Das ist jetzt da – und sie muss erst noch damit klarkommen.«

Albert schenkte sich Wasser nach. »Vielleicht hast du recht, und ich bin einfach nur überempfindlich.«

»Gibst du mir auch noch einen Schluck?« Hermine hielt ihm ihr leeres Glas hin. Sie trank und streckte die Beine. »Ich bin froh, dass du deinen Humor wiedergefunden hast.« Sie legte ihre Stirn in lustige Falten: »Es gibt da allerdings etwas, das ich dir beichten muss.«

Albert nickte ihr aufmunternd zu: »Ich bin auf alles gefasst, liebe Schwiegermutter.«

Hermine grinste: »Der Kater von Klaasens ist Sonja damals nicht zugelaufen. Sie hat ihn schlicht gegen Jette ausgetauscht, Annes schlecht gelaunte Katze, die sie einmal böse gekratzt hat. Der ganze Schwindel ist aufgeflogen, als der alte Klaasen mit Jette im Korb bei uns auftauchte.«

Albert lachte jetzt ebenfalls. »Wie hast du das nur mit zwei Töchtern ausgehalten? Das muss doch die Hölle gewesen sein, als Sonja und Anne Teenager waren.«

Hermine nickte: »Ach, die Pubertät! Du wirst das mit Lina auch alles noch erleben. Dieser ständige Liebeskummer. Damals habe ich die Parole ausgegeben: ›Keine Gespräche über Männer vor dem Frühstück.‹«

Albert rieb sich das Kinn. »Warum das denn?«

»Eigentlich vor allem deswegen, um den armen Ernst nicht schon vor dem ersten Kaffee mit den Unzulänglichkeiten seiner Geschlechtsgenossen zu konfrontieren, die seine Töchter schluchzend, aber gnadenlos seziert haben.«

»Hat Sonja mit dir über diesen Amerikaner gesprochen?« Er klang wieder sehr ernst.

Hermine versuchte, den leichten Ton wiederzufinden, in dem sie scherzte: »Vor oder nach dem Frühstück?«

Albert schüttelte ein wenig unwillig den Kopf.

»Entschuldige, Albert. Ich denke nicht, dass man seine Eheprobleme mit seiner Schwiegermutter besprechen sollte. Dieser Andersen muss jedenfalls eine besondere Qualität für Sonja haben, immerhin ist es eine ziemliche Zumutung, euch zu bitten, einen gänzlich Fremden, so nett er auch sein mag, bei euch aufzunehmen.« In Gedanken fuhr sie fort: *Aber selbst wenn es zwischen diesem Amerikaner und Sonja eine Geschichte gibt – ich kann unmöglich mit dir darüber sprechen. Das geht nur Sonja und dich etwas an.* Sie rieb sich die Stirn. »Albert, ihr habt einfach mal eine etwas problematische Phase. Das kommt in allen Ehen vor.«

»Aber du und Ernst, ihr wart doch immer glücklich, oder?«

Hermine lachte. »Ja, ja, Albert. Immer und immer. Wir waren wie Dornröschen und der Prinz. Und wenn Ernst nicht gestorben wäre, lebten wir heute noch glücklich und zufrieden.«

Die Ironie in ihrer Stimme überraschte sie selbst. Für einen Moment dachte sie an die Truhe, die nach wie vor unangetastet auf der Fensterbank in ihrem Schlafzimmer stand. Ab und zu staubte Hermine sie ab, aber sie hatte sie seit Ostern nicht mehr geöffnet.

Sie legte den Kopf in den Nacken und sah einen Moment dem Spiel der Blätter im Wind zu, dann zu ihrem Schwiegersohn, der mit gerunzelter Stirn vor sich hin blickte. Ein warmes Gefühl großer Zuneigung zu ihm wallte in ihr auf. Es war ja keine Selbstverständlichkeit, einen Schwiegersohn wie Albert zu bekommen. Hermine dachte einen Moment nach und entschied sich, dass er der Erste sein sollte, der die Wahrheit erfuhr. Sie setzte sich gerade hin und begann: »Ernst und ich *waren* sehr glücklich miteinander. Aber Glück bedeutet nicht, dass man tagaus, tagein unentwegt lacht. Meine Mutter hat immer gesagt: ›Was zwischen zwei Menschen ist, kann kein Dritter beurteilen.‹ Daran ist viel Wahres. Auch zwischen Ernst und mir hat es immer wieder Probleme gegeben.«

Es ist schwer, eine Ehe zu führen. Auseinanderzugehen ist sehr schmerzhaft. Aber zusammenzubleiben ist schwieriger. Auszuhalten und zu seinem Wort zu stehen fordert mehr Kraft, als wegzulaufen und den Partner auszutauschen.

Laut sagte sie: »Manchmal habe ich mir schon diese Leichtigkeit der jungen Frauen von heute gewünscht, die ihre Partner häufig wechseln. Aber laufen sie nicht oft einfach nur vor sich selbst davon? Und nehmen ihre Probleme mit in die neue Liebe, in die, wie sagt ihr noch, ›neue Beziehung‹?«

Albert hob die Hände und machte Anstalten, sie zu unterbrechen.

»Nein, widersprich mir noch nicht, Albert. Natürlich finde ich es richtig, wenn eine Frau beispielsweise einen Mann verlässt, der sie schlägt. Aber ist es nicht sehr vermessen, im eigenen Mann, in der eigenen Frau den perfekten Menschen zu suchen, der alle Wünsche und Bedürfnisse abdeckt? Sonja geht es nicht gut. Sie hadert mit sich und lässt dich an ihrem Kummer nicht teilhaben. Aber heißt das gleich, dass damit das Ende eurer Ehe vor der Tür steht? Wir sind alle nur Menschen, und manche Dinge müssen wir ganz allein mit uns abmachen. Erst wenn der andere uns signalisiert, dass seine Probleme etwas mit uns zu tun haben, können wir uns einmischen.«

Albert legte den Kopf schief. Dann fragte er wie in einer plötzlichen Eingebung: »Hast du je daran gedacht, deinen Mann zu verlassen?«

Hermine zögerte nur einen Moment. Sie erwiderte Alberts Blick offen. »Als Ernst mich mit seiner Sprechstundenhilfe betrogen hat.«

Albert schnappte nach Luft. Das Gesicht seiner Schwiegermutter strahlte immer noch heitere Gelassenheit aus. »Hanni?«

Hermine nickte. »Hannelore. Hanni. Woher kennst du sie?«

»Lina hatte doch an Ostern dieses Foto angeschleppt. Du hattest ziemlich scharf reagiert.«

»Das hast du gut beobachtet.« Sie schüttelte wehmütig lächelnd den Kopf.

»Weiß Sonja davon?«

»Nein, Ernst und ich wollten die Mädchen nicht damit belasten.«

Albert zündete sich eine Zigarette an und blies den Rauch kerzengerade nach oben. »War das Kind auf dem Foto Hannis Kind?«

»Von dem Kind weiß ich nichts. Vielleicht war es das Kind ihrer Schwester. Ich erinnere mich vage, dass die einen Sohn hatte.«

»Warum hast du ihn nicht verlassen?«

»Wieso fragst du nicht, warum ich bei ihm geblieben bin?«

Deine Generation stellt sich das Leben zu einfach vor. So als ob es nach einer Gebrauchsanweisung funktioniert. Als gäbe es irgendwo ein Papier, auf dem die Regel steht: Wenn dein Mann dich betrügt, verlasse ihn. Und dann?

»Ich hatte zwei Kinder, zugegeben, sie waren schon recht groß. Sonja machte gerade Abitur, und Anne ging in die zehnte Klasse. Wir hatten den Hof und immer noch Schulden. Wohin hätte ich denn gehen sollen? Ich habe Kiekeby geliebt, hier war mein Zuhause.«

»Aber dein Mann hat dich betrogen.«

»Ja, das hat er getan. Er war Mitte fünfzig und in einer deftigen Lebenskrise, von der ich kaum etwas mitbekommen habe. Ich hatte damals wenig Zeit und Einfühlungsvermögen für seine Sorgen. Der neue Schulleiter machte mir Schwierigkeiten, ihm passten meine Unterrichtsmethoden nicht. Dazu kam meine Krankheit, eine Unterleibssache. Es ging mir schlecht. In Bredstedt hatte eine neue Veterinärklinik aufgemacht, und Ernst verlor Patienten. Das hat sich später wieder geändert, aber damals gab es sowohl im Beruf wie zu Hause nur Probleme. Wir redeten kaum noch miteinander, lebten nebeneinander her, und dann kam Hannelore Mertens. Anfang dreißig, lebhaft, vital, lustig, ungebunden. Eigentlich war es verwunderlich, dass es fast zwei Jahre dauerte, bis zwischen ihr und Ernst etwas geschah.«

»Hast du es herausgefunden, oder hat er es dir gebeichtet?«

»Letzteres wäre mir lieber gewesen, aber ich habe es tatsächlich selbst herausgefunden, was es noch viel schmerzhafter gemacht hat.«

»Du erzählst das so sachlich.«

»Es ist ja auch schon lange her.«

Damals bin ich nicht so ruhig gewesen. Sondern verletzt und ratlos. Ernst war zu einer Messe nach Hamburg gefahren. An jenem Wochenende machte ich in der Praxis die Abrechnung, und Hanni Mertens hatte mir dafür alles vorbereitet, wie immer. Dann tauchte jedoch eine Rechnung auf, für die ich eine Information von ihr brauchte.

Noch die Erinnerung daran, wie sie bei ihrem Anruf von einem ahnungslosen Mitbewohner erfahren hatte, dass Hannelore ebenfalls in Hamburg war, ließ ihr das Blut zu Kopf steigen. Sie hatte daraufhin in der Hamburger Pension angerufen, in der Ernst abgestiegen war. Der Rest war Schmierentheater. »Die Herrschaften sind ausgegangen«, hatte ihr die Telefonistin mitgeteilt, und Hermine war plötzlich alles klar. Ernsts viele nächtliche Touren, die häufigen Überstunden.

Als er nach Hause kam, habe ich geheult. Getobt und geschrien, das Einzige, was dem Betrogenen in dieser Situation übrig bleibt. Ernst versuchte gar nicht erst, etwas abzustreiten.

»Wie habt ihr euch wieder versöhnt?«

»Nachdem ich gesagt hatte, was ich sagen musste, haben wir angefangen zu reden. Wir haben endlich wieder so miteinander geredet wie früher. Ernst versicherte mir, er wolle mich nicht verlieren. Natürlich konnte ich das nicht sofort annehmen. Aber ich habe zugehört und verstanden, was ihn zu Hannelore Mertens hingezogen hat. Ich kannte und mochte sie ja ebenfalls. Natürlich habe ich lange gebraucht, bis ich Ernst wieder vertrauen konnte.«

Ich habe es nie vergessen und ihm auch nie wirklich verziehen. Trotzdem habe ich mich schließlich mit dem Wissen arrangiert.

»Damals habe ich ihm gesagt, dass er sich entscheiden muss. Das hat er getan. Ich weiß nicht, was er mit Hanni besprochen hat. Ich weiß nur, dass sie bald fortzog. Sie schickte uns ein paar Jahre später eine Heiratsanzeige aus Norderstedt bei Hamburg.«

»Hast du damals mit ihr gesprochen?«

»Nein, worüber auch? Vielleicht hat sie Ernst wirklich geliebt. Das hätte ich lieber nicht wissen wollen.«

Über Ernsts Gefühle für Hannelore bin ich mir nie richtig klar geworden. Aber er ist bei mir und den Mädchen geblieben. Daran habe ich mich all die Jahre festgehalten. Wir sind uns wieder nähergekommen, ganz langsam. Und ich habe in ihm wieder den Mann gefunden, in den ich mich einmal verliebt hatte. Sie seufzte.

»Besonders in den letzten Jahren vor seinem Tod haben wir uns sehr gut verstanden. Wir hatten so viel gemeinsam durchgestanden, da wäre es doch lächerlich gewesen, wegen eines Seitensprungs alles einfach hinzuwerfen. Als die Kinder aus dem Haus waren, entdeckten wir uns neu. Wir sprachen viel miteinander und, so habe ich es zumindest empfunden, verbrachten unsere Stunden in Liebe zueinander.«

Sie stellte das Glas auf den Tisch. *Kurz bevor er die Lungenentzündung bekam, von der er sich nicht mehr erholte, sind wir noch einmal zum Kanal geritten. Es war ein warmer Frühsommertag, und wir ließen die Pferde am Kanal grasen, während wir uns auf einer Bank ausruhten und die vorbeifahrenden Schiffe betrachteten. Ernst hatte den Arm um mich gelegt.*

»Das ist das Leben«, hatte er gesagt. »Die Sonne, der Frühlingshimmel, die Pferde, du und ich. So habe ich es mir immer gewünscht.«

Von diesem Moment habe ich zu ihm am Krankenhausbett gesprochen, wo ihn die vielen Maschinen fast erdrückt haben. Ich habe seine fiebrige, aufgedunsene Hand gehalten und ihm zugeflüstert: »Siehst du den blauen Himmel? Und die Schiffe auf dem Kanal? Die Sonne ist schon ganz warm, und wir sitzen auf unserer Bank. Nur du und ich …«

Hermine verschränkte die Arme vor der Brust und rieb ihre Oberarme, als wäre ihr trotz des gleißenden Sonnenlichts kalt. Dann holte sie tief Luft. Sie sah Albert an und sagte: »An dem Tag, an dem er starb, war ich bei ihm im Krankenhaus. Er konnte nicht mehr sprechen, weil er bereits künstlich beatmet wurde. Plötzlich schlug er die Augen auf und sah mich an. Er hatte so schöne Augen. In seinem Blick war so viel Liebe, so viel Verständnis, so viel Dank – da wusste ich, dass unser gemeinsames Leben richtig gewesen war.«

Ich habe seine Hand gehalten, während er in den Tod hinübergeglitten ist.

Sie spürte, wie ihre Augen feucht wurden. Albert nahm erschrocken ihre Hand. Sie erwiderte den Druck leicht und lächelte unter Tränen. »Es gibt keine Garantie im Leben, Albert. Auch nicht für die Liebe. Doch wenn man ihr über den Weg läuft, muss man sie festhalten, auch wenn es nicht immer einfach ist. Unterm Strich waren Ernst und ich füreinander der Mensch, mit dem wir leben wollten. Daran konnte auch Hannelore Mertens nichts ändern.«

Sie verstummte, und so saßen sie einen Moment still nebeneinander. Der Wind ging durch die Blätter des Baumes, irgendwo wieherte ein Pferd, Kinderstimmen waren aus der Ferne zu hören. Nach einer Weile stand Hermine auf. Sie streckte sich, stemmte die Hände in die Hüften und atmete tief durch. »Mach dir nicht zu viele Gedanken, Albert. Was auch immer Sonja gerade durchmacht, sie wird dich einbeziehen, wenn sie dich braucht. Gib ihr Zeit. Auch das ist ein Zeichen von Liebe. Und wenn ich etwas über meine Tochter weiß, dann, dass sie dich liebt.« Sie klopfte ihm aufmunternd auf die Schulter und ging über den Hof zum Haus. Als sie in der Tür noch einmal zurückblickte, sah sie, wie Albert sich eine neue Zigarette anzündete und nachdenklich den Rauch nach oben ausstieß.

Die große Stalltür sprang auf, und die Kinder tobten über den Hof. Mit langen Schritten kam Lina auf Albert zugerannt und warf sich in die Arme ihres Vaters. Hermine lächelte traurig und schloss die Tür leise hinter sich. Sie wusste, dass es jetzt nur einen Tag für sie gab. Langsam füllte sie ihre Lungen mit Luft und ging hinauf in ihr Schlafzimmer. Dorthin, wo die Truhe stand. Einen Moment verharrte sie davor, und ihre Hände spielten mit dem verschnörkelten Verschluss. Das Gespräch mit Albert hatte sie aufgewühlt. Schließlich öffnete sie die Truhe mit einem entschiedenen Ruck und lehnte den Deckel gegen die Fensterscheibe. Ganz obenauf lag das Foto. Hermine nahm es zur Hand und betrachtete es sorgfältig. Sie fühlte, wie ihr Herz stolperte und ihre Gefühle sie wieder in die Vergangenheit führten …

Im April hatte die Messe stattgefunden, zu der Ernst mit Hannelore gefahren war. Der Mai war geprägt von langen, schmerzhaften Auseinandersetzungen. An einem Abend, als die Mädchen zur Tanzstunde in Flensburg waren, war der Streit eskaliert. Mit einem Whiskyglas in der Hand stand Ernst vor dem Kamin, in dem Hermine noch einmal das Feuer angefacht hatte, da die Tage noch immer sehr kühl waren.

Als sie das Zimmer betrat, steckte er hastig einen Zettel in die Brusttasche seines Oberhemdes. Sie gab sich nicht die Mühe zu verbergen, dass sie die Bewegung gesehen hatte.

»Liebesbriefe?«

»Hermi, quäl dich doch nicht so.«

»Du quälst mich.«

Er machte eine hilflose Bewegung, zog den Zettel aus der Brusttasche und hielt ihn ihr hin.

Sie drehte sich abrupt um, ließ sich aufs Sofa fallen und starrte ins Feuer.

»Hermine.«

Sie sah nicht auf. Als sie sprach, klang ihre Stimme metallisch. »Du musst dich von ihr trennen. Willst du wirklich unsere

Ehe, unsere Familie, all das, was wir uns aufgebaut haben, aufs Spiel setzen?«

Ernst schwieg.

»Also?«

»Nein, natürlich nicht. Aber ich muss dir noch etwas sagen.«

Er warf den Zettel, den Hanni ihm am selben Tag zugesteckt hatte, ins Feuer.

»Noch was? Was denn noch?«

»Hannelore ist schwanger.«

Hermines Miene versteinerte und war mit einem Schlag kalkweiß. Sie sank im Sofa zusammen. Alle Spannung schien aus ihrem Körper gewichen zu sein.

Die Stille dehnte sich zwischen ihnen. Nur das Knacken des Holzes im Kamin war zu hören.

Ich falle. Der Boden unter mir gibt nach. Mit großer Mühe gelang es ihr, das Zittern ihrer Hände einzudämmen, indem sie sich kurzerhand daraufsetzte. Nach einer Weile hatte sie ihren Atem wieder unter Kontrolle, und Angst, Hass, Verzweiflung ließen ihre Stimme kalt und schneidend klingen.

»Bist du sicher, dass es von dir ist?«

Ernst nickte.

»Wieso hast du nicht aufgepasst?«

Er schaute bedrückt zu Boden. Draußen hatte es wieder angefangen zu regnen, der Regen schlug gegen die Scheiben, und normalerweise wäre das Kiekebyer Wohnzimmer bei solchem Wetter der gemütlichste Ort der Welt gewesen. Aber es gab keine Normalität mehr.

»Entweder du trennst dich von ihr und dem Kind, oder ich ziehe mit den Mädchen aus, und du wirst uns nie wiedersehen.« Hermines Stimme war ohne jedes Gefühl. »Du hast Zeit, es dir bis nächste Woche zu überlegen. Sie oder wir.«

»Wie soll ich das denn machen?«

Diese Worte waren fast ein Schluchzen, doch sie verhärtete

ihr Herz gegen sein Leid. »Suche ihr eine Stelle bei einem Kollegen. Ich glaube nicht, dass sie es auf einen Vaterschaftstest ankommen lässt, schließlich lebt sie in einer als Kommune verschrienen Wohngemeinschaft.«

»Hanni ist nicht so.«

»Mich interessiert es herzlich wenig, wie deine liebe Hanni ist. Mich interessiert, wie mein Ehemann ist.« Hermine stand auf. Ihr brannten ungeweinte Tränen in den Augen, sie biss die Zähne zusammen. Ein Licht lenkte ihre Aufmerksamkeit zum Fenster. Ein Paar Scheinwerferstrahlen bohrten sich durch das Dunkel, ein Auto fuhr auf den Hof. »Die Mädchen werden nach Hause gebracht. Also reiß dich bitte zusammen.« Bevor sie das Zimmer verließ, drehte sie sich noch einmal um.

»Du hättest dir keine bessere Zeit aussuchen können, mich zu demütigen. Heute Morgen hat mein Gynäkologe wegen der Myome an der Gebärmutter angerufen, die er bei der letzten Untersuchung entdeckt hat. Er schlägt eine Totaloperation vor, also eine Entfernung der Gebärmutter.«

Gerade jetzt, wo ich mich als Frau so sehr verletzt fühle, treibt dein Betrug mir ein Messer in die Wunden.

Doch in der nächsten Woche war Hannelore Mertens verschwunden gewesen. In einer Nacht voller Tränen und Küsse hatte Ernst versprochen, sie nie wiederzusehen. Er hatte Hermine ins Krankenhaus begleitet und ihre Hand gehalten. Als sie aus der Narkose erwachte, standen langstielige rote Rosen auf ihrem Nachttisch.

Es hatte einige Zeit gedauert, aber eines Morgens lachten sie beim Frühstück wieder gemeinsam, an irgendeinem Geburtstag tanzten sie wieder miteinander, Ernst zog aus dem Gästezimmer zurück ins gemeinsame Schlafzimmer, und Hermine richtete sich in der Sicherheit ihrer wiedergefundenen Liebe ein. *Bis jetzt.*

Sie sah auf das Foto, das sie während ihrer Erinnerungen unbewusst geknickt haben musste.

»Warum, Ernst? Warum? War wirklich alles Lüge, Ernst?«

Ihre Stimme klang laut in dem stillen Zimmer.

Sie glättete das Bild. Hannelore sah darauf so sympathisch aus, wie sie die junge Frau in Erinnerung hatte. Erneut spürte sie die tiefen Stiche der Eifersucht.

Ernst wirkte nachdenklich, fast melancholisch.

»Geschieht dir recht, du Lügner.«

Sie forschte in seinen Gesichtszügen. *Regelrecht zerknirscht sieht er aus. Unbehaglich und gezwungen. Wo ist das Foto eigentlich aufgenommen? Es ist jedenfalls kein Schnappschuss.*

Hermine drehte das Bild um. Fotostudio Krüger, Norderstedt. Also war Ernst zu Hanni nach Norderstedt gefahren. Wie lange das wohl so gegangen war?

Sie legte das Foto zur Seite und wandte sich der Kiste zu. Ganz oben lag Ernsts letzter Terminkalender.

Sie blätterte ihn durch. Zahnarzttermine, die Geburtstage der Kinder, Enkel und Freunde, nichts Besonderes. Doch dann fiel ihr eine kleine Notiz ins Auge: »N-Stedt«. Die Notiz kehrte in drei-, manchmal in fünfwöchigen Abständen wieder. Die letzte Eintragung war nur vier Wochen vor Ernsts Tod. Sie ließ den Kalender fallen, als wäre er glühend heiß. Hastig holte sie aus dem unteren Schrankfach ihres kleinen Schreibtischs den Stoffbeutel hervor, in dem sie ihre eigenen Taschenkalender aufbewahrte. Sie schüttelte den Inhalt aufs Bett und wühlte sich durch die kleinen Hefte, bis sie den Kalender aus Ernsts Todesjahr fand. Immer, wenn Ernst »N-Stedt« eingetragen hatte, war sie unterwegs gewesen. In Hamburg bei Sonja oder mit Annes Kindern im Schwimmbad, auf der Eislaufbahn, zum Kaffeeklatsch mit ehrenamtlichen Helfern vom Roten Kreuz, bei einem Treffen ihres ehemaligen Lehrerkollegiums und so weiter, und so fort.

Erschüttert ließ sie die Kalender sinken. Ernst hatte sie bis zuletzt belogen und betrogen. Tränen schossen ihr in die Augen, sie bekam kaum Luft. Wut und Enttäuschung erfüllten sie.

Aber war Hannelore Mertens nicht nach Kanada gegangen? War auch das eine Lüge von Ernst gewesen? Sie stand auf und wollte gerade den Truhendeckel laut zuknallen, als ihr Blick auf einen Brief fiel.

Es war ein Schreiben der Norderstedter Anstalten an Herrn Doktor Ernst Hansen, Flensburg, Postlagernd.

Sie las:

Lieber Herr Dr. Hansen, vielen Dank für Ihre großzügige Spende. Damit helfen Sie nicht nur Florian, sondern auch anderen Betroffenen. Wir freuen uns immer sehr, wenn Sie uns besuchen, und ich bin mir sicher, dass es Florian genauso geht. Er freut sich immer sehr auf Sie, und wenn wir ihm sagen: »Dein Papa kommt bald«, lacht er.

Unterzeichnet war der Brief mit dem Namen Dr. Bernhardt.

Das Kind, Ernsts und Hannelores Kind war geboren worden. Florian. Ein Sohn. Der Sohn, den Ernst so oft schmerzlich vermisst hatte. Wieder spürte sie, wie die Eifersucht mit kalten Fingern nach ihrem Herz griff. *Den ich ihm nicht schenken konnte.*

Zitternd nahm sie erneut das Foto zur Hand. Diesmal betrachtete sie den kleinen Jungen genau. Auf den ersten Blick hatte sie geglaubt, das Kind sei mitten in einer Bewegung festgehalten worden, vielleicht bei dem Versuch, der steifen Situation beim Fotografen zu entgehen. Jetzt erkannte sie, dass es nicht stimmte. Der Junge hing nach rechts auf dem Schoß seiner Mutter. Seine Augen fixierten etwas außerhalb des Bildes, sein Mund war schief verzogen, seine Hände waren nach unten abgeknickt, die Finger steif nach oben gestreckt.

Zu Tode erschrocken sank Hermine auf ihr Bett. *Ernsts Sohn ist behindert! Natürlich! Deswegen der Brief. Er lebt in einer Anstalt!* Erst nach einer Weile gelang es ihr, wieder ruhig zu atmen und sich zu fassen. *Er muss inzwischen zwanzig Jahre alt sein.* Ein erdrückendes Schuldgefühl befiel sie und fegte ihren eifersüchtigen Zorn hinweg. *Ich habe dich alleingelassen.*

Warum hast du mich nie ins Vertrauen gezogen? Wie hart und unversöhnlich muss ich auf dich gewirkt haben.

Sie seufzte tief auf. Ihre Wangen waren nass von Tränen und fühlten sich trotz der Sommerhitze wie gefroren an. Sie rubbelte sie mit ihren Fingerknöcheln warm. Dann griff sie nach dem Telefon, das auf dem Nachttisch stand. Oben auf dem Briefkopf stand die Nummer. Sie wählte.

16. Kapitel

Hamburg, 3. September 2004

»Wenn du alles haben willst,
musst du auch bereit sein, alles dafür zu geben.«
Gefährliche Brandung, 1991

Antonin polterte die Kellertreppe hinunter und wummerte gegen die Tür von Sonjas Werkstatt.

»Störe ich?«

Sonja stand vor der großen Pinnwand, die fast die gesamte Längsseite der Werkstatt einnahm, und steckte ein Bild fest.

»Nein, gar nicht. Ich wollte sowieso gerade eine Pause machen.«

Antonin trat hinter sie. Er zeigte auf die Fotos an der Pinnwand: Karussellpferde, Karussells, Baupläne und Detailaufnahmen. »Das weckt Kindheitserinnerungen. Was machst du da?«

»Ich arbeite an einem Kostenvoranschlag für die Restaurierung eines alten Karussells. Stell dir vor, ich brauche allein acht Paar Pferdeohren!«

Sie griff nach einem Buch und blättert darin. Schnell hatte sie gefunden, was sie suchte, und hielt ihm eine Seite mit der Farbaufnahme eines Karussells hin.

»So ungefähr wird es dann aussehen. Es ist ein wunderschönes altes Karussell, gebaut schätzungsweise um 1900. Genau wie dieses hier hat es zwölf Pferde, zwei Schweine, zwei Boote und zwei Kutschen. Bei meinem Karussell haben die Pferde allerdings alle Messingbeschläge und sind teilweise noch mit bunten Glassteinen verziert. Hübsch, nicht wahr?« Auf ihren Wangen erschienen kreisrunde rote Flecken. »Ich freue mich sehr auf diese Arbeit!«

Antonin blätterte in dem Buch. Er sah auf und fragte unvermittelt: »Du magst Geheimnisse, nicht wahr?«

Sonja trat von der Pinnwand zurück. Sie warf ihm einen ratlosen Blick zu. »Wie bitte?«

»So ein altes Karussell steckt doch voller Geheimnisse. Du musst herausbekommen, aus welchem Holz es geschnitzt wurde und welches Holz du für die Ausbesserungen brauchst. Du musst mit Museen oder Sammlern Kontakt aufnehmen, um Bezugsquellen für die Einzelteile aufzutun. Du musst herausfinden, was in diesen Kassetten hier oben zwischen den Girlanden gewesen ist.« Er zeigte auf einige Aufnahmen, in die Sonja mit rotem Marker Fragezeichen gemalt hatte.

Sie stemmte die Hände in die Hüften und überblickte die Bilder- und Papierflut auf Pinnwand, Hobelbank, Schemel und Boden. »So gesehen hast du recht, Tonda. Ich mag Geheimnisse.«

»Nachdem du Hand an das Karussell gelegt hast, wird es aussehen wie neu!«

»Hoffentlich nicht, ich möchte nämlich gerne die alte Ausstrahlung behalten und die Patina bewahren.«

»Wie machst du so was?«

»Eigentlich ganz einfach. Ich reinige das Holz, festige die losen Stellen und Firnisse mit Öllack, denn das Karussell soll ja wetterfest sein.«

Antonin sah auf seine gepflegten Musikerhände. »Natürlich. Ganz einfach. Für mich klingt das ungefähr so einfach wie Atomphysik.«

»Macht mir allerdings weitaus mehr Freude. Aber du bist doch nicht gekommen, um mit mir über Karussellpferde zu diskutieren?« Sie schnupperte in seine Richtung. »Irre ich mich, oder umschwebt dich der verlockende Duft von angebratenen Zwiebeln und frisch gebackenem Brot? Das wäre wunderbar, denn ich habe einen Bärenhunger!«

Und ein schlechtes Gewissen, weil du schon wieder das Mittagessen übernommen hast.

Antonin trug Jeans und ein schwarzes T-Shirt. In seinem Hosenbund steckte ein zur Schürze umfunktioniertes Geschirrhandtuch, seine dunklen Haare hatte er wie ein Küchenchef zu einem kurzen Pferdeschwanz zusammengenommen. Linas Herz war ihm sofort bei ihrer Rückkehr aus Kiekeby zugeflogen. Unsicher hatte sie in der Tür gestanden und den fremden Mann angestarrt, der in der Küche stand.

»Hallo, Prinzessin!«, hatte Tonda gerufen und ihr geholfen, den Rucksack abzunehmen. »Da bist du ja, und wie ich sehe, hast du dein Lächeln auch mitgebracht!«

Es war eine Frage von Minuten, und er begleitete ihr Blockflötenspiel auf dem Akkordeon. Später brachte er ihr kleine tschechische Reime bei, über die sie sich totlachen wollte, und wurde bald von ihr in wichtige, für Erwachsenenohren höchst unverständliche Mädchengeheimnisse eingeweiht.

»Tonda ist eigentlich kein richtiger Erwachsener«, flüsterte Lina Sonja beim Gutenachtsagen ins Ohr.

Dem Überraschungsgast war es sogar gelungen, Alberts anfänglich skeptischen Widerstand zu brechen. Er war von der plötzlichen Einquartierung zunächst nämlich nicht gerade begeistert gewesen. Aber schon am zweiten Abend nach Alberts und Linas Rückkehr aus Kiekeby saßen sie am Küchentisch, tranken Brüderschaft, und Sonja hörte verwundert, wie Albert zu Tondas Akkordeon sang, als er ihm ein altes friesisches Lied beibrachte.

Die Küche war von Kerzen erhellt, Lina saß mit glühenden Wangen auf Alberts Schoß, Billie saß neben Sonja, Antonin tastete sich anfangs vorsichtig, dann immer sicherer durch die schlichten Akkorde, und schließlich sangen sie alle zusammen:

Dat du min Leevsten büst,
dat du wol weest,
kumm bi de Nacht, kumm bi de Nacht,
sech wo du heest.

Nach seinem erfolgreichen Gastspiel beim Hanseport-Jazz-Festival hatte sich Tonda entschlossen, weiter in Hamburg zu bleiben, kleine Auftritte in Cafés und Bars zu organisieren und sich auf seine Weiterreise nach Amerika vorzubereiten.

»Ich verdiene hier an einem Abend in einer Kneipe doppelt so viel wie in Prag in einem Konzertsaal. Sogar, wenn ich in der Innenstadt auf der Straße spiele. Darf ich noch ein wenig bei euch wohnen?«

Weder Sonja noch Albert mochten ihm die Bitte abschlagen. *Im Gegenteil,* dachte Sonja verwundert, *mit Tonda hat unsere Familie wieder zusammengefunden.*

Jetzt blickte sie auf die Uhr. »Gleich kommt Lina. Soll ich den Tisch decken?«

Tonda winkte ab. »Nein, das habe ich schon erledigt. Ich wollte nur etwas mit dir besprechen.«

»Na, das klingt aber ernst. Was ist denn los?«

»Ich wollte fragen, ob ihr ein Problem damit habt, wenn ich für die letzten Tage in Hamburg woanders wohne?«

Sie blickte überrascht auf. »Was, warum? Gefällt es dir nicht mehr bei uns? Wo willst du denn hin?« Sie war ein bisschen verletzt.

Tondas Gesicht rötete sich leicht. Er zog die Schultern hoch und lächelte sie verschmitzt an. »Zu Billie.«

Sonja fasste sich schnell. *Natürlich. Deinetwegen ist Billie fast täglich bei uns.* »Ich wusste gar nicht, dass es so ernst zwischen euch ist.«

Tonda hob entschuldigend die Hände. »Tja …«

»Natürlich habe ich nichts dagegen. Allerdings werden wir dich vermissen, vor allem Lina. Wieso hat Billie mir das verheimlicht?«

»›Sonja hat das sowieso schon längst gemerkt‹, hat sie gesagt.«

Sie hörten, wie Türen im Haus knallten. Dann drang Linas Stimme in den Keller. »Mami? Tonda?«

»Wie wäre es, wenn du es ihr gleich selbst sagst? Ich räume hier nur schnell ein bisschen auf, dann komme ich.«

Tonda nickte. »Ich bin schon unterwegs!« Seine Schritte verloren sich.

Sie dachte, während sie aufräumte, an Billie, hin- und hergerissen zwischen Belustigung und Irritation. *Wieso sprechen wir nicht mehr miteinander? Tonda meint, dass ich Geheimnisse liebe. Das gilt wohl auch für Billie. Wie viel Geheimnis verträgt eine Freundschaft?* Ihr Handy klingelte. Während sie mit einer Hand versuchte, den kleinen Korkklotz, den sie als Handschleifer mit Schmirgelpapier umwickelt hatte, von seinem Stachelkleid zu befreien, griff sie mit der anderen nach dem Apparat und klemmte ihn zwischen Schulter und Kinn.«

»Sonja.«

Sie ließ Korkklotz und Schleifpapier fallen und fühlte, wie ihr Blut in den Kopf schoss.

»Sonja, bitte leg nicht auf. Hör mir zu.«

Sie spürte, wie ihr Herz heftig schlug. »Richard, bitte.«

»Sonja, Liebling, ich komme nach Hamburg.«

Richard in Hamburg. Ich werde Richard wiedersehen. Will ich das? Wird alles wieder von vorne beginnen? Was ist mit dem Gelöbnis, das ich im Taxi abgelegt habe? Dass ich ihn nicht wiedersehen will, wenn Lina überlebt?

Richard sprach in ihre wild durcheinandertanzenden Gedanken hinein: »Ich habe einige geschäftliche Angelegenheiten in Hamburg zu regeln. Außerdem bekomme ich fast täglich E-Mails von Tonda, der sich besorgt fragt, wie er den Flug nach New York bewältigen soll.«

Obwohl sie merkte, wie wackelig ihre Knie waren, verlieh Tondas Name ihrem Gespräch eine normale Prägung. Sonja fand ihre Stimme wieder. »Ehrlich? Uns gegenüber hat er gar nichts erwähnt. Hat er etwa Flugangst?«

»Ja, und zwar nicht unerheblich. Die Musiker aus seinem

Ensemble sind alle schon da. Tonda muss nächste Woche in New York sein, dann haben sie ein Engagement in Brooklyn. Ich wollte ihn ohnehin begleiten, weil wir einige Pressetermine arrangiert haben.«

»Du meinst, du holst ihn hier ab?«

Sie hörte Richard leise lachen. »Ja, so ungefähr. Der wahrscheinlich teuerste Babysitter-Service der Welt, oder?« Er wurde wieder ernst. »Ich bin froh, dass Tonda mir noch einen guten Grund gibt, nach Hamburg zu kommen.«

Es entstand ein Schweigen. *Hast du Krach mit Caroline? Oder dich gar von ihr getrennt?*

Seine Stimme riss sie aus ihren Gedanken. »Ich werde dich doch sehen, Sonja?«

Im Kellerflur ertönte wütendes Kinderheulen. Lina lief polternd den Flur entlang. Gleich würde sie in die Werkstatt stürmen.

»Sonja?«

Sie musste das Gespräch beenden, bevor ihre Tochter in die Werkstatt kam. Hastig antwortete sie: »Ja, Richard, wir werden uns sehen. Ruf mich an. Bis dann. Bye-bye.«

Sie war gerade schnell genug, um Lina aufzufangen, die die Tür zur Werkstatt aufriss und sich ihrer Mutter weinend in die Arme warf.

»Mami, Tonda soll nicht weggehen! Sag ihm, er darf nicht weggehen!«

Sonja drückte das Kind an sich. »Liebling, wir wussten doch, dass Tonda nur zu Besuch bei uns ist.«

»Aber ich will, dass er immer hier ist, wenn ich nach Hause komme.«

Sonja stand auf und führte ihre schluchzende Tochter aus der Werkstatt.

Lina blickte mit verheultem Gesicht zu ihrer Mutter auf. »Warum kann nicht alles so bleiben, wie es ist? Für immer?«

Sonja sah in das traurige Kindergesicht. Sie streichelte zart über Linas Wange. »Weil sich alles im Leben ändert. Nur ganz wenige Dinge sind für immer.«

»Welche denn?«

»Meistens Gefühle, also keine Dinge. Beispielsweise meine Liebe zu dir. Die wird immer so sein wie heute. Solange ich lebe, werde ich dich lieben.«

»Und Papi?«

Sonja gab ihrer Tochter einen Kuss. »Papi auch.«

Während sie nach oben gingen, dachte sie an das Telefonat zurück. *Richard kommt nach Hamburg!* Ihr Magen zog sich zusammen. Sie wusste nicht, ob aus Freude oder Angst.

Fünf Tage später lief Sonja den inneren Uferweg der Außenalster entlang. Es war ein nebliger Frühherbsttag. Die Blätter der Bäume verfärbten sich bereits. Noch hingen die Kastanien in ihren stacheligen Kokons zwischen den Blättern. Einige Segelboote glitten über die schiefergraue Wasserfläche. Sie ging mit schnellen, gleichmäßigen Schritten. Vor ihr tauchte die weiße Fassade des Atlantic-Hotels auf.

Dort, hinter einem der vielen Fenster, wartete Richard auf sie. Vorgestern hatte er noch einmal angerufen: Er werde für zwei Tage und eine Nacht in Hamburg sein und anschließend mit Antonin nach New York fliegen. Vorher wollte er nach Spuren seiner Familie suchen.

Sonja stand an der Ampel dem Hotel gegenüber. *Warum habe ich mich mit Richard nicht in einem Café verabredet, sondern in seinem Hotel?*

»Wir haben uns so lange nicht gesehen und gesprochen. Ich möchte mit dir allein sein«, hatte er gebeten, als sie ein Café mit Alsterblick vorgeschlagen hatte.

Die Ampel wechselte von Rot auf Grün, aber Sonja blieb stehen. *Noch kann ich umkehren, zum Jungfernstieg bummeln oder in den Kolonnaden einen Milchkaffee trinken, nach Hause fahren und Richard anrufen oder ihm am Empfang eine*

Nachricht hinterlassen. Mir ist etwas dazwischengekommen. Ein wichtiger Auftrag, ein Liefertermin.

Sie drehte sich um und blickte über das Wasser. *Wenn ich nun jemanden in der Hotelhalle treffe, den Albert kennt oder den ich kenne? Was soll ich dann sagen? »Wie nett, Sie zu sehen. Ich bin nur auf die Schnelle hier, um meinen Mann zu betrügen, mein Geliebter wartet in Zimmer 436 auf mich?«*

Wieder betrachtete sie die Fensterfront des Hotels und zögerte. Sie kehrte um und ging drei Schritte. Dann drehte sie sich wieder um. *Werden wir einander wie Humphrey Bogart und Ingrid Bergman mit leidenschaftlichen Blicken verzehren? So ein Unsinn! Außerdem müsste zu einem solchen Szenarium mindestens »As times go by« – gespielt vom legendären Sam – erklingen. Im Atlantic aber sorgt eine Harfenistin für Baratmosphäre – die wird wohl kaum ihr Instrument in den vierten Stock schleppen. Viel schlimmer und wahrscheinlicher ist, dass wir einander fremd geworden sind. Was, wenn Richard sich in die Reihe meiner abgelegten Liebhaber einreiht, bei denen ich mich heute noch schamrot frage, was ich so faszinierend an ihnen gefunden habe?* Sie seufzte tief. *Nun, um über einen Fehlgriff mit Richard zu erröten, muss ich ihn erst einmal wiedersehen.* Sie gab sich einen Ruck, überquerte die Ampel und steuerte den Haupteingang an.

Kurz darauf schritt sie den mit dickem Teppich ausgelegten Flur des vierten Stocks entlang und klopfte an die Tür mit der goldenen Nummer 436. Richards Stimme war zu hören, er telefonierte. Als er öffnete, legte er den Finger auf den Mund, zeigte auf das Telefon und nahm sie trotzdem kurz und heftig in die Arme.

»Endlich!«, flüsterte Richard ihr ins Ohr und gab ihr einen freundschaftlichen Kuss. Ohne sein Gespräch zu unterbrechen, zog er sie ins Zimmer und wies auf das Sofa.

Sonja ließ ihre Tasche auf den Boden fallen und setzte sich. *Ob er mit Caroline telefoniert?* Nein, das Gespräch drehte sich um geschäftliche Dinge, wie sie selbst mit ihrem Schulenglisch verstand. Sie stand auf und begann sich in der großzügigen Juniorsuite umzusehen. Hohe, bis zum Boden reichende Fenster gingen zur Alster hinaus. *Wenn Richard nun die ganze Zeit aus dem Fenster geguckt hat und meine komische Choreographie – zwei Schritte vor, zwei Schritte zurück – verfolgt hat? Wie peinlich! Jetzt werde ich auch noch rot. Meine Güte, Sonja, du bist wirklich nicht abgebrüht genug, um einen Liebhaber zu haben.*

Aber Richard war völlig in sein Telefonat versunken und hatte wohl keine Sekunde damit verschwendet, sehnsüchtig am Fenster zu stehen. Ihre Verlegenheit schlug in gekränkte Eitelkeit um. *Wieso eigentlich nicht? Ein bisschen mehr Vorfreude könnte er ruhig zeigen!*

Sie wanderte durch das Zimmer.

»Hey!« Sie sah, wie er das Handy weglegte, und ging zu ihm. Einen Moment standen sie einander stumm gegenüber. »Du hast dir die Haare schneiden lassen.«

»Und deine sind länger geworden.«

Er ließ sich auf das Sofa fallen: »Komm zu mir.«

Sonja setzte sich neben ihn, und er legte den Arm um ihre Schultern. Spontan lehnte sie den Kopf gegen seine Brust. So saßen sie schweigend eine ganze Weile. Sonja lauschte dem aufgeregten Pochen ihres Herzens und spürte den Drang, mit vielen kleinen Küssen die Fremdheit zwischen ihnen wegzuküssen.

Richard nahm ihren Kopf in beide Hände und sah sie forschend an. Dann glitten seine Finger langsam ihren Hals hinunter und liebkosten die kleine Grube über ihrem Schlüsselbein. Sonja schloss die Augen und konzentrierte sich, von einem Glücksgefühl überwältigt, auf seine Berührung. *Wie habe ich nur glauben können, dass Richard mir fremd werden kann! Hm, das fühlt sich wieder so gut an. Ich glaube, ich bin doch abgebrüht genug, einen Liebhaber zu haben. Denn momentan wünsche ich mir nur eins: dass wir uns beide ganz schnell ausziehen und dann …*

»Wie geht es dir?«, fragte Richard und löste sich von ihr.

Was? Erst von null auf hundert und dann von hundert auf null? Sie blickte ihn verwirrt an. *Amerikaner haben da vielleicht irgendwelche Regeln, wie die, dass man erst nach dem dritten Date miteinander ins Bett geht. Wenn er jetzt mit einer Gesprächsrunde alles verzögern will, okay. Atme tief durch.*

Im besten Plauderton, als wolle sie sich zu einem Abendkurs anmelden, antwortete sie: »Gut, danke.« Aber dann gingen doch die Pferde mit ihr durch. »Richard, wir haben uns so lange nicht gesehen. Warum küsst du mich nicht einfach weiter, statt Konversation zu betreiben?«

Er lachte schallend und zog sie fest an sich. Dicht an ihrem Ohr hörte sie ihn sagen: »Ach, ich habe dich so vermisst. Vor allem deine deutsche Direktheit.«

Ohne Hast küsste er ihre Lippen und sah ihr dabei in die Augen. Als sie wieder zu Atem gekommen waren, nahm er ihre Hand.

»Ehrlich gesagt hatte ich ziemliche Angst vor unserer Begegnung.«

»Was, du auch?«

»Du hast nicht mit mir gesprochen. Nicht auf meine E-Mails geantwortet.«

»Weil ich nicht konnte.«

»Du hast mir das Gefühl gegeben, als hätte das, was zwischen uns in Berlin geschehen ist, für dich keine Bedeutung mehr. Das hat mich sehr verletzt.«

»Richard, ich konnte nicht anders. Mein Kind ist beinahe gestorben, und ich dachte …« Mutlos brach sie ab. *Wieso verstehst du das nicht einfach?*

»Was dachtest du denn? Dass die Krankheit deiner Tochter die Strafe für unsere … wie sagt man so schön … Wollust ist?

Nirgendwo steht geschrieben, dass wir nur einen Menschen lieben dürfen.«

Sonja zuckte die Achseln. »Du sollst nicht begehren deines Nächsten Weib …«

Richard grinste ironisch. »Aha, du bist also bibelfest. Mir sagen die Zehn Gebote nur, dass, wer immer sie aufgestellt und aufgeschrieben hat, den Menschen gut kannte. Der Mensch begehrt nun einmal seines Nächsten Weib oder seiner Nächsten Mann. Eine Heirat heißt doch nicht, dass wir zum Eigentum eines anderen werden.«

Sonja blickte auf ihre Hände. »Richard, deine Frage damals … ich … glaube, ich eigne mich nicht sonderlich für eine Affäre.«

»Es war keine Frage. Es war ein Heiratsantrag.«

Oh!

»Aber ich bin schon verheiratet. Und du auch.«

Er streichelte ihre Hand, verflocht seine Finger mit den ihren. »Ich weiß.«

Sie schwiegen.

Schließlich gab Richard sich einen Ruck, zog ein Bein unter das andere, lehnte sich gegen die Rückenlehne des Sofas und sagte: »Wir sollten jetzt besprechen, wie es mit uns weitergeht. Meinst du nicht?«

Wie bitte? Ich kann doch nicht mit meinem Geliebten konstruktiv erörtern, wie wir und ob wir unsere Affäre weiterführen wollen, oder? Wo bleiben denn da die Gefühle? Aber schon im nächsten Moment spürte sie, dass es sie nicht schmerzte, sondern geradezu erleichterte, mit Richard ganz sachlich über ihre komplizierte Situation zu sprechen. Die Vorstellung, Albert zu verletzen oder Lina zu verlieren, jagte ihr in den Nächten immer noch Angstschauer über den Rücken, und schließlich gab es außer Richard niemanden, der ihre Situation verstand und teilte.

Sie rückte ein wenig von ihm ab und sagte nach kurzem Nachdenken: »Ich bin, seitdem ich dich kenne, vollkommen hin- und hergerissen. Ich habe ein schlechtes Gewissen, und gleichzeitig habe ich derart große Sehnsucht nach dir, dass es wehtut.«

Richard nahm erneut ihre Hand. Er fragte: »Du kannst dir nicht vorstellen, dich von deinem Mann zu trennen?«

Nein. Oder? Nein. Ach verdammt!

Ihr Herz raste immer noch wie verrückt. Sie schwieg und schüttelte langsam den Kopf.

Richard strich ihr eine Haarsträhne aus der Stirn und zog sie an sich.

»Ich kann nicht. Wenn ich hier so sitze, ganz eng bei dir, dann denke ich, dass ich absolut verrückt sein muss, wenn ich nicht mit dir bis ans Ende der Welt gehe. Aber sobald ich wieder mit Albert und Lina zusammen bin, ist es unvorstellbar für mich, meine Familie zu verlassen. Beides kann ich wohl nicht haben, oder?«

»Das klingt aber kläglich«, sagte Richard und gab ihr einen tröstenden Kuss. »Beides willst du also haben. Nun, die gute Nachricht ist: Das kannst du – zumindest im Moment. Allerdings möchte ich nicht, dass du meinetwegen ein schlechtes Gewissen hast.«

»Hast du keins?«

»Heute und hier nicht. Was einerseits daran liegt, dass Caroline Tausende von Kilometern entfernt ist, aber vor allem daran, dass ich schließlich nicht mit dem Vorsatz nach Berlin gereist bin, meine Frau zu betrügen. Die Bar, die Stingers – das war Schicksal. Ich konnte gar nichts machen. Du bist auf eine verrückte Weise mit meiner Geschichte verknüpft. Nicht nur, weil du aus dem Land kommst, aus dem meine Familie ausgewandert ist. Aber auch deswegen. Es gibt so viel an dir, was ich kenne, ohne sagen zu können, woher.«

»Wie wird es weitergehen?«

»Lass uns erst einmal glücklich sein über die Stunden, die wir miteinander verbringen können.«

»Als ob das so einfach wäre.«

Er beugte sich über sie. »Weißt du, was mir besonders gefehlt hat? Unsere Gespräche.«

Trotz der Tränen, die sie in ihren Augen spürte, musste Sonja lächeln. »Unsere Gespräche? Worüber haben wir denn geredet? Wir haben uns doch so viel geküsst, dass wir gar keine Zeit zum Reden hatten.«

»Doch, Sonja. Zwischen all den wunderbaren Küssen haben wir geredet. Nicht über irgendwelche Verabredungen am Wochenende. Nicht über Anschaffungen für den Haushalt. Auch nicht darüber, ob wir deine Mutter an ihrem Geburtstag besuchen sollen oder ob einer meiner Verträge geplatzt ist. Sondern über uns.«

Er richtete sich auf und zeigte auf seine Brust. »Hier drinnen bin ich nämlich Richard Andersen, wie er mit fünf Jahren oder mit fünfzehn oder fünfundzwanzig war. Außen bekomme ich graue Haare, Falten, und ich sollte sicher mehr Sport treiben. Doch hier drinnen bin ich immer noch derselbe Richard wie vor dreißig Jahren. Diesen Richard hast du erkannt. Du siehst mich nicht als Ehemann, als Ernährer. Sondern als einen Mann, der nicht alle Antworten kennt. Der immer noch seinen Platz sucht.«

»Ist es denn nicht genau das, was du dir vor wenigen Minuten gewünscht hast? Dass du mein Ehemann wirst?«

Er sah sie irritiert an. Dann nickte er: »Touché.«

»Für Caroline warst du anfangs auch nicht der Ehemann, der Ernährer, der Vater ihrer Kinder.«

»Du bist so schrecklich realistisch, Sonja.«

»Das ist eben meine direkte deutsche Art, die du ja angeblich so magst. Ich glaube nur an Weihnachten und nicht an die gute Fee, die mir drei Wünsche erfüllt.«

»Das unterscheidet uns. Ich weiß, dass es diese Fee gibt. Sie kommt aus Deutschland, trägt gern Blau und erfüllt mir auf der Stelle meinen ersten Wunsch nach einem weiteren Kuss. Wetten?«

»Was ist dein zweiter Wunsch?«

Als ob ich das nicht wüsste. Komm, lass uns ins Bett gehen … Lieber Gott, ich werde vertragsbrüchig …

Später lagen sie in vertrautem Schweigen eng umschlungen nebeneinander. Irgendwann fragte Sonja: »Wann triffst du Antonin?«

»Er kommt nachher ins Hotel, und wir besprechen den New-York-Trip bei einem Kaffee. Er will mich zu dem Standesamt begleiten, wo meine Geburtsurkunde ausgestellt worden ist. Danach wollen wir irgendwo etwas essen.«

Sonja räusperte sich. »Ich weiß auch, wo.« Sie sah ihn bittend an. »Das ist jetzt ziemlich verrückt.« Sie holte tief Luft. »Am besten bringe ich es schnell hinter mich.«

Richard stützte sich auf seinen Ellenbogen. »Ach ja, und wo?«

»Ich bin nicht sicher, ob ich das wirklich durchstehen kann, aber Tonda hatte die Idee, dass wir alle bei uns, also in unserer Wohnung, essen sollten.«

Richard starrte sie fassungslos an. »Du meinst, ich soll mit deiner Familie an einem Tisch sitzen? Mit deinem Mann?«

Sie nickte. »Richard, was sollte ich denn machen? Tonda denkt, wir seien die dicksten Freunde. Albert ist auch schon ganz neugierig auf dich.«

»Meine Neugier hält sich dagegen in Grenzen.«

Sie schwiegen einen Moment. Richard stützte den Kopf in eine Hand und grübelte. Schließlich fragte er: »Wie ist dein Mann denn so?«

Sonja stieß die Luft aus, die sie angehalten hatte. »Das ist es ja, Richard. Er ist nett, Albert ist richtig nett, charmant, witzig, klug. Es ist nicht so, dass ich auf der Flucht vor einem Ekelpaket bin, das mich schlägt. Und ich stelle mir auch Caroline nicht als zeternde Xanthippe vor. Wahrscheinlich ist sie großartig.«

Richard drehte den Kopf auf die Seite. Ihm behagte das Thema nicht. »Meistens. Caroline ist meistens großartig. Aber manchmal ist sie eine richtige Nervensäge.«

»Das bin ich auch. Und du ebenfalls. Oder Albert.« Sie lächelte. »Du kannst natürlich absagen, wenn du nicht kommen willst.«

»Ach, Unsinn. Natürlich komme ich. Was soll Antonin sonst denken?« Als Sonja ihn weiterhin zweifelnd betrachtete, fügte er hinzu: »Wobei ich noch nicht weiß, ob ich uns für abgebrüht oder romantisch halten soll.« Er hielt Sonja ein Stück von sich weg und überraschte sie mit einem breiten Grinsen. »Ich hätte sowieso keine Chance gehabt, die Einladung abzuschlagen, oder?«

Lächelnd schmiegte sie sich an ihn. »Nicht wirklich, denn Tonda mariniert seit gestern die Lammkeule, kocht Soßen ein und schnippelt Gemüse. Meine Küche sieht aus, als hätte eine Handgranate eingeschlagen.«

17. Kapitel

Hamburg-Eimsbüttel, 8. September 2004

»Eine Beziehung, so sehe ich das, ist wie ein Hai. Sie muss sich stetig nach vorn bewegen oder stirbt.«
Der Stadtneurotiker, 1977

Es klingelt!« Lina stand auf der Fensterbank in der Küche und malte Figuren auf die beschlagenen Scheiben. Es war zehn nach halb acht.

Sonja fischte grüne Bohnen aus dem Kochwasser und ließ vor Schreck die Hälfte wieder zurückfallen. »Autsch!« Kochend heiße Wassertropfen spritzten ihr auf die Hand. *Hilfe, was soll ich jetzt tun? Die Hand unter kaltes Wasser halten, die Bohnen von der Platte nehmen, blitzschnell meine Sachen packen und nach Australien auswandern?* Sie entschied sich für das kalte Wasser. *Herrje, ich werde gleich meinen Liebhaber mit meinem Mann bekannt machen!*

»Ich gehe schon, das wird Richard sein!«, rief Tonda und rannte aus der Küche.

Billie, die neben Sonja stand, reichte ihr einen Topflappen. »Hier, jetzt nimm schon den Topf vom Feuer.«

Sonja griff zu und horchte, während sie die Bohnen in ein Abtropfsieb goss, angestrengt in den Flur, ohne das Stimmengewirr zu verstehen. »Hat Albert auch mitbekommen, dass es geklingelt hat?«, fragte sie überflüssigerweise, denn das fröhliche Lachen ihres Mannes war bis in die Küche zu hören.

Den Geräuschen nach, die in die Küche drangen, veranstalteten die Männer im Flur ein Begrüßungsritual zwischen Ringkampf und Polka, und als Albert und Tonda Richard wie im Triumphzug in die Küche führten, war sein Haar zerzaust, und er wirkte etwas atemlos. *Oje, jetzt kommt's drauf an. Wird Albert etwas bemerken? Wie findet er Richard? Wieso ist mir das jetzt wichtig? Weil mir Alberts Urteil in allen Dingen wichtig ist. Aber man kann den eigenen Mann leider nicht nach seiner objektiven Einschätzung des eigenen Liebhabers fragen! Mein Kopf dreht sich. Ich fühle mich schrecklich unwohl. Ich bin ein schlechter Mensch. Ich bin eine üble Betrügerin. Jemand, der Mann und Kind belügt. Ich gehöre wie Verbrecher in alten Western geteert und gefedert und aus der Stadt getrieben, ich …* »Sonja!« Richard trat auf sie zu und küsste sie förmlich auf die Wange.

Ob die anderen auch merken, wie gestelzt und gespielt seine Unbefangenheit ist? Nein, Richard erweckt kein Misstrauen. Es ist wirklich so, wie Jean-Paul Belmondo in Außer Atem *sagt: ›Die Wahrheit ist am besten. Die anderen denken sowieso, dass du bluffst. Deshalb gewinnst du.‹*

Mit Belmondos Rat im Ohr begrüßte sie Richard herzlicher, als sie ursprünglich geplant hatte. »Richard, mein Lieber, wie schön, dass du den Weg nach Hamburg gefunden hast.«

Sie umarmte ihn so enthusiastisch, dass er fast zurückschreckte. Wiederum schien jedoch keiner der Anwesenden irgendetwas Auffälliges zu bemerken. *Ganz ruhig, Sonja. Übertreibung ist der Tod der Operette.* Sie merkte, dass sich ihr Herzschlag langsam normalisierte.

Richard hielt ihr einen Strauß hin. »Ich habe dir Blumen mitgebracht, aber wenn ich eure Dekoration sehe«, er zeigte auf die Kastanien und roten Ahornblätter, die zwischen den Kerzen auf der blauen Tischdecke lagen, »muss ich gestehen, dass er nicht mithalten kann.« Er drückte ihr den Strauß mit bunten Schnittblumen in die Hand.

»Vielen Dank!« Sonja nahm die Blumen entgegen. »Hast du denn schon alle kennengelernt?« Sie zog Billie mit der freien Hand in die Küchenmitte: »Das ist meine beste Freundin Billie.«

Die beiden schüttelten einander die Hände, während Sonja die Blumen in eine Vase stellte.

»Die Kastanien habe ich gesammelt«, ließ sich Lina plötzlich vernehmen und rutschte von der Fensterbank.

Richard drehte sich nach ihr um. »Wen haben wir denn da? Sonja, ich wusste ja gar nicht, dass deine Tochter eine so hübsche kleine Lady ist.«

Sie lächelten einander an. *Du denkst jetzt auch an den Abend in Berlin. Wir beiden Feiglinge haben gestern nicht mehr darüber gesprochen. Wie hast du noch gesagt? Das war ein Heiratsantrag. Ach, Richard.* Sie spürte gerührt, wie Lina aufgeregt ihre heiße kleine Hand in die ihre steckte. Sie war bei den Worten des Gasts puterrot geworden.

Richard wühlte in der Plastiktasche, die er in der linken Hand hielt. »Na, was meinst du, magst du das?«

Lina quietschte begeistert, als er eine Tüte bunter amerikanischer Süßigkeiten und winziger Spielsachen zutage förderte. »Danke! Guck mal, Mami, rosa Lakritze! Danke!« Hoch zufrieden verschwand sie in ihr Zimmer, um ihre neuen Schätze in Ruhe in Augenschein zu nehmen.

Sonja warf Richard einen erstaunten Blick zu. *Also hast du geplant, Lina zu treffen. Oder fliegst du immer mit einer bunten Mischung amerikanischer Süßwaren um die halbe Welt?*

Richard fing ihren Blick auf. Er lächelte entschuldigend.

Sonja sah ihrer Tochter nach. »Wir essen gleich, also nasch nicht zu viel!«, rief sie.

Albert holte Gläser aus dem Schrank. Er lächelte Richard zu. »Trinken Sie etwas? Es ist Zeit für einen Aperitif, finden Sie nicht?«

Vor dem Essen zeigte Sonja Richard noch schnell ihre Werkstatt.

»Das ist ja ein richtiger Maschinenpark!«, rief er und zeigte bewundernd auf die Band- und die Kreissäge. »Damit kennst du dich wirklich aus?«

Sonja lachte. »Natürlich. Ich musste sogar einen Maschinenschein machen.«

Richard nahm ihre Hand und küsste sie. »Ja, ja, ich weiß. Du hast dir mal eine Kapsel fast zerschmettert.« *Nur damals hast du dich noch nicht getraut, meine Hand zu küssen.* »Ich bin schwer beeindruckt! Diese ganzen Maschinen und dass du damit umgehen kannst. Ich fühle mich ein bisschen wie ein Kind, das neidisch im Spielzimmer eines Schulkameraden steht und dessen Spielzeug bewundert.« Sonja lachte. Richard drehte sich einmal im Kreis und sah sich mit glänzenden Augen um. »Ich wette, das hier ist dein Lieblingsraum.«

Sie nickte überrascht. »Es ist merkwürdig, dass du das sagst.«

»Aber es stimmt, nicht wahr?«

Wieder nickte sie. »Manchmal kann ich es morgens gar nicht erwarten, hier herunter zu kommen. Ich wache auf und bin voller Vorfreude. Dann mache ich mir einen Kaffee, ziehe meine Arbeitssachen an, schaue mir an, wo ich am Tag vorher aufgehört habe, und mache weiter. Es gibt kaum einen Ort, an dem ich glücklicher bin. Kennst du dieses Gefühl?«

»Wir haben in meiner Firma ein ziemlich gutes Tonstudio. Über die Jahre habe es ich immer besser ausgerüstet. Wenn ich dort sitze und Musik höre – ob live bei Aufnahmen oder hinterher bei der Nachbereitung –, bin ich wunschlos glücklich.«

Beide schwiegen einen Moment. Sonja sah Richard nachdenklich an und stellte sich sein Studio vor, das sich, wie er ihr erzählt hatte, in einem alten Strandhaus in Santa Monica befand.

»Sehr hübsch, aber – Caroline reitet immer darauf herum – ein wenig heruntergekommen. Als wir damals dort anfingen, hatte keiner eine Ahnung, wie beliebt diese Gegend einmal werden würde. Jetzt liegt Watermelon Records zwischen unzähligen Neubauten mit Cafés, Sportstudios, Surfschulen und Modeläden. Klar, ich könnte auch in die Stadt ziehen, aber das

Haus liegt nur einen kleinen Weg vom Sandstrand entfernt, und das ist wunderbar. Morgens nach einer langen Nacht im Studio mit einem Becher Kaffee am Strand sitzen – das ist das Leben.«

Und das würdest du wirklich alles aufgeben, um zu mir zu kommen? Gedankenverloren räumte sie eine Feinsäge in den Schrank. *Würde ich all' das hier für dich verlassen wollen? Die Stadt, die ich so sehr liebe? Die Werkstatt, die ich mir gerade aufgebaut habe? Oder – würdest du hierher passen? Zwischen Linas Schulausflüge und meine Karussellpferde?* Sie sah auf die Uhr und erschrak. »Wir müssen jetzt aber nach oben, sonst ist die Lammkeule verschmort.«

Bevor sie die Werkstatt verließen, streichelte Richard Abschied nehmend Sonjas blaue Arbeitsjacke, die über einem Schemel hing. »Ich wünschte, der Stoff könnte diese Berührung speichern. So würdest du mich immer auf deiner Haut spüren.«

»Du bist und bleibst ein Romantiker.«

»Das liegt an dir. Du machst mich dazu.«

Sonja schloss die Werkstatt ab, und sie stiegen, ohne einander zu berühren, hintereinander die Treppen hinauf. Sie betrachtete seine breiten Schultern, die schmalen Hüften, die dunklen Haare. *Mein Geliebter. Gleich sind wir wieder oben, zusammen mit Albert. Meinem Mann. Wo ist Liebe, wo ist Begehren? Wo ist beides? Ich wundere mich, wie elastisch mein Herz ist. Dieser zähe kleine Muskel.*

Wenig später saßen alle um den Tisch und aßen den zarten Lammbraten. Tonda strahlte zwischen Billie und Lina mit dem Kerzenschein um die Wette. Als alle ihren ersten Hunger gestillt hatten, klopfte er mit der Gabel gegen das Weinglas.

»Darf ich ein paar Worte sagen?« Er erhob sich und breitete die Arme aus. »Ich bin heute sehr glücklich. An diesem Abend ist die große Welt so klein, dass sie in diese Küche passt, und meine kleine Welt so groß, dass sie Menschen aus drei Ländern an einem Tisch vereinigt. Ich habe in Hamburg Freundschaft und Liebe gefunden und bin voller Dankbarkeit. Darauf möchte ich trinken. Auf die Freundschaft und die Liebe.«

Alle erhoben ihre Gläser. »Auf die Freundschaft und die Liebe.« Sonja stieß erst mit Billie, dann mit Albert, Tonda und schließlich mit Richard an. Sie fühlte sich ungewöhnlich aufgekratzt. Ihre Nervosität hatte sich in Luft aufgelöst. *Es kann nicht nur am Wein liegen. Ich bin glücklich. Der Grund ist ebenso absurd wie plausibel: In dieser Küche sind all die Menschen versammelt, die ich liebe. Lina, Albert, Billie – und Richard. Und wenn ich noch länger darüber nachdenke, werde ich wahrscheinlich hysterisch.*

Als sie spürte, wie Richard unter dem Tisch sein Bein an ihres lehnte, erwiderte sie sanft seinen Druck. Eine Berührung, so leicht wie von einem Vogelflügel, erregend und zärtlich.

Nachdem das Lamm vertilgt und Tondas hervorragende Crème brûlée verspeist waren, nachdem Lina im Schlafanzug allen Gute Nacht gesagt hatte und der Tisch abgeräumt war, stellte Albert eine Grappaflasche auf den Tisch und machte sich an die Zubereitung des Espresso.

Billie holte ihre Zigaretten aus der Tasche, und Antonin packte seine Zigarillos aus. Als der dampfende Kaffee vor ihnen stand, erzählte Richard von seinem Besuch im Standesamt.

»Aus irgendeinem Grund hat sich unter den Papieren meiner Eltern nur ihre Heiratsurkunde, jedoch keine Geburtsurkunde von mir befunden.«

»Aber ohne die hättest du doch gar nicht in die USA einreisen können«, sagte Albert.

»Stimmt. Also hat es diese Unterlagen gegeben, doch sie sind wohl verloren gegangen.«

»Hast du denn etwas herausgefunden?«

»Ich habe eine Abstammungsurkunde bekommen.«

Er zog einen Umschlag aus seiner Jacketttasche und entnahm ihm ein gefaltetes Dokument. »Abstammungsurkunde.

Hamburg-Barmbek. Richard Andersen. Eltern: Günther Jens Andersen, evangelisch, und Antje Elsa Hacke, evangelisch, beide wohnhaft in Hamburg-Barmbek.« Er faltete das Papier wieder zusammen. »Damit ist auf jeden Fall eines klar: Ich bin unehelich.«

Albert runzelte die Stirn. »Oder Günther Jens ist gar nicht dein Vater.« Richard sah ihn verblüfft an. »Das klingt ja wie aus einem Roman.«

»Na, damit habe ich jede Menge Erfahrung. Aber das könnte doch sein, oder?«

Richard schüttelte gut gelaunt den Kopf. »Nein, das wäre überhaupt nicht die Art meine Mutter gewesen. Sie war hochmoralisch und hat meinen Vater sehr geliebt.«

Billie mischte sich ein: »Das muss doch kein Widerspruch sein. Vielleicht bist du das Produkt einer romantischen Dummheit, und deinen Vater hat sie später kennengelernt.« Sie erhob die Stimme: »Dann hat er sie zu einer ehrbaren Frau gemacht und ihr Kind, also dich, adoptiert.«

Albert erwärmte sich für die Theorie: »Genau. ›Antjes Geheimnis‹ wäre ein schöner Titel für diese Geschichte.« Richard schüttelte wieder den Kopf. »Ich muss euch enttäuschen, so abenteuerlustig war meine Mutter bestimmt nicht. Jedenfalls hat sie mir das niemals erzählt.« Er wurde nachdenklich. »Sie müssen später geheiratet haben, dann hat mein Vater mich adoptiert, das musste man damals noch so machen, und erst mit diesen Formalitäten konnte das Abenteuer Amerika überhaupt starten.«

»Hast du nach dem Tod deiner Eltern keine Unterlagen darüber gefunden?«, fragte Sonja.

»Nein, ich habe das Haus meiner Eltern damals aus Zeitgründen von einer Firma auflösen lassen und mich, wie ich heute weiß, viel zu wenig um alles gekümmert. Vor meiner Abreise nach Hamburg habe ich den einzigen Karton, den ich damals aufgehoben habe, noch einmal durchstöbert. Mit wenig

Erfolg. Fotos, nichtssagende Briefe, Karten, ein paar Rechnungen.« Es schien, als wollte er noch etwas hinzufügen, doch dann schwieg er.

Draußen donnerte es Unheil verkündend, ein heftiger Windstoß zog durch die Küche, die Kerzen flackerten im Zug, und die Küchentür fiel mit lautem Krachen ins Schloss.

Richard blickte auf die Uhr. »Es ist spät, ich sollte zurück ins Hotel.« Trotzdem machte er keinerlei Anstalten aufzustehen, sondern goss sich noch ein Glas Rotwein ein.

Albert fragte: »Wann geht euer Flug morgen?«

»Um vierzehn Uhr.«

»Wo seid ihr in New York untergebracht?«

»Bei einer alten Freundin von Caroline. Unserer Trauzeugin. Wir bleiben nur zwei Tage, Tonda ist als Akkordeonist für die Studioaufnahmen einer Band gebucht. Dann fliegen wir weiter nach L. A.« Er holte ein Bündel Tickets aus seiner prall gefüllten Brieftasche. »Hier sind alle Tickets. Auch die Rückflugtickets nach Prag für Januar. Dann bist du lange genug von zu Hause weg gewesen. Marta vermisst dich bestimmt schon sehr.«

Tonda griff so hektisch nach den Tickets, dass er sie fallen ließ und über den ganzen Tisch verteilte.

Marta? Sonja sah beunruhigt erst Tonda, dann Billie an.

Diese starrte ebenfalls den Tschechen an. Ihr Gesicht war blutleer. Sie fragte: »Wer ist Marta?«

Richard sah erstaunt auf. »Na, Tondas Frau.«

Für einen Moment war es still am Tisch. Sonja und Albert starrten Richard entgeistert an.

Billie stand auf. »Ihr entschuldigt mich. Ich glaube, mir wird schlecht.« Sie verließ die Küche hastig und knallte die Tür so laut hinter sich zu, dass die Gläser im Gewürzregal leise klirrten.

Sonja sprang auf und rannte hinter ihr her. Sie erwischte ihre Freundin gerade noch an der Wohnungstür. »Billie, warte doch!« Sie griff nach ihrem Arm, aber Billie schüttelte sie ab.

»Lass mich einfach, Sonja!« Die Tränen liefen ihr die Wange hinunter. Ganz fremd und sehr verletzt sah sie aus. *Wie das Reh, das Papa und ich einmal in der Schonung gefunden haben. Es war in eine Falle getappt und tödlich verletzt. Es lag einfach nur da und wartete auf das Ende.* Sonja ließ den Arm sinken. *So ein melodramatischer Quatsch! Billie ist kein waidwundes Reh. Nur eine Frau, die schon wieder einmal enttäuscht wurde.* Sie sagte: »Bleib doch noch.« Sie zeigte nach hinten. »Wir werfen den Casanova raus, kapern die Grappaflasche und lästern die ganze Nacht auf dem Sofa über untreue Kerle.«

Billie wischte sich die Tränen ab. Sie versuchte erfolglos zu lächeln. »Das ist lieb von dir. Weißt du, eigentlich hätte ich erwartet, dass es nicht mehr so wehtut, wenn man über dreißig ist. Dass man irgendwie gefeiter ist. Ich habe immer gehofft, dass man mit der Zeit sein Herz in einen Panzer packen kann. Aber weißt du was, Sonja? Es wird immer schwieriger. Die Haut wird immer dünner. Manchmal habe ich sogar das Gefühl, mein Innerstes sei wie das Nadelkissen von Hermine.«

Sonja sah sie verständnislos an. »Hermines Nadelkissen? Das herzförmige rosa Samtkissen?«

Billie nickte. »Genau das. Ich habe es gesehen, als ich mir einmal ihren Nähkasten ausgeliehen habe, um einen Knopf anzunähen. Genauso stelle ich mir manchmal mein Innerstes vor. Klein, weich – und jede ›Erfahrung‹ ist eine neue Nadel.«

»Ach, Billie.« Sonja versuchte, sie noch einmal in den Arm zu nehmen.

Draußen zerriss wieder ein Donner die Luft. Aber Bille wandte sich sanft, aber entschieden ab und öffnete die Haustür. Sie nahm sich nicht die Zeit, ihre Freundin zu küssen. »Tschüss, Sonja. Ich komme schon klar. Da muss ich alleine durch.«

Sonja betrachtete ihre Freundin verzweifelt. »Nimm wenigstens einen Schirm mit!« Aber Billie war schon in der Dunkelheit des Hausflurs verschwunden. Sie hörte, wie ihre Schritte durchs Treppenhaus hallten. »Ich ruf dich morgen an!«, rief sie noch schnell. Statt einer Antwort hörte sie, wie die Haustür unten ins Schloss fiel.

Als sie in die Küche zurückkam, sahen die drei Männer sie erwartungsvoll an.

Tonda sprang auf. »Was ist mit Billie? Wo ist sie?«

Sonja musterte ihn kopfschüttelnd. Er sah so liebenswert und sympathisch aus wie immer. *Wer hätte gedacht, dass hinter seiner strahlenden Fassade ein König Blaubart lauert? Aber wer bin ich, dass ich dein Verhalten verurteile? Immerhin sitze ich hier traulich mit Ehemann und Liebhaber an einem Tisch.*

»Sie will alleine sein.«

Tonda fragte: »Ist sie nach Hause?«

Sonja schüttelte erneut den Kopf. »Das weiß ich nicht. Sie hat nur gesagt, dass sie alleine sein will.«

Richard, der bis dahin geschwiegen hatte, sagte: »Es tut mir so leid. Ich dachte, alle wüssten, dass du verheiratet bist.« Tonda betrachtete betreten seine Hände. Richard sagte: »Dass du und Billie … das wusste ich nicht.« Ihm kam ein Gedanke. »Dann weiß sie ja auch gar nichts von den Kindern.«

Tonda verneinte.

Entgeistert fragte Albert: »Von den Kindern?«

Tonda seufzte. »Ja, wir haben vier Kinder.«

Albert schnappte nach Luft. »Vier!«

Der Tscheche fuhr ihn an. »Vier oder fünf? Was macht den Unterschied?«

Richard spielte mit seinem Glas. Er holte Luft. »Entschuldige, alter Knabe. Ich wollte dein Geheimnis nicht verraten. Aber warum hast du mir heute Nachmittag nicht gesagt, welche Themen ich lieber aussparen soll?«

Tonda lächelte gequält und stand auf. »Ich glaube, ich gucke doch mal, was mit Billie ist.« Er verließ die Küche. Die anderen sahen ihm schweigend nach.

»Noch einen?« Albert hob die Grappaflasche.

Richard schüttelte den Kopf. »Aber ein Glas Wasser wäre großartig.«

Albert stand auf. »Kommt sofort!« Er holte eine Flasche Mineralwasser aus dem Kühlschrank.

Während Richard sich ein Glas füllte, sagte er: »Als ich Tonda in Prag kennenlernte, stellte er mir sowohl seine Frau Marta als auch seine damalige Geliebte Katarina vor.« Er sah, wie Sonja und Albert einen Blick wechselten. »Natürlich nacheinander!«

Albert griff nach der Wasserflasche. »Er spielt also mit offenen Karten?« Draußen begann es in Strömen zu regnen. Albert stand auf und schloss das Fenster. »Das muss man sich mal vorstellen. Tonda ist Familienvater und Ehemann! Das hat Billie nun wirklich nicht verdient.«

»Keiner *verdient* so was«, sagte Richard und blickte unbehaglich zu Boden.

Sonja fragte Albert: »Meinst du etwa, sie hätte sich nicht verliebt, wenn sie es gewusst hätte?«

»Was weiß denn ich? Antonin scheint jedenfalls ein richtiger Weiberheld zu sein.«

Richard mischte sich ein. »Tonda liebt Frauen einfach. Das ist übrigens alles halb so dramatisch. Marta kennt ihn, und sie nimmt das in Kauf.«

Albert lachte höhnisch auf. »Na, großartig. Tonda liebt die Frauen. Was soll das denn heißen? Heute die, morgen die? Alles unter dem Mantel der notorischen Frauenliebe? Das ist doch wohl ein bisschen zu einfach!« Sonja lehnte sich zurück. Albert setzte sich auf die Fensterbank und verschränkte die Arme vor der Brust. »Ich glaube, das könnte ich nicht.«

Sonja sah ihren Mann an. *Nein, DU könntest das nicht. Aber ICH tue es gerade. Ich bin Tonda ähnlicher, als du dir vorstellen kannst.* Richard räusperte sich: »Für Marta ist Antonin der zärtliche Ehemann, der fürsorgliche Vater, das Oberhaupt der

Familie. Das allein zählt für sie, die anderen Frauen sind für sie Begleiterscheinungen.«

»Wo bleibt da die Liebe?« Albert sah Sonja an, als erwarte er Zustimmung von ihr.

Sie senkte ihren Blick auf den Tisch und räumte einige Gläser zusammen.

Wo die Liebe bleibt? Die Liebe ist da. Die Liebe zu dir ist anders als die Liebe zu Richard. Aber sie ist dort, wo sie hingehört: ausschließlich zwischen zwei Menschen.

Richard beantwortete Alberts Frage. »Aber Marta *liebt* Tonda. Und Tonda liebt Marta. Er würde sie nie verlassen. Er ist zwar immer fest davon überzeugt, dass er die jeweilige andere auch liebt. Er stürzt sich in Affären, liebt, leidet und entwickelt dabei eine unbeschreibliche Kreativität. Das mag herzlos klingen, ist es aber nicht. Diese Kreativität ernährt die Familie. Sein Zuhause wird immer bei Marta sein.«

Wird mein Zuhause immer bei Albert sein? Sonja sah Richard fragend an. »Ist Marta dabei glücklich?«

Er zuckte mit den Achseln. »Ich weiß nicht, ob sie sich diese Frage stellt.«

Tonda stieß die Küchentür auf. »Billie ist weg.«

Sonja nickte. »Das habe ich dir doch gesagt. Sie ist gegangen.« Tonda lehnte sich gegen den Kühlschrank. »Ja, ich weiß. Aber ich hatte gehofft, dass sie vielleicht darauf wartet, ob ich ihr nachgehe, und deswegen vor dem Haus, auf der Straße oder unten in der Kneipe zu finden ist.«

Sonja schüttelte innerlich den Kopf. *Tonda liebt die Frauen? Das musste deutlich die Liebe zu Unbekannten sein! Oder hatte es in seinem Leben vor allem Frauen gegeben, durch die er zu dieser alten Macho-Erkenntnis gekommen war, Frauen meinten etwas anderes, als sie sagen? Dass Billie ihn jetzt eines Besseren belehrt, geschieht ihm ganz recht.*

Tonda trat unruhig von einem Fuß auf den anderen. »Und an ihr Handy geht sie nicht. Ich mache mir solche Sorgen!«

»Ganz schön spät, findest du nicht?« Sonja konnte sich eine gewisse Schärfe in der Stimme nicht verkneifen.

Doch Albert stand auf und legte Tonda einen Arm um die Schulter. »Ach, Billie geschieht schon nichts. Wie sagt man so schön: Unkraut vergeht nicht. Ich mache dir einen Vorschlag. Ich hole das Auto aus der Tiefgarage und fahre dich zu ihr. Auf dem Weg halten wir beide Augen offen, vielleicht finden wir deine nasse Katze ja.«

Richard erhob sich. »Soll ich mitkommen?«

Albert schüttelte den Kopf. »Ich weiß nicht, wie es dir geht, Sonja, aber wir müssen doch jetzt nicht alles beenden, oder? Ich fahre Tonda schnell hin, und wenn ich wiederkomme, lassen wir den Abend bei einem letzten Glas ausklingen. Oder?«

Sonja fragte: »Hast du nicht zu viel getrunken?«

Albert verneinte. »Zwei Glas Rotwein und danach jede Menge Kaffee und Wasser.« Er puffte Antonin freundschaftlich in die Rippen. »Zum Grappa bin ich ja nicht gekommen.«

Richard und Sonja wechselten schnell einen Blick. Dann sagte Richard: »Von mir aus gerne, ich möchte nur niemandem zur Last fallen.«

Sonja grinste. »Wie überaus höflich. So ein Unsinn, du fällst mir doch nicht zur Last.« Sie gab Albert einen Kuss auf die Wange und umarmte Tonda. »Fahrt vorsichtig! Bis gleich!«

Albert schob den Musiker aus der Tür.

»Und nehmt einen Schirm mit!«, rief Sonja hinter ihnen her.

Die Schritte der Männer verklangen, die Haustür klappte, sie waren allein.

Richard lehnte sich zurück und verschränkte die Hände hinter dem Kopf. »Na, wie war ich?«

Sonja setzte sich ihm gegenüber und schenkte sich ein Glas Wasser ein. »Großartig. Und ich?«

Sie lächelten einander an. Richard lehnte sich vor und nahm vorsichtig ihre Hand, als rechne er mit einer Zurückweisung.

»Man fühlt sich einfach nicht gut bei dieser Maskerade, oder?« Sonja nickte bedrückt.

»Aber ich habe eine merkwürdige Beobachtung gemacht. Trotz der Situation habe ich das Essen sehr genossen.«

»Ja? Ich auch. Komischerweise.«

Richard nickte. »Und Albert ist mir ausgesprochen sympathisch. Er ist witzig und klug und sogar an Musik interessiert. Schade nur, dass er dasselbe Mädchen liebt wie ich.«

Sonja drückte seine Hand. »Ich kann allerdings nicht behaupten, dass diese Erkenntnis mir das schlechte Gewissen nimmt.«

Richard streichelte ihre Hand. »Es war ein schöner Abend.«

»Ich bin so froh, dass du gekommen bist.«

Einen Moment saßen sie schweigend da und hörten dem Regen zu, der ans Fenster prasselte.

»Nicht, dass du jetzt denkst, mir würde als Konversationsthema nichts anderes einfallen. Aber für mich als Kalifornier ist so ein richtiger europäischer Regen immer ein Erlebnis«, sagte Richard.

Sonja stand auf und zog ihn mit sich: »Na, dann sollst du ihn auch einmal richtig erleben.« Sie führte ihn nach vorne auf den Balkon. Vorsichtig trat er nach draußen. Sonja stellte sich neben ihn. In großen Tropfen pladderte der Regen auf die Straße, und obwohl der Balkon über ihnen sie davor bewahrte, direkt im Guss zu stehen, bekamen sie doch jede Menge feine Spritzer ab.

Richard hielt mit seiner linken Hand ihre Hand, die rechte streckte er direkt in den Regen. »Herrlich! Und wie das riecht!«

Sonja lachte. »Ja, nach Regen auf Großstadtpflaster.«

»Und nach Herbst und Europa.«

»Romantiker!«

»Eben.«

»Weißt du was«, sagte Sonja, »wir ziehen einfach das Sofa

vor die offene Balkontür; dann kannst du deinen europäischen Regen genießen, und wir werden nicht nass.«

Wenige Minuten später saßen sie gemütlich auf dem Sofa, ein Windlicht flackerte in der Balkontür, und sie lauschten schweigend dem Regen.

»Hoffentlich ist Billie gut nach Hause gekommen«, sagte Sonja.

»Nass geworden ist sie auf jeden Fall. Hamburg ist wohl sehr regnerisch?«

»Angeblich gibt es kein schlechtes Wetter in Hamburg, sondern nur falsch angezogene Menschen.«

Richard lachte. »Das behaupten die Londoner auch.«

»Ich freue mich jetzt schon auf unseren Urlaub in Südfrankreich im nächsten Sommer. Wenigstens einmal im Jahr Sonnenschein satt und garantiert.«

Richard nickte. »Das kann ich verstehen, in diesem Jahr wart ihr nicht in Frankreich?«

Sonja schüttelte den Kopf. »Nein, du weißt ja, wegen Lina.«

Er sah in den Regen hinaus. »Frankreich. La douce France. Ich war zuletzt vor zehn Jahren einmal in Nizza, zum Jazz-Festival. Eine wirklich schöne Gegend. Fahrt ihr immer an einen bestimmten Ort?«

»Ja, nach Pinneron; das ist ein kleines Dorf bei Fréjus, an der Côte d'Azur. Dort haben Freunde von uns ein Haus, das wir jedes Jahr mieten.«

»Das klingt gut. Herzlichen Glückwunsch.« Richard lachte leise. »Habe ich dir jemals erzählt, dass ich auf der Highschool Französischkurse belegt habe, weil ich in die französische Austauschlehrerin verschossen war?« Wie zum Beweis sang er: »Douce France, cher pays de mon enfance …«

Sonja lachte. »Charles Trenet!«

»Damit ist meine Kenntnis französischer Chansonkultur allerdings erschöpft.«

Sie lächelten einander zu, und wieder spürte Sonja, dass ihr

Gesicht kaum ausreichte für das breite Lächeln, das Richard in ihr auslöste.

Plötzlich fiel ihm etwas ein, er griff in seine Brusttasche und zog einen vielfach gefalteten Zettel heraus. »Das habe ich vollkommen vergessen. Beim Stöbern in den alten Dokumenten habe ich einen Brief meiner Großmutter an meinen Vater gefunden.«

Sonja rutschte näher an ihn heran. »Magst du ihn vorlesen?«

Richard glättete das Papier und las:

»Lieber Günther, obwohl du unser Haus in Unfrieden verlassen hast, wünsche ich dir und deiner Familie Gottes Segen. Du musst deinen Vater verstehen (er weiß nicht, dass ich dir schreibe). Was kann ich dir sagen, was kannst du überhaupt aufnehmen in deinem Zorn und deiner Wut? Du folgst deinen eigenen Vorstellungen. Vielleicht kann ich dir eine kleine Erinnerung mitgeben, die dich mit deiner Heimat verbindet. Erinnere dich an deinen Lieblingsplatz bei dem großen Findling an der Weggabelung. Als Kinder habt ihr ihn den ›alten Thingplatz‹ genannt, und wer weiß, vielleicht haben dort vor langer Zeit die Germanen wirklich ihre Entscheidungen über Krieg und Frieden gefällt. Wenn du Kummer oder Angst hattest als kleiner Junge, bin ich mit dir zu diesem Stein gegangen. Wir haben über die Felder gesehen, dorthin, wo der Himmel den Horizont trifft, und deine Ängste sind verflogen. Wenn ich jetzt den Weg zu dem Findling alleine entlangschreite, denkt an dich deine dich liebende Mutter.«

Richard faltete den Zettel wieder zusammen. »Bewegende Worte, nicht wahr?«

Sonja nickte und wiederholte: »Wo der Himmel den Horizont trifft.« Sie seufzte.

Er hob den Arm, als wolle er ihn um ihre Schulter legen, beließ es aber dann bei einem bedauernden Lächeln.

Sonja war ihm dankbar für seine Rücksichtnahme. *Du und*

Albert an einem Tisch, das war fast mehr, als ich aushalten kann. Doch ich kann dich unmöglich auf unserem Sofa umarmen. Für einen Moment war nur das Rauschen des Regens vor dem Balkon zu hören.

Richard zeigte nach draußen. »Ob Billie und Tonda wohl schon im Trockenen sind?«

»Hoffentlich.«

Der Schlüssel wurde im Wohnungsschloss gedreht. Sonja rutschte schnell von Richards Seite in die Sofaecke.

»Ich bin wieder da!« Albert stand in der Tür.

Sonja wurde rot. *Ob Albert gesehen hat, wie ich von Richard abgerückt bin?*

Wohl nicht, denn er kam unbefangen zu ihnen und schüttelte sich den Regen aus den Haaren. »Wie das schüttet. Man hat das Gefühl, die Welt geht unter!« Er bedachte Richard und Sonja mit einem Lächeln. »Wie sieht's mit einem letzten Glas aus?«

Sonja fragte: »Habt ihr Billie gefunden?«

»Nein, in ihrer Wohnung war es dunkel, als ich Tonda dort abgesetzt habe, und auf der Straße haben wir sie auch nicht gesehen.«

»Es wird ihr doch nichts geschehen sein?«

»Aber nein. An gebrochenem Herzen stirbt man nicht.«

Woher willst du das wissen? Vielleicht stirbt man keinen klinischen Tod. Aber man bricht sich ja auch das Herz nicht wie einen Arm. Irgendetwas stirbt bestimmt in einem.

18. Kapitel

Hamburg-Klosterstern, 9. September 2004

»Entweder bist du ein Teil des Problems oder ein Teil der Lösung. Oder du bist nur Teil der Landschaft.«
Ronin, 1998

Billie zitterte in ihren feuchten Kleidern, während sie durch die Straßen lief. Als Richard von Tondas Ehefrau erzählt hatte, hatte sie plötzlich keine Luft mehr bekommen. Ganz schwarz vor Augen war ihr geworden. Panik war wie eine Welle über ihr zusammengeschlagen. *Wieso findet eigentlich kein Arzt heraus, was mit mir los ist?* Der Internist tappte immer noch im Dunkeln. In einem peinlichen Gespräch hatte er ihr seinen Verdacht auf Leukämie gestanden, der sich glücklicherweise nicht bestätigte. Ihre Eisenwerte waren zwar alles andere als vorschriftsmäßig, aber ansonsten war ihr Blutbild unauffällig, und so nahm der Arzt schließlich zu hilflosen Vermutungen Zuflucht. Hatte Billie einen schweren Verlust zu verkraften? Rauchte sie zu viel, oder sollte sie mehr Sport treiben? Litt sie unter Stress?

Nein, dachte Billie, während ihr der Regen ins Gesicht schlug und ihr fast den Atem nahm, *die Diagnose lautet: Die Patientin leidet am Leben und an der Liebe. Dagegen wächst kein Kraut, und eine Therapie gibt es auch nicht auf Krankenschein. Davon kann einem wohl schwindlig werden.*

Nachdem sie aus Sonjas Wohnung gelaufen war, hatte sie ihre Freundin zwar hinter sich rufen hören, aber sie war einfach weitergerannt. Blind für den Regen, das Gewitter und die Blicke der Passanten, die sie neugierig unter ihren Schirmen hervor beäugten. Die dachten bestimmt, sie sei einer Irrenanstalt entlaufen. Ohne es zu merken, hatte sie den ganzen Weg über wie ein Mantra vor sich hin gemurmelt: »Nicht schon wieder! Nicht schon wieder!«

Wieso kann ich nicht einmal Glück haben? Warum verliebe ich mich ständig in die Falschen? Und wieso verliere ich wieder mein Herz an sie, an diese dummen Männer, die sowieso eine Frau nie wirklich glücklich machen können?

Ihr leichtes Sommerkleid klebte am Körper, die nassen Schuhe trug sie in der Hand. Sie lief barfuß durch den Regen, als könne dieser sie von ihren Wunschträumen und Illusionen reinwaschen. Sie entschloss sich für den Weg durch den Park am Isebek-Kanal, abseits der großen Straßen, und dann an der Hohe-Luft-Chaussee in die Isestraße einzubiegen, um unter der U-Bahn-Brücke bis zum Eppendorfer Baum zu gelangen. *Vielleicht laufe ich jetzt irgendwelchen Kriminellen über den Weg, die mich überfallen und umbringen. Vielleicht hole ich mir auch nur einen Schnupfen. Oder Blasen an den Füßen. Ich könnte auch umknicken und mir das Bein brechen. Und dann langsam in einer Pfütze zwischen Fahrradbrücke und Kinderspielplatz ertrinken. Das geschähe Tonda doch ganz recht. Aber der Hund wird noch nicht einmal ein schlechtes Gewissen haben. Und wenn, dann wird ihn das höchstens zu molltonigen Balladen inspirieren, mit denen er andere Weiber betört. ›Für Billie‹, wird er vor der Nummer ansagen und sein Akkordeon auseinanderziehen. Noch eine Frau, der ich das Herz gebrochen habe.*

Als sie endlich den Klosterstern erreichte, sah sie schon von weitem, dass in ihrer Wohnung Licht brannte. Wieder liefen ihr Tränen übers Gesicht. *Tonda! Ich hasse dich. Nein, ich liebe dich.*

Der Anblick der erhellten Fenster, beruhigte sie. *Du wartest auf mich. Ob ich dich ein wenig zappeln lassen soll? Nein, für derartige Spielchen habe ich keine Kraft mehr.* Sie bog in den kleinen Gartenweg ein und drückte die Haustür auf. Oben hörte sie ein Poltern, und Tonda kam ihr entgegengelaufen. In der einen Hand hielt er eine Rose, unter dem anderen Arm trug er eine zusammengerollte Decke, die er sofort entfaltete und ihr um die Schultern legte. Trotz ihrer Erstarrung spürte sie seine Berührung und war dankbar für die Wärme der Decke. Sie sah ihn an, mit zitternden Knien, und alles, was ihr einfiel, war: »Wo hast du denn die Rose her?«

»Das ist nicht wichtig. Du musst jetzt wieder warm werden.«

Als sie Tondas besorgte Stimme hörte, brach sie in Schluchzen aus. *Ich sollte jetzt stolz sein und unnahbar. Dich hinauswerfen und aus meinem Leben verbannen.* Stattdessen ließ sie sich wie ein Kind von ihm die Stufen in ihre Wohnung hinaufführen. Er zog ihr das kalte, nasse Kleid aus und half ihr in das von ihm vorbereitete heiße Bad. Im nächsten Moment lag sie in dem warmen Schaum, ließ sich von ihm mit einem Schwamm Schultern und Rücken abrubbeln und hörte seiner weichen, beschwörenden Stimme zu, die unablässig in einem unverständlichen tschechischen Wortschwall auf sie niederregnete. Während er ihr die Tränen vom Gesicht küsste, ließ sie die Rose nicht los.

19. Kapitel

Norderstedt, 14. September 2004

*»Im richtigen Moment muss man das tun,
was niemand erwartet.«*
Heaven, 2002

Hermine blickte ein letztes Mal auf den Notizzettel, den sie auf dem Beifahrersitz deponiert hatte.

»Gleich hinter der Kirche, großes, altes Krankenhaus, erste Straße links, Hausnummer 70«, murmelte sie.

Sie lavierte ihren alten Kombi langsam durch die ihr unbekannten Straßen von Norderstedt und fuhr vor einem funktionalen Neubau in eine Parklücke. Für einen Moment saß sie still im Wagen. Ihre Gedanken wanderten zurück zu dem ersten Telefonat, das sie im Spätsommer mit Dr. Bernhardt geführt hatte.

»Mein Name ist Hansen, es geht um den Sohn meines Mannes, Florian«, hatte sie damals mit einer um Festigkeit bemühten Stimme gesagt und sich mit Herrn Bernhardt verbinden lassen.

»*Frau* Doktor Bernhardt«, hatte ihr die Telefonistin mitgeteilt.

Die Ärztin schien Hermines Anruf nicht zu überraschen. »Ich hatte schon früher damit gerechnet, etwas von Florians Familie zu hören.«

»Wie kommen Sie darauf?«

»Doktor Hansen hat immer betont, wie sehr die Familie an Florian Anteil nimmt, auch wenn alle in Süddeutschland leben.«

Hermine hatte nicht das Herz gehabt, Ernsts Lügengespinst

zu zerreißen. Stattdessen hatte sie sich nach Florian erkundigt und erfahren, dass der junge Mann in einer betreuten Wohngemeinschaft lebte. »Wie geht es ihm?«

»Gut, wenn Sie ›gut‹ nicht im herkömmlichen Sinne verstehen. Florian ist ein besonderer Mensch. Sein Zustand ist von seiner Tagesform abhängig.«

Hermine räusperte sich. In Gedanken lächelte sie Ernst zu. *So, mein Lieber, jetzt pass mal auf. Denn ich habe mir auch eine kleine Lügengeschichte zurechtgelegt.*

»Frau Doktor Bernhardt, ich war längere Zeit im Ausland und bin, wie Sie vielleicht wissen, nicht Florians Mutter. Es ist sehr unangenehm, aber mir ist entfallen, unter welcher Krankheit der Junge leidet.«

Die Ärztin schien nicht im Mindesten irritiert. »Es ist eigentlich keine Krankheit, sondern ein Zustand. Der medizinische Fachterminus lautet ›infantile Zerebralparese‹, im Volksmund werden Menschen mit dieser Schädigung Spastiker genannt.«

Spastiker? Sofort zogen Bilder von ihren ehemaligen Schülern vor ihrem inneren Auge vorbei. *Spasti! Vollspasti! So hatten sie einander beschimpft und waren dazu mit krampfhaften, abgehackten Bewegungen herumgetorkelt. Dabei war keiner von ihnen jemals einem Spastiker begegnet. Genauso wenig wie ich.*

Hermine zog scharf den Atem ein. »Oh. Ist er geistig zurückgeblieben?«

»Natürlich kann er es geistig nicht mit einem gesunden Gleichaltrigen aufnehmen, aber er versteht alles oder zumindest vieles und kann auch ein wenig sprechen.« Die Ärztin lachte leise. »Zumindest kann er seinen Willen nachdrücklich und laut äußern. Nicht unbedingt mit konventionellem Sprachverhalten, aber dennoch deutlich. Ich denke, er bewegt sich auf dem geistigen Niveau eines fünf- bis siebenjährigen Kindes.«

Nach diesem Gespräch hatten Hermine und Dr. Bernhardt immer wieder telefoniert. Nachdem Hermine der Ärztin erzählt hatte, dass sie nach Norddeutschland gezogen sei, beendete diese jedes Gespräch mit einer herzlichen Einladung.

»Kommen Sie doch einfach mal vorbei. Verschaffen Sie sich ruhig selbst einen Eindruck und besuchen Sie ihn.«

Erschrocken wiegelte Hermine ab, doch ihr Widerstand wurde immer schwächer. Wenn Anne oder Sonja mit den Kindern zu Besuch kamen, beobachtete sie heimlich ihre Töchter und Enkelkinder, freute sich an ihren kräftigen, gesunden Körpern und ihren schnellen, sicheren Bewegungen. Sie dachte an all die Erfahrungen, die Ernsts Sohn niemals gemacht hatte.

Nackt durch das flache Wasser am Ostseestrand preschen. Pferde trockenreiten, sich dabei auf den Rücken legen und unter langsamem Wiegen in den Himmel gucken, bis die Augen wehtaten und man das Gefühl hatte, sich im Blau aufzulösen. Knallerbsen auf einen Grashalm fädeln, seilspringen bis hundert, Fangen spielen, Stelzen laufen, Handstandüberschlag üben und immer wieder auf den Rücken fallen oder geborgen in einem Baumhaus vor Regen Schutz suchen und sich so fühlen, als würde man in einer Wolke wohnen.

Vorige Woche hatte Hermine sich einen Ruck gegeben und bei Dr. Bernhardt angerufen. »Ich habe demnächst in Hamburg zu tun und möchte Florian gern besuchen.«

Norderstedt lag an der Grenze zu Hamburg, am Nordrand der Stadt. Sie war die A 7 in Richtung Hamburg gefahren, und da war sie nun. Vor dem Haus mit der Nummer 70, in dem der Sohn von Ernst lebte.

Sie stieg aus dem Auto und wollte gerade den Klingelknopf drücken, als jemand im Inneren des Hauses eine Wohnungstür aufriss. Eine Frau mit wild vom Kopf abstehendem hellblondem Haarschopf wuchtete mit Verve ihre Gehhilfe in den Flur. Sie trug einen roten Mantel, beugte sich über den an der Gehhilfe angebrachten Korb und zog die Glastür auf. Dabei stritt sie sich die ganze Zeit mit jemandem, den Hermine nicht sehen konnte.

»Unglaublich! Eine Unverschämtheit! Kein Wunder, dass alles den Bach runtergeht!«, bellte sie Hermine an, die unwillkürlich einen Schritt zurückwich. »Ist doch wahr! Aber einer muss es ja am Ende ausbaden!«, schimpfte die Frau weiter, und jetzt erkannte Hermine, mit wem sie derart im Clinch lag: Es war eine große Babypuppe, die sie in einer ersten Schrecksekunde für ein lebendiges Kind gehalten hatte.

»Also, jetzt hältst du einfach mal den Mund!«, teilte die Frau der Puppe mit und gab ihr eine Kopfnuss auf den glänzenden Schädel. Sie war älter, als Hermine gedacht hatte. Ein irgendwie altersloses Gesicht mit glatter, wie über die Knochen gespannter Haut, wasserblauen Augen und ungeschickt aufgetragenem rotem Lippenstift. Ein maskenhaftes, aber kein unsympathisches Gesicht. Die Frau sah Hermine um Verständnis heischend an, schüttelte den Kopf, zeigte auf die Puppe und murmelte in tragikomischer Verzweiflung: »Kinder! Kinder! Ich sag es Ihnen.« Dann stob sie in rasender Geschwindigkeit, schon wieder im Streitgespräch mit ihrer Puppe, über den Bürgersteig davon.

Hermine sah ihr nach. Unwillkürlich musste sie lächeln. *Die Frau ist vielleicht geistesgestört, behindert, geistig zurückgeblieben, was auch immer, doch sie hat zweifelsohne Witz.*

»Frau Hansen?«

Eine Stimme riss sie aus ihren Gedanken. In der Glastür stand eine junge Frau mit einem mädchenhaften Gesicht und einem blonden Pferdeschwanz. Sie trug weiße Jeans, einen bequemen Pullover sowie flache Schuhe und sah eigentlich viel zu jung aus für ihre verantwortungsvolle Aufgabe. In der Hand hielt sie einen Aktenordner.

»Frau Doktor Bernhardt?«

Sie begrüßten einander. Dr. Bernhardt bat Hermine in einen geräumigen, hellen Flur und überreichte ihr den Aktenordner.

»Ich habe Ihnen hier einmal Florians Krankenakte herausgesucht. Dann können Sie sich selbst ein Bild machen.«

Hermine nahm die Mappe und steckte sie in ihre Umhängetasche. »Vielen Dank. Ich bringe sie Ihnen beim nächsten Mal wieder.« Sie sah sich um. »Wo ist der Junge denn?«

Frau Dr. Bernhardt erwiderte: »Florian ist um diese Zeit meistens im Esszimmer. Dort kann er in den Hinterhof hinausschauen, wo viele Katzen herumstreunen. Um elf Uhr kommt seine Ergotherapeutin.«

Vom Korridor gingen viele Zimmer ab, die Türen waren fast alle geöffnet. Irgendwo klappte eine Tür, eine Stimme rief etwas Unartikuliertes, Kaffeeduft lag in der Luft. An den Wänden hingen gerahmte Fotos, offensichtlich von den Bewohnern. Hermine war überrascht von der fröhlichen Stimmung, welche die Bilder atmeten.

Aus einem der Zimmer kam ein unrasierter Mittvierziger in ausgeleierten Unterhosen und einem schief zugeknöpften Pyjamaoberteil gestolpert.

»Markus!«, rief Frau Dr. Bernhardt und winkte dem Mann zu.

Der riss die Augen weit auf und kam auf sie zu. Er bewegte sich langsam, und ständig zuckte sein linkes Bein von seinem Körper weg, was seine Fortbewegung der eines Einsiedlerkrebses ähneln ließ. Sein Kopf war weit nach hinten gebogen, Kehle und Halsmuskeln waren wie in einem einzigen Muskelknoten zusammengezogen.

Das Gesicht mit den großen grauen Augen dagegen wirkte erstaunlich ruhig und gelassen, nur der Mund verzog sich immer wieder zu einer angestrengten Grimasse. Seine Sprache war verschliffen, aber verständlich.

»Wer sind Sie denn?«

Er meinte offensichtlich Hermine, an die er so nah herantaumelte, dass sie seinen Atem auf ihrem Gesicht spürte.

Sie versuchte sich ihre Nervosität nicht anmerken zu lassen. »Ich bin Hermine.«

»Das ist ja ein komischer Name.« Er rückte noch näher. Um

ihn auf eine Armeslänge von sich fernzuhalten, streckte sie die Hand aus, ergriff seine steifen Finger und schüttelte sie. »Guten Tag, Markus.«

Seine Finger steckten unbeweglich zwischen den ihren. Ein Krampf durchlief seinen Körper, sein Mund verzerrte sich noch stärker. »So kalte Hände, Hermine. Kalte-Hände-Hermine.«

Hermines Vorbehalte schmolzen dahin. *Markus ist wie ein Kind.* Kinder hatte sie als Lehrerin jahrelang erlebt.

Frau Dr. Bernhardt sah sich suchend um und rief: »Pölgi?«

Aus dem hinteren Teil der Wohnung erklang die Antwort: »Ich komme!«

Wenig später erschien ein stämmiger Mann in Weiß im Korridor.

»Frau Hansen möchte Florian besuchen. Das ist Alfred Pölger, einer unser Pfleger, der sich besonders um den Jungen kümmert«, stellte Frau Dr. Bernhardt ihn vor.

»Tscha nu«, war Pölgers Antwort, der sich mit einer riesigen Hand durch die strubbeligen Haare fuhr, bevor er die ihre ergriff und kräftig drückte.

»Pölgi!«, mischte sich Markus in das Gespräch ein.

»Ja, min Jung«, Pölger wandte sich dem Patienten zu und nahm ihn sanft am Ellenbogen. »Wollte dich sowieso gerade holen. Heute ist doch Dienstag, da wird gebadet.« Er nickte Hermine und der Ärztin zu. »Man sieht sich.«

An seiner Seite lief Markus im Zickzack über den Flur zurück in sein Zimmer.

»Wie viele Leute wohnen hier?«, fragte Hermine Dr. Bernhardt.

»Insgesamt zehn.«

»Leiden alle an infantiler Zerebralparese?« Mittlerweile ging ihr das schwierige Wort leicht über die Lippen.

»Die meisten, ja.«

Seit dem ersten Telefonat mit Dr. Bernhardt hatte sich Hermine schlaugemacht und in der Flensburger Unibibliothek einiges über infantile Zerebralparese gelesen. Sie wusste, dass diese Hirnschädigung durch eine Vielzahl von Ursachen ausgelöst werden konnte. Bei Florian, so die Vermutung von Dr. Bernhardt, war eine Rötelerkrankung der Mutter während ihrer Schwangerschaft der Auslöser für die Behinderung gewesen.

Hermine hatte mehrere Fachbücher und Selbsthilfebroschüren studiert und bewegende Homepages von betroffenen Eltern gelesen, die für ihre Kinder Geld für Delphintherapien sammelten. Sie hatte gedacht, gut vorbereitet zu sein. Doch kein Buch der Welt, kein Bericht hatte sie auf das vorbereitet, was sie sah, als sie hinter Dr. Bernhardt das lichtdurchflutete Esszimmer betrat.

Der Rollstuhl stand halb seitlich vor den bodentiefen Glastüren, die in einen gepflasterten Innenhof hinausführten. Und in dem Rollstuhl saß … *Ernst.*

Hermine war, als hätte sie einen Schlag in die Magengrube bekommen, und sie schnappte nach Luft. *Er sieht aus wie Ernst als junger Mann. Weiche dunkelblonde Haare, die ihm seitlich in die Stirn fallen, ein schmales Gesicht und über den Augen hübsch geschwungene, dunkle Brauen.*

»Hallo, Florian!«

Frau Dr. Bernhardt begrüßte den Jungen. Der schrak bei der Nennung seines Namens auf, ein Krampf lief durch seinen Körper, und innerhalb von Sekunden zersplitterte Ernsts Gesicht vor Hermine wie ein Spiegel, in den man einen Stein wirft. Seine Miene verzog sich zu einer Fratze, die Zunge glitt aus dem Mund zwischen die unnatürlich verspannten Lippen, der Oberkörper, der, wie Hermine jetzt bemerkte, am Rollstuhl festgeschnallt war, bäumte sich gegen die Gurte. Die nutzlosen dünnen Beine steckten in viel zu weiten Jeans, die einander zugewandten Füße waren stark nach unten gebogen.

»Sieh mal, das ist Hermine. Sie kannte deinen Vater sehr gut.«

Frau Bernhardt drehte den Stuhl in den Raum.

Er sieht mich an. Während all der Bewegungen, die sein Körper gleichzeitig vollführt, sieht er mich an. Mit Augen, die wie zum Hohn von auffälliger Schönheit sind. Grau mit einem dunklen Rand, dicht bewimpert. Ernsts Augen. Sie versuchte, dem Jungen zuzulächeln.

Aus dessen Mund strömten Laute, Worte, Husten und manchmal ein einem männlichen Schnarchen nicht unähnliches Röcheln tief aus der Kehle.

»Gelegentlich leidet Florian unter Schluckbeschwerden, dann röchelt er so«, erklärte Dr. Bernhardt.

Hermine spürte, wie ihr übel wurde. Vergeblich versuchte sie, Blickkontakt zu dem Jungen aufzunehmen, hoffte auf ein Nicken, ein Zwinkern, eine dieser typisch menschlichen Gesten, mit der wir uns des anderen versichern, die besagen: Ich bin ein Mensch wie du. *Warum schaust du mich so unverwandt an? Als ob du durch ein Fenster blickst?* Ein lähmendes Unbehagen überfiel sie.

Später sollte Dr. Bernhardt diese Empfindungen ihr gegenüber als »Stufe 1« bezeichnen: die Angst *vor* dem Kranken. »Stufe 2« schloss sich sogleich an: die Angst *um* den Kranken. Denn Florian verschluckte sich, sein Atem setzte aus, sein Gesicht lief erst rot, dann bläulich an, sein Körper wurde zum Sinnbild eines Krampfes, ein Standbild aus einem angehaltenen Film.

»O mein Gott, er atmet ja nicht mehr. Wir müssen etwas tun!« Ihre eigene Stimme dröhnte Hermine in den Ohren.

»Keine Angst, Frau Hansen. Wir kennen das. Florian entspannt sich jetzt, und danach geht es wieder, stimmt's?«

Dr. Bernhardt stand vor dem Jungen und nickte ihm aufmunternd zu. Tatsächlich fing er nach kurzer Zeit wieder an, zu atmen, zu röcheln und zu husten.

Hermine entspannte sich ein wenig. Sie trat auf den Rollstuhl zu und sagte: »Hallo, Florian. Schön, dich kennenzulernen.«

Die Tatsache, dass er für einen Moment ruhig war und sie anzusehen schien, machte ihr Mut.

Sie legte ihre Hand auf seinen Arm. Er begann wieder zu zucken. Unsicher suchte sie den Blick von Frau Dr. Bernhardt.

»Diese Patienten mögen es nicht sehr gerne, berührt zu werden. Eine Berührung kann sie nachhaltig aus dem Konzept bringen.«

Als sich Florian wieder beruhigte hatte, versuchte sie es noch einmal. »Ich bin Hermine, und ich habe Fotos von deinem Vater mitgebracht, die wir zusammen anschauen können.«

Florian atmete laut weiter, und das Zucken seines Kopfes interpretierte Hermine erleichtert als zustimmendes Nicken.

Aus ihrer Umhängetasche holte sie einen Umschlag, den sie Florian ungeschickt in den Schoß legte. Dann kniete sie sich vor den Rollstuhl, eifrig, aufgeregt und in der Hoffnung, es richtig zu machen. Sie entnahm dem Umschlag mehrere Fotos, die Ernst zeigten. *Ernst zu Pferde, mit einigen seiner Tierpatienten, mit Kühen, Kälbchen, Hunden, mit den Mädchen Sonja und Anne, Ernst vor dem Hof in Kiekeby. Ernst …*

Ihr hektisches Tun wurde jäh unterbrochen. Florian warf sich gegen die Gurte nach vorne, riss den Mund auf und überzog die Bilder, die Hermine ihm entgegenhielt, mit einem langen Speichelfaden. Dabei sah er sie unverwandt an.

Hermine stand auf, so schnell sie konnte. Gegen Ekel, Trauer und Entsetzen ankämpfend, starrte sie Florian an, der wild mit dem Kopf schlug und vor sich hin brabbelte.

Erstaunt und beschämt fühlte sie, dass ihre Wangen nass von Tränen waren und ihr stoßweiser Atem in Schluchzen überging.

Ich muss hier weg. Ich kann diese Situation nicht länger aushalten. Ich muss raus. Raus! Die Fotos entglitten ihren Händen, sie drehte sich um und floh.

»Frau Hansen!«

Sie hörte Dr. Bernhardts Stimme hinter sich, drehte sich aber nicht um, fand irgendwie die Ausgangstür und stand kurz darauf der Straße, die sie wie in Trance einfach entlanglief, bis sie an einen kleinen Platz kam, auf dem drei Bänke im Kreis aufgestellt waren. Erschöpft ließ sie sich auf einer davon nieder. Ein harter Wind trieb eine zur Kugel geknüllte Papiertüte gegen eine Häuserwand.

Gelächter drang an ihr Ohr, Fetzen von Musik, Stimmengewirr, das Klirren von Geschirr. Den Bänken gegenüber hatte eine Kneipe bereits geöffnet. Es war eine klassische Eckkneipe mit Sitznischen, einer langen Bar, nikotingefärbten Wänden, in die sich Hermine an einem anderen Tag nie verirrt hätte. Heute aber stand sie auf, überquerte den Platz und ging durch die offene Tür. Der mittelgroße Raum war gut besucht. Mindestens zehn Männer verschiedenen Alters standen an der Theke, hinter der eine blasse Brünette unbestimmbaren Alters Bier zapfte.

Hermine suchte sich einen Platz in einer der leeren Nischen. Verwundert stellte sie fest, dass sie ohne Verlegenheit ihre Stimme gegen das Geleier der Musikbox und die Tresengespräche erheben konnte: »Bekomme ich bei Ihnen einen Kaffee?«

Die Brünette schaute kurz auf: »Mit Milch und Zucker?«

Hermine nickte und schälte sich aus ihrem Mantel. Sie stützte den Kopf in die Hände, blind für die schmuddelige Kneipe, die fleckige Tischplatte, taub gegen die von schweren Zungen geführten Männergespräche. *Wie gut das tut, in menschlicher Gesellschaft zu sein, im Warmen, an einem Ort, der nach Regeln wie »bestellen, trinken, bezahlen« funktioniert.*

»Bitte sehr.«

Die Kellnerin stellte ein ovales Tablett mit einem schwarzen Keramikbecher auf den Tisch.

Hermine lächelte ihr zu.

»So allein, gute Frau?« Mit diesen Worten schwankte ein bärtiger Mann mit dicken Brillengläsern auf ihren Tisch zu.

Die Brünette, die gerade auf dem Weg zurück hinter den Tresen war, erwischte ihn am Oberarm. »Komm mal her, Hugo. Das ist keine gute Idee.«

Hermine registrierte, dass die Szene ihr nicht, wie zu erwarten gewesen, einen Schrecken einjagte. Sie warf Hugo, der unschlüssig vor ihrem Tisch stand, einen freundlichen Blick zu und sagte leichthin: »Ich möchte ein bisschen zu Atem kommen und nachdenken.«

»Komm, Hugo, lass die Dame mal nachdenken«, rief ein Weißhaariger, der sich am Ende der Theke über eine Zeitung beugte.

»Ja, Hugo, lass ma«, sekundierten einige andere.

Hugo trat friedlich den Rückzug an.

Hermine trank den viel zu starken, brandig schmeckenden Kaffee in kleinen, vorsichtigen Schlucken. *Ernst, das ist einfach eine Nummer zu groß für mich. Ich kann nicht mehr dorthin zurückgehen. Ich kann nicht.*

Sie bezahlte an der Theke, nickte den freundlich zurücknickenden Männern zu und verließ die Kneipe.

Es war schon früher Abend, als sie wieder in Kiekeby eintraf. Erleichtert nahm sie zur Kenntnis, dass die Pferde von den beiden Mädchen aus dem Dorf, die außerhalb der Saison den Stalldienst gegen unentgeltliches Reiten übernahmen, versorgt worden waren. Es gab nichts Dringendes mehr zu tun.

Hermine ging ins Wohnzimmer, zündete das Kaminfeuer an und holte aus ihrer Umhängetasche die Mappe, die ihr Dr. Bernhardt mitgegeben hatte. Florians Krankengeschichte. *Sein Leben.*

Seit seiner Geburt war Florian in Krankenhäusern und Heimen gewesen. Bei seiner Form der Tetraplegie, lernte Hermine, bestand eine generalisierte Lähmung aller Extremitäten sowie eine erheblich verzögerte motorische Entwicklung. »Eine Gehfähigkeit wird nur bei zehn Prozent der Patienten erreicht. Insgesamt kann man bei dieser Form der Erkrankung nur eine ungünstige Prognose geben.«

Hermine stand Florians geschundener Körper quälend vor Augen. Sofort spürte sie wieder Tränen in den Augen, und hastig las sie weiter. Florian hatte erst mit drei Jahren gelernt zu sitzen, er konnte bis heute nicht gut greifen. Unter dem Stichwort »ataktische Syndrome« versammelten sich eine weitere Reihe von schweren Schädigungen: Gleichgewichts- und Sprachstörungen, Tremor … Hermine verschwammen die Buchstaben vor den Augen.

Alles lief auf ein Ergebnis zu: Florians Zustand würde sich nicht bessern.

»Insgesamt kann man bei dieser Form nur eine ungünstige Prognose geben.«

Eine kleine Notiz in der Mappe klärte darüber auf, dass Hanni sich schon früh von ihrem Sohn getrennt hatte. Auf einem Patientenbogen las Hermine: »Mutter nach Heirat nach Kanada verzogen.«

Vor mehr als siebzehn Jahren.

Langsam sammelte sie die verstreuten Papiere zusammen und steckte sie ordentlich in die Mappe. Dann stand sie auf, ging zum Barschrank, goss sich einen Cognac ein und stürzte ihn schnell hinunter, während sie die Flasche noch in der Hand behielt. Ein zweites Mal füllte sie das Glas und nahm es mit zum Sofa. Doch sie trank nicht. Sie saß einfach nur da und starrte in den Kamin, bis das Feuer verlosch. Versteinert, unfähig, sich zu bewegen, spürte sie, wie Kälte in das Zimmer kroch und von ihr Besitz ergriff.

20. Kapitel

Kiekeby, 23. Dezember 2004

»Ich suche nicht einen Mann, der mich nimmt, sondern einen, der mich behält.«
Die schöne Hochzeit, 1981

Nach einem Oktober mit klaren Sonnentagen zog der Herbst mit Nebel, Dauerregen und böigen Hagelschauern die Elbe hinauf.

Billie hatte nach Antonins Abreise ihr geselliges Leben weitgehend auf Eis gelegt. Dass ihre Veränderung nicht nur dem Tschechen, sondern auch mit ihrem Gesundheitszustand zu tun hatte, verschwieg sie Sonja genauso wie ihrem großen Bekanntenkreis, der erst verwundert, dann immer selbstverständlicher auf ihre anregende Anwesenheit bei Ausstellungseröffnungen und After-Work-Partys verzichtete.

Immer noch gab es keine konkrete Diagnose, doch Billie fühlte sich zunehmend schlechter, schwächer, kränker. Sie hatte zu nichts Lust, lag an den Wochenenden stundenlang auf dem Sofa und beobachtete, wie der Wind die letzten braunen Blätter von den Bäumen vor ihrem Fenster riss. In der Agentur musste sie sich zwingen, den Tag durchzustehen, schlaff, antriebslos und immer wieder von Panikattacken geschüttelt, die sie mit schier übermenschlichen Kräften als Migräneanfälle, Grippevorboten oder Schüttelfrost tarnte. Ihre Angst, ernsthaft krank zu sein, hatte sich mittlerweile in eine makabre Hoffnung verwandelt. *Gebt mir eine, irgendeine Diagnose, gegen die ich mit Medikamenten, einer Therapie oder in Gottes Namen auch mit Wunderheilern angehen kann.* Aber die Ärzte fanden nichts.

»Ich kann Ihnen das Zeugnis einer gesunden jungen Frau ausstellen.«

Lächelnd und zufrieden damit, dass die Zahlenkolonnen auf seinen Untersuchungsergebnissen keinerlei dramatische Abweichungen von den üblichen Mittelwerten zeigten, schlug ihr Internist ihre Patientenmappe zu.

»Ich schreibe Ihnen leichte Herz-Kreislauf-Tropfen auf. Im Bedarfsfall nehmen Sie dreimal täglich zehn Tropfen auf einem Stück Zucker.«

Seitdem tat Billie keinen Schritt mehr aus dem Haus ohne ein Döschen mit Würfelzuckerstücken und die altmodische braune Flasche mit dem Kreislaufmittel.

Mittlerweile hatte sie eine gewisse Routine darin erlangt, die Attacken zu bekämpfen, aber dabei halfen ihr nur eine Wärmflasche, die Tropfen und ihr Bett. Aus diesem Grund hatte sie schon so manches Geschäftsessen hastig und unter fadenscheinigen Vorwänden abgebrochen, bevor der leichte Schwindel sich zu einem Strudel steigerte, der sie in eine wirbelnde schwarze Tiefe riss. Eiskalt war ihr in solchen Momenten, ihr Pulsschlag war kaum zu spüren, die Schwärze bäumte sich zu einer großen Welle der Angst auf, die sie verschlang. *Und jedes Mal bin ich mir ganz sicher, dass ich sterben werde.* Doch dann wärmte die Bettflasche ihre Füße, die Tropfen wirkten, und sie bekam ihre Atmung wieder unter Kontrolle. *Bis zum nächsten Mal.*

»Ich kann Ihnen das Zeugnis einer gesunden jungen Frau ausstellen.«

An einem windigen Novembertag war sie sogar in ein ehrwürdiges Ärztehaus in der Innenstadt gegangen und hatte sich einer Kernspintomografie unterzogen. Diese geriet zu einer der furchtbaren Erfahrungen, die sie vor allem mit der Erkenntnis entließ, dass Fernsehen und Kino logen. *Da sehen wir, wie Menschen in Krankenhäusern in diesen Gehäusen verschwinden – leise, geschmeidig gleitet die Liege hinein. Schnitt.*

Die Wirklichkeit ist, dass NACH dem Schnitt die Hölle losbricht und den Patienten fast die Ohren abfallen. Quälend lange Minuten lag sie bei dem ohrenbetäubenden Lärm der Maschine in der klaustrophobischen Enge der weißen Röhre und starrte wie paralysiert auf den Spiegel, mit dem sie nach außen in das Zimmer blicken konnte. *Hilfe! Ich fühle mich, als ob mich jemand auf einen Betonfußboden genagelt hätte, den gerade mehrere große Bohrer durchstoßen sollen.*

Danach eröffnete ihr ein ranzig riechender Mittfünfziger mit einer dicken Erkältung, dass die Untersuchung ohne Befund sei. Missbilligend starrte er auf die Aufnahmen von Billies Gehirn, die wie dünn geschnittene Obsttortenstücke auf einer von hinten angestrahlten Elektrotafel angerichtet waren.

»Nichts. Kein Tumor, keine Entzündungsherde. Wahrscheinlich sind Ihre Schwindelgefühle völlig subjektiv, psychosomatisch bedingte Hysterie. Höchstens …«, der Arzt beugte sich vor, um im letzten Moment ein Taschentuch aus der Schreibtischschublade zu ziehen und einen gigantischen Nieser geräuschvoll mit einem ergiebigen Schnäuzen zu krönen.

»Höchstens …?«, fragte Billie mit versagender Stimme.

»Tja, es sieht so aus, als sei bei Ihnen eine Erkältung im Anmarsch. Hatten Sie schon mal etwas an der Stirnhöhle?«

Ende November lud Sonja Billie ein, Weihnachten mit ihnen in Kiekeby zu verbringen.

»Gestern hat mich Hermine angerufen und nach dir gefragt. Sie hat dich seit Ostern nicht mehr gesehen, und wie ich sie kenne, ist das Bett im Gästezimmer schon frisch bezogen. Magst du?«

Billie konnte den freundlichen Augen ihrer besten Freundin nicht widerstehen. Bestimmt hatte Sonja mit Hermine über sie gesprochen, und nun wollte die gute Seele sie aufpäppeln. Bei dem Gedanken an Hermines unaufdringliche Wärme und an die Gemütlichkeit ihres Hauses traten Billie Tränen in die Augen. *Ja, ich will nach Kiekeby und mich ausruhen. Hauptsache, ich bekomme keine Panikattacke.*

Sie sagte zu.

Am 23. Dezember stand sie in Hermines Gästezimmer unter dem Dach. Sie hatte schon oft hier übernachtet und fand, dass es im Winter besonders gemütlich war. Das Gebälk knackte beruhigend, und der Wind pfiff um den Giebel. Außer einem großen altmodischen Doppelbett, einer Kommode, einer Truhe sowie einem kleinen Porzellanwaschbecken war das in einem hellen Blumenmuster tapezierte Zimmer leer.

Sonja legte einen Stapel Handtücher aufs Bett. »So, du kannst jetzt auspacken. Wir treffen uns dann unten. Mama hat nämlich zur Begrüßung ihren Früchte-Gin aus dem Keller geholt. Also bis gleich.«

Sie gab ihrer Freundin einen kleinen Klaps auf den Arm und polterte die Stiege hinunter. Billie ließ sich auf das Bett plumpsen und bemerkte zufrieden einen kleinen Tauchsieder und eine Wärmflasche auf der Kommode neben dem Waschbecken. Wie fürsorglich von Hermine, hier oben konnte es nämlich trotz Heizung sehr kalt werden. *Jedenfalls werde ich bei einer Attacke nicht vor aller Augen über den Flur schleichen müssen, sondern kann mir meine Rettungswärmflasche im Schutze meines Zimmers bereiten. Meine Güte, ich benehme mich schon wie ein Soldat in einer von Sonjas Kinolegenden. ›Im Schutze meines Zimmers‹ …*

Sie versuchte ihr Unwohlsein wegzugrinsen und sah sich weiter in dem vertrauten Raum um. Auf der Fensterbank stand ein blühendes Alpenveilchen in einem gelben Übertopf. Neben ihrem Bett fand sie auf der zum Nachttisch umfunktionierten Truhe nicht nur eine Lampe, sondern auch zwei Bücher, eine Flasche mit Mineralwasser und ein Glas. Nachdem sie ihre Kreislauftropfen und ein Päckchen Würfelzucker in der Truhe verstaut hatte, griff sie neugierig nach den Büchern. Eins war ein Führer durch Schleswig-Holstein, das andere ein schmaler Band mit Gedichten von Theodor Storm. Die Widmung des Gedichtbandes lautete in Hermines ordentlicher Lehrerinnenschrift: »Für einen besonders lieben Gast zu Weihnachten.« Billie blickte auf die Bücher. *So ist es, nach Hause zu kommen.* Wie so oft in letzter Zeit stiegen ihr Tränen in die Augen. *Was bin ich doch für eine Heulsuse geworden.*

Sie zwang sich aufzustehen und begann auszupacken. Als ihre Reisetasche leer war, ging sie nach unten. Sie fand die anderen im Wohnzimmer um den Kamin versammelt, in dem ein loderndes Feuer brannte.

Hermine, wie immer in Rollkragenpullover und Jeans, stand sofort auf und kam ihr mit ausgebreiteten Armen entgegen. »Billie, noch einmal herzlich willkommen!«

Auch Sonja und Albert erhoben sich. Albert gab ihr zwei knallende Wangenküsse.

»Albert, muss das denn immer sein?« Sonja verdrehte die Augen.

»Ja, das muss sein, nicht wahr, Billie?«, konterte Albert gutmütig.

Billie lachte unsicher. *Ist Sonja etwa eifersüchtig?* Sie spürte den Ärger ihrer Freundin, wusste aber nicht, wie sie sich verhalten sollte. Albert machte gelegentlich Späße, die nur er verstand, und bisher hatte Sonja ihn immer gut gelaunt gewähren lassen.

»Soll ich auch mal bei dir?«, drohte er jetzt und näherte sich mit gespitztem Kussmund seiner Frau.

Die hatte für ihn nur ein müdes Lächeln übrig. »Nein danke! Komm setz dich.« Sie beugte sich vor und hauchte Billie einen Luftkuss zu.

»Billie, Billie! Du musst jetzt auch was trinken! Guck mal, ich darf das servieren!« Mit vor Aufregung roten Wangen und einer Leinenserviette, die sie als Kellnerschürze in den Bund ihrer Hose gesteckt hatte, zeigte Lina auf einen Beistelltisch vor dem großen Bücherregal, auf dem Gläser und eine Karaffe standen.

»Du trinkst doch auch was?« Das war wieder Hermine.

Albert rückte für sie einen weiteren Sessel vor den Kamin, und dann stießen sie alle an.

»Auf ein fröhliches Weihnachten!«

Sonja holte aus dem großen Wohnzimmerschrank Pappkartons mit Weihnachtsbaumschmuck, packte die in dünnes Papier eingewickelten Kostbarkeiten vorsichtig aus und inspizierte gemeinsam mit Lina jedes einzelne Stück.

»Hier, bei diesem Engel müssen die Flügel angeklebt werden.«

»Der Bart vom Nussknacker hängt auch schon auf halb acht.«

Billie beobachtete die Szenerie und merkte, wie ihr schon wieder die Kehle eng wurde. *Dieses blöde sentimentale Weihnachten!*

»Na, alles im Lack?« Albert prostete ihr zu.

Billie hob die Achseln. »Ich dachte gerade, dass ihr wie eine Familie aus einem Werbespot für Dosensuppe ausseht«, witzelte sie.

»Nur keinen Neid«, gab Albert gut gelaunt zurück. »Aber ich verstehe dich als vom Leben in der Werbebranche gestählte Single-Existenz schon. Das macht dir Angst, stimmt's?«

Billie grinste übertrieben. »Ja, genau. Beim Anblick einer bastelnden Familie befällt mich zähneklappernde Angst. Schließlich halte ich mich mit Fleiß zwölf Monate von allem familiären Gedöns fern, schreibe höchstens einmal eine Geburtstagskarte und lebe recht zufrieden vor mich hin.« Sie erhob die Stimme und legt in ihre Worte ein Unheil verkündendes Timbre. »Aber dann – dann kommt Weihnachten. Huuuuuuh!«

Albert stieg begeistert auf ihren Ton ein. »Das Fest der Liebe. Das Fest der Familie. Das Fest, das jeden zum Versager stempelt, der ohne Trauschein oder Kind durchs Leben stolpert.« Sie kicherten albern, während Hermine und Sonja einander amüsierte Blicke zu warfen.

Billie sagte: »Ja, ihr Bastlerinnen und Königinnen des selbst gefertigten Baumschmucks! Solche heimeligen Tätigkeiten sind für Singles nicht genug! Oder habt ihr schon einmal etwas von Single-Bastelstunden zur Weihnachtszeit gehört? Single-Treffs mit Scherenschnittscheren und Alleskleber? Einsame-Herzen-Partys mit Metallfolie und Laubsägen? Nein, wir müssen an diesen Tagen etwas Spektakuläreres vorhaben. Skifahren. Hüttenzauber …«

Albert ergänzte lachend: »Oder die Karibik. Wenn du zu Hause bleibst als Single – trägst du das Zeichen Loser.« Er hob die Hand und bildete mit ausgestrecktem Daumen und Zeigefinger, während er die restlichen Finger gegen den Handballen presste, den Buchstaben L.

Alle lachten. Billie griff nach ihrem Glas und leerte es in einem Zug.

Hermine sagte: »Allerdings habt ihr keine Ahnung, wie oft ich mir schon wie ein Loser vorgekommen bin, wenn ich in der Vorweihnachtszeit die Einzige war, die Sterne gebastelt hat, weil meine lieben Töchter pubertätslahm jede familiäre Aktion zugunsten endloser Kinobesuche oder Shoppingtouren in der Flensburger Altstadt in den Wind schossen.«

Billie lächelte ihr zu. *Wie nett von Hermine. Sie hat genau gemerkt, dass mich die Witzelei, auch wenn ich mitgelacht habe, getroffen hat. Die Weihnachtstage sind für mich die Hölle. Fast so schlimm wie der Moment, wenn es an Silvester Mitternacht schlägt. Und alle küssen ihre Liebsten.*

Nachdem Sonja alle lädierten Figürchen aussortiert hatte, setzte sie sich mit Alleskleber, Streichhölzern, einem feinen Haarpinsel und kleinen Farbtiegelchen an den großen Tisch und begann, die winzigen Figuren zu reparieren. Albert gesellte sich erst zu ihr, zog sich jedoch bald ihren Unmut zu, als er ihr unentwegt Ratschläge gab, wie ein Engelsflügel zu kleben oder ein Rehbeinchen zu ersetzen war. »Hol dir ein Buch! Und dann erkläre ich dir mal, wie man liest!«, verscheuchte sie ihn. Albert trollte sich tatsächlich, zog ein Buch mit alten Landkarten aus dem Regal und vertiefte sich darin.

Währenddessen holte Hermine aus der unteren Schublade ihres Schreibsekretärs eine Kiste, aus der sie Metallpapier und Schablonen zutage förderte. Sie drückte Billie einige Quadrate aus Goldpapier und eine Schere in die Hand. »Wir brauchen ein paar neue Sterne für den Tannenbaum. Einige sind arg ramponiert.« Sie zeigte Billie einige einfache Schnitte, und sie brachte tatsächlich ein paar hübsche Sterne zustande. Allerdings nur halb so schöne wie Lina, die geschickt und schnell schnitt und offensichtlich sehr geübt war.

»Hey, das machst du aber toll!«

Lina musterte sie erstaunt. »Natürlich. Das lernt man doch schon im Kindergarten.«

»Tja, zu unserer Zeit haben wir erst Scheren in die Hand bekommen, als wir schon unseren Namen schreiben konnten.«

»Ich konnte schon im Kindergarten ›Lina‹ schreiben.«

»Nun gut, aber was macht ein Kind, das, sagen wir mal Henriette heißt. Oder Jean-Baptiste? Die können ihren Namen bestimmt noch nicht im Kindergarten schreiben.«

Albert ging sofort auf den Witz ein. »Oder stell dir einen Jungen vor, der Wladimir Alexandrowowitsch heißt.«

Billie flankierte: »Oder ein Mädchen mit dem Namen Nicoletta-Barbarella-Emily.«

Sie kicherten los.

Lina sah sie verständnislos an. »So heißen Kinder nicht.«

Mit dieser Zusammenfassung ließ sie die beiden allein und hüpfte zu Sonja hinüber.

Als es Zeit zum Abendessen war, ging Hermine in die Küche, kochte eine Kanne Früchtetee und richtete ein Tablett mit Schwarzbrot, Butter, Schinken, kaltem Braten und gekochten Eiern her. Sie deckte den Tisch vor dem Kamin und bat Albert, eine Flasche Rotwein zu öffnen. Nach dem Essen setzte sich Albert ans Klavier und suchte aus dem Notenstapel, der auf dem Instrument lag, einige Weihnachtsnoten heraus.

»Wenn wir hier schon die Heilige Familie spielen, dann aber mit der passenden Musik.«

Warum zuckt Sonja bei der Bezeichnung »Heilige Familie« zusammen? Billie blickte neugierig zu ihrer Freundin hinüber. Sie sah, dass Hermine ihrer Tochter ebenfalls einen fragenden Blick zuwarf. Aber Sonja beugte den Kopf so tief über ihre Arbeit, dass es unmöglich war, ihr Gesicht zu erkennen.

Albert schlug einen Akkord an. »Komm, Billie, sing mit.«

Sie wehrte ab. »Albert, bitte! Ich will mich weder für ein Musical bewerben, noch stehe ich besonders auf deutsches Liedgut. Ehrlich.«

Lina sah sie aufmerksam an. »Warum denn nicht?«

Hermine mischte sich ein. »Gefallen dir amerikanische Weihnachtslieder besser?«

Billie schüttelte energisch den Kopf. »Nein, um Gottes willen. Wenn ich noch einmal Jingle Bells hören muss, spucke ich wahrscheinlich. Seit Ende Oktober dudelt das aus jedem Radio und in jedem Kaufhaus.«

Hermine fragte sanft: »Was also ist an ›Maria durch ein Dornwald ging‹ schlecht?«

Billie druckste herum. *Meine Güte, was für eine Gewissensfrage.* Schließlich presste sie heraus: »Ich kann Weihnachten nicht besonders gut leiden. Versteht ihr?«

Lina lachte laut heraus. »Wie kann man denn Weihnachten nicht leiden? Weihnachten ist das Beste. Geschenke, Spielen, leckeres Essen. Du hast nur noch nicht mit uns Weihnachten gefeiert.«

Albert, der während des Dialogs aufgehört hatte zu spielen, schlug wieder ein paar Tasten an. Er rief: »Lina hat recht. Wenn du nach Weihnachten in Kiekeby immer noch eine Allergie gegen dieses Fest hast, ist dir nicht zu helfen. In dem Fall würde ich für das nächste Jahr einen Urlaub in Papua-Neuguinea empfehlen. Aber ich wette mit dir: Dieses Weihnachten wirst du nie vergessen.«

Billie blickte zu Sonja hinüber. Doch die widmete sich noch immer ihren Reparaturarbeiten. Und so sang sie mit Lina, Hermine und Albert wirklich die alten Lieder, von Maria, die durch den Dornwald ging, und von dem Ros', das entsprungen war. Billie musste dabei dauernd Tränen herunterschlucken. Einmal fing sie Hermines besorgten Blick auf. »Es ist nichts, ich bin einfach gerührt wie ... wie ein Eierkuchen. Ich weiß auch nicht, warum.« *Was ist nur mit mir los? Ich fühle mich völlig durchgeschüttelt. Meine Tage hatte ich doch gerade, PMS kann es also nicht sein.*

Hermine lächelte sie an. »Weihnachten ist eben die Zeit der Rührung. Das ist völlig normal. Aber vielleicht sollten wir einfach mal ein lustigeres Lied anstimmen?« Lina quietschte: »Ja. Ich weiß auch, welches.« Und dann sang sie mit ihrer feinen Kinderstimme »O Tannenbaum« in der Kindergartenvariante »O Tannenbaum, o Tannenbaum, die Oma sitzt im Badeschaum«.

»Sehr komisch«, kommentierte Hermine und legte ihre Bastelarbeit weg. »Wie wäre es jetzt eigentlich mit ›O Tannenbaum, die Lina sitzt im Badeschaum‹? Und danach: ›O Tannenbaum, die Lina schläft und hat 'nen Traum‹?«

Sonja nickte ihr zu. »Ein schönes Lied. Also komm, Tochter, überleg dir schon mal, welche Geschichte ich dir vorlesen soll.« Sie stand auf und hielt Lina aufmunternd ihre Hand entgegen.

Als Sonja das Kind ins Bett gebracht hatte, holte Hermine eine neue Flasche Rotwein aus der Küche.

Während sie die Gläser füllte, sagte sie: »Eigentlich ist das für mich der schönste Moment an Weihnachten. Der Abend vor Heiligabend. Ernst und ich haben dann immer die letzten Geschenke eingepackt und den Weihnachtsbaum für die Kinder geschmückt. Damals durften die Kleinen nämlich nicht mitschmücken.« Sie lächelte.

»Es ist ein ganz besonderer Moment, weil es ein Abend der Stille ist, nicht wahr? An Heiligabend wird gefeiert, gejubelt, es gibt viel Besuch, alle sind aufgeregt, manchmal sogar hektisch. Der dreiundzwanzigste Dezember ist ein Abend, der wie aus der Zeit gefallen ist. Die Ruhe vor dem Sturm.«

Keiner sagte etwas dazu, aber Billie und Albert nickten. Billie sah wieder zu Sonja hinüber. *Irgendwie gehen Sonja und Albert distanziert miteinander um. Oder täusche ich mich? Vielleicht sind die beiden einfach nicht mehr in dem Alter, in dem sie einander ständig an den Händen halten und küssen?*

Sonja hatte sich in die Sofaecke gekuschelt und blickte verträumt ins Feuer. *Nein, ich täusche mich nicht. Irgendetwas beschäftigt Sonja, umgibt sie mit einer Hülle von Unnahbarkeit und Fremdheit, die sogar mich ausschließt. Was hat sie nur? Wie kann man in dieser Umgebung nicht wunschlos glücklich sein? Hätte ich all das hier, hätte ich wahrscheinlich keine Panikanfälle.*

Dankbar für die Stille, die ihr erlaubte, ihren Gedanken freien Lauf zu lassen, lehnte Billie sich in dem alten Lehnsessel zurück. Hin und wieder nahm sie einen Schluck aus ihrem Rotweinglas, blickte ins Kaminfeuer und merkte, wie sich die Anspannung der letzten Wochen in ihr lockerte. Die Angst um ihren Gesundheitszustand hatte ihren Körper wie in einem Klammergriff gehalten, und sie hatte das Gefühl gehabt, ihre Rücken- und Nackenmuskeln seien zum Zerreißen gespannte Drahtseile gewesen. Wie von der Kälte verkrampfte Finger in der Wärme langsam wieder durchblutet werden, fühlte sie Wärme und Wohlsein in sich aufsteigen – und Selbstkritik. *Ich habe mit*

Antonin wunderschöne, beglückende Tage verbracht. Voller Liebe, Lachen und Wärme. Trotzdem schiele ich auf das Glück der anderen und hätte zu gern auch noch alles, was sie haben.

»Wie geht es Ihren Eltern, Billie?«, riss Hermine sie aus ihren Überlegungen. Sie hatte ihren Nähkasten auf den Tisch vor sich gesetzt und fädelte glitzernde kleine Goldkugeln auf eine lange Kette auf. In dem geöffneten Nähkasten war das Samtherz mit den Stecknadeln zu sehen, was Billie wieder an die Nacht erinnerte, in der sie erfahren hatte, dass Tonda verheiratet war. Wie hatte sie damals zu Sonja gesagt? *Wie dieses Kissen stelle ich mir manchmal mein Herz vor. Klein, weich – und jede »Erfahrung« ist eine neue Nadel.*

Hermine sah sie immer noch an. Ach, sie hatte nach ihren Eltern gefragt. Billie erwiderte: »Gut. Danke.«

Hermine wartete, ob Billie noch etwas hinzufügen wollte. Als dem nicht so war, sagte sie: »Das freut mich.« Sie hielt die Kette hoch, um zu sehen, ob sie lang genug war.

Sonja stand auf und holte aus dem Schrank noch eine Kiste. Sie pustete etwas Staub vom Deckel. »Was ist da denn drin, Mama?«

»Keine Ahnung. Guck doch rein.«

Sonja setzte sich auf den Boden und öffnete die Kiste neugierig. Albert, der auf dem dicken Teppich vor dem Kamin gelegen und in einem alten Buch mit Weihnachtsgeschichten geblättert hatte, richtete sich auf und griff in die Kiste. »Was ist denn das hier? Wahrscheinlich ein Erbstück, das auf irgendeinem Weihnachtsbasar der Freiwilligen Feuerwehr Kiekeby vor dreißig Jahren schon ein Ladenhüter war.«

Sonja riss ihm das Objekt aus den Händen und rief mit verletztem Stolz: »Von wegen! Das sind Sternsinger!«

Billie musste lachen, als sie auf Sonjas anklagend vorgestrecktem Handteller eine Gruppe recht unbeholfen aus Ton geformter Figuren erblickte, die eher an Wiener Würstchen als an fromme Sänger erinnerten.

»Hier, das ist der Hauptsternsinger, und die vier hier, die stellen den Chor dar. Die habe ich mit neun Jahren modelliert. An denen kann sich Lina ruhig ein Beispiel nehmen.«

»Na, ob das als künstlerische Stimulation für unsere Tochter ausreicht? He!« Sonja beantwortete Alberts Spott mit halb spaßig, halb ernst gemeinten Püffen in die Seite, vor denen er sich auf dem Boden zu Hermines Füßen in Sicherheit brachte.

Die drei lachten und scherzten, und Billie war froh, dass Hermine ihr keine weiteren Fragen über ihre Eltern stellte.

Am nächsten Morgen wachte Billie sehr früh auf. Sie gähnte und streckte sich. Im Haus war alles still, draußen war es noch dunkel.

Natürlich dachte sie auch diesmal als Erstes an Antonin. *Wo bist du jetzt? Denkst du noch an mich?* In ihrer Jackentasche steckte der Ausdruck seiner letzten E-Mail, die sie kurz vor ihrem Aufbruch nach Kiekeby erhalten hatte.

»Liebe Billie«, schrieb Antonin. »Amerika ist noch schöner, als ich es mir erträumt habe.«

Er ließ sich über das Wetter, die Leute, über Musiker und den butterigen Geschmack von amerikanischem Popcorn aus, vermied aber jedes persönliche Wort. *Wie der Brief von einem entfernten Verwandten.* Antonin hatte sich in Los Angeles eine neue Bleibe gesucht, nachdem er einige Wochen bei Sonjas Freunden gewohnt hatte. Ganz unten in der Mail stand seine neue Adresse: »Antonin Koucera, c/o M. Orlin.« *M wie Michael oder wie Mandy?*

Damals, in der Gewitternacht vor seiner Abreise, hatte Antonin ihr immer wieder seine Liebe geschworen.

»Und Marta?«, hatte sie gefragt.

»Hat gar nichts mit uns zu tun, mein Kätzchen. Marta und ich führen eine gute Ehe, mit viel Freiheit für jeden von uns.«

Welche Freiheit Marta mit vier Kindern wohl genießt? Billie hatte den Gedanken an Marta schnell wieder weggeschoben, zu schön war das Zusammensein mit ihm, zu wertvoll waren die letzten gemeinsamen Stunden. *Ich vermisse dich. Deine kleinen Aufmerksamkeiten. Die Art, mir das Frühstück ans Bett zu bringen. Wie du mir die Füße nach einem langen Tag im Büro massiert hast. Dein chinesisches Essen und die tschechischen Knödel. Verwöhnst du jetzt gerade irgendeine Mandy oder Molly? Miss M. Orlin?* War sie wirklich so naiv gewesen, sich mit Antonin eine Zukunft zu wünschen? *Mit reisenden Musikern erlebt man Abenteuer und schließt keinen Bausparvertrag ab. Das habe ich doch gewusst. Wie wäre es weitergegangen? Hätte er sich jemals von Marta getrennt? Wäre er von Prag nach Hamburg gezogen – möglicherweise mit vier kleinen Kindern? Zu mir etwa? Hätte ich für ihn alles aufgegeben? Wäre ich mit ihm überall hingegangen?* Obwohl sie alle diese Fragen mit kühlem Kopf verneinen musste, nagten Eifersucht und Schmerz an ihr. *Werde ich denn niemals für einen anderen der wichtigste Mensch sein?*

In jener Nacht, als Antonin vor ihrer Badewanne kniete, hatte sie ihn gebeten, Marta zu verlassen. »Bleib bei mir. Ich möchte, dass alles so bleibt, wie es jetzt ist.«

Antonin hatte sie unendlich traurig angesehen. »Alle Lust will Ewigkeit, aber im Leben gibt es keine Ewigkeit.«

Nichts als dumme Kalendersprüche. Aber meistens stimmen sie. Leider.

Hermine schien auch allein glücklich. Allerdings: Sie war einmal wirklich geliebt worden und hatte zurückgeliebt. Aber das war eine andere Zeit gewesen. *Wahrscheinlich ist die erste große Liebe die einzige, die diesen Namen verdient. Danach ist man nur noch damit beschäftigt, Scherben zusammenzukleben.*

»Du musst einen Menschen finden, der dich aushält«, hatte Antonin einmal zu ihr gesagt.

»Und wo bleibt da die Liebe?«

»Ach, Kätzchen, das ist Liebe.«

»Nein, das ist Routine.«

»Auch eine Form der Liebe.«

»Weil man sich abgefunden oder aufgegeben hat.«

Unweigerlich dachte sie an ihre Eltern. Zum ersten Mal verbrachte sie die Festtage nicht mit ihnen. Sie bekam ein schlechtes Gewissen, als sie sich in Erinnerung rief, wie erleichtert sie sich gefühlt hatte, nachdem sie ihren Eltern von der Einladung nach Kiekeby erzählt hatte.

Ihre Mutter war natürlich verstimmt gewesen.

»Aber, Kind, du willst Weihnachten nicht nach Hause kommen? Warum denn nicht? Wie soll ich das denn Vater sagen?«

Wann wird Mutter endlich einsehen, dass ich kein Kind mehr bin? Warum fasse ich ihr »Kind« immer wie einen Vorwurf auf?

»Sonja hat mich schon so oft eingeladen, und du weißt, dass Lina mein Patenkind ist. Ihr werdet gar nicht merken, dass ich nicht da bin. Ich komme doch sonst zu Weihnachten auch nur für einen Tag.«

»Ja, aber was werden die Nachbarn denken?«

Oh, diese Enge. Diese Neubausiedlung, in der jeder jeden kennt.

»Mutter, sie werden gar nichts denken. Die erinnern sich doch gar nicht mehr an mich. Wenn ich selbst eine Familie hätte, würden wir bestimmt auch nicht jedes Jahr Weihnachten gemeinsam feiern.« Zu spät wurde ihr bewusst, dass sie ihrer Mutter damit nur neuen Zündstoff gab.

»Du hast aber keine Familie – außer uns. Du bist immer noch unverheiratet. Leider, kann ich nur sagen. Wie lange sollen wir eigentlich noch auf Enkelkinder warten, wir werden auch nicht jünger. Wirst du jemals heiraten? Wir sind dir jetzt wohl nicht mal mehr zu Weihnachten gut genug? Unsere Tochter, die schicke Dame aus der Großstadt. Wenn doch nur unser Ältester noch lebte …«

»So ein Unsinn, Mutter. Ich möchte bloß einmal mit meiner Freundin und ihrer Familie feiern. So schlimm kann es ja wohl nicht sein, wenn ich einmal Weihnachten nicht zu euch komme.«

»Zu euch? Du sagst nicht einmal mehr ›nach Hause‹«, schluchzte ihre Mutter.

»Weil es nicht mehr mein Zuhause ist, Mutter. Mein Zuhause ist in Hamburg.«

Billie dachte an das Weihnachtsfest in der vollgestopften Wohnstube ihrer Eltern, mit dem Adventsgesteck in der Schrankwand und dem Fernseher, der die ganze Zeit über lief. Jedes Jahr machte ihre Mutter einen Rollbraten und dazu Petersilienkartoffeln, was Billie mit viel gutem Willen hinunterwürgte.

Ein einziges Mal hatte sie ihre Eltern überredet, am ersten Feiertag essen zu gehen. »Ich lade euch ein, das ist mein Geschenk für euch.«

Noch heute schauderte sie, wenn sie daran dachte. Das Essen war ein Reinfall gewesen. Ihre Mutter hatte sich von dem Silberbesteck, den Leinenservietten und der aalglatten Höflichkeit des Kellners so sehr beeindrucken lassen, dass sie kaum die Speisekarte lesen konnte. Ihr Vater hatte dies dafür umso gründlicher getan.

»Wieso kostet hier eine Ochsenschwanzsuppe schon so viel wie woanders eine Flasche Wein?«

»Guck nicht auf den Preis, Vater, ich lade euch ein.«

»Man wirft doch sein sauer verdientes Geld nicht so aus dem Fenster. Schnickschnack.«

Letzten Endes hatte jeder von ihnen eine Suppe gegessen, und dann waren sie nach Hause gefahren.

»Ich hab noch Reste vom Rollbraten im Kühlschrank, dazu gibt es Bratkartoffeln, und den Kaffee mache ich garantiert besser als jedes Restaurant«, hatte ihre Mutter gesagt.

Ihr Vater hatte genickt. »Kuchen ist auch noch da, oder?«

Während sie sich jetzt im Bett aufsetzte, spürte sie wieder, wie froh sie war, nicht zu ihren Eltern gefahren zu sein.

Wenig später kratzte Billie die Scheiben ihres Wagens frei und fuhr durch die winterliche Stille, um Brötchen zu holen. Auf dem Rückweg, den sie zwanzig Minuten später antrat, kam ihr Albert entgegen. Sie winkten einander zu, und Albert ließ ihr galant auf dem engen Weg die Vorfahrt, indem er rechts an die Böschung fuhr und anhielt.

Billie sah in den Rückspiegel, als sie an seinem Wagen vorbeigefahren war. Wo wollte er denn hin? Sie warf einen Blick auf die Brötchentüte auf dem Beifahrersitz. Wenn er dieselbe Idee gehabt hatte, dann hatten sie in jedem Fall genug zum Frühstück!

Sie fuhr auf den Hof, stieg mit den noch warmen Brötchen in der Hand aus dem Wagen und sog die kalte Morgenluft tief ein. Wie Watte ballten sich dicke Nebelschwaden über dem Feld, und nur ein paar vereinzelte Tannenspitzen lugten durch den grauverschleierten Wald. Sie zog die Schultern fröstelnd hoch. Als sie sich umdrehte, um ins Haus zu gehen, bemerkte sie aus dem Augenwinkel eine Bewegung. Sie hielt inne. Rechts neben dem Pferdestall standen zwei Rehe. Kleine weiße Atemwolken kamen stoßweise aus ihren glänzenden schwarzen Mäulern. Mit großen, sanften Augen blickten sie zu Billie hinüber, die sich nicht rührte. Nach einer Weile ließen die Tiere die Köpfe sinken und taten sich an einigen Äpfeln gütlich, die im Schnee vor dem Apfelbaum lagen und im Herbst wohl der Harke entgangen waren. Billie vergaß, wie kalt ihr war. Verzaubert beobachtete sie die Tiere, die ihre Vorsicht aufgegeben hatten und ruhig fraßen.

Die Stille. So dick und wattig, als ob man sie anfassen könnte. Die Ruhe. Als ob die Welt den Atem anhielte.

Im Inneren des Hauses schlug eine Tür. Die Köpfe der Rehe zuckten hoch. Der Hof lag noch immer wie ein großes schlafendes Tier in der Morgendämmerung. Nur in der Küche brannte jetzt Licht. Billie winkte, als sie Hermine am Küchenfenster sah. Die öffnete das Fenster.

»Der Kaffee ist fertig.« Sie lachte. »Oder willst du draußen frühstücken?«

Die Rehe stoben beim Klang ihrer Stimme in den hinteren Teil des Gartens davon, und bald waren sie im Wald verschwunden.

Billie griff nach der Brötchentüte und ging ins Haus. Hinter der Klönschnacktür hängte sie ihre Jacke an einen der bunten Haken und streifte die Stiefel ab.

Hermine öffnete die Küchentür. Sie hielt ein Paar dicke Hüttenschuhe in der Hand. »Hier, ich habe gestern gesehen, dass du keine Hausschuhe mitgebracht hast.«

Dankbar zog Billie die Schuhe an.

»Ich bin froh, dass du schon aufgestanden bist, Billie. Ich habe gern Gesellschaft beim ersten Kaffee. Albert ist schon los, um seine Zeitungen zu holen, unsere Regionalzeitung bezeichnet er ja als Käseblatt.« Sie zog ihre Wollweste, die sie über einem dunkelblauen Rollkragenpullover trug, enger um ihren Körper. »Bringst du Brötchen mit? Wie schön!« Sie verschwand in der Küche.

Aus dem Stall klang Pferdegewieher, irgendwo im Haus war leise Radiomusik zu hören. In der Küche war es angenehm warm und roch nach Kaffee. Hermine schüttete die Brötchen in einen hellen Weidenkorb. Sie stellte zwei blauweiße Becher mit frischem Kaffee auf den großen Tisch und räumte Frühstücksbrettchen und Messer aus dem Küchenschrank. »Billie, in der Speisekammer stehen Honig und Marmelade auf dem obersten Regal.«

Gemeinsam machten sie sich über die Brötchen her, tranken den Kaffee und plauderten. Satt und zufrieden goss sich Billie einen zweiten Becher Kaffee ein. Hermine nahm aus dem Korb neben dem Ofen zwei kleine Holzscheite. Sie öffnete die Ofentür und legte das Holz in die Flammen.

Auch Billie stand auf und holte ihre Zigaretten aus ihrer Jacke in der Diele. »Darf ich?« Sie hob die Schachtel hoch.

Hermine nickte. »Wir können ja nachher lüften. Ernst hat übrigens auch von Zeit zu Zeit gern mal eine Zigarette nach dem Frühstück geraucht. Ich fand das immer sehr gemütlich.«

Billie lächelte ihr dankbar zu. Als sie in ihre Tasche griff, um ihr Feuerzeug herauszuholen, geriet ihr ein Stück Papier in die Finger. Sie hielt Hermine den Zettel hin. »Hier, den hätte ich fast vergessen. Hat mir der Bäcker für dich mitgegeben. Wegen der Weihnachtsbäume.«

Hermine überflog den Zettel und setzte sich wieder zu Billie, die sich eine Zigarette anzündete. »Das jährliche Weihnachtsbaumschlagen ist für heute Nachmittag angesetzt. Das wissen wir doch alle längst. Aber Kuno, der Bäcker, der das Ganze organisiert, hat immer Angst, dass wir nicht alle kommen oder diesen wichtigen Termin vergessen.«

»Welches Weihnachtsbaumschlagen?«

Hermine erklärte ihr, dass sich die Dörfler vor Weihnachten in einer eigens angelegten Schonung im Kiekebyer Forst versammelten, um dort ihre Weihnachtsbäume zu fällen.

»Das ist immer ein großes Fest. Klaasens Frau macht Glühwein, die anderen Frauen aus dem Dorf backen Kuchen. Kuno, der das Blasorchester leitet, sorgt für die musikalische Untermalung. Die Jugendbetreuer der Kirchengemeinde veranstalten Spiele mit den Kindern, man klönt und singt, der Pastor sagt ein paar Worte. Ach, es ist einfach sehr nett.« Sie runzelte die Stirn. »Wir müssen uns auch noch überlegen, was wir mitbringen. Braune Kuchen – ach nein, der Teig hätte schon angesetzt werden müssen. Einen Nusskuchen vielleicht?«

Ein Auto fuhr in den Hof, wenig später sprang die Küchentür auf, und Albert steckte den Kopf herein. »Ihr habt es ja nett hier.« Er warf einen dicken Stapel Zeitungen auf den Tisch. »Ich habe Klaasen auf dem Weg getroffen. Das Weihnachtsbaumschlagen ist heute Nachmittag.« Er wandte sich an Billie: »Das wird dir gefallen, jedes Jahr …«

»Ich weiß schon alles. Wir bringen übrigens einen Nusskuchen mit.«

Albert zog in gespielter Überraschung die Augenbrauen hoch. »Was du nicht sagst.« Er grinste Hermine an: »Dann ruf ich jetzt lieber meine Mutter an. Die wollte nämlich ebenfalls einen Nusskuchen mitbringen.«

»Deine Eltern kommen auch?«, fragte Billie.

»Josefine und Dieter lassen sich das nie entgehen. Außerhalb der Saison hat Hermine ja genug Zimmer frei.« Albert hielt immer noch seinen Mantel über dem Arm. »Ich gehe nach oben und wecke meine Familie. Es liegt wieder Schnee in der Luft, und wenn heute Nachmittag noch Anne mit ihren Gören kommt, will ich mit Lina die Schlitten schon vorbereitet haben. Die sind doch auf dem Speicher, oder?«

Er schüttete sich einen Becher Kaffee ein und verließ damit fröhlich pfeifend die Küche.

Hermine leerte ihre Tasse. »Ich muss jetzt in den Stall, die Pferde füttern. Setzt du noch mal Kaffee auf?« Sie stand auf.

Billie zündete sich eine neue Zigarette an und streckte die Beine aus. »Wie viele sind wir denn heute Abend?«

»Also, Sonja, Albert, du und Lina, macht vier. Alberts Eltern, sechs, dazu Anne und ihre Familie – wenn mein lieber Schwiegersohn nicht wieder Notdienst hat –, zehn, und ich – dann sind wir elf.« Hermine zog die Stirn kraus. »Das ist ja eine krumme Zahl. Wenn ich den Tisch im Wohnzimmer ausziehe, kann ich zwölf Leute setzen. Meine Großmutter hat an Weihnachten immer ein Gedeck mehr auflegen lassen. Für den unbekannten Gast. An so einem Abend gehören Menschen zu Menschen, und eine Familie kann immer größer werden.«

Einen Augenblick schien sie ihren eigenen Worten nachzulauschen, und über ihr Gesicht flog wie ein Schatten ein ernster Ausdruck. Dann jedoch schob sie mit gespielter Unternehmungslust die Ärmel hoch. »Jetzt muss ich aber los. Die Pferde brauchen ihr Futter.« Sie eilte aus der Küche, ohne eine Antwort abzuwarten.

Billie hörte die Stalltür klappen und über sich die Stimmen von Albert, Sonja und Lina. In der Küche wurde es langsam hell. Die Dunkelheit hatte sich verzogen, ein klarer blauer Himmel spannte sich über den Bäumen, durch deren kahles Geäst die Morgensonne leuchtete. Der Schnee strahlte im Licht, und Billie fühlte eine warme Zufriedenheit in sich aufsteigen. Es würde ein schöner Tag werden.

21. Kapitel

Kiekeby, Heiligabend 2004

»Willst du noch mit raufkommen, auf'n Kaffee?«
»Ich trinke keinen Kaffee.«
»Ich hab auch keinen da.«
Mit Pauken und Trompeten, 1996

Billie hatte sich nicht vorstellen können, dass an Heiligabend nachmittags irgendwer den Weg in den Wald finden würde. Doch als sie mit Lina und Annes Zwillingen zum Forst fuhr, hatte sie Mühe, noch einen Parkplatz zu ergattern. Mehr als fünfzehn Wagen standen schon vor den verschneiten Bäumen, Kinder tobten durch den Schnee, überall schwatzten Menschen in kleinen Grüppchen. *Ich komme mir vor wie in der Dekoration eines schmalzigen Weihnachtsfilms. Ich wette, gleich biegt Santa Claus um die Ecke. Hohoho!*

Hermine, die Klaasens beim Aufbau eines Glühweinstandes half, winkte ihr zu. Billie ging zu ihr. »Unglaublich, was hier los ist. Muss denn keiner in letzter Minute Weihnachtseinkäufe machen?«

»Wo denn? Die Läden im Dorf sind alle geschlossen. Dazu müsste man mindestens bis Flensburg fahren, und darauf hat niemand Lust.« Sie lachte Billie an. »Gefällt es dir?« Billie lächelte zurückhaltend. »Ja, schon, aber für jemanden, der früher nur graugeregnete Matschweihnachten kannte, durchaus etwas gewöhnungsbedürftig. Hier erwarte ich dauernd einen Schlitten und Rudolf, das rotnasige Rentier mit ›Jingle-Bells-Jingle-Bells‹-Begleitung.«

Hermine grinste. »Das mit dem Schlitten und Rudolf ist

wohl auszuschließen. Aber was die Musikauswahl angeht, lege ich meine Hand lieber nicht ins Feuer.«

Trotz ihrer Vorbehalte genoss Billie jede Sekunde. Sie lieferte sich mit Lina eine Schneeballschlacht, debattierte vergnügt mit Albert und Sonja über den schönsten Weihnachtsbaum und sang begeistert die Weihnachtslieder mit.

Dann geschah es.

Als sie mit den anderen um das Feuer stand und dem Blasorchester lauschte, das holprig, aber umso stimmungsvoller »White Christmas« intonierte, spürte sie plötzlich den bekannten Schwindel. *Nein, nein! Jetzt ganz ruhig gegen die aufkeimende Panik anatmen. Komm, Billie. Achte gar nicht darauf, dass die üblichen Vorboten einer Panikattacke – klamm werdende Finger, Angstschweiß auf der Stirn, Übelkeitsgefühle und Benommenheit – bereits da sind.* Während die anderen im Takt schunkelten, rasten Billies Gedanken. Sie musste so schnell wie möglich weg von hier. Nach Kiekeby, in ihr gemütliches Dachzimmer, unter die Decke mit der Wärmflasche. Sie klopfte ihre Jackentaschen ab. *Die Kreislauftropfen sind im Auto. Umso besser. Jetzt nur schnell und unauffällig verschwinden.*

»Ist dir schlecht? Du bist ja ganz blass.« Sonja schob einen Arm unter den ihrer Freundin. Mit einer ungewollt heftigen Bewegung machte sich Billie frei: »Entschuldigung, aber ich möchte gerne nach Hause fahren. Mir ist schwindelig.«

»Hast du irgendwas Schlechtes gegessen? Oder kriegst du eine Grippe? Hast du Kopfschmerzen?«

Billie schüttelte den Kopf. Ihr war jetzt richtig schlecht. »Bitte, Sonja, lass mich einfach in Ruhe nach Hause fahren. Ich kenne das schon und weiß, wie ich damit umzugehen habe. Mach dir keine Sorgen. Wenn ihr nachher kommt, geht es mir bestimmt schon wieder gut.« Sie war schon auf dem Weg zu ihrem Wagen, der am Eingang des Wäldchens an der Straße stand.

»Billie, warte doch! Soll ich mitkommen? Kannst du überhaupt fahren?« Sonja lief hinter ihr her, konnte sie aber nicht mehr einholen.

Billie stieg in ihr Auto und fuhr in einer Wolke aufspritzenden Schneematsches davon. Mit einer Hand hielt sie das Lenkrad, mit der anderen wühlte sie hektisch in ihrer Handtasche. *Da war die kleine Flasche. Schnell die Tropfen auf die Zunge.*

Der Schneefall wurde stärker.

So schnell es bei der Wetterlage möglich war, fuhr sie nach Kiekeby. Sie zitterte jetzt so stark, dass sie kaum noch das Lenkrad festhalten konnte, und hörte, wie ihre Zähne aufeinanderschlugen. Beschwörend sagte sie vor sich hin: »Ich bin gleich da. Ich bin gleich da.«

Nur noch diese Kurve. Dann die Abfahrt in den holprigen Feldweg. *Ich bin gleich da*. Endlich, die Einfahrt zum Hof. Ohne sich die Mühe zu machen, den Wagen hinter sich abzuschließen, lief sie so schnell wie möglich, zur Klönschnacktür. Sie drückte die Klinke hinunter, stieß aber auf Widerstand. *Die Tür war abgeschlossen!* Stöhnend schleppte sie sich zur Haustür. Doch die ließ sich ebenfalls nicht öffnen. Billie schloss die Augen. *Ich bin erledigt. Ich habe keinen Schlüssel, und den Weg zurück schaffe ich in meinem Zustand nicht mehr*. Schlotternd und hemmungslos schluchzend sank sie gegen die Hauswand.

»Kann ich Ihnen helfen? Ist Ihnen nicht gut?«

Aus weiter Ferne drang eine Stimme an ihr Ohr. Sie hob den Kopf und sah im Licht der Eingangstür einen Mann stehen. Seine Stimme klang verzerrt wie die Tonspur unter einem in Zeitlupe abgespielten Film. Genauso langsam und abgehackt wirkten auch seine Bewegungen. Sie streckte Hilfe suchend die Hand nach ihm aus, denn die Beine knickten unter ihr weg. Die Distanz zwischen ihr und dem Unbekannten vergrößerte sich auf einmal, wie ein Zauberkünstler wurde er kleiner, verschwand in der Finsternis außerhalb des Lampenlichtkegels, außerhalb ihrer Reichweite. Da gab Billie auf. Sie fiel nach vorne, und es wurde dunkel.

Sie wachte erst wieder auf, als sie in einem fremden Wagen durch die Dunkelheit gefahren wurde. Irgendjemand hatte sie in das Auto getragen und auf dem Beifahrersitz festgeschnallt. *Der Mann vom Hof?* Sie stöhnte, ihre Hände zuckten unruhig.

Jemand legte beruhigend eine warme Hand auf ihre eiskalte. »Keine Angst, Billie, ich bringe dich ins Krankenhaus.«

Sehr langsam drehte sie den Kopf und öffnete die Augen ein wenig. Ihre Zähne schlugen aufeinander. Mühsam brachte sie heraus: »So kalt.«

Der Mann nickte ihr aufmunternd zu. »Warte, ich drehe die Heizung noch ein wenig höher. Besser?«

Billie hörte ihn nur wie aus weiter Ferne. Sie konnte nicht antworten.

Der Mann rief ihren Namen – *woher kennt er meinen Namen?* – und rüttelte sie ein wenig an der Schulter, als sie nicht reagierte. »Komm, Billie, wir sind gleich im Krankenhaus. Lass uns ein wenig reden. Billie?«

Unter Zähneklappern kam ihre Antwort: »Ja.«

»Sprich mit mir. Wie geht es dir?«

Ich habe mich schon besser gefühlt. Ich habe den Eindruck, als ob mir jemand ein Handtuch in den Hals gestopft hätte. Jedenfalls sterbe ich noch nicht. In seiner Todesstunde hat man doch wohl keine ironischen Antworten parat. – Oder?

Aber ihre Gedanken schaffen den Weg zu ihrer Zunge nicht. Statt einer Antwort kam nur ein Murmeln heraus.

»Du musst lauter reden, Billie. Billie!«

Sie sprach langsam, wie unter Schmerzen. »Es ist so dunkel.«

»Es ist Nacht. Und ein Schneegestöber.«

Billies Gedanken verwirrten sich. Wie konnte sie diesem ihr auf rätselhafte Weise so vertrauten Unbekannten verständlich machen, dass diese Dunkelheit nicht die Dunkelheit der Winternacht war? *Die Dunkelheit ist in mir. Sie dringt in mich wie*

Wasser durch ein Leck in das Innere eines großen Schiffes, das die Korridore flutet und immer weiter steigt.

Sie versuchte, die Augen offenzuhalten und dem Geplauder des Mannes neben ihr zuzuhören. Dann war die Fahrt zu Ende, ihre Beine gingen wie von alleine durch eine weiße Schwingtür. *Wo ist der Mann?* Fremde, undeutliche Gesichter und Stimmen, schließlich lag sie auf einer Liege. *Ich bin müde, mir ist kalt. Da ist wieder eine übermächtige Angst wegzurutschen. Aus diesem Leben einfach so herauszurutschen. Gerade noch habe ich mit Lina im Schnee getobt. Habe mit Sonja und Albert den Tannenbaum ausgesucht. Plötzlich ist etwas über mir zusammengeschlagen, und ich war allein. Wie unter einer dichten schwarzen Decke an einem Abgrund.*

Viel später kamen die Dinge wieder näher. Ein EKG-Gerät piepte, die Schwestern und Ärzte, die sich über sie beugten, hatten wieder Gesichter. Jemand schob sie auf einer Trage in ein Krankenzimmer. Dann war Sonja da, hielt ihre Hand, und in der Ecke des Zimmers saß der Mann, der sie in Kiekeby aufgefangen hatte.

Billie spürte, wie sich Kälte und Angst langsam zurückzogen. Sie drückte Sonjas Hand.

»Billie! Du hast uns vielleicht einen Schrecken eingejagt. Wenn Jan nicht gewesen wäre …«

Jan. Jan?

»Ich hatte keinen Schlüssel.«

»Das ist mir in dem Moment eingefallen, als du weg warst. Ich bin hinter dir hergefahren, aber wegen des Schneefalls bin ich nur langsam vorwärtsgekommen, und als ich in Kiekeby eingetroffen bin, war Jan mit dir schon ins Krankenhaus unterwegs.«

Billies Blick suchte den Mann in der Zimmerecke.

Er stand jetzt auf und näherte sich vorsichtig dem Bett. »Hallo, Billie, erinnerst du dich noch an mich? Wir haben damals bei Sonjas und Alberts Hochzeit zusammen Musik gemacht.«

»Ach, deswegen bist du mir so bekannt vorgekommen.« Billie lächelte schwach. »Vielen Dank für die Hilfe.«

Jan fuhr sich verlegen durch die dunklen Haare. »Das war doch selbstverständlich. Wir Musiker müssen schließlich zusammenhalten.«

Hat der Mann nette Augen. Das sehe ich sogar in meinem aufgelösten Zustand.

Die Tür ging auf, und ein beleibter Arzt mit gerötetem Gesicht und eine blasse Krankenschwester traten ein.

»Doktor Rosner«, stellte sich der Mediziner vor, nickte Sonja und Jan freundlich zu und ergriff Billies Hand, um ihr den Puls zu fühlen. Dabei behielt er seine Armbanduhr im Auge, seine feuchten Lippen bewegten sich beim Zählen stumm. Schließlich ließ er Billies Hand los und sah sie streng an. »Besonders schnell ist Ihr Puls wirklich nicht. Aber das wird besser werden.«

»Was ist überhaupt geschehen?« Sonja hielt es nicht mehr aus.

»Ihre Freundin hier war schon auf dem Absprung, wir haben sie noch mal ins Leben zurückgeholt.«

Also doch! Mit zitternder Stimme brachte sie heraus: »Auf dem Absprung?«

Dr. Rosner täschelte beruhigend ihre Hand. »Mit einem Pulsschlag von unter vierzig Schlägen pro Minute kann man schnell ins Koma fallen.« Er rieb sich die rot geränderten Augen. »Aber es ist ja alles gut gegangen.«

Ich hätte sterben können. Aber WAS habe ich denn? Und: Werde ich es überleben?

Die Minuten erschienen wie in Zeitlupe zu vergehen. Billie spürte, wie ihr der Angstschweiß von Neuem ausbrach. Ihre Atmung beschleunigte sich, und ihre Augen füllten sich mit Tränen. Sie flüsterte: »Was ist denn los mit mir, Herr Doktor?«

Rosner täschelte ihre Hand. »Das werde ich Ihnen gleich erklären.« Die Schwester reichte ihm ein Klemmbrett. Rosner überflog rasch das erste Blatt, blätterte weiter. Er runzelte die Stirn, las noch einmal das erste Blatt und kam offensichtlich zu einem Ergebnis.

»Frau Grimm, hatten Sie in letzter Zeit Depressionen, haben sich müde und antriebslos gefühlt?«

Billie nickte.

»Haben Sie ärztliche Hilfe in Anspruch genommen?«

»Ja, aber man hat nichts gefunden.«

Rosner gluckste kurz auf. »Typisch.« Er schlug ein Paar Seiten um, bis er entdeckte, was er suchte. »Auf die Idee, Ihre Schilddrüse zu untersuchen, ist wohl niemand gekommen?«

Nein, offensichtlich nicht!

Laut wiederholte sie: »Schilddrüse?«

»In Deutschland gibt es rund fünfunddreißig Millionen Menschen, die an der Schilddrüse erkrankt sind. Das scheint aber keiner zu wissen.« Verärgert schüttelte er den Kopf. »Eigentlich sollte das wirklich eine Routineuntersuchung sein. Ich kann mir gar nicht vorstellen, dass die Kollegen das bei Ihnen versäumt haben. Das ist wirklich ein Skandal! Es gibt da Fälle …«

Er begann sich warm zu reden, aber Sonja unterbrach ihn. »Was hat meine Freundin denn an der Schilddrüse?«

Billie fügte hinzu: »Und wie haben Sie das so schnell herausgefunden?«

Der Arzt zeigte auf ein kleines Pflaster in Billies Ellenbogenbeuge.

»Wir haben Ihre Ohnmacht ausgenutzt und Ihnen ein bisschen Blut abgezapft. Die Resultate zeigen, dass bei Ihnen eine latente Hypothyreose mit vermehrter TSH-Ausschüttung vorliegt.«

Billie schüttelte verständnislos den Kopf.

Rosner lachte. »Ihr Blick sagt alles. Sie verstehen kein einziges Wort.«

Auf einmal wirkte er wie ausgewechselt, sympathisch und freundlich. Er zog sich einen Stuhl neben das Bett, drehte ein Blatt auf dem Klemmbrett um, nestelte aus seiner Brusttasche einen Kuli und malte einen menschlichen Kopf auf das Papier. Vor die Kehle des Strichmännchenschädels setzte er eine Art Fliege. Mit seinem dicken rötlichen Finger tippte er darauf.

»Das ist die Schilddrüse.« Er zeichnete in den Kopf eine kleine Birne. »Das ist die Hypophyse, die Hirnanhangsdrüse. Zwischen ihr und der Schilddrüse herrscht ständiger Kontakt. Ein Regelkreis.« Er kritzelte einige Pfeile auf das Diagramm. »Die Hypophyse misst im Blut die Konzentration der Schilddrüsenhormone. Ist die Konzentration zu niedrig, schüttet die Hypophyse vermehrt stimulierende Hormone aus, um die Schilddrüse zu einer Steigerung der Produktion anzuregen. In diesem Fall kann man leicht auf eine Unterfunktion schließen.«

»Ist das gefährlich?«

»Nach der Diagnose nicht mehr. Denn jetzt wissen wir, was wir tun können.«

»Also ist das heilbar?«

»Nicht im klassischen Sinn. Aber Sie können damit leben und uralt werden.«

Billie merkte, wie ihr ein Schluchzen in die Kehle stieg, und konnte nicht verhindern, dass ihr Tränen der Erleichterung über die Wangen liefen. *Ich kann damit leben und uralt werden!*

»Aber, Billie, was ist denn?«

Sie holte zitternd Luft und sah Sonja an. »Ich bin ja nur so erleichtert. Du kannst dir nicht vorstellen, wie viel Angst ich hatte, weil ich nicht wusste, was mit mir los ist.«

Tränen strömten über Sonjas Gesicht. »Billie?« Sie beugte sich über ihre Freundin.

»Ist alles in Ordnung?«

Billie wischte sich die Tränen ab. »Ja.«

Plötzlich weichte etwas in ihrer Brust auf, und Kummer und grenzenlose Erleichterung lösten sich in einfachen Worten: »Ich habe mich nur so furchtbar erschrocken.« Sie bemerkte, dass sie gleichzeitig lachte und weinte, und es schien genau richtig, als Jan von der anderen Seite an das Bett trat und ihre linke Hand ergriff. So lag sie einen Moment, eine Hand in Sonjas Hand, die andere in der warmen von Jan. *Was ich jetzt brauche, ist ein blöder Witz. Das hier – erst Winterromantik mit Santa Claus, dann ein Hollywood-Drama mit Komapatientin und jetzt tränenselige Schnulze mit glücklichem Happy End und das alles an Weihnachten – das ist mir zu viel. Aber mir fällt nichts ein. Und dass Sonja auch nichts sagt ... nicht einmal das kleinste, lumpigste Filmzitat, zeigt mir, wie ernst es war ... da bin ich wohl wirklich noch einmal mit dem Schrecken davongekommen.*

Dr. Rosner räusperte sich. »Wir werden Ihnen jetzt erst mal ein paar Schilddrüsenhormone in Pillenform mitgeben. Die nehmen Sie, und nach den Feiertagen gehen Sie zu Ihrem Internisten oder einem Spezialisten. Sie müssen jetzt in regelmäßigen Abständen Ihre Einstellung überprüfen lassen. Je nachdem wird dann die Konzentration des Medikaments erhöht oder reduziert.« Er erhob sich und rückte den Stuhl zurück an den Tisch, nickte Jan und Sonja zu. »Sie können Frau Grimm nachher mit nach Hause nehmen. Schwester Ilona gibt Ihnen alles Nötige gleich mit.«

Die Schwester nickte ernst und verließ das Zimmer.

Dr. Rosner wünschte frohe Weihnachten. Bevor er der Schwester folgte, drehte er sich noch einmal um. »Frau Grimm, im Namen meiner unbekannten Kollegen entschuldige ich mich für die Fahrlässigkeit, die man bei Ihnen an den Tag gelegt hat. Ich verstehe beim besten Willen nicht, wie man bei diesen Symptomen nicht als Erstes die Schilddrüse untersucht! Früher war das etwas anders. Da wurden Menschen mit

Ihrem Leiden aufgrund ihrer Panikanfälle als Hysteriker eingestuft und in Anstalten gesteckt, wo sie dann starben. Unglaublich!« Einen Moment sah es aus, als wolle er sich noch einmal über dieses Thema echauffieren, aber er stoppte sich selbst nach einem Blick auf die Uhr und sagte mit erstaunlicher Sanftheit in der Stimme: »Es ist ja noch einmal gutgegangen, aber ich empfehle Ihnen, wenn möglich, eine Therapie zu machen. Tun Sie irgendetwas für Ihre Seele. Die hat in letzter Zeit sehr leiden müssen.«

Als er Billies ratlosen Blick bemerkte, lächelte er beschwichtigend. »Mit Sicherheit hat irgendein Kollegen fälschlicherweise bei Ihnen eine psychosomatische Störung diagnostiziert. So etwas schmerzt. Tun Sie sich etwas Gutes. Machen Sie eine Gesprächstherapie, singen Sie, töpfern Sie, reiten Sie, was auch immer. Die Erfahrung, dass der Körper sich nicht kontrollieren lässt, ist besonders für aktive Menschen nicht leicht zu verdauen.« Er verabschiedete sich und verschwand.

Billie wurde plötzlich bewusst, dass sie noch immer Sonjas und Jans Hand hielt. Langsam löste sie sich von ihnen, und für kurze Zeit herrschte ein fast verlegenes Schweigen. Jan steckte die Hände tief in die Taschen seiner Jeans und lehnte sich unschlüssig mit dem Rücken an die Fensterbank.

Sonja zupfte Billies Decke glatt. Sie sah erst ihre Freundin, dann Jan an. »Was machen wir jetzt?«

Billie flüsterte: »Wir warten auf Schwester Ilona und das Medikament. Dann fahren wir nach Kiekeby zurück ...«

Jan vollendete ihren Satz. »Und überraschen die Familie mit Billies aufrüttelnder Krankheitsgeschichte und mit der Rückkehr des verlorenen Sohnes.« Er zeigt auf sich. »Das bin ich.«

»Ach nee!« Sonja verdrehte die Augen. Dann wurde sie wieder ernst und fragte: »Wieso Rückkehr? Bleibst du etwa länger?«

»Allerdings. Ich habe mir in Rosby einen Resthof gepachtet. Ich will dort Pferde züchten.«

»In Rosby?« Sonja dachte nach. »Was ist mit Clausen?« Sie wandte sich an Billie. »Das Gestüt in Rosby hat seit einigen Jahren ein Hamburger Investor betrieben, Clausen.« Sie sah Jan fragend an: »Wollte der nicht ein Reiterhotel daraus machen?«

Jan nickte. »Allerdings hat er sich mit seinen anderen Unternehmungen im Hotelbereich wohl heftig verkalkuliert und musste Insolvenz anmelden. So konnte ich Rosby billig erwerben. Es ist in einem recht guten Zustand, ein paar Pferde habe ich auch schon in Aussicht. Nur das Wohnhaus muss ich noch renovieren.«

Er strahlte Billie an. »Reiten Sie?«

Sie erwiderte sein Lächeln bereits mit einem schwachen Abglanz ihrer typischen Koketterie. »Noch nicht.«

Wenig später stieg Billie, von Sonja gestützt, in deren Wagen ein. »Alles okay mit dir?«

Sie schnallte sich an und nickte. »Ich fühle mich zwar noch etwas wackelig, aber das ist normal, sagt Doktor Rosner.«

Sonja folgte der Beschilderung zur Autobahn. Eine Weile lang sagte keine von beiden etwas. Sonja konzentrierte sich aufs Fahren, Billie sah aus dem Fenster in die verschneite Winterwelt, die undeutlich in der Dunkelheit an ihr vorbeihuschte.

Sonja zeigte aufs Autoradio. »Willst du Musik hören?«

Billie winkte ab. »Nein danke, die haben doch nur Weihnachtslieder im Angebot, und mein Bedarf an ›White Christmas‹ ist gedeckt.«

Sonja nickte. »Alles klar.« Sie zögerte einen Moment. »Du, Billie?«

»Hm?«

»Kann ich dich mal was fragen?«

Billie sah sie überrascht an. »Na, klar. Dafür brauchst du doch keine Erlaubnis!«

Sonja wiegte den Kopf hin und her. Ihr Blick war starr auf die

Fahrbahn gerichtet, als sie sagte: »Warum hast du mir nichts davon erzählt? Dass du dich so schlecht gefühlt hast?«

Billie seufzte. Sie suchte nach Worten. Endlich erwiderte sie: »Das ist nicht so einfach zu erklären. Erst mal hatte ich ständig Angst. Auch davor, dass es gar nichts ist und ich nur psychosomatische Reaktionen auf mein … nun ja … sagen wir ›glückloses Liebesleben‹ habe.«

»Wie hat sich das denn eigentlich gezeigt?«

Billie seufzte wieder. »Ich weiß gar nicht, ob ich schon darüber sprechen kann. Es waren … es waren … Panikattacken.« Sie sah Sonja an, die ebenfalls ihren Blick suchte. »So was wünsche ich nicht mal meinem ärgsten Feind. Du kannst nicht mehr atmen, hast unbeschreibliche Angst … Todesangst!« Sie verstummte.

Sonja löste ihre rechte Hand vom Lenkrad und legte sie kurz auf Billies Knie.

»Warum hast du mir von diesen Panikattacken nie erzählt? Natürlich habe ich gemerkt, dass irgendetwas mit dir los war. Du hast dich so abgekapselt, bist nur selten noch vor die Tür gegangen. Aber immer, wenn ich gefragt habe, hast du was von Erkältung oder Überarbeitung gefaselt.«

»Das waren Lügen.«

Sonja schüttelte den Kopf. »Warum denn? Vertraust du mir nicht?«

»Doch. schon. Aber …« Sie stieß einen tiefen Seufzer aus. Sonja wartete. Schließlich sagte Billie: »Ich glaube, ich habe nichts erzählt, weil ich Angst hatte, du würdest nicht … *zuhören.*«

»Wie kommst du denn darauf?« Sonjas Stimme klang verletzt.

»Nun, weil wir das eigentlich alle nicht machen. Du bist da keine Ausnahme.« Billie schlug die Beine übereinander. »Ich habe Angst gehabt, dass du wie die Ärzte, die ich aufgesucht habe, gleich den Werkzeugkasten auspackst. Und mir praktikable Lösungen vorschlägst. Die gucken in irgendwelche Listen, und zackbum hast du irgendeine lateinische Diagnose.« Sie blies verächtlich Luft durch die geweiteten Nasenlöcher. »Medizin, Sonja, das habe ich gelernt, ist jede Menge falsch angewandte Statistik.« Sie drehte sich zu ihrer Freundin um. »Aber mal abgesehen von den Ärzten finde ich schon, dass die wenigsten Menschen einem wirklich zuhören. Entweder wollen sie von sich erzählen oder mit Ruckzuck-Antworten das Übel aus der Welt schaffen.«

»Aber mit Zuhören hätte ich dir doch auch nicht geholfen!« Sonja klang immer noch verletzt.

»Weißt du das denn so genau? Vielleicht hättest du keine Schilddrüsen-Unterfunktion diagnostiziert, das stimmt. Allerdings hätte es mir schon sehr geholfen, von dieser Angst zu erzählen.« *Trotz der Erleichterung werde ich diese alles verschlingende Angst und die dunkle Einsamkeit immer spüren. Auch wenn ich hundert Jahre alt werde. Niemals werde ich diese Todesangst vergessen.*

»Weißt du, das ist ein Gefühl, das wie mit einem eiskalten Messer durch dein Bewusstsein schneidet.« Sie verkrampfte die Finger ineinander. Einen Moment schwieg sie. Dann sagte sie kaum hörbar: »Es fühlt sich an, als ob man aus Glas sei … unendlich zerbrechlich.«

Sonja sah sie mitfühlend an.

Billie lächelte schief. »Das klingt ganz schön bescheuert, oder?« Sie zitierte sich selbst: »Als ob man aus Glas sei … ein eiskaltes Messer, das durch dein Bewusstsein schneidet. Dabei habe ich gar keine Drogen genommen.« Sie lachte ironisch.

Sonja sagte nachdenklich: »So blöd klingt das gar nicht. Sondern vor allem ziemlich schrecklich. Mir ist ganz übel bei dem Gedanken, dass du mit diesen Gefühlen all die Zeit alleine warst.« Sie stieß Luft aus. »Ich glaube, ich verstehe, was du meinst. Solche Gespräche führen wir wahrscheinlich viel zu selten. Wir alle sind so sehr darauf programmiert, erfolgreich, cool, angstfrei, ständig happy und gut drauf zu sein, dass wir dabei jegliches Gefühl für Zwischentöne verlieren.«

Billie nickte. »Und vor allem sofort sämtliche Zustände, die nicht optimal, superglücklich und gesund sind, ausschalten wollen.«

»Mit irgendeiner Strategie, die wir in unseren Werkzeugkästen finden?«

»Genau. Oder mit Vitamintabletten.«

»Paartherapien. Oder Trennkost.«

Sie lachten. Sonja fuhr von der Autobahn ab. Schweigend folgten sie den spärlichen Lampen, die den Weg nach Kiekeby wiesen. Als sie in den Feldweg einbogen, verschwanden gerade rote Schlusslichter in der Einfahrt. Sonja nickte Billie zu: »Jan war schneller als wir.« Sie drosselte die Geschwindigkeit und bog langsam in den Hof ein. Während sie den Wagen neben Hermines Auto stellte, sagte sie: »Das mit dem Zuhören … Weißt du, was mein Vater immer gesagt hat?«

Billie schüttelte den Kopf. »Was denn?«

Sonja lächelte unsicher. »Wenn ich das jetzt sage, komme ich mir ebenso bescheuert vor wie du, als du von dem Gefühl gesprochen hast, dich wie aus Glas zu fühlen.«

Billie grinste. »Also, sag schon.«

»Mein Vater hat immer gesagt: Wer richtig zuhört, muss das mit den Ohren vom lieben Gott tun. Ganz sorgfältig und ohne gleich etwas erwidern zu wollen. Einfach nur zuhören. Mit aller Kraft.«

Billie löste den Gurt. Sie lehnte sich hinüber zu Sonja und nahm sie in den Arm. Ihre Freundin erwiderte die Umarmung. »Fröhliche Weihnachten, Sonja. Du hast sie jedenfalls gehabt heute Abend.«

»Was?«

»Die Ohren vom lieben Gott.«

Es wurde ein ganz besonderer Weihnachtsabend. Als sie in Kiekeby ankamen, erstrahlte das Wohnzimmer im festlichen Glanz. Der Weihnachtsbaum streckte sich fast bis zur Decke hinauf und erglänzte in vollem Schmuck. Unter dem Baum lagen die Geschenke aufgestapelt, von den Kindern mit sehnsüchtigen Blicken bedacht. Auf dem Sofa hatte Hermine ein weiches Plaid für Billie vorbereitet. Die Bienenwachskerzen verströmten ihren feinen Duft, der sich mit dem Geruch der Tannennadeln, dem Geruch des knisternden Kaminfeuers und dem Aroma des im Ofen schmurgelnden Gänsebratens verband.

Die Bescherung war ein Fest mit reißendem Geschenkpapier, begeisterten Ausrufen und Freudenausbrüchen. Das schönste Geschenk für Billie kam von Lina, die ihr mit leuchtenden Wachsmalkreiden ein Bild von einem über eine Wiese galoppierenden Pferd gemalt hatte. Billie war noch ganz versunken in das Gemälde, als Jan neben dem Sofa auftauchte.

»Darf ich?« Er setzte sich zu ihren Füßen.

Sie zeigte ihm Linas Bild. »Schön, nicht wahr?«

»Und wie passend.« Er holte ein kleines Stück Papier aus seiner Brusttasche und fischte aus einem Haufen verknülltem Geschenkpapier, der vor dem Sofa lag, eine rote Schleife. Vorsichtig rollte er den Zettel zusammen, band die Schleife darum und ließ sie in Billies Hände fallen. »Fröhliche Weihnachten, Billie!«

Billie öffnete die Schleife. Auf dem offensichtlich von einem Notizblock abgerissenen Blatt stand: »Gutschein für Reitstunden für Billie Grimm«. Unterzeichnet war der Gutschein mit einem einfachen »Jan«.

Sie ließ das Blatt sinken.

Jan fragte erwartungsvoll. »Nimmst du mein Angebot an?«

Für einen Moment sahen sich beide nur an. Billie fühlte, wie ihr Herz einen erschrockenen Hüpfer machte, und senkte den Blick. Während sie die rote Schleife in ihren Fingern knetete, wurde ihr bewusst, dass sie unter Jans Blicken rot geworden war. Deutlich spürte sie die Hitze in ihren Wangen. *Das ist nur die Wärme vom Kamin!*, schalt sie sich selbst. *Auf keinen Fall werde ich mich jetzt gleich auf etwas Neues einlassen. Von einem Globetrotter zum nächsten. Was hat Jan vorher gemacht? Strauße gezüchtet in Australien? Bestimmt ist dieser Pferdehof in Rosby nur eine Station auf dem Weg ins nächste Abenteuer. Und bald kommen Nilpferde in Sumatra an die Reihe.*

Dieter kam mit drei Gläsern Sekt auf einem kleinen Tablett zum Sofa herüber.

»Hier, ihr beiden, lasst uns auf ein gesegnetes Weihnachtsfest anstoßen.« Er gab ihnen die Gläser und schlug dann mit einem Löffel an sein eigenes Glas. »Ihr Lieben! Könnt ihr mal einen Moment ruhig sein?«

Er nickte seiner Frau zu, die gemeinsam mit Hermine aus der Küche ins Wohnzimmer getreten war. Beide hielten Tabletts mit Sektkelchen und Saftgläsern in den Händen. Auf ihren Fersen folgten Anne, Martin und Sonja, die Flaschen mit Sekt, Wasser und Orangensaft zum Sofatisch trugen. Bald hatten alle, sogar die kleine Fiona, die Anne kurzerhand auf Billies Schoß setzte, ein gefülltes Glas in der Hand.

Dieter räusperte sich und sagte in die erwartungsvolle Stille: »Ihr Lieben. Wieder einmal haben wir uns hier in Hermines gemütlichem Haus zum Weihnachtsfest versammelt. Natürlich möchte ich nicht versäumen zu erwähnen, dass uns unser lieber Ernst wie immer sehr fehlt.«

Er nickte Hermine zu, die verhalten lächelte. Sonja, die neben ihr stand, legte tröstend den Arm um ihre Mutter.

»Besonders freuen wir uns, dass Billie, Sonjas Freundin, die uns allen in den letzten Jahren ans Herz gewachsen ist, gemeinsam mit uns feiert und dass es ihr wieder bessergeht.« Er hob sein Glas in Billies Richtung. »Für Josefine und mich ist es natürlich eine große Freude, dass wir in diesem Jahr mit beiden Söhnen feiern können.« Er prostete erst Albert, dann Jan zu.

Nach einigen freundlichen Worten über Anne und ihre Familie schloss er seine Rede mit den traditionellen Worten: »Das Buffet ist eröffnet. Fröhliche Weihnachten!«

Alle riefen: »Fröhliche Weihnachten!«

Sie umarmten sich, stießen an, und die Kinder machten alle lautstark darauf aufmerksam, dass es doch gar kein Buffet, sondern Gänsebraten gab.

Hermine rief zu Tisch und servierte die krosse Gans, ihre hervorragenden Kartoffelklöße und den fein nach Lorbeer, Nelken und Koriander schmeckenden Rotkohl.

Billie fühlte sich nach den Erlebnissen des Tages erschöpft und gleichzeitig voller Energie. Immer wieder dachte sie an den Arzt im Krankenhaus und seine Erklärungen, und immer wieder schob sich das Bild von Jan davor, der an ihrem Krankenhausbett ihre Hand ergriffen hatte.

»Noch einen Schluck?« Jan, den Hermine oder das Schicksal neben sie gesetzt hatte, hielt ihr die Rotweinflasche hin.

»Danke, gerne.«

Albert rief quer über den Tisch: »Jan, du ungebetener Gast, schickst du den Rotwein auch mal in unsere Richtung?«

»Unbekannter Gast!«, verbesserte ihn Lina prompt.

Natürlich hatte es viel Gelächter darum gegeben, dass Hermines Gefühl sie nicht getrogen hatte, als sie ein Gedeck für den unbekannten Gast auflegte.

Albert winkte Billie vergnügt zu. »Na, geht es dir gut?«

Billie nickte so heftig, dass ihr die Locken ins Gesicht fielen.

Albert nahm Jan den Wein ab. »Pass auf, dass das auch so bleibt, Billie, und lass die Finger von meinem Bruderherz.«

Sonja verzog das Gesicht und wandte sich selbst an Jan: »Ich frage mich immer, wie es sich anfühlt, Weihnachten in einem anderen Land zu feiern. In Australien ist jetzt Hochsommer, nicht wahr?«

Jan nickte.

»Da kommt der Nikolaus mit dem Surfbrett!«

Die Kinder lachten.

»Mami, Richard kommt doch aus Australien, stimmt's?«, rief Lina.

Sonja lächelte. »Nein, mein Schatz. Richard kommt aus Los Angeles.«

»Liegt da jetzt Schnee?«

»Nein, in Los Angeles liegt jetzt kein Schnee.«

Albert hob erneut sein Glas. Er prostete Billie zu. »Auf deine Genesung! Und auf mehr Glück!« Er zwinkerte ihr verschwörerisch zu und sah etwas albern und bedeutungsvoll in Jans Richtung.

Billie grinste zurück. *Der gute alte Albert. Als ob ich mich gleich in den nächstbesten Weltenbummler verknallen würde. Nein, danke. Einer pro Saison reicht. Obwohl … wenn es nicht gleich Liebe wäre …?* Nachdenklich sah auch sie zu Jan hinüber. Als ob er ihren Blick gespürt hätte, sprang er plötzlich auf und stieß dabei fast seinen Stuhl um.

Entschuldigend hob er die Hände. »Das ist halt das Temperament von unternehmungslustigen Globetrottern!« Er deutete eine knappe Verbeugung in die Runde an. »*Ladies and Gentlemen,* ich hole jetzt meine Geschenke aus dem Auto. Dann erlebt ihr mal, wie man Downunder Weihnachten feiert.« Er schlüpfte nach draußen.

Als er wenig später wieder erschien, schleppte er einen riesigen Korb, der mit exotischen Süßigkeiten, Gläsern, Konserven und Flaschen gefüllt war.

»Von eingelegten Straußeneiern über australischen Rotwein bis zur Fischsoße habe ich alles mitgebracht, was mir im Supermarkt interessant vorgekommen ist. Schließlich wusste ich nicht, mit wem ich Weihnachten feiern würde. Bitte sucht euch alle selbst was aus.«

Die Kinder ließen sich das nicht zweimal sagen und stürmten auf den großen Korb zu, den Jan vor den Weihnachtsbaum auf den Boden gestellt hatte.

»Kinder, Kinder! Rotwein und Schnaps sind für die Erwachsenen! Ihr könnt die grünen Lollies haben.«

Über die Köpfe der Kinder hinweg suchte er Billies Blick. Sie sahen sich an. Jan zauberte ein Lächeln auf seine Züge, das so herzlich war, dass Billie es erwidern musste.

Sie spürte die vertraute Wärme in sich aufsteigen, die sich immer mehr nach Verlangen anfühlte. *Wie gut kenne ich dieses Gefühl! Ihm ist nicht zu trauen, das weiß ich doch! Aber es tut so gut! Und diesmal handele ich einzig aus medizinischen Motiven! Wie hatte der Arzt im Krankenhaus gesagt? »Tun Sie sich etwas Gutes.«*

Es war wirklich bedauerlich, dass Casanovas mit dem verderblichen Hang zur Untreue oft so ungeheuer attraktiv waren. Sie dachte an Antonin, und ihr Liebeskummer kam ihr mit einem Mal unreif und lächerlich vor. *Nun, die Lektion habe ich gelernt.* Entspannt ließ sie das Plaid von ihren Schultern gleiten, griff nach dem Weinglas und nahm einen großen Schluck.

Erneut traf ihr Blick den von Jan, und diesmal senkte sie ihn nicht, sondern ließ zu, dass seine dunklen Augen den ihren festhielten und ihre Atmung beschleunigten. *Diesmal werde ich nicht darauf reinfallen. Ich werde Jans Gutschein einlösen, bei ihm Reiten lernen und vielleicht mit ihm eine Affäre anfangen. Vielleicht? Mit großer Wahrscheinlichkeit. Aber diesmal werde ich mich nicht verlieben! Bis zuletzt werde ICH die Trümpfe in der Hand halten.*

22. Kapitel

Norderstedt, 21. Januar 2005

»Das Schlimmste ist gar nicht so schlimm, wenn es passiert. Nicht halb so schlimm, wie man es sich vorgestellt hat, bevor es passierte.«
Der Schatz der Sierra Madre, 1948

Frau Dr. Bernhardts Gesicht war von betonter Gleichgültigkeit, als sie Hermine die Tür öffnete. »Da sind Sie ja wieder. Ein gutes neues Jahr wünsche ich Ihnen.«

»Ihnen auch. Und vielen Dank, dass Sie sich so schnell für mich Zeit genommen haben.«

»Ich hatte Ihren Anruf eigentlich früher erwartet.«

»Ich habe mich nicht getraut.«

Dr. Bernhardt lächelte ihr ermutigend zu: »Sie sind jetzt da. Nur das zählt.«

Hermine hängte ihren Mantel und ihre Handtasche an den Garderobenständer im Eingangsbereich der Wohnung, rieb sich die Hände und streckte den Kopf unternehmungslustig vor.

»Wo ist Florian?«

»In seinem Zimmer. Er hat gerade Ergotherapie.«

»Darf ich dabei zuschauen?«

»Wenn Sie wollen.«

Frau Dr. Bernhardt war schon unterwegs, doch Hermine hielt sie zurück. »Frau Doktor, ich habe diese Monate gebraucht, um mir darüber klar zu werden, wie ich Florian in mein Leben einbeziehen kann.«

»Und ob Sie es überhaupt wollen.«

»Diese Frage habe ich mir immer wieder gestellt.«

Jeden Tag habe ich seit meinem Besuch in Norderstedt darüber nachgedacht. Selbst während der Festtage, in all dem Trubel, sind die Bilder von Florian allgegenwärtig gewesen. Die Januartage danach kamen ihr viel zu ruhig vor. Gestern hatte sie die Stille im Haus nicht mehr ausgehalten. Sie war im trüben Nachmittagslicht mit dem Hund durch die Felder gegangen. Nach dem Fliederknick hatte sie diesmal nicht den bekannten Weg über den Kiekebyer Forst zurück durch das Dorf eingeschlagen, sondern sich nach Westen Richtung Kanal gewandt. Sie ging fast eine Stunde lang, bis sie zu einem großen Findling kam. Dort rastete sie, und hier, in der Kälte des frühen Abends und umgeben von stillen, einsamen Feldern, fand sie, was ihr Ernsts Grab nicht hatte geben können. Einen Platz, an dem sie mit ihm sprechen konnte.

Sie sah über die graue Feldfläche dorthin, wo der Himmel mit dem Anthrazit des Horizonts verschwamm.

Wieso glaube ich, dass du mich hier hören kannst? Waren wir hier einmal zusammen? Der Hund Kuddel sah sie aufmerksam und mit gespitzten Ohren an. *Habe ich laut gesprochen?* »Ich werde eben schon eine komische Alte!«, teilte sie dem Tier mit. Dann lehnte sie sich gegen den Stein und redete mit Ernst über Florian. *Warum hast du mir nicht von ihm erzählt? Wie konntest du mich überhaupt noch lieben? Was hast du dir dabei gedacht, ihn mir zu verheimlichen? Du musstest doch wissen, dass ich irgendwann alles über ihn herausfinden würde. Hast du damit gerechnet? Was soll ich jetzt tun? Was erwartest du von mir?* Sie weinte und lachte und sah lange über die Felder. Manchmal war ihr, als ob sie eine Antwort hörte. Es war schon dunkel, als sie nach Hause kam. Sie war durchgefroren, aber nicht erschöpft, sondern von Tatendurst durchdrungen.

Am nächsten Morgen hatte sie sofort Dr. Bernhardt angerufen und um einen Termin gebeten. Wenige Stunden später war sie in Norderstedt.

Jetzt legte sie ihre Hand auf Dr. Bernhardts Schulter. »Ich habe mir vorgenommen, Florian oft zu besuchen. Natürlich nur, wenn Sie das für gut halten.«

Die Ärztin war stehen geblieben. Ihr Gesicht überzog sich mit einem warmen Lächeln. »Natürlich begrüße ich das. Sie haben ja gesehen, dass Florian ein Rabenbraten sein kann, aber darin unterscheidet er sich nicht von anderen jungen Menschen. Regelmäßige Besuche wären eine großartige Sache. Dabei ist ›regelmäßig‹ das Stichwort, denn Sie können keine Beziehung zu ihm aufbauen, wenn Sie nur ab und an vorbeikommen. Außerdem sollte der Junge Ihnen nicht dazu dienen, Ihr Gewissen mit einer guten Tat zu beruhigen. Es muss Ihnen etwas an ihm liegen.«

Hermine nickte. »Ich werde mir alle Mühe geben. Aber erst mal muss ich ihn kennenlernen.«

Frau Dr. Bernhardt sagte: »Dann sollten Sie gleich damit anfangen.« Sie wandte sich zum Gehen.

»Da ist noch etwas, Frau Doktor. Ich habe niemals in Süddeutschland gewohnt.«

Die Ärztin lächelte sie an. »Das habe ich mir schon gedacht.« Sie wies in den hinteren Bereich der Wohnung. »Wollen wir?«

Florian saß mit dem Gesicht zur Tür auf seinem Bett, von hinten gestützt und umarmt von seiner Ergotherapeutin Claudia, einer kräftigen Frau Anfang dreißig mit braunen Locken. Mit ruhiger Bestimmtheit versuchte sie, seinen verkrampften Körper sanft nach rechts zu ziehen.

Dr. Bernhardt stellte Hermine als Florians Stiefmutter vor, holte ihr einen Stuhl und ließ sie allein.

Der Junge starrte sie wieder unverwandt an. Aber diesmal war Hermine auf seinen Blick vorbereitet und erwiderte ihn ohne Unruhe. Dann sah sie sich neugierig im Zimmer um. An den Wänden hingen Poster von Fußballspielern, Tierbilder, offenbar selbst gemalte, farbenfrohe abstrakte Tuschbilder und eine Pinnwand, auf der Hermine einige der Fotos erkannte, die ihr vor ihrer überstürzten Flucht aus den Händen gefallen waren.

»Komm, Florian, jetzt versuchen wir mal die andere Seite«, forderte ihn Claudia auf. Sie sah Hermine an und bat: »Könnten Sie bitte den Teddybären in der Feuerwehruniform von dem Regal holen? Das ist Florians Lieblingstier, damit geht die Arbeit manchmal leichter.«

Hermine stand auf und ging zu einem hohen, mit vielen Plüschtieren und Puppen voll gestopften Regal. Sie überblickte die bunte Schar kurz und fand den gewünschten Teddy.

»Danke!« Claudia griff das Plüschtier und hielt es vor ihr Gesicht.

»Guck mal, Florian, der Teddy geht jetzt nach links. Und du gehst mit, okay?« Sanft drückte sie den Körper des Jungen nach links.

Seiner Kehle entrang sich wieder ein Gurgeln, er lief blau an. Hermine wartete mit der Therapeutin, bis der Anfall vorüberging. Wieder machten ihr diese Geräusche Angst, aber sie verlor nicht mehr die Nerven. Sie wagte sogar, ein Gespräch anzufangen, wobei sie Florian mit Blicken einbezog, obwohl er weiterhin durch sie hindurchzustarren schien.

»Sagen Sie, ich habe von diesen Hippotherapien gehört. Halten Sie etwas davon, also von heiltherapeutischem Reiten?«

Die Therapeutin schlang beide Arme um Florian und wiegte ihn vorsichtig ein wenig. Sie nickte Hermine zu. »Ja, aber ich habe persönlich keine Erfahrung damit. Vielleicht kennt sich Dr. Bernhardt da aus. Auf jeden Fall ist es bestimmt ein wunderbares Erlebnis für einen Behinderten, von einem großen, starken Lebewesen getragen zu werden.«

Hermine lächelte. »Das ist nicht nur für einen Behinderten ein wunderbares Erlebnis.«

Claudia konzentrierte sich wieder auf ihre Arbeit. Sie hielt Florian erneut den Teddy vors Gesicht. »Komm, Flo, jetzt noch einmal die rechte Seite.«

Aber der Junge machte keinerlei Anstalten, sich zu bewegen. Hermine durchfuhr ein warmes Gefühl. *Hallo, Florian, sieh mich an. Ich merke genau, du siehst mich an, mein Junge.*

Claudia ließ die Puppe sinken. »Guckt er überhaupt den Teddy an? Oder Sie?«

Hermine setzte sich gerade hin. »Ich glaube, er guckt mich an.«

Tatsächlich schien Florian zum ersten Mal Blickkontakt zu halten.

Vorsichtig ließ sich Hermine ein wenig nach links sinken.

Dabei hielt sie Florians Augen mit den ihren fest.

Da geschah es: Der Junge bewegte sich, den Blick fest auf Hermine gerichtet, langsam nach rechts. Dabei huschte ein winziges Lächeln über seine verzerrten Züge, und Hermine fühlte sich unendlich belohnt.

»Großartig, Florian. Jetzt wieder aufsetzen.«

Hermine richtete sich langsam auf ihrem Stuhl auf, und Florian tat es ihr gleich, wie ein Spiegelbild.

Er sieht mich. Er sieht mich an. Ernst, siehst du das? Und es ist mir ganz egal, dass ich schon wieder Tränen in den Augen habe. Dein Sohn sieht mich an – mit deinen Augen.

Nach der Ergotherapie wurde Florian ins Bett gelegt. Er gähnte herzhaft und rollte sich zusammen wie eine Katze. Als er zu Hermine aufsah, wirkte er sehr jung und sehr verletzlich.

»Die Übungen strengen ihn immer an. So kann er vor dem Mittagessen noch ruhen«, erklärte Claudia und verabschiedete sich.

Florian rollte den Kopf noch eine Weile hin und her. Dann fielen ihm die Augen zu. Hermine strich ihm so sanft sie konnte über das Gesicht, das auch im Schlaf so viel Ähnlichkeit mit Ernst hatte. Florian zuckte nicht einmal, und Hermine schlich aus seinem Zimmer.

In einem kurzen Gespräch mit Dr. Bernhardt vereinbarte sie

die nächsten Besuchstermine. Auf dem Weg zur Garderobe ging sie an einem Zimmer vorbei, in dem sich einige Mitbewohner von Florian vor einem Fernsehapparat versammelt hatten und eine laute Kindersendung ansahen. Rechts neben dem Sofa stand Pfleger Pölger und nickte ihr zu. Die Bewohnerin, der Hermine bei ihrem ersten Besuch begegnet war, saß in einem grellroten Pullover auf dem Sofa. Sie hielt ihre Puppe auf dem Schoß und blickte hoch. Als Hermine ihr freundlich zuwinkte, streckte sie ihr die Zunge heraus. Die Besucherin und Pölger tauschten einen amüsierten Blick. Hermine lachte noch, als sie an der Garderobe in ihren Mantel schlüpfte. *Was für ein Frechdachs!*

Im Auto überlegte sie kurz, Sonja in Hamburg mit einem Besuch zu überraschen, verwarf die Idee aber sofort wieder. Bis oben angefüllt von ihrer Begegnung mit Florian, musste sie jetzt erst einmal ihre Gedanken ordnen.

Ostern werde ich Florian zum ersten Mal nach Kiekeby holen! Trotz ihres aufgeregten Glücksgefühls war ihr ein wenig unwohl, wenn sie sich die Reaktionen ihrer Töchter vorstellte. Sie seufzte.

Als Erstes muss ich mit Klaasen sprechen. Der hat bestimmt noch einen alten Damensattel in seinem Schuppen. Sie schüttelte den Kopf. *Nein, auch Klaasen muss warten. Zuerst werde ich die Truhe, die immer noch auf der Fensterbank in meinem Schlafzimmer steht, ausräumen. Jetzt fühle ich mich stark genug, deine Handschrift zu lesen, deine Aufzeichnungen, Briefe und Notizen durchzusehen. Es gibt keine Geheimnisse mehr, nur eine neue, eine besondere Zukunft. Durch dich, Ernst. Mit Florian.* Sie legte den ersten Gang ein. Als sie auf der Autobahn Richtung Norden fuhr, begann es heftig zu regnen.

23. Kapitel

Hamburg, 23. Januar 2005

»Nichts ist sicher. Das ist das Einzige,
was ich sicher weiß.«
A Beautiful Mind, 2001

Der harte Januarregen klatschte gegen die Kellerfenster der Werkstatt. Sonja arbeitete konzentriert und zügig. Mit Bedauern hatte sie Ende Dezember ihr letztes Karussellpferd fertiggestellt. Monatelang hatte dieser schöne Auftrag sie beschäftigt. Jetzt arbeitete sie an einem Schrank, den ihr ein Kunde in abgebeiztem Zustand geliefert hatte. Auf dem rohen Holz waren stilisierte Blumenmotive zum großen Teil sichtbar gewesen. Sonja hatte sie mit Pauspapier abgenommen, auf Wände und Tür übertragen und überarbeitet. Da auf dem Schrank keine Farbreste zu finden gewesen waren, hatte ihr die Farbgebung freigestanden, und sie hatte sich für ein helles Beige und blaue Ornamente entschieden. Noch eine Wand, dann war sie fertig. Aufatmend schloss sie das Glas mit dem Schellack und rieb sich die brennenden Augen.

In diesem Jahr war der Januar besonders dunkel. Nass, kalt und düster. Albert schien ebenfalls darunter zu leiden, denn er wirkte verschlossen und müde. Heute Morgen hatte er sich noch nicht einmal die Zeit genommen, mit ihnen gemeinsam zu frühstücken, und war nach einem hastigen Kaffee im Stehen in den Verlag gefahren.

Sie räumte Pinsel und Werkzeug zusammen und überlegte dabei, was sie nachher anziehen sollte, wenn sie zur Verabschiedung von Alberts bisherigem Verlagsleiter Gustav Brockmann in den Verlag fuhr. *Den dunklen Hosenanzug? Nein. Den trage ich bei offiziellen Anlässen immer. Wie Billie das nur aushält, jeden Tag so eine Bürouniform anzulegen. Am liebsten würde ich nur in Jeans und Pulli herumlaufen wie Hermine.* Sonja seufzte. *Aber Hermine lebt in Kiekeby, wo sie darin beim Stallausmisten wie beim Landfrauenkaffee immer eine gute Figur macht. Hamburg ist ein ganz anderes Pflaster!*

Sonja bekam immer eine Gänsehaut, wenn sie Billie gelegentlich am Samstagmorgen bei einem Streifzug durch das großbürgerliche Eppendorf begleitete. Obwohl sie Hamburg aus tiefstem Herzen liebte, jagten ihr die perfekt manikürten, pedikürten und frisierten blonden oder blondierten Frauen mit ihren wie auf den Nasen angewachsenen Sonnenbrillen Angst ein. Auch ihre eigene Garderobe wies durchaus das eine oder andere elegante Stück auf, aber schon beim ersten Milchkaffee in einer überfüllten Espressobar inmitten der mit teuren Ledertaschen bewaffneten Hamburgerinnen fühlte sie sich wie eine Landpomeranze. Das letzte Mal, als sie mit Billie unterwegs gewesen war, hatte die Verkäuferin in einer teuren Boutique gefragt: »Sind Sie der Fahrradkurier?«

Damals haben wir darüber gelacht. Haha, wie komisch. Klamotten sind mir nun mal nicht so wichtig. Und diese Geschäfte sind grausig! Ich muss dann immer an diese Stelle aus Pretty Woman *denken: »Läden sind nicht nett zu Menschen. Läden sind nur nett zu Kreditkarten!«* Sie seufzte. *Auch dein gesammeltes Filmwissen hilft dir hier nicht.* In Gedanken ging sie ihren Kleiderschrank durch. *Ein Kleid – zu festlich. Ein Kostüm – zu streng. Wie wäre es mit einer klassischen schwarzen Hose und einer weißen Bluse? Dazu die Lederstiefel mit dem kleinen Absatz. Darüber den schwarzen Blazer, fertig.* Einen Moment lang überlegte sie besorgt, ob ihr Mann dieses Outfit für zu leger halten könnte. *Unsinn, Albert nimmt mich seit Tagen ja überhaupt nicht mehr wahr! Ich könnte nackt mit Bastrock und Kokosnuss-Bustier oder als Inuk mit Hundeschlitten aufkreuzen, und es würde ihm nicht auffallen.*

Seit Weihnachten verbrachte Albert immer mehr Zeit im Verlag. Fragen nach seiner Arbeit wehrte er unwirsch ab. *Das Ganze hat bestimmt mit dieser Isabell Meyer-Schulenburg zu tun.* Der promovierten Literaturwissenschaftlerin und ehemaligen Starkritikerin einer renommierten Wochenzeitung war die Position von Gustav Brockmann beim Wohlgemut-Verlag angeboten worden. *Komisch, ich dachte eigentlich, Albert würde eines Tages Gustavs Job bekommen.* Als sie ihren Mann darauf ansprach, tat er so, als sei alles in bester Ordnung.

»Die Meyer-Schulenburg hat einfach viel mehr Ahnung als ich.« Sein bitteres Lächeln strafte seine Worte Lügen, und ein Blick auf seine zusammengekniffenen Lippen zeigte Sonja, wie sehr es ihn verletzte, übergangen worden zu sein.

»Was sagt Gustav dazu?«

Gustav Brockmann und seine Frau Hilde waren über die Jahre gute Freunde der Flemings geworden, und zu viert hatten sie sowohl bei ihnen als auch in dem behaglichen Haus der Brockmanns an der Elbchaussee so manche Nacht über Literatur. Filme und das Leben diskutiert. Im Sommer vermieteten Brockmanns ihnen seit Jahren ihr Haus in Pinneron an der französischen Côte d'Azur. Bestimmt hatte Gustav ein gutes Wort für Albert eingelegt.

»Gustav war genauso überrascht wie ich. Er ist immer davon ausgegangen, dass ich sein Nachfolger werde. *Er* hat dafür gekämpft. Behauptet er. Aber die Meyer-Schulenburg bringt natürlich ein tolles Renommee für das Haus.«

Sonja wusste nicht, wie sie Albert trösten sollte.

Billie, mit der sie vergangene Woche darüber gesprochen hatte, sah das Ganze gelassener. »Er wird darüber hinwegkommen. Es hat diesmal nicht geklappt, na und? Dann klappt es eben beim nächsten Mal. Er hat doch noch Zeit.«

Seitdem sie ihre Schilddrüse im Griff hatte, war Billie wieder aufgeblüht. Sie war so aktiv wie eh und je, feierte ausgelassen und hatte in den letzten Wochen trotz der allgemein beklagten schlechten Wirtschaftslage für die Agentur einige lukrative Aufträge an Land gezogen. Bald würde Billie zu Jan nach Rosby fahren, um ihre Reitstunden zu nehmen.

Sonja wischte den Tisch ab. In der letzten Woche war Jan nach Hamburg gekommen und hatte sich mit Billie getroffen. Das hatte ihr Albert erzählt, den Jan angerufen hatte. *Was ist zwischen den beiden?* Ihre Freundin, was Männer anging, sonst eine detaillierte Erzählerin, hatte auf Sonjas Nachfragen nur erzählt, dass sie essen gegangen waren. Und: »Er ist ein netter Kerl.« *Ein netter Kerl? Was soll das denn heißen? Bruno, der Biofleischer, ist ein netter Kerl. Sönke, der bei Cinderella am Empfang sitzt, ist ein netter Kerl. Selbst mein Schwiegervater Dieter ist ein netter Kerl. Aber nette Kerle sind weder Billies Kragenweite, noch passen sie in ihr Beuteschema. Netter Kerl? Das klingt nach Strickjacke, Filzpantoffeln und sexfreien Teestunden. Aber nicht nach Jan, dem Weltenbummler!*

Sie griff nach dem Besen und fegte abschließend den Werkstattboden. Im Moment lief nichts wirklich rund in ihrem Leben. *Nicht nur Albert zieht sich zurück, sondern auch Billie. Netter Kerl! Seit wann speist sie mich mit Äußerungen ab, bei denen ich mich fühle, als wäre ich ihre Mutter?* Seit Weihnachten hatten sie keinen Abend mehr Zeit für ihre Gespräche am Küchentisch gefunden. In der Sauna waren sie auch nicht mehr gewesen. Selbst am Telefon gab Billie seit der verunglückten Affäre mit Antonin keine witzigen Abenteuer mit angeblich hinreißenden Männern mehr zum Besten.

Und Richard? Der war in L. A. und schrieb sehnsüchtige, verliebte und manchmal drängende E-Mails, die sie mit schlechtem Gewissen und klopfendem Herzen beantwortete. *Aber du bist so fern, Richard. Ich weiß nicht mehr, was ich fühle. Fliehe ich in Gedanken zu dir, weil Albert mir fremd wird? Oder wird Albert mir fremd, weil ich mich nach dir sehne?*

Missmutig sah sie aus dem Fenster. *Wenn es doch wenigstens aufhören würde, zu regnen.* Die Bäume im Park bogen sich unter heftigen Windstößen, immer noch lag die Dunkelheit der Nacht auf dem Morgen. Ein Blick auf die Uhr zeigte Sonja, dass sie spät dran war. Schnell schloss sie die Werkstatt ab und lief nach oben in die Wohnung. In Windeseile zog sie sich um – Hose, Bluse, Stiefel –, riss ihren Ledermantel vom Garderobenhaken und rannte in die Tiefgarage, um das Auto zu holen.

Die Verabschiedung von Gustav Brockmann fand im gläsernen Foyer des Verlags statt. Wilhelm Alexander Wohlgemut, der mittlerweile zweiundachtzigjährige Eigentümer des Wohlgemut-Verlags, hatte das Jugendstilhaus, Sitz des Verlags seit seiner Gründung, vor knapp zwanzig Jahren aufwendig modernisieren lassen. Ein italienischer Architekt hatte dem massiven Klinkerbau durch großzügige Verglasungen eine überraschende Weite verliehen.

Sonja stand in der Menge und hörte zu, als Brockmann, dessen graue Haare ihm wie immer in allen Richtungen vom Kopf abstanden, hinter dem Rednerpult den versammelten Gästen mit launigen Worten seinen Ruhestand ausmalte. Zu Baumwollhemd und Jeans trug er seine legendäre Lederweste, in deren Taschen eine Unzahl von bunten Stiften, Notizzetteln und Pfeifenutensilien steckten. Über den Rand seiner halben Brille zwinkerte er ins Publikum. Die Weltmeere wolle er mit seinem »Smutje« Hilde wieder unsicher machen und nur noch lesen, was ihm persönlich Spaß bereite.

Nach ihm ergriff Isabell Meyer-Schulenburg das Wort. Sie überreichte Brockmann ein überdimensionales Gesteck aus spitzen Papageienschnäbeln, mit dem er erst hilflos hantierte, bevor er es schließlich aufatmend auf den Boden stellte. Während er sich noch an dem Blumentopf zu schaffen machte und in der Hocke vor ihr saß, fing die neue Verlagsleiterin an zu sprechen.

Aufrecht stand sie da, in einem schwarzen, fast militärisch geschnittenen Gehrock und sehr eleganten, sehr spitzen, sehr hochhackigen Stiefeletten. Sie war gertenschlank, und nur ein paar Krähenfüße wiesen darauf hin, dass sie die Fünfzig bereits überschritten hatte. Ihre getönten Haare trug sie in einem Kurzhaarschnitt, der Sonja an einen französischen Jungen aus einem Dreißiger-Jahre-Film denken ließ. Ihre auffallend tiefe Stimme brachte das Stimmengemurmel und Gläserklirren zum Schweigen.

Mit knappen Worten bedankte sie sich bei Brockmann, dessen Stil sie schätze, aber der, wie der Pensionär selbst eingestanden habe, ein lieb gewonnenes Auslaufmodell sei. Ihr Tonfall war leicht, und viele der Anwesenden lachten über diese scheinbar wohlmeinende, ironische Liebeserklärung. Sonja dagegen merkte, dass Brockmann getroffen war. Er legte den Kopf schief, als sei er nicht sicher, richtig gehört zu haben.

Hilde Brockmann, die liebe, gute, breithüftige Hilde, die sonst stets weite Folkloreblusen trug, drängte sich neben Sonja. Sie wirkte in dem zu engen Etuikleid und einer passenden Jacke wie verkleidet.

»Der arme Albert«, raunte Hilde ihr zu. »Die hat ganz schön Haare auf den Zähnen.«

Und garantiert ein ganzes Arsenal fieser Tricks auf Lager.

Isabell Meyer-Schulenburg ließ sich ein Glas reichen und beendete ihre Rede mit den Worten: »Wie heißt es so schön? Vor den Erfolg haben die Götter den Schweiß gesetzt. Ich kann Ihnen versichern, dass wir ab heute bei Wohlgemut ordentlich schwitzen werden!«

Sonja war entsetzt. *Was für eine Ziege. Unsympathisch, von sich selbst eingenommen – und Alberts neue Chefin! Kein Wunder, dass er so schlecht gelaunt ist.*

Im Foyer ertönte Applaus. Sonja flüsterte ihrem Mann ins Ohr: »Die reitet bestimmt in der Walpurgisnacht auf einem Besen zum Blocksberg! Wetten?«

Er warf ihr einen entsetzten Blick zu und verließ fluchtartig ihre Seite, um Isabell Meyer-Schulenburg zu ihrer Ansprache zu gratulieren und sie bei ihrer Begrüßungsrunde durch das Foyer zu begleiten.

Irgendwann stand er dann mit ihr vor Sonja. »Meine Frau.«

Die Meyer-Schulenburg reichte ihr eine perfekt manikürte, kühle Hand. »Wie schön, Sie kennenzulernen.«

Ihre dunkelrot geschminkten Lippen verzogen sich zu einer Andeutung eines Lächelns.

»Sie machen Seidenmalerei? Oder war es Makramee?

Sie klang, als müsse sie eine Übelkeit niederkämpfen. »Nun, auf jeden Fall irgendetwas sehr Praktisches und Handfestes, nicht?«

Während sie ein süßliches Lachen in ihrer Kehle aufgluckern ließ, das gar nicht zu ihrer tiefen Stimme passte, drückte sie Albert wie mitleidig den Arm.

Sonja spürte, wie sie wütend wurde. *Schade, dass ich mit Judo nach dem gelben Gürtel aufgehört habe. Sonst könnte ich hier einmal gepflegt demonstrieren, wie praktisch und handfest ich bin*. Aber auf Alberts auffordernden Blick hin sagte sie zahm: »Ich bin Tischlerin.« *Na, das klingt ja fast so bescheuert, wie Babys Ansage in* Dirty Dancing, *als sie zum ersten Mal Johnny gegenübersteht: »Ich habe eine Wassermelone getragen!« Warum habe ich nicht wenigstens gesagt: Ich restauriere Antiquitäten? Tischlerin hat ungefähr die Erotik von »Ich-unterrichte-Salzteigmodellieren-im-Gemeindezentrum«.*

Das sah die Meyer-Schulenburg wohl ähnlich. »*Tischlerin!*«, wiederholte sie. »Wie ungeheuer *kreativ*! Nicht wahr?«

Erfolglos durchforstete Sonja ihr Hirn nach einer witzigen, bissigen Antwort.

Doch Isabell Meyer-Schulenburg wandte sich mit huldvollem Lächeln dem dickleibigen Rezensenten eines Buchmagazins zu, der sich schnaufend in ihre kleine Gruppe drängte.

»Hilmar, nein, wie fabelhaft von dir, meiner Inthronisierung beizuwohnen!« Sie bedachte Sonja mit dem Ansatz eines Lächelns und rauschte mit ihrem neuen Gesprächspartner zum kalten Buffet.

»Die ist aber ekelhaft«, sagte Sonja zu Albert, der wie ein begossener Pudel neben ihr stand.

Doch er hörte sie nicht. Ehrfürchtig murmelte er: »Die ist mit von Steinrück per Du. Hilmar!« Er stürzte hinter den beiden her.

Hilmar? Konsterniert blickte Sonja ihm nach.

Der nächste Morgen verlief wie der vorherige: Albert kam schlecht gelaunt in die Küche, ignorierte den gedeckten Frühstückstisch und schüttete in kurzer Zeit zwei Becher Milchkaffee hinunter. Seine Fragen an Lina klangen wie auswendig gelernt, und Sonja fiel auf, dass er dem Kind nur oberflächliche Beachtung schenkte. Statt ihr zuzuhören, flackerte sein Blick durch die Küche, er kramte mehrfach in seiner Tasche und durchwühlte den Packen von Zeitschriften und Zeitungen, der sich stets auf dem Küchensofa ansammelte, als ob er sich vergewissern wollte, nichts für den Bürotag vergessen zu haben.

Sonja legte das Pausenbrot für Lina in ihre Brotbox und betrachtete ihren Mann mit gerunzelter Stirn. *Es ist, als ob wir für Lina ein Theaterstück aufführten.*

»Schatz, möchtest du noch Kaffee?«

»Sonja, kannst du heute Lina vom Ballett abholen? Wir haben noch eine Besprechung.«

»Na, meine Kleine, wie läuft die Schule?«

Verkrampft und bemüht ist das alles. So verkrampft und bemüht wie Alberts flüchtiger Kuss, der ihre Wange streifte, bevor er die Haustür hinter sich zuwarf.

Es scheint Jahrzehnte her, dass wir nach Linas Abschied noch einmal zurück ins Bett gegangen sind. Oder in aller Ruhe mit Zeitung und Kaffee weiter am Frühstückstisch geblieben sind.

Auch in den nächsten Tagen schien Albert ausschließlich seine Arbeit im Kopf zu haben. Jeden Tag kam er später aus dem Büro, erzählte von endlosen Meetings mit Isabell Meyer-Schulenburg, von frustrierenden Autorenbesprechungen und der »Schwarzen Liste« seiner neuen Chefin, die verdiente Autoren des Verlags loswerden wollte und darauf erpicht war, ihre eigenen Lieblingsautoren ins Haus zu holen.

Sonja gestand Albert zu, dass es zurzeit nicht gerade spaßig sein konnte, beim Wohlgemut-Verlag zu arbeiten. Aber jedes Mal, wenn sie die Sprache darauf brachte, wiegelte er ab.

»Du verstehst doch gar nicht, was da vor sich geht. Der alte Wilhelm hatte schon was im Sinn, als er die Meyer-Schulenburg geholt hat. Weißt du, was er gesagt hat? Dass ich mich noch im Aufbau befinde, aber noch nicht einmal vierzig sei und er – das ist überhaupt der Brüller, man bemerke die Wortwahl! – einen ›Kapitän mit Brückenerfahrung‹ brauche.« Er ließ den Kopf hängen, und Sonja kamen seine nächsten Sätze wie eine Selbstbeschwörung vor. »So ein Wechsel hat auch sein Gutes. Sie räumt endlich mal richtig auf. Das ist in Ordnung, auch wenn mir ihre Methoden nicht immer passen.«

Entmutigt schwieg Sonja. *Wieso sprichst du nicht mit mir? Ich sehe doch, dass du leidest. Ob das eigentlich alle durchmachen, die eine Weile verheiratet sind? Wieso sagt einem niemand, wie schwer es ist, sich nicht aus den Augen zu verlieren, wenn man einander so nah ist? Und warum sagen sie einem nicht, wie man das große Schweigen bekämpft?* Ohne ihre gedanklichen Fluchten zu Richard wäre es zwischen ihr und Albert längst zu einem schrecklichen Krach gekommen.

Aber ich bin genauso schuld wie Albert. Auch ich stricke an dem großen Schweigen, vertiefe mit jedem Geheimnis, jeder gestohlenen Stunde, jeder heimlichen E-Mail, jedem Telefonat mit Richard die Kluft zwischen uns.

Wie dumm wir Menschen doch sind, dachte Sonja. *Das Unbekannte fasziniert uns, und wir erforschen es so lange, bis es uns reizlos erscheint.*

24. Kapitel

Februar 2004, Rosby

»Warum hat uns Gott Hände gegeben?
Um zuzugreifen. Also, greif zu!«
Alexis Sorbas, 1964

Das Hinweisschild »Gestüt Rosby« war kurz nach der Autobahnabfahrt gut sichtbar aufgestellt. Billie bog von der Landstraße auf die kastaniengesäumte Allee ab, die zum Gestüt führte. *Wunderhübsch, aber wo ist hier ein Wohnhaus?* Die Allee lief direkt auf die großen, weiß getünchten Stallungen zu. Ratlos stellte sie ihr Auto vor der grüngestrichenen Stalltür ab und sah sich um. *Wohnt Jan etwa im Stall?*

Sie stand noch immer unsicher vor dem Gebäude, als er in schmuddeliger Jeans und einem ausgeleierten Wollpullover um die Ecke bog. Er trug einen Dreitagebart, strahlte über das ganze Gesicht und überfiel sie mit Fragen.

»Na, wen haben wir denn da? Hast du es leicht gefunden? Warst du schon im Stall? Wollen wir uns zuerst die Pferde ansehen oder einen Kaffee trinken?«

Ich sterbe für einen Kaffee und eine Zigarette! Aber er ist ja so sichtlich stolz auf den Hof …

»Nach der Fahrt bewege ich mich gern ein bisschen. Lass uns erst einmal einen Rundgang machen!«

Jan strahlte weiter. Zuerst zeigte er ihr den Stall, in dem sich eine braune Stute an Heu gütlich tat.

Billie trat an das Gitter und beobachtete das Tier. »Was für eine Rasse ist das?«

»Das ist eine Trakehnerstute. Ich habe nur Trakehner. Florentine, komm mal her«, lockte er die Stute, die prompt aufhörte zu kauen und sich ihnen zutraulich näherte. Jan klopfte ihr den Hals.

Wie wunderschön sie ist! Billie ließ sich begeistert von dem Pferd beschnuppern.

»Florentine wird mein erstes Fohlen zur Welt bringen«, sagte Jan. Er warf ihr einen Blick zu. »Du magst Pferde, nicht wahr?«

Eigentlich rede ich ja darüber nicht. Aber …

Bevor sie sich kontrollieren konnte, plapperte sie auch schon los: »Und wie! Ich habe immer vom Reiten geträumt. Das liegt vielleicht in der Familie. Mein Großvater kam wahrscheinlich von einem großen Gestüt in Ostpreußen.«

Stopp, Billie!

»Na, das passt ja prima.«

»Wie meinst du das?«

»Die Trakehner kommen auch aus Ostpreußen.«

Florentine schnaubte ungeduldig und knabberte mit ihren weichen Lippen an Billies Hals.

»Hey, das kitzelt!«, wehrte sie sich lachend.

»Der Beginn einer wunderbaren Freundschaft!«, neckte Jan und zog Billie kurzerhand an der Hand mit sich. »Du hast später noch genug Zeit, mit ihr zu schmusen.«

Billie gab Florentine bedauernd einen Klaps zum Abschied. *Ich komme wieder, meine Schöne …* Sie folgte Jan durch die Stallgasse. Es gab eine Sattelkammer, ein kleines Büro, Toiletten, sogar einen Duschraum und ganz überraschend eine Reithalle, die sich wie das Innere einer Blume in die Mitte der Anlage schmiegte, von den Boxen wie von einem Blütenkranz umgeben.

»Das muss doch ein Vermögen gekostet haben.«

»Kann man so sagen. Glücklicherweise nicht meines. Manchmal fühle ich mich deswegen richtig schlecht. So als Abstauber einer Insolvenz.« Er schüttelte sich.

Sie traten aus der Tür und schlenderten zu der angrenzenden

Koppel. Der hart gefrorene Boden war von Schnee und Reif weiß überstäubt. Billie zog fröstelnd den Mantel enger um sich.

Jan lehnte sich über den Zaun und schnalzte mit der Zunge. »Wir sind gleich fertig mit der Schlossbesichtigung, dann wärmen wir uns auf. Da hinten ist das Wohnhaus.«

Er zeigte über die Koppel. Verborgen hinter dichten Büschen und von der Allee aus nicht einsehbar, stand ein kleines weißes Haus mit Garten. Türen und Fensterrahmen waren in dunklem Blau gehalten.

Billies Aufmerksamkeit wurde durch das Trappeln von Hufen wieder auf die Koppel gelenkt. Von weit hinten kamen zwei Pferde herangeprescht.

»Der kupferfarbene Prinz ist Saturn, mein Zuchthengst«, erklärte Jan. »Und der Schimmel neben ihm ist Filine.«

»Wo hast du sie her?«

»Kurz vor der dänischen Grenze hat ein Züchter aufgegeben, und ich habe relativ günstig seine besten Pferde kaufen können. Alle drei kommen von dort.«

»Und Florentine ist schwanger?«

»Ja, man erkennt es noch nicht, aber es sieht ganz danach aus.«

»Ist Saturn der Vater von Florentines Fohlen?«

»Das will ich hoffen.«

Billie lehnte sich neben Jan an den Zaun. *Was für ein großartiger Anblick.* Die edlen Tiere jagten im gestreckten Galopp über die Koppel und warfen die Köpfe in die Frühlingsluft, als wüssten sie um ihre Schönheit.

Jan lachte. »Manchmal sind sie richtige Angeber!«

Billie war hingerissen.

»Es reicht«, stellte Jan irgendwann fest. »Du zitterst ja wie Espenlaub.«

Tatsächlich waren ihre Finger so steif gefroren, dass sie kaum die Autotür aufbekam, um ihre Tasche aus dem Wagen zu holen.

»Wir trinken jetzt Kaffee, und danach bekommst du deine erste Reitstunde«, bestimmte Jan und nahm ihre klamme Hand in seine warme. Durch einen kleinen Flur führte er sie in seine unordentliche und spartanisch mit einem wackligen Tisch und zwei Stühlen eingerichtete Küche. Unbefangen löffelte Jan löslichen Kaffee in zwei angeschlagene Becher und schaltete einen Heißwasserkocher ein. »Viele meiner Sachen sind noch in Kisten und Kartons bei meinen Eltern«, erklärte er. »Ich will hier erst fertig renovieren.«

Billie sah sich in dem Durcheinander von Farbeimern, Werkzeug, Fachzeitungen und Geschirr um. Wenigstens gab es einen Kühlschrank, der leise summend in einer Ecke stand. »Als Erstes brauchst du eine Geschirrspülmaschine«, sagte sie. »Küchenmöbel hast du schon? Gib es irgendwo eine Abstellkammer? Es wäre doch sinnvoll, die Dinge zum Leben und zum Renovieren auseinanderzuhalten. Oder?«

Jan lachte. »Jetzt verstehe ich, warum Albert so von deiner Effizienz schwärmt!«

Billie lachte erleichtert. »Ich bin froh, dass du mir das nicht übel nimmst. Aber so ein Chaos ist für mich schwer erträglich, und ich mache sofort Pläne, wie dem beizukommen ist. Auch wenn es mich gar nichts angeht. Entschuldige bitte.«

»Das geht schon in Ordnung.«

Sie warf einen neugierigen Blick nach nebenan. »Sieht es in den anderen Räumen ähnlich aus?« Mit zwei großen Zimmern und der Wohnküche im Erdgeschoss, einem Gästezimmer, Jans Schlafzimmer und dem Bad unter dem Dach war das ehemalige Gesindehaus ziemlich geräumig. Die unteren, ineinander übergehenden Räume waren leer und wurden gerade gestrichen. Große Fenster eröffneten einen weiten Blick über die Felder.

»Nächste Woche kommt der Schornsteinfeger und gibt den Kamin frei«, erklärte Jan und fuhr mit der Hand stolz über den Sims. »Das Bad habe ich zuallererst renoviert«, sagte er, als er sie über eine steile Treppe ins Obergeschoss führte. Es war weiß gekachelt und klein, aber mit einer Badewanne, die dem Fenster so gegenüberstand, dass man im Wasser liegend auf die Koppel zu den Pferden hinausschauen konnte.

Jans Schlafzimmer war der größere der beiden ausgebauten Dachräume. Außer einem breiten Bett, einem schmalen Schrank und einer Garderobenstange war es leer. Doch mit den sichtbaren Dachbalken, den halbrunden Fenstern und den abgezogenen Dielen wirkte es anheimelnd und einladend.

Er nahm eine dicke Jacke von der Stange und warf sie ihr zu. »Hier, die kannst du anziehen, wenn wir wieder rausgehen. Hermine hat mir übrigens deine Schuhgröße verraten und in Kiekeby tatsächlich noch ein altes Paar Reitstiefel für dich aufgetrieben.«

Mit zitternden Händen schlüpfte Billie in die Stiefel. *Gleich werde ich zum ersten Mal auf einem Pferd sitzen!* Sie spürte, wie sich ihr der Magen zusammenzog. *Und wenn es mir nun gar nicht gefällt? Wenn rein gar nichts geschieht? Bei meinem Talent für Glück würde das doch passen: Träume, Schäume.*

Doch als sie den Stall betrat und ihr der Geruch nach Pferd, Heu, Sattelseife und ein Hauch von Ammoniak in die Nase stiegen, verflogen ihre Bedenken sofort. Aufgeregt sah sie zu, wie Jan Florentine auftrenste. Innerlich immer noch zittrig und gleichzeitig hochgespannt, hielt sie die Stute in der Stallgasse fest, während Jan sie sattelte.

»Na, dann wollen wir mal.«

Er ging vor ihr her in die Halle, und Billie hatte das Gefühl, dass Florentine sie führte statt umgekehrt. Denn die Stute war mehr als willig, folgte Jan mit aufmerksam spielenden Ohren und legte keinerlei Widerstand in die Zügel.

Jan ging in die Mitte der Halle und wartete dort auf sie. »Das ist ja nett«, sagte er, als sie aufatmend neben ihm anhielt. »Florentine ist richtig vorsichtig mit dir. Bist du sehr aufgeregt?«

Aufgeregt? Ich habe das Gefühl, mir springt gleich das Herz aus der Brust. Sie nickte stumm.

»Dann wollen wir jetzt mal aufsitzen.« Jan schob sie seitlich an Florentine und zeigt ihr, wo sie sich am Sattel festhalten konnte.

»Jetzt, heb mal dein linkes Bein, als ob du mit der Ferse dein Gesäß berühren wolltest, und hopp!« Schon hatte er sie um die Fessel gefasst und schob sie auf den Sattel.

Huch, ist das hoch! Und ganz schön breit so ein Pferd.

»Jetzt mal gerade hinsetzen. Ja, setz dich richtig tief in den Sattel hinein.«

Billie fand ihre Sprache wieder. »Was ist mit den Steigbügeln?«

»Die lassen wir vorerst links liegen. Du gewöhnst dich jetzt nur daran, auf einem Pferd zu sitzen. Versuch mal, die Oberschenkel anzulegen und die Hacken tief zu halten. Ja, gut so, jetzt wirst du auch viel gerader im Rücken, stimmt's? Ich führe dich zunächst ein wenig herum, dann versuchst du das Ganze im Schritt ein wenig allein, und dann kommt Florentine an die Longe, okay?«

»Okay.«

Billie war so glücklich wie noch nie zuvor in ihrem Leben. Sie sah Florentines spitze Ohren vor sich, den kräftigen Hals und das Spiel ihrer Muskeln, wenn sie die Vorderbeine bewegte. Jan führt sie langsam, und Billie begann sich im Rhythmus der wiegenden Pferdeschritte wohlzufühlen.

Dann blieb Jan stehen. Er gab ihr die Zügel in die Hand und erklärte ihr: »Pferde sind keine Sportgeräte, wo du einen Knopf zum Ein- oder Ausschalten oder ein Lenkrad wie bei einem Auto hast. Das läuft alles viel vorsichtiger ab. Bitte reiß nicht an den Zügeln, das spürt sie sofort im Maul. Pferde reagieren auf sanfte Hilfen. Wenn du später mal reiten kannst, wirst du sehen, dass sie nur wenige zarte Hinweise braucht, um zu verstehen, was du möchtest. Wenn du dagegen ziehst und sie drängelst, wird sie nur kopfscheu.«

Billie nickte: »Klar, das geht mir auch so. Wenn ich gedrängelt werde, schalte ich sofort auf bockig.«

»Genau.« Jan blieb stehen und ließ Florentine alleine weitergehen.

Billie saß auf der Stute und konnte ihr Glück nicht fassen. *Ich reite. Ich reite. Ich …* »Hey, was ist denn jetzt los?« Florentine war stehen geblieben. Hilfesuchend sah sich Billie nach Jan um.

Er lachte. »Na, du musst schon ein bisschen Schenkeldruck geben. Wenn du gar nichts machst, macht sie auch nichts, weil sie nicht weiß, was du von ihr möchtest.« Florentine drehte sich nach ihm um und folgte seiner Stimme. Jan lachte wieder: »Oder sie tut, was sie will. Wie du siehst.« Er legte der Stute die Hand auf die Stirn. »Na, mein Mädchen?«

Billie grinste zu ihm runter. »Ich hatte ja keine Ahnung, wie aktiv man als Reiter ist. Ich dachte, man sitzt oben drauf, und es geht eigentlich nur darum, oben zu bleiben.«

Jan klinkte die Longe mit einem Haken in Florentines Trense. »Darum geht es auch, wie du gleich feststellen wirst.« Er schnalzte leicht, und Florentine beschrieb in leichtem Trab einen Kreis um ihn.

Hilfe! Wo ist denn hier ein Haltegriff? Billie rutschte fast aus dem Sattel. Wie aus weiter Entfernung hörte sie Jans Kommandos.

»Gerade sitzen! Schenkeldruck! Du kannst dich vorne am Sattel festhalten, wenn unbedingt nötig. Ja, gut. Hände runter, Rücken gerade. Gut!«

Billie riss sich zusammen.

»Pass auf, gleich wird es besser. Komm, Florentine, Galopp!«

Galopp? Herrje! Das wird das Ende meiner Reiterkarriere. Ich werde wie ein Sack vom Pferd fallen, mir alle Oberschenkelhälse oder was es sonst noch so in meinem Körper gibt, brechen und … oh, ist das schnell. Aber viel angenehmer als der harte Trab. Das ist ja wie Wellenreiten. Das ist … schön. Wunderschön!

Jans Stimme drang wieder in ihr Bewusstsein. »Klasse, Billie. Das machst du toll. So und jetzt wieder Te-rab, Florentine. Fein gemacht. Billie, wieder gerade sitzen. Und Sche-ritt. Sche-ritt.«

Er ließ Florentine einige Runden im Schritt laufen. Billie spürte, wie sich ihr Atem langsam beruhigte.

»Und steh, Florentine.« Das Pferd blieb folgsam stehen.

Billie war, als erwachte sie aus einem Traum. »Schon vorbei?«

Jan lachte. »Noch nicht ganz. Ich möchte noch etwas ausprobieren. Sitz mal ab.« Er half ihr abzusteigen.

»Hier.« Er gab ihr die Zügel, sattelte Florentine ab und legte den Sattel über die Bande. »So und jetzt wieder drauf.«

Billie schüttelte den Kopf. »Ohne Sattel?«

»Ja, genau. Du reitest sie ein bisschen trocken. So kannst du sie am besten kennenlernen.« Er hob sie wieder aufs Pferd. Billie spürte die Wärme der Stute unter sich. Ein Mutwillen durchzuckte sie. »Nimm doch auch das Zaumzeug weg.«

Jan hob die Augenbrauen. »Bist du sicher?«

Billie holte tief Luft. »Mehr als runterfallen kann ich nicht, oder?«

Er nickte. »Außerdem ist Florentine wirklich ein ruhiges Pferd. Also gut.« Er trenste die Stute ab. Dann geschah das kleine Wunder. Florentine schüttelte nicht etwa ihre Mähne und preschte los. Billie segelte auch nicht im hohen Bogen herunter. Stattdessen ging die Stute langsam und aufmerksam durch die Bahn und reagierte auf den Schenkeldruck ihrer Reiterin. Billie hielt sich nur anfangs an Florentines Mähne fest. Sie versuchte sich ganz in den Rhythmus des Tieres hineinzufinden, was ihr zunehmend besser gelang.

»Leg dich doch mal auf den Rücken«, hörte sie Jan leise rufen.

Das tat sie dann auch. Sie spürte die ruhige Gangart von Florentine, die beruhigende Kraft des Pferdes, und plötzlich wusste sie mit jeder Zelle ihres Körpers, wie sich der Mann auf dem Foto im Schrank ihrer Mutter gefühlt hatte. *Es ist, als ob sich mein Körper erinnert. Irgendwo ganz tief in mir habe ich dieses Gefühl von Aufgehobenheit gekannt. So, das hier, in diesem Moment. Das ist das Glück.*

Viel zu schnell war die erste Reitstunde vorbei. »Was kommt als Nächstes?«, fragte Billie, als Florentine trockengerieben in der Box stand und fraß.

Jan grinste sie bedeutungsvoll an. »Mit Sicherheit ein gigantischer Muskelkater.«

Auf einmal wurde sich Billie bewusst, dass ihre Oberschenkel schmerzten. »Den Anfang spüre ich schon.«

Jan schlug ihr leicht auf die Schulter. »Das geht auch wieder vorbei.« Er wurde ernst. »Ich muss dir ein Kompliment machen, ich glaube, du bist wirklich ein Naturtalent.« Er streckte eine Hand in die Box und streichelte Florentine. Dabei fragte er: »Wieso bist du in Kiekeby eigentlich nie geritten?«

Billie spürte, wie sie rot wurde. »Ach, irgendwie hat sich das nie ergeben«, sagte sie lahm. Ob er ihr die Flunkerei abnahm?

Er sah sie zwar forschend an, nickte aber dann und fragte: »Hunger?«

Auch am folgenden Wochenende fuhr Billie zum Reitunterricht nach Rosby. Die ganze Woche über hatte sie unter ihrem Muskelkater in Oberschenkeln und Gesäß gelitten. *Aber das ist es mir wert. Jeder Stich erinnert mich an diesen magischen Moment auf Florentines Rücken.*

»Wahrscheinlich schlummert in mir das Potenzial einer ausgewachsenen Masochistin«, flachste sie mit Jan, als der sie wieder auf Florentine hob. Schon in der nächsten Woche war der Muskelkater geringer, und Billies Lust, Zeit auf Rosby zu verbringen, wurde immer größer. Sie fand Spaß daran, Jan neben der Reiterei auf dem Gut zu helfen. Er brachte ihr bei, Boxen auszumisten, was schwerer war, als sie gedachte hatte. Sie lernte Pferde zu longieren, ebenso den Umgang mit Striegel, Bürste und Kardätsche. Sie kratzte Hufe aus, putzte Sättel und Trense und manchmal kniff sie sich zwischendurch in den Arm. *So riecht Glück. So fühlt es sich an. Wie die weichen Nüstern eines Pferdes.* Am letzten Februarwochenende wollte sie spätabends zurück nach Hamburg.

Sie hatten gemeinsam zu Abend gegessen. »Komm, ich helfe dir noch hier Klarschiff zu machen«, bot Billie Jan an.

Er packte den Käse in eine Plastikdose und fragte, ohne aufzusehen: »Warum bleibst du nicht einfach heute Nacht?« Er hob den Kopf und sah ihr direkt in die Augen. »Ein Ausritt am Sonntagmorgen ist doch bestimmt schöner als ein Frühstück allein in Hamburg?«

Sie drohte ihm spielerisch mit dem Finger. »Woher willst du wissen, dass ich alleine frühstücke?«

»Das weiß ich natürlich nicht. Ich hätte es auch anders sagen können: *Ich* finde die Aussicht, mit dir gemeinsam morgen auszureiten, deutlicher reizvoller, als alleine zu frühstücken.«

Billie nickte. »Ich auch.«

Während er Bettzeug aus dem oberen Stockwerk holte und ihr das Sofa, das wenige Tage zuvor geliefert worden war, als Bett herrichtete, kam ihr wieder der Ratschlag des Arztes im Flensburger Krankenhaus in den Sinn. *Tun Sie sich was Gutes, Frau Grimm. Genau das werde ich heute Abend tun.*

Allerdings war sie nach dem langen Tag im Stall und an der frischen Luft so müde, dass ihr die Augen sofort zufielen, als sie unter der warmen Decke lag. Sie wachte erst im Morgengrauen auf. Auf bloßen Füßen schlich sie die Treppe hinauf und sah, dass bei Jan Licht brannte.

Er blickte von einem Buch auf, als er sie im Türrahmen sah. »Kannst du auch nicht schlafen?«

Er legte das Buch weg und schlug die Decke zurück. »Dir wird noch kalt, wenn du da so herumstehst. Vielleicht macht Nichtschlafen zusammen mehr Spaß?«

…

Als Billie am nächsten Tag nach Hamburg fuhr, legte sie eine CD mit schmalzigen Fünfziger-Jahre-Songs ein und sang bis zur Stadtgrenze mit Dean Martin: »Everybody loves somebody sometimes …« Zu Hause warf sie ihre dreckigen Jeans und die nach Pferde riechenden Pullover in die Waschmaschine und startete gut gelaunt in die Arbeitswoche. Die Nacht mit Jan war sehr schön gewesen. Und das Beste daran: Keiner von ihnen hatte sie am nächsten Morgen kommentiert. Es hatte auch kein peinliches Schweigen gegeben. Es war einfach wunderbar gewesen. *Bin ich verliebt?*, dachte Billie. *Nicht mehr und nicht weniger als sonst. Aber diesmal werde ich mich nicht hineinsteigern. Ich will nicht wieder verletzt werden. Ich will keine falschen Erwartungen aufbauen und enttäuscht werden. Wochenende ist Wochenende, und jetzt ist Arbeit angesagt. Wenn überhaupt, bin ich verliebt in Florentine und Rosby.*

Am Donnerstag kündigte ihr Marla ein Gespräch mit »einem Jan Fleming« an. Bevor sie durchstellte, fragte sie noch: »Nur zu meiner Information – von welcher Firma ist dieser Fleming?«

Billie lachte. »Das ist der Schwager von Sonja und mein Reitlehrer. Du kannst ihn durchstellen.«

»Hallo, Billie!«, klang Jans Stimme leicht verzerrt an ihr Ohr.

»Wo bist du?«

»Ich stehe gerade auf der Koppel, und Florentine und ich haben uns überlegt, ob du wohl dieses Wochenende wieder Lust hast, nach Rosby zu kommen?«

Billies Herz machte einen Sprung. »Ja, große Lust sogar.«

»Na fein. Wie passt dir Samstag am frühen Nachmittag?

Wenn das Wetter so bleibt, können wir mit den Pferden ins Gelände.«

»Ja, ich mache hier noch ein paar Einkäufe und komme dann.«

»Billie?«

»Was?«

»Ich dachte eigentlich, dass du nach Samstagnacht … also, dass du mal zwischendurch anrufst.«

Hm.

»Weil … es war doch eine schöne Nacht, oder?«

Billie lachte. »Ja, es war sogar eine wunderschöne Nacht.«

Marla erschien in der Tür, zeigte auf ihre Armbanduhr und wisperte im Bühnenflüsterton: »Die Konferenz fängt gleich an.«

Billie nickte ihr zu. »Jan? Du, entschuldige, ich muss jetzt aufhören. Wir sehen uns am Samstag, okay?«

»Okay.«

Irgendetwas in seiner Stimme ließ sie mit dem Auflegen des Hörers warten. »Jan?«

»Ja?«

»Ich freue mich.«

Sie hörte das Rauschen des Windes im Hörer und von fern ein Pferdewiehern. Dann seine Stimme: »Ich mich auch.«

25. Kapitel

Hamburg-Eimsbüttel, 4. März 2005

»Ich habe herausgefunden, dass meine Frau mich betrügt.«
»Oh, deine Frau hat eine Affäre?«
»So, wie du's sagst, klingt es richtig romantisch.«
»Möglicherweise ist es so.«
Kopfüber in die Nacht, 1985

Den ganzen Tag schon war Lina unausstehlich. Ihr Tintenfüller lief im Deutschheft aus, und sie bekam darüber erst einen Wutanfall, dann einen Heulkrampf. Sonja brauchte fast eine Stunde, um sie zu beruhigen. Als sie ihre Tochter endlich ins Bett gebracht hatte, war sie völlig erschöpft.

Aufatmend ließ sie sich im Wohnzimmer auf dem Sofa nieder. Gut, dass Albert den ganzen Trubel nicht mitbekommen hatte. Sie merkte, wie die Anspannung von ihr abfiel und sie sich entspannte. Prüfend sah sie sich im Wohnzimmer um. Alles war bereit: Die Weinflasche stand im Kühler, auf dem Tisch standen Gläser und eine Schale mit Crackern, auf dem Rekorder lag die DVD von *Goodbye Lenin!*, den sie im Kino verpasst hatten.

Aber wo bleibt Albert? Schließlich schenkte sie sich ein Glas ein, nahm das Telefon und setzte sich in den Ohrensessel. Sie versuchte, ihren Mann im Büro zu erreichen. Nach dem zehnten Klingeln legte sie auf. Auf seinem Handy meldete sich nur die Mailbox. Nach einer Weile tippte sie eine neue Nummer.

»Oh, Mrs. Fleming, es tut mir leid, Mr. Andersen ist in einem Meeting. Kann er Sie zurückrufen?«, fragte Richards Sekretärin.

»Nein, vielen Dank. Sagen Sie ihm nur, dass ich angerufen habe. Ich melde mich später noch mal.«

Nachdenklich legte sie auf. *Merkwürdig, wie mühelos mir diese Telefonfloskeln auf Englisch mittlerweile über die Lippen gehen. ›Thank you very much. Just tell him I called. I'll try it again later.‹ Und seine Sekretärin kennt schon meinen Namen. Ist das eigentlich ein gutes oder ein schlechtes Zeichen?*

Ein Geräusch hinter ihr ließ sie herumfahren. Albert stand in der Tür. *Er steht nicht. Er schwankt!*

Um nicht umzufallen, lehnte er sich gegen den Türrahmen. Dann fixierte er Sonja. »Na, hast du wieder mit deinem amerikanischen Brieffreund telefoniert?«

Sonja stellte ihr Glas ab. »Du hast mich erschreckt. Ich habe dich gar nicht kommen hören. Wo warst du denn? Wir wollten doch eine DVD gucken.«

Unter seinem Mantel lugte das Hemd ein Stück aus der Hose, über das linke Knie lief ein schwarzer Streifen bis zum Oberschenkel, die Krawatte hing offen und schmutzig über der Weste.

»Sag mal, bist du betrunken?«

Er warf den Kopf in den Nacken und lachte schallend. »Ja! Ich bin betrunken. Sternhagelvoll. Hackedicht. Statt nach Hause zu meiner liebenden Ehefrau zu fahren, habe ich mich in einer Kneipe volllaufen lassen.« Mit triumphierender Geste warf er sein Handy auf den Wohnzimmertisch. »Und das Telefon habe ich Schuft auch noch abgestellt.« Wieder musste er sich am Türrahmen abstützen. Er wankte ins Zimmer und plumpste schließlich auf das Sofa, von wo aus er den Kopf auf den Tisch legte.

Albert betrunken? Beschwipst, in Kicherlaune, ja. Aber betrunken? Noch nie! Wieso – und was mache ich denn nun?

»Willst du ins Bett gehen?«, fragte sie nach einer Weile.

»Das wäre dir wohl am liebsten. Dann kannst du dich in Ruhe mit Richard über deinen lieblosen Gatten aussprechen, was?«

»Was hat Richard denn damit zu tun?«

»Wahrscheinlich gar nichts. Aber er nimmt dich ganz schön in Beschlag.«

»Wie meinst du das?«

»Ihr telefoniert doch ständig, wie ich der Telefonrechnung entnehmen kann. Spartarif natürlich, wie es sich für dich gehört. Und E-Mails schreibt ihr auch.«

»Warst du an meinem Computer?«

Albert sah sie erst verletzt an, dann erhellte ein hämisches Lächeln seine Züge. »Nein, ich war nicht an deinem Computer. Aber vielleicht sollte ich mir einmal ansehen, was für E-Mails dieser Sonnyboy aus Los Angeles meiner Frau so schickt. Ich frage mich nur, worüber ihr die ganze Zeit redet. Über Umweltschutz? Die Steuerreform? Deine dahindümpelnde Ehe?«

»Er ist einfach ein Freund.«

Ich lüge. Das musst du doch sehen, oder? Ich fühle mich schrecklich, aber ich lüge.

»Ein ziemlich guter Freund, nicht wahr?«

»Ja. Ein sehr guter Freund.«

»Ein sehr guter Freund! Dass ich nicht lache! Vielleicht plant meine frustrierte Ehefrau ja eine kleine amerikanische Affäre?«

»Mach dich nicht lächerlich. Ich habe Richard seit Monaten nicht gesehen!«

»Aber du denkst an ihn. Stimmt doch, oder?«

Sie nagte unruhig an ihrer Unterlippe. *Was, wenn ich Albert einfach von Richard erzähle? Was wird das ändern? Letztlich läuft es nur darauf hinaus, dass ich mit Richard geschlafen habe. Auf die Frage, mit wem ich weiterleben will. Auf Betrug und Verletzung. Das ist ein Weg, den man nicht zurückgehen kann.*

Sonja schwieg. Albert sah sie immer noch an. Dann griff er nach der Flasche im Kühler und setzte sie an die Lippen.

Sie trat auf ihn zu. »Solltest du das nicht lieber lassen?«

»Natürlich sollte ich das lieber lassen!« Er stand schwankend auf.

»Aber weißt du was, Liebling? Ich *will* es einfach nicht lassen!«

»Warum denn nicht?«

»Vielleicht, weil ich es satt habe, immer das Richtige zu tun!« Er stolperte auf sie zu.

Sonja verschränkte die Arme vor der Brust, aber Albert zog sie mit einer entschiedenen Bewegung aus dem Sessel. Dann nahm er sie fest in die Arme und versuchte, sie zu küssen. Sonja sträubte sich. Sein alkoholgeschwängerter Atem streifte sie. »Albert, lass das! Lass mich los!«

Er hielt sie weiter fest und verstärkte seinen Griff.

Sonja war zutiefst erschrocken. Er nutzte ihren Schock aus und bedeckte ihr Gesicht mit groben Küssen.

Sie wehrte sich weiter. »Du bist betrunken. Ich will das nicht so.«

Das Telefon klingelte. Albert hielt inne, ohne sie jedoch loszulassen. Wie hypnotisiert lauschten beide, als sich der Anrufbeantworter einschaltete.

»Hallo, Sonja, hier ist Richard. Du wolltest mich erreichen? Ich versuche es später noch einmal.« Er legte auf.

Albert drückte sich an seine Frau. »Er versucht es später noch mal. Das ist ja rührend!« Wieder wollte er sie küssen und schüttelte sie heftig.

Sonja wehrte sich verzweifelt, und es gelang ihr, ihn fortzustoßen. Sie schrie ihn an. »Es ist schon ziemlich albern, auf einen Mann eifersüchtig zu sein, der auf der anderen Seite des Atlantiks lebt!«

Albert taumelte gegen den Türrahmen und stieß sich den Hinterkopf. Er verzog das Gesicht vor Schmerz. Schwer atmend standen sie einander gegenüber wie Boxkämpfer. Albert wurde bleich. Eine Hand an die Stirn gelegt, nuschelte er: »Entschuldigung.« Dann drehte er sich um.

Sonja hörte, wie er mit schweren, unsicheren Schritten den Flur entlangstolperte, und dann, wie die Wohnungstür ins Schloss fiel.

Zitternd hielt sie sich an der Rückenlehne des Sessels fest, und ihr Schluchzen schien viel zu laut von den Wänden widerzuhallen. *Was geschieht in meinem Leben? Ist das noch mein Leben? Sind das Albert und ich?*

»Mami?« Aus dem Kinderzimmer erklang Linas Stimme. »Mami? Mami, komm doch. Ich hab schlecht geträumt.«

Sonja wischte sich die Tränen vom Gesicht und fuhr sich über die Haare.

»Ich komme!«

Sie legte sich zu ihrer Tochter, um ihr beim Wiedereinschlafen zu helfen. Die Nase in Linas weichem Haar vergraben, spürte sie das Kind neben sich atmen und wartete auf das tröstliche Gefühl der Geborgenheit, das sich sonst beim abendlichen Schmusen mit ihrer Tochter einstellte. Doch ihr blieb kalt, und schlaflos lag sie Stunde um Stunde neben dem schlafenden Kind. *Zum ersten Mal in meinem Leben habe ich Angst vor Albert gehabt. Dabei würde er mir doch nie wehtun. Wo bleibt er nur?* Ihre Angst wandelte sich in Sorge, schließlich wieder in Angst und dann in Wut. *Albert, wo bist du? Warum kommst du nicht nach Hause? Ich bin zwar erschrocken, aber ich weiß, dass es dir jetzt noch viel schlechter geht als mir. Alles ist meine Schuld. Ich habe dich mit deinen Sorgen alleine gelassen. Und ich habe mich Richard zugewandt.* Um halb drei wusste sie, dass er nicht mehr nach Hause kommen würde. *Kommst du überhaupt jemals wieder nach Hause?*

Lina murmelte schlaftrunken: »Jetzt ist alles wieder gut, Mami, nicht wahr?«

»Ja, meine Süße.«

Wenn das Leben nur so leicht wäre wie das Trocknen von Kindertränen nach einem bösen Traum.

26. Kapitel

Hamburg-Eppendorf, 5. März 2005, halb vier Uhr morgens

»Glauben Sie etwa, dass Sie das, was Sie verloren haben, in dieser Flasche wiederfinden?«
»Vielleicht in der nächsten. Ich habe noch nicht alle Flaschen ausprobiert.«
Engel auf heißem Pflaster, 1959

Der Abend hatte so gut begonnen. Billie hatte ausnahmsweise das Büro einigermaßen pünktlich verlassen und nach langer Zeit wieder einmal eine Stunde Geige geübt. Danach hatte sie in Ruhe gegessen und bei einer Kanne grünem Tee und einem Packen bunter Illustrierten, die sie »aus rein beruflichen Gründen« aus der Agentur mit nach Hause genommen hatte, die halbe Nacht auf ihrem Sofa vertrödelt. Sie wollte gerade ins Bett gehen, als die Türglocke ging. Halb vier Uhr morgens? *Wer kann das sein? Hubertus? Der Hausmeister? Oder … etwa Jan?*

Sie sah durch den Spion. Vor der Tür stand Albert. Verknautscht und betrunken. Sie öffnete.

»Albert!«

Er ignorierte ihre Überraschung und drückte sich an ihr vorbei ins Wohnzimmer. Ohne Umschweife fragte er sie: »Kann ich eine Weile bei dir wohnen?«

Billie musterte ihn irritiert. »Hast du Krach mit Sonja?«

»Ja. Also, was ist? Kann ich auf dich zählen?«

Billie zeigte auf das Sofa. »Sicher. Aber habt ihr Kerle für solche Fälle nicht ein eigenes Netzwerk? Irgendeinen Kumpel, der in Notzeiten den Futon ausrollt? Ausgerechnet bei der besten

Freundin deiner Frau aufzutauchen, das finde ich schon ein bisschen bizarr.« Sie wedelte einen unsichtbaren Geruch vor ihrer Nase weg. »Du stinkst penetrant nach Kneipe und Katze!«

Albert schnüffelte an seinem Mantelärmel und schüttelte sich.

»Bingo! Dieses fiese Vieh hat mir auf den Mantel gepieselt.« Hastig zog er den Mantel aus.

»Bingo?«

»So heißt der Kater aus der Kneipe, in der ich heute Abend … nun ja, abgestürzt bin.«

Abgestürzt? Albert? »Weiß Sonja, dass du hier bist?«

»Nein, ich habe mich erst entschlossen herzukommen, als sich diese verdammte Katze ausgerechnet meinen Mantel als Sanitäranlage ausgesucht hat. Er war von meinem Stuhl gefallen.«

Er lauschte seinen Worten nach. »Der Mantel. Nicht der Kater.«

Billies Miene zeigte keinerlei Irritation.

»Das sieht man. Ich wage zu bezweifeln, dass die Reinigung das je wieder rausbekommt.«

»Ist doch egal.«

Billie zündete sich eine Zigarette an. Einen Moment lang war es still im Wohnzimmer.

»Also, was ist? Kann ich mich in deinem Gästezimmer einnisten?«

»Ich habe kein Gästezimmer.«

»Äh, ach herrje, natürlich. Das habe ich ganz vergessen.«

Billie musste grinsen. *Richtig belämmert sieht er aus. Eine ungewöhnliche Rolle für den smarten Albert.*

Nachdenklich nahm sie einen neuen Zug. *Eigentlich müsste ich erst mit Sonja sprechen. Andererseits kenne ich ihn länger als sie. Und er braucht Hilfe.*

»Aber das Sofa im Wohnzimmer kannst du gern haben.«

»Danke.«

»Wie lange willst du bleiben? Und was ist überhaupt passiert?«

»Sonja und ich hatten Krach.«

»Deswegen musst du doch nicht gleich in irgendeiner Kneipe abstürzen und dir die Nacht mit Alkohol und inkontinenten Katern vertreiben. Worüber habt ihr denn gestritten, wenn ich fragen darf?«

»Ich hatte ziemlich einen sitzen, als ich nach Hause kam.«

»Du warst ... *betrunken*?«

»Kaum zu glauben, nicht wahr? Sonja war genauso erschüttert wie du.« Er schüttelte den Kopf. »Wieso darf ich mich eigentlich nicht einmal gepflegt vollaufen lassen? Sonja hat mich angestarrt, als wäre ich ein Schwerverbrecher.«

»Was ja wohl nicht weiter verwunderlich ist, oder?«

Albert hatte sich auf dem hinteren Ende des Sofas niedergelassen und starrte trüb vor sich hin. »Billie, weißt du eigentlich, wie schwer es für mich ist, dass Sonja so bedingungslos an mich glaubt?«

Billie legte die Stirn in Falten. »Fragewort mit H. Häh?«

»Na, sie hält mich doch für einen Überflieger, einen Alleskönner. Albert wird's schon richten. Der kann alles. Der kriegt die tolle Wohnung, den tollen Job.«

»Was ist daran falsch?«

»Alles.«

»Albert, was ist los?« Billie ging vor ihm in die Hocke und sah in an. »Warum hast du dich betrunken?«

»Herrje, ich habe halt ein paar Probleme zurzeit.«

»Im Job?«

»Ja. Auch.«

»Was heißt denn ›auch‹? Geht es vielleicht ein bisschen präziser? Und warum sprichst du nicht mit Sonja über deine Probleme?«

Albert verzog den Mund. Er schwieg. Billie wartete. Schließlich brach es aus ihm heraus: »Was soll ich ihr denn sagen? Dass ich mich frage, ob das alles ist, was mir mein Leben zu bieten hat? Dass ich ein Versager bin, der an einer schwierigen Vorgesetzten scheitert? Dass der großartige Albert wider Erwarten keine Erfolgsgarantie hat? Dass ich Idiot gedacht habe, ich würde mal in die Geschäftsleitung aufsteigen, und es dann doch nicht geschafft habe?«

Billie schwieg erst. Dann erwiderte sie ruhig: »Ja, Albert. All das hättest du Sonja sagen können. Aber was machst du stattdessen? Du betrinkst dich und lässt dann deinen Frust an ihr aus.«

Albert antwortete bedrückt: »Nein. Ja. Vielleicht. Ich bin einfach ziemlich ausgeflippt, fürchte ich.« Er rieb sich das Kinn. »Ich weiß auch nicht, was in mich gefahren ist. Irgendwann bin ich abgehauen und habe weitergetrunken.«

»Warum willst du jetzt nicht nach Hause?«

»Ich glaube, ein bisschen Abstand tut Sonja und mir ganz gut.«

»Wie denkt sie darüber?«

»Keine Ahnung.« Wieder rieb er sich das Kinn. Seine Locken hingen ihm wirr ins Gesicht.

Billie beugte sich vor und zwang ihn, sie anzusehen. »Da stimmt doch was nicht. Warum willst du nicht nach Hause?«

Albert sackte nach vorne und vergrub den Kopf in den Händen. Endlich sagte er: »Ich habe Sonja … geschlagen. Also fast. Mehr geschüttelt.«

Nein! Nicht Albert und nicht Sonja! So etwas liest man in Zeitungen auf der letzten Seite oder sieht man im Fernsehen. Das gibt es doch nicht bei uns. Nicht bei den beiden!

»Was heißt das?«

Albert antwortete resigniert: »Ich habe sie festgehalten und geschüttelt.«

Billie sprang auf und ging ein paar nervöse Schritte durchs Zimmer. Vor dem Fenster machte sie kehrt und fragte fast schreiend: »Warum denn nur?«

»Weil ich ihr wehtun wollte. Deswegen!«

Billie war zu schockiert, um darauf zu antworten. Stattdessen zündete sie sich eine Zigarette an und rauchte hastig, während sie keinen Blick von Albert ließ.

Der kaute an seinem Daumennagel und starrte vor sich hin. Endlich sagte er tonlos: »Im Moment entgleitet mir alles, Billie. Im Büro bekomme ich kein Bein mehr auf den Boden, seitdem die Meyer-Schulenburg da ist.«

»Sonja hat das doch bestimmt mitbekommen, oder?«

Albert zuckte mit den Schultern. »Wir leben nur noch nebeneinander her, und sie heult sich bei ihrem geliebten Richard aus.«

Billie drückte ihre Zigarette aus. »Hat sie was mit ihm?«

Albert stieß höhnisch Luft durch die Nasenlöcher aus. »Klar! Mensch, Billie, wie soll das denn funktionieren, mit einem, der in den USA lebt? Aber sie sind dauernd in Verbindung.«

»Du bist also eifersüchtig, und da hast du Sonja dann mal eben eine geknallt?«

Albert sah sie unsicher an. »Das glaubst du nicht wirklich, oder? Ich habe sie ja auch gar nicht geschlagen. Nur geschüttelt. Und dabei habe ich einen Heidenschreck bekommen und mich verdrückt.«

»Zu dem undichten Kater und jeder Menge Whiskey?«

»So ungefähr.«

Billie setzte sich neben ihn. Sie zündete sich schon wieder eine Zigarette an. »Ich muss über all das erst mal eine Nacht schlafen.« Sie sah auf die Uhr. »Es ist schon nach vier. Aber du solltest Sonja noch anrufen und ihr sagen, wo du bist. Dann gehst du unter die Dusche, und ich suche dir Bettzeug heraus. Im Badezimmerschrank findest du Einwegrasierer und Rasierschaum – für morgen.« Ihr Blick glitt kritisch an ihm hinunter. »Deine Klamotten kann vermutlich nur noch die Reinigung retten. Gute Nacht.« Sie gab ihm einen freundschaftlichen Kuss auf die Wange.

Während Albert im Bad war, lag sie in ihrem Bett noch eine ganze Weile mit geöffneten Augen in der Dunkelheit. *Was ist mit Sonja los? Und mit Albert? Stimmt seine Vermutung – und meine? Wenn Sonja ihren Mann betrügt, betrügt sie dann nicht auch mich?*

27. Kapitel

Hamburg-Eimsbüttel, 6. März 2005

»Die Geschichte zeigt, dass Menschen erst dann weise handeln, wenn sie alle anderen Möglichkeiten ausgeschöpft haben.«
Still Crazy, 1998

Mami! Papi und Billie sind da!«

Lina kam in die Werkstatt gelaufen. Sie freute sich, Billie hatte ihr versprochen, mit ihr ins Kino zu gehen.

Wie leicht es ist, auch Lina anzulügen. Dass ihr Vater angeblich schon wieder im Büro war, hatte sie ohne Nachfragen akzeptiert. Sonja reinigte den Pinsel, den sie gerade benutzt hatte. Sorgfältig verschloss sie das Farbtöpfchen und wischte sich die Hände an einem mit Terpentin getränkten Lappen ab. »Ich komme.« *Ich fühle mich wie eine Galapagos-Schildkröte. Uralt,* dachte sie, während sie langsam die Kellertreppe hinaufstieg. *Wahrscheinlich sehe ich auch so aus.* Sie war geradezu erleichtert, als ihr ein Blick in Alberts bleiches Gesicht zeigte, dass er genauso übernächtigt und nervös war wie sie. Sein Anruf, kurz und sachlich – »Ich übernachte bei Billie, mach dir keine Sorgen« –, hatte ihr wenigstens die Angst um ihn genommen und ihr ein paar Stunden unruhigen Schlafes beschert.

Albert dagegen sah aus, als habe er keine Sekunde geschlafen.

Sie standen einander wie Fremde gegenüber. *Nein, wie Menschen, die einander zu genau kennen,* dachte Sonja. *Fremde bringen wenigstens ein neutrales Lächeln füreinander auf.*

»Hallo.«

»Hallo, Albert.«

Lina blickte verunsichert zwischen ihren Eltern hin und her. »Habt ihr euch gestritten?«

Bevor einer der beiden etwas sagen konnte, mischte sich Billie ein. »Lina, wenn wir nicht zu spät zum Kino kommen wollen, müssen wir jetzt los. Hol schon mal deinen Anorak.«

Albert warf ihr einen dankbaren Blick zu, was Billie mit einem Augenzwinkern beantwortete.

Sonja beobachtete die schweigende Kommunikation zwischen den beiden und hatte dabei das Gefühl, als ob sich ein scharfer Gegenstand in ihren Eingeweiden bewegte. *Auf wessen Seite steht Billie eigentlich? Wieso spielt sie sich als Familien-Nanny auf? Was hat Albert ihr erzählt? Und was hat Billie ihm erzählt?* Das Gefühl, nicht dazuzugehören, eine Außenseiterin zu sein, der Bauerntrampel zwischen den Erfolgsmenschen aus der Medienwelt, das sie früher schon manchmal beschlichen hatte, pochte erneut in ihr.

Lina kam in die Küche zurück. Mit familiärer Routine verabschiedeten Sonja und Albert ihre Tochter und Billie. Danach gab es keine Ausflüchte mehr. Sie setzten sich an den Küchentisch. Keiner wollte einen Kaffee, und so tranken beide Mineralwasser.

Albert entschuldigte sich, weil er sich für seine Verdächtigungen und seinen Ausbruch schämte. »Ich weiß nicht, was mit mir los war. Aber die Tatsache, dass du dich so oft an Richard wendest, fällt mir auf. Gestern Abend war es dann einfach zu viel. Es tut mir leid. Ich wollte dich verletzen – aber nicht körperlich.« Er sah sie bittend an.

Sonja nickte. Ihr war, als wären ihre Schultern festgefroren, der ganze Körper schmerzte, weil sie sich so sehr verkrampfte. *Natürlich verzeihe ich dir – denn eigentlich müsstest du mir verzeihen. Du bist gut und ehrlich und einfach nur eifersüchtig.*

Beide spürten, dass dieses Gespräch nichts klärte. Am Ende

kamen sie überein, dass Albert für eine Weile bei Billie wohnen sollte.

»Wie lange?«, fragte er.

»So lange wie nötig«, antwortete sie.

Billie setzte Lina nach dem Kino nur ab und fuhr dann weiter ins Büro. Albert und Sonja aßen mit ihrer Tochter Abendbrot, und als sie ihr Käsebrot und den Joghurt aufgegessen hatte, begann Albert: »Lina, Mami und ich wollen dir etwas sagen.«

»Was denn? Ich möchte nämlich noch ein bisschen fernsehen.«

Sonja lächelte traurig: »Das hier ist ein bisschen wichtiger als fernsehen.«

Etwas in ihrer Stimme ließ Lina aufmerksam werden. »Ja?«

Albert räusperte sich. »Ich werde für eine Weile zu Billie ziehen.«

Lina sah erstaunt von einem zum anderen. Aber sie brach weder in Tränen aus, noch bekam sie einen ihrer legendären Wutanfälle. Doch als ihr Vater ins Schlafzimmer ging, um einige Sachen einzupacken, folgte sie ihm und beobachtete, wie er Hemden vom Bügel nahm, Socken aus den Schubladen kramte und Krawatten zusammensuchte.

Dann ging sie in die Küche, wo Sonja mechanisch die Spülmaschine einräumte. »Papi verlässt uns aber nicht, oder?«, fragte sie und bohrte ein Loch in das Stück Käse, das noch auf einem Teller auf dem Tisch stand. »Trennt ihr euch?«

Sonja sah sie erschrocken an. »Nein, natürlich nicht. Wir brauchen einfach mal ein bisschen Abstand.« *Das klingt wie aus einer TV-Schmonzette. Aber es gibt keine anderen Worte dafür. Wie hatte der legendäre Dr. Mannheimer damals gesagt: Das Leben ist oft erschreckend unoriginell.*

Lina bohrte weiter in dem Käse. »Wieso denn? Habt ihr euch nicht mehr lieb?« Sie bröselte Käsestückchen über den Tisch.

»Meine Klassenlehrerin sagt immer: Jan-Philip und Max, ihr braucht jetzt mal ein bisschen Abstand.« Sie sah ihre Mutter fragend an. »Abstand ist für Leute, die sich nicht leiden können. Jan-Philip mag Max nicht. Und Max findet, dass Jan-Philip stinkt. In der nächsten Pause prügeln sie sich wieder.« Sie machte eine kleine Pause. »›Abstand‹ ist ein komisches Wort.«

Sonja trocknete sich die Hände ab. *›Abstand‹ ist wirklich ein merkwürdiges Wort,* dachte sie. *Genauso wie – ›Auseinandersetzung‹. Dabei sitzt man doch immer sehr eng zusammen.* »Lina, jetzt lass endlich den Käse in Ruhe«, sagte sie schärfer, als sie eigentlich wollte.

Linas Hand schloss sich um den Käse, und sie beobachtete fasziniert, wie die gelbe Masse zwischen ihren Fingern hervorquoll. Sonja verfolgte ihr Tun angespannt. Lina pulte Käsefäden aus den Fingerzwischenräumen. »Jessica aus meiner Klasse sagt, dass man doppelt so viele Geschenke bekommt und die Eltern einem alles erlauben, wenn sie sich trennen. Die Kinder, deren Eltern getrennt sind, haben immer viel mehr Sachen. DVDs, tolle Jeans, Computerspiele. Jessi hat einen echten und zwei Stiefväter – und sie hat ein Handy. Mit acht!«

Sonja spürte, wie Angst, Schuldgefühle und Enttäuschung sich zu einem Klumpen Wut im Magen zusammenballten. Sie atmete tief aus.

Lina drehte sich einmal um die eigene Achse, wobei Käsefetzen von ihrer Hand segelten. »Und ich bin fast neun!«

Sonja hörte die Verletzung in ihrer Stimme, musste sich jedoch zusammenreißen, um ihre Tochter den Käse nicht aus der Hand zu schlagen oder sie anzuschreien. *Wo habe ich einmal gelesen, dass Kinder Liebe am meisten brauchen, wenn sie sie am wenigsten verdienen?* Lina verdiente ihre Liebe. Gerade jetzt. Sie entschied sich, ihre Verletzung zu unterdrücken, sich nicht provozieren zu lassen und einen leichten Ton anzuschlagen. Schließlich war Lina schuldlos an der Situation und versuchte nur, damit klarzukommen. Sie hatte sich entschlossen, ihre Angst mit Coolness zu kaschieren. Und bei allem war sie erst acht Jahre alt. Mit einer sanften Bewegung schob sie Lina an den Ausguss, wo sie ihre Hand öffnete, den Käse von den Fingern abkratzte und unter dem warmen Wasserstrahl abwusch. Dazu sagte sie leichthin: »Gib dich mal keinen Hoffnungen hin, so schnell an ein Handy zu kommen, meine Süße. Kein Mensch redet von Scheidung. Abgesehen davon, dass deine Theorie über Scheidungskinder überhaupt nicht stimmt.«

Albert kam in die Küche, und sie forderte ihn auf: »Erklär doch bitte Lina noch einmal, warum du ausziehst.«

Sie sah, wie Albert schluckte, als er sich an den Küchentisch setzte und seine Tochter auf den Schoß zog.

Das Mädchen legte den Kopf an die Schulter seines Vaters und streckte die Hand nach seiner Mutter aus. So stand Sonja nah bei ihnen, Linas Hand in ihrer, während Albert sagte: »Ich ziehe nicht für immer aus. Jedenfalls hoffe ich das. Aber du kennst das doch, dass du dich mit deinen Freunden mal streitest, und dann brauchst du eben eine Pause von ihnen. So etwas kommt vor.«

»Worüber habt ihr euch denn gestritten? Über mich?«

Sonja und Albert sagten gleichzeitig: »Nein«, und wechselten dabei einen betretenen Blick.

Albert fuhr fort: »Ich habe im Moment sehr viel zu tun im Büro, und Mami ist darüber traurig. Darüber haben wir gestritten. Ich muss meine Zeit besser einteilen. In den letzten Wochen habe ich es nie früher aus dem Büro geschafft, und du weißt ja, was dann passiert ist, nicht?«

Lina nickte. »Wir haben schon geschlafen, wenn du nach Hause gekommen bist.«

»Das war nicht schön, oder? Jetzt muss ich euch wie einen wichtigen Termin einplanen.«

»Aber das kannst du doch auch, wenn du bei uns bleibst.«

Albert stand auf und stellte sie vor sich hin. Sein Blick

schweifte Abschied nehmend durch die Küche. »Ich muss los. Jetzt gib mir mal einen Kuss.«

Sonja erlebte die nächsten Minuten wie in Trance. *Bin das wirklich ich? Ich gebe Albert seinen Mantel, und ich lasse ihn mit dem schönen Lederkoffer, den ich ihm vor zwei Jahren zu Weihnachten geschenkte habe – warum fällt mir das gerade jetzt auf? –, aus meinem, aus unserem Leben gehen. Mir wäre lieber, wenn Lina jetzt weinte. Was geht hinter ihrer glatten Kinderstirn vor? Wieso hüpft sie, während sie ihn zur Tür begleitet?*

Als Albert Sonja zum Abschied auf die Wange küsste, hatte sie Angst, ohnmächtig zu werden. *Würde Lina jetzt weinen? Nein, sie quengelt nur, dass sie* 101 Dalmatiner *auf DVD sehen will. Dabei war sie doch heute schon im Kino. Ich schaffe es jetzt nicht, mit ihr deswegen zu streiten. Morgen werde ich wieder eine konsequente Mutter sein. Heute … bin ich unglücklich. Ach, Albert.* Sie setzte Lina vor den Fernseher und schloss sich im Badezimmer ein. Dort saß sie über eine Stunde auf dem harten Wannenrand, starrte auf den Boden und wartete darauf, dass die Tränen kamen und den Schmerz aus ihr herauswuschen. *Wie soll es jetzt weitergehen?*

28. Kapitel

Hamburg, Gründonnerstag 2005

»Man weiß nie genau, wo man seine Schwachstellen hat, bis man darauf gestoßen wird.«
Ein Offizier und Gentleman, 1981

Am Gründonnerstag war Sonja mit Billie bei einem Stehitaliener am Eppendorfer Baum verabredet. Es war noch empfindlich kalt, und so suchte sie einen dicken Schal aus der Truhe im Eingang. Dabei fiel ihr Blick auf das Hochzeitsfoto, das neben der Eingangstür hing. Sie in einem weißen Kleid und mit Schleier, Albert im dunklen Anzug. Eigentlich hatten sie vor allem der Tradition und der Romantik wegen kirchlich geheiratet, aber nun ertappte sie sich dabei, über die Worte nachzugrübeln, die sie bei der kirchlichen Trauung gehört hatte. »In guten wie schlechten Tagen.«

Die guten Tage haben wir wie selbstverständlich genossen. Und die schlechten Tage? Die sind jetzt. Doch die halten wir nicht mehr zusammen aus. Wann haben wir uns verloren? Wann hat Albert begonnen, mich aus seinem Leben auszuschließen? Als ich angefangen habe, ihn aus meinem auszuschließen? Seit der Begegnung mit Richard? Vielleicht ist Liebe überhaupt nicht für den Alltag gemacht.

Diese Gedanken beschäftigten sie, während sie den kurzen Weg zur U-Bahn-Haltestelle einschlug und die wenigen Stationen bis zum Eppendorfer Baum fuhr. Die Menschen liefen in dicken Winterjacken und mit vom Ostwind geröteten Gesichtern durch die kalte Frühlingsluft. Zu ihrer eigenen Überraschung war ihr etwas mulmig bei der Idee, Billie zu treffen. *Mulmig? Bei meiner besten Freundin? Steht mein ganzes*

Leben neuerdings auf Treibsand? Offizieller Anlass war das bevorstehende Osterfest in Kiekeby, denn wie im vergangenen Jahr hatte Hermine Billie zu Ostern eingeladen. In Wirklichkeit ging es natürlich um Albert. Der wohnte jetzt fast zwei Wochen bei Billie, was ihre Freundschaft mehr belastete, als sie sich gegenseitig eingestanden. *Wieso sucht Albert ausgerechnet bei meiner besten Freundin Unterschlupf?*, fragte sich Sonja. *Er hätte doch auch zu Gustav und Hilde gehen können. Außerdem, mit Billie gutmütig über Alberts Marotte zu lästern, dass er seine Kaffeetassen überall in der Wohnung stehen lässt, ist eine Sache. Zu wissen, dass der eigene Mann seine Kaffeetassen überall in der Wohnung der besten Freundin stehen lässt, eine völlig andere.* Sie konnte nicht einmal mit Billie ungestört telefonieren. *Weil Albert bei Billie ist.* Jedenfalls empfand sie das so. *Klar, ich kann mit ihr auch im Büro oder über Handy sprechen, aber …* Nicht, dass nur die besondere Situation Thema zwischen ihnen war. Im Gegenteil, wie auf ein geheimes Zeichen hin vermieden sie beide Alberts Einquartierung. *Deswegen sind unsere Gespräche neuerdings so steif und unnatürlich, so gehemmt. Als ob immer jemand mithörte.* Billie und Albert kannten sich schon lange. Ein Umstand, der Sonja vorher nie etwas ausgemacht hatte, aber nun eine neue Bedeutung erhielt. *Wer weiß, was die beiden sich plötzlich alles zu erzählen haben. Alte Liebe rostet nicht. Wieso habe ich eigentlich nie gefragt, wie gut befreundet die beiden waren, bevor ich Albert kennengelernt habe? Immerhin war Billie eine stadtbekannte wilde Hummel …* Während sie ihren Mantel in der Garderobe aufhängte und sich an einen der hochbeinigen Tische am Fenster setzte, dachte Sonja, wie gut ihr Mann das alles eingefädelt hatte. *Jetzt hat er nicht nur eine Frau, die sich um ihn sorgt. Sondern zwei.* Während sie die Getränkekarte studierte, ging die Tür auf, und Billie wurde von einem frischkalten Windstoß geradezu in die Bar geweht.

»Tut mir leid, Süße! Bin ich zu spät? Erst bin ich im Büro nicht losgekommen, und dann habe ich keinen Parkplatz gefunden. Du weißt: Großstädter in ihrem natürlichen Lebensraum!«

Sie küssten einander auf die Wangen.

Billie schwang sich auf einen Barhocker. »Na, wie läuft's?« Sie musterte Sonja aufmerksam. »Gut siehst du aus.«

Vielen Dank für die Blumen, dachte Sonja verärgert über den generösen Ton. *Miss Businessmode gibt Almosen.* Billie sah in ihrem weinroten Kostüm wie immer elegant und modisch aus. Normalerweise bewunderte Sonja den Stil ihrer Freundin neidlos. Aber heute fragte sie sich, ob Albert sie im direkten Vergleich mit Billie langweilig und unattraktiv fand. Nur deswegen hatte sie heute einmal nicht zu Jeans und Flanellhemd gegriffen. Stattdessen trug sie ein langes Kleid aus einem fließenden schwarzen Stoff mit Rollkragen, das schon seit Jahren in ihrem Schrank hing. In den letzten Tagen hatte sie ein wenig abgenommen, weil sie seit Alberts Auszug einfach nichts hinunterbekam. Ihre Haut war leicht gepudert, und sie hatte Lippenstift aufgetragen. *Als ob es darum ginge, der Klassenschönheit den Schulhofschwarm auszuspannen. Seit wann bin ich eigentlich eifersüchtig auf Billie?*

»Ach, ich hatte mal Lust, etwas anderes als Winterklamotten anzuziehen«, tat sie ihre Kleiderwahl ab und spielte unruhig mit der Tischdekoration, einer kleinen Hasenfigur aus Plastik.

Billie holte ihr Zigaretten aus der Tasche. »Wo ist Lina?«

»Albert ist mit ihr zur Leihbücherei gegangen. Sie musste noch Bücher abgeben.«

Die Kellnerin nahm etwas umständlich die Bestellung auf. »Ein Milchkaffee und ein Espresso.«

Als sie verschwand, zündete sich Billie eine Zigarette an und kam, anders als am Telefon, sofort auf das Thema Albert zu sprechen: »Ich glaube, dass der Auszug Alberts Leben nachhaltiger verändert, als er erwartet hat. Er hat wohl nicht damit gerechnet, dass er sein Zuhause so sehr vermisst.«

Sonja lächelte gequält. »Komisch, damit rechnet irgendwie

keiner. In irgendeinem Film heißt es, das Zuhause sei der Ort, wo sie einen reinlassen *müssen.*«

»Tja, und das hat Albert verspielt. Jedenfalls fühlt er sich so.«

Die Kellnerin brachte ihre Getränke. Billie quittierte das mit einem kurzen Nicken und zählte zwei Löffel Zucker in den Espresso. Während sie umrührte, sagte sie: »Dein lieber Ehemann fällt von einem Aha-Erlebnis ins nächste. Gestern ist er richtig nachdenklich gewesen und hat gesagt, dass ihm gar nicht bewusst war, wie sehr sein Wohlbefinden von seiner Bequemlichkeit diktiert worden ist.«

»Was meint er denn damit?«

»Na, ich decke morgens beispielsweise nicht den Frühstückstisch für ihn. Du kennst doch mein italienisches Frühstück.«

Sonja grinste. »Espresso, Zigarette, Zeitung.« Aber ihre Gedanken waren nicht bei Billies Morgenritualen. Sie dachte daran, wie sie mit Albert und Lina am vergangenen Wochenende schwimmen gegangen war. Während Lina versucht hatte, sie abwechselnd unterzutauchen, hatte Albert beim Herumalbern Sonja spontan an sich gezogen. *Plötzlich hatte ich sogar Schmetterlinge im Bauch. Seine Haut war nass und weich und sein Körper so vertraut.* Doch dann waren sie verlegen wie beim Küssen ertappte Jugendliche auseinandergefahren. *Danach haben wir jede Berührung vermieden. Beide.* Sonja ließ ein Zuckerstück in den Kaffee fallen und sagte: »Ich weiß nicht, ob ich es großartig oder erbärmlich finden soll, dass Albert es seit seinem Auszug kein einziges Mal versäumt hat, Lina zum Ballett zu bringen.«

Billie erwiderte: »Für das Wohl deiner Ehe ist es bestimmt besser, wenn du es großartig findest. Du müsstest es doch besser wissen als ich: Männer, kleine Kinder und Hunde brauchen klare Anweisungen. Mitdenken ist keine männliche Stärke.«

Sonja rührte ihr Getränk um. Ihr ging das Beziehungsexpertentum ihrer Freundin heute auf die Nerven. Billie war weder verheiratet, noch lebte sie in einer Beziehung. *Was qualifiziert sie eigentlich, hier Vorträge zu halten?* Sie verdrängte den Missmut und fragte: »Im Job scheint es für Albert besser zu laufen, oder?« *Was für eine verdrehte Situation: Ich frage meine Freundin, wie es meinem Mann im Job geht.*

Billie nickte: »Irgendwie scheint er sich an die Meyer-Schulenburg gewöhnt zu haben. Mit ihrem Spezi, diesem dicken Steinrück, war er erst kürzlich einen trinken. Außerdem gibt es da eine Grafikerin, die er ein paar Mal erwähnt hat und die richtig nett sein muss.«

»Eine Grafikerin? Ist die neu?«

»Ja, die hat die Meyer-Schulenburg mitgebracht. Nette Frau. Anfang vierzig, geschieden – und handwerklich sehr geschickt.« Billie lachte. »Du weißt, dass ich das Sofa, das du mir damals gemauert hast, über alles liebe. Aber die Schaumstoffauflagen eignen sich nicht besonders für entspanntes Schlafen. Diese Marion hat einen Lattenrost zum Drauflegen organisiert. Darauf schläft Albert jetzt wie ein Baby.«

Das tut weh. Er hat anderen von seinem Auszug erzählt. Das macht es so … endgültig. Wer ist diese Grafikerin? Geschieden und damit frei für einen in Trennung lebenden Mann?! Sonja fühlte sich wie vor den Kopf geschlagen. *Albert, mein Albert, der treue und warmherzige Albert – und eine andere Frau?* Um sich von ihrem inneren Aufruhr nichts anmerken zu lassen, nahm sie das Gespräch scheinbar unbeteiligt von Billies Erzählungen wieder auf. »Der Steinrück? Ach ja, Albert hat ihn mal erwähnt. Der lebt in Scheidung und findet es furchtbar, dass er den Kontakt zu seinen beiden Kindern verloren hat.«

Billie sagte: »Die beiden haben sich wohl gegenseitig gebeichtet, wie bescheuert sie waren, weil sie sich so gefragt gefühlt haben bei ihren ach-so-wichtigen Geschäftsessen, Empfängen, Partys und Terminen.«

Eine späte Einsicht, dachte Sonja. *Wieso müssen Männer erst ihr Leben pulverisieren, bevor sie merken, dass sie halb so fantastisch sind, wie sie dachten?*

»Der Steinrück ist wohl wirklich ein ganz Netter«, sagte sie. »Wenn ich eine ironische Bemerkung darüber mache, dass Albert plötzlich die Uhr lesen kann, weil er jetzt immer pünktlich ist, zitiert er den Steinrück: ›Kinder darf man nicht warten lassen. Zahnärzte, Rechtsanwälte und Verleger darf man warten lassen. Aber Kinder niemals.‹« Billie schnalzte mit der Zunge. »Wer hätte gedacht, dass der gute Albert so lernfähig ist?«

Sonja hob die Augenbrauen. »Jetzt schwärm nicht gleich los. Wenn ich richtig gehört habe, hat dieser Steinrück nichts von Frauen gesagt. Die stehen da wohl eher auf einer Stufe mit Verlegern und Zahnärzten. Die darf man also ruhig warten lassen.«

Billie drückte ihre Zigarette aus. »Mal was anderes, soll ich Lina mitnehmen? Ich fahre morgen schon hoch und könnte sie in Kiekeby abliefern. Ein zusätzlicher Tag bei Hermine wird ihr bestimmt Spaß machen.« Sie beugte sich vor. »Hermine hat eine besondere Überraschung für den Ostersonntag angekündigt. Hast du eine Ahnung, worum es geht?«

Sonja schüttelte den Kopf. »Vielleicht ein neues Pony? Aber wieso fährst du schon morgen?«

»Als ob du das nicht wüsstest! Ich fahre nach Rosby zu Jan, von dort sind es ja nur zwanzig Kilometer bis nach Kiekeby.«

»Wird das mit Jan was Festes oder nicht? Du erzählst so wenig von ihm.«

»Ist das gut oder schlecht?«

»Es ist jedenfalls ungewöhnlich für dich.«

Billie drehte eine Locke um ihren Zeigefinger. *Was will Sonja mit dieser Bemerkung andeuten? Dass ich sonst eine Quasselstrippe bin?* »Was ist denn dein Eindruck?«

Sonja hob wieder die Brauen. »Na, das liegt doch auf der Hand. Das ist offensichtlich. Und zwar nicht nur für mich. Hermine beispielsweise …«

Billie unterbrach sie: »Hermine ist also auch schon im Bilde.

Wie kommt es, dass alle Welt sich besser in meinem aktuellen Liebesleben auskennt als ich?«

Sonja wehrte ab. »Meine Mutter hat mir nur erzählt, dass sie Jan ein paar alte Reitstiefel für dich herausgesucht hat. Voilá!« Sie sah aus wie ein Zauberkünstler, der gerade ein weißes Kaninchen aus seinem Zylinder gezogen hat. Der Effekt verpuffte allerdings, denn Billie sah sie ratlos an.

»Reitstiefel. Na und?«

Sonja stützte das Kinn in die Hand. »Billie, muss ich dir dich selbst erklären?«

Ihre Freundin nickte pikiert. »Offensichtlich. Also, ich höre.«

Sonja schlug die Beine übereinander. »Wir haben doch schon seit Weihnachten geahnt, dass da was im Busch ist. Einfach, weil du bei uns niemals Reiten lernen wolltest. Dabei wissen wir alle, dass du heimlich vom Reiten und von Pferden träumst wie ein kleines Mädchen.«

»Na, na!«

»Also gut, wie ein großes Mädchen. Als Jan dir den Vorschlag gemacht hat, dir Reitstunden zu geben, und du tatsächlich ja gesagt hast … na, du hättest es trotzdem mal erzählen können!«

Billie war rot geworden. Sie fühlte sich ertappt. Schnell konterte sie: »So hat eben jede ihr kleines Geheimnis, nicht wahr? Oder hast du Hermine schon erzählt, dass Albert bei mir wohnt?«

»Nein, noch nicht.«

»Warum nicht?«

Sonja seufzte. »Weil sie das bestimmt in den falschen Hals bekommt. Sie glaubt doch, dass jeder eine so glückliche Ehe hinkriegen muss wie sie mit meinem Vater.« Sie pustete leicht über ihren Milchkaffee und nahm vorsichtig einen kleinen Schluck.

Billie fragte: »Also, was ist jetzt mit Albert? Nimmst du ihn zurück?«

»Das ist doch nicht die Frage, Billie.«

»Worum geht es denn sonst? Albert will lieber heute als morgen zurück zu dir. Aber er hat Angst, ob du ihn noch haben willst, nachdem sich der Traumprinz als Doktor Jekyll mit ganz normalen Problemen und Aussetzern geoutet hat.«

»Für mich war Albert nie ein Traumprinz.«

»Wirklich nicht?«

Sonja sah Billie verblüfft an. *Schon wieder dieser Eheexpertinnenton.*

»Nein, wirklich nicht. Oder verfügst du über gegenteilige Informationen?«

Tatsächlich lehnte sich Billie mit dem Habitus einer Spezialistin zurück und fragte: »Weißt du eigentlich, wie sich Albert gefühlt hat, als es mit einem Geschwisterchen für Lina nicht geklappt hat?«

Sonja durchfuhr die Eifersucht wie ein scharfer Schmerz. *Albert scheint neuerdings alles mit Billie zu besprechen.* »Hast du mit ihm darüber geredet?«

»Nein, aber er hat mir irgendwann erzählt, wie traurig du warst, und ich hatte schon den Eindruck, dass es auch an seinem Selbstbewusstsein genagt hat.«

»Ich dachte immer, ihm sei das völlig egal.«

»Meine Güte, du bist doch sonst nicht so unsensibel.«

Sonja verstummte und sah aus dem Fenster. Dass sie nicht schwanger wurde, hatte sie immer für ihre Schuld gehalten. Auf die Idee, dass Albert die Verantwortung dafür bei sich sehen könnte, war sie nie gekommen. *Bin ich wirklich so unsensibel, wie Billie behauptet?* Sie biss sich auf die Unterlippe und streifte ihre Freundin mit einem ärgerlichen Blick. Auf einmal hatte sie schlechte Laune und wünschte sich, dass Billie ginge. *Morgen ist sie auch wieder dabei. Sie hat doch Albert schon die ganze Zeit, muss sie jetzt auch noch an unseren seltenen Familientreffen teilnehmen?*

Billie ahnte nichts von den Gedanken, die Sonja durch den

Kopf schossen, und nahm ahnungslos ihr Gespräch über Albert wieder auf. »Natürlich hat er Schiss, dass du jemand anderen kennenlernst.«

Klar, das ist ja auch die einzige Möglichkeit, die es für dich gibt. Wer wird denn weinen, wenn man auseinandergeht und an der nächsten Ecke schon ein anderer steht …

»Sind wir jetzt schon wieder bei deiner Lieblingshypothese, dass ich Albert betrüge?«

Billie sah verblüfft auf, und sogar Sonja war die Schärfe ihres Tons aufgefallen. Sie presste die Lippen aufeinander.

Beide dachten einen Moment an den hässlichen Wortwechsel in der Sauna.

Dann sagte Billie doch: »Und, tust du's?«

»So ein Blödsinn. Nein! Warum hackst du nur ständig darauf herum?«

Billie wiegte den Kopf. »Ganz einfach, weil …« Sie gab sich einen Ruck. »Weil ich dir nicht glaube.«

Das war eine Mitteilung, die Sonja erst mal verdauen musste. Schließlich fragte sie: »Wieso nicht?«

Billie sah ihre Freundin offen an. »Ach, Sonja, ich kenne dich jetzt so lange und so gut. Warum vertraust du mir nicht?«

»Aber ich vertraue dir doch. Ich …« Sonja suchte nach Worten und brach entmutigt ab.

Billie wiederholte: »Du …?«

Sonja spielte mit ihrem Kaffeelöffel. »Ach, ich weiß auch nicht. Lass uns lieber das Thema wechseln.«

»Du möchtest also nicht darüber reden?« Billie klang verletzt.

Sonja nickte. »Ja, das wäre mir lieber.«

»Mir aber nicht.«

Sonja runzelte die Stirn. »Billie, jetzt mal ehrlich: Eigentlich geht dich das gar nichts an.«

»Findest du?« Billies Stimme nahm einen aggressiven Unterton an. »Wer wohnt denn seit Tagen bei *mir*? Dein Mann.

Wer leidet unter der Trennung seiner Eltern? *Mein* Patenkind. Wer bist du? *Meine* beste Freundin. Und jetzt sag mir noch mal, dass mich das alles nichts angeht!«

Sonja schwieg.

Billie setzte sich kampflustig auf. *Soll Sonja doch glauben, dass sie mich mit ihrem bescheuerten Schweigen ausbremsen kann. Na, nicht mit mir!* Entschlossen zog sie die Augenbrauen zusammen. »Du nennst es meine Hypothese. Ich will dir mal was sagen, du Hobbymathematikerin. Die liebe Billie kann sehr wohl eins und eins zusammenzählen. Du hast jemanden in Berlin getroffen, als du zum ersten Mal hingefahren bist. Und dieser jemand war … Richard!«

Sonjas Gesicht überzog sich mit einer flammenden Röte. Sie schluckte und starrte Billie entsetzt und mit weit geöffneten Augen an.

Diese war ebenso schockiert wie Sonja. »Treffer – versenkt.« Sie pfiff durch die Zähne. »Du hast also eine Affäre mit Richard.« Diesmal war es keine Frage.

Sonja fühlte sich, als hätte sie einen heftigen Schlag versetzt bekommen. Ihr blieb die Luft weg. Aber sie erkannte eines mit absoluter Gewissheit: Sie würde nichts mehr leugnen können. Mit gerunzelter Stirn, den Blick weiter gesenkt, antwortete sie endlich kaum hörbar: »Ich glaube, ja.«

Jetzt schnappte Billie nach Luft. Von allen Möglichkeiten, die hinter der Ehekrise von Sonja stecken konnten, war nun ausgerechnet die eingetreten, die sie ganz tief in ihrem Herzen für absolut unwahrscheinlich gehalten hatte. *Sonja hat eine Affäre! Wie schrecklich! Und wie schrecklich aufregend! Da stürzt ja die Vorzeige-Ehefrau mächtig von dem Sockel, auf den ich Single-Existenz sie immer gehoben habe.* Billie schämte sich, als sie erkannte, dass sich ein Gefühl heimlicher Schadenfreude in ihre Bestürzung mischte. »Wie kann man denn *glauben*, dass man eine Affäre hat? Hat ein Bösewicht eine Ohnmacht ausgenutzt, habt ihr im Dunkeln geknutscht, und du bist nicht sicher, ob er es war oder der Hausmeister?«

Sonja hatte sich inzwischen ein wenig gefasst. »Wie bist du darauf gekommen?«

Billie zuckte mit den Achseln. »Bin ich eigentlich erst gerade. Irgendwie habe ich es plötzlich gewusst. Keine Ahnung. Nenn es Intuition.« Sie wippelte nun auf ihrem Barstuhl und lächelte mit leisem Triumph vor sich hin. »Deswegen hast du mir damals in der Sauna so heftig widersprochen. Da hatte ich den ersten Verdacht!«

Sonjas Gesicht spiegelte eine Mischung aus Unbehagen und Erleichterung wider. »Billie, du klingst wie in einem Fernsehkrimi. Der erste Verdacht!« Sie rieb sich die Stirn. »Ich konnte es dir unmöglich sagen! Wegen Albert. Ihr seid doch auch unabhängig von mir befreundet. Außerdem habe ich zu dem Zeitpunkt gar nicht gewusst, ob ich Richard jemals wiedersehen würde. Wir hatten uns erst einmal geküsst.«

»Was hat sich inzwischen geändert?«

»Eigentlich nichts. Oder ganz viel. Ich habe Richard noch ein paar Mal gesehen, Albert ist ausgezogen. Er scheint etwas zu ahnen.«

»Na, ihm ist schon aufgefallen, dass du viel Kontakt mit Richard hast. Aber das ist auch schon alles. Und was heißt das alles jetzt? Ist es eine Affäre mit Zukunft? Willst du dich von Albert trennen? Willst du nach L. A. ziehen? Allein oder mit Lina?«

Sonja seufzte. »Wenn ich das nur wüsste. Ich will Albert vor allem nicht verletzen. Ich will Richard nicht verlieren. Ich will Lina nicht die Familie kaputtmachen.« Sonjas Gedanken überstürzten und verknoteten sich. *Ob es gut ist, Billie davon zu erzählen? Vor ein paar Minuten bin ich noch fürchterlich eifersüchtig und wütend auf sie gewesen, und jetzt beichte ich ihr mein Verhältnis zu Richard.* Sie stützte den Ellenbogen auf die Ablage und starrte nach draußen.

Billie fragte noch einmal: »Wirst du Albert verlassen?«

Warum bohrt sie nur so? Ist sie vielleicht selbst an Albert interessiert? Sonjas schlechte Laune verstärkte sich wieder. »Mensch, Billie, ich weiß es einfach nicht. Wir haben uns für ein Kind entschieden und damit Lina eine ganz bestimmte Welt versprochen. Nämlich die Welt einer Familie. Richard war für mich kein Teil dieser Planung.« Sie vergrub den Kopf in den Händen. »Hast du eine Ahnung, wie mich diese ganze Sache fertigmacht?«

Billie schürzte verständnisvoll die Lippen. »Das kann ich mir gut vorstellen. Aber warum hast du mir von alldem nichts erzählt?«

Sonja schüttelte den Kopf. »Das habe ich doch gerade versucht, dir zu erklären. Und überhaupt, warum hätte ich das tun sollen? Es hätte doch nichts geändert. Was verstehst du schon davon?«

Billie hatte das Gefühl, zurückgestoßen worden zu sein. »Vielleicht hätte ich dir einfach zugehört? Hast du mir nicht letztlich die Ohren vom lieben Gott angeboten? Und was soll ich daran denn nicht verstehen? Ich habe auch schon solche Geschichten durchgemacht.«

Sonja erwiderte: »Na, meine Probleme mit Albert, die ganze Situation, das hat doch irgendwie eine ganz andere Dimension, als wenn du Knies mit einem deiner Teilzeitgalane hast, oder?«

Billie schnappte nach Luft. Zorn flammte in ihr auf. *Was denkt sich die heilige Sonja von Muttergnaden eigentlich?* Sie zischte: »Natürlich. Die arme Billie ist ja nur einer dieser orientierungslosen Kultur-Singles, die von Ausstellung zu Ausstellung und Party zu Party stolpern. Die immer die Letzten sind und mit dem nach Hause gehen müssen, was übrig bleibt.« Sie redete sich in Rage. »Lass mich das bitte kurz festhalten, damit auch ich den klaren Blick auf unsere Freundschaft habe, der dir offenbar bereits geschenkt wurde. Da haben wir auf der einen Seite dich: die erfolgreiche Ehefrau und Mutter – zwar mit Liebhaber mittlerweile, aber sonst proper wie eh und je. Dann gibt es da noch mich: den nervösen Hungerhaken von Karrierefrau mit den desolaten Beziehungskrämpfen.«

»Was redest du denn da?« Sonja verschränkte die Arme vor der Brust. »Es ist doch einfach so, dass du noch genauso lebst wie vor zehn Jahren. Oder vor fünfzehn.«

»Willst du damit sagen, dass ich stehen geblieben bin?«

»In gewisser Weise. Du lebst wie ... wie eine Studentin – nur mit mehr Taschengeld. Du hast eine bessere Wohnung. Du hast ein besseres Auto. Du kannst dir teurere Klamotten kaufen. Aber du lebst allein. Bist nur für dich verantwortlich. Du hast keine familiären Bindungen – und damit auch keine Zwänge. Die Männer kommen und gehen. Ganz wie damals in Berlin.«

»Du bist ja nur sauer, dass ich machen kann, was ich will.«

Sonja schüttelte den Kopf. »So ein Blödsinn! Es kümmert bloß keinen, wenn du etwas tust oder nicht. Weil es – außer vielleicht im Büro – nicht das Leben anderer Menschen betrifft. Sieh mal, wenn ich zum Sport gehe, vermissen mich Albert und Lina, und beide brauchen mich. Wenn du zum Sport gehst ...« Sie verstummte.

Billie zeigte ihr einen Vogel. »Albert und Lina brauchen dich! Das sieht man: Albert wohnt nicht mehr zu Hause – und Lina gebe ich noch fünf Jahre, dann zieht sie mehr mit ihren Freundinnen durch die Stadt, als dich zu vermissen, wenn du beim Sport bist!«

Ein hässliches Schweigen entstand. Billie zündete sich eine Zigarette an und bemerkte erst dann, dass noch eine im Aschenbecher qualmte. Heftig drückte sie sie aus, wobei sie sich den Zeigefinger verbrannte. »Mist!« Sie steckte den Finger in den Mund.

Sonja konnte sich nicht zurückhalten. »Im wahrsten Sinne des Wortes die Finger verbrannt?«

»Deine Ironie ist absolut unangebracht. Schließlich bist du

diejenige im Glashaus. Es interessiert vielleicht niemanden, was ich mache. Aber ich betrüge auch keinen, oder?«

»Meinst du, ich habe mir das ausgesucht?«

Billie lachte höhnisch auf. »Nein, das Schicksal hat seinen großen Zeigefinger ausgestreckt. Und die Liebe ist eine Himmelsmacht, der du dich nicht widersetzen konntest. Was?«

Sonja antworte ebenso heftig: »Warum bist du denn so sauer? Ich habe mir das wirklich nicht ausgesucht. Es ist einfach so passiert, und jetzt hänge ich zwischen allen Stühlen.«

»Wie immer!«

Sonja blickte hoch. »Was soll das heißen?«

Billie drehte die leere Tasse in ihren Händen. »Das ist doch bei dir typisch. Wie in diesem alten Jazz-Song ›After you get what you want you don't want it‹.« Sonja verstand kein Wort. Billie beugte sich vor: »Schätzchen, du könntest dir folgendes Motto über die Haustür nageln: ›Nichts schmeckt besser als die Kirschen in Nachbars Garten‹. Dir reicht nie, was du hast. Das war doch schon immer so!«

Sonja richtete sich auf. »Wie redest du denn mit mir?«

Billie wischte ihren Einwand beiseite. Sie zählte auf: »Weißt du nicht mehr: damals in der WG? Wenn dir der Typ, mit dem du eine nette Nacht verbracht hattest, nicht mindestens einen Heiratsantrag gemacht hat, war auch die Nacht nichts mehr wert. Als du nach Hamburg gekommen bist, konnte es nicht irgendeine Tischlerei sein. Nein, es musste Hinrichs' sein – und als du da fertig warst und dir der alte Hinrichs ein Angebot gemacht hat, da hast du es ausgeschlagen, weil du unbedingt Mutter werden musstest. Als du Albert getroffen hast, war es nicht genug, mit ihm zusammen zu sein. Ihr musstet sofort heiraten. Das Dasein als Ehefrau und Mutter war dann doch nicht so prickelnd, und du hast in der Rahmengalerie angefangen …«

Sonja schnäuzte sich. »Darf ich auch mal was dazu sagen?«

Billie lachte spöttisch auf. »Nein, Süße, ich bin nämlich noch nicht fertig. Ist dir noch nie aufgefallen, dass du immer unzufrieden mit dem bist, was du hast? Dass deine Ehe mit Albert so lange gehalten hat, war für mich immer ein kleines Wunder. Ich war mir sicher, dass irgendwann ein anderer Mann in dein Leben tritt.«

Sonja starrte Billie an. So eine Situation hatte es zwischen ihnen noch nie gegeben. Kleine Kabbeleien, ein bisschen Frozzeln, hin und wieder ein ironischer Seitenhieb – ja, das natürlich. Aber stets mit liebenvollem Unterton, immer in dem Wissen: Was sich liebt, das neckt sich. Sonja dachte: *Das hier geht weit über Neckerei hinaus und über Liebe.*

Billie atmete aus und schien einlenken zu wollen: »Ich muss mich anhören wie die Psychologin in einer dieser Nachmittagsdemütigungsshows im Privatfernsehen. Entschuldige.«

Sonja schluckte. Sie hatte Tränen in den Augen. Ihre Stimme klang belegt, als sie fragte: »Meinst du wirklich, dass ich ständig unzufrieden bin?«

Billie wiegte den Kopf. »Nicht ständig, aber da ist immer diese kleine Frage in deinem Hinterkopf. Ist das hier das Glück? Ist das *wirklich* das Glück? Das *kann* doch gar nicht das Glück sein. Eigentlich suchst du nicht das Glück, sondern das Unglück. Frei nach dem Motto ›Hilfe, ich habe kein Problem, deswegen suche ich mal eins‹.«

»Wieso hast du mir das noch nie gesagt?«

Billie zuckte die Achseln. »Erstens hat mir bisher dazu der Anlass gefehlt. Das ist schließlich nichts, was man mal eben so bei Ikea zwischen Kerzenkauf und Schrankausmessen bespricht. Und zweitens …« Sie machte eine Pause und atmete tief ein. »Zweitens hat mir der Mut gefehlt.«

»Der Mut?«

»Klar. Immerhin bin ich diejenige, die dir nicht das Wasser reichen kann! Dir, der perfekten Mutter aus der Margarinewerbung.«

»Margarinewerbung? Worüber redest du da?« Sonjas Betroffenheit schlug in Zorn um. »Kein Mensch hat von dir verlangt, Diplom-Single zu werden.«

»Diplom-Single?«

»Na, karrierehungrig, sexuell emanzipiert und, äh, nun … ja, emotional frustriert.«

Billie verschlug es den Atem. »Emotional frustriert? Nur weil ich nicht wie du im trauten Kreise auf Schmusekurs gegangen bin?«

»Du hast es eben vorgezogen, dich an deine Kontoauszüge zu kuscheln und über den nächsten Citytrip nach Paris nachzudenken!«

»Na und? Was ist daran falsch? Das macht mich noch lange nicht zu einer ›emotional frustrierten‹ Versagerin. Ganz im Gegenteil, für andere bin ich nämlich durchaus eine erfolgreiche Geschäftsfrau: attraktiv, elegant, liquide, begehrt und von wechselnden hinreißenden Männern auf Händen getragen.«

»Ach ja. Wie schön für dich. Und was macht diese Beschreibung aus mir? Eine Hausfrau im Schlabberlook zwischen Miracoli und Müttertreff? Du machst es dir zu einfach, Billie. Überleg doch mal, wieso du bis heute solo geblieben bist.«

Das Schweigen, das sich nach dieser Frage ausdehnte, schien zum Anfassen dick.

Irgendwann holte Billie tief Luft. »Es tut mir leid, dass wir uns hier so streiten, Sonja. Aber es scheint bitter nötig zu sein. Irgendwie werde ich das Gefühl nicht los, dass du mich gar nicht kennst. Wer sagt dir denn, dass ich unglücklich bin?«

»Ach, waren es etwa Freudentränen, die du vergossen hast, als herausgekommen ist, dass Antonin verheiratet ist?«

Billie wurde weiß vor Wut. Mit eiskalter Stimme sagte sie: »Ich habe nun mal Talent für Geschichten mit wunderbarem Anfang und überraschend schnellem Ende.«

»Du hättest dich auf fünf von zehn gar nicht einlassen müssen.«

»Denkst du.«

»Denke ich. Du denkst eben anders.«

»Ganz bestimmt!« *Deswegen werde ich dir auch nichts von Jan erzählen. Weil du es niemals verstehen wirst, dass ich es schaffe, mich nicht in Jan zu verlieben, obwohl ich tatsächlich ganz verrückt danach bin, mit ihm Zeit zu verbringen und mit ihm zu schlafen. Du würdest nur sagen: »Auf die Idee, dass er der Richtige sein könnte, bist du wohl noch nicht gekommen?« Doch darauf falle ich genauso wenig herein wie auf deine Ich-habe-mir-das-nicht-ausgesucht-Vorstellung. Du bist kein Opfer. Du willst nur immer alles haben, um es hinterher nicht mehr zu wollen.*

Sie schwiegen wieder. Sonja dachte: *So haben wir uns noch nie gestritten.* Billie dachte: *Ob wir nach diesem Streit noch Freundinnen sind?* Es gab keinen Weg, die Situation zu retten. Was sollten sie jetzt noch besprechen?

In der Physik sagt man immer Einfallwinkel gleich Ausfallwinkel, dachte Sonja. *Weil wir versucht haben, unsere Unstimmigkeiten ruhig und vernünftig zu klären, müssen wir jetzt versuchen, ruhig und vernünftig aus diesem Gespräch herauszukommen. Ruhig? Dabei ist vielleicht gerade das Schlimmste geschehen, was mir geschehen kann. Ich habe meine beste Freundin verletzt. Und vielleicht für immer verloren. Ein Krach mit Anschreien und Türenknallen wäre besser gewesen – den hätten wir tränenreich mit Entschuldigungen, Nasenputzen, Küssen und Umarmungen wieder in den Griff bekommen. Wir hätten uns sofort wieder vertragen können. Aber das hier, das ist alles völlig verfahren und verquer abgelaufen. Wie ein Zug auf dem falschen Gleis. Wie ein Spaziergang, bei dem man ahnungslos falsch abbiegt und plötzlich im Sumpf landet.*

Während Sonja ratlos und wütend ihre Finger knetete, entschloss sich Billie zur Flucht. Sie sah demonstrativ auf die Uhr. »Meine Güte, schon so spät!«

Sonja blickte auf. »Du musst los?«

»Ja, dabei hätte ich gern noch einen Espresso getrunken.«

Sonja hob Billies Schal auf, der von ihrem Stuhl geglitten war. »Hier, dein Schal.«

»Danke. Den werde ich brauchen. Ob es wohl am Sonntag besseres Wetter gibt?«

»Hoffentlich. Lass mal, den Espresso zahle ich.«

So sind wir Frauen, dachte Billie, während sie aufstand. *Wir können uns gegenseitig Messer in den Rücken rammen und uns dann mit einem freundlichen Lächeln und einem Wangenkuss voneinander verabschieden.* Sie griff nach ihrer Tasche. »Ich bin noch mit Hubertus, einem Bekannten, in der Stadt verabredet. Sei mir nicht böse. Hier.« Sie klopfte in Stammtischmanier leicht auf den Tisch. »Grüß Albert und Lina von mir. Wir sehen uns dann in Kiekeby.«

Sonja stand ebenfalls auf. »Gut, mach ich. Bis Sonntag.«

Billie sah sie nachdenklich an. Ihr wurde das Herz schwer, wenn sie an all das dachte, was sie im Zorn gesagt hatte. *Und das, was ich mir von Sonja habe anhören müssen? Emotional frustriert!* Sie spürte, wie die Wut wieder in ihr hochschoss, und griff nach ihrer Jacke. »Also, dann. Ach, mach dir keine Sorgen wegen Hermine. Wenn Lina ihr von Alberts Einquartierung bei mir erzählt, behaupte ich einfach, dass sie etwas falsch verstanden hat. Wir würden gerade ein Projekt gemeinsam anschieben und so viel Zeit miteinander verbringen, dass wir fast schon zusammen wohnen.«

Bei Problemen in allen Lebenslagen hilft Ihnen Billie Grimm, dachte Sonja wütend. Ihre Miene verschloss sich, und sie antwortete mit harter Stimme: »Schon gut, da fällt mir bestimmt selbst was ein.« Dann besann sie sich jedoch und versuchte einen versöhnlichen Tonfall anzuschlagen. »Danke, dass du dir Gedanken machst.«

Billie lächelte ihr gezwungen zu, was Sonja ebenso gezwungen erwiderte. *Hermine sagt immer: »Gute Manieren sind dazu da, zu verbergen, was wir wirklich denken«,* dachte Sonja.

Genauso ist es. Eigentlich möchte ich heulen. Aber das lasse ich natürlich. Ich benehme mich so, wie man sich in Hamburg benimmt. Schön steif und zivilisiert. Es ist zum Kotzen.

Sie küssten einander flüchtig auf die Wange, dann war Billie verschwunden.

Sonja kletterte wieder auf den Barstuhl. Ihr war schlecht. Gedankenverloren löffelte sie den Milchschaum aus ihrer Tasse. Wie hatte Billie noch gesagt? ›*Dass deine Ehe mit Albert so lange gehalten hat, war für mich immer ein kleines Wunder.*‹ Und ihr hatte sie vorgeworfen, im Glashaus zu sitzen. *Und überhaupt, was soll das heißen, dass meine Ehe ›so lange‹ gehalten hat? Sie hält noch immer. Auch wenn Albert mit geschiedenen Grafikerinnen flirtet und bei Billie auf dem Sofa nächtigt.* Ein böser Verdacht stieg in ihr auf, der wie eine eiserne Faust ihren Magen zusammenkrampfte. *Vielleicht schläft Albert gar nicht mehr auf dem Sofa, sondern längst in Billies Bett?*

29. Kapitel

Kiekeby, Ostersonntag 2005

»Oh, glaub nicht, es wäre so einfach. Nichts von dem, was du wirklich willst, erhältst du umsonst. Du musst dafür zahlen – und normalerweise mit deinem Herzen.«
Ein Stern geht auf, 1937

Der Ostersonntag zog mit strahlend blauem Himmel über Kiekeby herauf, und zum ersten Mal in diesem Jahr schien die Natur den Ruf des Frühlings zu spüren. Wie blank geputzt leuchteten die Blätter der Schneeglöckchen im frischen Grün, Forsythien strahlten ihr helles Gelb aus dunklen Gartenecken, und hier und da zwitscherte ein früh heimgekehrter Singvogel.

Die Ostereiersuche war bereits erfolgreich absolviert. Alle saßen beim Frühstück in der guten Stube um den großen Tisch und schwärmten von Klaasens Osterfeuer und der nächtlichen Feier. Lediglich Anne und Dieter beschwerten sich über den Glühwein von Berta Klaasen, der ihnen Kopfschmerzen bereitet hatte. Die Kinder hatten schnell ihre Brötchen verdrückt und waren nach draußen gelaufen, um zu spielen.

Billie beobachtete Sonja und Albert, die nebeneinander saßen, aus den Augenwinkeln. *Kein Mensch könnte vermuten, dass sie in einer Ehekrise stecken,* dachte sie. Die beiden bewegten sich auf vertrautem Terrain, kannten die Abläufe des Fests, teilten die Sicherheit und das Aufgehobensein in gemeinsam erlebten Traditionen. *Aber warum wundere ich mich eigentlich darüber? Sonja und ich sind doch auch zerstritten und spielen allen heitere Harmonie vor.* Die Begrüßung am Vorabend war mit vorgetäuschter Herzlichkeit über die Bühne gegangen. Danach hatten sie einander gemieden. Billie gegenüber saß Jan, der mit seinem Vater sprach. Er spürte ihren Blick und lächelte ihr zu. Sein Lächeln entfachte oberhalb ihres Magens ein wohliges Kribbeln und erfüllte sie von dort mit einer Wärme, die ihren ganzen Körper erfasste. Entschlossen verdrängte sie die Gedanken an Sonja. *Soll sie doch sehen, wie sie klarkommt. Ich werde mich ihr jedenfalls nicht aufdrängen. Eins weiß ich mit absoluter Sicherheit: Emotional frustriert bin ich heute nicht!* Sie lächelte. *Sexuell auch nicht.*

Um sie herum klapperte Besteck auf den alten Porzellantellern, die Hermine aufgedeckt hatte, wurden Kaffeetassen gefüllt, Brotkörbe herumgereicht und Gespräche geführt. Billie hörte das alles nur mit halbem Ohr. In ihrem Kopf spulte sie die Zeit zurück. *Gestern Nacht* … Nachdem der alte Klaasen das Osterfeuer gelöscht hatte, war sie mit Jan nach Rosby gefahren. Sie hatten im Wohnzimmer das alte Sofa vor den Kamin gerückt und Billies mitgebrachte Flasche Champagner geköpft.

»Du sollst nicht immer so viel Geld ausgeben«, sagte Jan und zog sie auf das Sofa.

Sie stießen an.

»Ich möchte aber.«

Viel weiter war die Unterhaltung nicht gediehen, denn dann hatten sie begonnen, sich zu küssen.

Als Billie am Morgen aufwachte, war Jan gerade dabei, Holz in den Kamin zu stapeln und ein neues Feuer anzufachen. Als er sah, dass sie wach war, kam er wieder zu ihr ins Bett, schmiegte seinen kühlen Körper an ihren schlafwarmen, und am Ende mussten sie sich sehr beeilen, um nicht zu spät nach Kiekeby zu kommen.

Wir sind uns nahe und werden immer vertrauter. Doch keiner von uns muss über unsere Beziehung reden. Was für ein Glück!, dachte Billie und goss heiße Milch in ihren Kaffee. *Warum auch? Ohne jegliche Definitionen, Verpflichtungen und Erwartungen ist alles viel einfacher.*

»Habt ihr da oben noch Tee?«, drang Josefines Stimme in ihre Gedanken.

Billie griff nach der Kanne, die leicht in ihrer Hand lag. »Nein!« Sie stand auf. »Ich hole frischen aus der Küche.«

Hermine sah auf ihre Uhr. *Gleich ist es so weit!* Jetzt, so kurz vor der Lüftung ihres Geheimnisses, wurde sie doch von Nervosität befallen. Sie ließ den Blick über die Frühstückstafel schweifen. Fast alle waren fertig, nur Dieter kaute noch bedächtig an einem Vollkornbrötchen.

Sie schaute zu Sonja und Albert hinüber. Lina hatte ihr eine verworrene Geschichte erzählt, aus der sie schloss, dass Albert zurzeit bei Billie wohnte. Sie hatte ihrer Enkelin hoch und heilig geschworen, den Eltern nichts von ihrem Bericht zu erzählen, und sie hatte nicht vor, ihr Vertrauen zu missbrauchen. *Wenn Sonja und Albert etwas unter sich ausmachen wollen, ist das ihr gutes Recht. Wie sie wohl auf meine Ankündigung reagieren?* Sie stellte sich die beiden vor. *Albert wird das Ganze philosophisch nehmen. Er kennt die Geschichte ja schon – jedenfalls die halbe. Und Sonja? Ihr hat Albert wohl nichts verraten. Sie hat sich immer als Ernsts Lieblingskind verstanden. Wird sie ihm diesen Vertrauensbruch verzeihen?*

Hermine ließ den Blick weiterwandern. Martin saß, den Kopf gemütlich zurückgelehnt, in dem alten Lehnstuhl und rauchte. Dabei beobachtete er durch die großen Panoramascheiben die Kinder, die auf der Terrasse mit ihren Fahrrädern und Rollern herumsausten. Sein gutmütiges rosiges Gesicht strahlte Zufriedenheit und Zuverlässigkeit aus. *Wie gut es Anne mit Martin hat. Anne selbst wirkt heute Morgen ausnahmsweise gut gelaunt. Aber das heißt leider nichts. ›Unsere kleine Tretmine‹ hat Ernst sie immer genannt, weil sie so unberechenbar ist.* Anne unterhielt sich mit Josefine und Dieter, die am Ende der Tafel residierten. *Die beiden werden meinen Entschluss gutheißen. Da bin ich mir sicher.* Jan saß neben seinen Eltern, das Gesicht ihr zugewandt. Als sie ihn anlächelte, bemerkte sie, dass er nicht sie ansah, sondern über ihren Kopf hinwegblickte. In seinem Blick lagen so viel Liebe und Zuneigung, dass Hermine die Augen niederschlug, als habe sie eine Schamgrenze überschritten. Sie drehte sich um und beobachtete, wie Billie mit einer Kanne frischem Tee zur Tür hereinkam. *Natürlich, Billie und Jan!* Der Ausdruck in seinen Augen zeigte seine Gefühle völlig unverhüllt: Er liebte sie. *Hoffentlich erwidert Billie, dieses reizvolle, mondäne Großstadtgeschöpf, seine Gefühle.*

Sie wartete, bis Billie sich gesetzt hatte. *Jetzt!* Sie stand auf und klopfte mit dem Kaffeelöffel gegen ihre Tasse. Die Gespräche verstummten, und alle wandten ihr ihre Aufmerksamkeit zu. *Mein Herz rast. Wie anfangen …?* Schließlich gab sie sich einen Ruck und begann: »Ihr Lieben, ich kann nicht halb so gut reden wie Dieter gestern am Feuer, aber ich möchte euch sagen, wie sehr ich mich freue, dass wir auch in diesem Jahr alle wieder zusammen Ostern feiern. Für mich ist es ein ganz besonderes Jahr, denn obwohl wir es nicht wussten, waren wir doch die letzten Jahre als Familie nicht vollständig.«

Sie machte eine Pause und sah erst Sonja, dann Anne an, die beide verwirrt ihren Blick suchten. Sie holte tief Luft. *Jetzt gibt es kein Zurück mehr, Ernst.* »Das, was ich jetzt sagen möchte, geht vor allem Anne und Sonja etwas an. Ich bin froh, dass die Kinder draußen sind, denn ich möchte erst mit euch über alles reden.« Sie holte das Foto aus ihrer Weste und reichte es Billie mit der Bitte, es herumgehen zu lassen. »Ihr erinnert euch vielleicht an dieses Foto, das Lina im letzten Jahr gefunden hat. Es zeigt Ernst mit seiner damaligen Sprechstundenhilfe Hannelore Mertens.« Sie sammelte sich kurz und sagte dann mit fester Stimme: »Hannelore war mehr als eine Sprechstundenhilfe. Sie war Ernsts Geliebte.«

Klirr! Sonja hatte ihr Messer fallen gelassen, das laut auf dem Porzellanteller aufschlug. Schockiert sah sie zu ihrer Mutter hinüber. Hermine nickte ihr bittend zu. Sie hörte, wie Anne scharf die Luft einsog, und wagte nicht, in ihre Richtung zu schauen. Stattdessen blieb ihr Blick an Albert hängen, der ihr fast unmerklich aufmunternd zuzulächeln schien. Ihr unruhiger Blick wanderte hinüber zum Wohnzimmer, wo ihr geöffneter Nähkasten neben dem Sofa stand. Obenauf lag das Nadelkissen, das sie zur Verlobung von ihrer Mutter bekommen hatte und seitdem benutzte. Es war abgeschabt und verwaschen. Für den Bruchteil einer Sekunde sah sie ihre Mutter vor sich, und die Erinnerung beruhigte und tröstete sie. *Wie hast du damals gesagt, Mama? ›Wer eine Familie gründet, weiß oft nicht, wie viel Mühe und Schmerzen das kostet. Jetzt bist du verliebt, und dein Herz ist leicht. Aber das bleibt nicht so. Oft wird dir das Herz schwer werden, und manchmal wird dir dein Leben erscheinen wie eine Ansammlung dieser Nadeln, die dir ins Herz stechen. Nicht immer wirst du die Nadeln herausziehen können, manche Stiche hinterlassen Narben und schmerzen lange. Aber in den meisten Fällen wirst du überrascht sein, wie kräftig dein Herz ist. Wie viele Stiche es ertragen kann, wie oft Verletzungen nur leichte Wunden hinterlassen und du danach sogar gestärkt bist. Und wenn du dich einmal ärgerst, weil du dich mit einem großen Korb Flickwäsche allein gelassen fühlst, dann erinnert dich vielleicht der Anblick dieses Nadelkissens an das Wichtigste: Du bist das Herz der Familie.‹* Sie holte noch einmal tief Luft. *Ich bin das Herz der Familie. Du warst meine Familie, Ernst. Du und die Mädchen. Florian ist dein Sohn, und daher gehört auch er zur Familie. Ich bin das Herz, und ich öffne mich jetzt für Florian.*

Sie räusperte sich, betrachtete die erwartungsvollen Gesichter der anderen und fuhr fort: »Hanni war die Mutter seines Sohnes. Ernst hatte mir versprochen, seine Geliebte und das Kind aufzugeben, als sie schwanger wurde. Ich habe nie erfahren, ob das Kind geboren wurde. Ernst hat mir hoch und heilig versprochen, keinen Kontakt mehr zu den beiden zu haben. Glücklicherweise hat er sein Versprechen gebrochen.«

Immer noch herrschte tiefes Schweigen am Tisch.

Doch die Erinnerung an ihre Mutter gab ihr neuen Mut, und sie fuhr mit gefestigter Stimme fort: »Florian, so heißt der Junge, ist behindert geboren worden, und seine Mutter hat ihn verlassen. Er ist in Heimen aufgewachsen und lebt heute in einer betreuten Wohngemeinschaft in Norderstedt. Das habe ich erst vor Kurzem herausgefunden. Ohne Ernst wäre Florian ganz allein gewesen.«

Sie zwang sich, den Blick über die Anwesenden gleiten zu lassen. Anne war kalkweiß und hatte eine steile Zornesfalte auf der Stirn, Sonja knabberte nervös an ihrem Daumennagel. Josefine und Dieter nickten ihr gleichzeitig zu und lächelten mitfühlend.

»Das ist aber noch nicht alles. Ihr werdet Florian heute kennenlernen.« Sie nickte erneut in Annes und Sonjas Richtung. »Euer Bruder, also Florian, wird heute Mittag gebracht und bleibt mit seinem Pfleger bis zum Abend.«

Anne sprang auf und rief: »Das erlaube ich nicht! Und wenn du denkst, wir spielen hier die glückliche Großfamilie, dann hast du dich getäuscht. Und wage es nicht noch einmal, von diesem Krüppel als meinem Bruder zu sprechen. Ich habe keinen Bruder!« Sie stürzte aus dem Raum und warf die Tür mit einem lauten Knall hinter sich zu.

Alle saßen wie versteinert da. Schließlich schob Martin langsam seinen Stuhl zurück. Er stand auf und sagte bedächtig: »Ich beruhige sie schon.« Er sah Hermine an. »Ich finde es großartig, was du da machst. Und ich bin mir sicher, sie hat es nicht so gemeint, wie sie es gesagt hat.« Mit hängenden Schultern stapfte er aus der Tür hinter seiner Frau her.

Sonja lief hinter ihm her. »Warte, Martin, ich komme mit.« Sie machte Albert ein Zeichen, sitzen zu bleiben. »Wir regeln das schon.«

Josefine erhob sich und ging zu Hermine, um sie zu umarmen. Die Anspannung der letzten Minuten löste sich, und plötzlich standen alle auf, umringten sie und bestürmten sie mit Fragen. *Worin liegt Florians Behinderung? Wie alt ist er? Wie hatte sie ihn gefunden?*

Hermine hob die Hände und versprach, bei einer Tasse Kaffee alle Fragen zu beantworten. Billie erbot sich, neuen Kaffee aufzusetzen. Von draußen bedachte Anne, die kleine Fiona auf der Hüfte, die Tischgesellschaft mit bösen Blicken. Martin und Sonja standen neben ihr und redeten ihr gut zu. Aber Anne schüttelte nur ärgerlich den Kopf, drückte Martin das Kind in den Arm, drehte sich um und verschwand mit großen Schritten Richtung Feldweg. Sonja folgte ihr. Hermine trank einen Schluck Kaffee, aber sie schmeckte nichts.

Damit, dass Anne und Sonja einfach wegliefen, hatte sie nicht gerechnet. Sie werden schon zurückkommen, versuchte sie sich selbst zu beruhigen. *Wenn sie Florian sehen, werden sie mich verstehen. Mir bleibt nur, auf sie zu warten.*

Florians Krankentransporter fuhr kurz vor dem Mittagessen auf den Hof. Hermine hatte alle so gut es ging auf ihn vorbereitet. Anne und Sonja waren unauffindbar geblieben, aber alle anderen, vor allem die Kinder, hatten versprochen, sich zurückzuhalten.

»Bitte geht nicht auf Zehenspitzen!«, schärfte sie ihnen ein. »Versucht, ihn ganz normal zu empfangen. Er ist keine Bombe, die plötzlich explodiert. Vielleicht tut er manchmal Dinge, die ihr nicht versteht, er verrenkt sich oder bekommt einen Krampf. Doch davor braucht ihr keine Angst zu haben.«

Als der Wagen hupend vor dem Haus hielt, ging sie nach draußen und begrüßte Florian und seinen Pfleger, Herrn Pölger, als Erste. Pölger hob den Jungen wie eine Feder aus dem Wagen in den Rollstuhl. Trotz ihrer Versprechungen tauchten die Kinder schon nach wenigen Minuten hinter Hermine auf und löcherten sie mit Fragen.

»Warum sabbert er so?«

»Wird er wieder gesund?«

»Kann er uns verstehen?«

Florian trug das blaue Kapuzenshirt, das ihm Hermine bei ihrem letzten Besuch mitgebracht hatte, dazu Jeans und eine rote Baseballkappe, die ihm verkehrt herum auf den verwuschelten dunkelblonden Haaren saß.

Dieter, der zu Hermine getreten war, entwich ein überraschter Laut. »Er sieht Ernst unglaublich ähnlich!«

Hermine nickte lächelnd. »Ja, nicht wahr?«

Überraschenderweise zeigte Florian vor den vielen fremden Menschen überhaupt keine Angst, sondern ließ es sogar zu, dass Lina sich auf die Lehne seines Rollstuhls setzte. Als die Erwachsenen sich nacheinander zu ihm gesellten, versteifte er sich zwar, aber da ihn niemand berührte oder erschreckte, atmete er nur mit dem Hermine mittlerweile vertrauten Röcheln.

Herr Pölger schlug vor, Florian die Pferde zu zeigen.

Hermine nickte. »Am besten gehen wir zu den Ponys an die hintere Koppel.«

Sie wandte sich an den Jungen. »Würden dir die Ponys gefallen?«

Florian sah sie schweigend an und bewegte die Hände in unkontrollierten Zuckungen, aber Hermine sah, wie seine Augen aufleuchteten.

Sie lächelten ihm zu. »Nun haben wir dich gerade aus dem Wagen herausgeholt, aber zu Fuß ist das mit Rollstuhl schwer zu schaffen. Der Feldweg ist sehr uneben und steinig.«

Beiläufig wischte sie Florian mit ihrem Taschentuch Speichel vom Kinn. »Für den Jungen ist das bestimmt besser, wenn wir nicht alle um ihn herumstehen«, fügte sie noch hinzu.

Albert, Jan, Billie, Dieter und Josefine zogen sich feinfühlig zurück, indem sie verkündeten, einen Spaziergang zu machen.

Pölger trat neben sie. »Na, das bisschen ein- und ausladen macht uns nichts aus, min Jung. Oder? Schließlich gibt es gleich Ponys zu sehen.« Er hob den Stuhl wieder in den Transporter.

Die hintere Koppel war ein großes Rechteck mit einem offenen Stall, in dem die Ponys bei Regen oder Schnee standen. Pölgi lud Florian aus dem Wagen und schob den Rollstuhl direkt vor den Zaun. Fast ehrfürchtig blieben die anderen dahinter stehen, während die Ponys neugierig die Köpfe über den Zaun reckten. Sie scheuten zwar, als Florian aufgeregt zuckte und zappelte, blieben aber in der Nähe. Die Kinder verloren zunehmend ihre Zurückhaltung, führten wieder Gespräche in normaler Lautstärke, kicherten, schubsten und rauften sich und störten sich nicht weiter an Florians unkontrollierten Bewegungen.

»Wenn alle Wesen wie Kinder und Tiere wären, gäbe es gar keinen Unterschied zwischen Behinderten und Nichtbehinderten«, murmelte Pölgi Hermine zu, die die Szene betrachtete.

Die Kinder turnten auf dem Zaun herum, Ben hatte es schon geschafft, ein Pony zu besteigen, und winkte den anderen zu. Florian brabbelte vor sich hin, während die großen Ponys Kleebüschel aus seinen Händen zupften, die Lina vom Rand des gegenüberliegenden Feldes riss und ihm zwischen die Finger steckte.

Lina drehte sich um. »Du, Oma, ich glaube, Florian möchte reiten!«

Hermine blickte den Pfleger fragend an.

»Meinen Sie, man kann es wagen?«

»Die Ergotherapeutin hat gesagt, wir sollen es ruhig mal probieren, wenn ein geeignetes Pferd dabei ist. Nur wie hatten Sie sich das gedacht? Florian kann sich nicht allein halten. Von unten ist es unmöglich, ihn festzuhalten, und reiten kann ich nicht.«

Bei der Vorstellung des beleibten Pölgi auf einem Pony musste Hermine lächeln. »Glauben Sie, dass ich ihn festhalten könnte, wenn er vor mir sitzt?«

»Die Ergotherapeutin hat mir geraten, dass Sie mit Florian Blickkontakt halten sollten, weil er Sie kennt. Das wäre nicht möglich, wenn Sie ihn von hinten halten. Ich bin mir auch nicht sicher, ob ich so ein Pony wirklich führen kann.«

Ratlos sahen sie einander an.

»Ich werde Florian nehmen.«

Das war Sonjas Stimme. Unbemerkt von allen waren sie und Anne hinter dem Wagen aufgetaucht. Annes Gesicht war vom Weinen gerötet, und ihre Augen waren geschwollen, aber hinter ihrem Rücken hob Sonja den Daumen.

Hermine fiel ein Stein vom Herzen, als sie ihre Töchter sah. Tränen stiegen ihr in die Augen. *Meine Mädchen.* Sie musste schlucken. Gleichzeitig stahl sich ein Lächeln auf ihr Gesicht. *Typisch: Sonja, die immer so viel zarter wirkt, hat sich bereits mit den Tatsachen abgefunden. Unser Sensibelchen Anne wird sicher noch länger damit kämpfen, dass Ernst mich betrogen hat. Und dass ich mich um Florian kümmere.* Ihre Stimme wackelte, als sie fragte: »Wir nehmen Miss Honey, oder was denkt ihr?«

Miss Honey war die betagte Haflingerstute, auf der alle ihre Enkelkinder die ersten Reitversuche gemacht hatten.

Sonja erwiderte: »Gute Idee!«, und zog Anne mit sich. Die verzog keine Miene, als sie und Sonja durch den Zaun schlüpften. Aber sie holte eine Trense aus dem kleinen Verschlag neben dem Stall und trenste Miss Honey mit ruhigen Bewegungen auf.

Währenddessen klärte Hermine Pölger auf: »Meine Töchter.« Sonja und Anne führten die Stute zum Gatter, wo Anne ihrer Schwester Hilfestellung leistete, um aufzusitzen. »Ben, steig mal vom Shetty ab und komm her!«, kommandierte Anne. Sie hob ihren Sohn vor Sonja aufs Pferd.

Hermine gesellte sich zu ihnen und sprach Florian an. »Guck mal, so wirst du auch reiten. Genau wie Ben. Mit Sonja zusammen, und dabei guckst du mich an. Du brauchst keine Angst zu haben. Miss Honey ist ganz lieb.«

Sonja lenkte das Tier ein paar Mal an Florian vorbei. Hermine, die sich bei Anne eingehängt hatte, was diese ein wenig widerwillig hinnahm, sah zu, wie seine Augen der Stute und ihren Reitern folgten.

»Jetzt ist Florian dran.« Ben rutschte vorsichtig vom Pferd und lief zu den anderen Kindern. »Aber wie bekommen wir ihn aufs Pferd?«, fragte Pölger.

Hermine überlegte. »Können Sie ihn allein hochheben?«

Der Pfleger kratzte sich am Kopf. »Wenn Sie mir alle helfen, bekomme ich es hin. Schwer ist der Jung ja nicht gerade.«

Langsam, sehr langsam hob er den vor Aufregung völlig verkrümmten Florian auf die ruhig dastehende Stute. Florians verdrehte Beine ließen sich nicht spreizen, so dass er mit geschlossenen Beinen quer vor Sonja zu sitzen kam, die seinen schmalen Oberkörper fest mit beiden Armen umschlang.

Anne führte Miss Honey langsam am Zaun entlang. Hermine ging rückwärts neben ihnen und hielt Augenkontakt mit Florian, der immer wieder zuckte, aber von Sonja sicher gehalten wurde.

»Mami, ich glaube, er entspannt sich ein bisschen«, raunte sie mit vor Anspannung hochrotem Gesicht.

Wirklich schienen der sanfte Schritt des Tieres, die Wärme des Fells und ihr fester Griff Florian zu beruhigen. Er wurde still, und ein zufriedener Schimmer lag auf seinem Gesicht.

Hermines Herz klopfte freudig. *Ernst, sieh mal. Dein Sohn reitet zum ersten Mal. Hoffentlich fange ich nicht gleich an zu weinen.*

Obwohl Florians Ritt auf Miss Honey nur knapp zehn Minuten dauerte, hatten alle Beteiligten das erhebende Gefühl, Großes und Bedeutsames geleistet zu haben.

Im Haus brachte Pölger Florian ins Gästezimmer, wo Hermine am Gästebett nach den Anweisungen von Frau Dr. Bernhardt eine Gitterkonstruktion angebracht hatte, damit er nicht herausfallen konnte. Während der Pfleger sich um Florian kümmerte, bereitete Hermine mit Sonja und Anne das Mittagessen vor. Als hätte es ihren Ausbruch nicht gegeben, sprudelte Anne aufgekratzt Ideen hervor, wie Florians Reitstunden effektiver zu gestalten wären.

Dann drückte sie den Arm ihrer Mutter. »Es tut mir leid. Ich habe das nicht so gemeint vorhin.« Sie sah zu Sonja hinüber, die Besteck aus einer Schublade holte. »Sonja hat mir schon den Kopf deswegen gewaschen. Ich war nur so schockiert. Ich weiß gar nicht, ob über die Tatsache, dass Papi dich …« Sie hob von Neuem an: »Dass es Florian gibt oder darüber, dass du das alles so ruhig hinnimmst.«

Hermine lehnte sich gegen den Küchenschrank. »Heute sieht es vielleicht so aus, dass ich ruhig bin. Aber ich hatte einige schlimme Stunden seit dem letzten Osterfest. Nur, was hätte ich denn tun sollen, als ich Florian fand?«

»Er kann am wenigsten dafür«, sagte Sonja. Sie sah nachdenklich aus dem Fenster. »Du hast uns nie etwas davon gesagt, dass Papi und du …«

»Dass wir Schwierigkeiten hatten? Wir wollten euch damit nicht belasten. Und was zwei Menschen miteinander verbindet, geht eigentlich niemanden etwas an.«

»Nicht mal die eigenen Kinder?«

Hermine sah Anne an. »Ich weiß, das ist nicht einfach zu verstehen. Doch es ist so: nicht einmal die eigenen Kinder.«

Sonja nickte. »Das finde ich auch. Es reicht wahrscheinlich, wenn die eigene Welt zusammenstürzt. Da muss man die Welt der Kinder nicht auch noch zerstören. Vor allem, wenn es vielleicht gar nicht nötig ist.«

Sie spürte Annes überraschten Blick auf sich. *Habe ich mich jetzt zu weit aus dem Fenster gelehnt? Wird gleich eine Frage kommen, wie es um meine Ehe mit Albert steht?* Aber ihre Befürchtungen stellten sich als unnötig heraus.

Hermine faltete die Hände im Schoß und fuhr fort: »Ernst und ich hatten uns wieder versöhnt, die Geschichte blieb eine Episode in unserem Leben.«

»Florian sieht Papi so ähnlich. Entschuldige bitte meinen

Ausbruch.« Anne blickte aus dem Fenster, ihr Gesicht war rot angelaufen. »Es ist schon komisch, plötzlich einen Bruder zu haben.« Sie stieß Sonja an. »Findest du doch auch, oder?«

Sonja nickte. »Trotzdem finde ich es auch schön. Wenn man bedenkt, wie viel Zeit wir verpasst haben.« Alle schwiegen. Dann sagte Sonja: »Dass wir das gar nicht gemerkt haben, dass Papi … also … dass er und Hanni Mertens …« Sie verstummte.

Hermine nickte. »Du kannst ruhig sagen: dass er mich betrogen hat. Irgendwie scheint es kein anderes Wort dafür zu geben. Vielleicht kann man auch sagen: dass er eine Affäre hatte. Das hat dann weniger mit mir zu tun – und das fällt euch vielleicht leichter.«

Sonja sah sie an. Sie sagte: »Du hast wirklich viel darüber nachgedacht, oder?« *Mindestens so viel wie ich. Nur bin ich auf der anderen Seite. Liegt der Hang zum Ehebruch etwa in unserer Familie? Habe ich da »Papis Papiere« geerbt? Oder liegt die Möglichkeit des Betrugs stets in der Natur der Liebe?*

Hermine nickte. »Zeit genug hatte ich ja.«

Anne fragte: »Wirst du Florian nach Kiekeby holen?«

»Das geht nicht, weil er rund um die Uhr von Fachkräften betreut werden muss. Allerdings fahre ich zweimal die Woche nach Norderstedt, und sooft Herr Pölger es ermöglichen kann, wird er uns mit Florian besuchen kommen.«

»Kann er eigentlich einen Stift halten?«

»Nur schlecht. Warum?«

»Während meiner Ausbildung im Grafikdesign habe ich mal einen Kurs Maltherapie belegt. Vielleicht mag Florian ja Fingerfarben. Ich habe zu Hause noch welche von Fiona, die könnte ich nachher schnell holen.«

Hermine bremste ihren Enthusiasmus. »Wir dürfen ihn nicht überfordern. Ich denke, für heute hat er mit dem Reiten erst mal genug. Aber vielleicht begleitet ihr mich mal, wenn ich ihn in Norderstedt besuche?«

Es klopfte, und Pölger trat ein. »Der Jung ist eingeschlafen. Das ist die gute Landluft.«

»Hätte er nicht vorher noch was essen sollen?«

»Essen kann er auch später. Wahrscheinlich hätte er sowieso nicht viel herunterbekommen. Die Aufregung, wissen Sie.« Er schnupperte erwartungsfroh. »Bei mir ist das dagegen völlig anders. Ich habe Hunger.«

Hermine lachte. »Na, dann kommen Sie, Herr Pölger.« Sie geleitete ihn ins Esszimmer an die festliche Mittagstafel, wo Dieter schon die Aperitifs einschenkte. »Verhungert ist bei uns noch keiner, und die Aufregung ist ja nun auch vorbei.«

30. Kapitel

Kiekeby, Ostersonntag 2005, mittags

»Bewerbe ich mich hier um einen Job?«
»Nein.«
»Dann hören Sie auf, mir Scheißfragen zu stellen.«
No Panic – Gute Geiseln sind selten, 1994

Nach der Suppe und Hermines Lammbraten schlug Jan mit einer Gabel leicht an sein Weinglas.

»Noch eine Überraschung?«, fragte Sonja.

Billie sah erwartungsvoll zu ihm hinüber. Bestimmt wollte er alle zur offiziellen Eröffnung von Rosby einladen.

Jan stand auf. Seine Augen suchten Billie, die ihn anlächelte. Er fuhr sich mit der Hand durch seine dunklen dichten Haare. »Ich bin kein Freund vieler Worte. Ich wollte nur sagen, dass ich das Gefühl habe, in Rosby und hier in Kiekeby, also in meiner alten Heimat, endlich den Ort gefunden zu haben, an dem ich bleiben möchte. Rosby ist genau so, wie ich mir den Platz erträumt habe, an dem ich irgendwann leben wollte. Deswegen möchte ich euch alle zur Einweihung im Mai herzlich einladen. Auf Rosby!« Er hob sein Weinglas.

Alle stießen an und riefen Glückwünsche.

»Aber das ist noch nicht alles!« Jan bückte sich und holte eine rote Rose unter seinem Stuhl hervor.

Billie spürte, wie ihr das Blut aus dem Gesicht wich. *Nein! O nein!*

»Diese Rose ist für die Frau, mit der ich in Rosby leben möchte.« Er sah Billie an, die erschrocken die Luft anhielt. »Billie, möchtest du meine Frau werden?«

Hermine und Sonja brachen spontan in Applaus aus, die Kinder jubelten. Albert, Dieter und Josefine sahen einander perplex an, klatschten dann aber auch zögernd.

Billie saß in dem ganzen Trubel reglos da. Ihre Gedanken wirbelten durcheinander wie ein Puzzlespiel, das von einem Windstoß durchs Fenster vom Tisch gefegt wird. *Warum tust du das? Warum machst du alles kaputt? Alle starren mich an. Ich muss etwas sagen. Ich muss … hier weg!* Langsam stand sie auf.

Jan hielt ihr immer noch die Rose hin. »Billie? Möchtest du meine Frau werden?«

Mit einem Mal wurde es ganz still am Tisch, alle warteten.

Billie hatte das Gefühl, dass der Boden unter ihr wankte. Sie hielt sich an der Tischplatte fest, bis ihre Fingernägel weiß wurden.

Vorbei! Rosby, Florentine, das Bett vor dem Kamin. Alles vorbei.

Sie sah Jan direkt an und sagte mit fast tonloser Stimme: »Nein.«

Jan ließ die Hand mit der Rose sinken. Er sah sie fassungslos an. »Nein?«

Billie liefen Tränen übers Gesicht. »Nein. Ich will nicht heiraten. Nicht dich und nicht irgendjemand anderen.«

Jetzt nur nicht Sonja ansehen. Die hält mich sowieso für verrückt. Weg von Hermine mit ihrem Heile-Welt-Ostern und ihrer Landidylle inklusive Behindertenanschluss. Weg von Kiekeby. Weg von Jan.

Ruckartig drehte sie sich um, rannte aus der Tür und lief nach draußen. Während sie ihr Auto im Hof startete, hörte sie durch ein geöffnetes Fenster die kleine Fiona brüllen.

31. Kapitel

Kiekeby, Ostern 2005, später

»Das Leben ist zu kurz, um darüber nachzudenken, wie das Leben ist. Lass es uns einfach leben.«
The Purple Rose of Cairo, 1985

Sonja, die halb aufgestanden war, als Billie aus dem Zimmer gelaufen war, sank zurück auf ihren Stuhl.

So ernst ist es also zwischen Jan und Billie. Ein Heiratsantrag! Meine beste Freundin hat einen waschechten Heiratsantrag bekommen. Wie sicher sich Jan seiner Sache gewesen sein muss. Sonst hätte er sich nicht ausgerechnet ein so großes Publikum dafür ausgesucht. Warum hat Billie nur abgelehnt?

Albert stieß sie leicht an. »Kannst du mir das erklären?«, fragte er flüsternd. »Bei Antonin wäre sie doch im Dreieck gesprungen vor Freude und hätte gleich den Deckel mit Trauschein und Goldring draufgemacht. Versteh einer die Frauen! Was will Billie denn eigentlich?« Bevor Sonja über eine Antwort nachdenken konnte, drückte er kurz ihren Arm und erhob sich. »Ich muss mal nach Jan gucken.« Er ging hinüber zu Jan, der wie blind vor sich hinstarrte, und legte ihm mitfühlend eine Hand auf den Rücken.

Sonja überlegte, ob sie Billie folgen sollte. *Immerhin ist sie noch meine Freundin. Mit wem soll ich denn sonst über die Sache sprechen? Aber vielleicht will sie auch lieber allein sein.* Sie machte erneut Anstalten aufzustehen.

Doch Hermine ergriff ihren Ellenbogen und flüsterte: »Bleib hier, das müssen Billie und Jan alleine klären.«

Ausgerechnet Anne löste die Spannung im Zimmer, indem sie aufstand und mit geübter Selbstverständlichkeit begann, das Geschirr abzuräumen. Sie nickte Sonja zu. »Hinter dir steht der Teewagen, kannst du ihn herüberschieben? Josefine? Hier.«

Sie reichte ein Tablett ans Ende des Tisches.

Hermine nahm eine Schale vom Tisch. »Ich kann in der Küche nur Sonja und Anne gebrauchen, sonst wird es zu voll. Wir räumen jetzt ab, machen Klarschiff und schalten die Espressomaschine an. Die Kinder sollten die Sonne ausnutzen und an die frische Luft gehen. Um fünf Uhr treffen wir uns dann wieder hier zum Tee.«

Alle fügten sich erleichtert ihren Vorschlägen. Die Kinder, die erschrocken und fasziniert Billies Ausbruch verfolgt hatten, flohen in den Garten. Josefine und Dieter wollten mit Herrn Pölger und Florian die asphaltierte Dorfstraße bis zum Wald hinuntergehen. Albert schlug Jan einen Ausritt vor: »Ich bin zwar schon lange nicht mehr geritten, aber das verlernt man doch nicht, oder?«

Sonja sah den beiden vom Küchenfenster aus zu, wie sie die alten Pferde aus dem Stall holten und über den Hof zur Koppel führten. *Wie ähnlich sie einander sind.* Beide groß, schlank und mit dichtem, gelocktem Haar. Jan, der Jüngere, etwas größer als Albert. Der legte seinem Bruder nun den Arm um die Schulter und stieß ihn ermunternd in die Seite.

»Albert ist bestimmt ein großartiger Tröster«, sagte Hermine neben ihr.

»Ob das in dieser Situation ausreicht?« Sie unterdrückte ein Gähnen. »Entschuldige, aber ich bin völlig erschöpft. Was für eine emotionale Achterbahn. Erst Florian und Papi, dann Billie und Jan.« Im Stillen fügte sie hinzu: *Dazu meine Probleme mit Albert und mein Krach mit Billie.*

Anne räumte das Geschirr in die Spülmaschine. Sie richtete sich auf: »Wer hätte das gedacht, dass Jan so einen Risiko eingeht? Bis jetzt hat er doch lieber den ungebundenen Verführer gegeben.«

Sonja protestierte: »Das können wir gar nicht beurteilen. Wir fangen ja gerade erst an, ihn kennenzulernen. Er war immer nur im Ausland.«

Hermine sprang ihr bei: »Das denke ich auch, Jan wirkt auf mich nicht wie ein leichtfertiger Herzensbrecher.«

Anne machte ein skeptisches Gesicht. »Wie heißt es so schön: Beurteile ein Buch nicht nach dem Umschlag.«

Wie bitte? Sonja funkelte ihre Schwester wild an. *Anne lässt auch wirklich kein Fettnäpfchen aus.*

Anne sah sie verwundert an, dann begriff sie. Erschrocken wandte sie sich an Hermine: »Entschuldige, Mama, ich habe das nur so gesagt und nicht Papi gemeint.« Hilflos brach sie ab.

Hermine grinste. »Ach, Annelein. Schon gut. Das ist jetzt nebensächlich. Es geht erst einmal darum, Jan aufzufangen. Gut, dass er sich nicht gleich verkrochen hat, sondern weiter bei uns bleibt. Allein zu sein würde ihn nur auf dumme Gedanken bringen.«

Draußen erklang Hufgetrappel. Die drei Frauen traten ans Fenster und sahen zu, wie die Männer aufsaßen und die Pferde in leichtem Trab in Richtung Kiekebyer Forst lenkten.

»Aber eine Erklärung ist sie ihm schuldig!« Anne schloss die Tür der Spülmaschine mit einem lauten Knall.

»Die wird sie ihm geben, wenn es so weit ist.«

Hermine wandte sich an Sonja. »Bis heute wusste ich gar nicht, wie ernst es zwischen den beiden ist.«

»Ich auch nicht. Genauso wenig wie Billie.«

Damit erweisen sich meine Vermutungen, Billie könnte Albert in ihr Bett einladen, wohl als Hirngespinst. Aber was ist mit dieser geschiedenen Grafikerin? Die Vorstellung, Albert an eine andere Frau zu verlieren, macht mich wahnsinnig. »Mami, hattest du eigentlich Angst, Papi zu verlieren?« *Woher nehme ich nur den Mut für diese Frage?*

Hermine sah sie überrascht an. »Ich bin froh, dass du diese Frage stellst.« Sie wischte mit einem feuchten Lappen über den

Küchentisch. »Natürlich habe ich Angst gehabt. Große Angst sogar. Indem Ernst mit Hanni etwas angefangen hat, hatte er sich zumindest innerlich ein Stück weit von mir entfernt. Ich wollte ihn nicht verlieren – nicht nur als Vater für euch, sondern auch als meinen Mann.«

Sonja setzte sich nachdenklich auf die Eckbank. Während Hermine Kekse aus dem Schrank holte und Anne Milch in einen Messbecher goss, dachte sie erschrocken, dass sie Albert vielleicht schon verloren hatte.

Habe ich ihn zu sehr in die Rolle des Familienvaters gedrängt? Habe ich ihn, meinen Mann, meinen Liebsten, chancenlos ins Aus des langweiligen Ehealltags geschubst? Als er vorhin mit Jan über den Hof gegangen ist, habe ich ihn mit fremden Augen betrachtet. Ich habe einen attraktiven Mann gesehen, sportlich, energisch, lebenszugewandt, liebevoll. Einer, der sicher auch anderen Frauen gefällt. Wieder schnitt die Eifersucht wie mit einem Messer durch ihr Empfinden. *Ich könnte es ihm nicht verdenken, wenn er auf das Angebot einer anderen Frau eingeht.*

Anne schäumte geräuschvoll heiße Milch auf. Sie ließen sich am Küchentisch nieder, tranken den Cappuccino und lauschten dem beruhigenden Summen der Geschirrspülmaschine.

Anne brach schließlich das Schweigen. »Mama, darf ich dich etwas fragen?« Sie wartete Hermines Antwort nicht ab, sondern platzte heraus: »Hast du Papi den … also … den Seitensprung jemals verziehen?« Es bereitete ihr sichtliches Unbehagen, das Wort auszusprechen.

Sonja musste an sich halten. *Wie verklemmt Anne manchmal ist! Dass die eigenen Eltern ein Liebesleben haben, hat sie schon immer entsetzt! Oder bin ich einfach nur abgebrüht? Mich hat Papis sogenannter Seitensprung vielleicht nur deswegen nicht so getroffen, weil ich mir seine Gefühlslage gut vorstellen kann. Schließlich sitze ich im Glashaus, wie Billie behauptet. Papi wollte Hermine bestimmt nicht verletzen, aber er hat sich nun mal in Hanni verguckt. So wie ich mich in Richard. Solche Geschichten geschehen. Wie ein Gewitter übers Land zieht.* Sie rührte nachdenklich in ihrer Tasse. *Wie hat Papi immer gesagt? ›Vor einem Gewitter muss man keine Angst haben, aber Respekt. Denn es kann sehr gefährlich werden.‹*

Hermine setzte die Tasse ab und stieß einen tiefen Seufzer aus. Dann beantwortete sie Annes Frage: »Ja und nein. Natürlich war ich damals tief getroffen, als ich herausfand, dass er mich betrog. Aber er ist bei mir, bei uns geblieben, und ich habe ihm verziehen.«

»Wäre es einfacher für dich gewesen, wenn du davon nie erfahren hättest?«, fragte Sonja.

»Ich weiß es nicht. In gewisser Weise wäre es leichter gewesen, weil ich dann diese Verletzung nicht erlitten hätte. Das Wort ›Betrug‹ ist mir aber mittlerweile viel zu oberflächlich für das, was zwischen zwei Menschen in so einem Fall vorgeht.«

»Wie soll man es denn sonst nennen?«, fragte Anne hitzig.

Sonja fiel ihr ins Wort: »Ein Betrug ist ein geplantes Hintergehen, daran hat Papi bestimmt nie gedacht, oder?« Sie sah Hermine an.

Die nickte. »Ich denke auch. Einen anderen nie zu betrügen erfordert einen übermenschlichen Charakter. Ernst war ein Mensch mit vielen Fehlern und Schwächen, genau wie ich. Er ist in diese Geschichte mit Hanni hineingerutscht, hat dort Wärme und Zuspruch gefunden zu einer Zeit, in der ich ihm all das nicht geben konnte. Er war kein kaltherziger Betrüger.«

»Du machst ihn ja geradezu zum Heiligen!«, empörte sich Anne. »Ich würde Martin nie betrügen. Und wenn er mich betröge, dann wäre es aus zwischen uns. Für immer und ewig.«

Hermine widersprach ihr. »Ihr habt drei gemeinsame Kinder, und für die seid ihr bis an euer Lebensende die Eltern. Ihr seid untrennbar verbunden.«

Sonja dachte an Albert und Lina. *Untrennbar verbunden.*

»Was soll das heißen? Dass man sowieso nichts daran ändern

kann, wenn man betrogen wird? Dass es ganz in Ordnung wäre, wenn Martin ein Verhältnis hätte oder ich den Briefträger verführte?«

Hermine lachte. »Nein. Es ist nur sehr leicht, Menschen zu verurteilen und ihnen Mangel an moralischer Verantwortung vorzuwerfen, wenn man ihre Umstände und Motive nicht genau kennt. Ich verurteile Ernst nicht mehr.« Sie leerte ihre Cappuccinotasse. »Vielleicht wäre es leichter für mich gewesen, wenn Ernst sein Verhältnis mit Hanni vor mir geheim gehalten hätte. Aber dann hätte ich niemals von Florian erfahren und ihn auch nicht gefunden.«

»Was nicht besonders bedauerlich gewesen wäre, oder?« Anne schob trotzig die Unterlippe vor.

Hermine sah sie gedankenvoll an. Sie antwortete nicht gleich. Dann sagte sie entschieden. »Doch, Anne. Es wäre bedauerlich gewesen. Nicht nur für Florian, sondern auch für mich. Erst durch den Jungen habe ich mich wirklich mit eurem Vater ausgesöhnt. Heute weiß ich, wie sehr er uns alle drei geliebt hat und wie sehr er darunter gelitten haben muss, dass wir von Florian nichts wussten. Sein Sohn war wichtig für ihn, nicht Hanni. Mir gefällt, dass er diese Verantwortung nicht abgelehnt oder den Jungen verleugnet hat. Er hat sich so verhalten, wie ich es von dem Mann, den ich liebte, erwartet hätte.« Sie stand auf und räumte die Tassen in die Spüle. »Wer weiß, vielleicht gibt Florian meinem Leben eine neue Richtung. Ich beschäftige mich gerade mit heiltherapeutischem Reiten für Behinderte und könnte mir vorstellen, hier in Kiekeby etwas Derartiges aufzubauen.«

Anne knabberte nachdenklich an ihrem Finger. Wie immer war ihre Wut schnell verpufft. »Dann könnten wir doch auch Maltherapien anbieten?«

Hermine lächelte ihr zu. »Es gibt so viele Möglichkeiten.«

Es klopfte an der Tür. Sonja machte auf, und Herr Pölger schob Florian in die Küche.

»Gibt es für diesen hungrigen jungen Mann hier irgendetwas zu essen?«

Nach dem Kaffee brachen Pölger und Florian als Erste auf. Dann folgten Dieter und Josefine sowie Anne und Martin.

»Ich möchte noch einen Moment bleiben«, hatte Sonja Albert gebeten. »Ich habe von meiner Mutter noch gar nichts gehabt.«

Albert sah sie so verständnisvoll an, dass sie ganz wehmütig wurde. *Ich möchte, dass du wieder zu uns kommst. Du fehlst mir. Unser Leben fehlt mir.*

Ihr Mann hatte von ihren Gedanken keine Ahnung. Er nickte. »Natürlich. Wenn es dich nicht stört, würde ich mich gern dazusetzen. Es ist heute so vieles geschehen. Mir schwirrt richtig der Kopf.«

Jetzt nickte Sonja. »Aber du störst uns doch nicht. Ich freue mich, wenn du dazukommst. Ich denke, wir setzen uns an den Kamin.«

Albert grinste. »Dann suche ich mal einen Märchenfilm für Lina, den sie in Hermines Schlafzimmer gucken kann.«

Wenig später kamen sie am Kamin zusammen. Hermine hatte eine Kanne Hagebuttentee aufgebrüht und es sich mit hochgelegten Beinen im Ohrensessel bequem gemacht, während Sonja und Albert auf dem Sofa saßen.

»Ob Florian uns erkennt?«, fragte Sonja.

Hermine nickte. »Nach einer Weile bestimmt. Ob er euch aber als seine Schwestern erkennt, das weiß ich nicht.« Sie seufzte. »Ich bin jedenfalls heilfroh, dass dieses erste Treffen so glimpflich verlaufen ist.« Sie erzählte von ihrer ersten Begegnung mit Florian, ihren Ängsten und wie lange sie gebraucht hatte, um ihn annehmen zu können. Danach lächelte sie versonnen vor sich hin.

Albert sah ins Feuer. »Ich finde das grandios, dass du dich um ihn kümmerst. Wenn du Hilfe brauchst, lass es uns wissen.« Er blickte seine Frau an und sagte vorsichtig: »Oder, Sonja?«

Sie nickte langsam. »Da habe ich also endlich einen kleinen Bruder.« Sie grinste. »Und Lina mit Sicherheit einen der außergewöhnlichsten Onkel der Welt.«

Hermine wechselte das Thema. »Hast du mit Billie noch einmal telefoniert?«

Sonja verneinte und wiegte nachdenklich den Kopf. »Ich verstehe sie nicht. Jan trägt sie doch auf Händen, so einen wunderbaren Mann findet sie nie wieder.«

»Albert, was sagst du dazu?«

»Eigentlich war er immer ein entschiedener Gegner der Ehe.«

»Wie merkwürdig!«, entfuhr es Sonja. »Da entschließt sich Jan, ein eingefleischter Junggeselle, zu einem Hochzeitsantrag, und Billie, die seit Jahren darauf wartet, gefragt zu werden, lehnt ihn ab.« Sie lächelte. »Billie war schon immer sehr widersprüchlich. Sie macht zwar gerne einen auf sexy Hexy mit Freiheitsdrang, doch ganz tief in ihrem Inneren hat sie immer auf den Prinzen gehofft.«

Hermine sagte: »In meinen Augen hat Billie Angst.«

»Wovor?«, fragten Albert und Sonja gleichzeitig.

»Vor ihrer eigenen Courage. Vor ihren Gefühlen und davor, dass sie Jans Liebe eines Tages verliert. Sie stellt sich jetzt schon das Ende vor und glaubt, sich vor dem Schmerz schützen zu können, indem sie erst gar keinen Anfang wagt. Das war doch beim Reiten so. Sie wollte es nicht lernen, weil sie Angst hatte, ihr Traum würde in der Realität zerplatzen. Das ist natürlich eine Rechnung, die nicht aufgeht. Wir können vor der Liebe nicht weglaufen. Wenn Billie klug ist, überdenkt sie ihre Entscheidung noch einmal. Jan darf sie jetzt nur nicht aus lauter Enttäuschung aus seinem Leben streichen. Lieben heißt, zu jemandem zu halten.«

»So wie du zu Papi gehalten hast, obwohl er dich betrogen hat?«

»So wie wir zueinander gehalten haben, obwohl wir beide Fehler gemacht hatten.«

32. Kapitel

Hamburg, Ostersonntag 2005, abends

»Ein Mann kann alles tun, was er will.«
»Das kann er. Aber er kann sich nicht wünschen, was er will. Und hier entscheidet sich, was er sich wünscht.«
Lawrence von Arabien, 1962

Es war schon dunkel, als sich Sonja und Albert auf den Weg nach Hamburg machten. Lina kuschelte sich in ihren Kindersitz und war bereits eingeschlafen, bevor sie die Autobahn erreicht hatten.

Sonja lehnte sich aufatmend im Beifahrersitz zurück und suchte in ihrer Handtasche nach ihrem Handy.

»Hast du Billie eigentlich erreicht?«, fragte Albert.

Sie schüttelte den Kopf. »Zu Hause läuft ihr Anrufbeantworter, und an ihr Handy geht sie nicht. Vielleicht hat sie mir eine SMS geschickt.«

Sie warf einen Blick auf das Display. »Ja, da ist eine Nachricht. Moment.« Sie drückte das Symbol für »Posteingang« und las laut vor: »Hallo, Sonja! So sorry. Muss jetzt allein sein. Kann Albert bei dir übernachten? Morgen mehr. Billie.« Überrascht ließ sie den Apparat sinken. *Albert bei mir? Oh.*

Ihr Mann schien ebenso überrascht. »Sie will, dass ich zu Hause, äh …«, er verbesserte sich hastig, »dass ich bei dir übernachte?«

»Offensichtlich.«

Beide schwiegen. Sonja versuchte, sich über ihre Gefühle klar zu werden. Ärgerlich und verunsichert bemerkte sie, dass ihre Hände zitterten, als sie ihr Handy wieder in ihre Tasche steckte. *Warum bin ich nur so nervös?* Sie warf Albert einen verstohlenen Blick zu.

Er sah nach vorne auf die Straße, offensichtlich hoch konzentriert. Sein klares Profil mit dem entschiedenen Kinn verriet nichts von seinen Gefühlen. Bei dem Ausritt in der Frühlingssonne hatte er Farbe bekommen. Ihr Blick wanderte zu seinen Händen, die das Lenkrad umfassten. Schon immer hatte sie Alberts Hände gemocht, feingliedrig und doch kraftvoll. *Ich weiß, wie sanft diese Hände sein können. Und der Gedanke, dass irgendeine geschiedene Grafikerin diese Berührungen genießen könnte, macht mir Angst.* Schnell wandte sie sich ab und sah nach draußen auf das dunkle Land.

In Hamburg fuhr Albert den Wagen in die Tiefgarage. Sie räumten zusammen das Auto aus. Albert trug die schläfrige Lina. Es war eng im Fahrstuhl, Sonja spürte seinen Körper vor sich und fühlte den Atem des Kindes an ihrer Wange. Ein Gefühl von Geborgenheit durchströmte sie. *Schade, dass die Fahrt im Fahrstuhl nicht länger dauert.*

Lina wachte nicht auf, als sie das Mädchen ins Bett legten.

»Ich ziehe ihr nur die Hose und die Strümpfe aus«, flüsterte Sonja Albert zu. »Geh ruhig schon in die Küche.«

Er hängte Linas Rucksack an den bunten Haken neben der Tür und drückte seiner schlafenden Tochter einen Kuss auf die Stirn.

Sonja machte sich im Kinderzimmer zu schaffen, bis es wirklich nichts mehr zu tun gab. *Was geschieht jetzt? Ich wünsche mir so sehr, dass er bleibt. Dass er nicht nur auf dem Gästebett eine Nacht verbringt. Aber soll ich ihn ins Schlafzimmer zerren?* Sie zwang sich, ruhig zu werden, blieb noch einen Moment im Dunkeln stehen und lauschte den Atemzügen von Lina. *Wenn ich jetzt nicht zu ihm gehe, ist er bestimmt eingeschlafen.* Schließlich gab sie sich einen Ruck, zog leise die Tür hinter sich zu und machte sich auf die Suche nach Albert.

Sie fand ihn in der Küche, wo er, eine Flasche seines Lieblingsweins und zwei Gläser vor sich, am Tisch saß und ein Fotoalbum ansah.

Er hob den Kopf, als sie hereinkam. »Deine große Tasche steht im Schlafzimmer. Meine Sachen habe ich ins Gästezimmer gebracht.«

In Kiekeby hatten sie überzeugend eine Maskerade gespielt, und natürlich gehörte dazu auch, dass sie gemeinsam in einem Zimmer und sogar in einem Bett übernachteten. Allerdings stand in Hermines Gästezimmer nur ein breites Bett, so dass sie zu dritt schliefen – mit Lina in der Mitte.

Selbstverständlich richtet er sich im Gästezimmer ein, dachte sie mit einem Anflug von Enttäuschung. *Wir können schließlich nicht so tun, als hätte es die vergangenen Wochen nicht gegeben.* Die Vertrautheit der Szene versetzte ihr einen Stich. *Albert gehört hierher, in diese Küche, die er selbst gestrichen und mit mir zusammen eingerichtet hat.*

»Möchtest du auch einen Wein?«

Sonja nickte und setzte sich zu ihm. Sie stießen an, und seine Augen hielten ihre fest.

Hilfe, ich werde rot! Hastig beugte sie sich über das Album. »Was schaust du dir an?«

»Das Album stand auf dem Regal zwischen den Kochbüchern.«

Sonja erinnerte sich. »Lina hat als Hausaufgabe einen Text zum Thema ›Was Babys können‹ schreiben müssen. Da habe ich das Album hervorgeholt, und wir haben uns sehr amüsiert über die Bilder.«

Albert blätterte das knisternde Transparentpapier um. »Hier sieht sie aber auch wirklich zu komisch aus.« Er zeigte auf ein Bild, auf dem die kleine Lina, das winzige Näschen empört gekräuselt, mit hochrotem Kopf plärrte, wobei sie den Mund derart weit aufriss, dass ihr zitterndes Zäpfchen zu sehen war.

»Sie war so ein süßes Baby.«

Sonja blätterte weiter. Plötzlich verzog sie das Gesicht. »Albert! Was hast du denn da?« Sie zeigte auf ein Foto.

Er schüttelte sich. »Musst du jetzt an alten Wunden rühren, Sonja? Das war doch die Zeit, in der ich dachte, mit einem Schnurrbart könnte ich mir einen intellektuelleren Anstrich geben. Sozusagen für die Günter-Grass-Momente im Leben.«

Sonja kicherte. »Das hatte ich vollkommen vergessen. Obwohl ich auch nicht viel besser aussah. Warum um Gottes willen habe ich mir denn nur eine Dauerwelle machen lassen?«

»Weil du Angst hattest, als Ehefrau und Mutter zum Heimchen am Herd zu verkommen!«

»Ach, und mit einer Zementlocke war die Gefahr gebannt?«

Es war schön, wieder zusammen zu albern. Sie blätterten in dem Album und erinnerten sich an Ausflüge, an Essen mit Freunden, an Familienfeiern und Reisen. Sie fielen sich gegenseitig ins Wort, wärmten alte Wortgefechte auf, neckten sich, und irgendwann stand Albert auf und entkorkte eine zweite Flasche Wein.

»Aber nur noch ein Glas, wir sind beide doch schon ganz schön beschwipst.«

»Du brauchst keine Angst zu haben, dass ich dir etwas tue.«

»Das weiß ich doch. Ich wollte keine Anspielung machen.«

Sonja schwieg verlegen. *Wir haben nie über deinen Ausbruch gesprochen, und jetzt steht er zwischen uns.* Laut sagte sie: »Ich weiß, dass du mir nicht wirklich etwas tun wolltest. Ich weiß doch, dass du kein Schläger bist.«

Er setzte sich wieder, füllte ihre Gläser und sagte: »Es tut mir sehr leid, was ich damals gesagt und getan habe.« Mit einem entschuldigenden Lächeln fuhr er fort: »Ich vertrage einfach keinen Whiskey. Aber du hättest mich erst mal danach erleben müssen. Billie war ganz schön genervt, als ich mitten in der Nacht und völlig betrunken bei ihr aufgetaucht bin.« Er lachte unsicher. »Wenigstens habe ich keine Kellnerin abgeschleppt!

Ehrlich.« Er verzog das Gesicht, als Sonja sein Lachen nicht teilte. »Das sollte ein Scherz sein.«

»Albert, das geht mich doch gar nichts an. Ich …«

Er unterbrach sie. »Doch, Sonja, es geht dich sehr wohl etwas an. Wir sind verheiratet. Du bist meine Frau, und ich bin dein Mann. Meine Frau sollte es etwas angehen, mit wem ich meine Nächte verbringe.«

»Das ist eine ziemlich altmodische Einstellung.«

»Es ist meine Einstellung. Immerhin sind wir nicht gezwungen worden zu heiraten, wir wollten es. Wir wollten zeigen, dass das, was wir füreinander empfinden, anders ist als das, was wir in unseren vorherigen Beziehungen gefühlt haben. Wir wollten uns zueinander bekennen, und wir wollten Kinder. Ich möchte mich um dich kümmern, und es geht mich etwas an, mit wem du deine Nächte verbringst. Ich wünsche mir sogar, dass es dich interessiert, mit wem ich meine Nächte verbringe.« Er holte tief Luft und lehnte sich nach vorne. »Ich vermisse dich und Lina, mein Zuhause, meine Familie. Ich fühle mich wie nach einer Amputation.« Er spielte mit seinem Weinglas. »Mit dir war es von Anfang an eine Beziehung ohne Netz, eine Alles-oder-nichts-Geschichte. Früher bin ich nicht sonderlich tief gefallen, wenn es vorbei war. Da habe ich mich halt aufs Neue verliebt.«

»Und das geht jetzt nicht mehr?«

Albert schüttelte den Kopf.

Einen Moment herrschte Stille in der Küche, nur das Ticken der Wanduhr war zu hören. Sonja fragte: »Wie sind wir nur in all das hineingeraten?«

Albert zuckte die Achseln. »Ich war betrunken, und dieser Umstand hat dich so entsetzt, dass du mich noch nicht mal gefragt hast, warum ich betrunken war.«

»Du hast mich nicht an dich herangelassen.«

Er griff nach ihrer Hand, die sie ihm bereitwillig überließ. »Das stimmt. Aber du hast nicht nachgefragt.«

»Wirfst du mir jetzt etwa vor, dass ich nicht in dich gedrungen bin und nachgebohrt habe?«

»Ich versuche herauszubekommen, warum wir über unsere Probleme nicht reden können.«

»Das tun wir doch jetzt.« Sie gab den Druck seiner Hand zurück.

»Aber es ist zu spät, wenn wir Pech haben. Dafür musste ich fast meinen Job verlieren, musste von zu Hause fort und habe mir bei Billie auf ihrem vermaledeiten Steinsofa beinahe einen Bandscheibenvorfall zugezogen.«

Was ist mit der geschiedenen Chefgrafikerin mit einem Lattenrost-Faible? Sie behielt diese Frage für sich und sagte laut: »Es ist vielleicht nicht zu spät.«

»Nicht?« Seine Stimme klang zärtlich.

»Warum hast du mir nicht davon erzählt, dass du mit der Meyer-Schulenburg ständig aneinandergeraten bist? Das habe ich erst von Billie erfahren, die es wiederum von deinem neuen Freund Hilmar gehört hat.« Albert schwieg eine Weile. Sie suchte seinen Blick und wiederholte: »Warum hast du nicht mit mir gesprochen?«

»Du hättest doch nichts ändern können, und ich hätte vor dir zugeben müssen, dass ich nicht alleine klarkomme.«

»Was ist so schlimm daran, zu scheitern? Man macht eben Fehler, und man hat Probleme. Das ist doch normal.«

Er lächelte. »Nicht für mich! Ich habe in den letzten Wochen viel Zeit zum Nachdenken gehabt. Dabei hat das Bild, das ich von mir habe, ganz schön gelitten. Ich habe mich immer für einmalig gehalten: erfolgreich, attraktiv, unbesiegbar, ein ganz toller Hecht. Aber ich bin schon bei der ersten Hürde auf die Nase gefallen. Da wurde eine neue Chefin eingestellt, die den Job bekam, den ich mir selbst schon sicher geglaubt hatte. Mein Gott, wie erbärmlich ich mich gefühlt habe. Als Versager auf der ganzen Linie!«

»Das ist aber übertrieben, Albert.«

Er zog seinen Stuhl neben ihren. »Ja. Ich bin so ein schrecklicher Angeber.«

»Warum nur?«

Albert bedeckte die Augen mit den Händen. »Weil ich vor dir der Größte sein will.«

»Das brauche ich doch gar nicht.«

»Aber ich, das ist ja das Problem. Vielleicht ist das zwischen Männern und Frauen so. Ihr strahlt etwas aus, das in uns das Bedürfnis auslöst, eine ganz große Nummer sein zu wollen. Oder notfalls eine ganz große Nummer zu markieren. Völlig bescheuert!« Er schüttelte den Kopf. »Ich habe mit Hilmar kürzlich lange darüber diskutiert.«

»Dein neuer Freund.«

»Ja. Du wirst ihn kennenlernen, ich habe ihm schon viel von dir erzählt.«

»Von mir?«

Albert nahm ihr Gesicht in seine Hände. »Ja, Sonja. Von dir. Nicht ich bin besonders. Sondern du. Es gibt kein Leben ohne dich für mich. Ich vermisse dich, und ich weiß jetzt, dass es nie so weit gekommen wäre, wenn ich mit dir gesprochen hätte. Ich habe eine wunderbare Frau, eine süße Tochter – das allein macht mich zu einem großartigen Typen, oder?« Er küsste sie sanft auf den Mund. Als er seine Lippen von ihren löste, blickten sie einander forschend an.

Das ist der Moment der Entscheidung.

Sie dachte an die Anfänge mit Albert, an das Hochzeitsfest, die Geburt von Lina. Sie fühlte die Sicherheit ihrer Familie, die Nestwärme ihrer Hamburger Wohnung. *Diese Menschen, diese Erinnerungen, Bilder und Gefühle machen mich aus, und Albert ist ein unabänderlicher Teil davon.* Mit derselben Selbstverständlichkeit, mit der er heute seinen Platz in der Küche eingenommen hatte, würde er immer zu ihr gehören. *Albert ist das Bogenstück, das den Kreis meines Lebens vollkommen macht.*

Sie spürte seine Lippen, schloss die Augen und öffnete ihm ihre Arme.

Trotz des großen Glücks, das sie empfand, konnte sie in dieser Nacht in Alberts Armen keinen Schlaf finden. Erst im Morgengrauen fiel sie in einen unruhigen Schlummer.

Als sie um sieben Uhr aufstehen wollte, um Lina zu wecken und das Frühstück zu machen, wurde ihr schwindlig, und sie zitterte am ganzen Körper.

»Entweder bin ich zu schnell aufgestanden, oder ich habe Fieber«, sagte sie zu Albert und setzte sich rasch wieder auf die Bettkante.

»Komm noch einmal zu mir«, sagte er und streckte die Arme, aus denen sie sich soeben behutsam befreit hatte, nach ihr aus.

Sie schüttelte den Kopf. »Das geht doch jetzt nicht, Albert. Obwohl …« Sie ließ sich in die Kissen zurücksinken und brach zu ihrer beider Entsetzen in Tränen aus.

Ich fühle mich wie im Schleudergang der Waschmaschine.

»Mir ist so komisch«, schluchzte sie kläglich.

Er setzte sich rasch auf und legte ihr eine Hand auf die Stirn. »Du glühst ja.«

»Ich fühle mich miserabel.« Sie lächelte hilflos und unterdrückte ein Schluchzen. »Es tut mir so leid, dabei wollte ich gerade ein besonders schönes Frühstück für uns drei machen.«

Er winkte ab und stopfte die Bettdecke um sie herum fest. »Du bleibst jetzt liegen, ich sage Lina Bescheid und regle alles.« Er küsste sie liebevoll auf die Stirn. »Das alles war wohl ein bisschen viel für dich.« Erschrocken bemerkte er, dass bei seinen Worten erneut Tränen in ihre Augen gestiegen waren. »Alles wird wieder gut, Sonjanina.«

Ich kann dich kaum hören, als ob die Hitze mir einen Kokon um den Kopf gewebt hätte. Sonjanina … so hast du mich doch früher genannt.

Er zog seinen Bademantel über. »Ich bringe dir eine Tasse Tee, und dann schläfst du dich gesund.« Fast lautlos verließ er das Zimmer.

Sonja schlief fast drei Tage durch. Am ersten Tag stieg das Fieber auf über neununddreißig Grad, fiel aber in den frühen Morgenstunden, und schon am nächsten Morgen hatte sie wieder Normaltemperatur. Sie war so erschöpft, als hätte sie eine große körperliche Strapaze hinter sich. Am vierten Morgen erwachte sie erfrischt und gestärkt.

Sie hatte keine Schmerzen, der Kopf war frei, und sie spürte große Lust, einen Kaffee zu trinken. Sie stand auf, ging noch wackelig in die Küche und kochte einen Milchkaffee. Mit zwei dampfenden Bechern auf dem Tablett ging sie ins Wohnzimmer.

Als sie durch die Tür trat, schoss Albert erschrocken vom Sofa hoch. »Was ist los, Sonja? Alles in Ordnung?«

»Mach dir keine Sorgen. Es geht mir gut. So gut, dass ich sogar Lust auf Kaffee habe.« Sie stellte das Tablett auf den Wohnzimmertisch und öffnete das Fenster.

Das Sonnenlicht flutete durch den Raum und setzte Lichttupfer auf Alberts Locken.

Er schlug die Decke zurück. »Komm zu mir, du wirst sonst ganz kalt.«

Die Rücken nebeneinander gegen die Sofalehne gelehnt, tranken sie ihren Kaffee.

Albert legte den Arm um sie. »Fühlst du dich wirklich wieder gut?«

Sie zog seinen Arm noch enger um sich und küsste seine warme Hand. »Ja. Ich bin wieder gesund.« *Und bei dir.*

Am nächsten Tag fuhr Albert zu Billie, um seine Sachen aus ihrer Wohnung zu holen. Sonja sah ihm nach. Während ihrer Krankheit hatte Billie einige Male angerufen. Aber sie war nicht vorbeigekommen. Doch Sonja konnte noch nicht über ihre Freundschaft nachdenken. Es gab im Moment nur eine Sache, die sie erledigen musste.

Sie schaltete ihren Laptop ein. *Es gibt keinen schönen Weg, sich zu trennen.* Nach einer Stunde, in der sie wie blind auf den Bildschirm gestarrt hatte, tippte sie:

Mein geliebter Richard! Manchmal muss ein Mensch von einem fortgehen, damit man ihn wiederfinden kann. Albert war eine Zeitlang ausgezogen, aber wir haben uns wieder versöhnt, und ich weiß jetzt endgültig, dass ich zu ihm gehöre. Ich danke dir für jedes geschriebene oder gesprochene Wort. Du warst mir, trotz der großen Entfernung zwischen uns, immer nah. Danke für deine Liebe. Bitte verzeih mir, dass ich keinen Kontakt mehr zu dir haben kann. Mach es uns nicht unnötig schwer, indem du mich anrufst oder mir schreibst. Du bist ein wunderbarer Mann, und ich empfinde sehr viel für dich. Sonja.

Sie las das Geschriebene noch einmal. *Wie unzulänglich diese Zeilen sind. Sie werden ihm so wehtun. Mir tun sie so weh. Aber Albert ist hier, und das hier ist mein Leben.* Dann drückte sie entschlossen auf »Senden«.

33. Kapitel

Hamburg, 19. Juni 2005

»Die schönsten Liebesgeschichten
haben ein trauriges Ende.«
Echte Kerle, 1996

Es klingelte. Billie drückte auf den Summer und hörte Sonjas Schritte im Hausflur. »Hallo!« Wenig später trat ihre Freundin in den Flur. Sie standen einen Moment voreinander, bevor Sonja die Verlegenheit mit einem betont herzlichen Wangenkuss auflöste. *Immer noch haben wir uns nicht richtig versöhnt,* dachte Billie. *Wir können nicht mehr miteinander sprechen. Aber wir ertragen es auch nicht, ohne einander zu sein. Wenigstens akzeptieren Sonja und auch Albert, dass ich nicht über Jans Antrag reden möchte. Ich will mit niemandem darüber reden. Wenn ich daran nur denke, bekomme ich Angst.*

Sonja lud mit übertriebenem Stöhnen ihre Einkaufstaschen im Korridor ab und füllte dann die Stille zwischen ihnen mit atemlosen Sätzen: »Meine Güte, war das schwer, einen Parkplatz zu finden. Übrigens, dein Gartentor klemmt. Billie, das ist ja so lieb von dir, dass du dich wieder um unsere Blumen kümmerst.« Sie holte ein Schlüsselbund aus ihrer Tasche. »Hier!«

Billie nahm die Schlüssel an sich und legte sie auf den Flurtisch. »Aber das mache ich doch immer, wenn ihr nach Frankreich fahrt.«

Rituale, Traditionen, Gewohnheiten sind der Kitt einer Freundschaft.

»Ich weiß, aber ich kann doch trotzdem danke sagen, oder? Wollen wir uns ein wenig auf den Balkon setzen?« Sonja ging voran und ließ sich auf Billies Gartenbank nieder. »Himmlisch hier oben!«

Billie trat in die Küche und rief: »Möchtest du auch einen Eistee?«

»Ja, gerne!«

Sie schnitt eine Zitrone an und ließ mehrere Scheiben in den Pitcher mit Tee fallen. *Da sind wir also wieder und spielen beste Freundinnen. So wie wir uns vor drei Wochen traditionell »unseren Film«,* Freundinnen *mit Bette Middler und Barbara Hershey, angesehen haben. Auch so ein Drama mit verteilten Rollen. Wir haben gelacht, wir haben uns kaum angeschaut und die von Albert gemixten Stingers runtergestürzt. Vielleicht müssen wir diese Tradition aufgeben? Im letzten Jahr waren wir auch schon verkracht. Auch diesmal war es furchtbar, aber keine von uns hat sich getraut abzusagen. Wie gut, dass Sonja bald nach Fréjus fährt.*

Sie rührte den Eistee so stürmisch um, dass er überschwappte.

Als sie mit dem Tablett auf dem Balkon erschien, lächelte Sonja ihr entgegen. »Wunderbar, danke! Ich habe großen Durst. Es ist so warm.« Sie zeigte auf eine kleine Kiste, die auf dem Fensterbrett stand. »Was ist das?« *Miss Marple entgeht aber auch nichts!* »Jan hat Himbeermarmelade geschickt.«

»Das ist aber wirklich lieb von ihm, oder?«

»Hm.« *Wenn du denkst, dass ich jetzt mit dir über Jan und den Heiratsantrag spreche, hast du dich geschnitten.* Sie tranken den Tee und sahen hinunter auf das Rondell des Klostersterns. »Man merkt, dass bald die großen Ferien beginnen. Die Stadt leert sich allmählich«, sparte Billie das Thema Jan aus.

»Und du willst wirklich hierbleiben?«

Billie nickte. »Ich habe in den letzten Wochen so viel gearbeitet, dass ich kaum zu Hause war. Ich habe einfach Lust, meine Wohnung einmal wieder richtig …« Sie suchte nach dem passenden Wort.

»Zu bewohnen?«, bot Sonja an. Sie lachten. *Es ist so schade,* dachte Billie. *Ich lache so gerne mit Sonja, und wenn wir zusammen sind, kommt mir unser Streit so dumm vor. Aber ich kann nicht den ersten Schritt tun.* Sie warf ihrer Freundin einen Blick zu. *Ob es dir auch so geht?*

Aber Sonja schienen andere Gedanken zu bewegen. Sie setzte unvermittelt ihr Teeglas ab und fragte: »Wahrscheinlich möchtest du nicht darüber sprechen, aber ich dachte, dass du Jan magst.«

Natürlich, das musste ja kommen! Nun gut, dann folgt jetzt mein kleiner Vortrag: Billie Grimm über Sinn und Unsinn der Ehe in der postmodernen Gesellschaft.

»Natürlich mag ich ihn. Aber reicht das aus, um zu heiraten? Ernähren kann ich mich alleine, Kinder will ich nicht haben, und um meine Steuer kümmert sich mein Steuerberater. Ich brauche einen Mann nur aus zwei Gründen: erstens zum Sex und zweitens zum Schleppen von Getränkekisten. Dazu muss ich allerdings nicht heiraten. Und die Getränkekisten kann ich mir auch liefern lassen.«

Sonja erhob verblüfft Einspruch. »Glaubst du das wirklich? Was ist mit der Liebe?«

Billie blies höhnisch die Backen auf. »Die Liebe!«

»Ja, die Liebe. Was bleibt denn vom Sex, wenn nur Sex im Spiel ist?«

»Sex.«

»So findest du nie den Richtigen!«

»Wie oft soll ich es dir noch sagen, Sonja? Es gibt den Richtigen nicht für mich.« Billie ging zum Gegenschlag über. »Wieder mal was von Richard gehört?«

Sonja schüttelte den Kopf. »Nein. Und das ist auch gut so. Es ist vorbei, das weißt du doch.« Sie sah auf die Uhr. »Ich muss jetzt los, Lina abholen. Vielen Dank für den Tee. Ich bringe dir Honig aus Frankreich mit. Wie immer, ja?« Sie nahm Billie in den Arm. »Und im Herbst versöhnen wir uns wieder? Okay?«

Bevor Billie antworten konnte, hatte sie ihre Tüten an sich gerafft und war mit schnellen Schritten die Treppen hinuntergelaufen.

Billie sah ihr nach. *Im Herbst versöhnen wir uns wieder? Vielleicht.*

34. Kapitel

Fréjus, 19. Juli 2005

»Wenn man die Hand fest schließt, besitzt man überhaupt nichts. Wenn man die Hand weit öffnet, besitzt man die ganze Welt.«

Tiger & Dragon, 2000

Zwischen der vom Stop-and-go-Verkehr verstopften Küstenstraße und dem Strand von Fréjus erstreckte sich eine enge Marktgasse mit Ständen, Verkaufswagen und Tischen, in der sich Hunderte von Menschen drängten. Vom mintfarbenen Nagellack bis hin zu roten Netzunterhemden konnte man alles kaufen, was der menschliche Geist an unnützen Dingen erdacht hatte. Auf großen Tischen lockten Knoblauchketten, Olivenöl und Lavendelhonig zum Kauf. Sonja bahnte sich einen Weg durch die Menge und freute sich an dem leuchtenden Gelb der typischen provenzalischen Muster auf Keramik oder Vorhangstoffen. Über allem lag der Duft von Autoabgasen, Lavendel, Sonnenmilch und … gebratenen Hühnern – denn an einem Stand drehten sich Brathähnchen an langen Stangen über einem Grill. Sonja stellte sich in die Schlange, die sich gebildet hatte, und versuchte, sich aus dem brutzelnden Geflügel ihr Wunschhähnchen auszusuchen. Hin und wieder blickte sie hinüber zum Kinderkarussell, wo Lina auf einem der Pferde im Kreis ritt. Dabei registrierte sie aus dem Augenwinkel einen dunkelhaarigen Mann an der Spitze der Schlange, der gerade seine Bestellung aufgab. Als habe sie einen Schlag bekommen, zuckte sie zusammen. *Die breiten Schultern, die dunklen Haare, er sieht aus wie … Richard.* Als die Schlange aufrückte, konnte sie den Mann näher in Augenschein nehmen. Gerade nahm er ein in Papier eingeschlagenes Hähnchen entgegen. Dabei lachte er auf eine ihr auf schmerzhaft vertraute Art. Ihr Herz krampfte sich zusammen. Der Mann drehte sich um. Es war …

»Richard!« Sie sprach seinen Namen in dem Moment aus, als er sich halb schräg an ihr vorbeidrängeln wollte.

Er blieb abrupt stehen. »Sonja!«

Ihre Kehle war wie ausgedörrt. Wie in Zeitlupe schob er die Sonnenbrille nach oben. Sie öffnete spontan die Arme.

»Sonja!«, stammelte er – nicht minder überrascht als sie – und balancierte mit dem Hähnchen, während die Menge um sie herum begann, ärgerliche Kommentare abzugeben. »Pardon, Madame, vous voulez un poulet, ou pas?«

»Warte! So wird das nichts.« Sonja zog ihn mit sich und kämpfte beide aus dem Getümmel zu der niedrigen Mauer, die den Strand vom Markt trennte. Während ihre Augen die seinen nicht losließen, stieß sie hervor: »Was machst du denn hier?«

»Ich bin beruflich in Nizza. Da ist doch jetzt das Jazz-Festival.«

Er legte die Hähnchentüte auf die Mauer.

»Und da machst du heute einen Ausflug nach Fréjus?«

»Ja, ich habe in einem Führer gelesen, dass hier ein sehenswerter Markt sein soll.« Er zeigte auf den Trubel. »Allerdings habe ich hier vor allem viel Nepp gesehen.«

Sonja konnte ihm kaum zuhören, so aufgeregt war sie.

Irgendetwas hinter ihrem Rücken schien Richards Aufmerksamkeit zu erregen. »Sag mal, ist das dahinten nicht deine Tochter?«

Sie drehte sich um und sah Lina vor dem Poulet-Rôti-Stand mit ausgestreckten Armen wie ein Hampelmann auf und nieder springen. Jetzt hörte sie auch ihr durchdringendes Rufen. »Mami! Mami!«

»Ja, das ist Lina. Die hatte ich fast vergessen.« Sie eilte davon und war wenig später, ihre Tochter im Schlepptau, wieder da.

»Lina, erinnerst du dich noch an Richard, den Freund von Antonin?«

Das Mädchen erkundigte sich als Erstes: »Hast du die rosa Lakritze mit?«

Richard lachte. »Nein, leider nicht. Ich hatte ja keine Ahnung, dass ich euch hier treffen würde.«

Sonja fragte: »Wie lange bist du hier?«

»Ich muss in zwei Tagen wieder nach L. A. fliegen. Heute Abend spielt ein norwegisches Trio, das ich mir gern anhören möchte, morgen wollte ich mir noch ein wenig die Gegend ansehen – und dann muss ich wieder los.«

»Bis heute Abend ist noch viel Zeit«, sagte Sonja nachdenklich.

»Mami, ich habe Durst«, meldete sich Lina.

»Gleich, mein Schatz.«

»Wo ist eigentlich Albert?«, fragte Richard.

Sonja antwortete mit einem schnellen Blick auf Lina: »Wir treffen uns in einer halben Stunde in der Bar du Marché in der Stadt. Albert mag den Markt hier am Strand nicht besonders. Ihm ist das zu heiß, zu eng und zu viel Ramsch.«

Es entstand ein Schweigen.

Was soll ich nur sagen? Dass ich mich freue, dich zu sehen? Das ist viel zu wenig. Dass ich jetzt erst merke, wie sehr ich dich vermisse?

Schließlich fragte sie: »Willst du nicht mitkommen? Wir könnten etwas zusammen trinken, Albert freut sich bestimmt, dich wiederzusehen. Bist du mit dem Auto da?«

Richard bejahte. »Ich habe mir einen Mietwagen genommen und ihn am Eingang zum neuen Hafen abgestellt.«

Sonja nickte. »Ich weiß, wo das ist. Pass auf, ich hole jetzt meinen Wagen. Wir sehen uns gleich an deinem Parkplatz, und ich lotse dich in die Stadt. Dann treffen wir Albert und trinken etwas zusammen.«

Richard sah Sonja an. »Ist das nicht ein irrer Zufall?« Er umarmte sie kurz und herzlich. »Du fehlst mir so.«

Mit Lina an der Hand bahnte Sonja sich einen Weg durch den Menschenstrom. Dabei versuchte sie, ihren Atem zu beruhigen und ihre Fassung wiederzugewinnen.

Das kann kein Zufall sein! So was geschieht nur in Filmen. Aber das hier ist nicht Casablanca, sondern Fréjus. Über die Schulter warf Sonja Richard einen Blick zu. *Er ist noch anziehender, als ich ihn in Erinnerung hatte.* Halb gequält, halb sehnsüchtig lächelte sie ihm zu. Er lächelte zurück, ihr Herzschlag beschleunigte sich.

O nein. Ich kenne dieses Gefühl. Diese Mischung aus Verzweiflung und Freude, dieses geheime Band des Begehrens, das es von Anfang an zwischen uns gegeben hat.

»Komm jetzt, Lina, trödle doch nicht so herum. Ich denke, du hast Durst!«

Unerwartet heftig riss sie ihre Tochter mit sich, so dass das Kind erschrocken zu ihr aufsah. Doch Sonja blickte starr geradeaus, ihre Augen waren von der Sonnenbrille bedeckt, und ihre unbewegliche Miene verriet nicht, was in ihr vorging.

Wenn jetzt alles wieder von vorne losgeht?, dachte sie beklommen. *Habe ich noch einmal die Kraft, mich von ihm loszusagen?*

Wenig später parkten sie nebeneinander auf einem Parkplatz in der Innenstadt. Lina lief voran. Sonja sah ihr hinterher und sagte, als sie einen besorgten Blick von Richard auffing: »Sie kennt sich hier aus, keine Angst.« Sie zeigte auf Richards Wagen. »Schönes Auto!«

Richard lachte. »Am Flughafen hatten sie nur noch den. Aber ich wollte immer schon mal ein Renault-Cabrio fahren.«

Sie blickten einander an. *Genau so hat alles angefangen*, dachte Sonja. *Damals, als sich unsere Blicke im Spiegel über der Bar des Charlottenburger Hotels getroffen haben. Ich muss damit aufhören.* Sie zwang sich, die Augen niederzuschlagen, und schlüpfte, um kein Schweigen aufkommen zu lassen, in die

Rolle der Reiseführerin. »Wusstest du, dass Fréjus das ›provenzalische Pompeji‹ genannt wird und sich sein Name vom lateinischen *Forum Julii* ableitet, da es wahrscheinlich von Caesar gegründet wurde?«

Richard sah sie verblüfft an. »Nein, dass wusste ich bisher nicht.«

Sonja lachte. »Du hast bisher ganz gut ohne dieses Wissen überlebt, stimmt's?«

Sie gingen weiter, bis sich vor ihnen ein Platz öffnete, der von einem Gebäudekomplex beherrscht wurde, dessen Hauptstück eine Kirche war.

»Das ist die Kathedrale von Fréjus. Wir sind hier im eigentlichen Zentrum der Stadt. Ich verwechsle zwar ständig die Epochen, aber ich glaube, die Kathedrale zeigt den Übergang von Spätromanik zu Frühgotik.« Sie machte eine kleine Pause und biss sich nachdenklich auf die Lippen. »Oder war es umgekehrt? Du bist doch hoffentlich ein amerikanischer Kulturbanause und weißt sowieso nicht, wovon ich rede?«

Richard legte seine Hand auf ihren Arm. Seine Stimme klang ernst. »Sonja, hör auf damit. Du musst mir hier keine Stadtführung geben. Das Wichtigste habe ich längst gefunden.

Mein Herz klopft wie verrückt. Mir ist schwindelig. Aber ich kann nicht anders. Ich muss fragen.

»Was denn, Richard? Was ist das Wichtigste?«

»Du, Sonja.«

Oh!

Lina kam ihnen entgegengelaufen. »Papi sitzt da hinten!«

Sie entdeckten Albert unter einem Sonnenschirm auf einem der grünen Plastikstühle der Bar du Marché, behaglich eingerichtet mit dicken Zeitungspacken und einem Sirop de Menthe vor sich auf dem weißen Tisch. Als er sie sah, sprang er auf und kam ihnen entgegen. Er schlug Richard auf die Schulter, legte den Arm um Sonja und führte sie zurück zur Bar.

»Darauf müssen wir unbedingt anstoßen. Du musst doch nicht sofort wieder los? Was wollt ihr trinken?«

Er räumte die Zeitung vom Tisch, rückte Sonja einen Stuhl zurecht und rief dem Kellner etwas zu. Bald stand eine Flasche Rosé im Kühler auf dem Tisch. Albert wandte sich an Richard. »Was für ein Zufall. Also, was führt dich her? Hast du Lust, nachher mit uns zu essen?«

Richard lachte. »Gerne. Ich habe ein gegrilltes Hähnchen im Auto. Das sollte mein Mittagessen sein ...«

Nur wenig später verließen sie die Stadt und fuhren auf einer gewundenen Gebirgsstraße durch die ersten Ausläufer des Estérel-Massivs. Nach einer knappen halben Stunde erreichten sie Pinneron.

Das Haus lag auf dem Gipfel eines der beiden Hügel, zwischen denen sich Pinneron in die Berge schmiegte. *Mas de Mimosas* war ein typisches provenzalisches Häuschen, einstöckig und einfach, mit weißen, roh verputzten Wänden und einem mit rötlichen Ziegeln gedeckten Dach. Die Küche öffnete sich in ein geräumiges Wohnzimmer mit Kamin und ging auf eine überdachte Terrasse hinaus. Sonja sah, wie Richard aufmerksam Alberts Erklärungen zuhörte, der auf der Terrasse stand und stolz erzählte: »Am Anfang haben wir bedauert, nicht direkt am Meer zu wohnen, aber gerade der Umstand, dass Pinneron im Estérel liegt und nicht in der Touristenzone, macht es so reizvoll. An den Strand fahren wir mit dem Auto. Wenn du genau hinguckst, kannst du den Turm der Kathedrale von Fréjus sehen. Und dahinter ...«, sein Finger wanderte weiter, »... das Meer.«

Richard kniff die Augen zusammen. »Ja, jetzt sehe ich es.«

Wie kann ich ans Kochen denken, wenn Richard da ist. Hier in Frankreich. Ich bin völlig durcheinander. Nervös zupfte Sonja die Blättchen von einem Basilikumstrauß, der in einem Topf auf der Fensterbank stand, und beobachtete die Männer. Sie drehten sich um und winkten ihr zu. Albert sah die Basilikumpflanze und rief: »Was kochst du? Soupe au Pistou?«

Sonja nickte. *Das ist es! Soupe au Pistou. Eine einfache Gemüsesuppe bekomme ich in meinem Gefühlszustand gerade noch hin.* Sie zerlegte das von Richard auf dem Markt gekaufte Brathähnchen und servierte es mit geröstetem Baguette vor der Suppe. Dazu stellte sie ein Glas mit der typischen provenzalischen Olivenpaste, der *Tapenade,* auf den Tisch und richtete einen Salat an.

»Es ist alles etwas improvisiert«, entschuldigte sie sich. »Aber zum Nachtisch haben wir einen Schokoladenkuchen im Kühlschrank.«

Nach dem Essen verschwand Lina über die kleine Mauer, die den Garten vom Nachbargrundstück trennte, um mit ihren Freundinnen Camille und Agathe zu spielen.

Die Sonne versank über dem Meer in einer rot schimmernden Wolke. Sie saßen auf der Terrasse in der Dämmerung, unterhielten sich leise, und manchmal, selten und wie zufällig, kreuzten sich die Blicke von Richard und Sonja. Verstohlen und vertraut. *Es ist vorbei,* redete sie sich wieder ein. Doch ein Blick in seine Augen überzeugte sie vom Gegenteil. *Ich liebe Albert. Es muss vorbei sein.*

Doch es war nicht vorbei. *Wie schaffe ich es, dass mein Lachen keine Lüge ist? Dass ich diese Stunden mit Richard und Albert tatsächlich genieße?* Sie fühlte wieder Richards Arm unter ihrer Hand, als sie vor der Kathedrale in Fréjus standen. *Das Wichtigste habe ich schon gefunden.*

Alberts Stimme drang in ihre Gedanken. »Sonja, du kennst dich doch in Berlin aus.«

»Wie?«

»Richard soll für einen Kollegen, der zu einer Plattenfirma in Berlin geht, ein paar Insider-Tipps sammeln. Was sind für dich die schönsten Plätze in Berlin?«

Sonja schwieg einen Moment nachdenklich. Dann antwortete sie: »Das Goethe-Denkmal im Tiergarten. Das Elefantentor des Zoos im Schneegestöber. Ach, und natürlich die Bar des Hotels Charlottenburger Hof.«

Sie sah Richard an, und für einen Augenblick war es wie damals in der Bar mit den grünen Lederstühlen. *Als ob wir in einem Lichtkegel stünden und die Welt um uns nicht existierte.*

»Da habt ihr euch doch kennengelernt, oder?«, rissen Alberts Worte sie zurück in die Gegenwart.

Sonja spürte, wie ihr heiß wurde, aber sie nahm sich zusammen. »Ja, dort sind wir ins Gespräch gekommen …« Sie konnte nicht weitersprechen, auf ihrer Stirn sammelten sich kleine Schweißtropfen.

Richard half ihr aus. »Wir haben einen sehr amüsanten Abend verbracht und dann unsere Visitenkarten ausgetauscht. Wie hieß noch der nette Barkeeper?«

Sonja lächelte ihm dankbar zu. Sie fand ihre Stimme wieder. »Kupinski. Mein Cocktail-Lehrer.« Sie erzählte von dem Kurs im Cocktailmixen, den Billie und sie als junge Mädchen absolviert hatten.

»Billie als Mixerin!« Albert stieß einen anerkennenden Pfiff aus. »Die Frau ist wirklich immer für eine Überraschung gut!«

Sonja versetzte ihm einen Schlag auf den Arm. »Hey, ich habe auch an dem Kurs teilgenommen!«

Um halb zehn brach Richard auf. »Sagt mal, was habt ihr morgen vor? Ich habe noch einen Tag, bevor ich wieder zurückfliege«, fragte er Albert und Sonja, die ihn zum Auto begleiteten.

Albert sagte: »Eigentlich nichts Besonderes. Wir wollten nach Tanneron fahren, wo wir seit Jahren Honig kaufen. Komm doch mit!«

Bevor Richard antworten konnte, kamen die Kinder um die Ecke gerannt.

»Papi!«, rief Lina. »Pierre will morgen einen Baum im Garten fällen. Er fragt, ob du helfen kannst.«

Albert sagte. »Herrje, das habe ich völlig vergessen. Pierre hat mich heute früh schon danach gefragt, und ich wollte ihm Bescheid geben. Er bekommt nämlich nur morgen die Säge.« Er sah Sonja an: »Dann fahr du doch mit Richard, schließlich verhandelst du immer mit Monsieur Mauré.« Er wandte sich an ihren Gast. »Das ist der Imker.«

»Wo liegt denn dieses Tanneron?«

»Oberhalb des Lac de St. Cassien. Es ist ein richtiges Bergdorf. Sehr ursprünglich.«

Richard überlegte. Sonja schwieg. Sie war hin- und hergerissen. *Allein mit Richard! Ob ich das schaffe?*

Albert, der mit den Zöpfen seiner Tochter spielte, die sich an ihn lehnte, rief: »Was ist denn los mit euch? Es geht doch nur um einen kleinen Ausflug in die Berge – ihr wandert nicht gemeinsam aus!«

Richard und Sonja lachten verlegen.

»Also?«, fragte Richard. »Nimmst du mich mit?«

»Natürlich!«

35. Kapitel

Tanneron, 20. Juli 2005

»Was ist falsch an romantischen Ideen – und was ist falsch an Illusionen, wenn man sie behalten kann?«
Nur dem Namen nach, 1939

Als Richard am nächsten Morgen beim *Mas de mimosas* ankam, war die Luft bereits vom Dröhnen der Säge erfüllt. Sonja wartete an ihrem Auto. Albert und Pierre winkten aus dem Nachbargarten, als er ausstieg.

»Ich dachte, ich fahre, weil ich den Weg kenne. Oder willst du?«

Die Fahrt nach Tanneron verlief in angespanntem Schweigen. Sonja konzentrierte sich auf die immer steiler werdende Bergstraße und umklammerte das Lenkrad. Richard saß steif auf dem Beifahrersitz und gab vor, abwechselnd auf die Karte und aus dem Fenster zu gucken.

Wie verkrampft sich unsere Begrüßungsküsse angefühlt haben, dachte Sonja bedrückt. Sie räusperte sich. »Alles okay, Richard?«

»Ja, und bei dir?«

»Alles okay.« Sie schaltet einen Gang herunter. »Jetzt wird es wirklich steil.«

»Wie hoch liegt Tanneron?«

»Rund dreihundert Meter über dem Meeresspiegel. Ein Dorf wie aus dem Bilderbuch. Mit einem Rathaus, einem Coiffeur, einer *bar du tabac,* einem Lebensmittelgeschäft, einer kleinen Post und einem mit Platanen gesäumten Marktplatz …«

»Mit den unvermeidlichen alterslosen Männern, denen die Gauloise im Mundwinkel und die Schirmmütze auf dem Schädel angewachsen sind?«

Sonja musste grinsen. »Genau die.«

»Sind die eigentlich echt? Mir kommen die immer vor, als wären sie vom französischen Fremdenverkehrsamt engagiert.«

»Genau wie alle, die mit einem Baguette unter dem Arm durch die Stadt laufen?«

Sie lachten sich an. Richard streichelte kurz ihren Oberarm, und als ob er mit dieser Berührung einen Knoten gelöst hätte, entspannten sich beide.

Kurz vor Tanneron machte Sonja Richard auf die kleinen Holzschilder aufmerksam, die in unregelmäßigen Abständen an Bäumen auftauchten. Mit roter Farbe und ungelenken Buchstaben wiesen die Schilder auf den Verkauf von »Miel« hin.

»Das sind die Marketingmethoden von Monsieur Mauré.«

Dann erreichten sie das Dorf, und Sonja fuhr auf ein kleines Haus neben der *bar du tabac* zu.

Kaum stand der Wagen vor dem Tor, wurde die Haustür geöffnet, und unter freundlichem Winken kamen Monsieur und Madame Mauré aus dem Haus. Arthur Mauré trug zu Richards Entzücken tatsächlich eine Schirmmütze und rollte beim Sprechen eine erkaltete Zigarette von einem Winkel seines zahnlosen Mundes in den anderen. Sonja bestellte Grüße von Albert und verhandelte unter viel Gelächter über zehn Gläser mit dem alten Imker. Nachdem sie bezahlt hatte, bedeutete der Alte Richard mit einer Kopfbewegung, ihm in den Schuppen zu folgen, wo die Honiggläser zur Abholung bereitstanden.

»Pass auf«, rief ihm Sonja warnend hinterher. »Er wird dir bestimmt etwas zu trinken anbieten. Garantiert was Hochprozentiges.«

Sie blieb bei Madame, die ihre Hände in die molligen Hüften stemmte und kopfschüttelnd den Männern hinterherblickte.

»Oh, là, là, les hommes«, sagte sie und hob mit der rechten Hand ein imaginäres Glas an die Lippen.

Sonja unterdrückte ein Lächeln und nickte ihr zu. Da kam

auch schon Richard mit einer Palette Honiggläser aus dem Schuppen. Sein Gesicht war leicht gerötet.

Sie verabschiedeten sich herzlich und mehrfach.

»Du liebe Güte«, stöhnte Richard, als er sich anschnallte. »Was für ein Teufelszeug hat mir der Alte denn da eingeflößt? Geschmeckt hat es jedenfalls wie reiner Alkohol.«

»Das war bestimmt ein Marc de Provence. Der wird aus den gepressten Trauben gebrannt. Eigentlich wird er nach und nicht vor dem Essen getrunken.« Sie hielt vor dem Lebensmittelgeschäft an und drehte sich zu Richard um. »Was hältst du von einem kleinen Picknick? Wir könnten hier Brot, Käse und Obst, einen Rosé und Wasser kaufen.«

Sonja! Was machst du denn da? Ihr wolltet Honig besorgen – das war alles.

Ich weiß. Ich kann nicht anders. Richard fährt morgen wieder. Vielleicht mache ich den Fehler meines Lebens. Aber ich kann jetzt nur im Moment leben. Jetzt. Richard.

Sie parkten das Auto nicht weit vom Dorfausgang und marschierten, mit einer Decke und zwei Plastiktüten beladen, den Berg hinauf.

»Das sieht aber nicht sehr einladend aus«, meinte Richard zweifelnd, als sie stolpernd und rutschend eine Geröllhalde überwanden und sich die Waden an den stachligen Macchiagewächsen aufritzten.

»Warte ab.« Sonja zeigte nach himmelwärts. »Gleich haben wir es geschafft.«

Endlich waren sie oben. »Wow!« Richard sah sich begeistert um. »Das entschädigt natürlich für die Kletterei.«

Mehrere Steine formten einen Aussichtspunkt, von dem sie einen Blick über die Berge und die Lavendelfelder hatten. Einige unverwüstliche Kiefern standen wie bei einem Familientreffen eng zusammen und bildeten einen kleinen Wald, in dessen Unterholz versprengte Mimosensträucher und sogar ein zerzauster Oleanderbusch dem rauhen Bergklima trotzten.

Sie picknickten, reichten sich abwechselnd die Rosé- und die Wasserflasche. *Einfach sein. Hier. Jetzt.*

Sonja holte aus ihrer Tasche ein Honigglas. »Probier mal Monsieur Arthurs Honig.«

Da sie keinen Löffel dabeihatten, steckte Richard den Zeigefinger in die goldene Masse und leckte ihn ab. »Köstlich. Leider darf ich keine Nahrungsmittel in die Staaten einführen.« Er griff erneut nach der Roséflasche. »Auf Monsieur Arthur! Habe ich dir eigentlich erzählt, dass ich einen Sohn gerne Blue genannt hätte, weil es so schön zu Rosa und Lila gepasst hätte? Heute würde Arthur bei mir in die engere Wahl kommen.«

»Auf Monsieur Arthur!«

Als sie genug gegessen hatten, füllte sich die Stille zwischen ihnen wieder mit Spannung. Mit unnötiger Sorgfalt räumte Sonja die Reste zusammen, korkte die Roséflasche zu, wickelte den Käse in eine Plastiktüte und verstauchte sich fast den Fuß, als sie mit zu viel Schwung von dem Felsen zurück auf den Weg sprang. Sie rieb sich ihren schmerzenden Knöchel und schlug vor: »Wollen wir noch in den Ort und einen Kaffee trinken?«

»Sonja.«

Sie verstummte, ihre Hand fuhr an den Mund, und sie seufzte.

»Sonja, mein Liebling.«

Du streckst die Arme nach mir aus, und ich muss diese dumme Tüte fallen lassen. Dann war er bei ihr, und sie umarmten einander. *Es ist ein gutes Gefühl und trotzdem: Etwas hat sich verändert.* Obwohl sie Richard nicht losließ, ja, noch nicht einmal abrückte von ihm, hatte sie das Gefühl, ein Stück beiseite zu treten und sich selbst zuzusehen. Die Osternacht in der Küche kam ihr in den Sinn. *Albert ist das Bogenstück, das den Kreis meines Lebens vollkommen macht, habe ich damals gedacht. Noch einmal werde ich diesen Kreis nicht verlassen.*

Richard murmelte in ihre Haare: »Danach habe ich mich so sehr gesehnt.« Er drückte sie an sich. »Aber …«, er sprach nicht weiter, hielt sie nur noch fester.

Sie spürte, wie sie ein überwältigendes Gefühl von Verlust erfasste, und plötzlich *wusste* sie. *Jetzt, hier. An diesem Sommertag, auf diesem südfranzösischen Berg werden wir uns trennen. In aller Liebe und aller Traurigkeit.*

Sie schluckte und dann sagte sie: »Aber wir können kein Liebespaar mehr sein, nicht wahr?« Ihr Hals war wie zugeschnürt.

Er nickte. »Dabei bin ich mit der verrückten Hoffnung im Herzen auf das Festival gefahren, dich zu finden und zurückzugewinnen …«

»Also war der Ausflug zum Markt in Fréjus kein Zufall?«

Richard nickte. »Dir dort über den Weg zu laufen war natürlich schon ein großer Zufall. Ich hatte ja keine Adresse. Aber ich hatte die Hoffnung, dass ich dich treffen würde. Und so war es dann ja auch.«

»Du hättest mich doch anrufen können.«

Er schüttelte den Kopf. »Genau das wollte ich nicht. Ich wollte das Schicksal herausfordern. Ich sagte mir: Wenn wir uns hier in Frankreich begegnen …«

»Du bist und bleibst ein Romantiker, Richard!«

Er verstärkte den Druck seiner Umarmung. »Deine E-Mail hat mich so furchtbar getroffen. Ich war eine Weile wie besessen davon, dich zurückzuerobern. Aber dein Schreiben war so endgültig und kurz.« Er lächelte, doch seine Augen waren traurig. »Irgendwo habe ich mal gelesen, dass ein echter Abschiedbrief kurz ist. Man schreibt keine langen Briefe, wenn man Abschied nimmt. Lange Briefe sind Aufforderungen weiterzumachen. Wenige Zeilen sind ein Zeichen von Endgültigkeit. Ich war erst wie gelähmt. Es war so verdammt schwer, das zu akzeptieren. Unsere Begegnung unter ›das Ende einer Affäre‹ abzubuchen.«

»Es war keine Affäre.«

Er seufzte. »Das macht es ja alles so schwer.«

Er hielt sie ein wenig weg von sich und suchte ihren Blick. »Gerade als ich anfing, mich mit dem Unabänderlichen zu arrangieren, flatterte mir die Einladung zum Jazz-Festival in Nizza auf den Tisch. Ich dachte: Das ist ein Wink des Schicksals. Ich wusste, dass ihr den Sommer hier verbringt – und als ich in Hamburg anrief und du nicht dort warst … Ich hoffte, dich doch noch umstimmen zu können. Falls ich dich überhaupt treffen würde.«

Sonja legte die Arme wieder um ihn und lehnte ihre Wange an die seine. »Und jetzt? Was ist jetzt?«

Richard sagte: »Als ich dich gestern mit Albert in diesem Haus, auf dem Marktplatz, beim Essen und mit Lina gesehen habe, da habe ich begriffen, wo dein Leben ist. Und auch ein wenig, wo mein Leben ist.« Er fuhr sich mit der Hand über das Gesicht. »Weißt du, es klingt vielleicht merkwürdig. Aber … also, als ich euch gestern so gesehen habe … nun ja, da habe ich auch über *mein* Leben nachgedacht. Und …« Er suchte nach Worten. »Und mit einem Mal habe ich gesehen, dass ich lange Zeit nicht mehr wirklich in meinem Leben war. Sondern wie ein Besucher von draußen in mein Leben hineingesehen habe. Jetzt habe ich richtig Heimweh nach alldem.« Er lachte. »Beispielsweise nach meinem Strand vor dem Studio. Was ihr hier in Europa Strand nennt …!«

Sie nahm seine Hand und führte ihn zu dem Kiefernwäldchen. Dort breiteten sie auf den harten Macchiapflanzen im Schatten des Oleanderbusches die Decke aus. Sie zog ihn neben sich und legte ihren Kopf an seine Schulter.

So lagen sie lange.

Schließlich stützte Richard sich auf und strich ihr die Haare aus dem Gesicht. Als seine Lippen ihre Lippen berührten, zögerten beide. Sie sah ihm in die Augen. *Dieses Gefühl. Unser Gefühl. Die Mischung aus Geborgenheit und Begehren. Wie das Heimweh nach einem unbekannten Ort.* Sie schlang die Arme um ihn und erwiderte seinen Kuss.

Er flüsterte: »Ich liebe dich.«

Diese drei Wörter. Diese drei schönsten, wichtigsten, größten Worte aller Sprachen. So unendlich oft sie auch in der Menschheitsgeschichte gesagt, gehört, missbraucht, abgenutzt worden sind, wenn sie zum ersten Mal zwischen zwei Menschen fallen, entfalten sie stets ihren Zauber. Sie klingen einzigartig, unfassbar, voller Verheißung und Glück. Sie sah ihn an. Las in seinen Augen und sagte: »Ich liebe dich.«

Diese drei Wörter. Zwischen uns werden sie nur einmal gesprochen werden, und sie bedeuten den Abschied.

Danach schwiegen sie lange. *Es ist gesagt, was zu sagen ist. Wir werden diese Liebe nicht leben. Werden unser Leben nicht auf den Kopf stellen. Doch in diesem Moment, in dem die Mittagssonne die sanften Pastellfarben des Morgens auflöst, weiß ich, dass wir zueinander gehören. Solange wir leben.*

Sie spürte das Klopfen seines Herzens und streichelte sein Gesicht. Wieder küssten sie sich, diesmal drängender. *Noch sind wir zusammen, und die Zukunft ohneeinander hat noch nicht begonnen.*

Seine Augen suchten ihre, ein Lächeln erhellte sein Gesicht, er küsste sie mit diesem lächelnden Mund wieder und wieder, und Worte waren auf wundersam tröstliche Weise nicht mehr wichtig.

Die duftenden Blüten des Oleanders breiteten sich über ihnen aus wie ein Dach aus rosigem Wolkenschaum und beschirmten sie vor dem grellen Mittagslicht. Der Wind von den Bergen strich über ihre nackten Körper.

Hinterher lagen sie ineinander verschlungen da und sahen dem Himmel zu, der in einem fahlen Blau zerfloss.

»Wie spät ist es?«

Vorsichtig hob er den Arm, auf dem sie ruhte, und warf einen Blick auf seine Uhr. »Gleich halb vier. Wir müssen zurück.«

»Es war nicht nur ein Seitensprung. Eine Abwechslung von der Eheroutine, ein Abenteuer, nicht wahr?«

»Es war ein Abenteuer, aber kein Seitensprung.« Er küsste sie wieder.

»Du hast das Leben für mich zum Abenteuer gemacht, Sonja. Ich habe es wieder neu entdeckt, es durch deine Augen gesehen.«

»Du liebst Caroline.«

»Du liebst Albert.«

»Und dich.«

»Ja. Ich liebe dich auch. Aber Caroline und ich, das ist wie Albert und du.«

»Und wir?«

Er zeigte auf das kleine Wäldchen. »Ich hoffe, du verzeihst mein etwas pathetisches Bild. Aber ich stelle mir vor, dass wir auf geheimnisvolle Weise wie die kleinen Kiefern miteinander verwachsen sind. Durch Zeiten und Kontinente. Sonst hätten wir uns niemals erkannt in dieser großen Welt.«

Sie sagte zum zweiten Mal an diesem Tag: »Du bleibst ein Romantiker, Richard.«

»Es hilft manchmal.«

»Werden wir eines Tages mit unserer Entscheidung hadern?«

Er zog sie wieder an sich. »Wenn wir ungerecht sein wollen, ja. Aber wir sind nicht solche Menschen.«

»Was für Menschen?«

»Die Brücken hinter sich abbrechen. Mich haben die Brücken viel Energie und Liebe gekostet. Ich habe sie gerne gebaut, ich bin stolz auf sie, ich möchte auch weiter über sie gehen.«

Viel später zogen sie sich an, zupften sich gegenseitig, lächelnd und wieder ein wenig befangen, Kiefernnadeln aus den Kleidern und den Haaren. Hand in Hand stiegen sie zum Auto hinab. Dabei redeten sie über Richards bevorstehende Abreise, über die Immobilienpreise an der Côte d'Azur und den Speiseplan für das bevorstehende Essen.

Ja, dachte Sonja erleichtert und wehmütig, *so ist das Leben. Uns bricht das Herz, oder zumindest glauben wir das, und dennoch machen wir einfach weiter. Wir finden zurück an unseren Platz und bekommen Postwurfsendungen und Erkältungen.*

Als sie am Auto ankamen, sahen sie über das Tal.

Die Sonne brannte noch immer vom Himmel, es gab kaum Schatten. Der Sommer hatte seinen Höhepunkt noch nicht erreicht.

36. Kapitel

Hamburg-Eppendorf, August 2005

»Selbst die vielversprechendsten Spuren führen meistens nur zu uns selbst zurück.«
Sieben, 1995

Seit Jans verunglücktem Heiratsantrag waren mehrere Monate vergangen. Nachdem Billie seine Anrufe nicht beantwortet und sie sich in der Firma von einer immer nervöser werdenden Marla konsequent verleugnen ließ, rief er irgendwann nicht mehr an.

Billie kamen die Wochenenden ohne Jan und Rosby unendlich lang vor. Ihre Wohnung erschien ihr leer und ungemütlich, ihre Schränke vollgestopft mit entbehrlichen Dingen. Als ihr Urlaub begann, entschloss sie sich, ihn mit einer Entrümpelungsaktion zu beginnen. Sie ging ihren Kleiderschrank durch und warf alles weg, was sie seit zwei Jahren nicht getragen hatte. Als Nächstes kam das Schuhregal dran. Als sie die Winterstiefel im untersten Fach aussortierte, fiel ihr ein Briefumschlag in die Hände. Es war der Brief, den Jan seinem Marmeladenpaket beigelegt hatte und den Billie erst auf dem Flurtischchen hin und her geschoben, dann auf der Konsole im Schlafzimmer verwahrt und schließlich im Schuhschrank deponiert hatte. *Alles nur, um ihn nicht zu lesen.* Nun, eine halbe Ewigkeit nach Jans Antrag, öffnete sie den Brief. Als wäre nichts vorgefallen, hatte Jan geschrieben: »Die Himbeeren sind von meiner Hecke. Gepflückt haben Lina und ihre Cousins, eingekocht hat meine Mutter. Essen musst jetzt du.« Es lag ein Foto dabei, von den drei Kindern, wie sie hintereinander auf Florentine saßen. Die tragende Stute stand vor der Himbeerhecke in Jans Garten, und die Kinder hatten rot verschmierte Münder und Finger.

Das Foto weckte in Billie eine heftige Sehnsucht. Am Abend rief sie ihre Mutter an und bat um einen Abzug des Bildes, das sie als Kind gefunden hatte. Ihre Mutter war abweisend und behauptete, nicht zu wissen, wo es sei, aber Billie ließ nicht locker. »Bitte, sieh noch einmal nach!« Einige Tage später lag ein Brief von ihrer Mutter in ihrem Briefkasten. Sie habe ihr gleich das Original geschickt, schrieb sie.

»Du kannst es behalten. Ich bin zu alt, um zurückzublicken. Übrigens hat Vater einmal geforscht. Er hat einen Mann kennengelernt, der aus einem Ort stammt, der in der Nähe von dem liegt, aus dem meine Eltern geflohen sein sollen. Er konnte sich aber nicht an sie oder ihren Namen erinnern.«

Billie sah das Bild an, und wie damals, als sie es im Schrank ihrer Mutter gefunden hatte, durchströmte sie ein Gefühl von Geborgenheit und Freude. *Auf der Hinterbacke des Pferdes ist eine Elchschaufel zu sehen. Das ist das Brandzeichen der Trakehner. Florentine trägt es auch.* Sie sah sich das Foto genauer an. *Merkwürdig, als Kind hatte ich gedacht, dass der Reiter Gutsherr sei. Aber das kann nicht sein. Sein Hemd ist geflickt, der Kragen ist ausgefranst, in der schmutzigen Hose klafft am Knie ein Riss. Und das Haar, so lockig und wirr wie meines, hängt ihm ins Gesicht, als hätte es noch nie eine Friseurschere gesehen. Vielleicht ist er ein Stallbursche, der das Tier auf dem Weg vom Stall zum Dressurplatz reiten durfte, und dem Fotografen hat das Ungekünstelte des Moments gefallen.* Der Reiter saß auf dem Pferd, als sei er mit dem Tier verwachsen, sein Rücken war gerade, und seine Haltung stand dem Schwung des Pferdehalses an Stolz in nichts nach. Billie nahm das Foto und setzte sich damit auf den Balkon. Während sie es betrachtete, trug der Wind den Geruch von Wasser, von frisch gemähtem Gras und Erde von der Alster herüber. *Das riecht wie Rosby.* Vor ihrem inneren Auge sah sie Florentine und ihre kleine

Herde vorbeigaloppieren. *Gleich muss ich weinen. Oder schlafen.* Sie rieb sich die brennenden Augen.

Ich bin überarbeitet. Seit Ostern, seit Jans Antrag, war Arbeit mein großer Trost. Arbeit lenkt ab. Angesichts der angespannten Wirtschaftslage hatte ihr Chef Michael Philipps ihr Engagement sehr begrüßt. Der Einbruch des Neuen Markts Anfang des Jahrtausends war auch an Cinderella nicht spurlos vorbeigegangen. *Und ich habe einiges erreicht und ein paar dicke Werbeetats für die Agentur erkämpft. Aber jetzt bin ich erschöpft. Ausgelaugt.*

»Du willst in deinem Jahresurlaub zu Hause bleiben?«, hatte Michael an ihrem letzten Arbeitstag ungläubig gefragt.

»Anfang August in Hamburg, was kann schöner sein?«, hatte sie gekontert. *Das klingt verdammt nach Pfeifen im Dunkeln.* Aber der Sommer meinte es wirklich gut mit der Stadt und tauchte einen Tag nach dem anderen in sonnige Hitze mit blauem Himmel und weißen Wölkchen. Sie fuhr zu Ikea und kaufte für ihren Balkon einen neuen Sonnenschirm. Während sie ihn aufstellte, kam eine SMS von Sonja: »Richard ist in Nizza. Morgen fahren wir nach Tanneron!«

Billie sah ungläubig auf das Display. *Richard in Frankreich? Wirklich ein Zufall? Oder gibt es immer noch Geheimnisse zwischen mir und Sonja?* Sie ließ sich auf die Liege fallen und wog gedankenvoll das Handy in ihrer Hand. *Nein. Sonja hat mit Richard Schluss gemacht. Das weiß ich. Sie ist keine Lügnerin.* Sie schrieb einen kurzen aufmunternden Gruß zurück, danach stellte sie das Handy ab. *Sonja hat genügend Rettungsanker – Albert, Lina, Kiekeby. Sie weiß, woher sie kommt, wohin sie gehört und für wen sie bestimmt ist. Und ich?*

Die Hitze hatte Hamburg fest im Griff. Jeden Morgen sah Billie das Foto an, das sie auf ihren Nachttisch gestellt hatte. *Was weiß ich eigentlich von Trakehnern? Nichts. Ich muss einfach mehr herausfinden.* Plötzlich gab es nichts Wichtigeres für sie. So wanderte sie durch die Buchhandlungen der Innenstadt, kaufte Bücher und Zeitschriften über Pferde und recherchierte nächtelang im Internet zu dem Suchbegriff »Trakehner«. Sie lag mit Büchern, Zeitschriften und Computerausdrucken auf ihrer Korbliege auf dem kleinen Balkon über dem Klosterstern, und während unter ihr die Autos um den Kreisverkehr brausten, tauchte sie tief in die wechselvolle Geschichte des ostpreußischen Gestüts Trakehnen ein, die bis in das achtzehnte Jahrhundert zurückreichte.

Sie bewegte sich kaum von ihrer Liege fort, trank Mineralwasser und Kaffee, rauchte und verschlang die Berichte ehemaliger Flüchtlinge über den »Großen Treck« von 1945, die Flucht über das zugefrorene Frische Haff nach Westen.

Sie las von Pferden, die nächtelang in eiskaltem, einen halben Meter hohem Wasser gestanden hatten, von Stuten, denen die Fohlen im Leib verhungert waren, und Pferden, die bei fünfzehn Grad Frost ihre Besitzer durch Schneestürme über das Eis getragen hatten. Von den achthundert Gestütspferden, die Richtung Westen aufgebrochen waren, waren angeblich nur siebenundzwanzig Stuten angekommen. Die Bilder der Flüchtlingsströme trieben ihr Tränen in die Augen. *Wie bizarr. Während draußen unter dem Balkon die Flaneure zur Alster schlendern, höre ich das Weinen der Kinder, sehe die im einbrechenden Eis versinkenden Wagen.* Dann weinte sie selbst. *Ich weine um dich, Mama. Um das kleine Mädchen, das du mal warst. Ein Kind ohne Heimat, ohne Eltern, ohne Liebe, das zu einer Frau heranwuchs, die keine Liebe geben konnte, gefangen in ihrem Schweigen mit einem Mann, der ihr fremd geblieben ist. Und ich weine um mich. Weil ich so große Angst vor neuen Verletzungen habe, dass ich Jan zurückweisen musste.*

Wieder sah sie die Situation im Kiekebyer Esszimmer vor sich. Wie auf einer Bergspitze hatte sie sich gefühlt, ganz allein in schwindelnder Höhe. *Wenn ich ja gesagt hätte, hätte ich in den Abgrund springen müssen. Das konnte ich nicht.* Als sie das letzte Buch aus der Hand legte, fühlte sie sich leer und zittrig. Am Abend rief sie bei ihrer Mutter an und bedankte sich für das Foto.

»Aber, Kind, das ist doch selbstverständlich. Ich freue mich, wenn dich die Familie interessiert.«

Warum habe ich Mama früher die Anrede ›Kind‹ übel genommen? Es klingt eigentlich sehr liebevoll. Selbst als ihre Mutter die alte Litanei vom ausbleibenden Enkelkind herunterbetete, verlor sie nicht die Geduld. *Mama, welche Träume hattest du wohl? Welche Ängste?* Nach dem Gespräch lag sie auf dem Sofa und starrte dem Rauch ihrer Zigarette nach, der sich in bläulichen Schwaden durch die Abenddämmerung an die Zimmerdecke schob und dort in Nichts auflöste.

Die ganze Nacht lag sie so auf dem Sofa in der Dunkelheit. Ein Gedanke flocht sich in den nächsten. *Warum sind alle meine Beziehungen gescheitert?* Als Antworten fielen ihr nur Klischees ein.

Wir haben uns auseinandergelebt.

Wir haben uns nur noch gestritten.

Er hat mich betrogen.

Ich habe mich in einen anderen verliebt.

Er wollte sich nicht von seiner Frau/Freundin/Familie trennen.

Sich verlieben, sich lieben, sich streiten, sich trennen. *Warum machen wir uns eigentlich alle so viel vor?*, fragte sich Billie. *Die Talkshows im Fernsehen behaupten, dass sich Menschen eher von ihren Partnern als von ihrer Zigarettenmarke trennen, und Zeitschriften erfinden Statistiken, nach denen die einzige Konstante im Leben moderner Männer der Fußballverein ist, dem sie anhängen. Hinter diesem Zynismus verbergen sich jedoch schreckliche Verletzungen und tiefe Wunden! Im Laufe der Jahre wird es immer schwieriger, sich zu verlieben. Lauter Verwundete stehen einander gegenüber, und jede Berührung bedeutet Schmerz. Aber wer den Schmerz nicht überwindet, bleibt allein.* Sie richtete sich auf. Nachdenklich legte sie die Arme auf ihre Knie. *Was habe ich falsch gemacht? Ich habe versucht, mein Leben zu planen. Mein Liebesleben zu organisieren wie den Job. Ich wollte Antonin haben, ohne zu wissen, wie seine Ideen sind. Damit mir das nicht wieder geschieht, habe ich versucht, die Liebe aus meinem Herzen zu verbannen und Jan als Begleiter für nette Stunden zu engagieren. Woher habe ich diese Zielvorgaben – den Mann fürs Leben, die feste Beziehung, die Ehe – eigentlich? Geht es mir wirklich darum, einem Mann zu begegnen, mit dem ich mein Leben teilen möchte? Bei dem nicht nur wichtig ist, ob er mich liebt, sondern auch darum, ihn wahrhaftig zu lieben? Ihn zu verstehen, ihn zu unterstützen, unbedingt zu ihm zu stehen? Habe ich bisher nicht vielmehr ein Accessoire gesucht, das meinem an sich perfekten Leben noch einen Lichteffekt aufsetzt? Ich habe mich nie gefragt, was ich einem anderen geben kann.*

Stunden später tauchte die Morgendämmerung das Zimmer in einen milchigen Schein, die Vögel in den Bäumen vor den Fenstern zwitscherten, und es begann leise zu regnen. Sie rauchte eine Zigarette und drückte sie in dem überfüllten Aschenbecher aus. *Wo sind meine Anker? Was hält mich in meinem Leben? Was erfüllt mich mit Freude? Was macht mich glücklich?* Sie dachte nach. *Reiten. Geigespielen. Arbeiten. Die Freundschaft zu Sonja. Florentine. Lina. Hermine. Meine Anker.* Sie erkannte mit einer ungewohnten Schärfe, dass Jan in diesem Leben kein Fremdkörper gewesen wäre. *Sondern ein weiterer Anker. Wovor habe ich eigentlich Angst gehabt? Mit all den Menschen und Interessen in meinem Leben kann ich gar nicht untergehen. Ich stehe nicht einsam auf einer Bergspitze. Ich bin mittendrin. Geborgen in einem Netz von Freunden und Kollegen.* Frische Morgenluft strömte durch die geöffnete Balkontür herein. Fröstelnd zog sie sich ein Sweatshirt über, schlüpfte in ihre Turnschuhe und ging durch den unablässig fallenden Regen zur Alster. Weißlicher Nebel schwebte über dem Wasser, und sie war ganz allein. Auf einmal kamen ihr auf dem Gehweg zwei Schwäne entgegen. Billie blieb stehen und hielt den Atem an. Die Tiere blickten mit ernsten, wachsamen Augen zu ihr hinüber und setzten gemächlich ihren Weg die Böschung hinunter fort. Sie glitten ins Wasser und waren bald danach im Nebel verschwunden. *Welch unerwartetes Geschenk*, dachte Billie, während sie den Schwänen nachblickte. Sie schlug den Weg um die Alster ein.

Nach anderthalb Stunden kam sie wieder nach Hause. Ihre Haare waren nass und klebten ihr am Kopf. Im Badezimmer stellte sie sich unter die heiße Dusche. Obwohl sie die ganze Nacht nicht geschlafen hatte, fühlte sie sich ausgeruht und hatte zum ersten Mal seit Tagen wieder Hunger. Während sie sich abtrocknete, begutachtete sie kritisch ihr Spiegelbild. Die Haare hingen ihr ins blasse Gesicht, die Wangen waren eingefallen, und die Augen glänzten unnatürlich.

»Jetzt ist es genug!«, verkündete sie ihrem Spiegelbild. Nackt ging sie in die Küche und öffnete eines der Marmeladengläser, die Jan ihr geschickt hatte, und löffelte die süßsaure Masse direkt aus dem Glas. *Hm, ich versinke im Himbeeraroma.*

Als das Glas fast leer war, zog sie ein leichtes Sommerkleid über, rannte durch den Regen zum Bäcker und kaufte eine Tüte mit frischen, knusprigen Brötchen. Noch im Laden konnte sie sich nicht mehr bezähmen und biss gierig in eines hinein.

Kauend ging sie zurück und spürte, wie neu erwachte Lebenslust sie durchflutete. *Ich werde mein Leben neu ordnen. Meine Wohnung weiter entrümpeln. Endlich das Vivaldi-Solo auf der Geige üben. Mir einen Reitstall in Hamburg suchen. Ich werde meine Eltern besuchen. Und ich werde mich mit Sonja aussprechen, denn sie fehlt mir. Werde ich Jan anrufen? Nein. Ich habe ihn zu sehr verletzt. Mit dieser verschenkten Möglichkeit muss ich leben. Aber wenn mir das Schicksal eine zweite Chance gibt, werde ich versuchen, meine Angst zu überwinden, und das Leben geschehen lassen.*

Mit den noch warmen Brötchen hockte sie sich in der frischen Morgenluft auf den Balkon. Der Himmel begann aufzuklaren, und bald brannte die Sonne so heiß herab, als hätte es den Morgenregen nicht gegeben. Billie streckte sich. Noch eine Woche Urlaub lag vor ihr.

»Zeit, mich zu erholen«, murmelte sie vor sich hin. »Zeit, mich mit meinem Leben zu versöhnen.« Sie lächelte. »Und mit Sonja.«

37. Kapitel

Hamburg-Wandsbek, Ende August 2005

»Plötzlich wurde mir klar – zwei Menschen sind nicht genug. Man braucht Unterstützung. Wenn man nur zu zweit ist und einer davon fällt aus, dann ist man auf sich allein gestellt. Zwei ist als Zahl nicht groß genug, man benötigt immer drei.«

About A Boy, 2002

Hey, Billie!«

Sie hob den Kopf von der Liege, auf der sie bäuchlings lag. »Sonja? Ihr seid schon zurück? Woher wusstest du, dass ich in der Sauna bin?« Sie blickte verständnislos in das lachende Gesicht ihrer Freundin.

»Als du nicht zu Hause warst, das Handy abgeschaltet war und im Büro auch keiner mehr ranging – habe ich es einfach darauf ankommen lassen und bin hierher gefahren.«

Billie setzte sich auf und umarmte Sonja, die im Bademantel und mit braun gebranntem Gesicht strahlend vor ihr stand. »Du kennst mich eben zu gut.«

Sonja erwiderte ihre Umarmung. »Vor mir kannst du dich nicht verstecken.« Sie zog eine bunte Karte aus ihrer Saunatasche. »Als ich die vorhin aus dem Briefkasten gefischt habe, wollte ich dich sofort sehen.«

Billie spürte, wie sie rot wurde. Sie zog Sonja neben sich auf die Liege. »Ich möchte mich gerne bei dir entschuldigen. Weißt du, ich habe viel nachgedacht.«

Sonja nickte. »Ich auch.« Sie drehte die Karte in den Händen. »Wo hast du die her?« Billie lachte. »Na, ganz einfach. Ich habe bei Google-Bilder den Filmtitel *Freundinnen* eingegeben, das

Ganze auf dem Farbdrucker ausgedruckt und eine Karte daraus gebastelt.«

»Die werde ich mir rahmen.«

Beide schwiegen.

Dann sagte Sonja, indem sie die Karte umdrehte: »Hier steht, du möchtest den Film noch einmal sehen.«

»An unserem Jahrestag war das alles so verkrampft.«

»Nicht wahr, das war schrecklich!«

Plötzlich redeten beide gleichzeitig und fielen einander ins Wort.

»Der arme Albert hatte so leckere Stinger gemixt …«

»… und wir haben sie nur zickig heruntergekippt und steif wie Stangenspargel auf dem Sofa gehockt.«

»Ich war aber auch so sauer auf dich …«

»Und ich auf dich. Außerdem war ich auch noch wütend auf mich selbst.«

»Ich hasse es, mich mit dir zu streiten.«

»Wir sollten lernen, uns früher und direkter zu sagen, was uns aneinander stört.«

»Und eher hinhören, oder? Du weißt doch: mit den Ohren vom lieben Gott!«

»Es tut mir so leid. Du bist gar nicht *immer* unzufrieden mit dem, was du tust und hast.«

Sonja grinste. »Aber oft genug. Ich weiß. Dabei habe ich so viel in meinem Leben, das mich glücklich macht!« Sie sah Billie an. »Du hattest recht. Natürlich geht dich an, was mit mir geschieht. Und …« Auf ihrer Wange zeichneten sich wieder knallrote runde Flecken ab. »Das mit dem *Emotional-frustriert-Sein*, das tut mir aufrichtig leid. Ich war so gemein – und blöd.«

»Ich auch.«

»Billie, du fehlst mir so.«

»Und du mir. Ich habe mich zwingen müssen, dir nicht dauernd SMS nach Frankreich zu schicken.«

Sonja wischte sich ein paar Tränen aus dem Augenwinkel. »Das Schlimmste ist, dass ich dich wunderbar finde!« Sie winkte ab, als Billie ein Gesicht zog, und sagte mit ironischem Unterton: »Im Allgemeinen!« Sie wurde wieder ernst. »Aber in dieser Situation ist mir einfach alles auf die Nerven gegangen. Und dass Albert dann noch bei dir wohnte. Ich war geradezu …«

»… eifersüchtig?« Billie lachte. »Das ist mir natürlich aufgefallen, und ich habe versucht, dir dazu möglichst wenig Anlass zu geben.«

»Indem du mir einen Floh wegen irgendwelcher geschiedener Grafikerinnen ins Ohr gesetzt hast!«

»Die mittlerweile mit dem dicken Steinrück etwas hat …« Billie rollte eine Locke um den Zeigefinger. »Meine Güte, Sonja, das war für mich doch ein Ritt über den Bodensee. Schließlich waren Albert und ich so was wie eine WG. Aber in den Gesprächen mit dir musste ich ihn doch aussparen. Ich hab mir immer vorgestellt, wie schrecklich das für dich sein muss, wenn ich davon erzähle, was Albert und ich unternommen haben! Mannomann, das war vielleicht ein Krampf!«

Sonja nickte. »Und ich habe dann noch eifersüchtige Vermutungen angestellt!«

»Wobei du doch wolltest, dass er auszieht.«

Sonja grinste selbstironisch. »Du kennst mich doch: Ich will nie das, was ich will.« Sie lachten beide. Dann sagte Sonja: »Ich bin so froh, dass du den ersten Schritt gemacht hast! Vielen Dank für die Karte! Aber ich habe auch was für dich!« Sie wühlte in ihrer Saunatasche. »Voilà!« Sie drückte ihrer Freundin zwei hübsch verschnürte Päckchen in die Hand. Billie riss das erste schnell auf und wog dann abschätzend eine teuer aussehende Kosmetiktube in der Hand. »Eine Gesichtsmaske?« Sie zog einen Flunsch. »Habe ich das nötig?«

Sonja lachte. »Nein! Aber erinnerst du dich nicht, wie Bette Middler in *Freundinnen* Barbara Hershey in der Kosmetikabteilung von Macy's vorschlägt: ›Wollen wir uns eine Gesichtsmaske machen lassen?‹«

Billie grinste. »Klar. Sie hofft damit, die Harmonie von früher wiederherzustellen.«

»Wie ich jetzt. Die habe ich in Nizza für ein Heidengeld gekauft.«

Billie küsste Sonja auf die Wange. »Merci!« Sie wandte ihre Aufmerksamkeit dem anderen Paket zu. »Und was ist das?«

Sonja wurde rot.

»Vielleicht findest du das total blöd. Aber als ich es gesehen habe, musste ich sofort an dich denken.«

Billie öffnete die Schleife, schlug das Papier auseinander und hielt wenig später ein kleines, herzförmiges Nadelkissen aus purpurfarbenem Samt in der Hand.

»Nanu, das sieht ja aus wie das von Hermine!«

Sonja nickte. »Ihres ist natürlich viel abgegriffener – und auch von einem anderen Rot. Aber das hier habe ich auf einem Markt in Aix an einem Stand mit provenzalischen Stoffen entdeckt – und ich musste sofort daran denken, wie du damals gesagt hast, dass dein Herz sich anfühlt wie Hermines Nadelkissen. Da hatte ich so eine Idee von ›neues Herz – neues Glück‹.«

Billie streichelte sanft über den Stoff. »Wir haben ganz schön viel miteinander erlebt. Nicht wahr, Sonja?«

»Stimmt. Dieses Nadelkissen hat mich so sehr an dich und an zu Hause erinnert, und ich habe festgestellt, dass das Gefühle sind, die für mich zusammengehören. Billie, du bist für mich wie ein Stück Zuhause. Genauso wie Kiekeby und wie Albert und Lina.«

Billie war gerührt. »Mit diesem Herz kann ich ja in Zukunft nur Glück haben, oder?«

Sonja legte den Arm um ihre Schulter. »Es ist merkwürdig, dass du das sagst. Auch für mich symbolisiert dieses Herz das Glück. Es erinnert mich an Hermine und meinen neuen kleinen Bruder, es erinnert mich an die Liebe meiner Eltern, wie sie ihre Probleme in den Griff bekommen haben, und es erinnert mich an dich. Und dass der Weg zum Glück nicht gerade verläuft, sondern dass wir auch links und rechts vom Glück manchmal darüber stolpern.«

Billie schlang einen Arm um Sonjas Taille. »Das hast du schön gesagt – ich fang gleich an zu heulen.« Sie kicherte unter Tränen. ›Links und rechts vom Glück‹. Dabei bin *ich* doch in der Werbung!« Sie hielten einander umschlungen.

Irgendwann fragte Billie: »Was ist mit Richard?«

Sonja hob die Schultern. »Es war wunderschön. Es war sehr traurig. Und jetzt ist es vorbei.« Sie sah Billie an. »Was ist mit Jan?«

»Es war wunderschön. Es war zu viel und zu schnell.« Sie runzelte die Stirn. »Ich habe keine Ahnung, ob es vorbei ist.« Sie machte sich frei. »Aber das steht auf einem anderen Blatt. Jetzt zählt erst einmal unsere Versöhnung. Wann hast du Zeit, dir *Freundinnen* anzusehen?«

Sie lächelten einander an. Dann sagte Billie das, was sie schon die ganze Zeit hatte sagen wollen: »Willkommen zu Hause!«

38. Kapitel

Kiekeby/Rosby, September 2005

»Du brauchst mir nicht deine Geschichte zu erzählen.«
»Was willst du wissen?«
»Wer du bist?«
»Ich bin meine Geschichte.«
Im Lauf der Zeit, 1976

Im September lud Hermine zum Pflaumenkuchenessen nach Kiekeby ein. Sonja, Albert und Lina waren bereits am Freitag hingefahren, Billie folgte ihnen am Sonntag. Es war ein klarer Frühherbsttag mit dicken, langsam über den Himmel ziehenden Wolkenbergen. Die Felder waren gemäht, und die Blätter der Bäume verfärbten sich. Als Billie auf der Koppel Lina und ihren Cousins beim Reiten zusah, war trotz des Sonnenscheins der Wind schon so kühl, dass sie bedauerte, keine dickere Jacke mitgenommen zu haben.

»Du frierst«, stellte Hermine fest, die sich neben ihr auf den Zaun stützte. Sie strich über Billies nackten Arm. »Hast du Lust, mir in der Küche zu helfen? Ich muss den Kuchen aus dem Backofen holen.«

Billie nickte zustimmend. Sie winkten den Kindern zu und gingen zurück zum Haus.

Hermine hängte sich bei Billie ein. »Ich bin froh, dass du endlich einmal wieder nach Kiekeby gekommen bist.«

»Ich wollte schon viel früher kommen, aber zeitlich hat es nie gepasst.«

»Umso schöner, dass es dir heute möglich ist.«

In der Küche roch es nach frisch gebackenem Kuchen, und Billie war dankbar für die Hitze, die der Ofen ausstrahlte. Sie versuchten gerade mit vereinten Kräften, den Pflaumenkuchen in einem Stück vom Blech auf eine Kuchenplatte zu bugsieren, als Jans Auto auf den Hof fuhr.

Hermine sah Billie prüfend an. »Ach du liebe Güte. Jan habe ich ganz vergessen. Er kommt oft am Wochenende auf eine Tasse Kaffee vorbei. Soll ich ihm sagen, dass es heute nicht so gut passt?« Sie wischte sich die Hände an ihrer Schürze ab.

Billie winkte ab. »Nein, da muss ich wohl durch.« Sie sah Hermine an. »Weißt du, ich habe jetzt keine Angst mehr. Nicht mehr vor falschen Beziehungen und nicht mehr davor, allein zu bleiben.«

Hermine stutzte. »Heißt das, dass du auch heute noch der Meinung bist, es war richtig, Jans Antrag abzulehnen?«

Billie nickte. »Ja, ich habe zwar immer gedacht, dass ich nichts lieber wollte als zu heiraten. Aber mittlerweile habe ich festgestellt, dass das vielleicht gar nicht mein Weg ist.«

»Was ist denn dein Weg?«

Billie zuckte mit den Achseln. »Ich glaube, ich gehe gerade auf ihm.« Sie lächelte. »Und lass mich mal überraschen, wohin er mich führt.«

Sie beobachtete durch das Fenster, wie Jan einen großen Korb mit Äpfeln aus dem Wagen hob und auf dem Weg ins Haus überrascht an ihrem Auto stehen blieb. *Es tut gar nicht so weh, ihn zu sehen, wie ich befürchtet habe. Im Gegenteil, ich freue mich!* Als Jan die Küche betrat, ging sie ihm lächelnd entgegen, nahm ihm den Korb ab und küsste ihn ohne Scheu auf die Wangen. »Hallo, Jan.«

Sein Gesicht blieb verschlossen. »Hallo, Billie.«

Das klang weit weniger enthusiastisch als Billies Begrüßung, und nun kam doch Verlegenheit auf. Hermine rettete die Situation, indem sie Jan ebenfalls willkommen hieß und ihm das Kuchentablett in die Hand drückte.

Das Kaffeetrinken verlief gut gelaunt und lautstark. Die Kinder kabbelten sich und verdrückten Unmengen von Pflaumenkuchen mit Schlagsahne. Jan und Billie saßen so weit voneinander entfernt, dass eine persönliche Unterhaltung unmöglich war.

»Wieso sind Sie hier – aber Florian nicht?«, fragte Billie Pfleger Pölger, der im staubigen Blaumann an der Tafel saß. Der nahm sich das nächste Stück Pflaumenkuchen und antwortete: »Florian macht mit dem Heim einen Ausflug an die Ostsee. Ich habe eigentlich frei, aber wir haben ein kleines Abkommen getroffen.« Er sah in Richtung Hermine. »Ich bringe Florian mittlerweile regelmäßig hierher, und da hat Frau Hansen gemeint, ich könne unter dem Dach ein Zimmer ausbauen. Wir entrümpeln gerade den Dachboden. Weil alle helfen, wird es schnell gehen.« Er nickte Anne und Martin zu, die genauso staubig aussahen wie er.

»Billie!«, rief Lina nach einem intensiv getuschelten Geheimgespräch mit Marius. »Hast du schon gehört, dass bei Jan auf dem Hof kleine Kätzchen sind?«

Sie lächelte ihrer Patentochter zu, die in ihren Augen mit dem Schlagsahnebart und den roten Wangen das schönste Kind der Welt war. Ein Abglanz dieses Lächelns lag noch auf ihrem Gesicht, als sie sich nun doch zu Jan umdrehte und quer über den Tisch rief: »Stimmt das? Seit wann hast du eine Katze?«

Bevor Jan antworten konnte, mischte sich Anne in das Gespräch: »Seitdem eine Patientin von Martin ihm ihre Katze vermacht hat.« Sie machte ein Gesicht, als hätte sie in eine Zitrone gebissen. »Das müsst ihr euch mal vorstellen. Die Frau zieht um, darf die Katze in der neuen Wohnung nicht behalten und setzt sie einfach in einem Korb bei Martin ab.«

Martin grinste resigniert. »Jan hat mir einen großen Gefallen getan, sie zu nehmen.«

»Stell dir vor, Billie«, rief Lina, »Jan hat nicht richtig hingehört, oder Onkel Martin hat ihm das nicht genau erklärt, auf jeden Fall hat Jan gedacht, dass er einen Kater hat!«

Die Kinder konnten sich vor Lachen kaum auf den Stühlen

halten. Endlich hickste Marius, von Lachkrämpfen über die Einfalt seines Onkels geschüttelt: »Jan hat ihn Moses getauft.«

Anne ergänzte: »Weil er doch in einem Weidenkörbchen ausgesetzt wurde!«

Marius fiel ihr ins Wort: »Aber dann …« Seine Stimme ging in lautem Gelächter unter, und Anne musste wieder einspringen: »Vor zwei Tagen ist er morgens in die Küche gekommen, und unter dem Tisch lag auf einer Zeitung *Kater* Moses mit vier Katzenbabys.«

Jetzt lachten alle, und Jan machte ein verlegenes Gesicht. Billie sah ihn an und spürte große Zärtlichkeit für ihn.

Plötzlich stand Lina neben ihr und hängte sich an ihren Arm: »Fährst du mit zu Jan? Ich möchte unbedingt die Kätzchen sehen.«

»Mami und Papi fahren bestimmt mit dir hin.«

Sonja, die die Unterhaltung mitgehört hatte, schüttelte sofort den Kopf. »Das geht leider nicht. Wir sind zum Abtransport des Dachbodengerümpels eingeteilt worden. Heute Nachmittag hat der Recyclinghof ausnahmsweise geöffnet. Lina weiß das ganz genau.« Sie drohte ihrer Tochter scherzhaft mit dem Zeigefinger. »Deswegen hat sie sich gleich dich als Chauffeurin ausgesucht.«

Billie sah unsicher zu Jan hinüber.

Der erwiderte ihren Blick mit zusammengekniffenen Mundwinkeln und sagte leise: »Ich kann alleine mit den Kindern hinfahren.«

»Nein, Billie soll auch mit«, quengelte Lina und schob ihre Unterlippe vor. »Bitte, bitte!«

Billie gab sich geschlagen. »Also gut. Wenn es nicht zu lange dauert.«

Als sie in die vertraute Allee einbog und auf die Stallung zufuhr, erfasste sie tiefe Traurigkeit. *Mit wie viel Freude habe ich im Frühjahr zusammen mit Jan auf Rosby gearbeitet. Die*

Reitstunden, die improvisierten Mahlzeiten, die gemeinsamen Nächte vor dem Kamin im Wohnzimmer.

Falls Jan ähnlichen Erinnerungen nachhing, ließ er es sich nicht anmerken. Er scheuchte die Kinder ins Haus. »Schuhe abtreten und dann ganz leise. Ihr wollt die Kätzchen ja nicht verschrecken!«

Billie folgte ihnen langsam, und als die anderen in der Küche verschwanden, blieb sie zurück und sah sich neugierig um. *Jan ist fleißig gewesen.* Das Haus war fertig renoviert und mit einfachen Möbeln eingerichtet. Vor der Terrassentür leuchtete ein großer Herbststrauß mit bunten Astern in einem blauen Bauernkrug. In der Luft lag ein Duft von Möbelpolitur. Gedankenverloren strich sie mit dem Zeigefinger über ein schmales Sideboard, auf dem einige Flaschen und saubere Gläser standen.

»Machst du den Hausfrauentest?«

Billie fuhr herum. Unbemerkt war Jan hinter sie getreten.

Sie schüttelte den Kopf. »Natürlich nicht. Es sieht hier nur alles völlig anders aus, als ich es in Erinnerung habe. So fremd und neu und so …« Sie verstummte.

»Sauber? Das liegt an Monika.«

Monika? Sie spürte einen tiefen Stich von Eifersucht in ihrem Magen.

Er griff nach einer Flasche und schenkte sich einen kleinen Grappa ein. »Möchtest du auch einen? Ich habe zu viel Pflaumenkuchen gegessen.« Offensichtlich war er nicht in der Stimmung, sich über Monika zu verbreiten.

Billie winkte ab. »Ich möchte lieber die Katzenbabys sehen.« Sie ging an ihm vorbei in die Küche.

Auch hier hatte sich viel getan. Die ramponierten Stühle waren verschwunden, stattdessen stand eine Kiefernholzbank in der Ecke gegenüber dem alten Ofen. An einer Wand hingen viele Fotos. *Auf dem da, die lachende Frau auf Florentine – das bin ja ich! Was wohl Monika dazu sagt?* Ihr Herz klopfte schneller, und am liebsten wäre sie sofort in den Stall gerannt und hätte nach der Stute gesehen. Sie zwang sich zur Ruhe und beugte sich zu den Kindern hinunter, die auf dem Boden um einen großen Schlafkorb saßen und die maunzenden, grau getigerten Tierchen vorsichtig von Hand zu Hand gehen ließen. Als Billie sich zu ihnen hockte, hatten sie gerade genug von den Katzenbabys.

»Onkel Jan, dürfen wir nach draußen auf den Kletterbaum hinter dem Stall?«

Billie blickte auf. »Kletterbaum?«

»Die alte Eiche hat im August der Sturm umgeworfen. Ich muss sie endlich abtransportieren. Aber noch liegt sie da, quer über dem Holzhaufen.«

Marius rief: »Da kann man prima drin klettern. Also, dürfen wir?« Er war schon aus der Tür, und die anderen folgten ihm lärmend.

Bald war es ganz still in der Küche, nur das Brummen des Kühlschranks und das Schnurren der Katze waren zu hören.

»Gibst du ihr jetzt einen neuen Namen?«, brach Billie schließlich das Schweigen und nahm vorsichtig ein Kätzchen in die Hand. Sie setzte sich auf die Eckbank und bettete das Tier in ihrem Schoß.

Jan setzte sich neben sie. »Ich weiß nicht. Irgendwie habe ich mich an Moses gewöhnt.«

Sie schwiegen wieder. Von draußen waren die Stimmen der Kinder zu hören.

»Wie geht es Florentine?«

»Prima. Ich rechne täglich damit, dass das Fohlen kommt.« Er räusperte sich. »Wenn du Lust hast, können wir zu ihr gehen.«

»O ja. Ich habe oft an sie gedacht.« Spontan setzte sie hinzu: »Sie hat mir gefehlt.«

Jan sah sie an. »Und ich? Habe ich dir auch gefehlt?«

Sie streichelte das Kätzchen in ihrem Schoß und schwieg.

Natürlich hast du mir gefehlt. Aber ich konnte nicht. Wieder kam ihr das Bild vor Augen, wie sie allein auf einem Berg in Schwindel erregender Höhe stand. *Damals wäre ich in den Abgrund gestürzt, wenn ich ja gesagt hätte.* Sie seufzte. *Oder übertreibe ich maßlos? War ich einfach nur hysterisch? Auf jeden Fall sind das viel zu viele Gedanken für die eine Antwort, die du von mir erwartest.*

»Warum hast du dich am Telefon verleugnen lassen?«

Langsam stand sie auf und setzte das Kätzchen in den Korb.

»Billie!« Seine Stimme war bittend. »Warum wolltest du nicht mit mir reden?«

»Das tue ich doch jetzt.«

»Ach, Billie.«

Sie setzte sich wieder neben ihm auf die Bank.

Er kam ohne Umschweife zum Thema. »Ich will den Zuckerguss mal weglassen. Warum willst du mich nicht heiraten? Ich habe lange genug auf die Antwort warten müssen, meinst du nicht auch? Du bist sie mir schuldig.«

Sie erwiderte seinen Blick offen. Doch ihre Stimme zitterte, als sie antwortete: »Weil es keinen Grund dafür gab. Alles war doch wunderbar, so, wie es war.«

»Ich dachte immer, Frauen wollen, dass Männer sich zu ihnen bekennen.«

»Natürlich, aber das ist nicht wörtlich zu verstehen.«

»Wovor hast du denn so große Angst, Billie?«

Sie wusste, dass sie ihm nicht mehr ausweichen konnte. Sie sah ihn nicht an, als sie sagte: »Ich habe Angst, dich zu enttäuschen. Angst, dass du mich enttäuschst. Angst, dich zu verlieren, und Angst, mich zu verlieren. Mein größter Alptraum ist der, wie meine Eltern zu werden.«

»Wie sind denn deine Eltern?«

Verzagt antwortete sie: »Verheiratet. Stumm. Wie Häftlinge, die man aneinandergekettet hat.« Sie suchte nach Worten und lächelte verlegen. »Sonja würde jetzt bestimmt der Titel irgendeines berühmten Sträflingfilms einfallen.« Jan sah sie mit gerunzelter Stirn an, was sie noch mehr aus dem Konzept brachte. Sie fuhr fort: »Meine Eltern kommen mir vor, als wären sie einander auf Gedeih und Verderb ausgeliefert. Du weißt schon, auf immer und ewig.« Sie schauderte. »Diese Worte jagen mir Angst ein.«

»Ich verstehe dich nicht. Wolltest du denn nicht mit diesem … Antonin zusammenbleiben?«

»Doch, schon. Man hat ja gesehen, wohin das geführt hat. Als herauskam, dass er verheiratet ist, hat mir das die Augen geöffnet.«

»Ich muss gestehen, dass ich dir nicht folgen kann.«

Erregt beugte sich Billie vor. »Bis jetzt ist mir das immer so gegangen: In dem Moment, in dem ich an Ewigkeit glaube, zeigt mir das Leben, dass das eine ziemlich dumme Idee ist. Ich darf mich nicht auf etwas Festes einlassen, weil es sowieso zerbrechen wird. Und wenn nicht, endet es vielleicht wie bei meinen Eltern. Ist es nicht einfacher, einem Risiko aus dem Weg zu gehen, als noch eine Beziehung scheitern zu sehen?«

Jan seufzte. »Warum hast du nie mit mir darüber gesprochen? *Meine* Gefühle sind dir wohl nicht wichtig. Schließlich empfinde ich trotz deines Neins weiterhin dasselbe für dich wie vorher.«

»Aber wir konnten doch nicht einfach so weitermachen wie bisher.«

»Warum denn nicht?«

»Weil ich dich zurückgewiesen habe.«

Er lachte traurig. »Nein, Billie, du hast meinen Heiratsantrag zurückgewiesen, nicht mich.«

»Ist das nicht dasselbe?«

»Findest du?«

Billie seufzte. »Ich fürchte, ja.«

»Wieso?«

»Weil du etwas anderes willst als ich. Unsere Geschichte bestand aus den Wochenenden in Rosby und schönen Treffen in

Hamburg. Du hast in der Welt gelebt, die du dir gerade aufbaust, ich in der Welt, die ich mir aufgebaut habe. Für mich war das genau richtig. Nur …«

»Nur was?«

»Ich will ehrlich zu dir sein, Jan. Als wir uns kennengelernt haben, *richtig* kennengelernt haben, mochte ich dich auf den ersten Blick, aber ich habe mir geschworen, mich auf keinen Fall in dich zu verlieben.«

»Das war die Lektion, die du aus deiner Begegnung mit Antonin gelernt hast?«

»Genau. Manchem mag das kindisch vorkommen, und du kannst es mir auch vorwerfen. Aber mir war es bitterernst, und es hat auch funktioniert. Bis …«

»Du dich dann doch verliebt hast?« Er legte sehr vorsichtig den Arm um ihre Schultern.

Sie wehrte sich nicht, blickte aber weiterhin geradeaus. Während sie seinen Blick mied, sagte sie: »Ja, aber zu heiraten und nach Rosby zu ziehen, das ist nicht meine Geschichte.« Sie sah ihn an: »Wie bist ausgerechnet du darauf gekommen, mir einen Antrag zu machen? Mit roter Rose und dem ganzen Drum und Dran?«

Er verschränkte die Arme vor der Brust. »Wieso erstaunt dich das so sehr? Warum nicht?«

»In deiner Familie hast du eher den Ruf eines Casanovas.«

»Auch ein Casanova kann sich ändern, oder?«

Und was ist mit dieser … Monika? Obwohl sie nicht laut gesprochen hatte, war in ihrem Gesicht die Skepsis zu lesen.

Jan lehnte sich vor und stützte die Ellbogen auf die Knie. »Darf ich offen sein?« In seiner Stimme klang unterdrückter Ärger.

»Bitte!«

»Weißt du, für mich ist das alles leeres Befindlichkeitsgewäsch.«

»Wie bitte?«

Jan stand auf und lehnte sich mit verschränkten Armen gegen die Küchentür. Seine Stimme klang verächtlich, als er sagte: »Na, dieser ganze Quatsch über Ewigkeit und verschiedene Geschichten. Du weißt einfach nicht, was es bedeutet, zu lieben. Basta!«

»Hast du mir gar nicht zugehört?«

»Doch, aber alles, was ich gehört habe, war verquastes Zeug, das mit meinem, mit unserem Leben nicht das Geringste zu tun hat. Die guten Zeiten kann man mit jedem erleben. Aber was ist mit den schlechten? Wer alles immer nur mit sich allein ausmacht, wird eines Tages wirklich allein sein.«

»Spar dir deine Pflegeversicherungsfantasien! Ich sollte also heiraten, damit ich in Notzeiten versorgt bin?«

»Wenn du so willst, ja. Verstehe mich doch jetzt nicht absichtlich falsch, Billie. Es geht mir um die unbedingte Loyalität zueinander. Ich möchte keine Lust-und-Laune-Beziehung zu dir, sondern bedingungslos und absolut zu dir stehen.«

Er schöpfte Luft und wartete ein wenig, bis sich sein Atem wieder beruhigte. »Als du zu mir nach Rosby gekommen bist und wir diese wunderschöne Zeit hatten, habe ich mir geschworen, diese Sache mit dir nicht kaputtzumachen. Und ich habe zum ersten Mal gespürt, dass ich mich ganz und gar auf jemanden einlassen will. Ich und ein Casanova? Vielleicht, Billie, war ich das, als ich noch so selbstverliebt war wie du.«

Er imitierte sie: »›Ich habe Angst, mich zu verlieren.‹« Unvermittelt hieb er mit der Faust so laut auf den Tisch, dass die Katze die Augen öffnete. »Das klingt wie der Text aus einer Seifenoper! So schnell geht man in dieser Welt nicht verloren, das kann ich dir sagen.« Er schürzte nachdenklich die Lippen. »Mensch, Billie, klar war ich ein Windhund. Schließlich gibt es ja auch viele Länder zu entdecken …«

»Und viele Frauen zu verführen!«, fügte Billie ein.

Jan schnaubte verächtlich. »Ja, und was ist daran falsch? Bei euch Frauen heißt es dann: Man muss viele Frösche küssen, um einen Prinzen zu finden. Das ist doch bei Männern auch nicht anders.« Er holte tief Luft. »Diese alberne Angst um mich selbst habe ich auch mal gehabt.« Noch einmal wiederholte er: »Angst, sich zu verlieren!« Er ließ sich auf die Eckbank fallen und klopfte auf das Kissen neben sich. »Komm mal her.«

Das klang so freundlich und selbstverständlich, dass Billie sich, ohne nachzudenken, zu ihm setzte. *Wir streiten nicht mehr. Jetzt geht es um viel mehr. Es geht um unsere Zukunft.*

Er nahm ihre Hand. »Sieh mal, Billie. Ich habe mir doch vor dir auch niemals vorstellen können, dauerhaft irgendwo sesshaft zu werden und ausschließlich mit *einer* Frau zu leben!«

Meine Hand in deiner Hand. Das fühlt sich so gut an. Ich möchte, dass du mich nie wieder loslässt.

»Als ich Weihnachten zurück nach Deutschland gekommen bin, habe ich dich getroffen. Du hast mich umgehauen. Zum ersten Mal habe ich so empfunden!« Er sah sie an und lächelte vorsichtig. »Kannst du dir das vorstellen? Ich bin mir auf einmal ganz ungeübt und unsicher vorgekommen. Ausgerechnet ich, der sich einbildet, in der ganzen Welt zu Hause zu sein. Und dann habe ich noch am Ostersamstag heimlich die Rose besorgt – ich bin mir vorgekommen wie ein Agent in gefährlicher Mission. Du solltest doch nichts merken.« Er schüttelte in amüsierter Resignation den Kopf. »Mensch, Billie, was hast du da nur angestellt. Ich kaufe zum ersten Mal im Leben eine rote Rose – und die wird mir gleich mal um die Ohren gehauen. Dabei habe ich mir fast vor Angst in die Hose gemacht, als ich dich gefragt habe, ob du mich heiraten willst.«

Billies Herz ging auf. Sie grinste ihn in der vertrauten Kumpelweise an. »Und ich bekomme zum ersten Mal einen Heiratsantrag und sage nein!« Sie pausierte kurz und fuhr dann fort: »Da hatte ich mir bereits vor Angst in die Hose gemacht!«

Und egal, was hinterher dabei herauskommt. Jetzt muss ich dich küssen.

Sie saß ganz nah bei ihm, und als sie sehr sanft seine Wangen und dann seine Lippen küsste, war es, als hätte es nie eine Zeit der Trennung gegeben.

Aufatmend sahen sie einander an. »Dann sitzen hier also gerade die größten Angsthasen der Welt«, fasste Billie zusammen.

Jan lächelte. »Vielleicht wird die Angst ja kleiner, wenn wir uns fest an den Händen halten? Und dabei pfeifen?«

Billie nickte stumm. Dann sagte sie: »Bist du mir böse, wenn ich trotzdem nicht heiraten will?«

Jan schüttelte den Kopf. »Nein, nein. Nur bitte, lauf nicht wieder weg von mir. Schneide mich nicht aus deinem Leben heraus. Sei hier zu Hause *und* in Hamburg. Aber bitte, lass mich nicht wieder so allein.«

Sie versprach es, und in der vom Summen des Kühlschranks und dem Schnurren der Katze begleiteten Stille der Küche küssten und hielten sie einander, staunend und behutsam.

Da erklangen plötzlich Kinderstimmen im Haus. Mit Karacho wurde die Küchentür aufgerissen, und Lina stürmte mit Marius und Ben in die Küche.

»Jan! Billie! Kommt schnell, irgendwas ist mit Florentine!«

Jan sprang auf und war schon auf dem Weg zur Tür. Über die Schulter sagte er zu Billie: »Bitte ruf Martin an und sag ihm, er soll kommen!«

Als Martin und Anne eine Stunde später den Stall betraten, bot sich ihnen ein idyllisches Bild. In der Box stand Florentine und leckte hingebungsvoll ihr Fohlen trocken. Jan und Billie saßen Hand in Hand in der anderen Ecke auf zwei Strohballen, die Kinder hockten davor und konnten sich nicht sattsehen an den zarten Nüstern, den langen Beinen und den großen, glänzenden Augen des Fohlens.

»Alles prima gelaufen«, empfing Jan den Tierarzt.

»Ja, sieht alles sehr gut aus«, bestätigte der, klopfte Florentines Hals und betastete vorsichtig das Fohlen. »Aha, eine kleine Stute. Wie soll sie denn heißen?«

»Floriane. Da freut sich Florian, und zu Florentine passt es auch.«

Martin gab den Kindern ein Zeichen. »Ihr fahrt jetzt mit Anne nach Kiekeby. Es ist schon spät.«

Anne streichelte die Stute und hob in Richtung Jan und Billie beide Daumen hoch. Dann sammelte sie, wie eine Glucke ihre Küken, die Kinder um sich und verließ mit ihnen den Stall.

»Anne hat dir eine Flasche Sekt in den Kühlschrank gelegt. Mit schönen Grüßen von Hermine und uns allen. Wir müssen doch auf dein erstes Fohlen anstoßen«, brummte Martin, während er seine Arzttasche öffnete. »Florentine und ich kümmern uns jetzt noch um die Nachgeburt und andere Routinesachen.« Freundlich zwinkerte er Billie zu. »Kannst du Jan mit ins Haus nehmen? Pferdezüchter sind für Tierärzte so lästig wie junge Mütter für Kinderärzte.«

Auf dem Weg ins Haus fiel Billie plötzlich etwas ein. »Wer ist eigentlich Monika?«

Jan zog sie an sich. »Eine Cousine vom alten Klaasen. Sie kommt jeden Samstagmorgen her und macht ein bisschen sauber.«

Er öffnete die Tür, und die Wärme des Hauses umfing sie.

Am nächsten Morgen erwachte Billie sehr früh. Sie spürte Jans Körper neben sich. Es war erst sechs. Sie drehte sich zu ihm um, streichelte sein zerzaustes Haar und den friedlichen Ausdruck auf seinem Gesicht mit ihrem Blick. *Wieso habe ich je gedacht, ohne diesen Menschen leben zu können?*

Leise glitt sie aus dem Bett, sammelte die verstreuten Kleidungsstücke vom Boden auf, verzichtete auf eine Dusche und schlich die Treppe hinunter. In der Küche schrieb sie einen Zettel für Jan. Sie würde sich von Hamburg aus melden. Nach kurzem Nachdenken setzte sie hinzu: »Ich komme wieder!«, und nach weiterem Nachdenken: »Ich liebe dich.«

Die ganze Fahrt nach Hamburg über dachte sie so konzentriert nach, als läge eine wichtige Geschäftsbesprechung vor ihr. Punkt zehn Uhr betrat sie vibrierend vor Energie Michael Philipps Büro. Der blickte erstaunt von seiner Zeitung auf.

»Ich werde mein Leben ändern!«, eröffnete Billie das Gespräch.

Ihr Chef faltete bedächtig die Zeitung zusammen. »Das letzte Mal, als ich diesen Satz gehört habe, ist meine damalige Freundin mit ihrem Balalaika-Lehrer durchgebrannt.« Er deutete auf den Ledersessel. »Nimm doch Platz.«

»Ich bin viel zu aufgeregt, um ruhig zu sitzen.« Sie schwang sich auf die breite Fensterbank und ließ die Beine baumeln. In Jeans und knallroter Bluse sah sie wie ein Schulmädchen aus, das einen Streich ausheckt.

»Erzähl, Billie.«

Auf die Plätze, fertig, los! Billie holte tief Luft, und dann unterbreitete sie Michael ein ausgeklügeltes Modell, wie sie bei geringerem Gehalt nur noch vier Tage in der Woche arbeiten wollte. »Wir verteilen die Arbeit stärker projektbezogen, und natürlich springe ich ein, wenn es nötig ist.«

»Aber Billie, warum?«

»Weil Jan auf dem Land lebt und ich in der Stadt. Da ich mich als Gutsherrin denkbar schlecht mache und Pferdezüchten an der Alster nicht funktioniert, müssen wir Kompromisse finden. Wir bei Cinderella sind doch Fachleute für kreative Lösungen, oder? Du kannst dir übrigens sicher sein, dass die Qualität meiner Arbeit nicht unter diesem Arrangement leiden wird.«

»Jan? Pferdezüchter? Ich verstehe kein Wort!« Michael hob beide Hände.

Aber dann hörte er ihrer Geschichte aufmerksam zu. Billie bettelte: »Ich hab dich noch nie enttäuscht. Gib deinem Herzen einen Stoß.«

Michael lachte. »Also gut, wir können es ja mal versuchen. Wie ich dich kenne, hast du bereits die Zahlen ausgearbeitet und alle notwendigen Details mit der Rechtsabteilung durchgesprochen.«

»Du kennst mich gut! Marla wird die Papiere gleich bringen.«

Wieder in ihrem Büro, ließ sie sich erleichtert in ihren Drehstuhl sinken. *Willkommen in deinem Leben, Billie Grimm!*

Sie sah sich in ihrem Arbeitszimmer um und nahm den Raum und den vertrauten Blick auf die Elbe samt dem geschäftigen Schiffsverkehr mit allen Sinnen wahr. In den Büros läuteten Telefone, Handys piepten, Kollegen lachten, Drucker surrten. *Wie sehr ich das alles liebe! Genauso wie die Stille in Rosby, die Wärme eines Pferdefells, den Ruf der Käuzchen, das Surren der Libellen über dem See. Und Jan. Jan.*

39. Kapitel

Hamburg, 16. Juni 2006

»Happy Ends sind bloß Geschichten, die nicht zu Ende erzählt wurden.«
Mr. & Mrs. Smith, 2005

Sonja stand im Badezimmer vor dem Spiegel und puderte sich die Nase. Noch einmal mit dem Kamm durch die Haare – fertig. Nachdenklich betrachte sie ihr Spiegelbild. Das morgendliche Laufen hatte ihr gut getan. *Okay, ich drehe lediglich eine kleine Runde, aber das ist schon nicht schlecht, so kurz nach der Geburt. Schließlich geht es nicht um sportliche Höchstleistungen, sondern um Bewegung. Und im Frühsommer ist der Park am schönsten.*

Sie erwartete Hermine und Billie zum Frühstück. Wie immer, wenn sie joggte, hatte sie mit Albert und Lina nur einen Tee getrunken. Bis zu ihrer Rückkehr hatte sich Albert um Arthur gekümmert und ihn in seinen Vormittagsschlaf gewiegt. Sicherlich wachte er bald auf. Sie nahm die Haare zu einem Pferdeschwanz zusammen und verließ das Badezimmer.

Jetzt hatte sie nicht nur Appetit, sondern richtigen Hunger. Hoffentlich kamen die beiden bald. Hermine wollte Florian in Norderstedt abholen und ihn mit nach Kiekeby nehmen. Davor machte sie den Abstecher nach Hamburg hinein, um Sonja zu besuchen. Sie hatte den Kaffeetermin als willkommene Pause vor dem Rückweg vorgeschlagen.

Sonja lächelte stolz, als sie an ihre Mutter dachte. *Wie selbstbewusst sie mittlerweile den Transporter fährt, in dem der Rollstuhl, Florian und der Pfleger bequem Platz finden.* Sie nahm die Butter aus dem Kühlschrank und holte den Honig aus der Speisekammer. Billie hatte versprochen, Franzbrötchen und Brezeln mitzubringen. Sie arbeitete nicht mehr am Freitag und wollte wie Hermine nach dem Frühstück auf die Autobahn Richtung Norden, um nach Rosby zu fahren. *Im Grunde ist Billie gar nicht so viel anders als ich. Sie hat sich genau nach dem gesehnt, was ich mit Albert gefunden habe.* Sie deckte den Küchentisch und freute sich an dem zarten Duft der Maiglöckchen, die in einem Topf auf der Fensterbank wuchsen. Sie goss Milch in einen Topf und stellte ihn auf die Herdplatte, die sie auf zwei stellte. Ein Geräusch aus dem Kinderzimmer ließ sie aufhorchen. Sollte der Kleine schon wach sein?

Sie schlich über den Flur und steckte den Kopf ins Zimmer. Nein, das Baby schlief tief und fest in seinem Bettchen. Seine langen Wimpern lagen ausgebreitet wie ein Fächer auf seinen runden Wangen, es ballte die Fäustchen. Am liebsten wäre sie so stehen geblieben, hätte seinen Duft eingeatmet und es betrachtet. *Das eigene Kind erscheint jeder Mutter als das schönste der Welt. Babys setzen sich einfach über jede Objektivität hinweg.* Trotzdem stahl sich von irgendwo plötzlich die aufgesetzte Milch in ihre Gedanken. Sie riss sich mit Macht von der Betrachtung ihres Sohnes los und rannte zurück in die Küche.

»Glück gehabt!« Mit Schwung riss sie den Milchtopf genau in der Sekunde von der Platte, als die weiße Flüssigkeiten hochschäumte. Erleichtert, noch rechtzeitig gekommen zu sein, schob sie den Topf auf ein kaltes Ceranfeld. Weil sie wegen des Stillens nur wenig Kaffee trinken dufte, war sie auf Kakao umgeschwenkt. Wo aber hatte sie ihn hingestellt? Sonst deponierte sie ihn neben der Kaffeedose im Hängeschrank. In der Speisekammer wurde sie schließlich fündig. *Natürlich! Albert hat ihn gestern Nachmittag weggeräumt. Und natürlich nicht dahin, wo er hingehört, sondern in das oberste Regal zwischen Mehl und Zuckerpackungen.* Sie griff nach der Packung, erwischte aber nur die Kante und riss sie herunter. Zu ihrem Ärger war der Karton geöffnet, weswegen sie jetzt mit einem von Kakaopulver überstäubten T-Shirt dastand.

»Mist!« *Und da soll man sich freuen, wenn Männer freiwillig im Haushalt helfen. Nicht genug, dass Albert mir am Wochenende immer die Waschmaschine erklärt! Ganz so, als wäre es während der Woche ein reines Wunder, dass ich weiß, wie sie zu bedienen ist. Billie meint, man dürfe sich nicht ärgern, wenn Männer Dinge an andere Orte räumen. Was ist dir lieber? Dass du alles allein machst und immer genau weißt, wo was ist?* Sie seufzte. *Billie hat recht.* Sie klopfte sich das Kakaopulver so gut es ging vom T-Shirt und ging ins Schlafzimmer, um sich umzuziehen. Während sie nach der roten Bluse im Schrank suchte, fiel ihr Blick auf ein schwarzes Hemd. Der Stoff erinnerte sie an das Kleid, in dem sie damals mit Richard im Kerner getanzt hatte. *Nur davon habe ich mich nicht trennen können. Es hängt hinter den alten Skianoraks auf dem Dachboden, verborgen wie eine Krokuszwiebel in der Erde. Ich werde es nie mehr tragen. Aber ich weiß, dass es da ist. Vielleicht werde ich manchmal die Mäntel beiseiteschieben und den Stoff des Kleides berühren.*

Es klingelte. Hastig schlüpfte Sonja in die rote Bluse. Hermine und Billie standen vor der Tür.

»Herzlich willkommen.«

»Hier, die Dahlien sind für dich, und der Strampler ist für den Junior.«

»Brezeln gab es nicht mehr, da habe ich Laugenstangen gekauft.«

Einen Moment sprachen alle durcheinander, Umarmungen und Küsse wurden ausgetauscht.

Dann saßen sie endlich in der Küche. Nachdem Sonja die Blumen in eine Vase gestellt hatte, begann sie die noch warme Milch aufzuschäumen. Billie goss den Espresso auf, während sich Hermine unschlüssig in der Küche umsah.

»Solange wir noch nicht fertig sind, kann ich doch mal nach dem Kleinen gucken, oder?«

Sonja drohte ihr mit dem Zeigefinger. »Aber mach ihn nicht wach!«

Ihre Mutter grinste. »Doch, natürlich mache ich das. Ich habe deswegen extra ein paar vergessene Silvesterknaller mitgebracht.« Dann ging sie aus der Küche.

Es klingelte erneut.

»Nanu, erwartest du noch jemanden?«, fragte Billie. Sonja, die gerade das verstreute Kakaopulver in der Speisekammer zusammenfegte, schüttelte den Kopf. »Kannst du bitte mal aufmachen?«

Als Billie wieder zurückkam, brachte sie einen Packen Briefe, Prospekte und Zeitschriften mit. »Es war der Briefträger, er hat nicht alles in den Kasten bekommen.«

Sonja nickte. »Ja, seitdem ich mich selbstständig gemacht habe, bekomme ich alle möglichen und unmöglichen Kataloge. Pack den Kram einfach auf die Fensterbank, ich kümmere mich nachher darum.«

Billie legte den Stapel auf die Fensterbank. Dabei fiel ihr ein dicker cremefarbener Umschlag auf. Sie fischte ihn aus dem Packen. »Guck mal, das sieht aus wie eine Einladung.« Sie drehte den Umschlag und riss die Augen auf. »Das ist von Kupp!«

Sonja sah auf. »Na, von Postgeheimnis hältst du auch nicht viel, oder?«

»Na, das ist doch keine Karte. Aufgemacht habe ich den Brief noch nicht!«, spielte Billie die Gekränkte.

Sonja fegte weiter. »Ich kenn dich doch. Du stirbst vor Neugierde. Mach ihn schon auf. Und lies vor, aber langsam und deutlich.«

Die Karte, die in dem Umschlag steckte, war ebenfalls cremefarben und der Text kurz. Billie las: »Liebe Sonja, vielen Dank für die hübsche Geburtsanzeige. Ihnen und Ihrem Gatten die herzlichsten Glückwünsche zum kleinen Arthur. Auch bei mir stehen große Veränderungen bevor. Ab August werde ich in der Bar des Duchess of Dundee Hotel in Capetown mixen. Da Sie stets einen gut gekühlten Stinger schätzen, verzeihen Sie mir vielleicht die Freiheit, Ihnen und Ihrer …« – hier machte Billie eine Pause, schöpfte dramatisch Luft und las dann mit übertriebener Betonung die nächsten Worte vor – »… bezaubernden Freundin Billie, die ich auf diesem Weg herzlich grüßen möchte, einen letzten Tipp zu geben. Probieren Sie doch statt der Crème de Menthe einmal einen Minzsirup. Ich stelle ihn aus Wasser, Zucker, einem Bund frischer Minze und einem guten Wodka her. In alter Verbundenheit, Ihr Heinz Kupinski«. Billie ließ die Karte sinken. »Mensch, der Kupp. Auf seine alten Tage reißt er noch mal das Ruder rum. Bewundernswert. Na, da wissen wir jetzt wenigstens, wohin unser nächster gemeinsamer Urlaub gehen sollte, oder?«

In diesem Moment betrat Hermine mit dem Baby auf dem Arm die Küche. »Er war schon wach und hat sich gefreut, das freundliche Gesicht seiner Oma zu sehen«, kam sie Sonjas Kommentar zuvor. Sie hielt ihrer Tochter den Jungen hin, der aufmerksam seine Umgebung zu fixieren schien.

Sonja stellte den Besen weg und küsste die kleine warme Nase des Babys. »Hallo, mein Prinz!« Sie seufzte. »Ist er nicht wunderwunderschön?«

Die anderen lachten. »Er ist genauso süß wie Lina als Säugling«, befand Billie, die über Hermines Schulter schaute. Sie streichelte über das Gesichtchen des Kindes. »Diese dunklen Haare sind niedlich. Aber ich finde, er sieht dir nicht besonders ähnlich, oder?«

Sonja zog die Schultern hoch. »Josefine findet, dass er wie Albert als Säugling aussieht. Hier …« Sie zeigte auf ein altes Farbfoto, das unter einem Magneten am Kühlschrank hing. »Josefine hat es mir letzte Woche mitgebracht, als sie mich besucht hat.«

Die anderen traten vor das Foto. »Also, ich weiß nicht. Albert hatte gar keine Haare. Die Nase, das könnte stimmen. Aber irgendwie sehen Babys ja auch alle gleich aus, oder?«, fragte Billie kritisch. »Ich meine, ich habe da vielleicht nicht den Blick dafür.«

Hermine lachte. »Wisst ihr, dass Ernst nach Sonjas Geburt zu mir gekommen ist – damals waren Väter noch nicht bei der Geburt dabei – und mir mit hängenden Mundwinkeln gestanden hat, dass er unser erstes Baby abgrundtief hässlich fand?« Billie lachte, während Sonja in gespieltem Ärger die Stirn runzelte. »Was soll das denn heißen?«

Hermine setzte sich und bettete Arthur in ihrem Schoß. »Das habe ich auch nicht begriffen und bin sofort aufgestanden und mit ihm zum Babyzimmer gegangen.« Sie lächelte Sonja zu. »Ich fand dich nämlich äußerst niedlich.« Sie genoss, dass die beiden anderen an ihren Lippen hingen. »Des Rätsels Lösung war einfach. Vor dem Fenster des Babyzimmers angekommen, zeigte mir Ernst ein Baby, das vorne in der ersten Reihe lag. Damals gab es, man glaubt es kaum, Babyzimmer, in denen die Bettchen dreireihig standen. Also ehrlich gesagt, war das Baby nicht wirklich hässlich. Es hatte nur eine etwas gelbliche Haut, recht zottelige schwarze Haare und ein total verknautschtes Gesicht. Manche Babys sehen nach der Geburt ja ein bisschen wir Fröschchen aus. Aber das Kind, das mir Ernst zeigte, warst gar nicht du. Du lagst, glatt und mit rosiger Haut, in einem Bettchen in der dritten Reihe, ganz links. Die Säuglingsschwestern hatten für Ernst einfach das erstbeste Baby gegriffen, das am nächsten am Fenster lag. Wer weiß, wie vielen Eltern sie dieses Kind schon gezeigt hatten?«

Die Frauen lachten.

»Er hat Alberts blaue Augen«, sagte Billie und beugte sich über das Kind.

»Es steht doch noch gar nicht fest, ob sie so blau bleiben. Fast alle Babys haben blaue Augen«, wandte Hermine ein.

»Aber zu seinen dunklen Löckchen würde das später mal sehr attraktiv sein«, sagte Billie und schnalzte mit der Zunge. Das Kind zwinkerte erschrocken.

»Na, nun komm mal her zu mir«, sagte Sonja und nahm Hermine ihren Sohn ab. »Bevor er ein attraktiver Mann wird, Billie, lass ihn doch erst einmal ein Kleinkind werden.« Sonja streichelte das Baby.

Mein kleiner Liebling. Es ist nicht wichtig, wer dein Vater ist. Du wirst mit einem Vater aufwachsen, der dich liebt, in einer Familie, die nicht zwischen Bluts- und Herzensbindung unterscheidet. Albert hat sich so sehr über die Schwangerschaft gefreut, dass ich den Gedanken, er könne nicht der Vater sein, nie zu Ende gedacht habe. Wie würde Richard sagen? Über diese Brücke gehe ich erst, wenn sie vor mir liegt.

Hermine sagte unvermittelt: »Wie viel sich seit letztem Jahr geändert hat. Du, Billie, bist wieder mit Jan zusammen, und Florian und Arthur sind in unser Leben getreten.«

Über den Kopf ihres Sohnes lächelte Sonja ihre Mutter an. »Bist du zufrieden?«

»Ja. Natürlich denke ich immer noch häufig an Papa, gerade jetzt, wo ich so viel mit Florian zusammen bin. Aber wir hatten unsere Zeit, dafür bin ich dankbar. Jetzt ist eine andere Zeit, und auch dafür bin ich dankbar.«

Billie mischte sich ein: »Ich verstehe, was du meinst. So verrückt es klingen mag, irgendwie hat fast alles zwei Seiten. Als ich noch solo war, bin ich mir so deutlich über mich klar geworden, dass ich heute gut mit Jan leben kann. Vielleicht muss man lernen, mehr im Moment zu leben. Zu feiern, was man hat, und nicht zu glauben, es gäbe irgendwo eine Versicherung oder gar das Recht, dass man das alles morgen immer noch hat.«

»Denkst du da auch an Antonin?« Sonja legte sich das Baby über die Schulter.

»Ja. Heute kann ich mich auch an der Zeit freuen, die ich mit

Antonin hatte. Es war eine besondere Beziehung, die ich in meinem Leben nicht missen möchte.«

Sonja legte die Stirn in nachdenkliche Falten. »Wie wäre es, wenn wir lernten, uns zu freuen, statt immer nur über wechselnde Beziehungen zu jammern und darüber zu klagen, dass nichts mehr Bestand zu haben scheint? »

»Zu freuen?« Billie sah sie irritiert an.

»Ja, denk doch mal, was du gerade gesagt hast. Jede Beziehung, egal, wie lang oder kurz sie ist, wie schrecklich oder traurig sie endet, ist erst einmal das Geschenk einer Begegnung mit einem Menschen, dem wir Liebe entgegenbringen. Auch wenn die Sache schief geht, ist der Funke zuerst da, der zwei Menschen ganz nahe zueinanderbringt. Das ist doch wunderbar.«

Billie setzte sich auf einen Küchenstuhl. »Das ist super, Sonja. Damit liest sich meine Beziehungskarriere ja quasi als Erfolgsstory. Statt von x gescheiterten Beziehungen, kann ich jetzt von x wunderbaren Begegnungen sprechen. Ich war nicht unfähig, sondern ich hatte einfach nur ein besonderes Talent für wunderbare Begegnungen!«

»Na, bitte!«

Hermine ließ sich hören. »Mit Antonin war das, soweit ich das mitbekommen habe, ja wohl wirklich eine wunderbare Begegnung für dich. Allerdings hatte sie den kleinen Schönheitsfehler, dass der Künstler verheiratet war.«

Billie fügte hinzu: »Vor allem hatte sie eine wesentlich kürzer Halbwertszeit als das, was ich mit Jan lebe. Aber auch in meiner Beziehung zu Jan möchte ich mich nicht einnisten wie eine Wühlmaus in ihrem Nest.«

»Du bist mir so eine Wühlmaus«, lachte Hermine. Sie wurde wieder ernst und sagte in die entstandene Stille hinein: »Wisst ihr, in der Bibel heißt es: Für jedes Geschehen unter dem Himmel gibt es eine bestimmte Zeit. Eine Zeit zum Weinen und eine Zeit zum Lachen, eine Zeit für die Klage und eine Zeit für den Tanz.«

»Das ist schön. Du liest die Bibel?« Sonja sah ihre Mutter überrascht an.

Hermine nickte. »Manchmal. Das kommt euch wohl ziemlich absonderlich vor?«

Sonja widersprach. »Nein. Auch nicht absonderlicher, als dir mein Filmspleen manchmal erscheinen muss.« Sie rieb sich die Nase. »Apropos – kennt ihr eigentlich mein aktuelles Lieblingsfilmzitat?«

Billie rollte mit den Augen. »Nein, aber wir werden dich wohl nicht daran hindern können, es uns zu verraten?«

Sonja streckte den Zeigefinger aus und zitierte: »›Wenn man lange genug an einem Ort bleibt, weiß das Glück, wo es einen findet.‹« Dann fügte sie mit der Miene einer Lehrerin hinzu: »Aus dem Film *Bodies, Rest & Motion* von Michael Steinberg. Ich glaube von 1993. Habe ich gerade erst wieder auf DVD gesehen.«

Hermine grinste. »Eher gut als absonderlich, finde ich.«

»Wisst ihr, was ich absonderlich finde?«, fragte Billie, der gerade etwas eingefallen war. Sie wartete die Vermutungen der anderen nicht ab. »Dass Jan im Auftrag von Albert bei Dieter und Josefine an diesem Wochenende nach der elektrischen Eisenbahn forschen soll, die die beiden als Jungs hatten.«

Sonja runzelte die Stirn. »Wie bitte?«

»Die zwei besaßen wohl als Kinder eine riesige Anlage, die heute bei ihren Eltern auf dem Dachboden steht. Wenn wir jetzt am Wochenende zum Kaffeetrinken bei Josefine und Dieter sind, sollen wir sie holen.«

»Arthur ist drei Wochen alt!«

»Das habe ich ihm auch gesagt. Aber er meinte, man könne nicht früh genug anfangen, Pläne zu schmieden.« Sie machte eine kleine Pause und hob dann die Augenbrauen: »Mensch, Sonja, unseren Helden endlich in ihrem natürlichen Lebensraum – im Hobbykeller mit der Spielzeugeisenbahn!«

»Kann man da gar nichts gegen tun?«

Billie sagte mit einer komischen Grimasse: »Tja, der Zug ist wohl im wahrten Sinne des Wortes abgefahren. Ich bringe die Eisenbahn nächste Woche vorbei.« Sie kicherte.

Sonja stieß Hermine sanft an. »Wie hast du immer so schön gesagt?«

Ihre Mutter nickte, und gemeinsam zitierten sie: »Eine Frau sollte niemals vor dem Frühstück über Männer nachdenken!«

Hermine klatschte in die Hände. »Dann mal los! Billie, wo ist die Brötchentüte?«

Sie lachten und redeten, und manchmal gluckste das Baby. Sonja fühlte den kleinen, warmen Körper des Kindes an ihrem und atmete tief aus. *Für jedes Geschehen unter dem Himmel gibt es eine bestimmte Zeit – und einen Ort. Und hier und jetzt hat mich das Glück gefunden.*

Abspann

Für die Richtigkeit aller Filmzitate habe ich Helmut Zieglers *Die schönsten Film-Weisheiten* (Humboldt Verlag, 2004) und *Die Rückkehr der schönsten Film-Weisheiten* (Humboldt Verlag, 2005) bemüht.